Lissa Price
Starters – Enders

PIPER

Zu diesem Buch

Die 16-jährige Callie lebt in einer Welt, in der eine unheimliche Katastrophe zahlreiche Erwachsenenleben vernichtet hat. Und in der die jungen Menschen einer scheinbar ausweglosen Armut verfallen. Die einzige Möglichkeit für die jugendlichen Starters an Geld zu kommen, ist ein mysteriöses Institut, in dem sie gegen Geld ihre Körper verleihen können. Das Bewusstsein des alten Menschen übernimmt den jungen Körper für eine Zeit, um wieder jung zu sein. Doch bei Callie geht es schief: Sie erwacht, bevor sie erwachen darf – in einem Leben, das ihr völlig unbekannt ist. Anstelle ihrer reichen Mieterin bewohnt sie eine teure Villa, verfügt über Luxus im Überfluss und verliebt sich in den jungen Blake. Bald aber findet sie heraus, dass ihr Körper zu einem geheimen Zweck gemietet wurde – um einen furchtbaren Plan zu verwirklichen, den Callie um jeden Preis verhindern muss …

Lissa Price ist Drehbuchautorin und lebt nach mehreren Aufenthalten in Japan und Indien heute im Süden Kaliforniens. Mit ihrem Debüt »Starters« landete sie einen Sensationserfolg – der Bestseller wurde mehrfach ausgezeichnet und in über dreißig Sprachen übersetzt.

Lissa Price

STARTERS

ZWEI ROMANE IN EINEM BAND

ENDERS

Aus dem Englischen
von Birgit Ress-Bohusch

Piper München Zürich

Entdecke die Welt der Piper Fantasy:

Piper-Fantasy.de

MIX
Papier aus verantwortungsvollen Quellen
FSC® C083411

Ungekürzte Taschenbuchausgabe
April 2015

Umschlaggestaltung: Zero Werbeagentur, München
Umschlagabbildung: Lauren Bates
Satz: psb, Berlin
Druck und Bindung: CPI books GmbH, Leck
Printed in Germany ISBN 978-3-492-28008-2

STARTERS

PIPER

kapitel 1

Enders machten mir Angst.
Der Pförtner führte mich lächelnd zum Eingang der Body Bank. Er war noch nicht uralt, vielleicht hundertzehn, doch das reichte, um mir Gänsehaut zu verschaffen. Wie die meisten Enders trug er falsches Silberhaar, eine Frage der Ehre in seinem Alter.

Im Innern des ultramodernen Gebäudes mit seinen hohen Decken kam ich mir noch kleiner vor als sonst. Ich folgte ihm durch die Eingangshalle, als schwebte ich durch einen Traum, in dem meine Füße den Marmorboden kaum berührten.

Er lieferte mich bei der Rezeptionistin ab. Sie trug weißes Haar und einen mattroten Lippenstift, der beim Lächeln auch auf ihren Schneidezähnen zu sehen war. In der Body Bank mussten sie nett zu mir sein. Aber wenn sie mir auf der Straße begegneten, behandelten sie mich wie Luft. Da spielte es keine Rolle, dass ich mal die Klassenbeste gewesen war – als es noch Schulen gab.

Nun war ich sechzehn. Noch ein Baby in ihren Augen.

Das Klappern hoher Absätze hallte von den kahlen Wänden wider, als mich die Empfangsdame in ein kleines Wartezimmer führte. Es war ebenfalls fast leer. In den Ecken standen mit Silberbrokat bezogene Stühle, die alt und kostbar wirkten, aber der Chemiegeruch in der Luft zeugte von frischer Wandfarbe und Synthetikmaterial. Auch das Vogelgezwitscher, das eine natürliche Umgebung vortäuschen sollte, war unecht. Ich warf einen Blick auf meinen zerschlissenen Trainingsanzug und die abgestoßenen Schuhe. Ich hatte die Sachen mehrmals gewaschen, aber manche Flecken ließen sich nicht mehr entfernen. Und weil ich den langen Weg nach Beverly Hills zu Fuß durch Nieselregen marschiert war, fühlte ich mich wie eine verwahrloste Katze.

Meine Füße schmerzten. Ich hätte mich gern auf einen der Stühle sinken lassen, wagte es aber nicht, mit meinem nassen Hintern den Brokat zu beschmutzen. Ein hochgewachsener Ender kam in den Warteraum gerauscht und beendete mein Etikette-Dilemma.

»Callie Woodland?« Er warf einen Blick auf seine Uhr. »Ich hatte Sie früher erwartet.«

»Tut mir leid. Der Regen ...«

»Schon gut. Jetzt sind Sie ja hier.« Er streckte mir die Rechte entgegen.

Das Silberhaar bildete einen starken Kontrast zu seiner künstlichen Bräune. Je breiter er lächelte, desto größer wurden seine Augen, was mich nervöser machte als sonst, wenn ich einem Ender gegenüberstand. Sie verdienten es nicht, Senioren genannt zu werden, auch wenn sie das am liebsten hörten, diese raffgierigen alten Kerle am Ende ihres Lebens. Ich zwang mich, seine runzlige Hand zu schütteln.

»Ich bin Mr. Tinnenbaum. Willkommen bei Prime Destinations.« Er nahm auch seine Linke zu Hilfe, um meine Hand fest zu umschließen.

»Ich wollte nur mal sehen ...« Ich ließ meinen Blick

durch den Raum schweifen, als sei ich gekommen, um mir ein Bild von der Innenausstattung zu machen.

»Wie das hier so läuft? Natürlich. Fragen kostet nichts.« Er ließ endlich meine Hand los, strahlte mich aber weiterhin an. »Kommen Sie, ich zeige Ihnen alles.«

Er streckte den Arm aus, als könnte ich die Tür nicht allein finden. Seine Zähne blitzten so weiß, dass ich immer ein wenig zusammenzuckte, wenn er lächelte. Wir gelangten durch einen kurzen Korridor in sein Büro.

»Hier herein, Callie. Nehmen Sie Platz!« Er schloss die Tür und deutete auf einen Stuhl vor dem Schreibtisch.

Ich biss mir auf die Zunge, um ein Keuchen zu unterdrücken. Das hier war die totale Extravaganz. An einer Wand stand ein massiver Kupferbrunnen, aus dem unentwegt klares, kühles Wasser plätscherte, als gäbe es das umsonst.

Ein gläserner Schreibtisch mit eingebetteten LED-Lichtern und einem Airscreen in Augenhöhe beherrschte das Zentrum des Raums. Der Bildschirm zeigte ein Mädchen in meinem Alter mit langem rotem Haar und einem Sporttrikot. Es erinnerte mich an ein Fahndungsfoto. Allerdings lächelte die Abgebildete, und ihr Gesichtsausdruck wirkte freundlich. Hoffnungsvoll.

Ich nahm auf einem modernen Metallstuhl Platz, während Mr. Tinnenbaum hinter dem Schreibtisch stehen blieb und auf den Screen deutete. »Ein neues Mitglied, das genau wie Sie durch einen Freund von unserem Unternehmen erfuhr. Die Frauen, die ihren Körper mieteten, waren sehr angetan.« Er tippte eine Ecke des Schirms an, und das Bild wechselte. Jetzt war ein durchtrainierter Teen zu sehen in einem engen Schwimmanzug. »Die Empfehlung kam von ihm. Adam ist nicht nur Schwimmer, sondern auch Snowboard- und Skifahrer und ein hervorragender Kletterer. Er wird gern von Outdoor-Fans gemietet, die seit Jahrzehnten keine anstrengenden Sportarten mehr betreiben können.«

Seine Worte brachten mir die harten Tatsachen zu Bewusstsein. Widerlich alte Enders mit Gelenksarthrose, die eine Woche lang diesen Jungen mieteten. Die in seinen Körper schlüpften, um sich noch einmal jung zu fühlen. Fast drehte es mir den Magen um. Ich wollte aufspringen und die Flucht ergreifen, aber ein Gedanke hielt mich zurück.

Tyler.

Ich umklammerte die Sitzkante meines Stuhls mit beiden Händen. Mein Magen knurrte. Tinnenbaum reichte mir eine Zinnschale, auf der Papierförmchen mit riesigen Pralinen, groß wie Cookies, arrangiert waren. Meine Eltern hatten früher auch so eine Zinnschale besessen.

»Mögen Sie Supertruffles?«, fragte er.

Ich nahm wortlos eine der Pralinen, ehe ich mich auf meine verlorenen Manieren besann. »Danke.«

»Nehmen Sie ruhig mehr!« Er schwenkte die Schale einladend vor meiner Nase.

Ich nahm eine zweite und eine dritte, da die Schale immer noch in Reichweite schwebte, und schob sie mitsamt den Papierförmchen in die Tasche meines Kapuzenshirts. Er schien enttäuscht, dass ich sie nicht sofort aß, als sei das das Highlight seines Tages. Hinter meinem Stuhl plätscherte der Brunnen herausfordernd. Wenn mir der Kerl nicht bald etwas zu trinken anbot, würde er erleben, dass ich aufspringen und meinen Kopf unter die Fontäne halten würde, das Wasser schlabbernd wie ein Hund.

»Könnte ich bitte ein Glas Wasser haben?«

»Natürlich.« Er schnippte mit den Fingern und erhob dann die Stimme, als spräche er in ein verborgenes Mikro. »Ein Glas Wasser für die junge Dame.«

Sekunden später betrat eine Ender das Büro. Sie hatte eine Modelfigur. Und sie balancierte ein mit einer Stoffserviette umhülltes Glas Wasser auf einem Tablett. Ich nahm das Glas und sah darin kleine Würfel wie Diamanten glitzern. Eis. Sie stellte das Tablett neben mir ab und ging wieder.

Ich legte den Kopf in den Nacken und trank das Glas in einem Zug leer. Kühl und süß benetzte die Flüssigkeit meine Kehle. Mit geschlossenen Augen genoss ich den Nachgeschmack des saubersten Wassers, das ich seit Ende des Krieges getrunken hatte. Nachdem der erste Durst gestillt war, ließ ich einen der Eiswürfel in meinen Mund gleiten und zerbiss ihn krachend. Als ich die Augen öffnete, merkte ich, dass Tinnenbaum mich anstarrte.

»Noch ein Glas?«, fragte er.

Ich war drauf und dran, Ja zu sagen, aber sein Blick verriet mir, dass dieses Angebot nicht ernst gemeint war. Ich schüttelte den Kopf und lutschte die Reste des Eiswürfels. Meine Fingernägel hoben sich noch schmutziger als sonst gegen das blitzblanke Glas ab, und ich stellte es hastig auf das Tablett zurück. Während ich zusah, wie das Eis schmolz, dachte ich darüber nach, wann ich zuletzt gekühltes Wasser getrunken hatte. Es kam mir wie eine Ewigkeit vor. Dabei war es erst ein Jahr her. Der letzte Tag in unserem Haus, bevor die Marshals kamen …

»Möchten Sie Genaueres erfahren?«, fragte er. »Über Prime Destinations, meine ich.«

Ich beherrschte mich, nicht mit den Augen zu rollen.

Enders. Weshalb sonst war ich wohl hier? Ich deutete ein Lächeln an und nickte.

Er tippte eine Ecke des Airscreens an, einmal, um das Bild zu löschen, und ein zweites Mal, um die Holo-Motions in Gang zu setzen. Die erste Sequenz zeigte eine Seniorin, die sich in einer Art Liegesessel zurücklehnte. An ihrem Hinterkopf war eine kleine Kappe befestigt, von der bunte Kabel zu einem Computer liefen.

»Die Kundin wird in einem Ruheraum von gut geschulten Medizintechnikern mit einem Body Computer Interface, dem sogenannten BCI, verbunden und dann in Dämmerschlaf versetzt«, erklärte er.

»Wie beim Zahnarzt.«

»Genau. Ein Monitor überwacht Ihre Vitalfunktionen während der gesamten Reise.« Auf der anderen Seite des Schirms schlief ein junges Mädchen auf einer weich gepolsterten Liege. »Sie erhalten eine besondere Art Narkose und bleiben für die Dauer des Mietverhältnisses in unserer Obhut. Eine schmerzfreie und völlig harmlose Angelegenheit. Eine Woche später wachen Sie auf, ein wenig benommen vielleicht, aber auch sehr viel reicher.« Wieder blitzten seine Zähne.

Diesmal zwang ich mich, nicht zusammenzuzucken. »Und was geschieht in dieser Woche?«

»Sie nimmt Ihren Platz ein.« Er rieb die Handflächen gegeneinander. »Schon mal von computergestützten künstlichen Gliedmaßen gehört? Die Versehrten steuern diese Prothesen nur mit der Kraft ihrer Gedanken. So ähnlich verhält es sich auch hier.«

»Sie stellt sich also vor, sie sei ich. Wenn sie etwas haben will, denkt sie daran, und meine Hände greifen danach?«

»Als befände sie sich in Ihrem Körper. Sie steuert

Ihren Körper und wird wieder jung.« Er schob die Hand des einen Arms unter den Ellbogen des anderen. »Für eine gewisse Zeit zumindest.«

»Aber wie …?«

Er wies mit dem Kinn auf die andere Seite des Schirms. »Hier drüben, in einem anderen Raum, wird die Spenderin das wären Sie – über ein drahtloses BCI mit dem Computer vernetzt.«

»Drahtlos?«

»Wir setzen in Ihren Hinterkopf einen winzigen Neurochip ein. Sie werden überhaupt nichts spüren. Völlig schmerzlos. Das gibt uns die Möglichkeit, Sie permanent mit dem Computer zu koppeln. Dann schicken wir Ihre Gehirnströme in den Computer, und der stellt die Verbindung zu unserer Kundin her.«

»Stellt die Verbindung her.« Ich legte meine Stirn in Falten und versuchte mir das bildlich vorzustellen. BCI. Neurochip. Im Hinterkopf. Das wurde mit jeder Minute unheimlicher. Mein Wunsch, die Flucht zu ergreifen, wurde stärker. Aber gleichzeitig wollte ich mehr in Erfahrung bringen.

»Ich weiß, das ist alles so neu für Sie.« Er bedachte mich mit einem überheblichen Grinsen. »Wir versetzen Sie in einen Dauerschlaf. Das Gehirn der Kundin übernimmt Ihren Körper. Während dieses Vorgangs beantwortet sie eine Reihe von Fragen, die ihr unser Team stellt, um sicherzugehen, dass alles so funktioniert, wie es soll. Danach kann sie frei über den gemieteten Körper verfügen.«

Der Airscreen zeigte Bilder des gemieteten Körpers beim Golf, beim Tennis und beim Schnorcheln.

»Da der Körper sämtliche Muskelaktivitäten gespeichert hat, ist die Mieterin in der Lage, alle Sportarten auszuüben, die auch Sie beherrschen. Und wenn der Urlaub vorbei ist, bringt sie den Körper hierher zurück. Die Verbindung wird in der richtigen Reihenfolge gelöst. Danach holen wir die Kundin aus ihrem Dämmerschlaf. Sie unterzieht sich einem abschließenden Check und kehrt entspannt in ihren Alltag zurück. Bei der Spenderin, also Ihnen, stellt der Computer die vollen Gehirnfunktionen wieder her. Sie erwachen in Ihrem Körper, als hätten Sie ein paar Tage geschlafen.«

»Und wenn etwas passiert, während sie meinen Körper benutzt? Beim Snowboarden oder Surfen beispielsweise? Wenn ich verletzt werde?«

»Das ist noch nie vorgekommen. Unsere Kunden unterzeichnen einen Vertrag, der sie für Schäden haftbar macht, und hinterlegen eine Kaution. Glauben Sie mir, jeder ist darauf bedacht, diese Summe zurückzubekommen.«

Er sprach über mich wie über einen Mietwagen. Mich fröstelte, als glitt ein Eiswürfel meine Wirbelsäule entlang. Das erinnerte mich an Tyler, der einzige Grund, der mich in diesem Stuhl hielt.

»Was geschieht mit dem Chip?«, erkundigte ich mich.

Er erstarrte eine Sekunde, fing sich aber gleich wieder. »Der wird nach dem dritten Einsatz entfernt.« Er reichte mir ein Schriftstück. »Hier. Das beruhigt Sie vielleicht.«

Folgende Regeln sind zu beachten, wenn Sie einen Exklusiv-Urlaub bei Prime Destinations buchen:

1. Es ist nicht gestattet, das Äußere des Mietkörpers in irgendeiner Weise zu verändern. Das gilt auch, aber nicht nur, für Piercings, Tattoos, Haareschneiden oder -färben, kosmetische Kontaktlinsen und Schönheitsoperationen wie Brustvergrößerungen.

2. Es ist nicht gestattet, Zähne zu plombieren, ziehen oder mit Schmucksteinen versehen zu lassen.
3. Es ist nicht gestattet, sich weiter als fünfzig Meilen von Prime Destinations zu entfernen. Entsprechende Karten stehen zur Verfügung.
4. Jeder Versuch, den Chip zu verändern, ist strengstens untersagt und führt zur sofortigen Auflösung des Vertrags ohne Kostenrückerstattung. Zusätzlich wird eine Strafgebühr erhoben.
5. Sollte es Probleme mit Ihrem Mietkörper geben, kehren Sie umgehend zu Prime Destinations zurück. Bitte denken Sie stets daran, dass Sie einen jungen Menschen gebucht haben, und behandeln Sie seinen Körper mit der gebührenden Sorgfalt.

Nehmen Sie bitte zur Kenntnis, dass der Neurochip darauf ausgelegt ist, illegale Aktivitäten des Kunden wirksam zu verhindern.

Die Regeln trugen keineswegs dazu bei, mich zu beruhigen. Sie zeigten im Gegenteil eine Reihe von Problemen auf, die ich bisher noch gar nicht bedacht hatte.

»Wie steht es mit … sonstigen Vorkommnissen?«, fragte ich.

»Was genau meinen Sie?«

»Ich weiß auch nicht.« Mir wäre es lieber gewesen, er hätte das Wort ausgesprochen. Aber nein, das überließ er mir. »Sex?«

»Was ist damit?«

»Darüber steht nichts in Ihren Regeln.« Ich wollte mein erstes Mal sicherlich nicht erleben, wenn ich gar nicht dabei war.

Er schüttelte den Kopf. »Das wird den Kunden unmissverständlich klargemacht. Sex ist verboten.«

Schon klar. Zumindest würde eine Schwangerschaft unmöglich sein. Jeder wusste, dass seit den Massenimpfungen Schwangerschaften, hoffentlich nur zeitweise, ausgeblieben waren. Mein Magen verkrampfte sich. Ich schüttelte mit einer Kopfbewegung die Haare aus den Augen und erhob mich.

»Danke für das Gespräch, Mr. Tinnenbaum. Und für die Demonstration.«

Seine Lippen zuckten. Er versuchte das mit einem schwachen Lächeln zu überspielen. »Übrigens, wenn Sie sofort unterzeichnen, erhalten Sie einen Bonus.« Er holte ein Formular aus seiner Schublade, füllte es aus und schob es mir über den Schreibtisch zu. »Das ist für drei Buchungen.« Er steckte die Kappe auf seinen Füllfederhalter.

Ich nahm den Bogen an mich. Es waren mehr Stellen vor dem Komma, als ich erwartet hatte. Ich setzte mich wieder und atmete tief durch.

Er streckte mir den Füller entgegen. Ich nahm ihn nicht.

»Drei Buchungen?«, fragte ich zurück.

»Ja. Und Sie erhalten das Geld bei Vertragsabschluss.«

Das Formular flatterte. Ich merkte, dass meine Hände zitterten, und legte den Vertrag auf den Schreibtisch.

»Das ist ein sehr großzügiges Angebot«, sagte er. »Gerade aufgrund des Bonus.« Der Füller kam noch näher.

Ich brauchte dieses Geld. Tyler brauchte es.

Als ich den Füller nahm, glaubte ich das Sprudeln des Zimmerbrunnens lauter zu hören. Ich starrte das Dokument an, sah aber nur mattroten Lippenstift, die Augen des Pförtners, Mr. Tinnenbaums unnatürlich weiße Zähne. Ich setzte die Feder auf das Papier, doch bevor ich unterschrieb, schaute ich noch einmal auf. Vielleicht wollte ich eine letzte Rückversicherung. Mr. Tinnenbaum nickte und lächelte. Sein Anzug war perfekt, bis auf einen kleinen weißen Fussel auf dem Revers, der die Form eines Fragezeichens hatte.

Tinnenbaum war so gierig. Ich legte den Füller hin.

Seine Augen verengten sich. »Irgendwas nicht in Ordnung?«

»Meine Mutter hat mir etwas beigebracht.«

»Und das wäre?«

»Eine wichtige Entscheidung immer zu überschlafen. Lassen Sie mir noch etwas Zeit zum Nachdenken.«

Sein Blick wurde eisig. »Ich kann nicht garantieren, dass das Angebot dann noch gilt.«

»Darauf muss ich es ankommen lassen.« Ich faltete den Vertrag, schob ihn in die Tasche und erhob mich.

»Können Sie sich das leisten?« Er stellte sich mir in den Weg.

»Vermutlich nicht. Aber ich muss dennoch darüber nachdenken.« Ich umrundete ihn und ging zur Tür.

»Rufen Sie an, wenn Sie Fragen haben«, rief er mir etwas zu laut nach.

Ich lief an der Empfangsdame vorbei, die verstört darüber schien, dass ich so schnell wieder aufkreuzte. Sie folgte mir mit dem Blick, während ich mir ausmalte, wie sie einen Alarmknopf drückte. Ich lief weiter. Der Pförtner starrte mich durch seine Glastür an, bevor er sie öffnete.

»Sie gehen schon?« Sein dumpfer Gesichtsausdruck hatte etwas Makabres.

Ich rannte wortlos nach draußen.

Frische Herbstluft schlug mir entgegen. Ich atmete tief ein, als ich mich an den Enders vorbeischlängelte, die den Gehsteig in Horden bevölkerten. Ich war wohl die

Erste und Einzige, die Tinnenbaums Angebot abgelehnt hatte. Die nicht auf seine Überredungskünste hereingefallen war. Aber ich hatte gelernt, den Enders zu misstrauen.

Ich schlenderte durch Beverly Hills und wunderte mich über die Wohlstandsviertel, die es ein Jahr nach dem Krieg immer noch gab. Hier war nur jede dritte Schaufensterfront leer. Designerklamotten, optische Elektronik, Bot-Shops, alles, um die Kaufsucht reicher Enders zu befriedigen. Das Geschäft lohnte sich, denn wenn etwas kaputt war, musste man es mangels Ersatzteilen oder jemandem, der es hätte reparieren können, einfach neu kaufen.

Ich hielt den Kopf gesenkt, um nicht aufzufallen. Obwohl ich im Moment nichts Illegales tat, hatte ich für den Fall, dass mich ein Marshal anhielt, nicht die nötigen Papiere, die mich als Minderjährige mit Familie auswiesen.

Während ich an einer Ampel wartete, hielt neben mir ein Truck mit einem Pulk grimmiger Starters, die verdreckt und abgerissen um einen Berg von Schaufeln und Spaten auf der Ladefläche kauerten. Ein Mädchen mit einem Kopfverband starrte mich aus toten Augen an.

Ich sah ein kurzes Aufflackern von Neid darin, als sei mein Leben besser als ihres. Als der Truck wieder anfuhr, verschränkte das Mädchen die Arme und schlang sie fest um den Oberkörper. Ich wusste, dass es ihre Schmerzen verschlimmerte, mich frei auf der Straße zu sehen. So elend mein Dasein war, das ihre war noch elender. Es musste doch irgendeinen Weg aus diesem Wahnsinn geben. Einen anderen Weg als diese unheimliche Body Bank oder legalisierte Sklavenarbeit.

Ich hielt mich auf den Nebenstraßen und machte

einen weiten Bogen um den Wilshire Boulevard, der die Ordnungshüter wie ein Magnet anzog. Zwei Enders, Geschäftsleute in schwarzen Regenmänteln, kamen auf mich zu. Ich senkte das Kinn auf die Brust und vergrub die Hände in den Taschen meines Hoodies. Links spürte ich den Vertrag, rechts die Papierförmchen mit den Supertruffles.

Bitter und süß.

Die Gegend wurde rauer, je weiter ich mich von Beverly Hills entfernte. Ich wich überfüllten Mülltonnen aus, die auf ihren längst fälligen Abtransport warteten. Eine der Fassaden war rot bemalt. Kontaminiert. Die letzten Granaten hatten die Sporen vor mehr als einem Jahr zu uns getragen, aber die Entseuchungsteams hatten es nicht bis hierher geschafft. Oder hatten es nicht gewollt. Ich drückte meinen Ärmel auf Mund und Nase, so wie mein Vater es uns beigebracht hatte. Auch wenn dies vermutlich nichts nützte.

Es begann zu dämmern. Ich holte meine Handleuchte hervor und befestigte sie am linken Handrücken, schaltete sie aber nicht ein. Wir hatten in unserem Viertel die Straßenlaternen kaputtgemacht, weil wir im Schutz der Schatten eher den Marshals entwischen konnten, die uns mit irgendwelchen Vorwänden einzufangen und in Heime einzuliefern versuchten. Zum Glück hatte ich bis jetzt noch keine dieser Einrichtungen von innen gesehen, aber eine der schlimmsten, Institut 37, war nur wenige Meilen entfernt. Andere Starters hatten darüber berichtet.

Etwa zwei Straßenblocks von unserem Unterschlupf entfernt wurde es dann so dunkel, dass ich die Handleuchte einschalten musste. Eine Minute später entdeckte ich auf der anderen Straßenseite zwei helle Lichtstrahlen, die sich in meine Richtung tasteten. Freunde, dachte ich, weil sie ihre Leuchten an ließen. Doch in der gleichen Sekunde erloschen beide Lichter.

Renegaten.

Mein Magen verkrampfte sich, und das Herz schlug mir bis zum Hals. Ich rannte los. Zum Nachdenken blieb mir keine Zeit. Der Instinkt leitete mich zu meinem Unterschlupf. Eine aus der Verfolgergruppe, ein hochgeschossenes Mädchen mit langen Beinen, war mir so dicht auf den Fersen, dass es meinen Hoodie zu packen versuchte.

Ich rannte noch schneller. Der Eingang unseres Hauses war nur noch einen halben Straßenblock entfernt. Sie startete den nächsten Angriff, und diesmal erwischte sie meine Kapuze.

Ich stürzte, als sie mich nach hinten riss, und landete hart auf dem Rücken. Ein heftiger Schmerz erfüllte meinen Kopf. Sie setzte sich rittlings auf mich und machte sich daran, meine Taschen zu durchsuchen. Ihr Begleiter, ein kleinerer Junge, blendete mich mit dem Strahl seiner Leuchte.

»Ich habe kein Geld.« Ich blinzelte und versuchte ihre Hände wegzustoßen.

Sie schlug mir mit der flachen Hand gleichzeitig auf beide Ohren. Ein fieser Trick, den man in der Gosse lernte. Meine Schläfen begannen zu dröhnen.

»Kein Geld?« Ihre Worte hallten dumpf in meinem Schädel wider. »Dann steckst du tief in der Scheiße.«

Eine Flut von Adrenalin schoss durch meine Adern und verlieh meinem Arm ungeahnte Kraft. Ich drosch ihr die Faust unter das Kinn. Sie kippte vornüber, richtete sich jedoch wieder auf, bevor ich mich befreien konnte.

»Jetzt bist du tot, Baby!«

Ich drehte und wand mich, aber ihre Schenkel hielten mich wie eine Stahlklammer fest. Sie holte zu einem Hieb aus, in den sie ihr ganzes Körpergewicht legte. Instinktiv rollte ich den Kopf zur Seite, und ihre Faust prallte auf das Pflaster. Sie schrie laut auf.

Beflügelt von ihrem Schrei, bäumte ich mich auf und kam frei, während sie die schmerzende Hand an den Körper presste. Mein Herz hämmerte wie verrückt. Inzwischen hatte ihr Begleiter einen Steinbrocken aufgehoben. Ich rappelte mich auf.

Etwas fiel mir aus der Tasche. Alle starrten das Ding an.

Eine der kostbaren Pralinen.

Der Junge richtete den Strahl der Handleuchte darauf.

»Essen«, keuchte er.

Das Mädchen kroch auf die Beute zu, die gebrochene Hand immer noch gegen die Brust gepresst. Ihr Freund bückte sich und schnappte sich das Ding zuerst. Sie erwischte seine Hand, brach ein Stück der Praline ab und verschlang es gierig. Er stopfte sich den Rest in den Mund. Ich nutzte die Ablenkung und rannte zum Seiteneingang meines Unterschlupfs. Ich stieß die Tür auf, meine Tür, und stolperte ins Innere.

Ich betete, dass sie mir nicht folgten. Vermutlich hatten sie zu große Angst vor meinen Mitbewohnern und vor den Fallen, in die sie geraten könnten. Ich richtete die Handleuchte auf die Stufen, die nach oben führten. Frei. Zwei Treppenabsätze bis zum Dachgeschoss. Ich erklomm sie und spähte durch ein verdrecktes Fenster in die Tiefe. Die Renegaten wuselten wie Ungeziefer die Straße entlang. Es war Zeit für eine rasche Bestandsaufnahme. Mein Hinterkopf schmerzte immer noch von dem harten Zusammenprall mit dem Pflaster, aber ich war ohne offene Wunden und offenbar auch ohne Knochenbrüche davongekommen. Eine Hand auf die Brust gepresst, bemühte ich mich, langsamer zu atmen.

Dann wandte ich meine Aufmerksamkeit den Räumlichkeiten selbst zu. Ich horchte, so gut ich konnte, aber meine Ohren hatten sich noch nicht von den Hieben erholt. Ich schüttelte den Kopf, um das störende Rauschen und Dröhnen zu vertreiben.

Keine neuen Geräusche. Keine neuen Bewohner.

Keine Gefahr.

Der Bürosaal am Ende des Korridors zog mich an wie ein Leuchtfeuer. Er verhieß Ruhe und Schlaf. Schreibtische bildeten eine Barrikade um unser provisorisches Lager in einer Ecke des großen, kahlen Raums und schufen die Illusion von Behaglichkeit. Tyler schlief wahrscheinlich schon, und ich tastete nach den restlichen Pralinen in meinen Taschen. Vielleicht war es vernünftiger, ihn erst am Morgen damit zu überraschen.

Aber ich konnte einfach nicht so lange warten.

»Hey, wach auf! Ich habe was für dich.« Ich schob mich an den Schreibtischen vorbei, aber da war nichts. Keine Decken, kein Bruder. Nichts. Unsere spärlichen Habseligkeiten – verschwunden.

»Tyler?«, rief ich.

Das Schlucken fiel mir schwer. Ich stürzte zur Tür, aber als ich sie erreichte, ging sie auf, und eine vertraute Gestalt erschien auf der Schwelle.

»Michael!«

Er schüttelte sich das wirre blonde Haar mit einem Ruck aus der Stirn. »Callie, du bist es.« Er klemmte sich die Handleuchte unter das Kinn und schnitt eine Furcht einflößende Grimasse. Aber gleich darauf lachte er los.

Wenn er lachte, war mit Tyler bestimmt alles in Ordnung. Ich schlug ihm freundschaftlich auf die Schulter.

»Wo ist Tyler?«

»Ihr beide müsst zu mir ziehen. Hier drinnen ist das Dach undicht.« Er richtete den Strahl seiner Lampe auf einen dunklen Fleck an der Decke. »Das war doch okay, oder?«

»Ich weiß nicht. Kommt darauf an, wie geschmackvoll deine Einrichtung ist.«

Ich folgte ihm in ein Großraumbüro am anderen Ende des Korridors. In zwei der Ecken bildeten Schreibtische gemütliche, schützende Nischen. Als ich näher kam, sah ich, dass er unsere Sachen genau so arrangiert hatte wie in unserem Unterschlupf. Tyler saß an der Wand, eine Decke um die Beine gewickelt. Er wirkte so winzig, wie er da auf seinem Schlafsack kauerte, viel jünger als sieben. Vielleicht lag es daran, dass ich ihn einen Moment lang verloren geglaubt hatte, oder auch an der Tatsache, dass ich den ganzen Tag fort gewesen war, aber plötzlich fiel mir auf, wie sehr er sich verändert hatte. Er hatte Untergewicht, seit wir auf der Straße lebten. Seine Haare mussten geschnitten werden. Und ich bemerkte dunkle Ringe unter seinen Augen.

»Wo warst du, Monkey?« Tylers Stimme klang heiser.

Ich ließ mir meine Besorgnis nicht anmerken. »Draußen.«

»Du warst so lange weg.«

»Aber du hattest doch Michael.« Ich kniete neben ihm nieder. »Und es hat eben lange gedauert, bis ich etwas ganz besonders Feines für dich auftreiben konnte.«

Ein zaghaftes Lächeln stahl sich auf sein Gesicht. »Was?«

Ich holte eines der Papierförmchen aus meiner Tasche. Tylers Augen weiteten sich.

»Eine Supertruffle?« Er schaute Michael an, der neben mir stand. »Wow!«

»Ich habe noch eine.« Ich zeigte ihm das zweite Förmchen. »Die sind beide für dich.«

Er schüttelte den Kopf. »Eine nimmst du.«

»Du brauchst die Nährstoffe«, sagte ich.

»Hast du denn heute schon gegessen?«, erkundigte er sich. Ich starrte ihn an. Konnte ich ihn anschwindeln? Nein, er kannte mich zu gut.

»Dann gehört sie euch beiden«, erklärte er.

Michael zuckte mit den Achseln, und das Haar fiel ihm wieder über Stirn und Augen. Lässig sah das aus und irgendwie ganz typisch für ihn. »Einverstanden, bevor du mich schlägst.«

Tyler lächelte und nahm meine Hand. »Danke, Callie.«

Er versuchte meine Finger ganz fest zusammenzudrücken, wie er es früher immer gemacht hatte.

Aber er schaffte es nicht.

Wir saßen um einen Schreibtisch in der Mitte des Saals, den wir zum Esstisch umfunktioniert hatten. Michaels Handleuchte stand in der Mitte, auf Kerzenmodus eingestellt. Wir schnitten die Riesenpralinen in kleine Stücke, die wir spaßeshalber Vorspeise, Hauptgericht und Dessert nannten. Die süße zähe Leckerei war ein Zwischending aus einem Brownie und Fudge und schmeckte einfach himmlisch. Obwohl wir sie langsam auf der Zunge zergehen ließen, war sie viel zu schnell alle.

Tyler wirkte nach dem Essen etwas munterer. Er sang vor sich hin, während Michael das Kinn auf die Hand stützte und mich über den Tisch hinweg anstarrte. Er brannte darauf, mich über die Body Bank und alles andere auszufragen. Ich sah, wie sich sein Blick auf meine frischen Schrammen heftete.

»Das süße Zeug macht Durst«, sagte ich.

»Genau.« Tyler nickte.

Michael stand auf. »Dann fülle ich mal besser die Wasserflaschen.« Er schnappte sich unsere Flaschen, die an Riemen neben der Tür hingen, zusammen mit dem Eimer für das Waschwasser. Dann verließ er den Raum.

Tyler ließ den Kopf auf die Tischplatte sinken. Die Begeisterung über die Supertruffles forderte ihren Tribut. Ich strich ihm über das babyweiche Haar und den Nacken. Der Kapuzenpulli war ihm von der Schulter gerutscht und gab die Impfnarbe frei. Ich fuhr mit dem Finger darüber, dankbar für das kleine Mal. Ohne diese Impfung wären wir jetzt tot wie unsere Eltern. Tot wie alle Menschen zwischen vierzig und sechzig. Da wir Jungen, ebenso wie die Alten, besonders anfällig gegen die Genozid-Sporen waren, hatte man unsere beiden Altersgruppen zuerst geimpft.

Und jetzt gab es nur noch Starters und Enders. Was für eine makabere Ironie war das?

Nach ein paar Minuten kam Michael mit den gefüllten Wasserflaschen zurück. Ich ging ins Bad, wo er den Eimer mit dem Waschwasser abgestellt hatte. In der ersten Woche, die wir hier verbracht hatten, waren die Leitungen noch intakt gewesen. Mit einem Seufzer erinnerte ich mich an den Luxus von fließendem Wasser. Inzwischen mussten wir unser Wasser aus außen gelegenen Brunnen stehlen.

Das kalte Wasser erfrischte mich, obwohl wir schon November hatten und die Heizung längst nicht mehr funktionierte. Ich wusch mir das Blut von Gesicht und Armen.

Als ich in den Bürosaal zurückkehrte, hatte es sich Tyler in unserer Ecke bequem gemacht. Michael lag uns gegenüber, in seiner Burg, die das Spiegelbild der unseren war. Nun, da wir uns alle in einem Raum befanden, fühlte ich mich sicherer. Falls wir ungebetenen Besuch bekamen, konnte einer von uns den Eindringling von hinten angreifen. Michael hatte ein Metallrohr. Ich besaß einen Mini-Zip-Taser, der meinem Vater gehört hatte. Er war nicht so wirksam wie die Elektroschocker der Marshals, aber ich verließ mich voll und ganz auf ihn. Irgendwie traurig, dass mir eine Waffe Trost spenden musste.

Ich setzte mich auf meinen Schlafsack und zog die Schuhe aus. Dann schlüpfte ich aus dem Hoodie und tat, als wollte ich mich schlafen legen. Ich hatte im Geiste eine Liste der Dinge angelegt, die mir am meisten fehlten. An diesem Abend erweiterte ich sie um einen Schlafanzug. Einen Schlafanzug aus Flanell, warm aus dem Trockner. Ich hatte es satt, immer in Straßenklamotten zu schlafen, immer darauf vorbereitet, zu fliehen oder in einen Kampf verwickelt zu werden. Ich sehnte mich nach einem flauschigen Pyjama und einem tiefen Schlaf, in dem für ein paar Stunden die Welt vergessen war.

»Michael hat unser Zeug rübergeschafft.« Tyler ließ seine Handleuchte über unsere Bücher und sonstigen Schätze wandern, die auf den Schreibtischen ringsum gestapelt waren.

»Ich weiß. Das war ganz lieb von ihm.«

Der Lichtstrahl ruhte auf einem Stoffhund. »Es ist alles wie zuvor.«

Erst dachte ich, er meinte, wie früher bei uns zu Hause,

aber dann wurde mir klar, dass er vom Vortag sprach. Michael hatte sich die Mühe gemacht, unsere Habseligkeiten genau so zu arrangieren wie in unserem vorigen Unterschlupf, weil er wusste, wie kostbar sie für uns waren.

Tyler holte unseren Holo-Frame herunter. Das machte er hin und wieder, wenn er besonders traurig war und nicht einschlafen konnte. Er hielt ihn in der Handfläche und ging die einzelnen Holo-Videos durch – die Familie am Strand, wir Kinder beim Spielen im Sand, Dad bei Zielübungen am Schießstand, die Hochzeit unserer Eltern. Mein Bruder stoppte an der gleichen Stelle wie immer – einer Aufnahme unserer Eltern, entstanden drei Jahre zuvor während eines Segeltörns, kurz bevor die Kämpfe im Pazifik begonnen hatten. Beim Klang ihrer Stimmen wurde mir immer noch schwer ums Herz. »Tyler, du fehlst uns sehr. Und Grüße und Küsse an dich, Callie. Pass gut auf deinen Bruder auf!« Im ersten Monat war ich stets in Tränen ausgebrochen, wenn ich diese Worte hörte. Das war vorbei. Inzwischen klangen sie hohl wie namenlose Schauspieler in einem Film ohne Titel.

Tyler weinte nie. Er prägte sich ihre Stimmen immer wieder ein. So waren Mom und Dad jetzt für ihn.

»Okay, genug für heute. Zeit fürs Bett.« Ich griff nach dem digitalen Bilderrahmen.

»Nein. Ich will mich erinnern.« Er sah mich bittend an.

»Hast du Angst, dass du sie vergisst?«

»Vielleicht.«

Ich wies auf die Leuchte, die um sein Handgelenk geschnallt war. »Weißt du noch, wer sie erfunden hat?«

Tyler nickte. »Dad.«

»Genau. Mit einigen anderen Wissenschaftlern zusammen. Also, wann immer du dieses Licht siehst, denk daran, dass Dad über dich wacht.«

»Tust du das?«

»Jeden Tag.« Ich strich ihm über das Haar. »Keine Sorge, wir werden sie niemals vergessen. Ehrenwort.«

Schließlich einigten wir uns auf ein Tauschgeschäft. Tyler bekam anstelle des Bilderrahmens sein Lieblingsspielzeug, einen kleinen Robodog – das einzige Spielzeug, das ihm geblieben war. Das Ding schaltete auf Softmodus und lag wie ein echter Hund in seinem Arm. Mal abgesehen von den grünen Leuchtaugen.

Ich stellte den Rahmen wieder auf die Schreibtischplatte über uns. Tyler hustete, und ich zog ihm den Schlafsack bis ans Kinn hoch. Jedes Mal, wenn er hustete, erinnerte es mich an die Diagnose des Klinikarztes, der ihn untersucht hatte. »Seltene Lungenkrankheit. Vielleicht heilbar. Vielleicht auch nicht.« Ich sah, wie sich seine Brust hob und senkte, und hörte, wie seine rasselnden Atemzüge allmählich ruhiger und tiefer wurden. Ich kroch aus meinem Schlafsack und spähte um die Schreibtische herum.

Michaels Handleuchte erhellte die Wand. Ich warf mein Kapuzenshirt um die Schultern und lief barfuß zu ihm hinüber.

»Michael?«, wisperte ich.

»Komm rein!« Er dämpfte seine Stimme ebenfalls.

Ich war gern in seiner kleinen Festung. Er hatte sie mit Bleistift- und Kohlezeichnungen ausgeschmückt und in jedem freien Winkel Papier, Stifte und sonstiges Arbeitsgerät verstaut. Michael skizzierte Szenen unserer Stadt, schilderte aus seiner Sicht die Straßenschluchten mit ihren leeren Häusern, dazu die Horden von Halbwüchsigen – die Gleichgesinnten, aber auch die Renegaten mit ihren Handleuchten und zerlumpten Klamotten, die sich Wasserflaschen um die dürren Hüften geschnallt hatten und sich mit Gewalt nahmen, was sie zum Überleben brauchten.

Er legte sein Buch weg, lehnte sich an die Wand und deutete auf seine Armeedecke.

Dann sah er mich prüfend an. »Also – was ist mit deinem Gesicht passiert?«

Ich betastete meine Wange. Sie fühlte sich heiß an. »Sieht es so schlimm aus?«

»Tyler hat nichts gemerkt. Wahrscheinlich, weil es hier drinnen so dunkel ist.«

Ich nahm ihm gegenüber im Schneidersitz Platz.

»Renegaten?«

Ich nickte. »Mir fehlt nichts weiter.«

»Wie war es bei den Enders?«

»Irgendwie seltsam.«

Er ließ den Kopf hängen und schwieg.

»Was ist los?«, fragte ich.

Als er aufschaute, merkte ich, dass er rot angelaufen war. »Ich hatte solche Angst, du würdest nicht zurückkommen.«

»Ich hab's doch versprochen, oder?«

Er nickte. »Schon.« Plötzlich hatte er feuchte Augen. »Aber ich dachte … wenn du nun nicht zurückkommen könntest?« Seine Stimme war kaum hörbar.

»Ach, Michael.« Ich legte ihm eine Hand auf die Schulter.

Er wischte sich mit dem Handrücken die Tränen ab. »Also, wie findest du den Laden?«

»Hast du gewusst, dass die dir einen Neurochip einsetzen?« Ich deutete auf meinen Hinterkopf. »Hier.«

»Wo? Lass sehen!« Er berührte mein Haar.

»Nein, doch nicht sofort, Dummkopf. Ich wollte mir die Sache erst mal ansehen.«

Ich las die Sorge in seinen Zügen, bemerkte den weichen Blick, mit dem er mich musterte. Komisch, ich hatte ihn früher kaum bemerkt, obwohl er in der gleichen Straße wie wir gewohnt hatte. Wie verrückt, dass uns erst der Sporenkrieg zusammengebracht hatte.

Als ich die Hände in die Taschen schob, stieß ich auf etwas. Ein Blatt Papier. Ich zog es ans Licht.

»Was ist das?«, fragte er.

»Der Vertrag. Den gab mir der Kerl von der Body Bank mit.«

Ich faltete das Formular auf und strich es glatt.

Michael beugte sich vor. »Die Summe sollst du kriegen?« Er entriss mir das Dokument.

»Gib her.«

Er las den Kontrakt. »… für drei Buchungen.«

»Ich mach's nicht.«

»Warum nicht? Das ist eine Menge.«

»So viel zahlen die doch nie. Genau das ist es, was mich stutzig macht. Der hohe Betrag.«

»Und überhaupt, ich frage mich, wie diese Leute das Gesetz umgehen. Es ist sicher nicht erlaubt, Starters zu mieten.«

Ich zuckte mit den Schultern. »Irgendein Schlupfloch werden sie gefunden haben.«

»Oder sie halten die Sache streng geheim. Zumindest machen sie keine Reklame dafür.«

Er hatte recht. »Mir hat es der Typ erzählt, der eine Zeitlang im ersten Stock wohnte.«

»Wahrscheinlich kriegt er eine Art Kopfgeld für jeden Starter, den er anwirbt.«

»Da hat er in meinem Fall Pech.« Ich legte mich auf

die Seite und stützte das Kinn auf eine Hand. »Ich traue denen nicht.«

»Du musst müde sein. Das war ein langer Fußmarsch.«

»Zu müde zum Schlafen.«

»Morgen sehen wir an der Laderampe nach, ob wir etwas Obst erstehen können.«

Seine Worte klangen verschwommen, und meine Lider fühlten sich wie Blei an. Irgendwann schlug ich die Augen auf und sah, dass er mich anlächelte. Ich musste eingeschlafen sein.

»Geh schlafen, Kleines.«

Ich nickte, schob den Vertrag zurück in die Tasche und kehrte zu Tyler zurück. Ich wickelte mich in den Schlafsack und stellte die Handleuchte auf Sparmodus ein.

Der Winter in Südkalifornien war nicht brutal, aber bald würde es nachts doch ziemlich kalt werden. Ich musste sehen, dass ich für Tyler ein warmes Plätzchen fand. Ein richtiges Heim. Aber wie? Das war die Sorge, die mich jede Nacht von Neuem beschlich. Ich hatte gehofft, die Body Bank wäre die Lösung. War sie aber nicht. Die Leuchte ging aus, als ich langsam einnickte.

Das Kreischen der Rauchmelder riss mich aus meinem unruhigen Schlaf. Bitterer Qualm drang mir in die Nase. Tyler setzte sich hustend auf.

»Michael?«, rief ich.

»Feuer!«, gab er zurück.

Die Uhr an meiner Handleuchte zeigte 5 Uhr morgens an. Ich tastete nach meiner Wasserflasche und schraubte sie auf. Dann griff ich in die Schublade über mir und zerrte ein T-Shirt heraus. Ich feuchtete es an.

»Drück das auf Mund und Nase!«, befahl ich Tyler.

Michaels Leuchte durchbrach die Rauchschwaden. »Kommt!«, rief er.

Ich hakte meinen kleinen Bruder unter. Unsere Handleuchten durchdrangen den Qualm nur zum Teil. Geduckt tasteten wir uns zur Tür.

Michael legte mir eine Hand auf die Schulter und dirigierte mich zur Treppe. Rauch verdunkelte das Treppenhaus. Es schien eine Ewigkeit zu dauern, aber wir schafften es. Meine Beine fühlten sich wie Gummi an, als wir ins Freie traten.

Wir entfernten uns von dem Gebäude, aus Angst vor den Flammen und herabstürzenden Trümmern. Im Halbdunkel des frühen Morgens sahen wir einige Mitbewohner herauskommen. Zwei von ihnen kannten wir. Dann waren da noch drei, die wohl in den unteren Stockwerken gehaust hatten.

Sie alle starrten entsetzt die Fassade an.

»Wo sind die Flammen?«, fragte ich.

»Wo ist das Feuer?«, setzte Michael hinzu.

»Sind das alle?«, schrie ein Mann.

»Ja.« Ich sah einen Ender näher kommen. Er mochte um die hundert sein und trug einen schicken Anzug.

»Sicher?« Der Ender sah die Hausbewohner an. Sie nickten. »Gut.« Der Mann hob die Hand, und drei weitere Enders in Bauarbeiterkleidung näherten sich dem Gebäude.

Einer riss das Klebeband vom Schloss des Seiteneingangs, ein anderer nagelte einen Zettel an die Tür. Der Anzugträger drückte uns eine Kopie des Zettels in die Hand.

Michael las vor: »Betreten des Gebäudes und des zugehörigen Grundstücks ab sofort verboten. Der neue Eigentümer.«

»Die haben uns glatt ausgeräuchert«, sagte einer unserer Mitbewohner.

»Ich fordere euch auf, das Gelände zu verlassen«, befahl der Anzugträger mit ruhiger, aber entschiedener Stimme.

Als sich keiner von uns rührte, fügte er hinzu: »Ihr habt eine Minute Zeit.«

»Aber unsere Sachen…« Ich lief auf das Gebäude zu.

»Ihr dürft da nicht mehr hinein«, erklärte der Anzugträger. »Ich hafte dafür, dass euch nichts passiert.«

»Sie können uns doch nicht unsere Habe vorenthalten«, beschwerte sich Michael.

»Das Besetzen von Häusern ist gesetzeswidrig«, sagte der Ender. »Ich warne euch. Noch dreißig Sekunden.«

Mir wurde schlecht. »Alles, was wir noch besitzen, ist da drin. Bitte – wenn wir das Gebäude schon nicht betreten dürfen, dann lassen Sie wenigstens unsere Sachen nach draußen bringen.«

Er schüttelte den Kopf. »Dazu ist keine Zeit. Verschwindet lieber. Die Marshals sind bereits unterwegs.«

Das reichte, um die Mitbewohner in die Flucht zu schlagen. Ich legte einen Arm um Tylers Schultern und wandte mich ebenfalls zum Gehen, aber dann wagte ich einen letzten Versuch. Der Mann im Anzug hatte uns bereits den Rücken zugekehrt, doch der Bauarbeiter sah uns und nickte ihm zu. Er drehte sich um.

»Bitte. Unsere Eltern sind tot.« Ich kämpfte mit den Tränen. »Die letzten Aufnahmen, die wir von ihnen haben, sind in diesem Haus. Im zweiten Stock, am Ende des Korridors. Könnte jemand den Bilderrahmen retten und uns herunterwerfen?«

Er schien einen Moment lang zu überlegen. Dann

murmelte er ein knappes »Tut mir leid« und wandte sich ab, ohne mich auch nur anzusehen.

Ich hatte mich noch nie so leer gefühlt. Es war sinnlos, mit ihm zu diskutieren. Über achtzig Jahre trennten uns; er würde nie verstehen, was wir durchgemacht hatten.

»Callie, es ist okay.« Tyler zerrte an meiner Hand. »Wir können auch ohne die Bilder an sie denken, nicht wahr? Wir vergessen sie ganz bestimmt nicht.«

Eine Sirene heulte auf. »Die Marshals«, sagte Michael. »Los jetzt!«

Wir hatten keine Wahl, also drehten wir uns um und flohen ins Halbdunkel des frühen Morgens.

Zurück ließen wir die letzten Erinnerungsstücke an unsere Familie. An das Leben, das seit einem Jahr nicht mehr existierte.

kapitel 2

Wir hasteten die Straße entlang, weg vom Geheul der Polizeisirene. Ich wagte einen kurzen Blick über die Schulter. Silberhaarige Männer in stahlgrauen Uniformen sprangen aus ihrem Fahrzeug. Michael hob Tyler hoch, und wir rannten so schnell wir konnten. Wir stürmten in einen engen Durchgang zwischen unserem Unterschlupf und einem anderen verlassenen Bürogebäude.

Zwar war zu hören, dass uns die Marshals folgten, aber wir hatten den Durchgang hinter uns gelassen, bevor sie ihn erreichten. So konnten sie nicht sehen, in welche Richtung wir uns wandten. Sie besaßen Waffen und hundert plus Jahre Erfahrung, aber wir hatten junge Beine.

Wir liefen hinter eine lange Sträucherhecke im Hof zwischen den Gebäuden. Die Büsche waren halb verdorrt und kratzig, aber im Morgengrauen reichte das Gestrüpp als Sichtschutz aus. Jetzt erwies es sich als nützlich, dass wir bei unserem Einzug ein paar Verstecke angelegt hatten. Ich bog die Äste zur Seite, Michael setzte Tyler ab, und wir drängten uns aneinander.

Die Marshals kamen heran. Ich spähte durch eine

Lücke im Astwerk und beobachtete jede ihrer Bewegungen. Einer wandte sich nach links, der andere kam direkt auf uns zu.

Tyler atmete keuchend, wie immer vor einem Hustenanfall. Ich spürte, wie sich die Härchen an meinen Armen aufrichteten. Michael schob eine Hand über Tylers Mund.

Der Marshal kam näher. Hatte er uns gesehen? Er bückte sich und zog seine Waffe. Mein Herzschlag war so laut, dass er in meinen Ohren widerhallte. Ich packte Michaels Hemd und presste meine Wange an seine Schulter.

Die Hand des Marshals griff in das Laub vor meinem Gesicht. Er war so nahe, dass ich den Ölgeruch seiner Handschuhe vernehmen konnte. Ich hielt den Atem an.

»Er ist hier!«, hörten wir den anderen Marshal rufen.

Dann zerfetzte dieses Geräusch, dieses elektronische Lichtbogenknistern, das uns ein Kribbeln über den Rücken jagte, die kalte Nacht.

Zip-Taser.

Qualvolle Schreie folgten dem Knistern. Sie durchdrangen uns, bis unsere Zähne und Seelen schmerzten. Das Laub zitterte, als unser Marshal zum Ort des Geschehens rannte.

Ich presste mein Gesicht gegen das Astwerk, um besser sehen zu können. Ein Junge lag mit dem Gesicht nach unten auf dem Boden. Seine Schreie gingen allmählich in ein Stöhnen über.

Einer der Marshals legte ihm Handschellen an und drehte ihn um. Ich erkannte, dass es ein Bewohner unseres Gebäudes war, ein Typ, den ich nur flüchtig wahrgenommen hatte. Der Zip-Taser hatte eine Seite seines Nackens so versengt, dass die Haut schwarz war. Das passierte, wenn sie ganz aus der Nähe abdrückten oder die Wirkung zu hoch eingestellt war.

Sie machen das absichtlich, dachte ich, um uns zu brandmarken.

Der Junge begann wieder zu schreien, als sie ihm Arme und Brust mit einem Riemen zusammenschnürten, und flehte sie an, ihn nicht mitzunehmen. Sie kümmerten sich nicht um seine Beteuerungen, sondern richteten ihn auf und zerrten ihn mithilfe von zwei Stricken, die sie durch den Riemen gezogen hatten, hinter sich her. Die Füße des Jungen schleiften über den Boden. Bei jedem Schlagloch schrie er laut auf.

Es war, als hätten sie ein Tier erbeutet.

Sie waren Feiglinge, jagten uns nur in der Nacht, unbemerkt von möglichen weichherzigen Enders, die hätten einschreiten können.

Wir kauerten dicht zusammengedrängt im Schutz der Sträucher. Das hielt Tyler warm und vom Husten ab und erstickte jedes noch so leise Geräusch, das wir verursachten. Jeder Schrei ließ uns zusammenzucken. Wenn wir nur ein paar Hausbesetzer mehr gewesen wären! Dann hätten wir die Marshals von hinten anspringen und sie beißen, kratzen oder schlagen können, bis sie den Jungen losließen.

Das Schreien wurde leiser, als sie den Durchgang erreicht hatten. Dann hörten wir, wie ihr Wagen startete. Sie zogen ab, zufrieden mit ihrem Einsatz. Sie hatten einen Gefangenen gemacht und damit ihr Soll erfüllt.

Und morgen würden sie wiederkommen.

Tyler ließ seinem lange unterdrückten Husten freien Lauf, bis er röchelte und damit einen weiteren Anfall heraufbeschwor. Wir krochen aus der Hecke, weil der Boden dort zu feucht für ihn war. Michael zog sein

Sweatshirt aus und streifte es Tyler über. Die beiden setzten sich auf einen niedrigen Pflanzentrog aus Beton und rückten ganz eng zusammen, während ich unruhig auf und ab lief.

»Was machen wir jetzt?«, fragte Michael. »Wir haben unsere Schlafsäcke verloren.«

»Und meinen *Zip-Taser*.« Ich schluckte bei dem Gedanken an die Waffe des Marshals. »Unsere Wasserflaschen. Dazu alles, was wir von daheim gerettet, bevorratet oder zusammengebaut hatten.«

Meine Worte hingen in der kalten Nachtluft. Das Elend, das sie zum Ausdruck brachten, drohte mich zu überwältigen.

Tyler setzte noch einen obendrauf.

»Mein Robodog ist weg«, ergänzte er.

Er schob die Unterlippe trotzig vor, konnte aber nicht verhindern, dass sie zitterte. Der Hund war nicht nur ein Spielzeug – es war das letzte Stück, das ihm Mom geschenkt hatte. Wäre ich ein besserer Mensch gewesen, hätte ich zugegeben, dass ich ihn nur zu gut verstand, weil ich selbst untröstlich über den Verlust des HoloFrames mit den Bildern unserer Eltern war. Unwiederbringliche Erinnerungsstücke. Unser früheres Dasein, das Leben, das wir bis vor einem Jahr geführt hatten – undokumentierte Geschichte. Die letzte Verbindung gekappt.

Aber ich behielt meine Gefühle für mich. Sich jetzt gehen zu lassen, war auch keine Lösung.

»Also, was nun?«, fragte Tyler. »Wohin sollen wir gehen?« Ein trockener Husten schüttelte ihn.

»Wir können nicht hierbleiben«, erklärte ich. »Die kommen morgen mit mehr Leuten zurück, jetzt, da sie die Übermacht zurückgewonnen haben.«

»Ich kenne noch ein leerstehendes Gebäude«, warf Michael ein. »Nicht weit entfernt. Höchstens zwanzig Minuten.«

Noch ein Gebäude. Noch ein kalter, harter Fußboden. Noch ein Unterschlupf auf Zeit. Etwas in mir zerbrach.

»Zeichne mir eine Karte.« Ich fischte den Vertrag aus der Tasche meines Hoodies und riss eine Ecke ab.

»Warum?«, fragte Michael.

»Ich stoße später zu euch.« Ich schob Michael das Papier hin, und er begann zu zeichnen.

»Wo willst du hin?« Tylers Stimme klang heiser.

»Ich bin für einen oder zwei Tage weg.« Ich sah Michael an. »Ich weiß, wo ich Geld auftreiben kann.«

Michael schaute von seiner Skizze auf. Unsere Blicke trafen sich. »Callie – bist du sicher, dass das der richtige Weg ist?«

Ich betrachtete Tylers erschöpftes Gesicht, seine eingefallenen Wangen und verquollenen Augen. Der Rauch hatte seinen Zustand verschlimmert. Ich würde es mir nie verzeihen, wenn er es meinetwegen nicht schaffen würde. »Nein. Aber mein Entschluss steht fest.«

Kurz darauf machte ich mich auf den Weg zu Prime Destinations. Die Karte hatte ich in die kleine Tasche an meiner Lampe geschoben. Als ich Beverly Hills erreichte, war es 8 Uhr 45, und die Läden waren noch geschlossen. Ich begegnete einer Handvoll Enders, die zu viel Makeup trugen und sich mit auffälligem Schmuck behängt hatten. Die moderne Medizin konnte die Lebensspanne der Enders auf zweihundert Jahre ausdehnen, aber sie konnte sie offenbar nicht davon abhalten, Modesünder zu werden. Die Gruppe betrat ein Restaurant. Als sich die Tür öffnete, stieg mir der Geruch von Eiern mit Schinkenspeck in die Nase. Mein Magen knurrte.

Diese reichen Enders taten, als sei nie Krieg gewesen. Am liebsten hätte ich sie geschüttelt. Habt ihr das alles schon vergessen? Die Schlachten an der Pazifikküste, die zu keiner Entscheidung führten? Die neue Taktik des Feindes, mit Sporen gefüllte Gefechtsköpfe einzusetzen? Und unseren brutalen Gegenschlag mit EMP-Waffen, die ihre Computer, ihre Flugzeuge und natürlich ihre Börsenmärkte zum Absturz brachten?

Wir hatten Krieg, Leute. Einen Krieg, den keiner gewann. Nicht wir und nicht die Pazifikstaaten. Innerhalb eines Jahres hatte sich das Gesicht Amerikas völlig verändert: Nun gab es nur noch ein paar verstreute Starters wie mich in einem Meer silberhaariger Enders, die sehr reich, sehr gut genährt und sehr vergesslich waren.

Nicht alle gehörten zu den unermesslich Reichen, aber keiner von ihnen war so arm wie wir, die weder arbeiten noch wählen durften. Dieser Trend hatte sich schon vor dem Krieg angekündigt, aber nun, da die Alten weit in der Überzahl waren, ließ sich die Entwicklung nicht mehr aufhalten. Ich hasste es, über den Krieg nachzudenken.

Ich kam an einer Pizzeria vorbei. Geschlossen. Doch das Hologramm im Fenster sah zum Anbeißen aus, mit blubberndem Käse. Das ausströmende künstliche Aroma wirkte zu echt. Ich dachte mit Sehnsucht an den würzigen Geschmack von Tomatensauce und heißem, halb zerlaufenem Mozzarella. Was mir fehlte, war nicht nur Essen, sondern vor allem heißes Essen.

Als ich den Sitz von Prime Destinations erreichte, zögerte ich. Das Unternehmen war in einem freistehenden, fünf Stockwerke hohen Gebäude mit silbern verspiegelten Fenster- und Türfronten untergebracht. Ich betrachtete mich in der Fassade des Haupteingangs. Zerfetzte Klamotten, rußverschmiertes Gesicht, umrahmt von wirren Strähnen. War ich noch irgendwo darunter, ich selbst? Mein Spiegelbild verschwand, als der Wachmann die Tür öffnete. »Schön, Sie wiederzusehen.« Er grinste unverhohlen.

Während ich am Empfang auf Tinnenbaum wartete, bemerkte ich in einem offen stehenden Konferenzraum jenseits der Eingangshalle zwei streitende Männer. Einer von ihnen war Tinnenbaum. Den anderen konnte ich nur von hinten sehen. Er war groß und trug einen eleganten schwarzen Wollmantel. Unter seinem weichen Filzhut lugten ein paar Zentimeter Silberhaar hervor. Er schlug sich mit den Handschuhen mehrmals in eine Hand, ehe er sie so heftig gegen die Tischkante rammte, dass Tinnenbaum zusammenzuckte.

Kurz darauf verschwand er aus meinem Blickwinkel. Der hochgewachsene Mann jedoch blieb und starrte wütend in eine Vitrine mit elektronischem Zubehör. Ich konnte seine Züge in der Glasscheibe nicht deutlich ausmachen, aber ich hatte das Gefühl, dass er mich besser sah als ich ihn. Ich spürte ein Prickeln im Nacken. Er starrte mich unverwandt an, so als würde er mich mit Blicken vermessen.

Warum?

In diesem Moment kam Tinnenbaum allein aus dem Raum und schloss die Tür hinter sich. Er hatte dieses abartige Grinsen wiedergefunden, das sein Markenzeichen zu sein schien.

»Callie. Ich hatte gehofft, dass wir Sie wiedersehen

würden.« Er reichte mir die Hand. »Entschuldigen Sie, dass ich Sie warten ließ, aber das war mein Boss.« Er deutete mit dem Kinn auf den Konferenzraum.

»Schon okay. Er ist sicher ein bedeutender Mann.«

»Man könnte sagen, dass er Mr. Prime Destinations höchstpersönlich ist.« Er machte mit dem freien Arm eine weit ausholende Geste. »Das alles hier ist sein Baby.«

Ich folgte ihm in sein Büro und nahm ihm gegenüber am Schreibtisch Platz, während er seinen Airscreen einschaltete. Mein Blick schweifte nach rechts, und ich fragte mich, ob das gerahmte Bild in Wahrheit ein Überwachungsfenster war.

»Und wer, sagten Sie, empfahl Ihnen unser Unternehmen?«

»Dennis Lynch.«

»Woher kennen Sie ihn?«

»Er war ein Klassenkamerad. Vor dem Krieg.«

Er sah mich an, als erwartete er mehr.

»Nach dem Krieg begegnete ich ihm zufällig auf der Straße. Er erzählte mir von Ihrem Institut.«

Ich erwähnte nicht, dass Dennis ebenfalls zur Hausbesetzer-Szene gehörte. Tinnenbaum wusste, dass ich illegal wohnte, aber ich wollte ihm das nicht unbedingt schwarz auf weiß geben.

Meine Auskunft schien ihn zufriedenzustellen. »Und in welchen Sportarten sind Sie besonders gut?«

»Bogenschießen, Fechten, Schwimmen und Schießen.«

Er zog eine Augenbraue hoch. »Schießen?«

»Mein Vater kannte sich mit Waffentechnik aus. Er war im Science Corps und ein guter Sportschütze. Er brachte mir das Schießen bei.«

»Er ist tot?«

»Ja. Meine Mutter auch.«

»Sie haben auch sonst keine Angehörigen mehr?«

»Ganz recht.« Blöde Frage. Würde ich auf der Straße leben, wenn ich Großeltern hätte?

Er nickte und klopfte mit den Fingerspitzen auf die Schreibtischplatte. »Nun, dann wollen wir mal sehen, wie gut Sie sind.«

Ich rührte mich nicht vom Fleck.

»Oder haben Sie noch irgendwelche Fragen?«

Allerdings. »Und wenn ich nun geschnappt werde? Wegen Schwarzarbeit?«

Er lächelte. »Von Arbeit kann hier nicht die Rede sein. Sie erweisen uns einen kleinen Gefallen. Im Schlaf, wohlgemerkt. Das Geld, das Sie von uns bekommen, ist deshalb auch kein Gehalt, sondern ein Stipendium.« Er schob seinen Stuhl zurück. »Keine Sorge. Dieses Abkommen ist für beide Seiten von Vorteil. Wir brauchen Sie, und Sie brauchen uns. Nun lassen Sie uns erfahren, wie Sie in Form sind.«

Mr. Tinnenbaum stellte mich einer Frau namens Doris vor, die mich unter ihre Fittiche nehmen sollte. Sie hatte das Silberhaar der Enders, aber den Körper einer Ballerina. Im Gegensatz zu den meisten anderen war sie modebewusst, kombinierte sie den Retro-Look mit Stilelementen der Avantgarde. Ihr Kostüm war ein Klassiker der Vierzigerjahre, doch dazu trug sie einen Gürtel, der ihre winzige Taille noch schmaler aussehen ließ. Dafür hatte sie sich garantiert ein paar Rippen entfernen lassen.

Sie prüfte mich im Schwimmen, Fechten und Bogenschießen und testete nebenbei Muskelkraft, Ausdauer und Gelenkigkeit. Mein Wort genügte ihnen nicht. Es konnte ja sein, dass es sich eine ihrer Ender-Kundinnen in den Kopf gesetzt hatte, einen Fechtwettbewerb zu gewinnen.

Was noch ausstand, war das Zielschießen. Dafür waren sie nicht ausgerüstet, und so mussten wir uns außer Haus begeben. Eine Limousine brachte Tinnenbaum und mich zu einem zwanzig Minuten entfernten Schießstand. Eingesperrt in den engen Fond des Wagens, begann er die Nase zu rümpfen und zu husten, um sich schließlich ein Taschentuch vor das Gesicht zu halten.

Vermutlich litt er unter meinem Duft der Straße. Dafür wurde mir fast schlecht von seinem gefakten Herrenparfum. Während der ganzen Fahrt schaute er mich nicht einmal an, sondern starrte unverwandt auf seinen Mini-Airscreen.

Erst auf dem Schießstand konnte ich Tinnenbaums Aufmerksamkeit gewinnen, als mir der Betreuer der Anlage ein Gewehr in die Hände drückte und ich mich plötzlich um drei Jahre zurückversetzt fühlte. Ich war dreizehn gewesen, und mein Vater hatte damals das Gleiche getan.

Ich hatte protestiert, dass das Gewehr zu groß und schwer für mich sei. Ich wollte nicht zugeben, dass ich Angst hatte und viel lieber mit ihm zum Angeln oder in die Berge gegangen wäre.

»Cal, mein Mädchen, hör mir genau zu«, hatte mein Dad gesagt.

Wann immer er mich so nannte, wusste ich, dass die Sache ernst war.

»In unserem Land herrscht Krieg«, fuhr er fort. »Du musst lernen, dich selbst zu schützen. Dich und Tyler.«

»Aber bei uns gibt es keinen Krieg, Dad«, widersprach ich.

In jenen Tagen spielte sich der Krieg noch überwiegend draußen im Pazifik ab. Aber die Antwort meines Vaters zeigte, dass er bereits damals ahnte, wie es weitergehen würde.

»Noch nicht, Cal«, sagte er. »Aber er rückt näher.«

Zwei Jahre später sollten die Sporenkriege uns alle verändern.

Unter Tinnenbaums skeptischen Blicken richtete ich mich auf und brachte das Gewehr in Position. Ich kniff ein Auge zu und visierte mit dem anderen eine Zielscheibe mit menschlichem Umriss an. Dann schloss ich beide Augen und öffnete sie rasch wieder. Digital-Visier und Ziel stimmten immer noch haarscharf überein. Ich atmete ein und drückte ab.

Die Kugel durchschlug den roten Kreis mitten auf der Stirn. Der Schießmeister nickte mir zu, und ich feuerte ein zweites Mal. Die Kugel traf genau in das erste Loch. Tinnenbaum starrte mich an, als vermutete er irgendeinen Trick. Die übrigen Schützen am Stand, alle Enders, unterbrachen ihr Training und beobachteten verblüfft, wie ich weiterhin jedes Mal traf.

Anschließend beeindruckte ich meine Bewunderer noch einmal, als sie sahen, dass ich nicht nur mit dem Gewehr, sondern auch mit den unterschiedlichsten Pistolen umgehen konnte. Vielen Dank, Dad.

Auf der Rückfahrt rümpfte Tinnenbaum seine Nase schon weniger. Er hielt den Sockel seines Mini schräg, damit ich den auf dem Airscreen abgebildeten Vertragstext lesen konnte.

Ich übersprang das Kleingedruckte und kam gleich zum Wesentlichen – dem Honorar bei insgesamt drei Buchungen. Das Geld würde reichen, um zwei Jahre lang eine Wohnung zu bezahlen. Und einen Erwachsenen zu bestechen, der für uns den Mietvertrag unterzeichnete.

»Die Höhe des … Stipendiums ist die gleiche wie vor dem Test.«

»Gewiss, was hatten Sie erwartet?«

»Wäre bei meinen Fertigkeiten nicht eine höhere Einstufung angebracht?« Einen Versuch ist es allemal wert, dachte ich.

Das Lächeln verging ihm. »Für eine Minderjährige verhandeln Sie ganz schön zäh.« Er seufzte und setzte einen höheren Betrag ein. »Nun gut, wie finden Sie das?«

Ich erinnerte mich an die Ratschläge, die mir mein Vater eingeschärft hatte. »Gibt es irgendwelche Risiken, die ich kennen sollte?«, erkundigte ich mich. »Was kann bei der Geschichte schiefgehen?«

»Ganz ohne Risiken ist nichts auf der Welt. Aber wir haben jede nur erdenkliche Maßnahme zum Schutz unserer Wertanlagen getroffen.«

»Zu meinem Schutz also?«

Er nickte. »Ich kann Ihnen versichern, dass wir seit Einführung unseres Unternehmens vor zwölf Monaten nicht ein einziges Problem hatten.«

Ich wusste, dass das keine allzu lange Erprobungszeit war. Doch ich brauchte das Geld mehr als eine bessere Antwort. Was würde mein Dad zu allem hier sagen? Ich verdrängte den Gedanken.

»Den schwierigsten Teil haben wir bereits hinter uns«, sagte er. »Was jetzt noch kommt, ist ähnlich einfach wie sich abends hinzulegen und einzuschlafen.«

Wir hätten ein richtiges Heim. Mein Bruder müsste nicht mehr frieren. Und das nach nur drei Buchungen. Ich berührte den Airscreen, und mein Fingerabdruck erschien auf dem Kontrakt. Der Handel war besiegelt. Tinnenbaum blickte aus dem Seitenfenster der Limousine. Er gab sich alle Mühe, locker zu wirken, aber ich bemerkte das nervöse und unkontrollierbare Zucken seines Oberschenkels.

Als wir in die Body Bank zurückkehrten, fragte ich mich, ob Mr. Tinnenbaum mich mit dem hochgewachsenen Mann, seinem Vorgesetzten, bekannt machen würde. Aber er war nirgends zu sehen. Stattdessen reichte er mich an Doris weiter.

»Sie werden staunen, was Doris für Sie bereithält.« Gut gelaunt verschwand er am Ende des Korridors.

»Es wird Zeit, dass wir Sie ein wenig verschönern.« Doris machte eine Handbewegung, als schwenke sie einen Zauberstab.

»Verschönern?«

Doris musterte mich von oben bis unten. Ich berührte instinktiv mein strähniges Haar, in der Angst, sie könnten es mir abschneiden.

»Glauben Sie im Ernst, dass wir Sie so unseren Kundinnen vorstellen können? Ihr Äußeres wird von Kopf bis Fuß aufpoliert, auf Kosten des Hauses natürlich. Sie sind ein echtes Glückskind.«

Sie nahm meine Hand und musterte sie prüfend. Ihre Nägel schimmerten irisierend wie die Perlmuttschicht im Innern einer Abalone-Schnecke. Meine Finger dagegen wirkten, als hätte ich im Schlick eines ölverseuchten Strands gewühlt.

»Es gibt eine Menge zu tun«, stellte sie fest.

Nun ja, wenn man auf der Straße lebte, sammelte sich eben der Dreck. Aber das hieß noch lange nicht, dass ich ein Schlammungeheuer war.

Doris schob mich mit spitzen Fingern auf eine Doppeltür zu. »Sie werden sich nicht wiedererkennen, wenn wir mit Ihnen fertig sind.«

»Das befürchte ich auch.«

Die erste Station war eine Art Menschenwaschstraße. Ich stand nackt auf einer rotierenden Plattform und hielt mich an einem Bügel fest, der über meinem Kopf baumelte. Eine winzige Schutzbrille bedeckte meine Augen, während ein Gebläse scharf riechende chemische Substanzen auf meinen Körper schoss. Die Verzerrung der Brille ließ alles noch surrealer erscheinen, einschließlich Doris, die mich durch ein Beobachtungsfenster anstarrte. Große Schaumstoffkissen näherten sich bedrohlich aus den Seitenwänden des Tunnels, bis ich den Atem anhielt, weil ich befürchtete, sie würden mich ersticken. Aber das weiche Material passte sich meinem Körper an und schrubbte ihn von oben bis unten. Endlich hatten die Schwämme ihr Werk vollendet und wanderten zurück. Gleichzeitig begann unter hohem Druck aus allen Richtungen Wasser zu sprühen, dünne Strahlen, die wie Nadeln über meine Haut liefen.

Ein Förderband schleuste mich durch eine nur von blauen Lichtern erhellte Kammer und dann durch eine heiße Trockenkabine. Im letzten Raum, der Ähnlichkeit mit einem Untersuchungszimmer hatte, bekam ich einen Bakterien-Scan und wurde als sauber entlassen, bereit für eine Reihe kosmetischer Maßnahmen. Den Anfang machten Laserbehandlungen, die angeblich nur dazu dienten, meine Sommersprossen aufzuhellen und Hautunreinheiten zu entfernen. Aber das Ganze dauerte lange. Sie gaben mir keinen Spiegel, versicherten jedoch, dass ich sehr zufrieden sein würde. Ein Blick auf meine Hände verriet mir, dass sie die Spuren meines Kampfes mit den Renegaten vollständig beseitigt hatten. Anschließend Maniküre, Pediküre und, als sei ich nicht eben erst gründlich geschrubbt worden, ein Ganzkörper-Peeling, dessen Schmerzintensität auf einer Skala von eins bis zehn bei elf lag. Allem Anschein nach hatten sie es darauf abgesehen, mich auch noch meiner letzten Original-Hautzellen zu berauben. Danach brachte mich Doris in den firmeneigenen Frisiersalon. Die Stylistin, die hier wirkte, war die erste Ender, die ihre zu einem stacheligen Kamm aufgerichtete Frisur nicht vollständig weiß oder silbern trug, sondern mit Purpursträhnen aufgepeppt hatte.

Ich versuchte mich um den Haarschnitt zu drücken.

»Seien Sie nicht albern.« Doris lehnte am Empfang und trommelte mit den Fingernägeln immer schneller auf der Tischplatte herum. »Sie verpasst Ihnen keine Stoppelfrisur. Ihr schönes langes Haar dürfen Sie behalten. Es wird nur durchgestuft und an den Spitzen geschnitten.«

Also ließ ich es zu, dass mich die Meisterin in einen Umhang hüllte, aber die Tatsache, dass auch sie es immer noch vermieden, mich vor einen Spiegel zu setzen, verstärkte mein Misstrauen.

Als sie fertig war, lag auf dem Boden genug Haar, um einen Shih Tzu einzukleiden. Aber niemand ließ mich das Ergebnis sehen.

Die letzte Tortur übernahm eine Visagistin, die mehr als zwei Stunden damit verbrachte, jeden Quadratzentimeter meines Gesichts mit Make-up und Farbe zu verkleistern. Sie laserte meine Augenbrauen und klebte mir neue Wimpern an. Doris wählte ein paar Klamotten für mich aus, die ich in einer kleinen (spiegellosen) Kabine anzog. Ehe ich auch nur einen Blick an mir hinunter werfen konnte, zerrte sie mich in einen anderen Raum, wo ich vor einer Wand für die Kamera posieren musste.

Ich versuchte zu lächeln wie das rothaarige Mädchen auf dem Hologramm, das mir Tinnenbaum gezeigt hatte, hatte allerdings das Gefühl, dass ich damit nur mäßig erfolgreich war.

Als wir den Holo-Raum verließen, war ich restlos fertig. Ich fühlte mich nicht nur überschminkt, sondern auch überfahren.

»Haben wir jetzt alles hinter uns?«, fragte ich Doris.

»Für den Moment, ja.«

»Wie spät ist es?«

»Spät.«

Sie sah so erschöpft aus, wie ich mich fühlte. Der Stress machte sie um Jahrzehnte älter. »Ich zeige Ihnen noch Ihr Zimmer.«

»Hier?«

»Mit diesem Look können Sie nachts unmöglich heimgehen.« Sie lehnte sich an die Wand und trommelte mit den Fingernägeln.

Ich fuhr mir mit einer Hand über das Gesicht. War ich so sehr verändert?

»Ist Ihnen noch nie zu Ohren gekommen, dass es reiche Männer gibt, die hübsche Mädchen entführen lassen?«

Doch, davon hatte ich gehört. »Und diese Schauermärchen stimmen?«

»Und ob! Hier sind Sie sicher. Und frisch für den morgigen Tag.«

Sie drehte sich um. Ich folgte dem Klicken ihrer Absätze den Korridor entlang.

»Ich weiß nicht mal, wie ich jetzt aussehe«, murmelte ich.

Minuten später lag ich in einem richtigen Bett. Mit Laken. Und einer wolkenweichen Bettdecke. Ich hatte den Luxus eines sauberen Schlaflagers vergessen. Es war, als schwebte ich im Himmel.

Ich konnte es nicht lassen, ständig mein Gesicht abzutasten. Meine neue Haut war so glatt. Sie erinnerte mich an Tyler. Als er ganz klein war, hatte ich die Angewohnheit, seine rosigen Wangen zu knuddeln, bis meine Mutter lachend rief, ich würde sie ausleiern.

Tyler.

Was tat er jetzt? War der neue Unterschlupf von Michael auch sicher? Hatten sie Decken aufgetrieben, die sie warm hielten? Ich fühlte mich schuldig, dass ich hier in diesem übergroßen Bett mit seinen tausend Kissen lag. Obwohl sich der Raum in einem riesigen Bürogebäude befand, hatten sie ihn wie ein Hotelzimmer eingerichtet. Auf dem Nachttisch stand ein gefüllter Wasserkrug und gleich daneben eine Vase mit Gänseblümchen. Das erinnerte mich an unser früheres Gästezimmer, das Mom mit so viel Liebe dekoriert hatte.

Ich warf einen Blick auf das Abendessen, das sie neben meinem Bett abgestellt hatten: Kartoffelsuppe, Käse und Cracker. Ich war fast zu müde, um noch etwas zu mir zu nehmen.

Aber nur fast.

Ich aß die Suppe und den Käse, wickelte jedoch die Cracker in eine Serviette, um sie Michael und Tyler mitzubringen. Später, wenn sie mich hier entließen.

Erst beim Erwachen am nächsten Morgen stellte ich fest, dass in diesem nachgeahmten Gästezimmer etwas Entscheidendes fehlte. Ein Fenster. Denn als ich die Baumwollvorhänge über meinem Bett teilte, erschien dahinter nichts als eine Wand.

Ich ging zur Tür und presste mein Ohr dagegen, hörte aber nur das geschäftige Summen eines Bürogebäudes. Als ich versuchte, sie einen Spalt zu öffnen und nach draußen zu spähen, begriff ich, dass sie zugesperrt war. Mein Herz klopfte schneller bei dem Gedanken, dass ich hier gefangen war. Ich atmete einige Male tief durch und redete mir dann ein, dass die Tür zu meinem Schutz verschlossen war.

Ich trug noch den weißen Schlafanzug, den jemand am Abend zuvor auf dem Bett bereitgelegt hatte. Nun öffnete ich den Kleiderschrank, um zu sehen, ob er etwas zum Anziehen enthielt.

Stattdessen erblickte ich mich selbst. In einem großen Spiegel, der an der Innenseite der Schranktür befestigt war.

Ich keuchte.

Ich war schön.

Es war immer noch das Gesicht mit den Augen meiner Mutter und der Kinnlinie meines Vaters, aber es sah anmutiger aus als je zuvor. Meine Haut schimmerte makellos glatt. Meine Wangenknochen waren stärker betont. Das Zauberwort hieß Geld. Mit den nötigen Mitteln konnte sich offensichtlich jedes Mädchen in so einen Menschen verwandeln. Ich trat näher an den Spiegel heran und blickte mir selbst in die Augen, noch smoky vom Make-up des Vortags.

Was würde Michael sagen, wenn er mich so sah?

Meine Aufmerksamkeit wandte sich dem Schrankinhalt zu. Ein Gewand hing an einem Bügel. Ein Krankenhaushemd.

Doris sperrte die Tür auf und trat näher. Sie trug einen

Hosenanzug mit breitem Gürtel und ein allzu freundliches Lächeln.

»Guten Morgen, Callie.« Ihr Blick glitt prüfend über mein Gesicht. »Gut geschlafen?«

»Sehr gut.«

»Das Team hat ganz hervorragende Arbeit geleistet.« Sie untersuchte kurz meine Haut, lehnte sich dann an die Wand und begann mit den Nägeln dagegen zu trommeln, eine Angewohnheit, die mich bereits jetzt zur Raserei brachte. »Kümmern Sie sich nicht um Ihr Make-up. Das erneuern wir später. Kommen Sie jetzt.«

Mein Magen knurrte. Ich stellte fest, dass das Tablett mit dem Abendessen verschwunden war. Wann hatten sie es geholt?

»Doris?«

Sie blieb stehen. »Ja, Liebes?«

»Gibt es bald Frühstück?«, erkundigte ich mich.

»Oh, Schätzchen, Sie können sich alle Ihre Lieblingsspeisen wünschen. Später.« Sie strich mir über das Haar.

Seit dem Tod meiner Mutter hatte das niemand mehr getan. Damit berührte sie einen wunden Punkt. Meine Augen füllten sich mit Tränen.

Doris beugte sich lächelnd über mich. »Vor der Operation dürfen Sie allerdings nichts mehr essen.«

Ich starrte die Decke an, als sie mich auf einer Krankenliege einen endlosen Korridor entlang rollten. Ich hatte die Operation aus meinen Gedanken verbannt, aber nun ließ sie sich nicht mehr verdrängen. Ich hasste Nadeln, hasste Skalpelle, hasste es, in Narkose versetzt zu werden und keine Kontrolle mehr über mich zu haben. Vielleicht wussten sie das, denn sie hatten mir bereits ein Beruhigungsmittel verpasst. Die Muster an der Decke verschwammen und flossen ineinander.

Tinnenbaum hatte so getan, als sei der Eingriff eine Kleinigkeit. Aber wenn ich die Gespräche der Chirurgen im Vorbereitungsraum richtig deutete, handelte es sich um eine durchaus komplizierte Angelegenheit. Leider war ich zu benommen, um mir die Einzelheiten einzuprägen.

Der Ender-Pfleger, ein schlanker, gutaussehender Mann, lächelte mir zu, während er meine Liege durch den Gang schob. Täuschte ich mich, oder hatte er Eyeliner aufgetragen?

Das Ganze war einfach verrückt. Normalerweise bekam ich schon schwitzende Hände, wenn mir eine Impfung bevorstand. Und jetzt unterzog ich mich freiwillig einer Operation.

Einer Gehirnoperation wohlgemerkt.

Eigentlich der Körperteil, der mir bis jetzt keinerlei Probleme gemacht hatte. Kein Mensch jammerte über zu viel Fett im Gehirn. Kein Mensch beschwerte sich, dass sein Gehirn zu groß oder zu klein, zu breit oder zu schmal war. Oder hässlich. Das Gehirn funktionierte oder nicht, und mein Gehirn hatte keinerlei Macken.

Ich betete, dass sich daran durch die Operation nichts ändern würde.

Die Krankenliege kam zum Stillstand. Ich befand mich im Operationssaal. Grelle Lichter strahlten auf mich herab. Der Pfleger – auf seinem Namensschild stand »Terry« – tätschelte meinen Arm. »Keine Sorge, Kätzchen. Stell dir einfach vor, wir würden deinem Lieblingsspielzeug einen neuen Mikrochip einsetzen. Ruck, zuck, das Ding ist drin.«

Kätzchen? Wer war dieser Typ? Und was für einen Unsinn erzählte er da? Ich wusste, dass es mit ruck, zuck nicht getan war. Arme näherten sich meinem Gesicht. Jemand stülpte mir eine Narkosemaske über den Mund und forderte mich auf, von zehn rückwärts zu zählen.

»Zehn. Neun. Acht …« Das war es.

Ich erwachte in einem Bett. Meinem Gefühl nach waren nur ein paar Sekunden vergangen. Terry, der Pfleger, war immer noch da. Oder wieder.

Er beugte sich über mich. »Wie geht's, Kätzchen?«

Mein Kopf war wie Zuckerwatte, ein wirres Gespinst. »Alles vorbei?«

»Ja. Alles bestens, sagt der Chirurg.«

»Wie lange war ich … weg?« Ich hielt nach einer Uhr Ausschau. Alles, was ich sah, war ein weißer Nebel.

»Nicht lang.« Er kontrollierte die Vitalfunktionen. »Tut irgendwas weh?«

»Ich spüre überhaupt nichts.«

»Das vergeht bald. Ich richte dich jetzt ein Stück auf.«

Er stellte das Kopfende meines Krankenbetts höher, und der Nebel verschwand. Nach einer Weile konnte ich klar sehen. Die Umgebung war mir fremd. »Wo bin ich?«

»Im Ruheraum. Gewöhn dich daran. Hier wird jeweils der Austausch mit den Kunden vorgenommen.«

Es war ein kleines Zimmer mit einem Fenster zum Flur. Zu meiner Linken befand sich eine Wandplatte, hinter der sich vermutlich ein Einwegspiegel verbarg. Mehrere silberfarbene Kameras, eine an der Decke, zwei an den Wänden. Zu meiner Rechten saß ein hochgewachsener Ender mit schwarzem Brillengestell und langem weißem Haar vor einem Computer.

»Das ist Trax«, sagte Terry. »Wir befinden uns derzeit in seinem Reich. Also ist er der König.«

Trax hob eine Hand. Mühsam. Auch wenn er jetzt zu den Enders gehörte, konnte er seine Wurzeln nicht verleugnen. Einmal Geek, immer Geek. »Hi, Callie.«

Ich hob meine Hand. Dabei stellte ich fest, dass ich ein Notfallarmband aus weißem Plastik am Handgelenk trug. »Hi.«

Trax deutete auf diverse Icons auf seinem Airscreen. »Nun, Callie, was möchtest du zu Mittag essen?«

Es war mindestens ein Jahr her, seit mir jemand diese Frage gestellt hatte. Ich ließ meine Leibgerichte im Geist Revue passieren: Hummer. Rindfleisch. Sogar eine Pizza würde mich glücklich machen. Ob es wohl zu unverschämt war, wenn ich einen Karamell-Käsekuchen bestellte?

Bevor ich etwas sagen konnte, grinste Trax. »Wie wäre es mit Hummercremesuppe, Hackfleisch-Pizza und einem Stück Karamell-Käsekuchen zum Nachtisch?«

Meine Kinnlade klappte nach unten. »Ich hatte mit keinem Wort erwähnt, dass das meine Lieblingsspeisen sind.«

Eine Gänsehaut bildete sich auf meinen Armen.

»Keine Sorge, wir sind keine Gedankenleser. Wir haben nur deine Hirnströme mit einer kleinen Datenbank verglichen und die Treffer aufgezeichnet.«

»Ich kann nicht behaupten, dass ich das gut finde.«

»Verstehe ich. Aber was du gut findest oder nicht, spielt im Grunde keine Rolle. Du wirst ohnehin schlafen. Wir müssen nur eine optimale Verbindung von deinem Gehirn zum Gehirn der Kundin herstellen. Dieser Test hat also schon mal bewiesen, dass der Anschluss zum Computer klappt. Dein Neurochip funktioniert!« Er stach mit dem Zeigefinger in die Luft.

»Versagen die Dinger auch mal?«

»Versagen Computer jemals?« Er lachte.

Terry legte mir eine Hand auf die Schulter. Ich sah, dass er die Nägel schwarz lackiert hatte. »Mach dir keinen Kopf, Kätzchen. Genieß einfach die Reise!«

Wieder in meinem kleinen Gästezimmer, saß ich im Morgenmantel an einem Tisch und verspeiste den Lunch, den sie mir bestellt hatten. Es betrübte mich nur, dass ich dieses Festmahl nicht mit Michael und Tyler teilen konnte. Ich steckte gerade den letzten Bissen Käsekuchen in den Mund, als Doris hereinkam.

»Na? Habe ich zu viel versprochen? Sind Sie satt geworden?«

»Gleich explodiere ich.«

»Gut. Ich kann doch meine Kunden nicht mit leerem Magen auf die Reise schicken.«

Einen Moment lang glaubte ich eine Spur von Trauer in ihren Augen zu sehen, aber vielleicht hatte ich mich auch getäuscht. Sie öffnete den Schrank und deutete auf einen Bügel mit einem lässigen rosa Top und weißen Jeans. Unterwäsche war ebenfalls vorbereitet, ein schlichter getupfter BH und Höschen, die mehr Haut zeigten, als ich es gewohnt war.

»Sie können dies hier anziehen, wenn Sie mit dem Essen fertig sind. Entfernen Sie alles andere, auch dies hier.«

Sie wies auf meine Handleuchte.

»Was machen Sie damit?«

»Keine Sorge, es wird alles sicher verwahrt.«

»Wer hat die Kleidung ausgesucht?« Ich bemühte mich um einen neutralen Tonfall, weil es ja sein konnte, dass sie sich höchstpersönlich um meine Ausstattung gekümmert hatte.

»Die Garderobe ist immer Sache der Kundin. Sobald Clara Ihr Make-up erneuert und Sie frisiert hat, können Sie Ihren ersten Job antreten.«

»So bald?«

Sie nickte. »Er wird nicht länger als einen Tag dauern. Das machen wir immer so. Eine Art Probelauf. Um uns zu vergewissern, dass alles wie geplant funktioniert.«

»Wer ist es?«

Sie verschränkte die Arme und machte ein Gesicht, als müsse sie immer wieder die gleiche Rede halten. »Wir legen Wert auf absolute Diskretion. Das ist am besten so. Für Sie, uns und die Klienten. Eine saubere Trennung. Allerdings wählen wir unsere Kundinnen sehr sorgfältig aus, und ich kann Ihnen versichern, dass es sich um eine ganz reizende Dame handelt.«

»Wenn sie so reizend ist, können Sie uns ja bekannt machen.«

»Keine Sorge. Die Klienten unterzeichnen ebenfalls einen Vertrag, in dem wir genau auflisten, was verboten ist. Gefährliche Sportarten etwa, denen Sie nicht zugestimmt haben, Dinge wie Autorennen oder Fallschirmspringen.« Sie legte mir einen Arm um die Schultern. »Glauben Sie mir, Ihr Wohlergehen liegt uns am Herzen. Sie spannen eine Weile aus, erholen sich und kassieren am Ende Ihr Honorar. Das ist alles, was Sie tun müssen. Ich habe schon viele Mädchen sehr glücklich von hier fortgehen sehen. Manche besuchen mich heute noch. Und Sie werden eine davon sein.«

»Eine letzte Frage. Mr. Tinnenbaum hat sich kürzlich mit einem Mann unterhalten, den ich leider nicht kennengelernt habe.«

»Wann war das?«

»An dem Tag, als die Tests stattfanden. Ein großer Mann mit Hut und einem langen Mantel.«

Sie nickte und senkte die Stimme. »Das ist der CEO. Der Chef des Unternehmens.«

»Wie heißt er?«

»Wir nennen ihn den Old Man. Aber sprechen Sie das nie laut aus. Und nun hören Sie auf, sich den Kopf zu zerbrechen, und seien Sie glücklich.«

Leicht gesagt. Es war lange her, dass ich glücklich gewesen war. Lange her, dass mein Leben aus Lipgloss, Musik und albernen Freundinnen bestanden hatte. Ich wollte sicher sein, frei und vor allem lebendig. Und ich behielt das Steuer in dieser verrückten Welt gern selbst in der Hand, aber nun planten und beobachteten und kontrollierten andere Leute mein Leben – Trax, Doris, Tinnenbaum … und offenbar auch dieser seltsame Typ. Der Old Man.

kapitel 3

Mit dem lockeren Scherzen war es vorbei. Im Ruheraum herrschte knisternde Spannung. Trax saß an der Computer-Konsole, während Doris und Terry nicht von meiner Seite wichen. Ich hätte wetten können, dass Tinnenbaum das Ganze durch eine der Kameras beobachtete. Ich war perfekt geschminkt und frisiert und wartete darauf, dass es losging. Doris streifte mir ein silbernes Bettelarmband mit winzigen Sport-Amuletten über das Handgelenk.

»Ein kleines Geschenk, das ich allen meinen Mädchen überreiche«, sagte Doris.

Die Amulette glitzerten – ein Tennisschläger, ein Paar Luftgleiter, Schlittschuhe.

»Berühren Sie eins davon«, forderte mich Doris auf.

Sie beugte sich über mich, tippte mit dem Zeigefinger ganz leicht die Schlittschuhe an und setzte damit die Holo-Projektion eines Eiskunstlaufs in Gang.

»Wow.« Ich tippte den Tennisschläger an, und ein Tennisball sauste durch die Luft. »Das gefällt mir. Danke.«

Sie wirkte ein wenig nervös.

»Fürsorglich ist sie, das muss man ihr lassen«, sang Terry regelrecht. Er streifte mir einen Kittel über, um meine Kleidung zu schützen. Hatte er etwa Sorge, dass ich im Schlaf sabberte?

»Alles okay«, sagte er mit gedämpfter Stimme. »Du kannst dich zurücklehnen.«

»Ihrer Frisur passiert nichts.« Doris klopfte mit der flachen Hand auf das Kissen. »Reine Seide.«

Die Lehne meines Liegesessels war aufrecht eingestellt. Wenn alles gut ging, würde ich – beziehungsweise mein Körper – nicht sehr lange hierbleiben.

Irgendwo in diesem Gebäude befand sich die Frau, die mich gemietet hatte. Schon bald würde sie meinen Körper steuern, als sei sie ich.

Der Gedanke ließ mich erschauern.

»Frieren Sie?«, fragte Doris.

Terry machte sich bereit, mir eine Decke zu holen.

Trax gab Entwarnung. »Alles bestens«, sagte er. Unsere Blicke trafen sich. Vor ihm konnte man nichts verbergen.

»Wird dieser Chip nun für den Rest meines Lebens auf jedem Flughafen, den ich betrete, einen Alarm auslösen?« Ich lächelte.

Alle lachten auf diese unbehagliche Weise, die sich irgendwo im Raum verlor. Terry rollte den Anästhesie-Wagen mit der Narkosemaske neben mich. Bald würde ich tief schlafen. Bald würde mein Körper einer anderen gehören.

Ich träumte. Und ich wusste, dass ich träumte. Sie hatten mir nicht gesagt, dass es dazu kommen könnte. Aber da lag ich nun und träumte. Ich war in einem Geschäft, um Brot zu kaufen. Dann in einem Heim. Mein Gesicht war an Gitterstäbe gepresst. Auf meiner Seite waren die Mädchen, auf der anderen Hunderte Jungen. Tyler war unter ihnen, aber ich konnte ihn nicht sehen.

Dann sah ich ein Haus an einem See und Tyler, der mit einem strahlenden Lächeln durchs Gras rannte und eine Angelrute aufhob.

Er sah gesund aus. Ich wollte das Michael erzählen, aber ich konnte ihn nirgends finden. Ich lief ins Haus, eine geräumige Blockhütte, und suchte in allen Räumen. Auch da war er nicht. Schließlich entdeckte ich ihn auf der Seeterrasse. Doch als ich näher kam, drehte er sich um, und ich merkte, dass es gar nicht Michael war, der da stand.

Weit weg hörte ich leises Gemurmel.

Eine Frauenstimme. Ich erkannte sie. Meine Mutter?

»Ihre Lider flattern«, sagte die Frau.

Mom?

»Callie? Kätzchen?« Eine Männerstimme.

»Nenn sie mich nicht so!«

Ich schlug die Augen auf.

»Wie fühlen Sie sich?« Es war eine Frau, aber nicht meine Mutter. Eine Ender.

»Callie?« Ein Mann mit geschminkten Augen beugte sich über mich. »Wie geht es, Mädchen?«

»Wo bin ich?«

Die Frau sah mich besorgt an. »Bei Prime Destinations. Sie sind eben von Ihrer ersten Buchung zurückgekehrt.«

Ich erinnerte mich an diese Frau. »Doris?«

Ein erleichtertes Lächeln ließ ihre Züge weicher erscheinen. »Ja, Callie.«

»Wie ist es gelaufen?«

Sie klopfte mir auf die Schulter. »Sie waren große Klasse.«

Ich brannte darauf, zu erfahren, wo mein Körper gewesen war. Hatte ich Sport getrieben? Meine Arme fühlten sich nicht nach Muskelkater an. Die Beine auch nicht. Es war schon ein abartiges Gefühl, dass man nicht wusste, wo sich der eigene Körper einen Tag lang herumgetrieben und was er angestellt hatte. Wem er begegnet war, wen er nett oder abstoßend gefunden hatte. Angenommen, meine Mieterin hatte sich irgendwo unbeliebt gemacht. Musste ich dann mit neuen Feinden rechnen?

Ich tastete meinen Körper ab. Sämtliche Teile in betriebsfähigem Zustand. Ein Auftrag erledigt, jetzt noch zwei. Ich war meinem Ziel um ein Drittel näher gekommen.

Trax stellte mir eine Reihe von Fragen, wohl eine Art Endkontrolle. Es gab nicht viel zu berichten, da ich mich eigentlich nur an meinen Traum erinnern konnte. Aber auch der interessierte ihn, und er zeichnete den Inhalt auf. Offensichtlich kam es öfter vor, dass jemand dabei träumte. Trax wollte wissen, ob ich mich ausgeruht und erholt fühlte, was ich nur bestätigen konnte.

Terry nahm eine Blutdruck- und Temperaturmessung vor und nickte seinem Kollegen zu.

»Alles im grünen Bereich, mein Mädchen. Du kannst sofort den nächsten Auftrag übernehmen.«

»Ich kriege … keine Pause?«

Er sah mich überrascht an. Dann beugte er sich vor und rief nach Doris.

Sekunden später klapperte Doris auf ihren Stilettos ins Zimmer. »Was gibt es, Callie?«

»Kann ich vor dem nächsten Auftrag mal kurz weg?«

»Weg? Warum das denn?«

Ich senkte den Blick. Vielleicht war es besser, nicht auf diesem Wunsch zu beharren.

Sie legte mir eine Hand auf den Rücken. »Weshalb machen Sie nicht in einem Schwung weiter? Sie bringen das Ganze hinter sich, bevor Sie es wirklich merken. Wir haben so viel Arbeit in Sie investiert. Und Sie setzen Ihr Honorar aufs Spiel. Wenn Ihnen da draußen etwas zustößt …« Sie verzog das Gesicht und rang die Hände, als sei das Leben auf der Straße die Hölle.

Damit hatte sie zwar recht. Aber schließlich lebte ich »da draußen«.

»Falls Sie Ihren Teil des Kontrakts nicht erfüllen – die Bereitstellung eines gesunden, gut durchtrainierten Körpers –, ist das Geld verloren.«

»Haben Sie denn schon eine neue Kundin für mich?«.

»Ja. Und sie ist eine …«

»… ganz reizende Dame.« Ich verdrehte die Augen. »Also los, bringen wir es hinter uns.«

»Wunderbar. Übrigens: Diesmal sind Sie drei Tage unterwegs.«

Die zweite Vermietung verging erneut wie im Flug. Offenbar spielte die Zeit keine Rolle mehr, sobald der Übergang vollzogen war. Ich hatte wieder seltsame Träume, konnte mich aber später nicht an sie erinnern. Als ich zu mir kam, bemerkte ich allerdings am rechten Unterarm eine etwa zehn Zentimeter lange klaffende Wunde. Sie schmerzte nicht, woraus ich schloss, dass ich ein Betäubungsspray erhalten hatte. Aber sie sah scheußlich aus. Doris brachte mich in den Laser-Raum. Dort wurde die Verletzung so geheilt, dass keine Narben zurückblieben. Ich wollte wissen, was geschehen war, doch sie beriefen sich wieder mal auf die Schweigepflicht.

Doris nahm mich mit in ihr Büro. Es war ganz in

Weiß und Gold gehalten. Neobarock oder so. Sie bot mir einen Stuhl an und teilte mir mit, dass sich mein dritter und letzter Auftrag über einen ganzen Monat erstrecken würde.

»Einen Monat?« Ich umklammerte die Armstützen meines Stuhls. »Ich kann nicht einen ganzen Monat wegbleiben.«

»Ein Monat ist normal. Wir beginnen mit Kurzbuchungen, um sicherzugehen, dass alles reibungslos klappt, bevor wir einen Mietvertrag über einen längeren Zeitraum abschließen.«

»Niemand hat erwähnt, dass sich die Sache so lang hinziehen würde. Ich muss vorher nach meinem kleinen Bruder sehen.«

»Bruder?« Sie schob sich irritiert eine Locke aus den Augen. »Sie sagten nicht, dass Sie einen Bruder haben.«

»Und wenn schon.«

»Sie wurden vor Vertragsabschluss ausdrücklich gefragt, ob Sie noch Angehörige hätten.«

»Ich dachte, Sie meinten damit Eltern oder Großeltern. Er ist doch erst sieben.«

Ihre Züge entspannten sich. »Sieben.« Sie starrte die Wand an. »Ich verstehe. Aber man wird Sie nicht weglassen. Das Risiko ist einfach zu groß.«

»Was kann mir denn zustoßen? Nun, vielleicht verletze ich mich?« Ich erhob mich und deutete auf meinen Arm. »Ich kann bestimmt besser auf mich achten, als es Ihre reizenden Damen tun.«

Sie schüttelte den Kopf. »Tut mir leid, Callie, aber das geht einfach nicht.«

»Ich will Tinnenbaum sprechen.«

»Sind Sie sicher, dass Sie das möchten?«

»Absolut.«

Doris sprach in ein unsichtbares Mikro. »Mr. Tinnenbaum, bitte.«

Sie strich ihr Kostüm und ihre Haare glatt. Dann begann sie wieder ihr schreckliches Getrommel mit den Fingernägeln. Sekunden später kam Tinnenbaum in den Raum marschiert.

»Callie möchte eine Auszeit vor dem nächsten Einsatz, um nach ihrem … Bruder zu sehen.« Doris legte eine ganz besondere Betonung auf das Wort »Bruder«.

Tinnenbaum schüttelte den Kopf. »Unmöglich.«

»Es war nie die Rede davon, dass ich einen ganzen Monat weg sein würde«, sagte ich. »Hätte man mich darauf nicht vor Vertragsabschluss hinweisen müssen?«

»Es war auch nie die Rede davon, dass Sie einen Bruder haben«, entgegnete er. »Uns liegt Ihre schriftliche Bestätigung vor, dass Sie ohne Angehörige sind.« Er trat von einem Bein aufs andere. »Und was die Planung angeht, so können wir nicht immer im Voraus sagen, welche Zeitspanne gebucht wird. Das war auch diesmal der Fall.«

»Aber Sie wussten, dass die Möglichkeit einer längeren Buchung bestand. Ich dagegen hatte keine Ahnung, dass ein Austausch von einem Monat technisch überhaupt durchführbar ist.«

»Das steht in Ihrem Vertrag.«

»Im Kleingedruckten?« Ich wandte mich an Doris. »Einen so wichtigen Punkt hätte man mir nicht verschweigen dürfen.«

»Sie hätten uns Ihren Bruder ebenfalls nicht verschweigen dürfen«, erklärte Tinnenbaum.

Doris starrte zu Boden.

»Ich muss wirklich nach ihm sehen, bevor ich den Auftrag übernehme. Es ist wichtig, dass er erfährt, wie lange ich fort sein werde. Er ist erst sieben, und ich bin seine einzige Bezugsperson.«

»Vielleicht könnten wir jemanden beauftragen, nach ihm zu schauen.« Doris wechselte einen Blick mit Mr. Tinnenbaum. Der schüttelte kaum erkennbar den Kopf.

»Ich will keine Schwierigkeiten machen.« Ich straffte die Schultern, um größer zu wirken. »Aber ich schätze, die Umwandlung verläuft mit einem kooperativen Spenderkörper sehr viel reibungsloser. Und ich kann Ihnen versichern, dass ich nicht sonderlich kooperativ sein werde, so lange Sie mich von meinem Bruder fernhalten.«

Tinnenbaum klopfte nervös mit der Fußspitze auf den Boden, als bekäme er dadurch einen klaren Kopf. »Wann soll ihr Austausch morgen stattfinden?«, erkundigte er sich bei Doris.

»Um acht Uhr früh«, erklärte sie.

Tinnenbaum schnaubte wie ein Gaul. »Ich gebe Ihnen drei Stunden und einen Bodyguard, der Sie keine Sekunde aus den Augen lässt. Und machen Sie keine Dummheiten, denn wir können Sie mithilfe dieses Neurochips in Ihrem Kopf überwachen.« Er zielte mit dem Zeigefinger auf mich, als wollte er mich erschießen. »Und bringen Sie uns diesen Körper unversehrt wieder. Denn noch gehört er uns.«

Ich sah kein einziges Mal seine schneeweißen Zähne aufblitzen. Offenbar war ihm das Lächeln vergangen.

Ich folgte Doris den Korridor entlang. »Ich muss Ihnen andere Sachen zum Anziehen besorgen«, sagte sie. »Warten Sie im Gästezimmer auf mich.«

Sie verschwand in einem der Räume, und ich machte mich auf den Weg zu meinem Gästezimmer. Aber als ich die Tür öffnete, stand dort ein anderes Mädchen. Sie war etwa so alt wie ich, hatte jedoch kurzgeschnittene schwarze Haare. Offenbar zog sie sich gerade um. Sie trug eine geblümte Hose und hielt sich ein Top vor die Brust, um sie zu verdecken.

»Entschuldigung«, sagte ich. »Ich habe mich wohl im Zimmer geirrt.«

Mir fiel auf, dass ihr Raum in Grün gehalten, sonst aber exakt wie meiner eingerichtet war. Ich schloss die Tür und probierte es ein Zimmer weiter. Rosa. Meine Farben.

Doris erschien eine Minute später mit einem Stapel weißer Sachen. »Sie werden duschen wollen. Und hier ist eine frische Garnitur. Das Zeug hier tragen Sie schon zu lang am Leib.«

»Wo ist denn meine Kleidung?«

»Schätzchen, die haben wir sofort verbrannt. Sie können die Ausstattung hier behalten.«

»Und meine Handleuchte?«

Doris zog eine Schublade auf. Sie kramte die Leuchte hervor und hielt sie mir mit spitzen Fingern entgegen. »Rodney begleitet Sie heim. Ach ja, und wundern Sie sich nicht, wenn Sie in den nächsten Stunden keinen Hunger verspüren.«

»Warum?«

»Sie haben bereits gegessen.«

Ich fand es einfach abartig, dass andere Leute mehr über meinen Körper wussten als ich.

Doris brachte mich zu einer Tiefgarage, die eine Verbindung zum Hinterausgang von Prime Destinations hatte. Rodney wartete neben seinem Wagen. Er hatte kurzes, krauses Silberhaar und Armmuskeln, die jeden Moment den Anzug zu sprengen drohten.

Sein Blick fiel auf meine Handleuchte. »Die brauchen Sie nicht. Ich habe eine Stabtaschenlampe.«

Ich war dennoch froh, dass sie an meinem Handgelenk war.

»Sie tragen die Verantwortung für Callie«, bekräftigte Doris. »Spätestens um zehn Uhr abends hat sie wieder hier zu sein.«

»Selbstverständlich, Ma'am.« Er öffnete mir die hintere Tür, und ich stieg ein.

Rodney schob sich auf den Fahrersitz und fuhr los. Doris blickte uns nach.

Ich bemerkte die Warmhaltebox auf dem Sitz neben mir.

»Das ist für Ihren Bruder.« Rodney deutete auf den Behälter. »Von Doris.«

Verlockende Gerüche stiegen mir in die Nase. »Eine nette Geste.«

Er fädelte sich in den Verkehr von Beverly Hills ein. »Doris ist in Ordnung. Ich kenne sie jetzt seit mehr als sechzig Jahren. Wir waren damals beide in der Reisebranche tätig. Als Reisen noch möglich war, meine ich.«

Ich wusste, was er meinte. Niemand mehr konnte die USA verlassen, nachdem die anderen Länder so paranoid wegen der Sporen geworden sind. Und niemand kam mehr herein.

»Ist es nicht ironisch«, fuhr er fort, »dass die Mexikaner eine Mauer gebaut haben, damit wir nicht zu ihnen kommen?«

Ich ließ Rodney reden. Mir stand der Sinn im Moment nicht nach Ender-Geschwätz. Das zog sich meist endlos hin, weil ihre Erfahrungen so viele Jahrzehnte umfassten. All meine Gedanken kreisten um das Wiedersehen mit den beiden Jungs, das Wichtigste, das mir auf der Welt noch geblieben war.

Ich zerrte Michaels Karte aus der Tasche der Lampe und navigierte Rodney mit ihrer Hilfe zu dem neuen Unterschlupf. In der Straße, die er angegeben hatte, gab es mehrere verlassene Gebäude. Das erste hatte man noch im Rohbau verrotten lassen. Ein Gerippe, das nie Leben gesehen hatte. Unser Haus war das vierte in der Reihe. Rodney parkte den Wagen direkt davor.

Er ging mit seiner Stablampe voraus. Ein Bodyguard war für mich was total Exklusives. Ich kam mir vor wie die Präsidententochter höchstpersönlich. Rodney hielt mir die große Glastür auf.

»Welches Stockwerk?« Er ließ den Strahl der Stablampe durch die Eingangshalle wandern.

»Drei.«

»Gehört Treppensteigen zu euren Hobbys oder was?«

»Weiter oben sind wir sicherer.« Ich knipste meine Handleuchte an.

Wir nahmen die breite Haupttreppe in die dritte Etage. Rodney betrat als Erster den Korridor. Er leuchtete in jedes verlassene Büro, an dem wir vorbeikamen. Ganz am Ende des Flurs tauchte eine Gestalt mit einem drohend erhobenen Eisenrohr auf. Es war Michael.

»Halt!«, rief Michael.

Ich hielt die Handleuchte so, dass sie mein Gesicht erhellte. »Ich bin es. Callie.«

Rodney streckte einen Arm aus, um mich am Weitergehen zu hindern. »Bleiben Sie hinter mir!«

Ich tauchte unter seinem Arm durch. »Er ist mein Freund.« Ich rannte den Korridor entlang. Michael behielt seine drohende Haltung bei, bis ich ganz nahe war.

»Callie?« Das Rohr fiel mit einem lauten Scheppern zu Boden.

Er breitete die Arme aus, und ich fiel regelrecht hinein. Es war das erste Mal, dass wir uns hielten, aber es fühlte sich gut und richtig an. Rodney kam näher und blieb ein paar Schritte hinter uns stehen.

»Das ist Rodney«, erklärte ich. »Er arbeitet für Prime Destinations.«

Rodney nickte kurz, als Michael ihn misstrauisch musterte.

»Dann bist du dort noch nicht fertig?«

Ich schüttelte den Kopf. »Ich kann nur ein paar Stunden bleiben. Wie geht es Tyler?«

»Er hat dich sehr vermisst.«

Michael ließ den Strahl seiner Handleuchte über meine Frisur wandern und nahm eine Locke zwischen die Finger. »Ich hab dich nicht gleich erkannt. Du bist so verändert.«

»Zum Guten oder zum Schlechten?«, fragte ich, während wir uns in Bewegung setzten.

»Soll das ein Witz sein? Du siehst phantastisch aus.«

Michael führte uns in seinen Schlupfwinkel am Ende des Korridors.

Er hatte einen Raum mit Teppichboden ausgewählt, als kleinen Ersatz dafür, dass wir keine Schlafsäcke mehr besaßen. Tyler kauerte in der Ecke, in eine dunkelgrüne Decke gehüllt.

»Ich bleibe hier«, sagte Rodney leise und deutete mit dem Kinn auf einen Stuhl neben der Tür. Er stellte seine Stablampe so ein, dass sie nur seinen Teil des Raums beleuchtete.

Ich ging zu Tyler und kniete neben ihm nieder. Aber als ich ihn umarmen wollte, stieß er mich weg.

»Was ist mit deinen Haaren passiert?« Tyler richtete seine Leuchte auf mich und verzog das Gesicht.

»Gefalle ich dir nicht?«

Er musterte mich aufmerksam. »Und was haben sie mit deinem Gesicht angestellt?« Er zupfte an meinen neuen Ohrringen. »Die sind gefährlich.«

»Da, wo ich jetzt arbeite, haben sie mich geschminkt und neu eingekleidet. Gefällt dir das nicht?«

»Du wirst ja doch wieder dreckig.« Er sah mich an, als sei ich schwachsinnig. »Und wer ist der da?« Er deutete quer durch den Raum auf Rodney.

»Arbeitet in der gleichen Firma wie ich. Er hat mich hergefahren.« Ich zeigte Tyler die Warmhaltebox. »Und er hat mir für dich etwas eingepackt. Es ist noch warm. Riech mal!«

»Das stinkt.« Er drehte sich weg.

Ich begab mich auf seine andere Seite. »Tyler, ich weiß, dass du sauer bist, weil ich so lange weg war.«

»Eine ganze Woche.« Er war knallrot im Gesicht und kämpfte gegen die Tränen an.

»Ich weiß, und es tut mir ehrlich leid.«

»Sieben Tage.«

Ich las die Verzweiflung in seinen Augen. Eine Woche ohne alles – ohne Robodog, ohne Bilder von unseren Eltern, in einer völlig fremden Umgebung und ohne seine Schwester.

Er ließ seinen Blick durch den Raum wandern. »Wir haben gar nichts mehr.«

»Aber war Michael nicht lieb zu dir? Hat er dir nicht diese Decke besorgt? Und die Wasserflasche da? Sieht so aus, als hättet ihr Jungs zumindest etwas zu essen gefunden.«

Ich schaute zu Michael auf, der an einem Aktenschrank lehnte. Der Schrank war Teil seiner neuen Festung. Michael schob die Hände in die Taschen seiner Jeans und nickte.

»Dabei fällt mir ein, dass ich frisches Wasser holen muss.« Er blinzelte mir zu.

Als er fort war, hob Tyler den Kopf und sah mich an. »Callie?«

»Was?«

»Ich bin so froh, dass du wieder da bist«, sagte er leise. Er umklammerte meine Hand. »Auch wenn deine Haare so komisch aussehen.«

»Danke.« Ich presste meine Stirn gegen seine. Ich hätte diesen Moment so gern festgehalten, hätte es so gern bei diesem Waffenstillstand belassen, aber ich musste ihm die Wahrheit sagen. »Ich wollte, ich könnte bei dir bleiben. Aber ich bin nur für ein paar Stunden hier. Ich muss zurück zu meinem Job.«

Er ließ meine Hand los. »Nein. Warum?«

»Weil ich noch nicht fertig bin.« Ich umarmte ihn und drückte ihn fest an mich. »Du musst jetzt mir zuliebe ganz tapfer sein. Denn wenn wir das hier durchstehen, werden wir wieder ein Zuhause haben.«

Er klammerte sich an mich und flüsterte nur noch. »Versprochen?« Seine Stimme versagte.

»Versprochen.«

Wir saßen auf dem Boden um eine Kiste, die uns als Tisch diente. Michaels Handleuchte flackerte im Kerzenmodus, während Michael und Tyler die letzten Reste Brathuhn mit Kartoffelsalat aus der Warmhaltebox verspeisten. Rodney hatte seinen Stuhl auf den Gang hinausgeschoben, behielt uns aber in seinem Blickfeld. Er trug

Ohrstöpsel und bewegte den Kopf im Rhythmus zu irgendeiner Musik.

»Schmeckt's?« Ich deutete auf das Huhn.

»Geht so«, meinte Tyler und nagte einen Knochen ab. »Michael und ich hatten schon Pudding und Früchtebecher.«

»Die Kirche im Süden des Flughafens verteilte ein paar Spenden«, erklärte Michael. »Hin und zurück ein Fußmarsch von zwölf Stunden.«

»Wie kommt ihr an Wasser?«

»Es gibt genug Häuser in der Gegend. Ich muss nur darauf achten, dass ich nicht zweimal an der gleichen Adresse aufkreuze.«

»Stell dir vor«, sagte ich zu Tyler, »bald werden wir uns eine Küche und Wasser aus der Leitung leisten können.«

»Wo ziehen wir hin, wenn du wiederkommst?«, erkundigte sich Tyler.

»Das liegt ganz bei uns.«

»In die Berge.« Tyler warf die Arme hoch.

»Warum ausgerechnet dorthin?«, fragte Michael.

»Weil wir da angeln können«, entgegnete Tyler.

Michael lachte. »Angeln? Wie das?«

»Dad hat Tyler versprochen, ihn mal zum Angeln mitzunehmen«, erklärte ich. »Dann brach der Krieg aus.«

Michael nickte und gab Tyler einen Klaps auf die Schulter. »Und wie siehst du das, Kleines?« Ich merkte, dass er versuchte, die Trauer zu verscheuchen. »Würdest du eine gute Anglerin abgeben?«

»Einmal, als ich noch klein war, habe ich einen Wels gefangen. Aber ich konnte ihn nicht ausnehmen. Das musste Dad erledigen.«

»Ich war noch nie in den Bergen«, erwiderte Michael. »Wie ist es da?«

»Sauber. Und ziemlich frisch.«

»Und es gibt Fische«, ergänzte Tyler.

»Die nicht so verseucht sind wie die aus dem Meer«, sagte ich.

»Das stimmt.« Michael nickte. »Aber als Angler musst du schon sehr mutig sein.«

»Warum?«, fragte Tyler.

»Weil du diese glitschigen Würmer anfassen musst.« Er schob seine Hand unter Tylers Hemd. »Hoppla, ich glaube, jetzt ist uns einer entwischt. Und der krabbelt dir jetzt über den Bauch.«

Tyler kicherte und prustete wie ein Fünfjähriger.

Nachdem er sich wieder beruhigt hatte, forderte der aufregende Tag seinen Tribut, und es dauerte nicht lange, bis er den Kopf in meinen Schoß legte und einschlief. Wir unterhielten uns leise, um ihn nicht aufzuwecken.

»Jetzt erzähl endlich! Wie war es?« Michael sah mich misstrauisch an.

»Ganz einfach. Du machst die Augen zu und schläfst.«

»Bist du ehrlich zu mir?«

»Völlig ehrlich. Und dafür wirst du bezahlt. Hallo, das bringt Geld für unser Haus.«

»Er wird so glücklich sein, wenn er wieder ein richtiges Heim bekommt.« Michael schaute auf den schlafenden Tyler herunter.

»Du auch«, sagte ich.

Er schüttelte den Kopf. »Ich bin doch kein Schnorrer.«

Ich wollte widersprechen, blieb jedoch stumm. Vielleicht kam das alles auch für ihn zu schnell und zu geballt.

Er senkte den Kopf und blickte mir in die Augen. »Mal angenommen, ich gehe auch zu dieser Body Bank.

Dann könnten wir unser Geld in einen Topf werfen und womöglich gleich etwas kaufen.«

Ich lächelte. Der Gedanke wärmte mich. Nie mehr davonlaufen. Wir müssten drei Jahre warten und vorausplanen, dann wären wir volljährig und könnten tun und lassen, was uns gefiel.

Michael setzte sich neben mich. Er legte mir einen Arm um die Schultern und roch an meinem Haar.

»Duftet nach … Kirschen«, sagte er.

»Ist das gut?«

»Hey, willst du wirklich erreichen, dass ich vor dir im Staub krieche?« Er grinste mich an.

Ich lachte ebenfalls und nickte.

»Du bist wie eine Limousine, die ein Jahr lang keine Waschanlage mehr gesehen hatte«, meinte er. »Und dann kriegt sie plötzlich die Intensivpflege, Schaumwäsche, Wachs, Politur.« Er stupste meinen langen Ohrring an, bis er hin und her schwang. »Du funkelst und glänzt, bist aber immer noch dasselbe Auto wie zuvor.« Er lächelte.

Ich wandte mich ihm zu und rückte etwas näher. Er sah mich forschend an, als bitte er um Erlaubnis. Ich nickte schwach und fuhr mir, ohne lange nachzudenken, mit der Zunge über die Unterlippe. Er beugte sich zu mir herunter, doch genau in diesem Moment klopfte Rodney an die Wand.

»Callie? Tut mir leid, aber wir müssen los.«

Michael schloss die Augen und lächelte. Wir dachten beide das Gleiche. Was für ein schlechtes Timing.

»Okay, Rodney. Ich komme gleich.«

Wir hörten, wie er in den Korridor hinaustrat. Tyler erwachte, fuhr sich mit den Händen übers Gesicht und setzte sich auf. Ich berührte seinen Arm.

»Tyler, ich muss jetzt gehen. Hör mir bitte genau zu. Du und Michael, ihr seid von nun an ein Team, okay?«

»Ein Team«, murmelte er mit schläfriger Stimme.

»Ich werde lange fort sein, einen ganzen Monat, aber in Gedanken bin ich immer bei dir. Und wenn ich wiederkomme, lasse ich dich nicht mehr allein. Alles wird besser sein als zuvor. Okay?«

Er nickte so ernst und feierlich, dass mir das Herz wehtat.

»Du bist mein tapferer Junge.« Ich hielt einen Moment lang seine Hand und zog ihn dann an mich.

»Beeil dich«, wisperte er. Ich spürte seinen warmen Atem an meiner Schulter.

Als ich mich von ihm löste, hatte er Tränen in den Augen.

»Stark sein«, sagte ich.

»Sei du schnell zurück«, antwortete er.

Michael brachte mich nach draußen. Rodney ging voraus.

Als wir den Treppenabsatz erreichten, kam gerade ein hochgewachsenes Mädchen die Stufen nach oben. Rodney richtete seine starke Stablampe auf sie, und sie hob eine Hand, um ihre Augen gegen die plötzliche Helligkeit zu schützen.

»Lass das!«, fauchte sie.

»Alles in Ordnung«, sagte Michael. »Eine Mitbewohnerin.«

Rodney senkte die Lampe ein Stück, sodass der Strahl das Mädchen nicht mehr blendete, aber ihren Körper beleuchtete. Ich sah, dass sie eine Handleuchte trug. Sie hatte kurzes dunkles Haar und war mager wie wir alle, besaß aber durchaus beachtliche Kurven.

»Hey, Michael, ich habe dir was mitgebracht.« Sie griff

in einen Stoffbeutel und kramte zwei Orangen hervor. »Die sind von einem Ender-Gärtner.«

»Danke.« Michael nahm die geklauten Orangen.

Sie deutete ein Lächeln und einen Knicks an. »Ich muss los. Bis später.«

Michael sah mich unbehaglich an. »Das ist bloß eine Bekannte.«

»Wie heißt sie?«, wollte ich wissen.

»Florina.«

»Hübscher Name.« Ich lächelte.

Ich war erleichtert, dass er nicht ganz allein mit Tyler in dem Gebäude lebte. Rodney, der wohl spürte, dass wir einen Moment lang allein sein wollten, ging bis zum nächsten Treppenabsatz voraus und wartete dort, uns den Rücken zugewandt.

Michael nahm mich in die Arme und hielt mich lange fest. Wir schmiegten uns aneinander, beide mehr Knochen als Fleisch. Aber seine Nähe fühlte sich gut an.

»Du wirst mir fehlen«, wisperte er in mein Haar.

»Du mir auch.« Ich wäre am liebsten ewig auf der Treppe stehen geblieben, aber nach einer Weile löste ich mich von ihm. »Bis in einem Monat.«

Er gab mir ein Stück gefaltetes Papier.

»Was ist das?«

»Lies es später.«

Ich hoffte, dass er mein Abschiedslächeln in Erinnerung behalten würde. »Bleib brav!«

»Pass gut auf dich auf.«

Auf der Rückfahrt ließ mich Rodney mit meinen Gedanken allein. Der Wagen wiegte mich wie ein Baby, während die nächtliche Stadt am Fenster vorbeirauschte.

Zwischen den mit Brettern vernagelten Gebäuden ging das Leben weiter. Grob gezimmerte Verkaufskarren und Rauch, der von Öltonnen aufstieg, gaben der Gegend den Anschein absoluter Armut. Mir ging durch den Kopf, wie schwer die letzten drei Jahre für Tyler und mich gewesen waren.

Einen Moment lang blendete mich von der Straße her der Strahl einer Stablampe, genau wie damals, als die Marshals gekommen waren, um uns ins Heim zu bringen …

»Hol rasch deinen Rucksack«, wisperte ich Tyler zu.

Wir hasteten im Dunkel zur Küche, während die Polizisten mit den Fäusten an die Vordertür schlugen. Tyler griff nach seinem Rucksack und der Wasserflasche. In meinem Marschgepäck befand sich die Pistole.

Wir rannten in die Nacht hinaus, bevor die Marshals die Hintertür erreichten.

Ich half Tyler, unter Zäunen durchzukriechen und durch verlassene Hinterhöfe zu laufen. Ich war dankbar, dass Dad uns einen Fluchtplan gezeichnet hatte, lange bevor er sich in Quarantäne begeben musste. Tyler und ich blieben in unserem Haus, so lange wir konnten, wie die meisten Kinder ohne Angehörige. Wir kamen gut zurecht, aber wir wussten, dass die Regierung irgendwann unser Eigentum beschlagnahmen würde. Wir waren das einzige Haus in der Straße, das noch keine neuen Bewohner hatte. Unser Viertel war eine gepflegte, gutbürgerliche Gegend gewesen, doch nun entwickelte es sich zur Geisterstadt. Die wenigen gesund gebliebenen Erwachsenen hatten die verlassenen Kinder in der Nachbarschaft betreut, bis auch sie der Seuche zum Opfer gefallen waren.

Erst in der Woche zuvor waren die Nachbarskinder von den Marshals abgeholt und in ein Heim gebracht worden. Ich hatte noch ihr Schreien im Ohr. Uns erging es etwas besser. Wir waren gewarnt, weil mein Dad uns eine Zing geschickt hatte. Ich wusste, dass sie das Schlimmste bedeutete.

Bevor er in Quarantäne musste, hatte er mir erklärt, dass ich, wenn es so weit käme, nicht an ihn denken oder um ihn trauern dürfte. Ich müsste stark sein und meinen Bruder beschützen, weil er dann nur noch mich hätte.

Es war härter für mich als alles, was ich bis dahin erlebt hatte.

Dad. Für immer gegangen. Bilder zogen in rascher Folge an mir vorbei. Hände, die mich stützten, führten. Umarmungen.

Ich biss mir auf die Lippen, um nicht loszuweinen. Denk nicht an ihn. Kümmere dich um Tyler.

Sei stark.

Wir hatten es zur verlassenen Gemeindebücherei neben dem Park geschafft. Es war stockdunkel, aber unsere Handleuchten wiesen uns den Weg. Wir kletterten durch ein zerbrochenes Kellerfenster an der Rückseite des Gebäudes. Der Geruch modriger Bücher stieg mir in die Nase. Und der Gestank ungewaschener Körper. Ein paar Kids hatten sich hinter den Bücherregalen ein Schlaflager eingerichtet. Einer der Jungs erkannte mich.

»Die ist okay.«

Ich fand einen freien Platz an der Wand und stellte unsere Rucksäcke neben uns ab.

»Sind wir hier in Sicherheit?«, fragte Tyler zwischen stockenden Atemzügen.

»Schsch«, wisperte ich. »Im Moment schon.«

Doch früh am nächsten Morgen machte irgendein

Idiot ein Feuer, um sein Essen zu wärmen, und der Rauch alarmierte die Marshals. Wir schafften es gerade noch, ihnen zu entwischen. Erst als wir den nächsten Haltepunkt auf Dads Karte erreicht hatten und ich meinen Rucksack öffnete, merkte ich, dass mir jemand die Pistole gestohlen hatte. Sonst fehlte nichts. All das Schießtraining und keine Waffe mehr. Mir war nur noch elend zumute.

Während Rodney und ich durch die stillen Straßen fuhren, presste ich die Stirn gegen das Autofenster und dachte daran, wie oft wir im letzten Jahr aus einem Unterschlupf geflohen waren. Ich ließ meine Augen über die Lichter der Stadt gleiten, bis sie zu unscharfen Farbklecksen verschwammen.

Die Body Bank würde das Ende unseres unsteten Lebens auf der Straße bedeuten.

In den Räumlichkeiten von Prime Destinations herrschte helle Aufregung. Wie ich erfuhr, wollte die Kundin ihre Reise in die Jugend noch an diesem Abend antreten. Ich stand im Büro von Doris, die sich nervös mit den Fingern durch die Haare fuhr.

»Das ist kein Problem«, sagte sie. »Ich plane immer etwas mehr Zeit ein. Aber wir müssen uns beeilen. Hier – ziehen Sie sich rasch um!« Sie deutete auf einen Kleiderbügel mit schwarzen Sachen. »Sie können meine Toilette benutzen.«

Als ich kurz darauf wieder ihr Büro betrat, trug ich schwarze Jeans und einen schwarzen Rollkragenpullover.

»Sehr gut. Und jetzt ab mit Ihnen!«

Wir eilten in den gleichen Ruheraum wie die beiden Male zuvor. Trax und Terry erwarteten mich bereits.

»Schwarz steht dir gut.« Terry tätschelte mir die Schulter, als ich auf dem Liegesessel Platz nahm. »Fast so gut wie mir.«

Nach ein paar Computer-Tests wandte sich Trax mir zu.

»Entspannen Sie sich, es läuft alles wie gewohnt«, versicherte er. »Gute Reise, Callie! In einem Monat sehen wir uns wieder.«

Die Narkosemaske näherte sich mir. Ich winkte meinem kleinen Team zum Abschied zu.

Meine Träume waren diesmal höchst sonderbar. Tyler hatte den Kopf eines kleinen Vogels. Ich fand das im Traum ganz normal und suchte nach Vogelfutter für ihn, konnte aber keines finden. Deshalb rief ich nach Michael, doch der antwortete nicht, und so machte ich mich auf die Suche nach ihm. Wir wohnten auf einem verlassenen Bauernhof. Ich lief zur Scheune und erklomm die Leiter zum Heuboden. Als ich oben ankam, sah ich Michael mit einem Mädchen. Es war Florina. Die beiden lagen im Heu, umgeben von unzähligen Orangen.

kapitel 4

Lautes Dröhnen erschütterte meinen Körper. Mein Schädel hämmerte im Rhythmus mit. Ein abstoßend süßlicher Geruch stieg mir in die Nase.

Wo war ich?

Ich schlug die Augen auf. Dumpfe Beleuchtung und eine gekippte Welt. Ich lag seitlich auf dem Boden. Als ich mich aufzurichten versuchte, landete meine Handfläche in einer klebrigen Pfütze. Ich roch an meinen Fingern. Ananas.

Laserblitze durchzuckten das Halbdunkel. In den kurzen Momenten der Helligkeit sah ich Menschen, die mit den Armen fuchtelten und zu fliehen versuchten. Aber irgendetwas hielt sie zurück.

Dann merkte ich, dass sie tanzten. Zu sehr lauter Musik.

Ein Paar glänzender, lacklederner Stilettos kam näher. Ich spürte die Schwingungen, die den Boden bei jedem Schritt erschütterten.

Die Trägerin der hohen Absätze kniete neben mir nieder. »Alles okay?«, schrie sie über den Lärm hinweg.

»Ich weiß nicht.« Mein Schädel pochte.

»Was?«

»Ich bin nicht sicher«, schrie ich zurück. Das Gebrüll verstärkte meine Kopfschmerzen.

Sie fasste meine Schultern, um mich nach oben zu ziehen. »Hoch mit dir.«

Sie war etwa so alt wie ich, mit einem blonden, asymmetrisch geschnittenen Bob, der ein Auge bedeckte. Ihr Glitzerkleid war so kurz, dass es auch als Bluse durchging. Sie führte mich in eine Ecke des Raums, wo die Musik nicht so laut hämmerte.

»Wo bin ich?«

»Na, im Rune Club«, sagte sie. »Sag bloß, du erinnerst dich nicht.«

Ich schüttelte den Kopf. »Wie kam ich hierher?«

»Du hast zu viel getrunken. Ich besorge dir am besten einen Kaffee.«

»Nein, bleib hier.« War ich wirklich betrunken, oder hatte mein Zustand andere Ursachen? Panik schnürte mir die Kehle zu, und ich umklammerte ihren Arm wie einen Rettungsanker.

»Setz dich erst mal.«

Sie stützte mich, als ich auf meinen ebenfalls sehr hohen Absätzen durch den Raum stolperte. Ich blickte an mir hinunter. Auch ich trug ein kurzes Partykleid, das sich kühl wie Metall an meine Haut schmiegte. Und meine Schuhe, natürlich Stilettos, waren Modelle, wie ich sie bisher nur bei Stars in Magazinen gesehen hatte.

Sie blieb vor einem Zweisitzer ganz hinten an der Wand stehen, schob mir den Riemen meines Handtäschchens über die Schulter und bugsierte mich in die weichen Samtpolster. Ich hatte fast vergessen, wie bequem solche Sitzmöbel sein konnten.

Die Musik verstummte. Ich hatte zu Hause hin und wieder alte Filme mit Szenen aus einem Nightclub gesehen, war aber selbst nie in einem gewesen. Es verblüffte mich, dass sie überhaupt noch existierten, insbesondere für Jugendliche. Waren sie der Treffpunkt reicher Starters?

»Du siehst schon viel besser aus.« Sie lächelte mich an.

Von der Bar sickerte blaues Neonlicht zu uns herüber. Selbst in diesem wenig schmeichelhaften Schein sah meine Retterin umwerfend aus.

»Du machst das noch nicht lange, stimmt's?«, fragte sie.

»Was?«

»Sorry, ich habe mich noch gar nicht vorgestellt. Ich bin Madison.«

»Callie.«

»Hübscher Name. Magst du ihn?«

Ich zuckte mit den Achseln. »Denke schon.«

»Meiner gefällt mir auch. Freut mich, dich kennenzulernen, Callie.« Sie streckte mir die Hand entgegen, was ich seltsam fand, aber ich nahm sie. »Wo waren wir stehen geblieben? Ach ja. Du bist zum ersten Mal hier, nicht wahr?«

Ich nickte.

Das Letzte, woran ich mich erinnerte, war die Narkosemaske. Ich hätte im Ruheraum der Body Bank aufwachen müssen, nicht hier. Was mochte geschehen sein? Ich war einer Panik nahe, aber der letzte Rest Vernunft hielt mich davon ab, Prime Destinations zu erwähnen. Ich musste so tun, als gehörte ich hierher.

»Schicker Fummel«, sagte Madison und strich über das Material meines Minikleids. »Es macht solchen Spaß, sich endlich mal wieder aufzustylen, stimmt's? Und sich in einem Laden wie dem Rune Club zu vergnügen. Jedenfalls weit besser, als jeden Samstagabend mit dem Häkelzeug im Schaukelstuhl zu sitzen und sich die x-te Wiederholung eines alten Films anzugucken.« Sie blinzelte und stieß mich mit dem Ellbogen an. »Bei dir ist es vielleicht Mahjong. Oder Bridge.«

»Tja.« Ich ließ meinen Blick lächelnd umherwandern. Ich hatte keine Ahnung, wovon sie sprach.

»Callie, Liebes, bei mir musst du dich nicht verstellen.«

Ich blinzelte.

»Man kriegt einen Blick für seinesgleichen. Und du hast sämtliche Tests bestanden.« Madison zählte an den Fingern ab: »Keine Tattoos, keine Piercings, keine Neon-Haarfarbe.« Dann deutete sie auf mich, um den Rest ihrer Argumente abzuarbeiten. »Teure Klamotten, edler Schmuck, gute Manieren und makellose Schönheit.«

An den letzten Punkt musste ich mich erst gewöhnen. Es dauerte vermutlich noch eine Weile, bis ich begriffen hatte, dass die Person, die ich im Spiegel sah, wirklich ich sein sollte.

»Ach, und noch eines. Wir wissen so viel.« Sie tätschelte meinen Arm. »Weil wir so viel erlebt haben.«

Allmählich ordneten sich meine wirren Gedanken.

»Raus damit, Callie, du bist Kundin bei P.D. Du bist eine Mieterin. Genau wie ich.« Sie rückte noch etwas näher. Der süße Duft von Gardenien umwehte mich.

»Du …«

»Passe ich nicht haargenau ins Bild?« Sie blickte an sich hinunter. »Dieser kleine Körper ist einfach wunderbar, findest du nicht?«

Ich wusste nicht, was ich erwidern sollte. Sie war eine Mieterin. Eine Ender. Angenommen, sie meldete mich, wenn sie erfuhr, dass ich eine Spenderin war, bei der die

Kopplung irgendwie fehlgeschlagen war. Dann feuerten sie mich zweifellos, ohne mir das Honorar auszuzahlen, das ich so dringend für Tyler benötigte.

»Doch, du siehst klasse aus.«

»Okay, ich gebe zu, es war nicht allzu schwer, dich zu durchschauen.« Sie deutete auf die Tanzfläche. »Viele von uns treiben sich hier im Rune Club herum.«

»Es gibt noch mehr von uns? Wo?«

Madison ließ ihren Blick durch den Raum wandern. »Achte auf diesen Typen, der wie ein Filmstar aussieht. Kunde. Und die Rothaarige dort drüben?«

»Kundin?«

»Sieh sie dir nur an!« Sie verfiel in einen vornehmen Akzent. »Kann jemand vollkommener sein?«

»Aber die anderen sind echte Teens?«

»Garantiert.«

»Auch der da?« Ich starrte einen jungen Mann auf der anderen Seite des Raums an, der mir aufgefallen war. Er hielt einen Drink in der Hand und unterhielt sich mit zwei Gleichaltrigen. Etwas Besonderes umgab ihn. »Der mit dem blauen Hemd und dem schwarzen Jackett? Das muss ein Kunde sein.«

»Der?« Madison verschränkte die Arme. »Oh, ein ganz Netter. Aber ich habe vorhin mit ihm gesprochen. Der Junge ist durch und durch Teen.«

Mit meiner Menschenkenntnis war es offenbar nicht weit her. Für mich sah er mindestens so attraktiv aus wie die Klienten von P.D., die sie mir gezeigt hatte. Mindestens. In diesem Moment drehte er sich um und starrte zu uns herüber. Ich senkte den Blick.

»Jede Menge reicher Teens hier«, fuhr Madison fort. »Das merkt man sofort, weil ihre provinziellen Großeltern nicht zulassen, dass sie was für sich tun.«

»Was für sich tun?«

»Plastische Chirurgie. Deshalb sind sie längst nicht so schön wie unsereins. Und du kannst sie immer mit Fragen über das geschichtliche Geschehen testen. Die wenigsten von ihnen wissen, was vor dem Krieg geschah.« Sie lachte.

Mein Herz raste. Was für eine verkehrte Welt! Ich musste mir immer wieder einreden, dass die atemberaubende Madison in Wahrheit über hundert Jahre alt war.

Und die Tatsache, dass sie das Gleiche von mir dachte, brachte alles noch mehr durcheinander.

»Wenn du dich wieder besser fühlst, Callie, lasse ich dich jetzt allein und hole mir etwas zu trinken. Etwas mit einem langen und verruchten Namen.«

»Die schenken Alkohol an dich aus?«

»Schätzchen, das hier ist ein privater Club. Streng geheim, fast wie die Body Bank.« Sie tätschelte meinen Arm. »Keine Angst, Mädchen, ich bleibe in Rufweite.«

Sie erhob sich geschmeidig und verschwand in der Menge. Ich blieb allein auf dem Zweisitzer zurück, die Ellbogen auf die Knie gestützt und das Gesicht in beiden Händen vergraben. Ich wollte, dass die Welt stillstand, aber je mehr ich mir den Kopf zerbrach, desto schlimmer wurde alles. Meine Schläfen pochten. Warum war ich in einem Club aufgewacht anstatt in der Body Bank? Was war geschehen?

Die beiden ersten Male war alles so glattgegangen. Ich hatte mir schon ausgemalt, wie ich das Honorar in Empfang nehmen und Tyler einen warmen Platz zum Schlafen verschaffen würde, ein richtiges Zuhause. Und nun dies.

Plötzlich vernahm ich eine Stimme.

Kannst du …?

»Ja?« Ich hob den Kopf.

Es war nicht Madison. Die stand an der Bar im Zentrum des Clubs. Ich drehte mich um. Niemand befand sich in meiner Nähe.

Hatte ich geträumt?

Kannst du … mich hören?

Nein, ich hätte schwören können, dass das keine Einbildung war. Die Stimme, sie war …

IN MEINEM KOPF.

Kein Mensch in meiner Nähe. Die Stimme kam aus meinem Innern. Litt ich unter Halluzinationen? Das Herz schlug mir bis zum Hals. Vielleicht hatte Madison recht. Ich war betrunken. Oder ich war bei meinem Sturz auf den Kopf gefallen. Irgendetwas lief hier total aus dem Ruder. Ich verspürte Atemnot.

Die Stimme hatte weiblich geklungen. Ich atmete ganz langsam ein und aus, um mich zu beruhigen, aber auch, um besser hören zu können.

Der Lärm auf der Tanzfläche dämpfte meine Wahrnehmung. Ich presste die Zeigefinger in die Ohren und lauschte, vernahm aber nur das Hämmern der Musik. Es wurde nur durch meinen eigenen Herzschlag abgelöst. Auf diese Weise würde ich es jedenfalls nicht schaffen, das Entsetzen abzuschütteln, das mich beim Klang der fremden Stimme in meinem Gehirn befallen hatte.

»Alles in Ordnung?« Das war er. Der Typ in dem blauen Hemd, durch und durch Teen, wie Madison behauptet hatte. Er sah mich besorgt an.

Was hatte er gefragt? Ob alles in Ordnung war. Ich bemühte mich, meine Panik in den Griff zu bekommen.

»Ja. Vielen Dank.« Ich zerrte an meinem Kleid, ein ebenso lahmer wie vergeblicher Versuch, meine Schenkel zu bedecken.

Aus der Nähe sah er noch besser aus, mit attraktiven Grübchen in den Wangen, wenn er lächelte. Aber ich hatte keine Zeit für diese Ablenkung. Ich musste darauf achten, ob die Stimme zurückkam. Er stand einfach da und starrte mich an, während ich nach innen lauschte.

In meinem Kopf herrschte Stille. Hatte ich mir die Geschichte doch eingebildet, weil ich so durcheinander war, so verblüfft darüber, dass ich an diesem Ort das Bewusstsein wiedererlangt hatte? Oder hatte dieser Typ die Stimme verscheucht?

Das schwarze Jackett von Mr. Grübchen wirkte sehr exklusiv. Ich dachte an Madisons Urteil hinsichtlich seines Alters und stand auf, um ihn mithilfe der Checkliste noch genauer zu begutachten.

Keine Tattoos, Piercings oder abartige Haarfarbe: check. Teure Kleidung: check. Schmuck: War das Ding an seinem Handgelenk eine Designeruhr? Manieren: check. Und makelloses Aussehen.

Ah, aber jetzt. Da hatten wir es. Dicht vor ihm stehend, entdeckte ich an seinem Kinn eine etwa drei Zentimeter breite Narbe. Die hätte Doris nie und nimmer durchgehen lassen.

»Ich sah dich umkippen.« Er streckte mir ein feuchtes Handtuch entgegen. »Deshalb habe ich dir das hier aus dem Waschraum besorgt.«

»Danke.« Ich presste es an die Stirn und sah ein Lächeln über seine Züge huschen. »Was ist so komisch?«

»Na ja, eigentlich war das nicht für dein Gesicht bestimmt.« Er nahm mir das Handtuch sanft ab und säuberte damit meinen Arm.

»Ich bin ausgerutscht«, erklärte ich. »Irgendein Idiot hat seinen Drink verschüttet. Und mit diesen Absätzen …«

Er musterte meine Schuhe und bedachte mich erneut mit einem Lächeln, das seine Grübchen betonte. »Klasse Absätze.«

Sein offensichtliches Interesse brachte mich so durcheinander, dass ich verlegen den Blick abwandte. Ein Typ wie er, reich und gutaussehend, schenkte seine Aufmerksamkeit einem Gossenkind? Dann huschte mein Abbild in einer verspiegelten Säule an mir vorüber und schleuderte mich jäh in die neue Wirklichkeit. Ich hatte völlig vergessen, dass ich wie ein Megastar aussah.

Als ich aufsah, entdeckte ich Madison, die immer noch an der Theke stand und versuchte, den Ender-Barkeeper auf sich aufmerksam zu machen, der offenbar schwerhörg war.

Mr. Grübchen folgte meinem Blick. Er legte das Handtuch auf einem Beistelltisch ab.

»Ist das deine Freundin?«, wollte er wissen.

»Mehr oder weniger.«

Er hielt einen Finger hoch, als versuchte er sich zu erinnern. »Sie heißt Madison, nicht wahr?«

Ich nickte.

»Wir haben uns vorhin unterhalten«, sagte er. »Ein komisches Gespräch irgendwie.«

»Inwiefern?«

»Sie stellte mir jede Menge Fragen.«

»Was für Fragen denn?«

»Über Geschichte, ob du es glaubst oder nicht. Wollte Dinge wissen, die zwanzig oder dreißig Jahre zurückliegen. Ich meine, hast du eine Ahnung, welcher Film vor Urzeiten zehn Oscars gewann?«

Ich kniff die Augen zusammen und versuchte mich zu erinnern, ob mein Dad das je erwähnt hatte. Er hätte so etwas bestimmt gewusst. Ich zuckte mit den Schultern.

»Siehst du, du bist auch ahnungslos«, sagte er. »Allem Anschein nach habe ich Madisons Test nicht bestanden und bin jetzt unten durch. Jedenfalls ließ sie mich stehen, als ich ihre Fragen nicht beantworten konnte. Aber schließlich bin ich zum Tanzen hergekommen und nicht als Quiz-Kandidat.« Er sah seine Füße und dann mich an. »Möchtest du vielleicht …?«

»Ich?« Jetzt erst merkte ich, dass die Musik wieder eingesetzt hatte, etwas leiser und langsamer als zuvor. »Nein. Ich kann nicht tanzen.«

»Klar kannst du.«

Ich dachte an Michael. Es gehörte sich einfach nicht, dass ich mich hier vergnügte, während er auf Tyler aufpasste. Ich hatte immer noch keine Ahnung, was geschehen war, wo ich mich befand und wie ich hierher geraten war. Und vor allem, ich war im Moment nicht ich selbst.

»Ich glaube, ich bin einfach zu benebelt.«

»Dann vielleicht später.« Er sah mich mit hochgezogenen Augenbrauen an.

»Tut mir leid, aber ich bleibe nicht mehr lange«, sagte ich achselzuckend. Das war plump, klar, aber es hatte keinen Sinn, ihm falsche Hoffnungen zu machen.

Er ließ sich nichts anmerken, aber seine Augen spiegelten die Enttäuschung wider, die ich spürte. Er sah so aus, als wolle er einen erneuten Versuch starten, doch in diesem Augenblick tauchte Madison wieder auf, einen dampfenden Becher in der einen und den Cocktail in der anderen Hand.

»Hier, der Kaffee ist für dich. Ich hoffe, du magst ihn schwarz.« Erst als sie mir den Becher reichte, merkte sie, dass ich nicht allein war. »Oh, Blake, nicht wahr? Hallo zum zweiten Mal.«

Blake nickte ihr zu und sah dann mich an. Wir tauschten ein flüchtiges Lächeln auf Madisons Kosten, eine dieser Sie-weiß-nicht-dass-wir-über-sie-gesprochen-haben-Heimlichkeiten, die Menschen enger miteinander verband. Sie schien nichts zu bemerken, da sie gerade mit einem Ananaswürfel kämpfte, der auf einem winzigen Schwert aufgespießt war und sich nicht lösen ließ.

»Ich gehe jetzt besser zu meinen Freunden zurück«, erklärte er.

Madison schluckte die Frucht und lächelte höflich. »War nett, dich nochmals zu treffen, Blake.«

»Gute Nacht, Madison.« Er wandte sich an mich. »Bis bald, Callie.« Er lächelte, hielt den Kopf schräg und wirbelte mit einer Art Tanzschritt auf dem Absatz herum.

Er kannte meinen Namen, obwohl ich mich nicht vorgestellt hatte.

Ich sah ihm nach, wie er mit den Händen in den Hosentaschen wegschlenderte. Allmählich fühlte ich mich etwas besser.

Hör zu … bitte …

Ein Schauer lief mir über den Rücken. Nein. Wieder diese Stimme. In meinem Kopf. Wenn ich mir das einbildete, dann musste ich eine rege Phantasie besitzen, denn sie klang verdammt echt. Irgendetwas lief hier schief. Ich musste raus aus diesem Club.

Woher auch immer die Stimme kam – aus meinem Gehirn oder von außen –, die nächsten Worte drangen wie Nadeln auf mich ein.

Hör zu … wichtig … Callie … auf keinen Fall … zurück zu Prime Destinations …

kapitel 5

Ich stand da, völlig erstarrt. War das eine Reaktion auf die Medikamente, die mir die Leute von Prime vor der Kopplung mit der Kundin gegeben hatten? Vielleicht hatte es auch mit dem Chip selbst zu tun.

Ich wandte mich Madison zu.

Kein Wort … zu ihr …

Madison packte mich hart am Arm. »Denk an die Vertragsregeln, die für unseren Umgang mit Jungs gelten!« Sie unterstrich ihre Worte mit mahnend erhobenem Zeigefinger.

Ihre Warnung katapultierte mich in die Wirklichkeit zurück. Ich hatte mich noch nicht daran gewöhnt, dass sie aussah wie ein Popstar, sich aber benahm wie eine Oma.

»Sei vorsichtig«, fuhr sie fort und schob sich den schräg geschnittenen Pony aus der Stirn. »Das ist wichtig.«

Ich fühlte mich hin- und hergerissen. Da war zum einen die Stimme in meinem Kopf, zum anderen musste ich den Schein gegenüber meiner realen Gesprächspartnerin wahren. »Von welcher Regel sprichst du?«

»Das fragst du noch?« Sie senkte die Stimme. »Kein

S-e-x!« Sie zog die Augenbrauen hoch. »Und schon gar nicht mit echten Teens.«

»Was meinst du mit ›schon gar nicht‹? Regel ist Regel. Da gibt es keine Ausnahmen.«

»Du weißt, was ich meine.« Sie verdrehte die Augen »Vergiss diesen Jungen!«

Mit einer fremden Stimme im Kopf hatte ich im Moment andere Sorgen als irgendwelche Vertragsklauseln.

»Welchen Jungen?«

Sie lachte laut auf.

Blake hatte sich zu seinen Freunden am anderen Ende der Tanzfläche gesellt. »Du meinst, er weiß nicht, dass wir Enders sind?«, fragte ich.

»Hast du deinen Vertrag nicht gelesen, Mädchen? Woher soll er das wissen? Es ist uns ausdrücklich verboten, Außenstehende in das Geheimnis der Body Bank einzuweihen.«

»Wer liest schon Verträge?« Ich zuckte mit den Achseln. Blake warf mir quer durch den Raum einen auffordernden Blick zu.

Madison verschränkte die mit Glitzerstaub bedeckten Arme. »Du trinkst jetzt besser diesen Kaffee.«

Ich kippte den Becher in einem Zug. Vielleicht sorgte das Koffein für einen klaren Kopf. Vielleicht verscheuchte es sogar die Stimme. Der bittere Geschmack war so ungewohnt, dass ich eine Grimasse schnitt.

»Was ist los?«, fragte sie. »Trinkst du ihn nicht schwarz?«

Meine Zunge fühlte sich pelzig an. »Nein. Nie.« Ich hatte eine Vorliebe für Milchkaffee, in den ich pfundweise Zucker rührte.

»Dann betrachte das Zeug als Medizin.« Madison warf einen Blick auf ihre Uhr. »Himmel, es ist spät. Ich muss gehen.« Sie kramte etwas aus ihrem Abendtäschchen. »Hier, Callie, Liebes. Meine Karte.«

Bevor ich mich bedanken konnte, fragte sie: »Wo ist deine?«

Ich öffnete meine Handtasche, die ich völlig vergessen hatte. Sie enthielt einen Parkservice-Zettel, einen Pass, ein Handy und ein Bündel Bargeld. Mir stockte der Atem beim Anblick von so viel Geld, aber ich ließ mir nichts anmerken.

»Ich finde gerade keine.«

»Macht nichts, schick mir einfach eine Nachricht über Zing. Also, ich mache mich auf den Weg. Volles Programm morgen. Begleitest du mich noch nach draußen?«

Sie hakte sich bei mir ein. Als wir an Blake vorbeikamen, spürte ich, wie er mir nachstarrte, aber ich vermied es, mich umzudrehen. Stattdessen beobachtete ich Madison. Sie bewegte sich mit langen, selbstsicheren Schritten und ließ die Blicke von Bewunderern an sich abprallen, als sei sie von einem Kraftfeld umgeben.

Zwei Ender-Türsteher öffneten uns die hohen Metalltüren. Wir traten hinaus in die frostige Nacht, wo bereits eine größere Schar junger Leute auf ihre Wagen wartete. Madison übergab ihren Zettel einem Angestellten des Parkservices und wandte sich dann mir zu.

»Willst du den Rat einer weisen alten Frau hören?« Sie schlang die Arme um ihren Oberkörper und wippte auf den Absätzen hin und her. »Übertreib es nicht beim ersten Mal! Keine wilden Abenteuer, wenn du nicht willst, dass diesem Prachtkörper etwas zustößt. Die Strafen sind astronomisch, das kann ich dir versichern.«

Auch ohne ihren Vortrag würde ich alles tun, um meinen Körper vor Schaden zu bewahren. Ich schwieg, da ich wusste, dass wir uns gleich verabschieden und danach ohnehin nie wiedersehen würden.

Sie warf den Kopf nach hinten, dass ihre Ohrringe klirrten. »Ich erinnere mich noch gut an meine erste Buchung. Das war vor neun Monaten.«

»Wie oft hast du das inzwischen gemacht?«

»Ach, Schätzchen, ich zähle längst nicht mehr mit.« Sie lächelte. »So viele junge Körper zum Ausprobieren. Inzwischen verbringe ich mehr Zeit in jungen Körpern als in meiner alten Haut.«

Der Ender vom Parkservice fuhr in einem knallroten Cabrio vor und winkte Madison zu.

»Das Ding gehört dir?«

»Mein ›Teen‹-Wagen.« Sie blinzelte mir zu.

Ich folgte ihr bis zum Auto und bewunderte die mehrdimensionale Lackierung. Die Illusion war so real, dass man das Gefühl hatte, in einen Canyon zu blicken. »Endkrass.«

Madison runzelte die Stirn. »Callie, ist das wirklich dein erster Tausch?«

»Warum?« Ich merkte, wie ich mich anspannte.

»Weil du sehr überzeugend klingst. Ich muss immer noch genau überlegen, was ich sage, wenn ich als Jugendlicher durchgehen will.«

Als jemand durchgehen – das war genau, was ich gerade versuchte. Was war der beste Weg, sie davon zu überzeugen, dass ich eine Ender war? Auf deren Modus umzuschalten.

Ich tätschelte fürsorglich ihren Arm, wie sie es vorher getan hatte. »Ich habe mir mühsam die Sprache der Teens eingeprägt vor meiner Buchung. Außerdem bin ich tatsächlich blutjung – läppische fünfundneunzig!« Ich blinzelte.

»Ich hasse dich.« Sie gab dem Angestellten ein Trinkgeld. »War nicht ernst gemeint. Aber du musst mir bei Gelegenheit einige deiner Tricks beibringen.«

Der nächste Wagen hielt hinter ihrem Cabrio an. »Ich muss los. Hat mich gefreut, dich kennenzulernen, Callie. Morgen bin ich beim Parasurfen.« Sie warf die Arme in die Luft. »Viel Spaß mit deinem neuen Körper!«

Madison klemmte sich hinter das Lenkrad. Sie trat aufs Gas und jagte los. Ihr Fahrstil hatte ganz und gar nichts Endermäßiges.

»Miss?« Der Mann vom Parkservice streckte die Hand aus. »Ihr Ticket?«

Ich kramte den Zettel aus meiner Handtasche. Ich hatte absichtlich gewartet, bis Madison verschwunden war, um sie nicht misstrauisch zu machen, falls ich Probleme bekäme, das Auto zu starten. Wie würde ich das auf die Reihe kriegen? Meine Handflächen fühlten sich feucht an. Es war zwei Jahre her, seit mir mein Vater auf einem Parkplatz ein paar Fahrstunden gegeben hatte. Jetzt versuchte ich mich an seine Anweisungen zu erinnern. Lenkrad in der Stellung zehn vor zwei halten. Vor dem Bremsen langsamer werden. Keine Zings während der Fahrt.

Ein paar Jungs kamen aus dem Club und zogen mich mit ihren Blicken aus. Echte Teens, ihren Pickeln nach zu urteilen. Ich wandte mich ab. Sie durften auf keinen Fall dahinterkommen, wer ich wirklich war. Nichts wie weg von hier, sagte ich mir.

Niemand sprach mich an. Mir kam zu Bewusstsein, dass sich auch die Stimme nicht mehr gemeldet hatte. Das war gut.

Ich musste mich konzentrieren. Ich musste mir alles ins Gedächtnis rufen, was ich über Autofahren wusste. Je schärfer ich nachdachte, desto heftiger schlug mein Herz. Bitte lass den Wagen ein einfaches Modell sein!

In diesem Moment rollte der Angestellte vom Parkservice mit einem gelben Mega-Sportflitzer vor, der mehr an ein Raumschiff erinnerte.

Nein. Nur nicht der.

Aber natürlich winkte der Mann mich herüber. Der Wagen wirkte mit seinem heruntergeklappten Verdeck mindestens doppelt so heiß wie Madisons Cabrio. Selbst bei den verzogenen reichen Teens, die vor dem Club herumlungerten, löste er ein überraschtes Murmeln aus.

Sämtliche Blicke waren auf mich gerichtet, als ich zur Fahrerseite ging. Ich drückte dem Ender einen Schein in die Hand, wie ich es bei Madison gesehen hatte, glitt auf den weichen Ledersitz und sah mich einem Armaturenbrett gegenüber, das jeden Jetpiloten in Erstaunen versetzt hätte. Der Mann vom Parkservice schloss die Tür. Ich hob die Hand, um zu verhindern, dass er sich einfach abwandte und ging.

»Einen Augenblick«, wisperte ich. »Wo sind wir?«

»Wo wir sind?« Er sah mich verwirrt an.

»In welcher Stadt?« Ich sprach immer noch mit gedämpfter Stimme.

»Downtown. Downtown L.A.« Er deutete mitleidig auf eine Taste auf meinem Armaturenbrett, ehe er loshastete, um das nächste Auto zu holen.

Die Taste schaltete das Navigationssystem ein. Zwischen der Windschutzscheibe und meinem Gesicht leuchtete ein Airscreen auf. Ich sah die Worte »Nach Hause« in der Luft schweben und nach einem Moment des Zögerns tippte ich sie mit dem Finger an.

Nach Hause. Genau da wollte ich hin. Das Auto wusste, wo ich wohnte.

Ich stellte den Hebel auf »Fahren« und ging von der Bremse. Anders als bei Madison vollzog sich mein grandioser Abgang im Schneckentempo. Als ich loskroch, hörte ich, dass mir jemand nachrief.

Ich warf einen Blick in den Rückspiegel. Blake stand an der Rampe, eine Hand in der Tasche, die andere zum Winken erhoben.

Sobald ich ein paar Straßenzüge vom Club entfernt war, fuhr ich rechts ran und hielt neben einem Büroblock. Meine Knie zitterten. Aber zumindest war der Wagen unversehrt … noch. Ich war an diesem Abend nicht betrunken, sondern nur verwirrt gewesen, denn mein Kopf wurde mit jeder Minute klarer. Ich musste herausfinden, was hier vorging. Wie konnte ich in meinem Innern Stimmen vernehmen?

Zu dieser späten Stunde waren die Straßen leer und ruhig. Falls diese Stimme sich erneut melden wollte, war jetzt der richtige Zeitpunkt. Ich hielt den Atem an.

Schweigen. Ich nahm es dankbar zur Kenntnis.

Was stellte Prime Destinations mit meinem Kopf an? Vielleicht hatten sie beim Einsetzen des Chips mein Gehirn beschädigt. Oder lag es am Chip selbst? Ich hätte ihnen niemals meinen Körper anvertrauen dürfen.

Doch es galt jetzt, klar und logisch zu denken. Ich starrte das Armaturenbrett an. Der Motor schnurrte wie ein Tiger, während ich nach dem Abendtäschchen auf dem Beifahrersitz griff und den Pass hervorholte. Er war mit einem rotierenden Holo ausgestattet, das mich von allen Seiten zeigte. Ich erkannte die Aufnahmen. Wir hatten sie in der Body Bank gemacht. Aber der Ausweis war auf »Callie Winterhill« ausgestellt, nicht auf Callie

Woodland. Die Adresse stimmte mit der auf dem GPS-Airscreen überein.

Offenbar hatte die Body Bank neue Pässe für alle Kunden erstellt. Ich konnte davon ausgehen, dass meine unveränderlichen Merkmale – DNS, Fingerabdrücke und so weiter – als Code in die Karte eingegeben waren. »Winterhill« war also der Familienname der Mieterin. Auf diese Weise konnte sie sich notfalls als ihre eigene Enkelin ausgeben.

Damit stand mir dieser schicke Schlitten zur Verfügung, der mich überall hinbringen konnte. Ich hatte solche Sehnsucht nach meinem Bruder. Aber ich erinnerte mich an Tinnenbaums Warnung, dass sie mich per Chip überwachen könnten. Sie kannten Tylers Unterschlupf. Wenn sie sahen, dass mein Chip diese Adresse ansteuerte, würden sie wissen, dass etwas nicht stimmte. Und dann warfen sie mir womöglich Vertragsbruch vor.

Ich konnte zur Body Bank zurückkehren – das war vermutlich ganz in ihrem Sinn. Aber die Stimme – *Geh nicht zurück zu Prime ...* – hatte regelrecht beängstigend geklungen. Ich erschauerte. Was würde mit mir geschehen, wenn ich die Warnung in den Wind schlug?

Im Club war es so laut gewesen, dass ich die Stimme, obwohl sie in meinem Kopf sprach, nicht allzu deutlich verstanden hatte. Aber je länger ich darüber nachdachte, desto sicherer erschien es mir, dass sie zu einer Ender gehörte. Jemand von der Body Bank, der irgendwie per Chip die Verbindung zu mir aufgenommen hatte? Doris vielleicht? Was könnte sie bewogen haben, mich vor der Rückkehr zu Prime zu warnen? Wollte sie mich aus dem Weg haben, bis sie ihren Fehler behoben hatten? Oder gab es einen anderen Grund, mich von dem Unternehmen fernzuhalten?

Möglicherweise erfuhr ich mehr, wenn ich mich zum Haus der Klientin navigieren ließ. Falls meine Kundin ihren Urlaub vorzeitig abgebrochen hatte, traf ich sie vielleicht dort an. Ich warf einen Blick auf meine Uhr – oder besser, auf das sündhaft teure, mit Diamanten besetzte Chronometer meiner Mieterin. Es war nach Mitternacht.

Und auf der Datumsanzeige stand der 14. November. Seit Beginn meines dritten Einsatzes war erst eine Woche vergangen. Ich hatte also noch drei volle Wochen vor mir.

Was war geschehen?

In diesem Moment sah ich im Rückspiegel eine Bewegung und hörte leise, schnelle Schritte – Turnschuhe, die über das Pflaster trabten.

Eine Horde Renegaten näherte sich meinem geparkten Wagen von hinten.

Fünf waren es insgesamt, mit Ketten, Rohrstücken und zornigen Augen.

Das Blut erstarrte mir in den Adern. In Panik überflog ich die Schaltelemente. Anfahren. Wo war das D?

Einer der Kerle sprang auf den Kofferraum des Cabrios. Kahlgeschoren, die Glatze mit Tattoos bedeckt.

Ich fand die Taste und drückte sie. Gab Gas. Der Junge flog im hohen Bogen auf die Straße.

Im Rückspiegel sah ich, wie er sich aufrappelte. Seine Kumpels zeigten mir den Mittelfinger. Eine Gänsehaut lief mir über den Rücken.

Das war ein ganz neues Spiel. Ich durfte nicht leichtsinnig werden, nur weil ich ein Auto hatte. Im Gegenteil, jetzt wirkte ich auf die Straßengangs reich und musste besser denn je aufpassen.

Ich holte tief Luft und atmete langsam aus.

Von da an war das Navigationsgerät mein einziger Begleiter. Der Sprecher hatte einen australischen Akzent und klang so entspannt, dass ich mich allmählich beruhigte. Mit seiner Hilfe gelangte ich auf die Schnellstraße. Auf der schnurgeraden Strecke fiel mir das Fahren leichter, außerdem waren zu dieser späten Stunde nur wenige Autos unterwegs. Ich kam an einem Trupp von Zwangsrekrutierten vorbei, etwa zwanzig Starters, die mit Straßenbauarbeiten beschäftigt waren. Eine Woge von Schuldgefühlen erfasste mich, als ich mit meinem Luxusgefährt an ihnen vorbeischoss, in Designerklamotten und mit einer Diamantuhr am Handgelenk. Am liebsten hätte ich ihnen zugerufen, dass mir all das teure Zeug nicht gehörte.

Aber sie waren nur noch weiße Punkte in meinem Rückspiegel.

Nach einer halbstündigen Fahrt in Richtung Westen dirigierte mich das Navi nach Bel Air. Ich erinnerte mich daran, dass hier die Stars gewohnt hatten. Ich passierte ein Torhaus mit Wachtposten und fuhr an einer Reihe von ebenfalls bewachten Traumvillen entlang. Dann erklärte das Gerät, dass ich daheim angekommen sei.

Es hatte mich nicht darauf vorbereitet, dass mein Zuhause ein solch mega-herrschaftlicher Wohnsitz war.

Hier gab es zwar offenbar keinen Wachmann, aber ein Tor. Zwei gigantische Eisenflügel. Ich bremste so scharf, dass ich mit einem Ruck in den Gurt fiel. Dann lehnte ich mich vorsichtig zurück und hielt nach dem Türöffner Ausschau. Eine winzige schwarze Scheibe ruhte im Getränkehalter. Ich presste sie nach unten. Die Flügel schwangen auf wie das Himmelstor.

Ich fuhr über das Kopfsteinpflaster einer breiten Auffahrt, und das Tor schloss sich hinter mir. Die Auffahrt führte in einem weiten Linksbogen zum Haupteingang und dann weiter nach rechts zu einem Garagentrakt mit fünf Stellplätzen. Die Garagentore hatten sich gemeinsam mit dem Außentor geöffnet und gaben den Blick auf drei Fahrzeuge frei, einen SUV, eine Limousine und einen kleinen blauen Sportwagen. Ich parkte auf einem der leeren Plätze und stellte den Motor ab.

Eine Weile saß ich völlig erschöpft hinter dem Lenkrad. Ich hatte den kostbaren Wagen unversehrt zurückgebracht. Ohne die geringste Schramme. Hoffentlich wusste Mrs. Winterhill das zu schätzen.

Was nun? Ich machte mir klar, dass es da mehrere Möglichkeiten gab, die mich durchaus in Bedrängnis bringen konnten.

Zunächst einmal hoffte ich jedoch, dass Mrs. Winterhill im Haus war und mir erklären konnte, was sich ereignet hatte. Vielleicht war alles nur ein dummes Missverständnis, das sich noch ausbügeln ließ. Dann würden wir eben einen neuen Versuch unternehmen. Und wenn ich Glück hatte, bekam ich sogar mein Honorar für die erste Woche ausgezahlt.

Eine Tür führte vom Garagentrakt seitlich ins Haus. Ich klopfte an. Niemand öffnete. Es war fast ein Uhr nachts. Ich betrachtete das Touchpad neben der Tür, aber hatte keine Ahnung, welcher Code sie öffnen würde.

Ich kehrte um und verließ die Garage durch einen Hinterausgang. Meine Stilettos klapperten über das Kopfsteinpflaster, als ich durch eine prächtige Gartenanlage zum Haupteingang stolperte. Weite Rasenflächen, blühende Sträucher und gesunde Bäume – Mrs. Winterhill würde eine gigantische Wasserrechnung haben.

Ich erklomm zwei Schieferstufen und stand vor der imposanten Eingangstür. Meine Ankunft löste den Klingelsensor aus. Drinnen erklang ein melodischer Glockenton.

Eine Minute später vernahm ich Schritte.

Und die Tür öffnete sich.

Eine hagere, verschlafene Ender hielt mit einer Hand ihren Morgenmantel zusammen und trat zur Seite, um mich einzulassen.

»Nun, zieht es Sie endlich wieder heim?«

kapitel 6

Mein Mund wurde trocken, als ich die elegante Empfangshalle des Winterhill-Anwesens betrat. Sie hätte aus einem Film der 1940er-Jahre stammen können. Antiquitäten, eine Decke bis zum Himmel und eine Prunktreppe, die eben dorthin führte.

Die Ender schloss die Tür.

Einen unbehaglichen Moment lang sah sie mich missbilligend an. Wenn sie darauf wartete, dass ich den Anfang machte, hatte sie sich getäuscht.

Endlich ergriff sie das Wort.

»Nun, haben Sie sich gut amüsiert, Mrs. Winterhill?« Sie zurrte den Gürtel ihres Morgenmantels so fest zusammen, als sei er eine Henkersschlinge.

Mit dieser Frage stand fest, dass es für mich keinerlei Hoffnung gab, die wahre Mrs. Winterhill daheim anzutreffen.

Wenn ich der gestrengen Ender hier die Wahrheit sagte, warf sie mich entweder sofort raus oder ließ mich umgehend von der Body Bank abholen. Und da konnte es Probleme geben. Womöglich feuerten sie mich oder verweigerten mir das Honorar, das ich so dringend für unser neues Zuhause benötigte.

Ich war nicht in der Verfassung, eine schnelle Entscheidung zu treffen. Ich brauchte Schlaf.

»Ja«, erwiderte ich daher. »Es war sagenhaft.«

Ich hatte das Gefühl, dass sie mich argwöhnisch anstarrte. Oder entwickelte ich schon Wahnvorstellungen?

»Wieder mal den Schlüssel vergessen?«

Ich nickte nur.

»Sicher liegt er irgendwo im Wagen.« Sie wechselte das Thema. »Brauchen Sie noch etwas? Ich habe Ihre Lieblingskekse gebacken. Heute Nachmittag.«

Ich wollte jedes unnötige Gespräch vermeiden. Mein Gehirn war wie ausgebrannt von all den Lügen, die ich im Lauf des Abends von mir gegeben hatte.

»Sie müssen ebenso müde wie ich sein«, sagte ich. »Gehen Sie wieder schlafen. Ich komme schon zurecht.«

»Dann wünsche ich Ihnen eine gute Nacht, Mrs. Winterhill.«

Sie wandte sich dem Korridor rechts von der Diele zu. Dann blieb sie noch einmal stehen.

»Das hätte ich fast vergessen«, sagte sie. »Redmond hat angerufen.«

»Danke.« Wer immer das sein mochte.

Ich sah ihr nach, bis sie am Ende des Korridors in ihrem Zimmer verschwand. Dann ließ ich meine Blicke durch die grandiose Empfangshalle schweifen. Mein früheres Heim, das Haus, in dem unsere Familie gelebt hatte, war eine bescheidene Ranch gewesen. Die Winterhill-Villa dagegen flößte mir regelrecht Ehrfurcht ein. Sie vermittelte den Eindruck, dass ich in einer früheren Zeit gelandet war. Oder in einem Museum. Auf dem antiken Marmortisch im Zentrum der Empfangshalle stand eine Vase mit kunstvoll arrangierten weißen Blüten, die meine Mutter entzückt hätten. Der Duft von Rosen, Nachthyazinthen und Gardenien verstärkte mein Gefühl, in einem Rauschzustand dahinzuschweben.

Ich musterte die prachtvolle Mahagonitreppe, die ins Obergeschoss führte. Das Schlafzimmer meiner Mieterin musste sich dort befinden. Ich hielt mich am seidig glatten Handlauf fest und erklomm die Stufen.

Auf halber Höhe wandte ich mich nach links. Ich kam an einer Reihe von Porträts vorbei, die alle dieselbe Frau zeigten – zweifellos Mrs. Winterhill in verschiedenen Lebensabschnitten. Sie war stets wunderschön, mit hohen Wangenknochen, einer kräftigen Nase und einer energischen Kinnlinie. Ihre Augen folgten mir.

Ich erreichte die von Wandleuchtern nur schwach erhellte Diele im ersten Stock und betrat den Gang zu meiner Rechten. Mehrere Türen befanden sich zu beiden Seiten des Korridors, und alle waren geschlossen. Lebten hier noch mehr Leute außer meiner Mieterin? Es blieb mir nichts übrig, als mir Klarheit zu verschaffen.

Ich öffnete die erste Tür zur Rechten und fuhr mit der Hand an der Stelle auf und ab, wo ich das Schaltfeld vermutete. Ein Sensor erfasste die Bewegung, und die Lichter flammten auf.

Aus der neutralen Einrichtung und dem Fehlen persönlicher Gegenstände schloss ich, dass es sich um ein Gästezimmer handelte. Ich machte das Licht aus. Hinter der nächsten Tür verbarg sich ein Nähzimmer. Dann kam ein Jugendzimmer. Ich konnte nicht sagen, ob es sich um Mrs. Winterhills Traumreich handelte – so wie Madison sich ihren »Teen«-Wagen gönnte – oder ob der Raum tatsächlich für ein junges Mädchen bestimmt war. Aber ich fühlte mich erleichtert, dass er im Moment leer war.

Ich machte auf der anderen Seite des Korridors weiter. Die erste Tür war versperrt. Aber hinter der zweiten fand ich, was ich gesucht hatte – Mrs. Winterhills Schlafzimmer. Es war gigantisch. Mitten im Raum stand ein Himmelbett aus Ebenholz. Die verdrillten Pfosten endeten jeweils in einer Klaue, die eine Kugel hielt. Über dem Bett spannte sich ein in Falten gelegter und in der Mitte geraffter Baldachin. Die grüngolden gestreifte Tagesdecke war an den Ecken reichlich mit Quasten verziert. Und am Kopfende des Lagers türmte sich ein Berg von Kissen.

Das Beste an dem Bett war jedoch, dass keine Mrs. Winterhill darin schlief.

So einladend es auch aussah, ich wandte meine Aufmerksamkeit erst einmal der Sitzecke links davon zu, die mit einer Chaiselongue und einem kleinen antiken Schreibtisch ausgestattet war. Auf der Arbeitsfläche stand ein flaches, mit Intarsien geschmücktes Holzkästchen.

Ich trat näher und öffnete das Kästchen. Ein Computer.

Mit ein paar schnellen Schritten war ich an der Tür und verriegelte sie. Dann lief ich zurück zum Computer, setzte mich auf den Stuhl und streifte die hochhackigen Schuhe ab. Ich entdeckte ein gelbes Licht auf dem Bedienfeld und strich mit der Hand darüber. Ein Airscreen erschien in Augenhöhe.

Falls es in Beverly Hills einen Stromausfall gegeben hatte, würde das vielleicht erklären, weshalb ich den Kontakt zu meiner Mieterin verloren hatte. Ich durchsuchte die Pages.

Nichts. Auch die weiteren Nachrichten brachten keine Neuigkeiten. Schließlich suchte ich nach Mom und Dad, in der Hoffnung, dass es noch immer Bilder von ihnen im Netz gab. Eines fand ich, das sie auf einer Party zeigte. Ich starrte es an, sog jedes Detail ihrer Gesichter auf.

Stattdessen merkte ich, wie ich tiefer in den Schreibtischstuhl rutschte und meine Lider schwer wurden. Es war zwei Uhr morgens.

Neben dem Computer stand ein Holo-Frame mit einem Foto von Mrs. Winterhill. *Helena Winterhill*, wie darunter stand. Die Ähnlichkeit mit den Gemälden im Gang war unverkennbar, aber es handelte sich um eine offensichtlich erst vor Kurzem entstandene Aufnahme. Die Ender schien um die hundert zu sein, hatte jedoch immer noch eine blendende Figur. Eine Aura von Eleganz und Stärke umgab sie.

»Helena Winterhill, wo sind Sie?«

Sie lächelte mich stumm an.

Ich stand auf, schlüpfte aus dem Designerkleid und kroch ins Bett. Tyler und Michael schliefen sicher längst tief und fest in ihren kleinen Büromöbelfestungen.

Als ich am Morgen erwachte, wölbte sich ein goldener Baldachin über mir. Unter mir wisperte glatte Seidenbettwäsche. Mein Kopf schwebte auf dem weichsten Kissen der Welt, und der zarte Duft von Zedernholz und Geißblatt schuf ein herrliches Wohlgefühl. Ich war definitiv im Reich der Prinzessinnen angekommen.

Dann setzte ich mich auf und zwang mich zum Handeln. Ich kletterte aus dem Bett und schnappte mir Helenas Handy. Kein Anruf von Prime. War es zu optimistisch, dass ich immer noch hoffte, meinen Job irgendwie retten zu können?

Es war neun Uhr vormittags. Michael würde sich jetzt auf den Weg machen und Waschwasser für Tyler beschaffen.

Ich dagegen begab mich in Helena Winterhills Bad. Eine große offene Marmorfläche markierte die Duschzone. Sobald ich mich ihr näherte, begann ein Wasserfall von der Decke zu rauschen. Die Temperatur ließ sich mithilfe zweier Sensorenfelder regeln. Ich schwenkte eine Hand vor dem roten Bereich, um das Wasser zu erwärmen. Dann streifte ich das Höschen ab (reine Seide) und trat unter den Wasserfall.

Einen Moment lang hatte ich Gewissensbisse wegen der Wasserverschwendung. Doch nur einen Moment lang. Dann schloss ich die Augen und genoss den satten Schwall, der mir über Kopf und Schultern rann. Ich fühlte mich wie neu.

Ich wickelte mich in ein weiches vorgewärmtes Handtuch und grub die Zehen in den flauschigen Teppich, während warme Luftströme aus mehreren Wanddüsen meine Haut trockneten. Als ich mich bückte, um meinen BH aufzuheben, erinnerte ich mich an den Zettel, den Michael mir gegeben hatte. Ich hatte ihn in meinem BH verstaut.

Nur war das eine Woche her. Und ich hatte einen anderen BH getragen.

Ich ging an die Kommode in Helenas Schlafzimmer. Als ich die Schublade mit der Unterwäsche aufzog, entdeckte ich gleich das Papier. Ich faltete es auf.

Eine Skizze von mir. Mein Gesicht. Ich erinnerte mich nicht, ihm Modell gesessen zu haben. Er musste die Zeichnung angefertigt haben, bevor ich zur Body Bank gegangen war.

Egal, wann er es gemacht hatte, es war sehr gut gelungen. Ich wirkte friedlich. Irgendwie der Welt entrückt.

Weniger ein genaues Porträt als eine Deutung meines Wesens. Das weckte in mir die Frage, ob er mich so gut getroffen hatte, weil er ein begnadeter Künstler war – oder weil wir uns so nahestanden.

Ich kannte die Antwort nicht, aber ich war berührt. Ich legte die Skizze zurück auf die Kommode.

Die dunkle Holzvertäfelung im Schlafzimmer verbarg zwei Einbauschränke. Ich öffnete den ersten und fand eine Ausstattung, die typisch für Enders war – Kostüme, Hosenanzüge und Kleider in gedeckten Farben, alle um ein gutes Stück zu weit für mich. Ich versuchte es mit dem zweiten Schrank und fand darin Kleidung in meiner Größe.

Ich entschied mich für Jeans und ein Strickoberteil. Beides passte perfekt. Auf der Kommode lag eine Kette mit einem Medaillon, die gut zu meinen Sachen passte. Als ich sie umlegte und im Nacken schließen wollte, merkte ich, dass meine Haare noch feucht waren. Und ich ertastete die Stelle, an der sie den Chip eingesetzt hatten. Sie war oval, fremdartig. Und sehr berührungsempfindlich.

Auch die Uhr, die ich letzte Nacht getragen hatte, befand sich auf der Kommode. Ich wusste nicht, was sie gekostet hatte, aber ich konnte mir vorstellen, dass eine Familie von dem Verkaufserlös gut und gern ein Jahr leben konnte. Ich öffnete eine Schublade und legte sie hinein. Ich wollte nicht dafür verantwortlich gemacht werden, wenn sie mir durch meine Schlamperei oder einen Diebstahl abhandenkam.

Ich hielt die Tasche vom letzten Abend hoch. Zu elegant. Aber im Schrank hing eine stylische Schultertasche aus Leder – genau richtig – und darin verstaute ich Führerschein und Handy. Dann kramte ich das Bündel Bargeld aus dem Abendtäschchen und fächerte die Scheine auf. Eigentlich gehörten sie nicht mir. Aber ich brauchte sie jetzt für Benzin und Essen, während ich herauszufinden versuchte, was hier vor sich ging.

Ich beschloss, über meine Ausgaben Buch zu führen und das Geld Mrs. Winterhill von meinem Honorar zurückzuzahlen. Also zählte ich die Scheine und stopfte sie in die Schultertasche.

Ganz unten in meinem Abendtäschchen fand ich noch etwas. Madisons Karte. Ich las: »Rhiannon Huffington.« Das Holo zeigte die wahre Madison, eine füllige 125-Jährige in einem Seidenkaftan, die beim Lachen die Zähne bleckte. Sie warf den Betrachtern eine Kusshand zu und blinzelte schelmisch. Das also war die dicke Alte in Madisons zierlichem Teenie-Körper. Rhiannon mochte leicht neben der Spur sein, aber man musste ihr lassen, dass sie es verstand, sich zu amüsieren.

Ich steckte ihre Karte ebenfalls in die Schultertasche.

Dann räumte ich das Kleid weg, das ich am Abend getragen hatte, und machte das Bett. Erst als ich damit fertig war, fiel mir ein, dass Mrs. Winterhill ihr Bett wahrscheinlich nie selbst machte. Dafür hatte sie diese Haushälterin. Ich brachte es also wieder in Unordnung und wollte eben gehen, als ich sah, dass ich letzte Nacht den Computer auf dem Tisch stehen gelassen hatte.

Ich nahm den Intarsiendeckel und verschloss das Holzkästchen. Nachdenklich starrte ich den Schreibtisch an. Vielleicht enthielt er Dinge, die mir mehr über Mrs. Winterhill verrieten. In der seitlichen Schublade fand ich nur Stifte und Notizblöcke. Aber im Mittelfach entdeckte ich eine Silberschatulle, wie sie für Geschäftskarten benutzt wurden. Ich öffnete sie.

»Helena Winterhill« stand auf den Karten. Das Hologramm war das gleiche wie auf dem Schreibtisch. Ich nahm zwei der Karten heraus und schob sie in mein Portemonnaie.

Helenas Handy summte. Ich warf einen Blick darauf. Jemand hatte eine Zing geschickt.

Ich weiß, was du vorhast, las ich. *Tu es nicht! TU ES NICHT!*

Wer war das? Eine Freundin von Helena, die von ihrem Ausflug in die Jugend erfahren hatte? Enders konnten so moralisierend sein.

Oder hatte das etwas mit der Stimme zu tun?

Ich versenkte das Handy wieder in meiner Tasche. Ich wollte fort von hier, und zwar möglichst, ohne der Haushälterin zu begegnen. Ich entriegelte die Schlafzimmertür und warf einen Blick in den Korridor. Niemand zu sehen. Leise machte ich die Tür zu und schlich die Treppe hinunter.

Als ich den Absatz auf halber Höhe erreicht hatte, sah ich, dass mich die Haushälterin bereits in der Empfangshalle erwartete. Sie hielt eine Gießkanne in der Hand, die sie nun neben dem Blumenarrangement abstellte.

»Guten Morgen, Mrs. Winterhill.« Sie wischte sich die Hände an der Schürze ab, die sie über einer Hemdbluse und einer schlichten schwarzen Hose trug.

Jetzt gab es keinen Ausweg mehr. »Guten Morgen.« Ich kam die Treppe herunter.

Es gelang mir nicht, auf Anhieb auszuloten, welche Tür zum Garageneingang führte.

»Das Frühstück steht bereit«, sagte sie.

»Ich habe keinen Hunger. Ich möchte in die Stadt.«

»Keinen Hunger?« Ihrer Mimik nach zu schließen, war dieser Satz sehr untypisch für Mrs. Winterhill. »Sind Sie krank? Soll ich den Arzt anrufen?«

»Nein, nein. Mir geht es gut.«

»Dann müssen Sie zumindest etwas Kaffee und Saft zu sich nehmen – um die Vitamine zu schlucken.«

Sie wandte sich ab, und ich folgte ihr den Korridor entlang in eine Profiküche. Ähnlich wie das Bad war sie hochmodern eingerichtet und wich damit vom altertümlichen Stil des übrigen Hauses ab.

Der Duft von Zimt durchwehte die Küche und brach mir fast das Herz. Er erinnerte mich an die glücklichen Wochenenden daheim, wenn wir uns zu einem ausgiebigen Frühstück getroffen hatten. Die Haushälterin hatte an einem Tresen, der wie eine Insel mitten im Raum stand, für mich aufgedeckt. In einer Schale aus Massivsilber türmte sich Obst, darunter meine Lieblingsfrucht Papaya. Mir lief das Wasser im Mund zusammen.

Ich setzte mich und breitete die Serviette auf den Knien aus. Die Haushälterin hatte mir den Rücken zugewandt und hantierte eifrig am Herd herum. Ich warf einen Blick nach rechts und entdeckte einen kurzen Korridor, der zu einer Tür führte. War das der Ausgang zur Garage? Die Frau kam mit einer Pfanne zu meinem Essplatz und lud mir eine Portion French Toast auf den Teller. Es war so lange her, seit ich richtigen French Toast gesehen hatte. Sie brachte ein Siebgefäß und streute Puderzucker darüber, genau wie es meine Mutter gemacht hatte.

Mir knurrte der Magen. Ich wusste nicht, wann Mrs. Winterhill zuletzt gegessen hatte, aber es schien eine ganze Weile her zu sein. Die Haushälterin hatte Vitamine erwähnt. Interessant, dass meine Mieterin so großen Wert darauf legte, ihren »Leih«-Körper optimal zu versorgen.

Alles schmeckte phantastisch, so rein und frisch. Der aus Tropenfrüchten gepresste Saft war wie Ambrosia. Zu meiner Begeisterung stand ein ganzer Krug bereit, denn ich hatte wirklich enormen Durst. Ich warf einen Blick auf die Unmengen an Obst und überlegte, wie ich Tyler und Michael etwas davon zukommen lassen konnte.

Als ich mit dem Frühstück fertig war, brachte mir die Haushälterin eine kleine Schale mit Vitamintabletten. Da jede eine andere Farbe hatte, nahm ich an, dass ich sie alle schlucken sollte.

»Wir müssen diesen Körper pflegen«, sagte sie. »Auch wenn er nicht Ihnen gehört.«

Ich nickte nur, da ich den Mund voller Pillen hatte. Nachdem ich sie mit etwas Saft heruntergespült hatte, legte ich meine Serviette auf den Tresen und stand auf. »Vielen Dank. Das war herrlich.«

Die Haushälterin warf mir einen sonderbaren Blick zu. Hatte ich etwas Falsches gesagt? Sie trat ans Spülbecken und begann das Geschirr zu sortieren. Ich ging auf die Tür zu, von der ich hoffte, dass sie mich nach draußen führte.

Ich zog sie auf und stand vor der Speisekammer.

»Suchen Sie etwas Bestimmtes?«, wollte die Haushälterin wissen.

Ich ließ meine Blicke über die Regale schweifen und schnappte mir eine Supertruffle. »Schon gefunden.«

Beim Verlassen der Vorratskammer entdeckte ich eine kleine Diele mit einer weiteren Tür. Das musste der richtige Ausgang sein. Ich steuerte darauf zu, als in der Empfangshalle ein Klingeln zu hören war.

Die Haushälterin machte sich auf den Weg zum Haupteingang. Ich lief in die kleine Diele und öffnete die Tür. Mit einem erleichterten Lächeln sah ich mein gelbes Raketenschiff und die übrigen Autos, die wie brave Pferde auf mich warteten.

Ich hörte, wie die Haushälterin zur Küche zurückgelaufen kam und nach mir rief.

»Was gibt es?«, fragte ich.

»Da ist … ein Junge … der Sie sprechen möchte«, wisperte sie. Aus ihrem Gesicht war jegliche Farbe gewichen

»Ein Junge?«

Sie presste die runzlige Hand an den Mund und nickte mit verzerrter Miene, als habe sie soeben die schlimmste Botschaft der Welt übermittelt. Dann ließ sie die Hand sinken und begann nervös ihre Schürze zu kneten.

»Er sagt, Sie hätten ein … Date.«

kapitel 7

Ich rannte nach vorn, dicht gefolgt von der Haushälterin. Der Junge, der in der Empfangshalle stand, drehte sich um und lächelte.

Es war der Typ aus dem Club. Blake. In Jeans und Lederjacke. Was wollte er hier?

»Hey, Callie.«

»Blake.« Ich blieb am Marmortisch stehen, weil ich einen festen Halt brauchte. Im Tageslicht wirkten seine Augen noch durchdringender.

»Geht's dir besser?«, fragte er.

»Doch, ja.«

»Wie ich Eugenia bereits sagte …« Er deutete mit dem Kinn auf die Haushälterin, die hinter mir stand. »… waren wir für heute zum Essen verabredet.« Sein Blick wanderte von ihr zurück zu mir. »Sag bloß, du hast das vergessen?«

Woher wusste er, wo ich wohnte?

Ich geriet ins Stammeln.

»Verstehe«, sagte er.

Ich drehte mich zu Eugenia um. »Könnten Sie uns bitte kurz allein lassen?«

Sie ging in die Küche zurück, und ich wandte mich Blake zu.

»Wann hast du mich zum Essen eingeladen?« Meine Gedanken überschlugen sich. Die Eindrücke des Abends flossen ineinander und ergaben ein verschwommenes Bild. »Und wann habe ich zugesagt?«

Er trat näher. »Als wir uns gestern Abend kennenlernten, an der Bar im Rune Club. Erinnerst du dich nicht? Ich habe für dich bestellt, weil dich der Barkeeper im Gedränge übersah.«

»An der Bar.«

»Wir unterhielten uns eine Weile«, fuhr er fort. »Dabei erfuhr ich, dass du Pferde magst.«

Ich war im Rune Club gewesen, aber niemals an der Bar. Er musste mit Helena gesprochen haben, bevor ich in meinen Körper zurückkehrte. So hatte er auch meinen Namen erfahren. Sein Blick war so intensiv, dass mir heiß wurde. Ich fuhr mit den Fingerspitzen über den kühlen Marmortisch. Der starke Duft, den die Blumen verströmten, tat ein Übriges, um mich zu verwirren.

»Ich stand gestern Abend ein wenig neben mir«, gab ich zu.

Er senkte den Kopf, um meinen Blick einzufangen. »Willst du unser Date lieber auf ein andermal verschieben?«

Ich war drauf und dran, ihn wegzuschicken, denn streng genommen befand ich mich im Dienst. Aber die Leute von der Body Bank hatten noch keinen Kontakt zu mir aufgenommen. Sie wussten durch meinen Chip, wo sie mich finden konnten. Wenn sie mich sprechen wollten, mussten sie nur bei Helena anrufen. Bis jetzt hatte ich keinen Fehler gemacht. Ich wartete einfach darauf, dass sie sich meldeten.

Und die Erinnerung an jene Stimme in meinem Kopf bestärkte mich darin, nicht unaufgefordert in die Zentrale zurückzukehren.

»Nein«, sagte ich.

Seine Miene war ein einziges Fragezeichen. »Nein wie in ›Hau ab und lass mich endlich in Ruhe?‹«

Ich lächelte. Es machte mir Spaß, ihn ein wenig hinzuhalten. »Nein wie in ›Nichts aufschieben‹. Gehen wir!«

Ich redete mir ein, dass es einen vertretbaren Grund für meine Zusage gab. Der Typ musste mir einen großen Gefallen erweisen. Das hier war meine Chance, mich mit einem echten Teen anzufreunden, einem Teen mit Familie, der ein eigenes Auto besaß und die Möglichkeit hatte, sich frei zu bewegen, ohne von den Marshals belästigt zu werden. Ich wollte den richtigen Moment abwarten und ihn dann bitten, etwas für mich zu erledigen, das Tyler und Michael zugutekam.

Wir verließen gemeinsam das Haus. Sein Wagen, ein sportlicher roter Flitzer, wartete in der bogenförmigen Auffahrt. Er hatte einen klaren, metallischen Schliff, keinerlei unnütze Extras. Blake öffnete mir die Beifahrertür und schob sich hinter das Steuer. Mit einem leisen Summen schaltete sich die Gurtautomatik ein.

Ich bemerkte, dass das Tor offen stand. Hatte es sich letzte Nacht nicht geschlossen?

Als er anfuhr, sah ich Eugenia, die Haushälterin, an einem Fenster im Obergeschoss stehen. Missbilligung lag wie eine dicke Puderschicht auf ihren Zügen. Obendrein schüttelte sie den Kopf – wohl für den Fall, dass ich ihre Mimik nicht richtig zu deuten wusste.

Blake steuerte durch das Tor auf die Straße hinaus, und ich spürte, wie sich mein Magen verkrampfte.

Was machte ich nur?

»Alles in Ordnung?«, fragte er. »Sitzt du bequem?«

Ich nickte.

Ich kam mir vor wie eine Mogelpackung. Er war reich, im Gegensatz zu mir. Und doch saß ich neben ihm in edlen Designerklamotten und tat, als lebte ich in einer Villa mit Dienstboten. Ich wusste, dass ich ihm eigentlich reinen Wein einschenken müsste, aber was sollte ich sagen? Blake, stell dir vor, ich bin in Wahrheit eine schmuddelige Waise, die in der Gosse lebt, in verlassenen Bürogebäuden auf dem Fußboden schläft und Essensreste aus den Mülltonnen der Restaurants wühlt, um nicht zu verhungern. Ich habe kein Zuhause, keine Verwandten, keinen Besitz. Nichts. Und es kommt noch schlimmer. Ich habe meinen Körper an dieses Unternehmen verkauft, das sich Body Bank nennt. Vor zwei Wochen sah ich noch nicht so aus wie heute. Die haben mich gelasert und gebleicht und von Kopf bis Fuß poliert. Und im Prinzip gehört mein Körper derzeit einer Ender namens Helena Winterhill, weil sie das alles bezahlt hat. Wenn die Sache nach Plan gelaufen wäre, hättest du jetzt vielleicht ein Date mit einer reichen Alten von hundert plus und wüsstest es nicht einmal. Was hältst du davon?

Ich sah ihn von der Seite an. Er bemerkte meinen Blick und lächelte. Dann wandte er seine Aufmerksamkeit wieder der Straße zu.

Ich lehnte mich zurück und atmete den Duft von neuem Leder ein.

Hatte Aschenputtel dem Prinzen gestanden, wer sie wirklich war, als sie sich mit diesem herrlichen Ballkleid auf seinem Fest amüsierte? Dachte sie auch nur im Traum daran, ihm zu gestehen: Ach übrigens, mein Prinz, die Kutsche gehört nicht mir, ich bin nur eine barfüßige Küchenmagd, die in wenigen Stunden wieder den Herd putzen muss? Nein. Sie genoss den Augenblick.

Und ergriff nach Mitternacht still und heimlich die Flucht.

Während der Fahrt übte ich mich im Kopfrechnen. Ich war dreizehn gewesen, als der Krieg ausbrach, und ich lebte auf der Straße, seit ich fünfzehn war. Das erklärte, weshalb ich mich bisher noch nie mit einem Jungen verabredet hatte. Was ich über diese Dinge wusste, stammte aus Filmen, die ich zusammen mit meinem kinosüchtigen Vater angesehen hatte. Ich erinnere mich an die lokalen Xperience-Vorstellungen, an unser völliges Versinken in Licht, Sound und Wetter. Wenn die Sitze rumpelnd in Schräglage gingen, hatte man echt das Gefühl, im Cockpit eines Raumschiffs zu sitzen oder mit Feen durch die Lüfte zu jagen. Ich liebte das Erlebniskino so sehr, dass ich davon träumte, später mal selbst solche Filme zu machen.

Verabredungen entwickelten sich wunderbar romantisch wie in Musicals oder gingen total daneben wie in Komödien. Wie würde unser Date enden?

Blake fuhr mit mir zu einem privaten Gestüt in den Hügeln nördlich von Malibu. Mein Vater hatte uns nur einmal auf einen Reiterhof mitgenommen, aber die Pferde dort waren abgestumpft und müde gewesen, und die Betreuer hatten uns die meiste Zeit über staubige, von verdorrten Büschen gesäumte Feldwege geführt. Damals war ich begeistert gewesen, aber was wusste ich schon? Blake und ich ritten auf feurigen Arabern mit glänzend braunem Fell über saftige Wiesen und an schäumenden Bächen vorbei in einen Kiefernwald. So weit ich sehen konnte, waren wir beide die einzigen Reiter weit und breit. Wir begegneten keiner Menschenseele. Blake saß besser im Sattel als ich, aber er passte sich meinem Tempo an. Ich beließ es bei einem leichten Trab, um nur ja nicht zu stürzen und die kostbare Ware Körper zu beschädigen.

Nach zwei Stunden zügelte Blake sein Pferd und stieg ab. »Hunger?«, erkundigte er sich.

Wir waren mitten im Niemandsland. »Schon. Aber ich sehe nirgends ein Drive-Thru-Restaurant.«

Er lächelte. »Immer mir nach.«

Er nahm die Zügel und führte sein Pferd um die nächste Biegung. Ich folgte im Sattel. Im Schatten einer großen Eiche stand ein Tisch, beladen mit einer Fülle von Delikatessen: Roastbeef und Käse-Sandwiches, Trauben, Ananas-Spießchen und Brownies. Blake sah mein Erstaunen und lachte.

»Eigentlich hatte ich nur Erdnussbutter und Chips bestellt.« Er zuckte mit den Schultern.

Nachdem er mir aus dem Sattel geholfen hatte, banden wir die Zügel an einem Baum fest. Auch für die Pferde standen Eimer mit Wasser und Heu bereit. Blake zog sein Handy aus der Tasche.

»Komm her«, sagte er.

Ich zögerte eine Sekunde, dann ging ich zu ihm.

Er drehte mich so herum, dass er hinter mir stand, und zog mich mit einer Hand zu sich heran. Sein Arm war warm von der Sonne, und seine Nähe fühlte sich gut an. Dann richtete er mit dem freien Arm die Handy-Kamera auf uns.

»Ein Erinnerungsfoto«, sagte er.

Klick.

Er steckte das Handy wieder ein, und wir setzten uns an den Tisch.

»Stirbst du auch so vor Hunger?«, grinste er.

Während wir die Köstlichkeiten auf unsere Teller häuften, bemerkte ich einen großen Picknickkorb auf dem Boden.

»Wer hat das alles hergerichtet?«, erkundigte ich mich, nachdem ich den ersten Hunger gestillt hatte.

»Die Feen.« Er reichte mir eine Limonade.

»Selbst an Blumen haben sie gedacht. Das kleine Völkchen besitzt einen großen Schönheitssinn.« Ich tippte an eine schmale Vase, in der ein paar Rispen mit winzigen Orchideen standen.

Blake zog eine heraus und reichte sie mir. »Für dich.«

Ich strich bewundernd über die zarten gelben Blüten. Sie waren mit Flecken dunklen Purpurs gesprenkelt, die an ein Leopardenmuster erinnerten.

»Ich habe noch nie eine Orchidee mit solchen Flecken gesehen«, sagte ich und hielt die Rispe an die Nase.

»Ich weiß. Sie sind rar. Genau wie du.«

Ich spürte, wie mir die Röte in die Wangen stieg, und nahm verlegen einen Schluck Limonade. Er lachte leise.

»Also – wer bist du, Callie, du geheimnisvolles Mädchen?«, fragte er. »Wie kommt es, dass ich dir bisher noch nie begegnet bin?«

»Sonst würde ich nicht geheimnisvoll sein.«

»Was ist dein Lieblingsessen? Antworte, ohne lang nachzudenken.«

»Käsekuchen.«

»Deine Lieblingsblume?«

»Die hier.« Ich wickelte die Rispe mit den gefleckten Orchideen um meinen Finger.

»Dein Film des Jahres?«

»Da fällt die Wahl schwer.« Ich wollte ihm nicht verraten, dass ich seit Ewigkeiten keinen einzigen gesehen hatte.

»Lieblingstier?«

»Wal.«

»Das kam schnell.« Er schüttelte den Kopf, und wir lachten beide.

»Und jetzt bist du an der Reihe«, erklärte ich.

»Lieblingsfarbe: blau. Lieblingsessen: Kartoffelchips. Lieblingsinstrument: Gitarre.« Er sagte es wie aus der Pistole geschossen. »Besonderes Engagement: bedrohte Arten.«

»Das klingt gut. Darf ich den letzten Punkt mit dir teilen?«

Er zögerte und grinste dann. »Okay.«

Wir saßen lange in der Sonne, unterhielten uns und lernten uns näher kennen. Ich. Es machte Spaß, mit ihm zusammen zu sein. Ich wäre am liebsten für immer da geblieben, aber allmählich wurde es kühl. Ich rieb mir die Arme.

»Was hältst du davon, wenn wir uns auf den Heimweg machen?«, fragte er.

Ich nickte und begann die Teller zu stapeln.

»Lass nur.« Er legte mir eine Hand auf den Arm. »Das erledigen andere.«

»Wer? Die Feen? Findest du es nicht gemein, sie so schwer schuften zu lassen? Denk nur an ihre zarten kleinen Hände!«

»Sie arbeiten gern. Und sie bekommen einen anständigen Feenlohn für ihre Arbeit.«

»Die Ranch gehört dir, stimmt's?«

Er kräuselte verlegen die Lippen. Ich hatte den Eindruck, dass er auf keinen Fall als Angeber dastehen wollte. »Meiner Großmutter.«

Ich spürte so etwas wie Trauer hinter seinen Worten. Wahrscheinlich hatte das Anwesen seinen Eltern gehört.

Ich nickte. »Dann ist das alles hier tatsächlich in Feenhänden.«

Wir banden die Pferde los und ritten zurück, während die Sonne sich den Bergen im Westen näherte. Es war lange her, seit ich einen Tag verbracht hatte, an dem ich nicht ums Überleben kämpfen musste. Bei dem Gedanken, dass er nun zu Ende ging, schnürte es mir die Kehle zusammen. Blake schien meine Trauer zu spüren. Er zügelte sein Pferd, und gemeinsam betrachteten wir den Sonnenuntergang.

»Hat es dir Spaß gemacht?«, fragte er.

Ich hätte meiner Begeisterung gern freien Lauf gelassen, aber dann bremste ich mich und sagte nur: »Es war schön.«

Ich sah ihn von der Seite an, wie er auf seinem Pferd saß, und lächelte. Eine Hälfte seines Gesichts war in das Rot des Sonnenuntergangs getaucht, und ich spürte, dass eine unsichtbare Wärme von ihm ausstrahlte. Bei einem dieser kitschigen Airscreen-Spiele hätten uns jetzt Herzchen-Icons umschwirrt.

Mit einem Schlag erfasste mich die Ernüchterung. Schuldbewusst dachte ich an Michael, obwohl wir gar nicht richtig zusammen waren. Aber die Gewissensbisse waren da. Und es gab noch mehr Gründe, vernünftig zu bleiben. Wohin sollte das führen? Nirgendwohin. Nirgendwohin. Nirgendwohin.

Dann holte ich tief Luft. Versetzte mir eine mentale Ohrfeige und verbot mir, meine Situation zu analysieren. Ich wollte die kurze Zeit, die mir mit Blake noch blieb, bis die Sonne hinter den Bergen verschwunden war, in vollen Zügen genießen.

Im Auto überlegte ich, wie ich es anstellen sollte, ihn um diesen besonderen Gefallen zu bitten. Aber ich musste meinen Plan aufschieben, da er noch kurz bei der Mutter seines Großvaters vorbeischauen wollte. Sie brauchte seine Hilfe, weil sie Probleme mit ihrem Airscreen hatte.

Die alte Dame lebte in einer Hochhausanlage mit Eigentumswohnungen in Westwood. Im Aufzug erklärte mir Blake, dass seine Urgroßmutter eigentlich Marion hieß, für ihn jedoch immer nur Nani war. Sie weigerte sich, ihr Alter preiszugeben, aber er schätzte sie auf etwa 200.

Als sie die Tür öffnete, sah sie ganz anders aus, als ich erwartet hatte. Ihr Haar war weder silbern noch strahlend weiß gefärbt, sondern von einem sanften, natürlichen Grauweiß. Sie wirkte winzig in ihrem grauen Kaschmirhausanzug. Aber die größte Überraschung war, dass sie ihre Runzeln stolz zur Schau trug, ohne Lifting oder sonstige Schönheitsbehandlungen.

Ein schwacher Lavendelduft umgab sie, als sie mir die Hand reichte und mich zu einem Sessel führte.

»Blakey, der Airscreen lässt sich nicht einschalten.« Sie nahm auf einem Zweiersofa Platz. »Er hat mir angekündigt, dass er vielleicht eine Freundin mitbringt. Ich freue mich so, Sie kennenzulernen.«

Blake setzte sich neben Marion und hantierte mit ihrem Mini-Airscreen.

Sie tätschelte seine Hand. »Er ist so ein guter Junge. Ich glaube einfach nicht an all das negative Zeug, das man über die Jugend von heute verbreitet. Ihr wisst schon, es geht um diese Kids, die es nicht so gut haben wie ihr beide. Alle behaupten, sie prügeln sich, stehlen und zerstören alles. Das ist sicher nur ein Teil der Wahrheit. Ich finde es nicht richtig, sie in Heime zu stecken.

Wie sollen sie denn jemals Teil der verantwortungsbewussten Gesellschaft werden, wenn wir sie nicht integrieren?«

Ich konnte nur nicken. Wenn sie nur eine Ahnung hätte, wer hier vor ihr stand.

Marion wandte sich Blake zu und deutete auf das Display, das in der Luft erschien. »Wie hast du das nur so schnell hingekriegt?«

»Der Akku saß falsch drin«, sagte er.

»Haben Sie meinen Sohn kennengelernt? Blakes Großvater?« Marion deutete auf ein Gemälde an der Wand.

Ich schüttelte den Kopf.

»Senator Clifford C. Harrison«, fuhr sie fort.

»Tatsächlich?« Ich betrachtete das Porträt eines gestrengen Enders. »Du siehst ihm ähnlich«, sagte ich zu Blake.

»Genau, das finde ich auch«, pflichtete mir Marion bei.

»Nani …« Blakes Stimme klang abwehrend.

»Warum sollte ich nicht auf meinen eigenen Sohn stolz sein? Und auf meinen Urenkel?« Sie zwickte ihn in die Wange. »Er ist so lieb. Ruft mich ständig an. Und kommt, wann immer ich ihn brauche. Wie viele Kindeskinder tun das schon?«

Er errötete. Süß.

Im Lift auf dem Weg nach unten betrachtete ich Blake noch neidvoller als zuvor.

»Du hast mir gar nicht erzählt, dass dein Großvater Senator ist.«

Er vergrub die Hände in den Taschen und zuckte mit den Schultern. »Jetzt weißt du es.«

Ich fand es gut, dass er alles vermied, was nach Angeberei klang.

»Sie ist einfach klasse«, sagte ich und deutete mit dem Kinn nach oben, wo seine Urgroßmutter wohnte.

»Nani ist ein Juwel. Schade, dass meine Großmutter so gar nichts von ihr hat.«

Der Aufzug stoppte, und wir gingen nach draußen, wo Blake dem Mann vom Parkservice seine Nummer überreichte.

»Sie sieht die Dinge anders als Marlon?«

Er schüttelte den Kopf. »So lange sie bei Tiffany einkaufen kann, ist ihre Welt in Ordnung. Und deine Großmutter? Wie würdest du sie beschreiben?«

Ich betrachtete meine Fußspitzen, während wir auf den Wagen warteten. »Etwa so wie deine.«

»Pech für uns beide, was?«

Ich fragte ihn absichtlich nicht nach seinem Großvater. Die Tatsache, dass er Senator war, schien ihm Unbehagen zu bereiten. Sein Name kam mir irgendwie bekannt vor, aber wenn man ums Überleben kämpft, hat man kaum die Möglichkeit, sich um die große Politik zu kümmern.

Es war dunkel, als wir nach Bel Air zurückfuhren. Er parkte den Wagen an der Straße vor dem Tor und stellte den Motor ab. Eine sanft goldene Innenbeleuchtung schaltete sich ein.

»Ich habe den Tag sehr genossen«, sagte er.

»Ich auch.« Es wurde höchste Zeit, dass ich mein Anliegen vorbrachte. Ich überlegte krampfhaft, wie ich das anstellen sollte, aber mir fiel nichts ein, und so stammelte ich schließlich: »Kannst du mir einen Gefallen tun?«

Er sah mich nur kurz an. »Was immer du verlangst.«

»Hast du Papier und etwas zu schreiben?«

Er öffnete das Handschuhfach, holte einen Notizblock mit Stift hervor und reichte mir beides. Ich zeichnete aus dem Gedächtnis einen Lageplan.

»Du müsstest für mich dorthin fahren.« Ich deutete auf das Haus.

Er sah sich meine Skizze an. »Was ist das?«

»Ein verlassenes Bürogebäude.«

»Machst du Witze? Da leben vermutlich Hausbesetzer. Oder Renegaten.«

»Bitte. Ich habe einen Freund, der in Schwierigkeiten steckt. Er braucht dieses Geld.« Ich nahm ein Bündel Scheine aus meiner Brieftasche. »Du parkst in der Nebenstraße und steigst nicht aus, falls sich irgendwer im Freien herumtreibt. Wenn die Luft rein ist, gehst du durch diese Seitentür direkt in den ersten Stock. Ruf nach ihm – er heißt Michael – und sag, du hättest eine Nachricht von Callie. Betritt keinen der Räume, sondern warte, bis er herauskommt.«

Ich hielt ihm das Geldbündel hin, aber er nahm es nicht.

»Das ist nicht dein Ernst, oder?«

»Doch.« Er erinnerte mich an Michael. Offenbar geriet ich immer an die besonders widerspenstigen Typen. Ich wollte ihm das Geld in die Hand drücken, doch er nahm es immer noch nicht. »Sobald er rauskommt, gibst du ihm das Geld. Sag ihm, es sei von mir. Und das hier.« Ich gab ihm die zusammengefaltete Zeichnung, die Michael angefertigt hatte. »Und frag ihn, ob alle okay sind. Er weiß schon, was damit gemeint ist.«

»Willst du nicht mitkommen?«

»Ich gäbe viel darum, wenn ich das könnte.« Es wäre so schön gewesen, Tyler wiederzusehen. »Aber es geht leider nicht.« Nicht, ohne die Body Bank auf meine Spur zu bringen.

»Ich habe kein gutes Gefühl bei der Sache, Callie.«

»Die Gegend ist auch nicht gerade sicher. Deshalb

solltest du dich nicht länger als unbedingt nötig dort aufhalten.«

Er nahm die Scheine zögernd an sich. »Darauf kannst du dich verlassen.«

»Danke, Blake. Ich weiß, dass ich viel von dir verlange.«

»Hey, es ist wichtig für dich.« Er schaute mir in die Augen. »Dann ist es auch wichtig für mich.«

Es erforderte Mut von ihm, sich in diese Gegend zu begeben. Ich kannte mich dort aus, er nicht. Sie würden sofort wissen, dass er ein Außenseiter war.

Ich musste mich daran erinnern, dass er intelligent genug war, es zu schaffen. Mit dem Geld konnte Michael Nahrung und Vitamine für Tyler kaufen.

»Und danke, dass du keine Fragen stellst.« Ich lächelte ihm zu und stieg aus. Bevor ich meine Tür schloss, beugte er sich über den Beifahrersitz.

»Vielleicht stelle ich sie noch«, sagte er. »In Zukunft.«

Ich lächelte. Es fühlte sich so gut an, dieses Wort zu hören … Zukunft. Doch dann überfielen mich Schuldgefühle, denn Blake wusste nicht, dass wir keine Zukunft hatten, der Prinz und das arme Bauernmädchen. Aber all das geriet in den Hintergrund, als mich mit einem Schlag die Gegenwart einholte.

Meine Hände wurden eiskalt.

Taub.

Schwindel erfasste mich, als habe mich jemand zehnmal im Kreis gedreht. Wie Alice, die dem Kaninchen folgte, stürzte ich in ein tiefes schwarzes Loch.

kapitel 8

Als ich zu mir kam, hielt ich eine Pistole in Händen.

Was?

Eine Pistole?

Warum?

Musste ich mich verteidigen? Schweiß perlte auf meiner Stirn. Ich hätte schwören können, dass ich das harte Hämmern meines Herzschlags hörte.

Wer war hinter mir her? Ich hielt die Pistole mit beiden Händen umklammert, den Finger am Abzug.

Mein Atem ging stoßweise. Das Keuchen hallte in meinen Ohren wider. Ich war bereit, die Waffe abzufeuern.

Aber ich sah niemanden.

Ich war allein.

Wo?

Ich stand mitten in einem fremden Schlafzimmer. Plüschig. Pompös. Erinnerte an ein Museum. Dann erkannte ich den Raum.

Helena. Helenas Schlafzimmer.

Was war geschehen?

Bilder schossen kreuz und quer durch meinen Kopf.

Menschen, Autos, lächelnde Gesichter, Fetzen glitzernd wie Fische, die aus dem Wasser schnellten. Kaum versuchte ich mich auf einen Eindruck zu konzentrieren, war er mir bereits entglitten.

Ich warf einen Blick auf die Waffe in meiner Hand. Es war eine Glock 85. Ich hatte schon mal eine benutzt, aber diese hier war modifiziert.

Sie besaß einen Schalldämpfer.

Und sie war, wie ich feststellte, nicht geladen.

Ich ging zur Kommode und legte sie dort ab. Im nächsten Moment krümmte ich mich vor Schmerzen. Von meinem Nacken stieg ein unerträglicher Druck in den Hinterkopf auf. Ich hatte das Gefühl, mein Schädel würde explodieren wie ein Vulkan. Ich beugte mich vor und umklammerte ihn mit beiden Händen, um dem Pochen Einhalt zu gebieten. Ich sank auf die Knie. Die Finger gegen die Schläfen gepresst, wälzte ich mich hin und her. Der Schmerz kam in Wellen. Wann würde er nachlassen? Aber immer wenn ich dachte, jetzt hätte ich es geschafft, kehrte er zurück.

Endlich verebbte er. Ich wartete voller Angst, dass er sich nur eine Auszeit nahm, doch er kam nicht wieder. Als habe jemand einen Schalter umgelegt. Ich wollte gar nicht wissen, was ihn vertrieben hatte. Ich lag ganz einfach da, erleichtert über seinen Rückzug. Meine Hände waren feucht. Ich schwitzte am ganzen Körper.

Die Stille im Raum überwältigte mich. Alle meine Sinne waren geschärft.

Ich stand auf und lehnte mich an die Kommode. Mein Gehirn befand sich wieder im Arbeitsmodus.

Was wollte Helena mit einer Glock in ihrem Schlafzimmer? Sich vor Einbrechern schützen, schätzte ich, aber die Waffe war schwerer und größer als die Pistolen, die man normalerweise im Nachtschrank aufbewahrte. Außerdem passte sie überhaupt nicht zu einer Ender.

Und wozu der Schalldämpfer? Das war kein gutes Zeichen.

Eine der Türen von Helenas Schrank stand offen. Eine Tasche lag davor auf dem Boden. Ich kniete mich hin und erkannte, dass es eine Waffentasche war. Und die Waffe passte genau hinein. Im Schrank war einer der Böden umgeklappt und legte eine kleine Kammer frei. Ich legte die Tasche hinein und verschloss die Öffnung.

Die Waffe außer Sichtweite zu haben, verschaffte mir schon mal ein besseres Gefühl.

Dann versuchte ich mich zurechtzufinden. Was hatte ich gemacht, bevor die Lichter ausgingen?

Blake. Ich hatte ihm das Geld für Tyler gegeben und mich von ihm verabschiedet. Es war spät gewesen. Jetzt fiel gleißendes Sonnenlicht durch die Fenster von Helenas Schlafzimmer ein. Die Uhr zeigte drei.

Wo war meine Lederhandtasche? Ich schaute mich um und entdeckte sie auf dem Schreibtisch. Ich öffnete sie und holte das Handy heraus, um das Datum zu überprüfen.

Es war … morgen. Also hatte mein Blackout achtzehn Stunden gedauert. Und dann war ich, aus welchem Grund auch immer, wieder zu mir gekommen.

Ich kam zu dem Schluss, dass mir das Gleiche im Nightclub passiert war. Fragen stürmten auf mich ein. Hatte da jemand die Finger im Spiel, oder geschah das eher zufällig und unbeabsichtigt? War es möglich, dass etwas mit meinem Neurochip nicht stimmte? Hatten auch andere Spender solche Probleme, oder war ich ein Sonderfall?

Ähnlich einfach wie sich abends hinlegen und einschlafen. Genau!

Eines stand wohl fest. Helena hatte meinen Körper übernommen, als sie Blakes Wagen verließ. Hatte sie noch etwas zu ihm gesagt, oder war sie einfach ins Haus gegangen? Hatte sie etwas Eugenia gegenüber erwähnt?

Ich wusste nicht recht, wie ich mich verhalten sollte. Was ich sagen durfte, was nicht. Der Gedanke, dass ich nicht wusste, was mein Körper ohne mich angestellt hatte, war beängstigend.

Und Tyler? Hatte Blake es zu diesem Bürogebäude geschafft? Ich nahm das Handy und schickte ihm eine Zing-Message mit der Frage, ob alles gut gegangen sei. Er antwortete nicht.

Eine Pistole. Nicht irgendeine Pistole. Eine Glock mit Schalldämpfer. Für Zielübungen war die bestimmt nicht gedacht. Eher für Dinge, die mein Vertrag ganz und gar nicht abdeckte.

Ich musste zurück zu Prime.

In der Garage ging ich zu dem kleinen blauen Sportwagen am Ende des Fuhrparks, der weit weniger ins Auge sprang als Helenas gelbe Rakete. Von außen sah ich einen wuschligen grünen Alien am Rückspiegel baumeln. Nicht gerade Helenas Stil. Vielleicht das Auto ihrer Enkelin.

Der Schlüssel am Wandbrett hatte einen ähnlichen, wenn auch sehr viel kleineren Alien-Anhänger. Ich sperrte auf, klemmte mich hinter das Steuer und schaltete das Navi ein. Es hatte die muntere Stimme eines alten Cartoon-Helden.

»Wohin?«, fragte das Gerät gut gelaunt.

»Prime Destinations, Beverly Hills.«

Zwei Sekunden vergingen. Dann erklärte es: »Ziel unbekannt.«

Natürlich. Prime hielt seine Anschrift vermutlich geheim.

»Neue Adresse«, sagte ich und schaltete auf manuelle Eingabe um.

Ich wollte eben die Daten einspeichern, als die Stimme zurückkam.

Callie ... nicht ... nicht zurück zu Prime ... kannst du mich hören? Du darfst auf keinen Fall zurückkehren ... gefährlich ...

Auf meinen Armen bildete sich eine Gänsehaut. »Gefährlich«, sagte die Stimme. Genau wie beim ersten Mal.

»Warum?«, fragte ich die Stimme. »Kannst du mir sagen, warum?«

Stille.

»Wer bist du?«

Keine Antwort.

Pistolen. Warnungen. Gefahr. Es gefiel mir ganz und gar nicht, dass ich mit einer Waffe in der Hand aufgewacht war. Aber mit einer Pistole konnte ich umgehen. Dagegen hatte ich keine Ahnung, was mich bei Prime erwartete.

Ich zog den Zündschlüssel ab und ging ins Haus zurück.

Ich schaltete Helenas Computer ein, um einiges über sie in Erfahrung zu bringen. Wenn sie meinen Körper übernahm, wann immer ich in Ohnmacht fiel, musste ich mehr wissen. Warum die Pistole? Vielleicht hatte irgendwer eine Rechnung mit ihr zu begleichen. Dann konnte ich das Ziel seines oder ihres Hasses werden.

Wie viele ihrer Freunde wussten, dass sie einen jungen Körper mietete? Außer jenem Zing-Mail-Absender,

der ihr Tun offenkundig missbilligte. Falls das überhaupt ein Freund war.

Ich überflog Helenas Computer-Files. Mehr als hundert Jahre Arbeit, Erinnerungen, Briefe und Fotos. Ich sichtete das Material und fand heraus, dass ihr Sohn und dessen Frau im Krieg umgekommen waren wie die meisten ihrer Generation. Die beiden hatten eine Tochter namens Emma. Helenas Enkelin musste etwa so alt sein wie ich.

Ich loggte mich in den CamPages ein, den Portalen, in denen Leute von sich und ihrem Leben preisgeben konnten, was immer sie der Welt mitteilen wollten. Manche Teilnehmer waren so von sich eingenommen, dass man sich Aufzeichnungen ihres Alltags per Airscreen oder Holo-Modus ins Wohnzimmer holen konnte. Und die total Verrückten ließen die Kameras den ganzen Tag mitlaufen.

Helena hatte keine eigene Seite, aber das war nichts Ungewöhnliches. Viele Enders löschten ihre Seiten, sobald sie die hundert überschritten hatten. Wahrscheinlich fanden sie sich irgendwann zu reif für diese Art von Unsinn.

Von Emma hatte es mal eine Seite gegeben, aber die war gelöscht. Seltsam. Ich gab ihren Namen ein und stieß auf eine Todesnachricht. Ohne nähere Angaben. Das Begräbnis lag zwei Monate zurück.

Ich erinnerte mich an das Jugendzimmer, das ich gesehen hatte, als ich in der ersten Nacht die Räumlichkeiten erforschte. Ich stand auf, überquerte den Gang und betrat ihr Reich.

Die Trauer legte sich wie Nebel über mich. Sonnenlicht sickerte durch hauchdünne weiße Vorhänge, die in der stillen Luft wie erstarrt wirkten. Das hier war kein Zimmer, sondern ein Schrein. Etwas flackerte am Rande meines Blickfelds. Ich wandte mich dem Nachtschrank zu. Ein Holo-Frame, der unablässig die Erinnerungen abspulte, Tag und Nacht, Woche um Woche, ohne dass jemand den Aufnahmen Beachtung schenkte.

Ich setzte mich auf die Bettkante, um ihn genauer zu betrachten. Ein plötzlicher Schmerz durchzuckte mich, als mir einfiel, dass unser Holo-Frame für immer verloren war. Die Inschrift am Sockel des Rahmens lautete »Emma«. Sie hatte Ähnlichkeit mit ihrer Großmutter, die gleiche energische Kinnlinie, den willensstarken Gesichtsausdruck. Sie strahlte die Selbstsicherheit der oberen Zehntausend aus, obwohl sie nicht die makellose Schönheit der Mädchen besaß, die in Diensten der Body Bank standen. Ihre Haut war glatt und gesund, ihre kühne Nase jedoch eine Spur zu lang. Die Bilder erzählten von einem erfüllten, privilegierten Leben – Tennis, Opernpremieren, ein Urlaub in Griechenland in Begleitung ihrer Eltern, die sie liebevoll umarmte.

Meine Blicke schweiften durch das Zimmer. Seit ihrem Tod waren erst zwei Monate vergangen. Allem Anschein nach hatte Helena seitdem nichts verändert. Ich hätte das Gleiche für meine Eltern getan, wenn mir der Luxus vergönnt gewesen wäre, in unserem Haus zu bleiben.

Eines fehlte allerdings. Ich konnte nirgends einen Computer entdecken.

Ich trat an den Kleiderschrank, um nach ihren Geheimnissen Ausschau zu halten. Die meisten Menschen verbargen sie dort. Ich sah ein hohes Ablagebrett mit Hüten und Aufbewahrungsboxen aus Acryl. Ich stieg auf einen Stuhl und begann in Emmas Erinnerungen zu kramen.

Ich durchwühlte die Boxen, schaute unter das Bett

und breitete den Inhalt sämtlicher Schubladen aus. Ohne Erfolg. Ich setzte mich an ihren Schreibtisch und stützte das Kinn in die Hand. Mein Blick fiel auf etwas, das ich bisher außer Acht gelassen hatte – ihre Schmuckschatulle auf der Kommode. Ich rechnete nicht damit, dort irgendwelche Hinweise zu finden, aber es war der einzige Gegenstand außer ihrem Make-up, den ich mir nicht näher angesehen hatte.

In der Schatulle verbargen sich Gold, Silber, ein Mischmasch aus kostbaren Juwelen und billigem Modetand – alles, was das Herz einer unvorstellbar reichen Sechzehnjährigen begehrte.

Dazu ein Schmuckstück, das ich nie in diesem Raum vermutet hätte. Ein Bettelarmband.

Nicht irgendein Bettelarmband. Ein silbernes mit winzigen Sport-Amuletten. Ein Tennisschläger, ein Paar Luftgleiter, Schlittschuhe. Ich tippte die Schlittschuhe an und setzte damit das vertraute Holo einer Eiskunstlauf-Pirouette in Gang.

Ich hielt es neben das Armband, das mir Doris in der Body Bank geschenkt hatte.

Es war genau das gleiche.

Warum besaß Emma dieses Ding? Es gab nur eine Antwort darauf, und sie trieb mir die Röte ins Gesicht.

Emma war so immens reich gewesen. Sie hatte in diesem Palast gelebt und zweifellos all ihre Wünsche erfüllt bekommen. Warum sollte sie ihren Körper an die Body Bank verkaufen?

An diesem Abend fuhr ich mit Emmas kleinem blauen Sportwagen in den Rune Club. Ich trug ein superkurzes Designerkleid, das ich in ihrem Schrank gefunden hatte.

Auch die Accessoires – High Heels, Kette und eine Handtasche der Edelmarke – stammten aus Emmas Fundus. Die Haare hatte ich wie auf ihren Fotos straff nach hinten gekämmt und am Oberkopf mit einer ihrer Brillantspangen befestigt. Von vorne würde mich niemand mit ihr verwechseln, aber in einem schummrigen Nightclub konnte die Aufmachung Wirkung zeigen. Vielleicht lockte ich damit jemanden an, der sie gekannt hatte.

Es war so früh, dass die Lautstärke der Musik die Gespräche noch nicht vollständig übertönte. Und ich hatte mich diesmal besser im Griff. Ich versuchte Madisons Gang zu imitieren, während ich langsam umherschlenderte und wartete, dass sich meine Augen an das Halbdunkel gewöhnten. Dabei unterzog ich sämtliche Personen, die mir begegneten, dem Madison-Echtheitstest.

Ich kam an der Astronauten-Bar vorbei und sah, dass alle Hocker um den Tresen besetzt waren. Das Gleiche galt für die Antigrav-Sessel in der nahen Lounge. Ich stand unschlüssig neben einer Spiegelsäule, als ein Mädchen auf mich zukam. Madison-Test-Time. Sie sah blendend aus. Langes glattes rotes Haar, dazu grüne Augen und eine Porzellanhaut, die von innen heraus zu leuchten schien. Ender.

»Na.« Sie musterte mich von Kopf bis Fuß. »Deine Figur ist eine Wucht.«

»Danke«, entgegnete ich. »Ich finde sie auch nicht schlecht.«

»Hallo, Helena.« Sie beugte sich näher zu mir und senkte die Stimme. »Rate mal, mit wem du sprichst?«

Sie hielt ihr Handy hoch. Die Herzen am oberen Rand des Displays blinkten. Helenas Name stand daneben.

»Vor meinem Sync kannst du dich nicht verstecken«, erklärte sie.

Ich holte mein/Helenas Handy aus der Tasche. Auch hier blinkten die Herzen. Der Name auf dem Display lautete »Lauren«.

»Dann hast du mir kürzlich diese Zing-Mail geschickt«, sagte ich.

»Klar, wer denn sonst?« Das klang verärgert.

Das bedeutete, dass diese Ender nicht nur eine sehr gute Freundin von Helena, sondern obendrein vielleicht die einzige Person außer ihrer Haushälterin war, die Bescheid über ihre Ausflüge in die Jugend wusste. Merkwürdig schien mir nur zu sein, dass Lauren versucht hatte, Helena von dem Mietservice abzuhalten, den sie selbst nutzte.

»Mein Entschluss stand bereits fest«, versuchte ich mich durchzuwinden. »Und du kennst mich ja.«

»Allerdings. Manchmal bist du störrischer als diese Kate in *Der Widerspenstigen Zähmung*.«

Um sie abzulenken, beschloss ich, ihr ebenfalls ein Kompliment zu machen. »Du siehst klasse aus. Gute Wahl.«

»Wie kannst du so etwas sagen?« Sie strich sich mit den Fingerspitzen über die glatte Wange. »Der Himmel wird uns für unser Tun strafen. Ich finde es schändlich, das arme Mädchen auf diese Weise auszunutzen.« Sie blickte an dem Körper herunter, den sie sich für eine befristete Zeit ausgeliehen hatte. Als sie den Kopf wieder hob, schimmerten ihre roten Locken im Neonlicht der Bar. »Allerdings verstehe ich auch deinen Standpunkt. Wenn sie die jungen Leute zu Tausenden ins Verderben locken, bleibt uns vielleicht nichts anderes übrig, als selbst einige dieser unglückseligen Teens einzusetzen, um ihrem Treiben ein Ende zu bereiten.«

Das klang, als habe Helena einen Plan, in den Lauren eingeweiht war. »Ich staune immer wieder, wie gut du dir meine Worte merkst, Lauren.«

»Nenn mich nicht so.« Sie rückte noch näher. »Ich bin jetzt Reece.« Sie sah mich mit hochgezogenen Augenbrauen an, als wollte sie sich vergewissern, dass ich mir den Namen einprägte. »Und ich finde es riskant, wenn wir uns zu lange unterhalten. Jemand könnte uns beobachten und die richtigen Schlüsse ziehen.« Sie sah sich verstohlen um. »Zum Glück scheinst du nicht vorschnell gehandelt zu haben, sonst hätte ich online davon gelesen.«

»Stimmt. Habe ich nicht.«

»Ich bitte dich inständig, lass die Finger davon!« Sie berührte flüchtig meinen Arm. »Du und ich, wir sind in der gleichen Lage, aber dein Vorhaben bringt keine Lösung. Im Gegenteil, es wird alles nur verschlimmern.«

Was ist mein Vorhaben?, wollte ich herausschreien.

Sie wandte sich ab und ließ ihre Blicke umherschweifen. »Es ist besser, wenn ich jetzt verschwinde. Ich muss noch etwas erledigen.«

Ich legte ihr eine Hand auf die Schulter, um sie zurückzuhalten. »Können wir uns morgen treffen? Vielleicht an einem ruhigeren Ort?«

Sie trat einen Schritt zurück. Meine Hand hing in der Luft. »Unter einer Bedingung. Dass du auf die Stimme der Vernunft hörst.«

»Vielleicht überrasche ich dich.« Vielleicht überraschte ich mich selbst.

Sie legte den Kopf schräg, als sei ihre Neugier geweckt. Wieder trat sie einen Schritt zurück. Dann blieb sie unvermittelt stehen und sah mich prüfend an.

»Ist das Emmas Kleid?«, fragte sie.

Da sie mich für Emmas Großmutter hielt, musste ihr das echt geschmacklos vorkommen. Aber Leugnen hatte wenig Sinn. »So ist es.«

»Und ihre Kette?«

»Und die Schuhe.« Mein Magen verkrampfte sich. Mir war klar, dass ich sie vor den Kopf stieß. Dabei brauchte ich sie, brauchte ihre Antworten. »Ich dachte, ich könnte sie auf diese Weise anlocken.«

Sie nickte. »Clever.«

Damit ließ sie mich allein in der Menge zurück. Ich suchte unauffällig nach Blake. Alle Barhocker waren besetzt, aber in der Lounge sah ich einen freien Platz. Es war der letzte von vier um einen Beistelltisch gruppierten Polstersesseln. In den anderen hatten es sich zwei Jungs und ein Mädchen bequem gemacht. Als sie meinen fragenden Blick bemerkten, winkte mir das Mädchen lässig zu.

»Bitte sehr.« Sie nahm ihre Handtasche von der Sitzfläche und klopfte mit der flachen Hand auf den Sessel, als sei ich ein Pudel, dem sie einen bequemen Platz anbot.

Ich gesellte mich zu ihnen, weil sie eindeutig Kunden der Body Bank waren. Sie sahen aus wie Models in einem Hochglanzmagazin. Zwei coole Jungs – ein dunkler Typ in einem europäisch geschnittenen Anzug und ein Asiate in schwarzem Leder – und ein Mädel mit schimmernder Ebenholzhaut und langen glatten Haaren. Ihre Gesichter und Körper waren perfekt. Hundertprozentig.

Vielleicht wussten sie etwas über Emma. Aber ich musste vorsichtig sein und durfte mir keinen Schnitzer erlauben, der mich verriet.

»Kann ich dir einen Drink besorgen?«, erkundigte sich der Anzugtyp. Er hatte den singenden Tonfall und schmachtenden Blick der Stars aus alten Bollywood-Musicals.

»Nein danke.« Ich gab mir Mühe, älter und mondäner zu wirken, als ich war.

»Ich heiße Raj – hier zumindest.« Er wandte sich seinem Begleiter zu, und beide lachten.

Dann richteten sich ihre Blicke fragend auf mich. »Nennt mich Callie.« Ich verdrehte die Augen. »Ich kann mich einfach nicht an diesen Namen gewöhnen.«

»Und ich habe Probleme mit diesem Akzent.« Raj deutete auf seine Kehle. Die Bemerkung löste neues Gelächter bei den Jungs aus.

Das Mädchen nickte mir verständnisvoll zu. Sie hieß Briona, besaß eine Laufstegfigur und hatte ihre langen Arme und Beine mit schimmerndem Glow Dust eingepudert. Der Asiate mit den hohen Wangenknochen stellte sich als Lee vor. Es war schwer, sich das Trio als Gruselgreise vorzustellen.

»Dann ist das also deine erste Tour, Callie?«, fragte Raj.

»Merkt man das?«

Sie zwinkerten sich zu und lachten.

»Wir haben diesen Körper noch nie gesehen«, meinte Briona. »Ein Glücksgriff.«

»Ja«, stimmte Lee zu. »Ganz große Klasse.«

»Und wie kommst du bis jetzt zurecht?«, erkundigte sich Raj.

Ich zuckte die Achseln. »Geht so.«

»Was hast du heute unternommen?«, fragte er mit einem süffisanten Lächeln. »Oder ist das hier dein erster Ausflug?«

»Nicht viel. Ich bin ein wenig durch die Gegend geritten.«

Sie nickten beifällig. »So etwas macht Spaß«, sagte Lee. »Wo?«

»Auf einem privaten Gestüt.«

»Wem gehört es?«, wollte Raj wissen. »Einem Ender?«

»Nein.«

Sie sahen sich bedeutungsvoll an.

»Einem echten Teen?« Raj ließ nicht locker.

Mein Blick wanderte von Briona über Raj zu Lee. Sie sahen besorgt aus.

Ich nickte. »Warum, ist etwas nicht in Ordnung?«

»Nun ja, so etwas ist ein wenig verpönt.«

Briona legte mir begütigend eine Hand auf den Arm. »Ach was! Du hast schließlich dafür bezahlt, dass du mal richtig einen draufmachst. Das steht uns allen zu, oder?«

»Genau«, sagte Lee. Er beugte sich vor und raunte verschwörerisch: »Und deshalb sollten wir diesen faden Club verlassen und dorthin gehen, wo wirklich was passiert!«

Raj trank sein Wasser leer und stellte die Flasche hart auf dem Tisch ab. »Super Vorschlag.«

Alle erhoben sich. Briona hakte sich bei mir unter. »Komm! Was hältst du von einem kleinen Tratsch von Frau zu Frau? Ich verrate dir alles, was du bei deinem Einstieg in die Welt der Jugend wissen musst. Kannst du häkeln? Oder stricken?«

Möglicherweise lag es daran, dass ich die einzige Neue in ihrem Freundeszirkel war, aber ich wurde das Gefühl nicht los, dass sie mir etwas verheimlichten.

Nun, vielleicht weihten sie mich ein, wenn ich mitkam.

Der Wind fuhr mir in die Haare, als wir in Lees Cabrio davonrasten. Ich saß mit Briona hinten, während Raj neben Lee Platz genommen hatte.

»Wohin fahren wir?«, fragte ich.

»Wer weiß?«, entgegnete Briona. »Aber ich bin sicher, dass die beiden etwas Gefährliches und völlig Blödsinniges vorhaben.«

Lee jagte wie ein Irrer durch die Straßen.

»Wir sind gleich da.«

Er schleuderte um eine enge Kurve. Vor uns tauchte eine Brücke auf, die einen ausgetrockneten Canyon überspannte. Mehrere Wagen parkten am Fahrbahnrand.

»Da – wir kommen gerade recht!« Lee deutete nach vorn.

»Nein.« Raj schüttelte den Kopf. »Nie im Leben.«

»Du meinst, in *seinem* Leben.« Lee stach mit dem Finger in den Bauch von Raj.

Beide Jungs lachten.

»Das ist unser Ziel?«, fragte ich.

»Das ist nicht komisch«, warf Briona ein.

»Komisch nicht – aber ein großer Spaß«, meinte Lee.

Bald parkten wir neben den anderen Autos auf der Brücke. Die Jungs stiegen aus und rannten auf eine Menschenmenge zu, die sich in der Mitte der Brücke versammelt hatte. Ich packte Briona am Arm.

»Was machen die da?«, wollte ich wissen.

»Sie springen.« Sie sah meine Verwirrung und fuhr fort: »Idioten, die von Brücken springen, nur mit einem dünnen Hitech-Seil gesichert. Angeblich stellen sich die Dinger automatisch auf dein Gewicht und Tempo ein. Angeblich.«

»Klingt gefährlich.«

Sie zuckte mit den Schultern. »Nun ja, zumindest ist es nicht dein Körper.«

Wir hielten uns an einem Schutzgeländer fest und spähten in die Schlucht hinunter. Der Wind peitschte unsere Haare, während wir zusahen, wie irgendein Kerl sich in die Tiefe warf. Ich keuchte und schloss die Augen.

»Hingucken musst du schon«, sagte Briona.

Er fiel und fiel und kam dem steinigen Flussbett gefährlich nahe, aber im letzten Moment fing ihn sein Hitech-Band ab, genau wie Briona es vorhergesagt hatte. Er schnellte zurück, genau so hoch, dass die Jungs auf der Brücke ihn bequem abbremsen und hereinholen konnten.

Raj und Lee lehnten ein paar Meter von uns entfernt am Geländer und führten ein Streitgespräch.

Ich wandte mich meiner Begleiterin zu. »Briona, ich muss dich etwas fragen.«

»Schieß los!«

»Bist du je einer Spenderin namens Emma begegnet?«

Briona starrte mich an, als versuchte sie sich zu erinnern.

»Groß, blond, energische Züge«, sagte ich.

»Sagt mir nichts. Hattest du Streit mit ihr?«

»Nein. Ich möchte nur jemanden ausfindig machen, der sie kannte.«

»Tut mir leid, dass ich dir nicht weiterhelfen kann. Aber nach einer Weile bekommt man das Gefühl, dass diese Mietkörper alle gleich aussehen.«

»Was ist mit deinen Freunden? Könnten die sie kennen?«

»Das bezweifle ich. Die drehen zwar mächtig auf, haben aber noch nicht allzu oft einen Exklusiv-Urlaub gebucht.« Sie ließ ihre Blicke zu den beiden Jungs wandern.

Lee machte sich gerade für einen Sprung bereit. »Ich glaube es nicht.«

Sekunden später verwandelte sich Lee in ein schwarzes Geschoss, das in hohem Bogen durch die Luft jagte und dann in Zeitlupe in die Schlucht stürzte.

So viel zu Verträgen und Regeln.

kapitel 9 Nachdem Lee seinen verrückten Hitech-Sprung überlebt hatte, fuhr er uns zurück in den Rune Club. Raj blieb im Wagen sitzen, während Lee den Motor laufen ließ. Briona stieg aus, um sich von mir zu verabschieden. Ich glättete mein windzerzaustes Haar.

»Wir müssen unbedingt in Verbindung bleiben, Callie. Es gibt so viele Dinge, die wir gemeinsam unternehmen könnten. Spielst du Bridge? Ach, du liebe Güte, was für eine Omafrage! Vergiss sie ganz schnell wieder! Aber was hältst du von Shopping? Wir könnten auch tanzen gehen. Oder Zing-Bladen.«

Sie umarmte mich lang und innig. Als ich meine Hände wieder frei hatte, zog ich meine Brieftasche hervor, um ihr eine meiner Karten auszuhändigen – und entdeckte zu meiner Verblüffung ein dickes Bündel Scheine im Geldfach. Dabei hatte ich am Vorabend mein gesamtes Bargeld herausgenommen und Blake für Michael mitgegeben.

»Was suchst du denn?«, fragte Briona.

»Eine Visitenkarte für dich.«

»Aber wer braucht denn so was Altmodisches?« Sie blinzelte mir zu und schwenkte ihr Handy. »Ich habe längst deine Nummer abgespeichert. Und dir die meine übermittelt. Wenn du also etwas Aufregendes vorhast …«

»Oder etwas Gefährliches«, unterbrach Lee und stützte sich lässig an der Sitzlehne ab.

»… dann gib mir Bescheid«, fuhr Briona fort. »Oder ruf mich einfach so an. Ich würde dich gern öfter treffen. Mit dir kann man reden wie mit einer alten Freundin.«

Alt trifft es gut, dachte ich.

Sie stieg wieder ein, und das Trio fuhr davon. Das Letzte, was ich sah, war eine zarte, mit kostbaren Juwelen geschmückte Hand, die lange nachwinkte.

Ich dagegen konnte an nichts anderes denken als an das Bargeld in meiner Brieftasche. Sobald ich in meinem Wagen saß, versperrte ich die Türen und zählte noch vor Verlassen der bewachten Parkzone die Scheine.

Es war exakt der Betrag, den ich Blake ausgehändigt hatte.

Am nächsten Morgen nahm ich den Wagen und entfernte mich ein paar Straßenblöcke vom Haus, ehe ich am Straßenrand anhielt und Blake anrief. Alles, was ich hörte, war seine Zing-Mailbox.

»Hey, hier ist Blake. Was gibt es, Leute?«

»Hi, Blake. Ich bin es, Callie. Kannst du dich bitte melden?«

Nachdem ich die Verbindung unterbrochen hatte, ärgerte ich mich, dass ich so kurz angebunden gewesen war. Andererseits wollte ich ihm nicht nachlaufen. Er hatte seit unserem Date nicht mehr angerufen.

Wenn es nicht um meinen Bruder gegangen wäre, hätte ich mich überhaupt nicht gerührt.

Ich traf mich mit Lauren in einem Thai-Restaurant, das sie vorgeschlagen hatte. Es befand sich im Valley, ganz versteckt in der Ecke eines kleinen Einkaufszentrums mit zu vielen Reklameschildern. Alles andere als ein Szenetreff für reiche Enders wie Lauren. Aber ich wusste, dass sie mich hierher bestellt hatte, weil in dieser Gegend die Gefahr, auf Bekannte zu stoßen, gleich null war.

Wir saßen in einer Ecknische, wo man uns kaum belauschen konnte. Der Hilfskellner brachte uns Wasser und fragte nach unseren Wünschen. Die Enders der Arbeiterschicht wussten nichts von der exklusiven Body Bank. Sie hatten keine Ahnung, dass die scharfe junge »Reece« in Wahrheit Lauren hieß und über hundert Jahre alt war oder dass ich mein umwerfendes Äußeres nicht Mutter Natur, sondern modernster Technik und Kosmetik verdankte. Die meisten Enders waren einfach nur froh, dass sie einen Job hatten, der sie versorgte. Und nach den Sporenkriegen war es ein glücklicher Umstand gewesen, dass die Enders, so alt wie sie inzwischen wurden, wieder arbeiten konnten.

Nachdem wir bestellt hatten, drehte Lauren den Kopf so hastig in alle Richtungen, dass ihr leuchtend rotes Haar wippte. Die nächsten Gäste saßen zwei Nischen entfernt, und die Thai-Musik, die vom Band lief, übertönte ihre Gespräche. Sie schien erleichtert, dass uns niemand hören konnte.

»Helena, hast du immer noch die Absicht, diese Sache durchzuziehen?« Sie starrte mich mit ihren grünen Augen so durchdringend an, als wollte sie mich hypnotisieren.

Ich trank einen Schluck Wasser. Was sollte ich erwidern, ohne zu verraten, dass ich keine Ahnung von Helenas Plan hatte?

»Ich weiß nicht«, sagte ich schließlich.

Ihre Schultern strafften sich, und ihre Augen strahlten. Meine Worte gaben ihr Hoffnung.

»Es ist der falsche Weg«, sagte sie. »Du weißt, dass es der falsche Weg ist.«

»Wahrscheinlich.«

»Ganz bestimmt sogar.« Sie senkte die Stimme zu einem Flüstern. »Mord war noch nie eine Lösung.«

Mord?

Der Schock traf mich wie die Faust eines Renegaten. Ich stützte die Ellbogen auf die Tischkante und vergrub die Stirn in beiden Händen – eine Ender-Geste der Unsicherheit, mit der ich zu verbergen suchte, dass in meinem Innern ein Aufruhr tobte.

Ich musste unbedingt mehr erfahren. Aber ich konnte Lauren nicht direkt fragen. Dann fielen mir ihre Worte vom Vortag ein.

»Aber diese Teens zu opfern, ist auch nicht richtig, oder?«, sagte ich.

»Natürlich nicht. Wenn ich morgens aufwache, denke ich zuerst an meinen Kevin. Nach dem Tod meiner Tochter und meines Schwiegersohns hatte ich nur noch ihn.«

»Ich bin in der gleichen Lage wie du.«

»Aber du hast aufgegeben. Ich hoffe immer noch, dass mein Enkel irgendwo da draußen am Leben ist. Das ist der größte Unterschied zwischen uns beiden.«

Wenn du wüsstest.

Ich nickte. Es war so seltsam, diese gebildete, kultivierte Sprache aus dem trotzigen Schmollmund eines Teenagers zu hören.

»Es ist so schwierig, dieses Puzzle zusammenzusetzen«, meinte sie. »Leute aufzuspüren, die ihn gesehen haben, den kleinsten Informationen und Hinweisen nachzugehen …«

»Konntest du gestern Abend etwas herausfinden?«

Sie schüttelte den Kopf. »Wieder eine Sackgasse. Sie sind Kevin nie begegnet.«

Das Essen kam, aber unser Appetit hielt sich in Grenzen.

»Er war immer so ein gut aussehender Junge.« Sie starrte auf ihren Teller mit dem Pad-Thai-Gericht. »Er hatte es doch gar nicht nötig, sein Äußeres zu verbessern.«

Ich blickte sie fragend an und versuchte mir einen Reim auf ihre Worte zu machen. Es war ein wirres Ratespiel. Plötzlich presste sie eine Hand auf den Mund.

»Oh, Helena, entschuldige, so war das nicht gemeint! Ich wollte keinesfalls andeuten, dass Emma …« Sie schüttelte den Kopf.

Ich nickte. Noch hatte ich nicht das vollständige Bild, aber allmählich lüftete sich der Schleier. »Emma war nie schön im herkömmlichen Sinn«, sagte ich. »Das weiß ich.«

»Bis sie sich zu diesem Schritt entschied«, sagte Lauren leise.

Hatte sie sich deshalb bei Prime gemeldet? Um sich verschönern zu lassen?

»Ich denke … ich denke, es war ein Herzenswunsch von ihr«, tastete ich mich vor.

Lauren beugte sich über den Tisch und tätschelte mir die Hand.

»Es ist nicht deine Schuld. Wie oft mussten wir unseren Enkeln einen unvernünftigen Wunsch abschlagen! So wie es unsere Kinder getan hätten. Als Vormund hast du einfach die Pflicht, auch mal Nein zu sagen.«

Ich stützte mein Kinn in die Handfläche und nickte stumm in der Hoffnung, sie würde weiterreden.

»Wir glaubten beide, richtig zu handeln«, sagte sie. »Titan-Chirurgie mit sechzehn! Laserbehandlungen! Das konnten wir doch nicht zulassen.«

»Aber Emma fand einen Weg, sich diese Dinge zu beschaffen.«

»Genau wie mein Kevin.« Sie ließ meine Hand los und lehnte sich zurück. »Wer hätte gedacht, dass Jungs genauso eitel wie Mädchen sein könnten.« Sie zuckte mit den Schultern.

Also war ich einer Täuschung unterlegen. Emma – und Kevin – mochten in Luxus gelebt haben, aber sie hatten nicht alles, was sie sich wünschten. Sie wünschten sich ein perfektes Äußeres. Und das bekamen sie nur bei der Body Bank.

»Sie müssen gelogen haben«, sagte ich.

»Natürlich. Zumindest verschwiegen sie, dass sie Verwandte besaßen, sonst hätte Prime sie nicht unter Vertrag genommen. Diese Leute bevorzugen die Ungebundenen, bei denen keine Angehörigen nachfragen, wenn sie nicht heimkommen. Manche Kids entlässt Prime aus ihren Verträgen, damit sie neue Jugendliche anwerben, aber unsere Enkel gehörten wohl nicht zu den Glücklichen.«

Ich hätte schwören können, dass ich eine Spur von Altersmüdigkeit in ihren grünen Augen entdeckte.

Allmählich fügten sich die Puzzleteile zu einem Bild zusammen. Offenbar tauchten einige reiche, verwöhnte Teens unter falschen Namen bei der Body Bank auf und gaben sich als arme Waisen aus. Ihnen ging es nicht um das Geld, sondern um die kostenlosen Laserbehandlungen, die ihnen ihre Großeltern nicht erlaubten. Und sie kamen nie nach Hause zurück.

»Lauren …«

Sie unterbrach mich. »Gewöhn dir an, mich Reece zu nennen, ja?«

»Reece, was diesen Mordplan betrifft …« Ich senkte den Blick. Meine Angst war nicht gespielt, sondern mehr als echt. »Irgendwie kommen mir Zweifel.«

»Wirklich?«

Was sollte ich sagen? Auch wenn ich fast daran erstickte, ich konnte die entscheidende Frage nicht direkt stellen. Der Hinweis, wer mein Mordopfer sein sollte, musste von ihr kommen. Für mich stand nur fest, dass die Body Bank in dem Komplott eine Rolle spielte.

»Andererseits gebe ich nun mal Prime Destinations die Schuld«, wagte ich mich vor.

»Da bist du nicht allein.«

»Ich weiß. Du, ich …« Ich sprach nicht weiter, hoffte, dass sie den Faden aufnehmen würde.

»… die Colemans, die Messians, die Posts«, sagte sie. »Sämtliche betroffenen Großeltern geben Prime die Schuld. Aber vor einem Mord würden alle zurückschrecken.«

Nun war es an mir, mich umzublicken. Ich sah, dass die Kellnerin, die zwei Tische entfernt stand, zu uns herüberstarrte.

»Keine Sorge, ich habe Wort gehalten und keine Menschenseele eingeweiht«, sagte Lauren. »Zumindest bis jetzt nicht.«

»Der Oberboss von Prime Destinations …« Er musste das Ziel sein.

»Fang nicht wieder damit an! Niemand kennt den Old Man.«

»Er ist groß. Er trägt einen Hut.« Ich erinnerte mich, dass ich ihn an dem Tag, als ich zu Prime zurückkehrte, kurz von hinten gesehen hatte. »Und einen langen Mantel …«

»Das hat sich herumgesprochen. Aber ich bin ihm noch nie begegnet.«

Ich schon. Als er mit Tinnenbaum stritt. Aber Lauren schien sicher zu sein, dass Helena nicht ihn töten wollte. Wen dann?

Lauren beugte sich über den Tisch und schaute mir fest in die Augen. »Willst du mir nicht verraten, wer das Opfer sein soll, Helena?«

Sie weiß es nicht.

»Das kann ich nicht.« Ich wandte den Blick ab. Das war vielleicht die einzige ehrliche Antwort, die ich an diesem Tisch gab.

»Überleg doch mal! Du wirst andere mit in den Tod reißen. Zum Beispiel das schöne junge Mädchen, in dessen Körper du steckst.« Lauren umriss mit einer kraftlosen Handbewegung mein Äußeres und seufzte. »Du kannst davon ausgehen, dass man die Kleine auf der Stelle erschießt.«

Die Welt verstummte.

Das bin ich, wollte ich schreien. Das ist mein Körper. Aber die Worte blieben mir irgendwo tief im Hals stecken. Bei dem scharfen Aroma von Zitronengras und Fischsauce rebellierte mein Magen. Ich starrte auf das gelbe Currygericht, das erste Essen seit einem Jahr, das ich nicht herunterbrachte.

Meine Mieterin war im Begriff, einen Mord zu begehen. Einen Mord, der auch mein Leben kosten würde. Kein Wunder, dass einem bei dieser Erkenntnis der Appetit verging.

Ich raste über die Autobahn, so schnell ich konnte, ohne mir ein Ticket einzuhandeln. Helena hatte mich also nicht gemietet, um zu surfen oder von Brücken zu springen. Sie war im Begriff, jemanden umzubringen. Und umgebracht zu werden. Deshalb hatte sie wohl eine Spenderin ausgesucht, die gut schießen konnte.

Ich sah, dass mein Handy blinkte. Blake hatte mir eine Zing geschickt, als ich im Restaurant saß.

Die Botschaft lautete: Was gibt es noch zu besprechen?

Das war sonderbar. Ich drückte im Wagen auf die Anruftaste und erwischte ihn persönlich.

»Blake, können wir uns im Beverly Glen Park treffen? In einer halben Stunde? Dann erkläre ich dir alles.«

»In einer halben Stunde«, wiederholte er nur. Seine Stimme klang trocken.

Ich ging durch den Park, vorbei an Enders, die sich auf kleinen Klappstühlen und sonnenwarmen Bänken ausruhten. Zwei schwangen sogar auf den Schaukeln hin und her. Kinder waren seit dem Krieg kaum noch im Freien. Viele Enders, denen Enkel versagt geblieben waren, fühlten sich unwohl in der Umgebung der Kleinen, vielleicht, weil sie ihre erwachsenen Kinder verloren hatten. Außerdem hatten viele Menschen panische Angst, dass sich in der Luft immer noch Sporen befinden könnten, Impfung hin oder her.

Eine bewaffnete Parkwächterin von einem privaten Sicherheitsdienst betrachtete das Treiben durch ihre Sonnenbrille, die Hände lässig in die Hüften gestemmt. Beim Anblick der Pistole fiel mir die Glock ein, und ich zuckte zusammen. Unter einem Baum lieferte sich ein Ender-

Paar, beide mit schulterlangen weißen Haaren, ein erbittertes Wortgefecht. Ich sah, wie die Frau dem Mann wiederholt mit spitzem Finger gegen die Brust tippte. So ähnlich hatte es Mom immer getan.

Ich erinnerte mich an einen Streit meiner Eltern vor anderthalb Jahren. Es war Sommer gewesen, kurz nach dem Abendessen. Tyler und ich saßen vor dem Airscreen. Eine Sondermeldung zum Krieg unterbrach das Programm. Der Nachrichtensprecher erklärte mit stoischer Miene, dass sich die schlimmsten Befürchtungen bewahrheitet und die Kämpfe durch den Einsatz von Sporen-Gefechtsköpfen eine neue Dimension erreicht hätten. Während er hinzufügte, dass sich die Angriffe derzeit auf den Nordwesten konzentrierten, rannte ich nach hinten in die Küche, um meinen Eltern Bescheid zu sagen, aber offenbar wussten sie bereits, was geschehen war. Ich hörte sie streiten und blieb vor der halb offenen Tür stehen.

Meine Mutter stand am Spülbecken, ein Geschirrtuch in der Hand. »Warum kannst du ihn nicht für uns beschaffen? Du mit deinen Regierungskontakten.«

Mein Vater fuhr sich mit einer Hand über das Gesicht. »Du weißt, warum.«

»Wir brauchen das Zeug, Ray. Wir müssen es für unsere Familie tun. Für unsere Kinder. Findest du es vielleicht richtig, unsere Kinder als Waisen zurückzulassen? Ohne jeden Schutz? Sie zum Hungern zu verurteilen, zum Tod oder noch Schlimmerem?«

Sie stach ihm bei jeder Frage mit dem Zeigefinger gegen die Brust. Tränen des Zorns standen in ihren Augen.

Mein Vater packte sie an den Schultern und hielt sie einen Moment fest, um sie zu beruhigen. Dann umarmte er sie. Sie schmiegte sich an ihn und lehnte den Kopf an seine Schulter. In diesem Augenblick entdeckte sie mich an der Tür. Sie sah mich angsterfüllt an.

Ich verdrängte das Bild ihrer verzweifelten Züge aus meinem Gedächtnis.

Das Ender-Paar, das eben noch gestritten hatte, verließ nun gemeinsam den Park.

Wo war Blake? Ich entdeckte ihn auf der Betonplatte eines Picknicktisches hockend. Ich ging zu ihm und setzte mich neben ihn.

Er trug wie der Parkwächter eine Sonnenbrille, die wie eine Barriere zwischen uns wirkte.

»Was gibt es?«, fragte er eisig.

»Warst du bei meinem Freund?«

»Nein«, sagte er entrüstet. »Schließlich hast du es mir verboten.«

Mir wurde kalt. »Habe ich das?«

»Du hast dein Geld zurückverlangt.«

Mir schwante Unheil. »Was sonst noch?«

»Müssen wir das wieder aufrühren? Du erinnerst dich sicher an deine Worte.«

»Eben nicht. Bitte – was genau habe ich gesagt?«

Er schob die Hände in die Taschen und sah mich verwirrt an. »Dass ich dich nicht mehr belästigen sollte. Dass du mich nie wiedersehen wolltest.«

Ich seufzte. Helena hatte das gesagt.

»Es tut mir so leid.« Ich berührte seinen Arm. Seine Haut war warm. »Das war ein Missverständnis.«

»Ich dachte … ich dachte, unser Date hätte dir gefallen.« Seine Augen konnten nicht verbergen, dass er verletzt war. Er ignorierte meine Berührung.

»Es war ein wunderschöner Tag.« Bei diesen Worten brach es mir fast das Herz. »Einer der schönsten in meinem Leben.«

Er kratzte sich am Hinterkopf, ließ seine Blicke zu den Enders schweifen, die auf der Schaukel saßen, und runzelte dann die Stirn. »Warum dann …?«

»Ich war nicht mehr ich selbst.« Ich öffnete meine Brieftasche und holte das Geldbündel hervor. »Jeder hat mal einen schlechten Tag, den er am liebsten ungeschehen machen würde. Gibst du mir noch eine Chance?«

Ich streckte ihm die Scheine entgegen. Er zögerte. »Ich soll dieses Geld deinem Freund aushändigen?«

»Du willst das nicht lieber selbst machen? Oder mich begleiten?«

»Ich wollte, ich könnte diese Sache selbst erledigen. Aber das geht einfach nicht. Und er braucht das Geld jetzt.« Ich versuchte ihm das Bündel in die Hand zu drücken.

»Bitte, Blake!«, sagte ich.

Er nahm die Scheine und rollte sie in seiner Faust zusammen. Schließlich blickte er mir in die Augen. »Jeder hat mal einen schlechten Tag.«

Dann fiel mir Michaels Zeichnung wieder ein. Sie war nicht zurück in meiner Brieftasche.

»Erinnerst du dich an das Stück Papier, das ich dir gegeben habe?«, fragte ich.

»Du meinst das hier?« Er hielt es hoch. Es war noch zusammengefaltet. Hoffentlich hatte er das Bild nicht angesehen. Ich wollte nicht, dass er Fragen stellte.

»Ja. Gib es ihm bitte«, erwiderte ich.

Er steckte das Geld und das Papier ein.

»Dein Freund ist talentiert.«

Ich tat mein Bestes, um mir nichts anmerken zu lassen. In seinen Worten hatte ich einen Anflug von Eifersucht gehört. Und ich musste zugeben, dass mir das gefiel.

kapitel 10

Ich fuhr los und wendete so abrupt, dass der grüne Alien am Rückspiegel wild hin und her schwang. Während er sich allmählich wieder beruhigte, dachte ich über meine Möglichkeiten nach. Hätte ich das Geld nicht so dringend benötigt, wäre ich vielleicht ausgestiegen. Aber so einfach war das nicht. Ich hatte schließlich diesen Chip implantiert. Und wenn ich zu Prime zurückkehrte, wem würden die Enders dort mehr glauben? Mir oder einer reichen Klientin? Ich sah mich schon in einen Streit verwickelt, der mit meiner Einweisung in ein Heim endete. Andererseits hatte mir das Leben auf der Straße beigebracht, mich von einem Tag zum nächsten durchzuschlagen. Und genau so würde ich jetzt vorgehen.

Zurück in Bel Air, parkte ich den Wagen und begab mich unbemerkt von Eugenia ins Haus. Ich schlich in Helenas Schlafzimmer und schloss die Tür.

Ich öffnete den Schrank und das Geheimfach. Die Glock lag noch darin.

Wo sollte ich die Pistole loswerden? Ich musste sie so wegräumen, dass Helena sie nicht fand, wenn sie das nächste Mal Besitz von meinem Körper ergriff. Sie irgendwo im Haus zu verstecken, reichte vermutlich nicht. Ich konnte nicht ausschließen, dass Eugenia mich beobachtete und auf Helenas Fragen hin ihr Wissen preisgab. Natürlich konnte Helena versuchen, sich eine andere Waffe zu beschaffen, aber jede Verzögerung trug vielleicht dazu bei, einen Mord zu verhindern. Sie würde entweder eine wochenlange Wartezeit in Kauf nehmen müssen, bis ihr Antrag geprüft war – ein neues Gesetz seit dem Krieg –, oder viel Geld und Mühe investieren, um sich eine illegale Waffe zu besorgen. Ich konnte mir zwar kaum vorstellen, dass Helena Geschäfte mit Schwarzhändlern machte, aber sie hatte schon mehr als einmal bewiesen, dass sie zu Überraschungen fähig war.

Wo warfen andere Leute ihre Pistolen weg? Die Küste war noch vom Krieg verwüstet und für die Öffentlichkeit nicht zugänglich. Und ich konnte nicht einfach in eine Polizeistation marschieren und dem zuständigen Marshal eine Pistole aushändigen. Er würde Fragen stellen, die ich nicht beantworten konnte. Ich musste mir einen besseren Weg überlegen.

Ich ging ins Bad, schüttete Abschmink-Lotion auf ein Handtuch und rieb damit, wie ich es einst im Kino gesehen hatte, die Glock und den Schalldämpfer ab, um keine DNS-Spuren zu hinterlassen. Dann ließ ich sie in eine braune Bloomingdale-Papiertüte aus Helenas Kleiderschrank gleiten. Ich selbst verkleidete mich mit Sonnenbrille, Hut und Handschuhen. Wenn ich schon auf Agentin machte, dann stilecht.

Ich steuerte einen Mega-Markt an und fuhr langsam über den großen Parkplatz. Ein bewaffneter Sicherheitsposten stand vor dem Haupteingang. Ganz am Rand der Freifläche standen die Müllcontainer.

Ich wählte einen freien Platz in der mittleren Reihe.

Dann nahm ich die Tüte und knickte den oberen Rand zweimal um. Und jetzt benimm dich ganz normal, ermahnte ich mich.

Ich stieg aus und schlenderte mit der Tüte unter dem Arm zu den Containern hinüber. Eine Ender, die auf einer Bank vor dem Einkaufszentrum saß und einen Joghurt aß, starrte mich neugierig an, als ich vorbeiging.

Es gab zwei Müllcontainer. Ich entschied mich für den auf der rechten Seite und hob vorsichtig den Deckel an. Er war schwerer als erwartet, und ich musste beide Hände benutzen, um ihn hochzustemmen. Ehe ich mich versah, rutschte die Tüte unter meinem Ellbogen hervor zu Boden.

Zum Glück fiel die Pistole nicht heraus.

Hastig hob ich die Tüte auf und warf sie in den Container. Mit einem lauten Scheppern landete sie auf dem Metallboden. Wie das Leben so spielte, war der Müll wohl eben erst abtransportiert worden.

Ich drehte mich um und ging zum Wagen zurück. Die Ender beäugte mich argwöhnisch, als wüsste sie genau, dass ich etwas Verbotenes tat. Das hatten diese Alten so an sich, egal ob sie arm oder reich waren. Sie erhob sich und winkte den Wachtposten herbei, der auf der anderen Seite des Gebäudes stand.

Ich sah noch, wie er auf sie zuging, aber da hatte ich den Parkplatz bereits verlassen.

Ein paar Straßenblöcke entfernt nahm ich den Hut ab und schüttelte meine Haare aus. Nun, da die Pistole entsorgt war, konnte ich mich der Frage zuwenden, wen Helena eigentlich im Visier hatte. Ich parkte den Wagen vor einem kleinen Lebensmittelladen und ging ihre Handy-Kontakte durch. Die Z-Mails gaben mir keinerlei

Aufschluss. Nichts wirkte ungewöhnlich, nichts deutete auf das Mordopfer hin.

Ich beschloss, es mit dem Terminplaner zu versuchen. Lückenlose Aufzeichnungen reichten bis zu dem Tag, an dem sie die Body Bank aufgesucht hatte. Das Datum für den Transfer war mit P.D. markiert. Prime Destinations. Danach gab es nur noch vereinzelte Einträge. Sie schienen verschlüsselt zu sein, aber etwas sprang mir ins Auge.

Bevor ich weiterforschen konnte, unterbrach mich lautes Geschrei von draußen. Ich blickte auf. Eine kleine Gang von Straßen-Kids kam auf mein Auto zugerannt. Ganz bestimmt nicht in friedlicher Absicht. Zum Glück saß ich diesmal nicht in einem Cabrio. Ich startete den Motor und brauste los. Ein paar Steine flogen mir nach, aber mehr konnten die Kids nicht tun.

Ich lachte trocken. Bei meiner letzten Begegnung dieser Art war ich entsetzt gewesen. Aber die Erkenntnis, dass ich vielleicht in Kürze einen Mord begehen würde, verschob die Perspektiven.

Etwa zehn Straßenblöcke weiter stand die Ampel auf Rot, und ich hielt an. Während ich auf die Weiterfahrt wartete, warf ich erneut einen Blick in den Terminplaner. Ein Datum war mit einem Häkchen markiert. 19. November. 20 Uhr. Danach gab es keine Einträge mehr.

Das musste der Zeitpunkt des Anschlags sein.

Wenn das stimmte, hatte ich noch drei Tage Zeit, Genaueres herauszufinden. Weniger als drei Tage. Ich kannte das Was und Wann. Was mir fehlte, war das Wer und Wo. Und ein Plan, um die Tat zu verhindern.

Die Ampel schaltete um. Ich bog auf die Schnellstraße ab und fädelte mich in den Verkehrsfluss ein. Inzwischen war ich so vertraut mit dem Auto, dass ich mir zutraute, aufs Tempo zu drücken. Als ich das Lenkrad fester umklammerte, um auf die Überholspur zu wechseln, begannen meine Hände zu prickeln. Ich bewegte die Finger, aber das half nichts.

Dann wurde mir schwindlig.

Nein.

Wieder überkam mich das Gefühl, ins Nichts zu fallen. Und es verstärkte sich.

Ich raste mit mehr als 100 Stundenkilometern einer Ohnmacht entgegen.

Als ich zu mir kam, dröhnten meine Schläfen, aber die Kopfschmerzen waren längst nicht so schlimm wie beim ersten Mal. Ich lehnte mit dem Rücken an einer Wand. Allem Anschein nach befand ich mich in der Eingangshalle eines noch benutzten Bürogebäudes. Schwarze Marmorwände, silbern abgesetzt. Eine fremde Umgebung.

Der Ender-Wachtposten, der an einem Schreibtisch auf der anderen Seite der Halle saß, scrollte auf seinem Airscreen die Fotos eines Automagazins durch. Die Farben huschten als bunte Flecken über sein Gesicht.

Ich entdeckte eine Wanduhr und sah, dass es fast halb fünf war. Ich trug noch die gleichen Sachen. Seit meinem Aussetzer war nicht mehr als eine Stunde vergangen.

Mein Handy klingelte. Ich kramte es aus der Tasche. Die Anruferkennung meldete: MEMO-EINGANG.

Ich drückte auf die Memo-Taste und horchte. Eine mechanische Frauenstimme verkündete:

»Sie haben ein Memo an sich selbst gesendet. Erinnerung um 16 Uhr 30.«

Es folgte die Mitteilung, gesprochen nicht von mir, sondern von einer Ender.

»Callie, ich bin es. Helena Winterhill. Deine Mieterin.«

Mein Herz begann zu hämmern. Ich erkannte sie. Es war die Stimme, die ich in meinem Innern gehört hatte. Ich stellte das Handy lauter.

»Es gäbe eine Menge zu sagen, aber ich weiß nicht, wie viel Zeit mir bleibt, bis ich deinen Körper wieder verlassen muss. Wie du vielleicht ahnst, sind wir beide nicht ständig miteinander vernetzt. Ein Fehler im System, der hoffentlich bald behoben wird. Bis dahin nimm bitte unter gar keinen Umständen Verbindung zu Prime auf. Unter gar keinen Umständen, hörst du?«

Ich presste die freie Hand über das andere Ohr, um jedes Wort mitzubekommen. In ihrer resoluten Stimme schwang ein nervöser Unterton mit.

»Inzwischen bitte ich dich, die Finger von den Kleiderschränken meiner Enkelin zu lassen. Es bricht mir das Herz, wenn ich mich plötzlich wieder in deinem Körper befinde und sehe, dass du ihre Sachen trägst.« Einen Moment lang konnte sie nicht weitersprechen. »Aber das ist nicht der Grund für meine Botschaft. Was ich dir mitteilen möchte, ist Folgendes: Wenn du unser Mietverhältnis wie vorgesehen aufrechterhalten und voll mit mir kooperieren wirst, was immer geschehen mag, zahle ich dir einen Bonus, sobald diese Geschichte vorbei ist. Einen äußerst großzügigen Bonus.«

Damit endete die Botschaft.

Ich war wie betäubt. Sie hatte offensichtlich keine Ahnung, dass ich von ihrem mörderischen Plan Wind bekommen hatte. Natürlich, sie steuerte meinen Körper nur immer für ganz kurze Zeit. Dass Lauren mit mir über ihr Vorhaben gesprochen hatte, konnte sie nicht wissen.

Ein großzügiger Bonus, hatte sie gesagt. Aber wenn ihr Plan klappte, bedeutete das vermutlich mein Ende. Einem toten Mädchen konnte man leicht einen großzügigen Bonus versprechen.

Da ich nur eine Stunde außer Gefecht gewesen war, hatte Helena sicher nicht die Zeit gefunden, ihre Villa aufzusuchen. Sie wusste also nicht, dass ich ihre Pistole weggeworfen hatte. Das war gut. Schlecht war, dass ich keine Möglichkeit sah, aus ihrem Attentatsplan auszusteigen.

Ich blickte auf und sah, dass mich der Wachtposten beobachtete. Ich stand wohl schon zu lange in der Eingangshalle herum. Also drehte ich mich um und studierte den Wegweiser. Die Rollen seines Bürostuhls quietschten, als er ihn ein Stück zurückschob und sich erhob.

Wen mochte Helena hier gesucht haben? Sie musste das Gebäude kurz zuvor betreten haben, denn ich stand in der Nähe des Eingangs, als ich zu mir kam.

Ich überflog das alphabetisch geordnete Namensverzeichnis auf dem Wegweiser. Viele Rechtsanwälte. Eine Handvoll Steuerberater. Nach etwa einem Drittel der Liste stieß ich auf einen Namen, der mir ins Auge sprang.

Senator Clifford C. Harrison.

Blakes Großvater.

kapitel 11

Ich starrte immer noch den Namen an, als der Wachtposten auf mich zukam. Kannte Helena Blakes Großvater? An einen Zufall mochte ich nicht glauben. Blake schien allerdings nichts davon zu wissen, sonst hätte er zumindest erwähnt, dass sich sein Großvater und »meine« Großmutter kannten.

»Kann ich Ihnen behilflich sein, Miss?«, fragte der Sicherheitsmann.

Sein Tonfall deutete einen Rauswurf an. Ich überflog den Rest der Liste. Die anderen Namen sagten mir nichts.

»Ich spreche mit Ihnen.« Letzte Warnung. »Minderjährige!«

Er zog die zweithöchste Karte des M-Spiels, die nur zehn Sekunden von seinem bedrohlichsten Trumpf entfernt war – M wie Marshals. Ich wandte mich ihm zu.

»Ich muss in die 16. Etage. Ins Büro von Senator Harrison.«

»Sind Sie angemeldet?«

»Nein. Ich möchte auch nur seinen Assistenten sprechen.«

Vielleicht war es der Trotz in meiner Stimme, vielleicht auch das umwerfende Äußere, das sie mir bei Prime Destinations verpasst hatten. Jedenfalls nickte er schließlich. Dann deutete er auf den Empfangsschalter mit dem eingebauten Display. »Unterschreiben Sie hier. Und dann den Daumenabdruck.«

Ich unterschrieb und presste den Daumen auf das umrandete Feld daneben. Der Aufzug öffnete sich mit einem *Bing!*, und ich fuhr hinauf in die 16. Etage. Vielleicht konnte ich herausfinden, was meine Kundin und Blakes Großvater verband. Hier stimmte etwas nicht.

Auf der Doppeltür, die mich beim Aussteigen empfing, stand in Laserschliff-Metallbuchstaben DISTRICT OFFICE, SENATOR HARRISON.

Im Vorzimmer begrüßte mich ein Ender mit einem Lächeln auf den Lippen und Herablassung in den Augen.

»Kann ich bitte Senator Harrison sprechen?«

»Tut mir leid, er ist bei einer Spendengala. Aber vielleicht kann ich Ihnen weiterhelfen.«

Ich sah mich um. Ein Korridor führte zu mehreren Geschäftsräumen. Harrisons Büro befand sich vermutlich ganz am Ende.

»Wann kommt er wieder zurück?«

»Der Senator empfängt Wähler nur nach Absprache.« Er fasste mich genauer ins Auge. »Und Sie scheinen mir noch nicht stimmberechtigt zu sein.«

Er grinste, als fände er seine Witze vorzüglich. Die moderne Medizin konnte viel für die Enders tun, aber irgendwie schaffte sie es nicht, ihren lahmen Sinn für Humor aufzupeppen.

»Ich bin älter, als Sie denken«, sagte ich.

Sein Grinsen wich einer leisen Verunsicherung, aber er fing sich rasch. »Dann mache ich Ihnen folgenden Vorschlag.« Er überreichte mir eine Karte. »Das hier ist seine

Website. Über die können Sie Kontakt mit ihm aufnehmen.«

Ich nahm die Karte, obwohl ich wusste, dass bestenfalls ein Roboter meine Z-Mail registrieren würde. »Ich habe, offen gestanden, ein ganz besonderes Anliegen. Ich schreibe gerade eine Arbeit und dachte, ein paar persönliche Worte des Senators würden meinen Dozenten beeindrucken. Könnten Sie mir nicht ein kurzes Interview vermitteln? Ich brauche höchstens ein paar Minuten.«

Er schien sich erweichen zu lassen. »Der Senator ist ein sehr beschäftigter Mann«, sagte er. »Wie Sie sicher wissen, bereitet er gerade seine Wiederwahl vor.«

Eine gestrenge Ender kam aus dem vorderen Büro gestürmt und stellte sich hinter ihn.

»Sie schon wieder!« Sie funkelte mich zornig an. »Habe ich nicht klar und deutlich zum Ausdruck gebracht, dass Sie hier unerwünscht sind?«

»Ich bin zum ersten Mal hier«, gab ich empört zurück.

»Ich hatte keine Ahnung …« Der Mann sah sie achselzuckend an.

»Sie waren nicht da, als sie auftauchte«, erklärte die Frau, ohne mich aus den Augen zu lassen. »Rufen Sie den Sicherheitsdienst an! Diesmal übergeben wir sie den Marshals.«

Er nahm den Telefonhörer ab.

Helena hatte dieses Gebäude also nicht zum ersten Mal aufgesucht – in meinem Körper, wie es schien. »Wann soll ich hier gewesen sein?«

»Sie halten mich wohl für sehr dämlich, was?« Die Dame marschierte entschlossen auf mich zu. Ich zog mich Schritt für Schritt zurück, bis ich gegen die Tür stieß.

Ich drehte mich um, riss sie auf und rannte den Gang

entlang. Ich fuhr mit der Hand über das Aufzug-Pad, aber die Kabine befand sich in einem anderen Stockwerk. Also stieß ich die Tür zum Treppenhaus auf und rannte nach unten, durch Spinnwebfäden, die sich in meinen Haaren verhedderten und mir Mund und Wangen verklebten. Ich verfluchte die Enders, die Treppen nur im äußersten Notfall benutzten. Die Frage war, ob ich den Posten in der Eingangshalle überlisten konnte. Vermutlich erwartete er mich bereits mit automatischen Handschellen.

Im Erdgeschoss blieb ich kurz stehen, um zu verschnaufen. Dann warf ich einen vorsichtigen Blick durch die Treppenhaustür. Der Sicherheitsmann hatte sich vor dem Aufzug postiert, um mich in Empfang zu nehmen. Ich rannte wie der Blitz zum Hauptausgang. Er drehte sich um, aber mit seinen alten Beinen hatte er keine Chance gegen mich. Ich hatte den halben Block geschafft, bevor er die Tür erreichte.

»Helena, was hast du nur aus meinem Leben gemacht?«

Aber falls sie mich hörte, antwortete sie nicht.

Ich saß in ihrem Schlafzimmer am Computer und suchte in den Pages hektisch nach Notizen über Senator Harrison. Inzwischen ging es auch um mein Leben. Was hatte Helena im Büro des Senators gesagt oder getan? Da sie in meinem Körper dort erschienen war, konnte der Zwischenfall erst ein paar Tage zurückliegen. Es würde mir helfen, mehr darüber zu erfahren, falls die Leute des Senators die Polizei verständigt hatten.

Ich arbeitete mich verbissen in die Materie ein. Als Senator war Harrison an vielen Projekten beteiligt, aber sein besonderes Engagement galt offenbar einer Gruppierung namens Jugend-Liga. Konnte das etwas mit Helenas Enkeltochter zu tun haben? Versuchte sie seine Unterstützung bei der Suche nach der Vermissten zu gewinnen?

Vielleicht hatte er sich geweigert, in diese Sache hineingezogen zu werden. Helena hatte ihn um Hilfe gebeten, gegen die Body Bank vorzugehen, und er hatte abgelehnt. Und nun gab Helena ihm die Schuld am Tod ihrer Enkelin.

Und deshalb wollte sie ihn töten?

Ich zweifelte an meiner Theorie, bis ich einen Eintrag in den Pages fand. Harrison war Ehrengast bei der Preisverleihung der Jugend-Liga, am 19., dem Tag des letzten Eintrags in Helenas Kalender. Das war in wenigen Tagen. Und auch die Zeit stimmte mit Helenas Eintragungen überein – 20 Uhr.

Ich kannte eine Person, die mir mehr über den Senator verraten konnte.

Ich rief Blake an.

Wir verabredeten uns auf einer Aussichtsterrasse am Mulholland Drive.

Als ich den Treffpunkt erreichte, dämmerte es bereits. Blakes roter Sportwagen war das einzige Fahrzeug, das in der Ausweichschleife stand. Ich verließ die Straße und parkte neben ihm ein.

Blake trug seine Sonnenbrille. Er saß auf der Brüstung des Geländers und sah zu, wie die Sonne hinter die Berggipfel sank. Ohne mich anzusehen, sagte er: »Hi.«

Dann reichte er mir die Hand und zog mich neben sich auf das Geländer. Ich hakte die Füße in die untere

Stange ein und hielt mich mit beiden Händen an der Brüstung fest. Der Hang fiel an dieser Stelle steil in die Tiefe ab.

»Ich war bei deinem Freund.« Er wandte den Blick nicht von der Gebirgskulisse ab. »Habe ihm das Geld gegeben.«

Die Anspannung wich aus meinen Schultern. Das war die beste Neuigkeit seit Langem. »Wie hat er reagiert?«

»Misstrauisch. Ich erklärte ihm, dass ich ein Freund von dir sei.«

»Hast du sonst noch jemanden gesehen?«

Er schüttelte den Kopf. »Dann wollte er wissen, warum er mir bisher noch nie begegnet sei.«

»Was hast du ihm gesagt?«

»Die Wahrheit. Dass ich dich erst vor ein paar Tagen kennengelernt habe.« Er senkte den Kopf und spähte in die Tiefe. »Kaum zu glauben. Kommt mir viel länger vor.« Er nahm die Sonnenbrille ab und schob sie in die Tasche. »Jedenfalls tut man sich mit der Wahrheit meist am leichtesten. Findest du nicht auch?«

Ich sah ihn forschend an. Wie viel wusste er? »Was sagte er auf deine Frage, ob alle okay seien?«

»Dass alle okay seien.« Er starrte in den Canyon. »Also – was ist mit diesem Typ und dir?«

Ich hatte das Gefühl, als drückte mir ein Renegat mit seinen schmutzigen Händen die Kehle zu. »Es lief für ihn nicht gut in letzter Zeit. Seine Eltern kamen im Krieg um. Seine Großeltern sind tot.«

Ich blickte nach unten. Das Geländer schien zu schwanken. Mir wurde schwindlig.

Bäume und Felsbrocken begannen zu kreisen, als ich nach vorn kippte. Blake presste eine Hand gegen meinen Bauch und fing mich auf.

»Vorsicht«, sagte er. »Alles in Ordnung mit dir?«

Mein Herz hämmerte. Er legte schützend die Arme um mich.

»Ich weiß nicht recht.«

»Dann komm mal besser hier runter.« Er hielt mich an der Schulter fest, als er sich vom Geländer schwang. Dann umfasste er meine Taille und hob mich von der Brüstung.

»Willst du dich in mein Auto setzen?«, fragte er.

Ich nickte. Als wir zu seinem Wagen gingen, kamen uns zwei Enders entgegen, die ausgestiegen waren, um die Aussicht zu bewundern. Blake hatte einen Arm leicht um meine Schultern gelegt. Das fühlte sich gut an.

Sobald wir in Blakes Auto saßen, fühlte ich mich besser. Sicherer. Die Welt hörte auf, sich zu drehen.

Mich quälte der Gedanke, ob ich ihm die Sache mit seinem Großvater erzählen sollte. Aber was würde ich damit erreichen? Um ihm den Mordplan zu erklären, musste ich das Geheimnis um die Body Bank lüften. Und wenn ich das tat, musste ich ihm gestehen, wer ich wirklich war. Sehr wahrscheinlich würde er mir nicht glauben und mich schlicht für verrückt halten. Ich hatte mit einer Lüge begonnen und mich rettungslos in einem Geflecht von Unwahrheiten verheddert, aus dem ich nun keinen Ausweg mehr fand.

Blake betrachtete die Stadt, die sich in der Ferne ausbreitete. »Ich glaube, du verschweigst mir etwas, Callie.« Er wandte sich mir zu. »Etwas sehr Wichtiges.«

Ich öffnete den Mund, brachte aber keinen Ton hervor.

»Das stimmt doch, oder?« Er sah mich forschend an. »Ich sehe es dir an.«

Mein Herz flatterte wie ein gefangener Kolibri.

»Du bist krank, nicht wahr?«

Ich blinzelte. »Wie …?«

»Ich verstehe, wenn du nicht darüber reden willst. Aber es ist offensichtlich, dass dir etwas fehlt. Der Schwindel, die Ohnmachtsanfälle. Und wenn du zu dir kommst, wirkst du völlig verändert.« Er verdrehte kurz die Augen, nahm sich aber gleich darauf wieder zusammen. »Keine Sorge, ich werde dich nicht drängen. Aber tu mir bitte einen Gefallen!«

»Wie meinst du das?«

»Versprich mir, dass du mich das nächste Mal warnst, wenn du merkst, dass es dir nicht gut geht. So können wir verhindern, dass du von einer Klippe fällst oder sonst wie in Gefahr gerätst.«

Ich nickte schwach, und er strich mir sacht eine Strähne aus der Stirn. Seine Hand glitt über meine Haare in den Nacken. Ich drehte den Kopf zur Seite.

»Was ist?«

»Nichts.« Ich nahm seine Hand und hielt sie fest. Ich tat es unbewusst, um zu verhindern, dass er den Chip an meinem Hinterkopf spürte. Seine Hand fühlte sich gut an. Er warf einen Blick auf unsere verschlungenen Finger und lächelte. Da war er, so rührend besorgt um mich und so glücklich, weil ich seine Hand hielt. Und da war ich, die ihm nur Lügen auftischte.

Ich atmete tief durch. »Blake?«

»Ja?«

»Du hast mal erzählt, dass du dich mit deiner Großmutter nicht sonderlich gut verstehst.«

»Das stimmt.«

»Und wie ist das mit deinem Großvater?«

Er starrte mit zusammengekniffenen Augen in die Ferne. »Der ist in Ordnung. Sehr beschäftigt und deshalb viel unterwegs.« Er schaute mich an. »Aber er tut, was er kann. Er hat den Tod meines Dads nie so richtig verwunden und bemüht sich sehr, mir Nähe und Geborgenheit zu geben. Ich mache es ihm nicht immer leicht.«

Ich hielt immer noch seine Hand. Er machte nicht den geringsten Versuch, sie wegzuziehen.

»Wie spielt sich sein Leben als Senator ab? Hat er viele Feinde?«

»O ja. Kriegt Hass-Mails. Paketbomben. Alles, was wir nicht bestellt haben, geht direkt an die Marshals. Offenbar laufen da einige wirre Senioren mit gefährlichen Ideen durch die Gegend.«

»Das kann ich mir denken.« Ich rollte die Augen. Dann hakte ich nach. »Ich würde ihn gern kennenlernen.«

Er hielt den Kopf schräg. »Echt?«

Ich nickte.

»Ich weiß nicht, ob wir dafür eine Lücke in seinem Terminkalender finden können. Er hat noch jede Menge Öffentlichkeitsarbeit vor sich, bevor er nach Washington fliegt, um den Präsidenten zu treffen.«

»Den Präsidenten?«

»Yeah«, sagte er. »Er möchte, dass ich ihn begleite, weil das seiner Meinung nach eine gute Gelegenheit ist, den Charakter zu stärken.«

Ich strich mir mit der freien Hand die Haare aus dem Gesicht. »Was macht dein Großvater am Neunzehnten?«

»Woher weißt du davon? Das ist sein letzter Auftritt vor der Abreise. Er nimmt an der Preisverleihung der Jugend-Liga im Dorothy Chandler Pavillon teil. Du weißt schon – das Music Center.«

»Wenn ich mich nicht täusche, beginnt die Gala um acht Uhr abends.«

»Genau. Ich werde auch da sein, um einen der Preise

zu überreichen. Wie hast du von dieser Veranstaltung erfahren?«

Ich musste einen Plan entwickeln, um diesen Auftritt zu verhindern. »Es ist spät geworden. Höchste Zeit, dass ich heimfahre.«

»Warte.« Er umschloss meine Hand fester und zog mich so nahe zu sich heran, dass ich seinen Atem spüren konnte. »Ich wollte dir noch etwas sagen.«

Die Welt ringsum verschwand. Ich sah nur noch seine Augen. Er roch nach Limonen, frisch gemähtem Gras und … Geborgenheit.

»Ja?«

»Callie.« Seine Blicke wanderten über mein Gesicht, musterten forschend meine Wangen, meine Augen, meine Lippen. »Ich kann es nicht erklären, aber irgendwie habe ich in deiner Nähe das Gefühl einer ganz engen Verbundenheit.«

»Mir geht es nicht anders.«

»Warum ist das so?«, fragte er.

Ich wusste es nicht. Das Gefühl war einfach da. »Es gibt wohl nicht für alles einen Grund.«

»Du meinst, es ist einfach so?«

»Es ist einfach so.« Mein Herz schlug so heftig, dass er es würde hören können.

Er hielt mein Gesicht mit der freien Hand. »Du bist etwas ganz Besonderes für mich«, sagte er.

Dann beugte er sich vor und küsste mich auf den Mund.

Schüchtern.

Sanft.

Dann löste er sich von mir. Sein Lächeln erinnerte an einen Jungen, der gerade auf dem Jahrmarkt einen Goldfisch gewonnen hatte.

kapitel 12

Ich fuhr heim und stahl mich in Helenas Schlafzimmer. Ich wusste, dass es ein Luxus und eine willkommene Ablenkung war, an Blake zu denken. Aber ich fühlte mich zu ihm hingezogen. Lag das daran, dass er so reich und lässig war? Er hatte die guten Manieren und die ungezwungene Art von jemand, der keine Ahnung hatte, was es hieß, auf der Straße um Essen zu betteln. Vielleicht war es das. Er brachte mich in gewisser Weise zurück in mein Leben von früher. Nicht dass wir je so richtig reich gewesen waren, aber auf gute Manieren und einen gewissen Wohlstand hatten meine Eltern Wert gelegt.

Aber eigentlich hielt ich meine Beweggründe nicht für derart oberflächlich. Ich mochte Blake, weil er nett und aufmerksam war, liebevoll zu mir und seiner Urgroßmutter Nani. Daheim hatte es immer geheißen, ich solle darauf achten, wie ein Junge seine Mutter behandelte, um ein Bild davon zu bekommen, wie er später seine Frau behandeln würde.

Ich hätte mir gewünscht, dass nicht ausgerechnet Blakes Großvater in diese Sache verwickelt gewesen wäre, aber zumindest dafür konnte ich nichts. Helena hatte ihn allem Anschein zunächst in ihrer wahren Gestalt aufgesucht und um Hilfe gebeten, nachdem ihre Enkelin Emma verschwunden war.

Ich setzte mich an Helenas Schreibtisch, um mehr über diese Preisverleihung im Music Center zu erfahren. In ihrem Computer war nichts darüber zu finden. Ich durchsuchte die Schubladen und entdeckte in einer Faltmappe einen Umschlag, der zwei Eintrittskarten enthielt. Preisverleihung der Jugend-Liga. Dorothy Chandler Pavillon. Beginn um acht Uhr.

Ich umklammerte die Karten mit beiden Händen. Wenn ich zu diesem Zeitpunkt noch die Kontrolle über meinen Körper hatte – kein Problem. Aber wenn ich einen meiner Blackouts bekam, würde Helena versuchen, ihren Plan in die Tat umzusetzen und den Senator zu töten.

Blakes Großvater.

Ich riss die Tickets einmal und dann noch einmal durch, rannte ins Bad, knüllte die Schnipsel zu einer Kugel zusammen und warf sie in die Kloschüssel.

Mit dem Rauschen der Spülung hatte ich die Gefahr gebannt, den Senator umzubringen.

Ich wollte in zwei Tagen, wenn die Preisverleihung stattfand, nicht im Haus sein. Also ging ich zum Kleiderschrank und holte aus der schicken Handtasche, die ich bei meinem Besuch im Nightclub getragen hatte, die Karte von Madison oder vielmehr Rhiannon, des wilden, lebenslustigen Mädchens, das in Wahrheit eine dicke, komische Alte war.

Ich war froh, dass Rhiannon immer noch in ihrem gemieteten Körper steckte, weil ich sie so am nächsten

Vormittag sofort entdeckte, als ich unseren vereinbarten Treffpunkt, eine Superblader-Bahn, ansteuerte.

Es war frostig auf der riesigen überdachten Eisfläche. Nur die reichsten Teens und ein paar mutige Ender drehten ihre Runden, alle in hochmodernen Anzügen, die Höchstgeschwindigkeiten bei maximaler Sicherheit erlaubten. Nicht dass sie Hilfe benötigten. An den Superblades waren, wie ein Schild erklärte, winzige Laser dicht über dem Eis montiert. Sie wurden mit Tasten in den Handschuhen aktiviert, schmolzen das Eis leicht an und ermöglichten so den Läufern ein hohes Tempo. Aber den Hauptspaß boten die Jets, Luftstrahlen, die ebenfalls per Tastendruck ausgelöst wurden und die Sportler ein paar Zentimeter von der Eisfläche abheben ließen. Der Schub dauerte nur wenige Sekunden, vermittelte aber ein Gefühl des Schwebens oder Fliegens.

Ein Zeitvertreib für die Reichen. Von dem Geld, das eine Tageskarte auf dieser Blader-Bahn kostete, hätten sich zehn junge Obdachlose eine Woche lang ernähren können.

Ich entdeckte Madison im Zentrum der Eisfläche, wo sie begeistert Pirouetten drehte. Ich winkte ihr zu, als sie stehen blieb. Sie winkte zurück und kam mit eleganten Gleitschritten an die Bande.

»Callie, das macht solchen Spaß! Ich fühle mich gelenkig wie schon lange nicht mehr. Leih dir ein Paar Skates und probier es selbst aus!«

»Ein anderes Mal. Madison, kann ich dich um einen Gefallen bitten?«

»Jeden.« Sie beugte sich vor und wisperte: »Wir Enders müssen zusammenhalten.« Lachend wich sie einen Schritt zurück. »Was kann ich für dich tun?«

»Du lebst allein, nicht wahr?«

»Schätzchen, wer würde schon gern mit mir zusammenleben?« Sie kicherte. »Meine Haushälterin hat ihre eigene Wohnung.«

»Könnte ich morgen bei dir übernachten?«

»Bei mir?«

Ich nickte.

»Eine Pyjama-Party. Nur für Mädels.« Sie klatschte in dic Hände.

»Ich danke dir. Du bist echt klasse.«

Sie strahlte mich an. »Dann sind wir ab jetzt beste Freundinnen?« Sie streckte den kleinen Finger aus.

Ich kam mir kindisch vor, aber ich hakte feierlich meinen kleinen Finger ein.

Ich wartete hinter zwei anderen Wagen an einem Drive-Thru-Schalter auf mein Essen. Eine bessere Wahl als Madison hätte ich nicht treffen können. Sie war nicht hell genug, um zu merken, dass es zwischen mir und meiner Mieterin Probleme gab. Ich fand sie nett, aber eine enge Freundschaft mit einer 150-Jährigen stand nicht an oberster Stelle meiner Prioritätenliste. Ich wollte nur die letzten beiden Wochen meines Vertrags erfüllen, ohne über unerwartete Hindernisse wie Mordanschläge zu stolpern.

Der Fahrer vor mir hatte seine Bestellung abgegeben und fuhr ein Stück weiter. Ich rückte auf. Und dann, als ich den Geldbeutel aus der Tasche holte, ging es wieder los.

Schwindel.

Umfallen.

Wie gehabt.

kapitel 13

Als ich zu mir kam, hielt ich ein Sturmgewehr gegen die Wange gepresst, das Auge am Zielfernrohr und den Finger am Abzug. Ich lehnte mit dem Rücken an einer Wand, dicht neben einem offenen Fenster, und hielt die Waffe auf eine Menschenmenge in der Tiefe gerichtet. Im Zeitlupentempo begann ich abzudrücken.

Nein. Nein, nein, nein!

Ich wagte nicht zu atmen, während ich den Finger vom Abzug nahm und langsam in eine neutrale Position bewegte. Einen Moment lang erstarrte die Welt mit all ihren Geräuschen. Dann hörte ich mein Herz. Es hämmerte drauflos wie ein Dämon.

Eine einzelne Schweißperle löste sich von meiner Stirn und rollte bis zur Augenbraue.

Mein Verstand raste. Was war geschehen? Kam mein Erwachen zu spät?

Ich stand in einem Hotelzimmer. Draußen, etwa zehn Stockwerke tiefer, hatte sich eine Menschenmenge auf einem Platz versammelt, vor einer Bühne mit einem leeren Podium.

Mein Herz schlug noch schneller. War der Senator bereits tot?

Nein – bitte!

Ich untersuchte das Gewehr. Das Magazin war voll. Der Lauf fühlte sich kühl an, und die Mündung roch nicht nach Schwefel. Die Menschenmenge in der Tiefe wirkte ruhig.

Ich atmete aus. Ich hatte niemanden erschossen.

Wo war ich? Die Hochhäuser erinnerten an Downtown L.A. Ich ließ meinen Blick über die Skyline schweifen und entdeckte den Library Tower. Dann musste die Parkanlage dort unten der Pershing Square sein.

Ich sah mich im Zimmer um. Auf einem Schreibtisch lag eine Ledermappe mit der Aufschrift »The Biltmore Hotel«. Einen noblen Ort hatte sich Helena für ihr Attentat ausgesucht. Ich hob das Gewehr, um das Magazin zu entfernen.

Callie. Bitte nicht.

Ihre Stimme erreichte mich deutlicher als je zuvor.

Nicht entladen.

»Helena?«

Ja.

»Du kannst mich hören?«

Jetzt schon. Wir haben mittlerweile eine bessere Verbindung.

»Wie ist das möglich?« Ich begann heftig zu zittern, als könnte ich sie so aus mir herausschütteln. »Ist dir klar, in was für eine schlimme Lage du mich gebracht hast?«

Ich holte das Magazin aus der Waffe und legte es auf den Schreibtisch.

Könntest du das Gewehr bitte wieder laden? Wir haben nicht viel Zeit.

»Nein, das werde ich nicht tun«, schrie ich. »Wie kommst du überhaupt an diese Waffe?« Ich warf sie auf das Bett. »Wo hast du die aufgetrieben?«

Wenn du sie zerstörst wie meine Pistole, besorge ich mir einfach eine neue.

»Ich habe sie nicht zerstört. Ich habe sie weggeworfen.« Ich trat ans Fenster und schaute in die Tiefe.

Senator Harrison war eingetroffen. Er betrat die Bühne, stieg auf das Podium und begann seine Rede.

»Ich denke nicht daran, jemanden für dich zu erschießen, und ich werde nicht zulassen, dass du meinen Körper für einen Mord missbrauchst.« Ich streckte mich und schlug das Fenster zu.

Hör mir zu, Callie. Ich versuche ein Verbrechen zu verhindern. Ein Verbrechen, dem Zehntausende junger Menschen zum Opfer fallen könnten.

Ich schüttelte den Kopf. »Du hast bei mir in Sachen Wahrheit recht wenig auf dem Konto.« Ich kam zu dem Schluss, dass es für alle Fälle besser war, sich möglichst weit von dem Gewehr und einer derart gefährlichen Schussposition zu entfernen. Ich stürmte zur Tür.

Callie, bleib da!

Ich knallte die Tür hinter mir zu und rannte den Korridor entlang. »Wie kann jemand nur so einen Plan fassen?«

Lauf nicht zu schnell! Du bist frisch operiert.

Ich verlangsamte meine Schritte. Erfand sie Lügen, um mich unter Kontrolle zu halten?

Dein Chip.

Ich betastete meinen Hinterkopf. Er fühlte sich wund an, viel empfindlicher als an dem Tag, da Blake ihn berührt hatte.

»Was habt ihr mit mir gemacht?«, schrie ich.

Ein Ender-Paar kam aus seinem Zimmer und starrte mich an. Für die beiden war ich eine Verrückte, die Selbstgespräche führte. Ich rannte zu einer leeren Aufzugkabine und stieg ein. Die Messingtüren schlossen sich, und ich sah mein Spiegelbild in ihnen. Ich trug einen schwarzen Overall und hatte das Haar straff zu einem Pferdeschwanz zusammengebunden. Stand Helena jetzt auf Ninja-Chic oder was?

Wir haben den Chip verändert.

»Ihr habt mich operieren lassen?«

Er ist Biochip-Experte. Und Chirurg. Wir mussten den Stop-Kill-Befehl umgehen.

»Den was?« Der Aufzug hielt an, und ein Ender stieg ein. Ich hatte keine andere Wahl, als den Mund zu halten und mir Helenas Erklärung anzuhören.

Der Chip ist so eingestellt, dass er Klienten am Töten hindert. Ich bat meinen Freund, diesen Befehl außer Kraft zu setzen, als ich dich übernahm. Aber bald gab es Probleme, die gelegentlichen Blackouts, bei denen ich aus deinem Körper verdrängt werde. Als mir dieses Hin und Her zu viel wurde, veränderte er den Chip noch einmal. Das Beste, was er erreichen konnte, war die Möglichkeit für uns, zu kommunizieren.

Ich warf einen Blick auf den Ender, der mit mir im Lift fuhr. Er schien großen Gefallen an meiner Kleidung zu finden. Vielen Dank, Helena. Von nun an werde ich meine Klamotten selbst aussuchen. Als die Aufzugkabine in der Eingangshalle stoppte, ließ ich ihn vorausgehen, bis er nicht mehr in Hörweite war.

»Also«, sagte ich zu Helena, »ich will dich nicht mehr in meinem Kopf haben. Das war so nicht vereinbart.« Meine Wangen brannten.

In der Eingangshalle wimmelte es von Menschen. Sie drängten sich um die Fenster und versuchten einen Blick auf den Senator zu erhaschen, der im Park jenseits der Straße seine Rede hielt.

»Wo ist der Wagen?«, fragte ich Helena.

Bitte bleib!

Ich kramte in meinen Taschen und fand einen Parkservice-Zettel, den ich dem Portier reichte, als ich das Hotel verließ.

Ein Mikrophon verstärkte die Stimme des Senators. Von dem Platz, an dem ich auf mein Auto wartete, konnte ich jedes Wort verstehen.

»... Jugend könnte mit ihrer Schaffenskraft eine bedeutende Rolle in unserer Gesellschaft spielen«, sagte er gerade.

Er ist ein solcher Lügner.

»Alle Politiker lügen«, entgegnete ich. »Das ist eine Voraussetzung für ihren Job, nicht wahr?«

Aber seine Lügen können Kinder töten.

Während der Fahrt bestand Helena darauf, mir ihre Ansichten über den Senator mitzuteilen. Angeblich war er nicht immer so schlimm gewesen. Anfangs hatte sie geglaubt, sein Wahlkampfprogramm bestünde darin, die Chancen für die Jugendlichen zu verbessern, insbesondere für jene, die man in Heime einwies, weil sie keine Angehörigen mehr hatten. Aber im letzten halben Jahr entdeckte sie, dass er einen Geheimplan verfolgte.

Er steckt mit Prime Destinations unter einer Decke.

»Inwiefern?« Ich überholte andere Fahrer, die ebenfalls mit Stimmen in ihren Köpfen redeten, allerdings per Headset.

Er ist finanziell an dem Unternehmen beteiligt. Seine Reise nach Washington dient dazu, beim Präsidenten ein Programm durchzusetzen, das Prime vor den nächsten Wahlen eine wichtige Rolle zukommen lässt. Die Firma soll in Zukunft Jugendliche an die Regierung liefern.

»Zu welchem Zweck?« Ich hatte wenig Geduld mit Helenas unbewiesenen Spekulationen.

Das kann ich nur vermuten. Ein wesentlicher Punkt ist wohl, dass diese Teens keine Freiwilligen sein werden. Wie es heißt, wird man sie einziehen oder entführen.

Das alles stürmte viel zu rasch auf mich ein. Ich wusste nicht genau, wovon sie sprach. Allem Anschein nach war sie von ihrem Schmerz über Emmas Verschwinden verblendet. Angenommen, es gab gar keine große Verschwörung? Angenommen, Emma war einfach von zu Hause weggelaufen? Zusammen mit Laurens Enkel, diesem Kevin?

Aber ich musste noch einmal nachfragen. »Was planen sie deiner Ansicht nach mit all den Jugendlichen?«

Vorhaben, bei denen es nützlich wäre, einem Ender mit mehr als hundert Jahren Wissen und Lebenserfahrung zu einem starken, jungen Körper zu verhelfen. Spontan fällt mir Spionage ein. Aber das ist wahrscheinlich nur der Einstieg.

»Und das alles hast du bei der Suche nach deiner vermissten Enkelin aufgedeckt?«

Die haben Emma umgebracht. Die Leute von der Body Bank haben sie auf dem Gewissen.

Der Hass in ihrer Stimme ließ mich frösteln. »Du weißt nicht, ob sie tot ist. Du hast ihren Leichnam nie gesehen.«

Es gibt eine Fülle von Beweisen. Glaubst du, ich habe meine Entscheidung leichtfertig getroffen? Ich bin seit einem halben Jahr mit dieser Sache beschäftigt. Und es gibt noch mehr Opfer, noch mehr betroffene Großeltern.

»Und nicht alle sind deiner Meinung.«

Helena schwieg einen Augenblick. *Du hast also mit Lauren gesprochen. Sie ist naiv. Sie kann nicht akzeptieren, dass irgendein Unternehmen den Tod von jungen Menschen in Kauf nehmen würde.*

»So wie du meinen Tod in Kauf genommen hättest? Erschossen von der Polizei, nach dem Attentat auf Senator Harrison?«

Ihr Schweigen sagte alles. Erst nach einer langen Pause brach sie es.

Du bist schnell. Du bist kräftig. Du würdest es schaffen, den Marshals zu entwischen.

»Ich bin nicht schneller als eine Kugel.«

Ihr Tonfall änderte sich, wurde beinahe kindlich, ängstlich. *Wohin fahren wir?*

»Nicht wir. Ich! Es ist mein Körper. Du darfst mich begleiten, mehr nicht.« Ich sah sie in Gedanken vor mir, bei Prime auf eine Liege geschnallt.

Nicht zu Prime Destinations! Das kannst du nicht tun.

»Genau das ist mein Ziel.«

Warum ausgerechnet dorthin? Sie werden dir dein Honorar vorenthalten, wenn du den Vertrag nicht erfüllst.

»Ich glaube, die Chance, mein Geld zu bekommen, schwindet ohnehin mit jeder Minute. Nach deinem Plan wäre ich noch vor der Auszahlung tot gewesen.« Ich verließ die Schnellstraße. »Vielleicht lassen sie sich überreden, mir die Hälfte zu geben.«

Wie willst du Prime Destinations dein Verhalten erklären? Du bist vertragsbrüchig geworden. Das ist alles, wofür die sich interessieren.

»Ich erzähle ihnen von dir. Dass du einen Profi beauftragt hast, meinen Chip zu verändern. Dann können sie ihn wieder in Ordnung bringen.«

Wenn du preisgibst, dass du mehr über ihr Geschäft weißt – über Senator Harrisons Plan oder die Spender, die ums Leben kamen –, werden sie auch dich töten.

»Du übersiehst eine Kleinigkeit, Helena. Ich glaube dir nicht. Ich nehme dir nichts von dem ab, was du erzählst.«

Aber du musst mir glauben. Da ist der veränderte Chip. Allein die Tatsache, dass ich mit dir Kontakt aufnehmen kann, beweist, dass ich die Wahrheit sage.

Ich umklammerte das Lenkrad fester. Das mit dem Chip war die eine Sache. Aber konnte ich daraus ableiten, dass alles andere ebenfalls stimmte? Meine Schläfen begannen zu pochen. Ich steuerte den Straßenrand an.

Wir waren nur noch wenige Blöcke von Prime Destinations entfernt.

»Ich will, dass du aus meinem Kopf verschwindest. Jetzt.«

Kehre nicht dorthin zurück! Bitte! Ich flehe dich an!

Mir lief es kalt über den Rücken. Sie klang so angsterfüllt. »Nenn mir einen vernünftigen Grund dafür.«

Wenn du zu Prime gehst, sind wir beide tot.

kapitel 14

Ich stand mit laufendem Motor in der Nähe eines Cafés und behielt die Umgebung im Auge, um nicht wieder von Renegaten angegriffen zu werden.

»Helena, ich brauche mehr Beweise.«

Um mich davon abzuhalten, Prime Destinations aufzusuchen, bot sie an, mir zu verraten, wo ich meinen Chip entfernen lassen konnte. Wahrscheinlich bei diesem Geek, der ihn überhaupt erst verändert hatte. Wie konnte ich ihm vertrauen? Er war der Typ, der die Sicherung unbrauchbar gemacht und mich auf diese Weise in Helenas private Killer-Maschine verwandelt hatte.

»Helena, welche Beweise hast du?«

Sie blieb stumm.

»Helena?«

Es hatte schon vorher Momente des Schweigens gegeben, aber das hier war etwas anderes. Leere. Als hätte die Person am anderen Ende einer Leitung einfach das Telefon liegen lassen. In dem lahmen Versuch, Helenas »Signal« wiederherzustellen, drückte ich auf den Chip unter der frischen Naht am Hinterkopf. Alles, was dabei herauskam, war ein stechender Schmerz.

»Au!«

Selbst darauf reagierte sie nicht. Es war klar, dass sie den Kontakt abgebrochen hatte, absichtlich oder nicht.

Was nun?

Falls auch nur ein Bruchteil ihrer Enthüllungen stimmte, konnte ich es nicht wagen, zu Prime Destinations zurückzukehren. Aber ich hatte keine Ahnung, ob Helena später wieder meinen Körper in Besitz nehmen und versuchen würde, den Senator umzubringen.

Vor dem Gedankenaustausch mit Helena hatte ich geglaubt, der Mordanschlag würde im Music Center stattfinden. Aber dann überraschte sie mich mit ihrem Versuch am Pershing Square. Sie hatte die Gangart verschärft, als ich ihre Pistole verschwinden ließ und ihr klar wurde, dass ich mich zu einem Problem für sie entwickelte. Attentäter hassen so etwas.

Also beschloss ich, meinen ursprünglichen Plan auszuführen, weil Helena höchstwahrscheinlich auch an ihrem Vorhaben festhielt.

Am nächsten Tag begab ich mich zu Madison. Ich brannte darauf, sie ins Vertrauen zu ziehen. Ich hätte ihr am liebsten alles erzählt, was ich erfahren hatte – weshalb ich die Kontrolle über meinen Körper besaß. Wie Helenas Stimme in meinen Kopf gekommen war.

Aber als begeisterte Body-Bank-Anhängerin wäre Madison sicher entsetzt über meine Enthüllungen gewesen. Und wenn sie erfuhr, dass ich nicht der Ender-Generation angehörte, sondern ihr etwas vorgespielt hatte, würde sie mir nicht mehr vertrauen. Falls ich Pech hatte, lieferte sie mich an Prime aus. Nein, ihr sollte ich zu diesem Zeitpunkt mein Herz besser nicht ausschütten.

Madisons Haus war im Retro-Stil von vor zwanzig

Jahren eingerichtet: Alien-Chic – mit schimmernden grünen Stühlen, die in der Luft schwebten, Hologramm-Kronleuchtern und 3-D-Landschaften von fremden Welten an den Wänden.

Das passte zu Madisons schriller Persönlichkeit, die mir selbst eher fremd war. Während sie mich durch die Eingangsdiele führte, erklärte sie, dass es ihr Spaß machte, bei ihren Ausflügen in die Jugend ganz bestimmte Räume zu bewohnen, die zum Charakter ihrer jeweiligen Spenderin passten. Und da ihr Anwesen riesig war, hatte sie genügend Auswahl.

Wir begaben uns in einen Traum von einem Vergnügungsraum, das mich auf der Stelle all meine Sorgen vergessen ließ. Sie führte mich zu einem Buffet entlang der Wand und reichte mir eine Schale. Berge von Essen unter Plexiglashauben erwarteten uns, und wir luden uns Partygebäck, Süßigkeiten und Pralinen auf. Die letzte Station war ein verblüffender Soda-Brunnen, den sie so programmieren konnte, dass der Sirup im Glas zu farbigen Mustern zerfloss.

Wir nahmen unsere Beute mit zu einer plüschigen Wohnlandschaft. Den Mittelpunkt des Raums bildete ein schwebender Invisascreen von gigantischen Ausmaßen, der Holos projizieren konnte. Ich hatte noch nie so ein Ding gesehen. Abgesehen von Filmen und Shows lieferte er interaktive Wettkämpfe, die es uns erlaubten, mit den berühmtesten Sportlern der Szene Fußball, Luft-Tennis oder Golf zu spielen.

Wir konnten zu Schauspielern in Shows werden, die nur von Abonnenten gesehen werden, die sie als Freund zugelassen hatte. Das war eine Liga, in der sich meine Familie nie bewegt hatte. Aber für die Superreichen wie Madison standen praktisch alle Möglichkeiten offen, sich mit den Stars zu messen – obwohl sie betonte, dass sie all dies günstiger bekam, weil sie früher mal als Produktionsleiterin gearbeitet hatte. Rabatte waren allem Anschein nach auch bei Leuten beliebt, für die Geld keine Rolle spielte.

Madison bestellte die jüngste Folge eines beliebten Films. Die Darsteller erschienen in Lebensgröße mitten im Raum. Da konnte das Xperience-Kino einpacken. Nach ein paar Minuten erhob sich Madison und trat in den Spielbereich. Der größere der Schauspieler wandte sich ihr zu – und sprach sie an!

»Hallo, Madison«, sagte er. »Schön, dass du Zeit für uns gefunden hast.«

»Wow! Wie hast du das hingekriegt?«

»Du musst dich hierher stellen.« Madison deutete auf das Rechteck im Zentrum des Raumes. »Nur dann funktioniert es.«

Sobald ich ihre Anweisung befolgte, wandte sich der kleinere Schauspieler mir zu und verschlang mich mit leidenschaftlichen Blicken.

»Hallo, Callie«, sagte er. Und ich schmolz dahin.

Er trat näher. Ein herber Duft mit einer schwachen Zedernholznote ging von ihm aus. Er sah nicht ganz lebensecht aus, eher wie ein gutes Hologramm, das dich anfangs täuscht, bis du bei näherem Hinschauen das verräterische Flimmern an den Rändern bemerkst. Aber das Ganze war doch mehr als verblüffend.

»Wie machen die das bloß?« Es fiel mir schwer, den Blick von ihm abzuwenden. Madison achtete nicht auf meine Frage. Sie war in ein Gespräch mit ihrem Schauspieler vertieft.

Mein Partner berührte mich am Arm, um meine Aufmerksamkeit wieder auf sich zu lenken.

»Kümmere dich nicht um das Wie. Frag lieber nach dem Wer.« Er lächelte mich an.

Ich konnte seine Berührung spüren. Sie war sanfter als normal, eher wie ein Windhauch, der bewirkte, dass sich die feinen Härchen auf meinem Arm aufrichteten.

Ein Telefon klingelte.

Alle erstarrten und warteten darauf, dass ich es abstellte.

»Callie!« Madison schlug sich mit der flachen Hand an die Stirn. »Das verdirbt die ganze Illusion.«

»Tut mir leid.«

Ich trat aus dem Rechteck und begab mich zurück zu den Sitzelementen. Auf dem Display stand der Name, den ich jetzt am allerwenigsten gebrauchen konnte.

»Blake?«, meldete ich mich.

»Callie. Wie geht's?«

Ich drehte mich um. Madison hatte nur Augen für ihren Partner, der ihr gerade sanft über das Haar strich. Mein Schauspieler stand abwartend da, die Hände in den Hosentaschen vergraben.

»Pass auf, Callie, ich weiß, dass ich mehr als spät dran bin, doch mein Großvater hat eben erst seine Zustimmung gegeben. Hättest du Lust, mich zur Preisverleihung der Jugend-Liga zu begleiten?«

»Du meinst – heute Abend?«

»Heute Abend.«

»Ich – ich, also, da kann ich wirklich nicht.«

»Es ist wichtig. Ich hätte dich wirklich gern dabei. Und du hast selbst gesagt, dass du meinen Großvater gern kennenlernen würdest.«

»Er wird vermutlich gar keine Zeit für uns finden«, sagte ich.

»Nach der Preisverleihung findet ein Empfang statt.

Alles, was Rang und Namen hat, wird da sein. Sogar der Bürgermeister. Es wird dir gefallen.«

Das war genau die Veranstaltung, von der ich mich fernhalten sollte. Ich biss mir auf die Unterlippe, um nicht Ja zu sagen. Ich wollte mit Blake zusammen sein, aber ich durfte mich auf keinen Fall in der Nähe des Senators aufhalten. Angenommen, ich hatte einen Blackout, und Helena gewann die Kontrolle über meinen Körper.

»Ich wäre zu gern mitgekommen, Blake. Ehrlich. Aber ich habe Madison versprochen, bei ihr zu übernachten. Ich fände es nicht in Ordnung, ihr so kurzfristig abzusagen.«

Ich konnte seine Enttäuschung spüren, als wir das Gespräch beendeten. Mir selbst ging es kaum besser.

Madison sah zu mir herüber, als ich das Handy in die Tasche schob. »Alles okay?«

»Ja, alles okay.« Ich ließ mich auf eines der Sitzelemente fallen.

»Dann komm wieder her!« Sie winkte ungeduldig. Die Darsteller sprachen jetzt beide mit ihr.

Ich schüttelte den Kopf. »Ich schaue euch von hier aus zu.«

Madison zuckte mit den Schultern. Dann hakte sie sich bei beiden Schauspielern unter, und die drei verschwanden in einem Dschungel. Mir kam in den Sinn, dass Helena schon lange nicht mehr mit meinem Körper unterwegs gewesen war. Und dass sie eine Ewigkeit nicht mehr mit mir gesprochen hatte.

Ich keuchte. Angenommen, sie verließ den Ruheraum in der Body Bank? Konnte sie unter dem Vorwand, dass unsere Verbindung defekt war, den Vertrag vorzeitig gekündigt haben? Wenn sie zu der Überzeugung gelangt war, dass ich es nicht tun würde, hatte sie sich vielleicht selbst auf den Weg gemacht, um den Senator zu erschießen. Während der Preisverleihung wie vorgesehen. Ich traute ihr durchaus zu, dass sie in ihrer Verzweiflung zur Selbsthilfe schritt.

Wenn ich zu dieser Preisverleihung ging, bekam ich aller Voraussicht nach Gelegenheit, mit Blakes Großvater zu sprechen.

Ich konnte versuchen, ihm alles zu erklären. Ihn zu warnen.

Ich hatte keine Waffe mehr.

Also stellte ich keine Gefahr für ihn dar.

Es war dumm von mir gewesen, Blakes Einladung abzulehnen. Ich entschuldigte mich bei Madison und lief mit meinem Telefon in ihr Badezimmer.

Blake fuhr mich zur Tiefgarage eines Gebäudes in Downtown. Er war begeistert, dass ich meine Meinung geändert hatte. Ich erwähnte noch einmal, dass ich mich darauf freute, seinen Großvater kennenzulernen. Und ich fügte hinzu, dass ich viel darum geben würde, ihn kurz allein zu sprechen. Blake versicherte, er werde versuchen, mir diesen Wunsch zu erfüllen. Er fragte nicht einmal, was ich mit dem Senator zu bereden hatte. Wenn nur alle Jungs so nett wären!

Nachdem Blake den Blinkcode eines Spezialschlüssels eingeschaltet hatte, brachte uns der Einweiser zu einem Privataufzug mit schwarzgoldenem Teppichboden. Er öffnete die Türen mit seinem eigenen Schlüssel und salutierte, als sie sich hinter uns schlossen.

»Das ist nicht das Music Center«, sagte ich.

»Bist du sicher?«, fragte Blake. »Dann muss ich irgendwo die falsche Abzweigung genommen haben.«

Ich zog die Augenbrauen hoch, und er lachte. Der Lift hielt in der obersten, mit einem »P« markierten Etage.

Der Aufzug entließ uns in einen sehr kurzen Korridor, der an einer Tür endete. Blake sperrte mit seinem Spezialschlüssel auf. Dunkles Holz und eine gedämpfte Beleuchtung erwarteten uns. Rechts befand sich eine geschwungene Bar, hinter der ein Ender stand und Gläser polierte.

»Willkommen, Blake.«

»Hey, Henry.«

Blake blieb nicht stehen, sondern ging an einer Gruppe von Ledersesseln vorbei auf eine Glasschiebetür zu. Er fuhr mit der Hand über ein Pad an der Wand, und die Glastür glitt auf. Wir traten auf eine geräumige Terrasse hinaus.

Ein moderner quadratischer Brunnen bildete das Zentrum. Sein beruhigendes Sprudeln übertönte den hektischen Lärm der Innenstadt. Als ich an die von Topfpalmen gesäumte Kante herantrat und einen Blick über das Geländer warf, wurde mir der Sinn des Pflanzenwalls klar. Er diente als Sichtschutz gegen die mit Brettern vernagelten, halb zerfallenen Gebäude, die diese Oase umgaben. Einige der Häuser waren total zerstört, wie von einer Riesenfaust zertrümmert.

Ich kehrte den Ruinen den Rücken zu.

»Das hier gehört also deiner Familie?«

Er nickte. »Meine Leute nutzen diese Stadtwohnung hauptsächlich vor Opernbesuchen oder Empfängen in der Konzerthalle. Allerdings sehen es die Dienstboten nicht so gern, wenn ich ohne meinen Großvater hier auftauche. Für die bin ich ein lästiges Kid, mehr nicht.«

»Ich würde mich mit Vergnügen in diesen Räumen aufhalten, ganz egal, wie sie mich behandelten.«

Er führte mich zu zwei Chaiselongues. Ich nahm auf der Kante eines dieser kostbaren Möbel Platz.

Er beugte sich vor und drückte auf einen Knopf, der die Lehne schräg stellte. »Mach es dir bequem!«

»Ich würde einschlafen.«

»Das wäre nicht schlimm.«

»Müssen wir denn nicht zu dieser Preisverleihung?«

»Dafür bleibt noch genug Zeit.«

Der Barkeeper brachte zwei Gläser nach draußen. Er stellte sie auf einem niedrigen Tisch ab und ließ uns wieder allein. Ich lehnte mich zurück und merkte, wie ich mich entspannte.

»Nun, Callie, wie fühlst du dich?«

Ich betrachtete die kleinen Wattewolken am blauen Himmel. Am liebsten hätte ich ihm die ganze Geschichte gebeichtet.

»Danke, es geht.«

Er streckte den Arm aus, legte die Hand auf die Lehne meiner Chaiselongue und begann mir über das Haar zu streichen. Als sich seine Finger dem Chip näherten, stoppte ich ihn.

»Was ist los mit dir?«, fragte er.

»Nichts.«

»Callie, komm schon.«

Was sollte ich sagen? Ich entschied mich für die Wahrheit. »Ich musste mich einem chirurgischen Eingriff unterziehen.«

»Einem chirurgischen Eingriff?«

Ich suchte nach einer Lüge, die einigermaßen glaubhaft klang, aber mir fiel nichts ein. Also wieder die Wahrheit. »Ich möchte nicht darüber sprechen.«

Ich sah ihn an – und las in seinen Zügen eine tiefe Besorgnis. Mir war mit einem Mal elend zumute.

»Es ist … sehr privat«, sagte ich.

Er nahm meine Hand. »Ich weiß, dass wir einander noch nicht lange kennen, aber ich hatte gehofft, du würdest mir vertrauen.«

»Darum geht es nicht. Es ist nur … alles so schön zwischen uns.«

»Und du hast Angst, dass ich dich vielleicht nicht mehr mag, wenn du mir erzählst, was es mit dieser Operation auf sich hat? Hältst du mich für so oberflächlich?«

Meine Lippen zitterten. Ich konnte nichts dagegen tun.

»Nein, das nicht.«

Er drückte meine Hand. »Keine noch so schlimme Enthüllung könnte meine Gefühle zu dir verändern. Ich möchte dich kennenlernen. Alles über dich wissen.«

Er hatte keine Ahnung, wie gewaltig diese Lüge war. »Bitte dränge mich nicht dazu. Manchmal tut man einfach Dinge, die man später bereut.«

»Das geht uns allen so.«

Er wollte mich beruhigen. Wenn die Dinge nur so einfach wären. Hätte ich doch niemals die Body Bank aufgesucht. Andererseits hätte ich ihn dann nicht getroffen.

Ich sah, wie hinter den Häusern in der Ferne die Sonne unterging. »Müssten wir nicht bald aufbrechen?«

Er nahm meine Hände und zog mich hoch. »Komm mit!«

Er brachte mich nach drinnen, führte mich einen Gang entlang und öffnete eine Tür. Der in zarten Rosatönen gehaltene Raum gehörte eindeutig einem Mädchen. »Das Zimmer meiner Schwester.«

Er zog die Schranktüren auf und deutete auf einen schimmernden Regenbogen an Abendkleidern, von langen Festroben bis zu eleganten Cocktail-Minis. Die neuesten Materialien waren vertreten, federleichte Wunder der Physik in changierenden Farben, aber auch Retro-Gewänder, inspiriert von alten Filmen der vergangenen Jahrhunderte. Auf dem Hutbrett darüber standen durchsichtige Behälter mit glitzernden High Heels und Abendtaschen.

Er fuhr mit der Hand über einen Sensor, und die Behälter drehten sich, sodass noch mehr Modelle zum Vorschein kamen.

»Sie geht gern shoppen.« Er verdrehte die Augen.

»Ich wusste gar nicht, dass du eine Schwester hast.«

»Sie ist im Norden, bei meiner Großtante.«

Ich fuhr mit den Fingerspitzen über die edlen Stoffe. »Und was macht sie da?«

»Shoppen.«

Er lehnte sich an die Wand, dicht neben meiner Schulter, und blickte mich an. Ich merkte, dass er da weitermachen wollte, wo er kurz zuvor aufgehört hatte.

Sein Gesicht war nur noch Zentimeter von meinem entfernt.

Ein Lächeln stahl sich über meine Züge. Er beugte sich über mich, ganz sacht, und küsste mich. Und küsste mich. Ich wünschte mir, dass dieser Kuss nie zu Ende ging. Das kann nicht besser werden, dachte ich, aber darin hatte ich mich getäuscht. Ich schlang ihm die Arme um den Hals und zog ihn ganz nahe zu mir heran.

Er umschloss meine Taille, und ich schmiegte mich atemlos an ihn.

»Wir gehen jetzt besser«, wisperte ich. »Sonst kommen wir zu spät.«

Er nickte und ging langsam zur Tür. »Ruf mich, wenn du fertig bist.«

Als er fort war, berührte ich meine Lippen. Sie pochten und fühlten sich heiß an.

Ich besann mich und fuhr mit der Hand über die märchenhaften Kleider. Was sollte ich anziehen?

Der Schrank, vor dem ich stand, war noch reichhaltiger ausgestattet als der von Helena. Was sollte ich anziehen? Ich kam mir vor wie ein Kind, das sich für eine einzige Eissorte unter vielen entscheiden musste. Aber wichtiger war jetzt, dass ich den Senator warnte, und da durfte ich keine Zeit verlieren. Ich wählte ein ärmelloses blaues Abendkleid mit einer passenden Stola. Es war bodenlang, wog aber weniger als ein Taschentuch. Ich fand es hübsch und dem Anlass angemessen, da es nicht allzu freizügig war. Ich wollte, dass mir der Senator glaubte. Und irgendwo hatte ich gehört, dass Blau eine Farbe war, die Vertrauen erweckte.

Nach ein paar Minuten klopfte Blake an der Tür.

»Komm rein.«

Blake trug einen Smoking. Er sah phantastisch aus. Seine Augen wurden groß, als er mich sah, aber er schaltete sofort auf cool um. Er nahm einen Metallstab, der im Schrank hing, und strich damit über mein Kleid.

»Wir haben jetzt keine Zeit für Spielereien«, ermahnte ich ihn.

»Pass auf!«

Im Schrank schaltete sich ein Airscreen ein. Er zeigte mein Kleid in 3D. Während es sich langsam im Kreis drehte, tauchten ringsum die Abbildungen von Schuhen, einer Handtasche und einer Kette auf.

Die durchsichtigen Behälter rotierten, bis die gleichen Pumps wie auf dem Airscreen in Reichweite waren. Ich nahm sie heraus und sah, dass an jedem der Absätze ein

Schmuck-Clip in Form eines kleinen silbernen Wals befestigt war.

»Wale«, sagte er. »Deine Lieblingstiere.«

»Wow.« Ich zog die Schuhe an. »Wir müssen die gleiche Größe haben. Sie sitzen perfekt.«

Er reichte mir die Handtasche und hielt dann ein wunderschönes Armband hoch, eine filigrane alte Arbeit mit blauen Steinen, dazu passende Ohrringe.

»Bist du sicher, dass sie nichts dagegen hat, wenn ich ihre Sachen trage?«

»Sieh dir doch all das Zeug an! Wir könnten die Hälfte davon herausräumen, und sie würde es nicht mal merken.«

»Aber der Computer wüsste es.« Er legte mir das Armband um. Dabei sah er das Bettelarmband. »Hübsch.«

Ich steckte die Ohrringe an, und als ich mich umdrehte, hätte ich seine Miene am liebsten mit einer Kamera festgehalten. Zuerst zuckte sein linker Mundwinkel leicht nach oben. Dann bildeten sich Lachfältchen um seine Augen, und er strahlte mich begeistert an.

»Du siehst so unglaublich aus, dass du meinem Großvater die Schau stehlen wirst.«

kapitel 15

Als wir an diesem Abend die Plaza ansteuerten, an der sich das Music Center befand, kam ich mir vor wie eine Prinzessin auf dem Weg in den Großen Ballsaal. Es war wie eine Traumlandschaft. Winzige Lichter funkelten in den Baumkronen, Scheinwerfer strahlten die Fassaden der Gebäude an, und verborgene Spots leuchteten den Skulpturen-Wasserfall aus, der in der Mitte der Plaza auf und ab tanzte.

Wir betraten den Dorothy Chandler Pavillon mit seinen gigantischen Kronleuchtern und begaben uns, genau wie in den alten Filmen, über die breite Freitreppe in den ersten Stock. Dort war die Aufwärm-Party bereits im vollen Gang. Ender-Kellner schlängelten sich mit Champagner- und Punschgläsern durch die festlich gekleidete Menschenmenge. Die Gäste waren zum Großteil wohlhabende Enders, aber hier und da sah man auch reiche Teens wie Blake.

Und dann war da ich – die Hochstaplerin. Okay, die Prinzessin der Hochstaplerinnen.

»Wo ist dein Großvater?«

Blake reichte mir ein Glas Punsch. »Ich gehe ihn suchen. Kann ich dich hier kurz allein lassen?«

»Ich werde die Zeit nützen«, sagte ich mit einem Blick auf das Buffet.

Er spähte über das Meer von Silberköpfen hinweg und verschwand dann im Gewühl. Ich begab mich zu den mit Krabben, Garnelen und Hummer beladenen Tischen. Tyler wären beim Anblick all der Köstlichkeiten die Augen übergegangen.

Ich überlegte gerade, ob ich zugreifen sollte, als mich eine Stimme überraschte.

Callie! Bist du doch gekommen!

Sie war in meinem Kopf. Helena. Demnach hatte sie die Body Bank nicht verlassen.

»Du bist zurück«, raunte ich. »Ich brauche einen Exorzismus.«

Die Besucher ringsum waren zu sehr damit beschäftigt, sich zu unterhalten und das Buffet zu plündern, als meine Selbstgespräche zu bemerken. Ich wusste nicht, ob ich wütend oder erleichtert sein sollte. Wenn sie wieder in meinem Kopf war, hieß das, dass sie nicht persönlich hierherkam. Und sehr wahrscheinlich würde sie auch nicht von meinem Körper Besitz ergreifen.

Ich bin froh, dass du Vernunft angenommen hast.

»Leider muss ich dich enttäuschen. Ich bin nicht zum Töten hergekommen.«

Der Senator ist ein Monster. Wenn du ihn am Leben lässt, besteigt er morgen dieses Flugzeug nach Washington, und das Schicksal Tausender junger Leute ist besiegelt.

Ihr theatralisches Getue ließ mich kalt. »Das kannst du nicht wissen.«

Es heißt immer, man könnte einen Menschen nach seinem Umgang beurteilen. Nun, der Senator macht gemeinsame Sache mit dem Old Man, der an der Spitze von Prime Destinations steht. Und dieser Typ verdient es nicht, Mensch genannt zu werden.

»Dann sollte ich besser ihn erledigen.« Ich hoffte, dass mein Sarkasmus beißend genug war, um sie endlich zum Schweigen zu bringen.

Das solltest du. Aber er ist zu gut geschützt. Zuerst kümmern wir uns um den Senator.

Das klang, als hätte sie ihre Abschussliste erweitert.

Wenn du den Senator heute ausschaltest, können wir verhindern, dass diese Sache explodiert. Ich zahle dir das Fünffache des Honorars, das Prime geboten hat. Und ich biete dir ein Zuhause.

Ich ging nicht auf ihren Vorschlag ein. Stattdessen trat ich auf den Balkon hinaus, der um das ganze Gebäude führte. Ich schlenderte an einer Vielzahl roter Punkte vorbei – glimmende Zigarren in den Händen von Enders, die keine Angst mehr vor einem verfrühten Tod haben mussten. Als ich den Balkon umrundet hatte, blieb ich stehen und betrachtete die abendliche Stadt. Wo die Plaza mit ihren Luxusbauten endete, erhoben sich die mit Graffiti verschmierten Fassaden halb verfallener Häuser.

Das Angebot, das Helena mir soeben gemacht hatte, war verlockend, und ich hasste mich selbst, dass ich nicht in der Lage war, es rundweg abzulehnen.

»Selbst wenn ich mich mit deinem Plan einverstanden erklärte – ich habe keine Waffe.«

Falsch. Du hast eine.

Ich erstarrte.

Ich hatte sie bereits früher eingeschleust. Das war mein ursprünglicher Plan gewesen, erinnerst du dich?

Ein flaues Gefühl breitete sich in meinem Magen aus. Alles, was sie tat, drehte sich um Blakes Großvater.

Ich verrate dir, wo sie ist.

»Sei still! Ich will es nicht wissen.« Ich hätte am liebsten die Finger in die Ohren gestopft und irgendetwas vor mich hin gebrabbelt, um nicht zu hören, was sie sagte, aber das wäre sinnlos gewesen. Die Stimme kam von innen.

Schritte klangen hinter mir auf. Ich drehte mich um und sah Blake.

»Da ist sie«, sagte Blake. »Großvater, darf ich dir Callie vorstellen?«

Senator Harrison.

Das war meine Chance. Ich konnte ihn warnen. Aber wenn ich einfach so herausplatzte, hielt er mich für verrückt.

»Wir haben überall nach Ihnen gesucht, meine Liebe«, sagte der Senator.

Er zwang sich zu einem höflichen Lächeln. Es machte keinen guten Eindruck, dass er mir bei unserer ersten Begegnung hinterherlaufen musste. Ich nahm seine ausgestreckte Hand und stellte fest, dass er mich mit einem seltsam schmerzlichen Gesichtsausdruck musterte – fast, als empfinde er Mitleid für mich.

»Wo haben Sie meinen Enkel kennengelernt?«

»In einem Club«, sagte ich.

Er wandte sich an Blake. »Welcher Club?«

»Großvater …«, begann Blake.

»Es war der Rune Club«, warf ich vermutlich eine Spur zu hastig ein.

»Der Rune Club.« Der Senator erstarrte.

Wahrscheinlich missbilligte er die Kneipentour. Ich hätte warten sollen, bis Blake antwortete. Aber als ich ihm einen fragenden Blick zuwarf, machte er ein Pokerface.

Wie um das Thema zu wechseln, wandte sich Blake mir zu und fragte: »Frierst du nicht hier draußen?«

Ich schüttelte den Kopf. Dann sah ich ihn an. War das ein Hinweis gewesen, nach drinnen zu gehen?

Der Senator räusperte sich. »Ein schönes Kleid, das Sie da tragen.«

»Danke.« Ich schaute an mir herunter und glättete den Stoff.

»Und ein prächtiges Armband. Ist das ein Erbstück? Irgendwie kommt es mir sehr bekannt vor.«

»Ihr Enkel hat es für mich ausgesucht.«

Der Senator warf Blake einen wütenden Blick zu und nickte. »In der Tat. Gehen Sie sorgsam mit diesem Schmuck um! Er befindet sich seit mehreren Generationen in unserer Familie.«

Ein Mitarbeiter tauchte auf und flüsterte dem Senator etwas ins Ohr.

»Wir müssen jetzt hinter die Bühne«, erklärte Blakes Großvater. »Der Festakt beginnt in einer halben Stunde.«

»Ich komme nach«, sagte Blake.

Der Senator schnaufte verärgert. »Die Form wahren, Blake. Immer die Form wahren.«

»Ich werde rechtzeitig da sein.«

Der Senator machte auf dem Absatz kehrt, ohne mich eines weiteren Blickes zu würdigen.

»Ich glaube, er mag mich nicht«, sagte ich zu Blake.

»Unsinn. Das war sein ›Hey-eine-Wahnsinns-Frau‹-Gesicht. Hast du das nicht gemerkt?« Er nahm lächelnd meine Hand.

Ich konnte nicht anders, als sein Lächeln zu erwidern.

»Du hast deine Eintrittskarte. Wir treffen uns nach der Preisverleihung. Es gibt noch einen Dessert-Empfang im Ballsaal.« Blake leckte sich genüsslich die Lippen, ehe er davoneilte.

Nun weißt du also, wie der Senator aussieht. Lass dich von seinem Charme nicht täuschen. Er ist Politiker. Die können so was im Schlaf.

»Du warst die ganze Zeit anwesend?« Bei dem Gedanken lief es mir kalt den Rücken herunter. Ich hatte null Intimsphäre.

Jetzt hör mir genau zu. Die Pistole befindet sich in der letzten Kabine rechts, in der Damentoilette im ersten Stock.

Und dort wird sie auch bleiben, dachte ich, aber das verriet ich Helena nicht. Natürlich konnte sie sehen, dass ich ihrer Anweisung nicht folgte.

Du musst die Pistole holen, Callie.

»Ich werde sie nicht benutzen.«

Du kannst sie nicht dort lassen.

»Warum nicht?«

Weil deine Fingerabdrücke darauf sind.

Ich stand in der Schlange im ersten Stock. Elegant gekleidete Enders machten sich vor den Spiegelwänden schön und verbargen gekonnt, dass sie dringend die Toilette besuchen mussten. Vorne links waren zwei Kabinenreihen, jede mit ihrer eigenen Schlange.

Halte dich rechts.

Ich hielt mich rechts und wartete. Ich zählte vier Kabinen, die letzte eine Behinderten-Toilette.

Die mittlere Kabine ging zuerst auf.

Nein. Es ist die letzte Kabine.

Ich ließ der Ender hinter mir den Vortritt. Endlich öffnete sich die letzte Kabine, und ich ging hinein. Ich verriegelte die Tür und blickte mich um.

»Ich sehe sie nicht«, flüsterte ich.

Unter dem kleinen Abfalleimer.

Da stand er, ganz an die Wand gerückt. Ich achtete

sorgsam darauf, dass mein schönes Kleid nicht zu nahe an die Toilette geriet, als ich mich bückte und unter den Behälter griff. Ich streifte eine Wölbung.

Sie hatte eine kleine Pistole mit Klebstreifen an der Unterseite des Abfalleimers befestigt.

Da.

Es war nicht einfach, das Klebeband zu lösen. Ein Gong ertönte – das Signal, dass die Zeremonie gleich begann. Endlich bekam ich die Waffe frei und verstaute sie in meiner Handtasche.

Als ich aus der Toilette hastete, fiel mir ein, dass ich vergessen hatte, die Munition zu entfernen. Die Platzanweiser schlossen bereits die Türen. Ich schob eine Hand in das Abendtäschchen und sicherte die Pistole, während ich auf meinen Platz zusteuerte.

Das ist unnötig.

»Sicherheit ist alles«, wisperte ich.

Ich saß während der Ansprachen zur Preisverleihung allein. Der Senator präsentierte sich als ehrenwerter Staatsmann. Er ließ sich lang und breit darüber aus, dass es die wichtigste Mission in seinem Leben sei, junge Menschen durch sinnvolle Aufgaben von Ärger und Problemen fernzuhalten. Helena gab laufend ihre bissigen Kommentare ab, mit denen sie die wahren Absichten hinter seinen edlen Phrasen enthüllte.

Sie dachte nicht daran, ihren Plan aufzugeben.

Du hast die Waffe. Erschieß ihn!

Ich konnte nicht sprechen, sonst hätte ich ihr gesagt, sie solle endlich den Mund halten. Das Täschchen mit der Pistole lag während der längsten Veranstaltung der Welt zentnerschwer auf meinen Knien.

Als sie endlich zu Ende war, strömte ich mit der Menge nach draußen.

»Eine Frage, Helena«, sagte ich leise. »Warum hier?«

Je größer die Aufmerksamkeit, desto besser lässt sich die Body Bank entlarven.

Ich schlenderte durch den Ballsaal, während ich auf Blake wartete. Helena schwieg, und ich genoss die Verschnaufpause. Die reiche Auswahl an Desserts auf dem Buffet-Tisch war bewundernswert. Allerdings hatte ich keinen Appetit, und da ich allen anderen nur im Weg zu stehen schien, löste ich mich aus dem Gedränge und schlenderte zu den hohen Fenstern hinüber.

Ich starrte bereits einige Minuten nach draußen, als mir jemand auf die Schulter tippte. Ich drehte mich um und sah den Senator. Allein.

»Callie, nicht wahr? Amüsieren Sie sich?«

Das war meine Chance, ihn zu warnen. »Ich bin froh, dass wir allein sind. Ich muss Sie kurz sprechen.«

Seine Augen verengten sich. »Sie sind so schön.«

Irgendwie klang das aus seinem Mund wie eine Beleidigung. Es lag nicht nur daran, dass er so direkt war. Auch sein Tonfall machte mich nervös.

»Danke.«

Er trat näher, ungehörig nahe, und betrachtete mein Gesicht so prüfend wie ein Arzt. Ich kam mir vor wie ein Insekt unter einem Mikroskop.

»Etwas nicht in Ordnung?«, fragte ich.

»Ganz im Gegenteil. Sie sind absolut vollkommen.« Er legte mir eine Hand unter das Kinn und drehte mein Gesicht zur Seite.

Mein Herz begann zu hämmern. Ich wollte in die Mitte des Saales zurückkehren, wo mehr Menschen waren.

»Makellos.« Er nahm meine Hände und untersuchte

die Handrücken. »Nicht eine Narbe, nicht ein Muttermal oder Kratzer.« Er musterte wieder mein Gesicht. »Nicht die Spur einer Unebenheit.« Seine Lippen verzogen sich spöttisch.

Er war mir jetzt so nahe, dass ich den bitteren Duft von Zigarrenrauch in seinem Atem vernahm.

»Ich weiß, was Sie sind.« Er umklammerte meinen Arm.

Ich versuchte mich zu befreien, aber sein Griff war eisern.

»Weshalb sind Sie hier? Hat Tinnenbaum Sie geschickt?«

»Nein.« Ich bäumte mich auf.

»Wer sonst ist hier?«

»Niemand. Nur ich.«

»Ich will, dass Sie von hier verschwinden. Auf der Stelle. Und halten Sie sich von meinem Enkel fern!« Er schüttelte mich. »Was sind Sie nur für eine Frau?«

»So begreifen Sie doch! Ich habe Ihnen etwas Wichtiges zu sagen.«

»Nichts, was Sie sagen könnten, würde etwas ändern.« Die Adern seiner Schläfen schwollen wie dicke Würmer unter der Haut an.

Wir standen in einer entfernten Ecke, wo nur wenige Leute unser Streitgespräch bemerkten. Eine Ender bahnte sich zielstrebig ihren Weg durch die Menge und kam auf uns zu. Irgendwoher kannte ich ihr Gesicht.

»Senator Harrison, das ist das Mädchen, das in Ihr Büro eingedrungen ist«, sagte sie.

Dort also waren wir uns begegnet. Großartig.

Eine elegante ältere Dame begleitete sie. Das musste die Frau des Senators sein. Die Großmutter, die Blake nicht mochte.

»Clifford«, sagte sie mit einem warnenden Blick. »Lass das.« Sie griff nach seinem Arm und versuchte ihn von mir wegzuzerren.

Er ließ mich los, nahm seine Büroleiterin am Ellbogen und führte sie weg.

»Entschuldigen Sie uns«, sagte Blakes Großmutter.

Als sie gingen, fühlte ich mich von der Menschenmenge wie eingekesselt. Unzählige Augen waren auf mich gerichtet. Ich rieb meinen schmerzenden Arm. Mein Herz klopfte zum Zerspringen.

Siehst du sein aufbrausendes Temperament? Verstehst du jetzt? Es wäre idiotisch, ihm zu vertrauen.

Ich verstand. Noch immer spürte ich seinen harten Griff. Aber ich wurde aus meinen Gedanken gerissen, als mich erneut Hände packten, mich wegzuziehen versuchten. Das Sicherheitspersonal, dachte ich.

»Loslassen!« Ich begann um mich zu schlagen.

»Beruhige dich, Callie! Wir sind es. Briona.«

Ich sah die drei Body-Bank-Klienten, die ich im Rune Club getroffen und zur Brücke über der Schlucht begleitet hatte. Briona, Lee und Raj in vornehmer Abendkleidung, die mich zum Ausgang des Ballsaals lenken wollten. Ich setzte mich zur Wehr.

Ich konnte noch nicht fort von hier.

»Stopp«, fauchte ich.

Enders starrten uns an. Briona und die Jungs ließen mich los, umkreisten mich aber, als sei ich ein verirrtes Kalb.

»Was habt ihr vor?«, fragte ich.

»Du kannst hier nicht bleiben, Schätzchen«, zischte mir Raj zu.

»Senator Harrison hat die Sicherheitskräfte alarmiert«, setzte Lee hinzu.

»Er weiß, dass du eine Body-Bank-Kundin bist«, raunte mir Briona ins Ohr.

»Wir müssen alle weg von hier«, sagte Raj. »Er hat die Jagd auf uns eröffnet.«

»Aber Blake sucht mich sicher.«

»Der Senator wird ihm alles erklären«, meinte Lee.

Ich nahm das Armband ab.

»Was tust du?« Briona sah mich flehend an. »Wir müssen weg von hier.«

»Ich muss diesen Schmuck Blake heute noch zurückgeben.« Ich zog die Ohrringe ab.

Lee streckte die Hand aus. »Ich erledige das für dich.«

Ich reichte ihm den Schmuck.

»Dazu ist keine Zeit mehr«, sagte Briona zu ihm.

»Wenn der Senator sie mit seinem Enkel erwischt, explodiert er wie eine Neutronenbombe. Ich beeile mich.« Er verstaute den Schmuck.

»Vorsicht«, bat ich ihn. »Das sind Erbstücke.«

»Was ist bei uns Senioren kein Erbstück?«, meine Raj.

»Keine Sorge«, beruhigte mich Lee. »Ich war mal Bankier und weiß, wie man mit Wertsachen umgeht.«

Er wandte sich ab und schlängelte sich durch die Menge. Briona hängte sich bei mir ein. »Komm, Liebes, verschwinden wir von hier!«

Raj hakte mich von der anderen Seite unter. Wachtposten steckten bei unserem Anblick die Köpfe zusammen und berieten sich nervös.

»Schneller!«, drängte Briona.

Wir verließen den Saal durch einen der vielen Ausgänge und hasteten nach links auf die große Freitreppe gegenüber der Spiegelwand zu. Andere verließen die Veranstaltung ebenfalls, und wir mischten uns in die Menge, die nach unten strömte. Einer meiner hohen Absätze verhakte sich an einer Stufenkante, und ich verlor den linken Schuh.

Ich drehte mich um.

Raj stützte mich, damit ich nicht stolperte. »Nicht stehen bleiben! Einfach weiter!«

Ich folgte Brionas Blick nach oben. Die Sicherheitsmänner beugten sich über das Geländer und hielten nach uns Ausschau.

»Nichts wie weg von hier«, murmelte sie.

Wir rannten quer durch die mit Marmor vertäfelte Eingangshalle, ich auf einem Absatz humpelnd. Am letzten Ausgang mussten wir einander loslassen, weil immer nur einer durch die Tür passte. Briona machte den Anfang, dann kam ich und zuletzt Raj, der mich von hinten anschob. Sobald wir draußen auf der Plaza waren, zog ich auch den zweiten Schuh aus. Briona nahm meine Hand und wir hasteten am Brunnen vorbei zur Straße.

»Wo wollt ihr hin?«, rief ich meiner Eskorte zu.

»Da!« Briona deutete auf einen silbernen SUV, der am Straßenrand parkte. »Lauf!«

Ich warf einen Blick über die Schulter und sah einen ganzen Pulk von Verfolgern. Wir Mädchen ließen uns auf die Rückbank fallen, während Raj auf dem Beifahrersitz Platz nahm. Lee saß bereits hinter dem Steuer.

»Wie kommt es, dass du vor uns hier bist?«, fragte Briona.

»Seitenausgang.«

Während mein Sicherheitsgurt einrastete, spähte ich durch die getönten Scheiben. Die Verfolger, manche in Uniformen, andere in Zivil, verlangsamten ihre Schritte, als sie merkten, dass sie zu spät gekommen waren. Und dann sah ich ihn – Blake – hinter den anderen auftauchen. Allein.

Ich drückte auf den elektrischen Fensteröffner, aber Briona riss meine Hand zurück.

»Nicht«, rief sie.

Fenster und Türen klickten, als Lee den Wagen verriegelte.

Ich wollte mich von Blake verabschieden. Er konnte mich durch die dunkel getönten Scheiben nicht erkennen. Ich sah nur seinen forschenden Blick und dann die Enttäuschung auf seinen Zügen, als unser Wagen einfach weiterfuhr.

Erst als wir uns ein Stück von ihm entfernt hatten, erkannte ich, dass er etwas in der Hand hielt. Meinen Schuh.

kapitel 16

Ich presste meine Hände gegen das Fenster und starrte Blake nach, bis er nur noch ein verschwommener Punkt am Straßenrand war. Raj und Briona forderten Lee auf, schneller zu fahren. Der Sicherheitsdienst des Senators verfolgte uns nicht. Wem versuchten sie zu entkommen? Der Polizei? Hatten die Alten in ihren Mietkörpern die gleiche Angst vor den Marshals wie Minderjährige ohne Familienangehörige? Ich konnte mir zwar denken, dass das Mieten von Körpern ungesetzlich war, war aber davon ausgegangen, dass größere Summen in den richtigen Händen alle Probleme lösen konnten.

Offensichtlich nicht, sonst hätten sie das Music Center nicht so fluchtartig verlassen.

Briona saß neben mir und hielt meine Hand fest umklammert. Das hatten die Enders wohl so an sich.

»Wie fühlst du dich, Callie?« Ihre kaffeebraunen Augen waren forschend auf mich gerichtet.

»Okay.« Ich wand meine Hand unauffällig aus ihrem Griff.

Raj legte seinen Arm um die Lehne von Lees Fahrersitz und warf einen Blick über die Schulter.

»Bist du sicher?«, fragte er. »Du siehst ziemlich blass aus.«

»Ja«, pflichtete ihm Lee bei. »Verglichen mit uns sieht sie blass aus.« Er lächelte uns im Rückspiegel zu.

Ich schaffte es nicht, sein Lächeln zu erwidern. Stattdessen sah ich aus dem Fenster. Meine Gedanken waren immer noch bei Blake.

Sobald wir auf der Schnellstraße waren und kein Martinshorn weit und breit hörten, lehnten wir uns alle zurück und atmeten tief durch.

»Und wohin jetzt?«, erkundigte sich Raj.

Frag sie nach Emma.

Helena. Ich wusste, dass sie verzweifelt war, weil ich mich geweigert hatte, den Senator zu töten. Vielleicht konnte ich ihr wenigstens bei der Suche nach ihrer Enkeltochter helfen.

»Raj, bist du je einer Mieterin begegnet, die sich Emma nannte?«

»War das der Name ihrer Spenderin?«

»Ja.«

»Nicht dass ich wüsste.«

»Siehst du?« Briona wandte sich an mich, sprach aber so laut, dass auch ihre Freunde sie hören konnten. »Als du mir das letzte Mal diese Frage stelltest, war ich sicher, dass die Jungs sie nicht kennen.«

»Denk trotzdem mal nach«, sagte ich zu Raj. »Blond. Groß. Hier – ich habe ein Foto von ihr.« Ich kramte mein Handy hervor und hielt es hoch.

»Der wäre ich gern begegnet«, meinte Raj. »Aber nein – leider.«

»Und du, Lee?« Ich schwenkte das Handy.

Er warf einen Blick in den Rückspiegel und schüttelte den Kopf.

»Schade«, sagte ich, eher zu Helena als zu den anderen. »Kann man nichts machen.«

Danke.

Das klang aufrichtig, aber enttäuscht.

Wir fuhren eine Weile ziellos durch die Stadt. Merkwürdig, dass sie nichts Näheres über Emma wissen wollten.

Briona presste die Finger gegen die Schläfen.

»Was ist?«, fragte ich.

»Ich bekomme in letzter Zeit diese Kopfschmerzen«, stöhnte sie. »Ich glaube, sie stammen von dem Chip. Hast du so etwas auch?«

»Nein«, log ich. Sie sah mich an und schwieg.

Schließlich war es Zeit, sich zu verabschieden, und sie brachten mich zurück in Madisons Straße.

»Nacht«, sagte ich. Und sie fuhren davon.

Ich sah an Madisons Haus empor. Es war mir zu unangenehm, ihr heute noch einmal zu begegnen, zumal ich mich zuvor aus dem Seitenausgang geschlichen hatte, nachdem ich mit Blake telefoniert hatte.

Also drehte ich mich um und lief zu meinem Auto.

Wieder daheim, legte ich mich in Helenas Bett, starrte den gerafften Seidenbaldachin an und dachte über die scheußliche Lage nach, in der ich mich befand. Blake saß mit seinem Großvater im Flugzeug nach Washington und musste sich vermutlich anhören, dass ich in Wirklichkeit eine Ender war, die sich einen jungen Körper gemietet hatte.

Blake würde mich nie wiedersehen wollen. Und wer konnte es ihm verdenken? Doch selbst wenn er die wahre Geschichte erfuhr und sich überzeugen ließ, dass ich nicht älter war, als ich aussah – würde er mir jemals verzeihen, dass ich ihn belogen und mich für eine Angehörige der Oberschicht ausgegeben hatte, obwohl ich eigentlich in der Gosse lebte?

Ich zerknüllte die Bettlaken mit den Fäusten. Der einzige Grund für dies alles war, dass ich versucht hatte, Tyler ein besseres Leben zu ermöglichen.

Tyler.

Was konnte ich für ihn tun, wenn Helena mit ihren Enthüllungen über die Body Bank recht hatte? Wahrscheinlich verweigerten sie mir mein Honorar. Helena hatte mir weit mehr Geld geboten. Und ein Heim.

Wenn ich Harrison tötete.

Ich liebte meinen Bruder und wünschte mir von ganzem Herzen, dass er ein warmes, sicheres Zuhause bekam. Dass er gesund wurde. Aber jemanden umzubringen? Das gehörte nicht zu meinem Wortschatz, ganz zu schweigen davon, dass dieser Jemand Blakes Großvater und ein bekannter Senator war. Ich wusste immer noch nicht, was ich von Helena halten sollte. Wie viel von dem, was sie sagte, entsprach der Wahrheit? Verständlich, dass sie den Verlust Emmas schlecht verkraftete, aber in diesen unruhigen Zeiten gab es so viele Kids, die einfach verschwanden. Manche kamen ums Leben. Aber war das wirklich die Schuld der Body Bank?

Andererseits … Senator Harrison hatte Tinnenbaum erwähnt.

Ich setzte mich im Bett auf. Der Verdacht, dass mich Tinnenbaum geschickt haben könnte, schien ihn völlig aus der Fassung zu bringen. Falls Helena recht hatte und der Senator mit dem Präsidenten über ein Abkommen zwischen der Body Bank und der Regierung verhandeln wollte, weshalb sollte ihn dieser Gedanke dann beunruhigen? Was befürchtete er? Dass Tinnenbaum diesen Deal verhindern könnte?

Callie?

Ich versteifte mich. Helenas Stimme erschreckte mich. Sie hatte sich seit meiner Rückkehr nicht mehr gemeldet. »Was gibt es?«

Weshalb hast du bei der Body Bank unterschrieben?

»Meinem Bruder geht es schlecht.«

Das tut mir leid. Sie machte eine Pause. *Und ihr habt keine Großeltern?*

»Nein.«

Ihm wolltest du also kürzlich das Geld zukommen lassen – durch deinen Freund.

»Ja, genau.«

Ich wünschte, wir könnten ihn hierher holen, doch das wäre unklug. Aber ich werde etwas für euch tun.

Ich wartete.

Geh an meine Kommode und öffne die untere Schublade.

Ich kroch aus dem Bett, tappte barfuß zu ihrer antiken Kommode und zog das letzte Fach auf.

Schieb deine Hand unter den Boden der Schublade.

Ich kam ihrer Anweisung nach und ertastete ein flaches, mit Klebeband befestigtes Päckchen. Ich riss es los und hielt einen Umschlag in Händen.

Mach ihn auf!

Er war mit Geldscheinen regelrecht vollgestopft. Meine Arme begannen zu kribbeln.

Bring deinen Bruder erst mal an einem sicheren Ort unter. Am besten in einem Hotel.

»Minderjährige können keine Zimmer buchen.«

Ich sage dir noch, wo du hingehen und mit wem du verhandeln kannst.

»Ich kann nicht zu ihm. Die Body Bank kennt seine Adresse. Wenn sie mich beschatten und herausfinden, dass ich ihn besucht habe, werden sie mir Vertragsbruch vorwerfen.«

Das Problem lässt sich lösen. In der oberen Schublade findest du eine blaue Box.

Ich zog die kleine Schachtel hervor. Darin lag ein Anhänger, kreisförmig mit einem blaugrünen Stein.

»Hübsch.«

Es ist ein Signalblocker. Er schirmt die Strahlung des Chips ab. Allerdings arbeitet er nicht immer zuverlässig.

Ich legte den Anhänger um.

Tu es nicht jetzt. Je länger du ihn trägst, desto schneller wird Prime darauf aufmerksam, dass etwas mit dem Signal nicht stimmt.

»Wer hat das gemacht?«

Eine Erfindung meines Biochip-Experten. Sobald ich von Prime weg kann, bringe ich dich zu ihm.

Das Ganze musste einen Preis haben. »Weshalb tust du das für mich?«

Ich brauche immer noch deine Hilfe. Ich will in Erfahrung bringen, was mit Emma geschah. Wenn ich das herausfinden kann, erhalte ich vielleicht die Beweise, die notwendig sind, um die Body Bank schließen zu lassen. Unser Handel gilt weiterhin.

»Wie lässt sich so etwas bewerkstelligen? Selbst wenn wir herausfinden, was mit Emma geschah?«

Wir sind jetzt im Vorteil. Niemand weiß, dass ich mit dir sprechen kann. Wir sind zwei Gehirne in einem Körper.

Sie klang so anders, so ruhig und nachdenklich. Ihre Hektik war vorbei, nun, da sie den Mordplan aufgegeben hatte.

Ruh dich jetzt aus. Wir gehen die Sache morgen an.

Ich legte den Anhänger auf die Kommode und kletterte zurück in ihr großes weiches Bett. Aber der Schlaf wollte sich nicht einstellen. Ich malte mir aus, wie ich Tyler im Hotel besuchen würde, in einem geheizten Raum mit einem richtigen Bett und Zimmerservice.

Ich knipste das Licht aus. Der Mond tauchte Helenas Schlafzimmer in ein silbriges Blau.

»Helena, was siehst du, wenn ich träume?«

Nichts.

Wenigstens meine Träume und Gedanken gehörten mir noch. Ich lag eine Weile schweigend da.

Callie? Was war deine Mutter für ein Mensch?

Meine Mutter. Meine Erinnerungen waren erfüllt von ihrem Lächeln. Ich wusste nicht, was ich Helena über sie erzählen sollte – es gab zu viel zu sagen.

War sie dir ähnlich?

»Sie hatte eine besondere Ausstrahlung. Jeder, der sie sah, schloss sie sofort ins Herz.«

Ich wette, die Leute mögen dich ebenfalls.

»Aber bei ihr war es anders. Die Menschen behandelten sie wie eine Schwester. Sie kam überall zurecht.« Eine blitzartige Erinnerung wurde in mir wach. »Wenn ich traurig war, machte sie mir Makkaroni mit Käse.«

Komisch, was man so im Gedächtnis behielt.

»Und wie war Emma?«

Emma war eigensinnig. Musste immer ihren Willen durchsetzen. Vielleicht gilt das für alle Sechzehnjährigen, aber bei ihr fiel es besonders auf. Sie wusste genau, was sie wollte. Es war schwer für mich, nach dem Krieg ihre Erziehung zu übernehmen. Ich konnte ihr weder die Mutter noch den Vater ersetzen. Und das machte sie zornig. Was verständlich war. Du erinnerst mich ein wenig an sie.

Helena klang nicht halb so verrückt wie zu Beginn unserer Bekanntschaft.

Ich spürte, wie meine Lider schwer wurden. Ich war erschöpft.

Gute Nacht, Callie.

kapitel 17

Ich parkte in der Nebenstraße und hielt Ausschau nach Renegaten. Die Umgebung des Bürogebäudes wirkte verlassen, aber in jedem Hauseingang konnte jemand lauern. Entschlossen schnappte ich mir den Karton mit Lebensmitteln und Medikamenten, den ich mitgebracht hatte, und rannte los. Ich betete, dass Helenas Anhänger die Leute von Prime tatsächlich fernhielt.

Ich erreichte ungehindert die Eingangshalle. Hoffentlich waren Michael und Tyler noch da. Bei diesem Leben auf der Straße musste man im Zweifel Hals über Kopf die Flucht ergreifen. Auf Zehenspitzen schlich ich zum Empfang, um mich zu vergewissern, dass sich kein Wachtposten hinter den Schreibtisch duckte, um mich beim Vorbeigehen anzuspringen.

Die Luft war rein. Ich wandte mich der Haupttreppe im Zentrum der Eingangshalle zu.

Als ich die Stufen in dem fensterlosen Treppenschacht erklomm, merkte ich, dass ich meine Handleuchte nicht dabeihatte. Es war zu dunkel, um sich hier zurechtzufinden. Wie kam es nur, dass ich so schnell vergessen hatte, welche Dinge das Überleben auf der Straße erleichterten? Ich tastete mich den Treppenabsatz entlang. Dann fiel mir ein, dass ich ein Handy hatte. Helenas Handy. Ich kramte es aus meiner Tasche und schaltete es ein. Die Display-Beleuchtung wies mir den Weg zu einem langen Korridor. Ich fragte mich, ob ich mich nach links oder rechts wenden musste.

Unvermittelt öffnete sich eine Tür, und ein verwahrloster Typ tauchte auf. Er hielt eine Eisenstange umklammert und schien von meinem gepflegten Äußeren ebenso verblüfft wie ich von seiner gammeligen Erscheinung. Normalerweise begegnete man in den dunklen Schlupflöchern der Hausbesetzer keinen sauberen, gut gekleideten Leuten.

»Freund!«, rief ich hastig. »Ich suche Tyler und Michael.«

Er deutete ans Ende des Korridors.

»Danke.«

Bei meinem letzten Besuch hier hatte Tinnenbaum darauf bestanden, dass Rodney mich begleitete. Aber das schien sich in einem anderen Leben abgespielt zu haben. Als ich den Raum betrat, sah ich, dass einiges verändert war. Sie hatten die Möbel verrückt und eine Menge neuer Sachen besorgt. Alles wirkte gemütlicher. Es gab sogar eine provisorische Tischdecke mit Acrylblumen darauf.

Gedämpftes gelbes Licht sickerte durch die geblümten Stoffbahnen, die vor die Fenster gespannt und mit Heftklammern am Rahmen befestigt waren.

»Tyler?«, rief ich.

Ich umrundete die Büromöbelfestung. Da saß er, neben einem Mädchen, das sich über ihn beugte. Ich ließ den Rucksack fallen.

»Was machst du da?«, fragte ich. Bewusst anklagend.

Das Mädchen drehte sich zu mir um. »Ich flöße ihm nur ein wenig Wasser ein. Was dagegen?«

Ich erkannte sie. Florina. Das Mädchen, das Michael mir vorgestellt hatte, kurz bevor ich zur Body Bank zurückkehrte.

Ich hatte den Eindruck, dass sie jeden Moment die Tasse mit dem Wasser nach mir werfen könnte. Aber dann erkannte mich Tyler.

»Callie!«, rief er.

Ich rannte zu ihm, kniete nieder und schloss ihn ganz fest in die Arme.

»Du hast mir so gefehlt.« Ich strich ihm über das weiche Haar.

»Endlich bist du zurück«, sagte er.

Ich hielt ihn ein Stück von mir weg und blickte ihm in die Augen. »Ich wollte, so wäre es.«

»Nicht schon wieder. Das hast du auch letztes Mal gesagt.«

»Ich weiß, Ty, aber diesmal ist es fast geschafft.«

Florina sah ihn an. »Nur Geduld, mein Freund.«

»Das ist Florina«, sagte Tyler.

Ich nickte ihr zu. »Wir haben uns kennengelernt, bevor ich wegging. Wo ist Michael?«

»Keine Ahnung.« Sie starrte zu Boden.

Ich hatte plötzlich ein komisches Gefühl im Magen, aber ich fragte nicht weiter, weil Tyler meine Hand umklammert hielt. »Und du! Für dich habe ich eine Überraschung.«

»Was denn für eine?«

»Wenn ich dir das verrate, ist es keine Überraschung mehr.«

Er stöhnte.

»Wie geht es dir?« Ich schob ihm die Strähnen aus den kaninchenbraunen Augen und musterte ihn aufmerksam. Er wirkte blass, aber so genau konnte man das in diesem gedämpften gelben Licht nicht erkennen.

»Wir hatten eine harte Zeit«, antwortete Florina an seiner Stelle.

Also kümmerte sie sich seit einiger Zeit um ihn. »Aber jetzt bist du wieder okay?«, fragte ich ihn.

Er nickte und zwickte mich in den Arm. »Du bist ganz schön fett geworden.« Dann zerrte er an meinem Anhänger.

»Nein, rühr das nicht an! Schau, ich habe dir etwas Leckeres mitgebracht.« Ich sah Florina mit hochgezogenen Brauen an. »Seit wann ist Michael weg?«

»Er ist gestern Nacht nicht heimgekommen«, erklärte Tyler.

Das sah Michael überhaupt nicht ähnlich. Ich wollte die naheliegende Frage nicht in Gegenwart von Tyler stellen, aber Florina und ich wechselten einen Blick. Hatten ihn die Marshals aufgegriffen?

»Wir hatten eine kleine Meinungsverschiedenheit«, sagte sie. »Und da ist er einfach abgehauen.«

»Dann kühlt er sich vermutlich irgendwo ab.«

Mehr ließ sich dazu nicht sagen. Es gab unzählige Möglichkeiten. Vielleicht hatte er Bekannte getroffen, vielleicht lag er aber auch zusammengeschlagen in einer dunklen Gasse. Vielleicht …

»Worüber habt ihr euch gestritten?«

»Nichts Wichtiges.«

»Also warum bist du ihm nicht gefolgt?«, fragte ich. »Hast du überhaupt nach ihm gesucht?«

Sie schüttelte den Kopf und warf Tyler einen Blick zu. Ich verstand. Sie war Michael nicht gefolgt, weil Tyler dann allein gewesen wäre. Ich hätte mich ohrfeigen können, dass ich sie bis jetzt so abweisend behandelt hatte.

»Ich bin so froh, dass du dich um meinen Bruder kümmerst«, sagte ich. »Es bedeutet mir sehr viel.«

Sie strich über sein Haar. »Klar. Wir sind inzwischen richtige Freunde, nicht wahr, Tyler?«

»Wir spielen«, bestätigte er.

»Und sie gewinnt.«

»Als ob! Ich gewinne.«

Nachdem Tyler und Florina ein Festmahl mit Käse, Obst und Sandwiches genossen hatten, setzten sie und ich uns auf die Treppen, um ungestört zu reden. Von unserem Platz aus konnten wir sehen, ob jemand das Gebäude betrat und fühlten uns sicher genug, den Kleinen allein zu lassen. Und ein furchteinflößender Mitbewohner im gleichen Stockwerk erhöhte den Schutz für Tyler.

»Letzte Woche bekam Tyler Fieber«, berichtete Florina. »Ich legte ihm kalte Tücher auf die Stirn und konnte ihm ein Schmerzmittel für Kinder besorgen, weil Michael noch etwas Geld versteckt hatte.«

Das war das Geld, das Blake ihm gegeben hatte.

»Dennoch ging es ihm schlecht. Ich musste ihm dauernd neue kalte Tücher auflegen.«

Ich stützte den Kopf in beide Hände. »Ich bringe ihn noch heute Abend weg von hier.«

Florina richtete sich auf. »Echt? Wohin geht ihr?«

»In ein Hotel. Du kommst auch mit.«

»Aber du hast angedeutet, dass dein Job noch läuft. Woher hast du das Geld?«

»Vorschuss.« Irgendwie stimmte das ja. »Wenn Michael zurückkommt, kann er zu euch ziehen.«

Die Aussicht zauberte ein Lächeln auf ihre Züge. »Ich hinterlasse ihm eine Nachricht.«

Das klang, als seien sie mehr als nur gute Freunde. Ich war fast drei Wochen weg gewesen. In dieser Zeit konnte eine Menge passieren. Das hatte ich an Blake und mir gesehen. Ich spürte einen leichten Stich, aber ich wusste, dass ich nicht das Recht hatte, eifersüchtig zu sein.

Wir gingen wieder nach drinnen, um das Wichtigste zusammenzupacken. Jetzt, da Tyler satt war und mich in seiner Nähe wusste, hatte er neue Energie und half eifrig mit. Er suchte die Sachen heraus, die er unbedingt dabei haben wollte, und stopfte sie in eine Reisetasche.

»Wohin gehen wir denn?«, fragte er.

»In ein feines Haus, wo du ein Zimmer mit einem großen weichen Bett und einem Airscreen kriegst und jede Menge Kakao trinken kannst.«

»Im Ernst?« Er machte große Augen. »Und wie lange können wir da bleiben?«

»Schwer zu sagen. Kommt ganz drauf an. Wie brav du bist, zum Beispiel.« Ich packte ihn und kitzelte ihn, bis er vor Lachen keine Luft mehr bekam und mich bettelte, endlich aufzuhören.

»Sollen wir die Wasserflaschen mitnehmen?«, erkundigte sich Florina.

Ich schüttelte den Kopf, und sie zog die Augenbrauen hoch. »Wirklich nicht?«

»Okay, Für alle Fälle.«

Wir packten stumm unsere spärlichen Habseligkeiten. Florina nahm etwas von der Wand, das mir auffiel. Eine Zeichnung, die sie im Profil zeigte. Ich wusste, von wem sie stammte.

Bald darauf marschierten wir mit unseren Taschen die Treppe hinunter. Zwei Starters lungerten am Auto herum. Ich verscheuchte sie und vergewisserte mich, dass die Straße frei von weiteren Kids war, bevor ich den Kofferraum öffnete.

»Ein Auto?«, jubelte Tyler.

Erschrocken legte ich einen Finger an die Lippen. Ich wollte weg von hier, ohne die Aufmerksamkeit einer Straßen-Gang zu erregen. Deshalb hatte ich auch Emmas eher unscheinbaren Wagen genommen.

»Wo hast du denn das Ding her?«, fragte Florina.

»Kannst du mit dem wirklich fahren?«, wollte Tyler wissen.

Ich schloss den Kofferraum und schob die beiden ins Wageninnere.

»Das Auto ist eine Leihgabe der Body Bank«, erklärte ich, nachdem ich die Türen verriegelt hatte.

»Wow, cool, diese Body Bank«, meinte Tyler.

Die Sicherheitsgurte legten sich mit einem leisen Summen über ihre Schultern, und sie begannen mit Aahs und Oohs die Inneneinrichtung zu begutachten. Obwohl das hier Helenas schlichtestes Auto war, entsprach es doch dem neuesten Stand der Technik. Tyler betätigte vom Rücksitz aus jeden Knopf, den er erreichen konnte.

»Wozu braucht man das hier?«, fragte er und drückte auf eine Taste.

»Zum Entriegeln der Tür, aber ich habe die Kindersicherung eingeschaltet«, sagte ich und schaute ihn durch den Rückspiegel an. »Denn wir haben ganz offensichtlich ein Kind dabei.« Ich streckte ihm die Zunge heraus, und er folgte meinem schlechten Beispiel.

Ich ließ den Motor an und steuerte vom Parkplatz auf die Straße.

»Vorsicht! Monkey fährt Auto!«, rief Tyler.

Im Hotel angekommen, betrachteten Tyler und Florina sprachlos den luxuriösen Empfangsbereich mit dem reichen Blumenschmuck. Helena enttäuschte uns nicht. Sie hatte ein erstklassiges Hotel ausgewählt. Der Typ an der Rezeption beäugte uns argwöhnisch. Drei Minderjährige, eine davon offensichtlich reich, die beiden anderen verwahrloste Straßen-Kids mit schmuddeligem Gepäck. Aber ich verlangte nach der Managerin, einer Dame, die Helena kannte, und von da an lief alles glatt. Ich zeigte ihr meinen Ausweis auf den Namen »Callie Winterhill« und stellte mich als Helenas Großnichte vor. Sie hatte nichts gegen Bargeld einzuwenden und gab uns ein Zimmer in der 15. Etage.

Als ich die Tür öffnete, klappte Tylers Kinnlade nach unten. Es war lange her, dass er etwas so Vornehmes gesehen hatte – ein riesiges Zimmer mit zwei französischen Betten und einer Couch, die sich in ein drittes Bett verwandeln ließ.

»Michael schläft auf der Couch«, bestimmte Tyler. »Selber schuld, wenn er als Letzter kommt …«

Florina und ich wechselten einen Blick. »Wenn er überhaupt noch kommt«, murmelte sie.

»Ich nehme das Bett am Fenster«, erklärte Tyler.

Er ging entschlossen los, aber ich hielt ihn zurück.

»Immer langsam, Freundchen. Zuerst stecken wir dich in die Badewanne.«

Nachdem er gebadet hatte, nahm Florina eine Dusche. Tyler sah in seiner Unterwäsche so dünn aus, dass es mir das Herz brach. Ich schlug das saubere weiße Oberbett zurück und packte ihn warm ein.

»Das ist so weich wie eine Wolke«, sagte er. »Gleich schwebe ich davon.«

»Du bleibst schön hier!« Ich packte ihn an der Nase.

Der kleine Kopf zwischen den Kissenbergen brachte die Erinnerung an unsere Zeit vor dem Krieg zurück, an die Kinderzimmer mit den Cowboy-Lampen und den Stofftieren, an unsere Eltern, die uns einen Gutenachtkuss gaben, wenn wir im Bett lagen.

Es war eine Welt, die ich längst verlassen hatte, aber vielleicht bekam wenigstens Tyler eine Chance, dorthin zurückzukehren. In meinem Herzen war eine große Leere, und ich konnte die Tränen nicht zurückhalten.

»Hey, Callie! Das hier ist genau richtig.« Er nahm meine Hand.

Ich spürte seine dünnen Finger und drückte sie sanft. »Ja. Genau richtig.«

Der Aufbruch fiel mir schwerer, als ich gedacht hatte. Ich hoffte, dass ich Tyler bald wiedersehen und dann für immer bei ihm bleiben konnte. Wenn Helena meine Hilfe wie versprochen mit Geld und einem Haus entlohnte, schaffte ich es vielleicht, meinem Bruder die Familie zu ersetzen. Ich würde ihm einen guten Arzt besorgen, und es würde ihm mit jedem Tag besser gehen. Eigentlich hatte ich mir immer vorgestellt, dass Michael zu uns zog, aber womöglich wollte er das gar nicht, nachdem er und Florina sich nun so nahe waren. Das war unfair. Michael und ich hatten keine Chance bekommen, zu sehen, wohin unsere Beziehung sich hätte entwickeln können.

Da ich Blake wahrscheinlich für immer verloren hatte, war die Vorstellung, Michael ebenfalls zu verlieren, einfach unerträglich.

Ich gab Florina genug Geld für drei Nächte im Hotel. Dann schmuggelte ich ein paar Scheine in Tylers Tasche.

Tyler wünschte sich, dass ich noch blieb, aber die Zeit verrann viel zu schnell und Helena brauchte meine Hilfe. Es gelang mir, mich ohne Aufruhr davonzuschleichen, weil Tyler satt und glücklich einschlief, nachdem er die Minibar geplündert und sämtliche Chips und Supertruffles vertilgt hatte.

Während ich vor dem Hotel auf meinen Wagen wartete, meldete sich Helena mit Plänen für unseren nächsten Schachzug.

Du musst für mich ein Mädchen aufsuchen, das möglicherweise einiges über Emma weiß.

»Und wo finde ich deine Informantin?«

An einem Ort, der dir vermutlich nicht gefällt.

Ich ging im Geiste die Orte durch, vor denen ich eine berechtigte Scheu hatte. Ein Viertel, in dem sich Straßen-Gangs herumtrieben? Die gab es inzwischen praktisch überall. Und dass sie mich ausgerechnet zur Body Bank schicken würde, konnte ich mir nicht vorstellen.

»Sag schon!«

Institut 37.

»Die Hölle wäre mir lieber.«

Ich weiß. Diese Einrichtungen sind grauenhaft. Wahre Gefängnisse. Ich war in einigen davon, als ich nach Emma suchte. Dort erfuhr ich von diesem Mädchen, Sara, die mir vielleicht weiterhelfen könnte. Doch ich fand sie nicht. Sie war stets draußen zur Zwangsarbeit.

»Das kann ich nicht. Ich kann da nicht hingehen. Wenn ich sie irgendwo draußen treffen kann, meinetwegen. Aber nicht in einem dieser Häuser.«

Man würde sie nicht ohne Bewachung rauslassen. Und dann hätte sie Hemmungen, frei zu sprechen.

Ich wischte meine feuchten Handflächen an der Hose ab.

Es wird dir nichts geschehen. Wir kehren zunächst nach Hause zurück und stellen eine Kleiderspende zusammen. Du fährst in einem ordentlichen Auto vor, brav frisiert und hergerichtet. Sie werden dich wie eine reiche Minderjährige mit Familienanschluss behandeln.

Ich wollte dort nicht hin. Es war mein Albtraum.

Du schaffst das, Callie. Du musst dich immer nur daran erinnern, wer du bist. Callie Winterhill.

kapitel 18

Ich stand auf der anderen Straßenseite, im Westen der Stadt, und starrte zu den Toren des Instituts 37 hinüber. Lieber wäre ich irgendwo sonst auf diesem Planeten gewesen. Irgendwo sonst. Die Vorstellung, dass ich jetzt in diesem Nobelhotel bei meinem Bruder und Florina sein könnte, brachte mich fast um.

Callie, worauf wartest du?

»Hältst du das hier wirklich für gefahrlos?«

Versteh doch – gefahrlos ist von jetzt an ein Fremdwort. Aber dort drinnen bist du wahrscheinlich am sichersten, weil dich niemand aufgreifen kann.

»Sehr beruhigend.«

Den Anhänger hatte ich zu Hause zurückgelassen. Helena erinnerte mich noch einmal daran, dass wir ihn nicht zu oft benutzen durften. Ich überquerte die Straße, in jeder Hand eine Einkaufstasche mit Designerkleidung, an denen noch die Etiketten hingen. Sie stammten aus Helenas Kleiderschrank – neue Sachen, für Emma gekauft, aber nie getragen. Auch wenn ihre Enkelin wohl nie mehr zurückkehrte, brachte es Helena zumindest nicht übers Herz, Kleidungsstücke wegzugeben, die sie getragen hatte.

Eine hohe graue Mauer umgab den Komplex. Ich stand am Tor und sprach durch eine Öffnung in einem schmutzigen Metallgitter mit dem Pförtner.

»Callie Winterhill«, sagte ich. »Ich habe wegen einer Kleiderspende angerufen.«

Der Ender ging eine Liste durch, bis er den Namen gefunden hatte. Er drückte auf einen Knopf, und das Tor schwang mit einem lauten Knirschen auf. Ich erstarrte. Meine Füße verweigerten den Dienst.

Los doch!

Ohne diese Ermahnung hätte ich es nicht geschafft. Nervös trat ich über die Schwelle. Hinter mir fiel das Tor zu. Metall dröhnte auf Metall, so hart, dass meine Zähne schmerzten. Eine Straße führte direkt zum Verwaltungsbau des Waisenhauses, dessen dunkelgraue Wände sich bedrohlich vor mir aufrichteten.

»Reizende Umgebung«, murmelte ich.

Langsam folgte ich dem Fußweg, der neben der Straße verlief.

Da vorne musst du rechts laufen.

Ich folgte ihren Anweisungen und hielt auf die Wohngebäude zu. Sämtliche Fenster waren vergittert.

»Aber wird man mich nicht in der Bürozentrale erwarten?«, fragte ich Helena leise.

Doch. Aber zuerst müssen wir dieses Mädchen finden, Sara. Mir wurde gesagt, dass sie im ersten Wohnblock lebt. Mach schnell, bevor dich jemand aufhält.

Ich erklomm ein paar Stufen und stieß die schweren Türen auf. Im Innern sah ich einen kurzen Korridor, der zwei Flure miteinander verband. Der säuerliche Geruch, der mir entgegenströmte, überwältigte mich. Überall blätterte die Farbe ab. Putzbrocken lagen auf dem nackten Betonboden.

»Was jetzt?«, wisperte ich beklommen.

Geh in den ersten Flur.

Ich wandte mich nach rechts und öffnete die erste Tür. Sechzehn Metall-Stockbetten waren in einen grauen Raum gepfercht. Neben jedem Bett befand sich eine offene Holzkiste mit der armseligen persönlichen Habe der Insassen – hier eine alte Haarbürste, dort ein zerfleddertes Buch. Die trostlosen olivgrünen Decken, die zusammengefaltet am Fußende der Betten lagen, erinnerten mich an Kasernen. Nur war das hier viel schlimmer, denn die Kids, die hier lebten, hatten keine Familie, zu der sie eines Tages zurückkehren konnten.

Alles, was sie besaßen, lag in diesen Kisten.

»Niemand hier.«

Weiter.

Ich blickte in mehrere Räume, alle leer. Am Ende des Flurs angekommen, wollte ich schon aufgeben und umkehren, als ich zwei Füße unter einem Bett hervorblitzen sah.

Ich bückte mich. Ein Mädchen lag auf dem Boden und versuchte sich zu verstecken.

»Hallo«, begann ich.

Sie rutschte weg von mir, in den hintersten Winkel.

»Du musst keine Angst haben«, erklärte ich. »Ich habe ein paar Sachen zum Anziehen mitgebracht.«

Ich richtete mich auf und wartete.

»Was für Sachen?« Die Stimme, die unter dem Bett hervorkam, klang dünn.

»Hosen und Röcke und Pullover.« Ich stellte die Taschen ab und zog einen Pullover heraus. »Schau mal! Rosa Kaschmir.«

»Kaschmir?«

Sie kroch aus ihrem Versteck und stand auf. Sie wirkte

wie zwölf, hatte ein hübsches Gesicht und eine kleine Lücke zwischen den Schneidezähnen. Ihre Uniform, eine schwarze Hose und eine schäbige weiße Bluse, hing auf einem viel zu mageren Körper. So sahen fast alle Kinder aus, die keine Angehörigen mehr hatten. Aber dieses hier lebte nicht mehr auf der Straße. Es war offensichtlich, dass sie die Kids hier nicht überfütterten.

Frag sie, wie sie heißt.

Ich reichte ihr den Pullover, und sie streichelte ihn wie ein Kätzchen.

»Weich.« Sie drückte ihn an die Wange.

»Du kannst ihn behalten.«

»Echt? Du schwindelst mich nicht an?«

Ich schüttelte den Kopf.

»Oh, danke.« Sie streifte ihn über. »Danke.«

»Wie findest du ihn?«

Sie gab keine Antwort, sondern presste die rechte Faust auf ihre Brust, legte die linke Hand darüber und ahmte ein schlagendes Herz nach.

»Das heißt, ich liebe ihn«, sagte sie. »Horch, das klingt wie ein Herz. Versuch mal selbst!«

Sie nahm meine Hände und bewegte sie so, wie sie vorgemacht hatte. Ich kam mir ein wenig albern vor.

»Noch mehr wie ein Herzschlag – so ungefähr«, sagte sie. »Es geht besser, wenn du die Faust gegen die flache Hand schlägst.« Sie zwang meine Hände, das Pochen zu imitieren.

»Okay, ich hab's verstanden.« Ich schob ihre Hände weg. »Wie heißt du?«

»Sara.«

Mein Puls beschleunigte sich. Helena sog Luft ein, so laut, dass ich es hörte.

»Wie lange lebst du schon hier?«

»Fast ein Jahr.«

»Wo sind die anderen?«

»Die müssen heute Büsche schneiden.« Sie setzte sich auf die Bettkante.

»Aber du nicht?«

Sie deutete auf ihr Herz. »Kaputte Klappe.«

Ich murmelte, dass es mir leidtat. Etwas Besseres fiel mir nicht ein.

»Ist schon okay. Tut nicht weh und verschont mich von schwerer Arbeit.« Sie schlang die Arme um ihren dünnen Oberkörper und strich über den Pullover. »Hat der dir gehört?«

Ich schüttelte den Kopf. »Einer Freundin. Er steht dir gut. Sie würde sich freuen, dass du ihn jetzt trägst.«

Sie strahlte. »Er fühlt sich toll an.« Sie deutete auf das Bett. Ich sank auf der Matratze ein, als ich mich neben Sara setzte. Die Decke war kratzig und roch modrig.

»Als ich in den Schlafsaal kam, hast du dich versteckt«, sagte ich. »Warum?«

Sie zuckte die Achseln. »Hier drinnen kann man nie wissen«, murmelte sie, ohne mich anzusehen.

Ich kramte eine Supertruffle-Praline aus meiner Handtasche und bot sie ihr an. Sie zog die Augenbrauen hoch.

»Für dich!«

Sie nahm die Köstlichkeit mit beiden Händen und biss hinein. Ich fragte mich, wann sie zum letzten Mal eine richtige Mahlzeit bekommen hatte.

»Sara, es heißt, dass du ein Mädchen namens Emma kennst. Sie sah so aus.« Ich zeigte ihr das Foto auf meinem Handy. »Erinnerst du dich an sie?«

Ihre kleinen Finger umklammerten das Handy. Sie musterte die Aufnahme und nickte. »Die kam mal als Freiwillige hierher, vor einem halben Jahr vielleicht. Sie hat mir die Haare gemacht. Wie auf einer Schönheitsfarm.«

Sie gab mir das Handy zurück.

»Zwei Wochen später sah ich sie dann noch einmal. Ich hatte ein gebrochenes Handgelenk – frag nicht – und musste ins Krankenhaus zum Röntgen. Auf der Straße sah ich Emma, aber sie verhielt sich total komisch.«

»Wie meinst du das?«

»Sie erkannte mich nicht. Ich rief ihren Namen – Emma! Sie blickte mir mitten ins Gesicht, aber sie schien sich nicht an mich zu erinnern. Sicher, sie sah etwas verändert aus, hübscher als zuvor, aber ich wusste, dass sie es war. Sie trug den gleichen Schmuck wie beim ersten Mal. Schätze, sie schämte sich. Wollte nicht mit mir gesehen werden.« Sie zupfte an ihrem Pullover herum. »Und das, nachdem wir so einen schönen Tag zusammen verbracht hatten.«

Ich hätte Sara so gern gesagt, dass sie sich täuschte. Dass sie nicht der echten Emma begegnet war, sondern einer fremden Ender-Lady, die Emmas Körper gemietet hatte.

»Kannst du dich erinnern, wo du sie gesehen hast?«, fragte ich.

Sie schüttelte den Kopf. »Ich weiß nicht. Nicht weit von hier, in Beverly Hills.«

Ich verstaute mein Handy. »Schade.« Mein Bedauern galt Helena. Es tat mir leid, dass ich nicht mehr über ihre Enkelin herausgefunden hatte.

»Macht doch nichts.« Sara rückte näher an mich heran. »Darf ich dir jetzt mal eine Frage stellen?«

»Klar.«

»Findest du mich hübsch?«

»Natürlich. Du hast ein sehr schönes Gesicht. Warum?«

»Wir haben letzte Woche von einem Sonderprogramm erfahren. Sie wollen einige von uns aufstylen und uns Jobs vermitteln, bei denen wir gut verdienen können. Und nun hoffe ich natürlich, dass sie mich auswählen. Es wäre so wichtig für mich. Ich bin schon eine Ewigkeit hier, und ich will endlich raus!«

»Wann wird das geschehen?«

»Ich weiß nicht.« Sie zuckte erschrocken zusammen. »Aber es hieß, dass wir morgen duschen dürfen. Normalerweise duschen wir nur sonntags.«

Ihr Ausdruck veränderte sich. Ich las Furcht in ihren Zügen. Ihre Augen starrten einen Punkt hinter mir an. Ich drehte mich um und sah eine bösartige Ender in der Tür stehen. Vielleicht war sie früher mal eine elegante Erscheinung gewesen, aber nun trug sie eine strenge graue Uniform. Und einen Zip-Taser an der Hüfte.

»Was suchen Sie hier?« Sie betrat den Schlafsaal.

Ich erhob mich und deutete auf die Taschen. »Ich habe eine Kleiderspende vorbeigebracht.«

Auf ihrer Dienstmarke stand: MRS. BEATTY, OBERAUFSICHT.

»Alle Spenden sind bei der Leiterin des Hauses abzuliefern. Sie können nicht einfach durch die Gegend laufen und Geschenke verteilen wie bei einem Karnevalszug.« Sie nahm die beiden Taschen an sich. »Das würde nur zu Neid und Streitereien führen, und davon haben wir bereits mehr als genug.«

Ich war naiv genug zu hoffen, dass Saras Pullover ihrer Aufmerksamkeit entgehen würde. Aber er war nicht schwarz oder grau wie die Heimtracht, sondern von einem auffälligen Pink. Natürlich stach er Mrs. Beatty sofort ins Auge.

Sara verschränkte die Arme in einem vergeblichen Versuch, ihn zu verbergen.

»Zieh den Pullover aus«, befahl Mrs. Beatty. »Auf der Stelle.«

»Er gehört mir. Sie hat ihn mir geschenkt.«

»Das stimmt.« Ich stellte mich vor sie.

Misch dich nicht ein, Callie, warnte Helena.

»Du gibst ihn sofort her!« Mrs. Beatty stellte die Taschen ab und ging um mich herum.

»Sie können ihn mir nicht wegnehmen.« Tränen standen in Saras Augen. »Er gehört mir. Das erste Geschenk seit Ewigkeiten.«

Bleib nicht hier, Callie! Sieh zu, dass du wegkommst!

»Die Leiterin des Hauses übernimmt die Verteilung.« Mrs. Beatty nickte mir zu. »Kommen Sie! Ich bringe Sie zu ihr.«

Nein! Geh auf gar keinen Fall dorthin!

Helenas Stimme verstärkte meine Anspannung. Mrs. Beatty bedeutete mir, vorauszugehen. Sie warf Sara einen strengen Blick zu, als würde sie sich später, ohne Zeugen, weiter mit ihr befassen. Ich ging zur Tür und blieb stehen. Auf der Schwelle drehte ich mich um und warf einen letzten Blick auf Saras zerbrechlichen kleinen Körper. Ein paar rosa Fussel hingen an ihrer weißen Bluse, eine traurige Erinnerung an das, was hätte sein können.

Ich konnte absolut nichts für sie tun.

Mrs. Beatty und ich marschierten den Flur entlang. Die Aufseherin trug Blockabsätze, die hart und laut auf dem nackten Boden knallten. Ich hatte den verrückten Wunsch, noch einmal umzukehren und Sara mit der Faust ins Gesicht zu schlagen. Wenn sie ein blaues Auge oder eine gebrochene Nase hatte, wählten die Body-Bank-Leute sie vielleicht nicht aus.

Ich fand es widerwärtig, dass es dazu gekommen war. Saras Gesicht ging mir nicht aus dem Sinn, als wir das Gebäude verließen. Sie erschien mir wie eine jüngere Ausgabe des Mädchens, das ich noch bis vor Kurzem gewesen war. Eine verzweifelte, vom Hunger geplagte Waise, die sich Abfälle erkämpfen musste und auf Gedeih und Verderb einem System ausgeliefert war, das sich um Minderjährige ohne Familie weniger scherte als um streunende Hunde.

Als wir uns dem Eingang des Verwaltungsbaus näherten, erteilte mir Helena neue Anweisungen.

Wende dich nach links und geh durch das Tor nach draußen, als seist du hier zu Hause.

Ich tat, was sie sagte. Das Geräusch von Mrs. Beattys stampfenden Absätzen verstummte.

»Miss, zum Büro der Leiterin geht es hier entlang.« Sie deutete nach rechts. Ihre Stimme klang so scharf, dass ich mir am liebsten die Ohren zugehalten hätte.

»Ich weiß. Aber ich fühle mich nicht gut. Ich möchte auf dem schnellsten Weg heim.«

»Wir haben hier einen Arzt. Ich verständige ihn.«

»Nein, vielen Dank.«

Mrs. Beatty schnaufte vernehmlich und zog die Mundwinkel zu einem höhnischen Lächeln herab. Aber ich marschierte hoch erhobenen Hauptes weiter zum Haupttor und drehte mich nicht ein einziges Mal nach ihr um. Allmählich erlernte ich die Posen der Reichen.

Als ich den Ausgang erreichte, warf mir der Pförtner in seinem kleinen Glaskäfig einen fragenden Blick zu. Ich starrte das Tor an, aber es öffnete sich nicht.

Das Telefon schrillte, und er nahm den Hörer ab. In dieser Einrichtung war selbst das Fernsprechsystem total veraltet.

Er sah mich an und hängte den Hörer ein. Dann bedeutete er mir, näher zu kommen. Ich trat dicht an das Metallgitter heran.

»Ich wünsche Ihnen noch einen guten Tag«, sagte er. »Kommen Sie bald wieder!«

Das Tor schwang auf, und ich musste meine ganze Willenskraft aufbieten, um nicht loszurennen. Erst als es ins Schloss gefallen war, konnte ich wieder frei atmen. Auf der anderen Straßenseite drehte ich mich um und warf einen letzten Blick auf die Gebäude. Das Wohnheim ragte ein Stück über die Außenmauer auf, und etwas fiel mir ins Auge.

Sara stand am Fenster, winzig klein, und sah mir nach. Sie winkte. Meine Kehle war wie zugeschnürt.

Jetzt weißt du, wie schlimm es da drinnen ist. Jetzt weißt du es.

»Es ist noch viel schlimmer«, entgegnete ich. »Hast du genau zugehört? Die Body Bank sucht sich die hübschesten Kinder aus, um sie für ihre Zwecke einzusetzen. Das müssen wir verhindern.«

Endlich. Endlich begreifst du es.

kapitel 19

Ich war heilfroh, diesem schrecklichen Ort entronnen zu sein. Mir drängte sich die Frage auf, ob Helena überhaupt damit gerechnet hatte, von Sara etwas über Emmas Tod zu erfahren, oder ob das Ganze ein Vorwand dafür gewesen war, mir eines dieser Waisenhäuser von innen zu zeigen.

Bevor ich eingehender darüber nachdenken konnte, klingelte mein Handy. Ich stieg ins Auto und verriegelte die Türen. Es war eine Nachricht von Madison. Sie wollte, dass ich bei ihr vorbeikam und die Sachen abholte, die ich am Tag zuvor bei ihr gelassen hatte. Helena war damit einverstanden, wenn ich mich beeilte. Ich hatte es nicht weit und stand zehn Minuten später unter dem Vorbau von Madisons Villa.

Sie machte sofort auf, als hätte sie hinter der Tür gewartet.

Doch sie starrte mich an, als sähe sie mich zum ersten Mal. »Kennen wir uns?«

Oh-oh. Eine neue Mieterin? »Beste Freundinnen – schon vergessen?« Ich wackelte mit dem kleinen Finger.

»Da könnte ich mich täuschen. Wenn ich mich richtig

erinnere, stahl sich diese beste Freundin gestern heimlich aus dem Haus.«

»Es tut mir so leid. Wirklich.«

»Das ist alles, was dir dazu einfällt, nachdem ich bis drei Uhr morgens auf dich gewartet habe, meine Liebe?«

»Es war ein Notfall.«

»Ein Blake-Notfall, habe ich mir schon gedacht. Also komm rein.«

Ich folgte ihr ins Haus.

»Blake ist in Washington, wusstest du das?« Ihre Augen glänzten. »Und gerade kannst du ihn im Fernsehen bewundern, zusammen mit dem Senator.«

»Jetzt?«

»In den Nachrichten«, erklärte Madison.

Der Senator? Helenas Stimme klang schärfer als sonst. *Ich will ihn sehen.*

Ich ging an Madison vorbei in den Vergnügungsraum.

Sie folgte mir. »Hast du wirklich geglaubt, mir ginge es um deine Sachen? Ich wusste, dass dich das hier brennend interessieren würde.«

Mitten in Madisons Vergnügungsraum füllte der Senator überlebensgroß den Airscreen aus. Reporter scharten sich im Vordergrund unterhalb seines Rednerpodests. Die Kulisse im Hintergrund bildete das Weiße Haus.

»Am heutigen Tag hat der Präsident eine historische Entscheidung getroffen«, sagte Harrison in die Mikrophone, die sich ihm entgegenreckten. »Wie Sie alle wissen, verhinderte das Gesetz zum Schutz älterer Arbeitnehmer bislang, dass Minderjährige eine Beschäftigung aufnehmen dürfen. Mit der steigenden Lebenserwartung unserer Senioren hatte es sich als notwendig erwiesen, ihnen den Zugang zum Arbeitsmarkt so lange wie möglich zu sichern. Aus diesem Grund war es Jugendlichen unter neunzehn Jahren verboten, einer Arbeit nachzugehen. Doch der Krieg hatte auch für die Arbeitswelt gravierende Folgen, und wir müssen einsehen, dass erneut eine Zeit der Veränderungen gekommen ist. Daher verkünde ich nicht ohne Stolz die Einführung eines Sondergesetzes, das in Ausnahmefällen Jugendarbeit in streng kontrollierten Betrieben gestattet. In einem ersten Schritt dürfen Minderjährige ohne Familienangehörige, die derzeit in staatlichen Einrichtungen leben, an diese Firmen vermittelt werden. Das an der Westküste ansässige Unternehmen Prime Destinations hat sich spontan bereit erklärt, an diesem Versuch teilzunehmen und damit bislang chancenlosen Jugendlichen ein neues Lebensziel zu geben.«

Also hatte Helena recht. Es kamen düstere Zeiten auf uns zu.

Als der Senator seine Presseerklärung beendet hatte und Fragen der Reporter entgegennahm, schwenkte die Kamera, und ich sah Blake neben ihm stehen. Sofort begann mein Herz schneller zu schlagen. Was wusste er über mich? Hatte sein Großvater ihm verraten, dass ich eine Betrügerin war? Und wenn Senator Harrison mit Prime Geschäfte machte, hatte man ihn mittlerweile gewarnt, dass ich keine normale Klientin war, sondern eine Spenderin, die in ständigem Kontakt mit der Kundin stand?

Hasste er mich? Ich musterte Blake eindringlich, als könnte ich an seinen Zügen die Antwort lesen.

Und dann bemerkte ich seine Krawattennadel.

Ein kleiner silberner Wal. Er musste den Schmuck-Clip von dem Schuh gelöst haben, den ich im Music Center verloren hatte. Das musste bedeuten, dass er mir nicht böse war. Was immer er wusste oder nicht wusste.

Ich trat in seinen Holo-Bereich, aber er war verschwunden. An seiner Stelle stand ein Reporter, der an einer direkten Nachbereitung der Pressekonferenz arbeitete. Es spielte keine Rolle. Ich sonnte mich gedanklich immer noch im Glanz seiner symbolischen Geste.

»Ist das nicht unglaublich?«, meinte Madison. »Prime gibt als erstes Unternehmen diesen armen Teens eine Chance. Obercool, würde ich sagen. Zumindest wird die Sache dadurch offiziell. Vielleicht können wir dann in Zukunft diese Heimlichtuerei aufgeben.«

»Glaubst du?« Ich bemerkte ein blaues Flackern in einer Ecke des Airscreens. Darunter stand die Zahl 67. »Was bedeutet das blaue Licht?«, fragte ich.

»SPC. Special Private Cast. Eine Extramitteilung von einem der Anbieter, die ich abonniert habe. Ich kann mir das Zeug später ansehen.« Sie stand auf und warf einen Blick auf den Airscreen. »67 – das ist Prime Destinations.«

»Die Body Bank.«

»Direkt nach der Rede von Harrison?« Sie rümpfte die Nase. »Sonderbar.«

»Das kann kein Zufall sein. Schalt mal ein!«

Madison fuhr mit einem Finger über das Icon, ohne es zu berühren. Eine Balkenschrift lief quer über den Schirm: IN KÜRZE ERSCHEINT HIER EINE SONDERSENDUNG VON PRIME DESTINATIONS.

Der Schirm zeigte eine leere Bühne mit Marmorsäulen im Hintergrund.

»Wer außer dir erhält diese Nachricht?«, erkundigte ich mich.

»Nur Titan-Premium-Abonnenten von Prime.«

»Wie viele sind das?«

Sie zuckte mit den Schultern und nahm auf der Couch

Platz. »Keine Ahnung. Die meisten sind normale Kunden wie du. Silber, nehme ich mal an?«

»Ja.« Ich nickte. »Silber.«

»Schsch.« Sie zog die Beine an und brachte mich mit einer ungeduldigen Handbewegung zum Schweigen. »Es geht los.«

Tinnenbaum kam von links ins Bild, in der Pose des perfekten TV-Gastgebers. Am rechten Rand des Monitors tauchte mit einem strahlenden Lächeln Doris auf.

»Liebe Freunde!« Tinnenbaum blickte in die Kamera. »Danke, dass wir Ihnen einen privaten Besuch abstatten dürfen.«

»Wir freuen uns über das Vertrauen, das Sie uns entgegenbringen«, setzte Doris hinzu.

»Das hier ist eine geheime und vertrauliche, exklusiv für unsere Titan-Premium-Abonnenten bestimmte Mitteilung«, sagte Tinnenbaum. »Wenn sich also andere Personen im Raum aufhalten, sollten Sie diese Nachricht erst später abrufen.«

Ich wechselte einen Blick mit Madison. Diese Sondersendung schien wichtig zu sein.

Tinnenbaum lächelte Doris zu und wartete einen Moment, um den Zuhörern die Möglichkeit zu geben, das Programm notfalls abzuschalten. Dann nickte er jemandem außerhalb des Bilds zu, als habe er ein Zeichen erhalten, in seiner Rede fortzufahren.

»Wir haben eine besondere Überraschung für Sie«, sagte er. »Kein Geringerer als der Chef von Prime Destinations ist heute anwesend, um Ihnen eine wichtige Mitteilung zu machen.«

Madison setzte sich kerzengerade hin. »Den haben wir noch nie gesehen.«

Das ist er, Callie! Helenas Gedanken hallten laut in meinem Kopf wider. *Der Old Man.*

Ich blickte starr auf den Airscreen. Das Bild wechselte. Aus einem anderen Winkel, vielleicht auch an einem ganz anderen Ort, bewegte sich die Kamera auf eine verdunkelte Kabine mit Fenstern zu, die auf einer Plattform stand. Hinter den Fenstern sah man die Silhouette eines Mannes.

»Es scheint, als sehen wir ihn auch diesmal nicht«, sagte ich.

Die Kamera zoomte ihn näher heran, bis er von den Schultern aufwärts im Bild war. In der Kabine wurde es hell, aber wenn man einen hundertfünfzig Jahre alten Ender erwartet hatte, fand man sich getäuscht. Ein seltsames elektronisches Flimmern überlagerte seine Züge, als ob Tausende Pixels darüber hinwegglitten. Teile des Gesichts wirkten weiblich, andere männlich, manche jung und manche alt. Und sie waren ständig in Bewegung, verschoben sich, hetzten hin und her.

Die Wirkung war unheimlich, aber ich konnte die Augen nicht abwenden. Eine derartige Technik hatte ich noch nie gesehen.

»Ich danke euch, Chad und Doris.« Auch die Stimme des Alten war elektronisch verzerrt und hatte den Charakter flüssigen Metalls.

Weiche und doch schneidende Klänge.

»Ich wende mich heute speziell an Sie, meine treuen Premium-Kunden. Sie haben uns von Anfang an Ihr Vertrauen geschenkt, und deshalb sollen Sie auch als Erste von unserem neuen Service erfahren. Zunächst beabsichtigen wir, eine größere Typenvielfalt ins Programm zu nehmen und Ihnen die Möglichkeit zu geben, auch die ausgefallensten Phantasien in die Tat umzusetzen.«

»Das klingt großartig«, sagte Madison. »Ich wollte schon so lange den Körper einer kleinen Chinesin ausprobieren.«

Ich spürte einen Würgereiz im Hals. Madisons Worte klangen, als wählte sie ein Gericht auf einer Speisekarte.

Das Gesicht des Old Man flimmerte und verwandelte sich unentwegt, als trüge er eine 3-D-Flüssigmaske. Ich konnte seine wahren Züge nur erahnen. Unmöglich abzuschätzen, wie er wirklich aussah. Die Kamera zoomte noch näher heran, als signalisierte sie etwas ungemein Wichtiges. »Aber der größere, der eigentlich revolutionäre Fortschritt lässt sich auf diese Weise viel früher realisieren, als wir gedacht hatten.« Er machte eine Pause, um sicherzugehen, dass er unsere volle Aufmerksamkeit erhielt. »Permanenz.«

Madison keuchte und presste eine Hand vor den Mund.

»Anstatt einen Körper nur zu mieten, werden Sie ihn kaufen können«, verkündete der Old Man.

Nein.

Das war Helena. Ihr Schrei ging mir durch und durch.

Der Old Man fuhr fort: »Sie entscheiden sich für einen Körper mit bestimmten Eigenschaften und behalten ihn für den Rest Ihres Lebens. Mit anderen Worten – Sie verwandeln sich dauerhaft in einen neuen, vitalen Menschen. Es wird Ihnen möglich sein, lang währende Beziehungen aufzubauen. Der Traum ewiger Jugend. Er geht endlich in Erfüllung.«

Mein Herz schlug so laut, dass das Dröhnen seine Stimme übertönte.

»Und da wir auf dem Gebiet der Lebensverlängerung laufend neue Erfolge erzielen, lässt sich das Erlebnis ausweiten. Schon heute können wir ein Alter von 200 Jahren erreichen. Bald werden es 250 sein. Manche sagen, 250 sind die neuen 100.«

Ein schneller Schwenk zu Tinnenbaum und Doris, die nach unten blickten, als verfolgten sie die Rede auf einem Monitor mit. Sie lachten höflich, bevor die Kamera sich wieder auf den Old Man richtete.

»Sie können die besten Jahre des Lebens genießen, während Ihr neuer Körper die schöne Zeit der Zwanziger, Dreißiger und mehr durchläuft«, sagte der Alte. »Prime Destinations lässt all Ihre Wünsche wahr werden.«

In der Kabine erlosch das Licht, und die Kamera schwenkte zurück auf Tinnenbaum und Doris.

»Wir halten uns wie immer strikt an die Regeln zum Schutz der Privatsphäre«, sagte Tinnenbaum. »Und wir erwarten auch von Ihnen absolutes Stillschweigen. Noch befinden wir uns in der Planungsphase, aber als Premium-Mitglieder können Sie sich bereits jetzt in eine interne Warteliste eintragen, damit Sie zu den Ersten zählen, die diese Neuheit testen.«

Doris lächelte. »Der Andrang wird groß sein. Überlegen Sie also nicht zu lange, sondern lassen Sie sich über die Möglichkeiten einer permanenten Jugend beraten.«

Der Schirm wurde dunkel. Es folgte eine endlose Liste von Warnungen und Ausschlussklauseln, von einer weiblichen Stimme so rasch heruntergelesen, dass man kein Wort verstand.

Madison stellte den Ton leiser. »Unfassbar!«

»Allerdings.« Mir presste eine Riesenfaust die Brust zusammen.

»Ich kann es kaum erwarten.« Ihr Augen leuchteten. »Der Mann ist ein Visionär.«

Ich schoss senkrecht von der Couch hoch. »Was sagst du da? Du würdest dieses Angebot annehmen?«

»Warum nicht? Natürlich macht es Spaß, verschiedene Körper auszuprobieren, aber nach all dem Hin und Her wäre es auch reizvoll, sich endgültig zu entscheiden und dann für immer seine Ruhe zu haben.«

»Madison, was redest du da? Hier geht es nicht darum, ein neues Kleid, ein Auto oder ein Haus zu kaufen. Du hast es nicht mit einer Ware zu tun, sondern mit Menschen. Mit Teenagern, die ihr ganzes Leben noch vor sich haben. Aber nicht, wenn du es ihnen stiehlst!«

Sie schmollte.

»Willst du wirklich den Rest deines Lebens in einem anderen Körper verbringen?«

Sie schwieg einen Moment, ehe sie antwortete. »Als ich meinen ersten Mietvertrag abschloss und in diesen jungen Körper schlüpfte, hatte ich das Gefühl, endlich heimgekommen zu sein. Ich war wieder ich selbst, gesund, fit und agil. Geht es dir nicht ebenso?«

Ich verschränkte die Arme. »Nein. Das Ganze war nicht mehr als eine Spielerei. Eine kurze Abwechslung. Aber wenn du auf Dauer in einem anderen Körper steckst, bedeutet das, dass die Spenderin nie freikommt. Es ist nicht so, dass sie einen Monat opfert und dann in ihr altes Leben zurückkehrt. Sie wird nie wissen, wie es ist, aufs College zu gehen, sich zu verlieben, zu heiraten, Kinder zu bekommen. Du kannst diese Erfahrungen machen – ein zweites Mal –, aber sie nicht. Ihr Gehirn wird schlafen. Für immer.«

»Ach, du meine Güte.« Madison ließ sich zurücksinken. »So wie du das sagst, klingt das furchtbar. Unmenschlich.«

»Du raubst diesen jungen Menschen das Kostbarste, was sie haben – ihr Leben.« Ich ließ meine Blicke umherschweifen und entdeckte meine Tasche in der Ecke des Zimmers.

»Das hört sich an wie … Kidnapping.«

»Schlimmer als das.« Ich nahm meine Tasche und wandte mich zum Gehen. »Es ist Mord.«

kapitel 20

Ich war so wütend, dass ich kaum einen klaren Gedanken fassen konnte. Ich warf meine Tasche ins Auto, schoss aus Madisons Auffahrt und parkte ein Stück entfernt an einer hohen Hecke, die ihr Grundstück umschloss. Es war inzwischen halb neun und dämmerig geworden. Ich lehnte mich zurück und verriegelte die Türen.

»Du hattest recht, Helena. Mit Harrison. Ich wollte dir nicht glauben, aber nun weiß ich, dass du die Wahrheit gesagt hast.«

Es ist noch schlimmer, als ich dachte.

»Die behandeln uns wie ihren Besitz. Wie Sklaven. Dabei können wir nichts für unser Schicksal. Schuld war der Krieg, den niemand von uns wollte.«

Genau.

»Ich habe miterlebt, was sie mit den Mietkörpern alles anstellen. Stunts, Mutproben. Von Brücken in die Tiefe springen. Joyriding nennen sie das. Sie behandeln ihre Autos besser als unsere Körper. Und Emma …«

Ich keuchte und presste eine Hand vor den Mund, als mir eine neue Möglichkeit in den Sinn kam.

»Helena – vielleicht ist Emma gar nicht tot!«

Was … wie meinst du das?

Ich starrte durch die Windschutzscheibe meines geparkten Wagens. Jedes einzelne Blatt von Madisons Bäumen und Sträuchern zeichnete sich mit großer Klarheit gegen das Abendrot ab.

»Vielleicht«, sagte ich langsam, »hat man sie auf Dauer übernommen.«

Mein Gott!

»Sie müssen die Idee getestet haben, bevor sie ihren Kunden das neue Angebot machten. Vielleicht lebt sie noch. Ebenso wie die anderen vermissten Kids.«

Oh, Callie, wenn das nur …

»Was können wir tun?«

Meine Zeit ist fast um. Es gibt keine Möglichkeit, den Ablauf zu unterbrechen. Ich muss den Mietvertrag erfüllen. Ein Tag bleibt mir noch.

»Du hattest recht, Helena. Harrison muss abgrundtief schlecht sein, wenn er Minderjährigen ohne Familienangehörige so etwas antun will. Und der Old Man, der hinter dem ganzen Plan steckt, ist zehnmal schlimmer. Als ich sein elektronisch verzerrtes Gesicht sah und diese mechanische Stimme hörte … das war, als liefen mir Taranteln über den Rücken.« Ein Frösteln überkam mich, und ich rieb mir die Arme.

Wir arbeiten einen Plan aus. Sobald ich morgen in meinen Körper zurückkehre …

Sie brach ihren Gedankengang unvermittelt ab. Ich wartete einen Augenblick.

»Was dann?«, fragte ich.

Stille. Dann erneut ihre Stimme. Zum ersten Mal verriet sie Panik.

Nein. Nein. Aufhören!

Ich erstarrte. »Helena! Helena, was ist los?«

Bitte … nicht … Ihre Stimme klang panisch, aber sehr schwach.

»Was passiert da?«, schrie ich.

Ich spürte, wie ihre Kräfte schwanden. Ich versuchte sie mit meinen Gedanken zu erreichen.

Es dauerte eine Ewigkeit, bis eine Reaktion kam, leise wie ein Wispern.

Flieh!

Das war das letzte Wort. Und dann kam nichts mehr. In meinem Kopf herrschte völlige Leere, als hätte es den Kontakt zwischen uns nie gegeben.

Das Band war zerschnitten.

Kalte Furcht erfasste mich. Ich begann am ganzen Körper zu zittern und konnte mich nicht mehr beruhigen.

Es gab nur eine Erklärung. Helena war tot.

Und ich war allein.

Ich saß in meinem Wagen und dachte über das Geschehen nach, als ich einen schrillen Pfeifton, gefolgt von einem Knirschen hörte. Ich spähte nach rechts. Keine Renegaten weit und breit. Aber als ich mich nach links wandte, sah ich einen kastenförmigen SUV in der Nacht verschwinden.

Und dann entdeckte ich auf der Fahrerseite ein kleines Loch im Seitenfenster, umgeben von einem Netz feiner Sprünge, das wuchs, während ich es anstarrte.

Ich spürte ein Kribbeln im Nacken. Als ich aufblickte, sah ich weiter vorn die roten Bremslichter des SUV. Er wendete.

Sie kamen zurück.

Hastig sah ich mich um. Kein Mensch war zu dieser späten Stunde unterwegs. Ich ließ meinen Wagen an und bog vom Fahrbahnrand in die Straße ein. Der SUV kam mir auf meiner Spur entgegen. Ich hielt an und schaltete den Rückwärtsgang ein. Vollgas.

Der SUV blendete mich mit Fernlicht, sodass ich nicht erkennen konnte, wer hinter dem Steuer saß.

Nur wenige Meter trennten die Motorhauben der beiden Fahrzeuge. Ich warf einen Blick in den Rückspiegel und betete, dass sich hinter mir kein Hindernis befand. Meine Handflächen waren schweißnass. Ich hatte Mühe, das Lenkrad festzuhalten. Häuser, Rasenflächen, Hecken wischten links und rechts vorbei. Zumindest waren in dieser eigentlich ruhigen Villengegend keine anderen Autos unterwegs.

Der SUV hatte aufgeschlossen und rammte mich von vorn. Ich drehte das Lenkrad hin und her, ohne den Fuß vom Gas zu nehmen. Einen Moment lang löste ich mich von dem SUV, doch dann krachte seine Front erneut in meine Motorhaube.

Ich sah im Rückspiegel eine kleine Kreuzung auftauchen. Kurz entschlossen riss ich das Lenkrad herum und stieß rückwärts in die Seitenstraße. Der SUV hatte so viel Schwung, dass er über die Einmündung hinausschoss. Da ich mir ausrechnen konnte, dass er einige Zeit zum Umkehren brauchen würde, schaltete ich den Vorwärtsgang ein und raste über die Kreuzung.

Erneut gab ich Vollgas, bog nach links ab und gleich darauf nach rechts. Fürs Erste musste ich ihnen entwischt sein. Ich schaltete die Lichter aus und suchte nach einem Versteck. Bei einer der Villen standen die Torflügel weit offen. Ich steuerte in die kreisförmige Auffahrt und hielt hinter den hohen Hecken an. Dann schaltete ich den Motor aus und lauschte. Kurz darauf hörte ich den SUV mit quietschenden Reifen durch die Straßen jagen.

Dann entfernte sich das Geräusch, und im Viertel kehrte wieder Stille ein.

Lichter flammten in dem Haus auf, dessen Auffahrt ich leihweise nutzte. Hastig ließ ich den Motor an und entfernte mich. Doch wohin sollte ich fahren? Mein Bruder war im Hotel, Blake in Washington, Michael weiß Gott wo – und Madison konnte ich keinen reinen Wein einschenken.

Am liebsten hätte ich bei meinem Bruder und Florina Unterschlupf gesucht. Aber jemand hatte auf mich geschossen, und meinen Bruder in Gefahr zu bringen, war das Letzte, was ich wollte.

Flieh, hatte Helena gesagt. Aber wohin? Bevor ich das entschied, musste ich in Helenas Haus zurückkehren.

Um die Pistole zu holen.

Ich erreichte die Villa und lief auf kürzestem Weg in ihr Schlafzimmer. Ich riss den Schrank auf, durchwühlte die Schals und Kopftücher und tastete nach der Waffe. Sie war verschwunden.

Hatte Eugenia sie gefunden?

Ich trat in den Flur hinaus und rief nach ihr. »Eugenia!«

Ihre schweren Schuhe hallten dumpf auf der Treppe wider. »Bin sogleich da.«

Ihre Stimme klang gelangweilt. Ich wartete nicht, bis sie gemächlich den Korridor entlang gestapft kam, sondern rief ihr entgegen:

»Haben Sie etwas aus meinen Schubladen genommen?«

Eugenia wartete mit der Antwort, bis sie dicht vor mir stand. Sie war fassungslos vor Empörung. Anders ließ sich ihre Miene nicht beschreiben. »Sie wissen, dass ich nicht an Ihre Schubladen gehe.«

»Sie haben die Pistole herausgeholt, oder?«

Sie presste eine Hand vor den Mund. »Eine Pistole? Nein. Ich würde so ein Ding nie im Leben anfassen.«

»Manchmal bleibt einem nichts anderes übrig, als von seinen Gewohnheiten abzuweichen.«

»Die Waffe war hier? In Ihrem Schlafzimmer?«

Ich drehte mich um und ließ meine Blicke suchend durch den Raum schweifen. Dann zuckte ich zusammen.

Ich erinnerte mich, wo ich die Pistole gelassen hatte. Ich trat an den Kleiderschrank, öffnete ihn und sah die Abendtasche. Eugenia stand auf der Schwelle. Mit dem Rücken zu ihr drückte ich die Tasche zusammen.

Die Pistole im Innenfach war deutlich zu spüren.

Ich drehte mich um. »Mein Fehler. Können Sie mir noch einmal verzeihen?«

Sie holte tief Luft und atmete langsam aus. »Wenigstens ist das alles morgen vorbei.«

»Was ist vorbei?«

»Diese ganze Mietgeschichte.« Sie rümpfte die Nase und betrachtete grimmig meinen Körper.

Wenn sie erfuhr, dass Helena tot war, würde sie mich vermutlich rauswerfen. Ich musste Zeit gewinnen. »Der Vertrag wurde verlängert. Ich kam bisher nicht dazu, Ihnen das zu erzählen.«

Sie kniff die Augen zusammen und setzte zu einer Frage an, aber ich unterbrach sie.

»Zuallererst steht jedoch ein Besuch bei meinem Techniker an. Er soll einen Blick auf den Chip werfen, weil ich ständig unter Kopfschmerzen leide.« Es war ein Schuss ins Blaue, und ich betete, dass sie wusste, wer Helenas Biochip-Experte war.

»Warum gehen Sie nicht einfach da hin, wo man Ihnen das Ding eingesetzt hat? Genug bezahlt haben Sie ja.«

Sie war immer noch wütend. Wie würde sie wohl erst reagieren, wenn sie wüsste, dass sie womöglich in großer Gefahr schwebte? Helena hatte ihr zwar von dem Körpertausch erzählt, aber sonst war sie ahnungslos.

»Eugenia, hören Sie mir genau zu! Lassen Sie keinen Menschen herein! Wenn mich jemand sprechen möchte, sagen Sie, dass Sie keine Ahnung haben, wo ich mich derzeit aufhalte.«

Eugenia sah mich mit feierlichem Ernst an. »Also alles wie gewohnt?«

Demnach war Helena vorsichtig gewesen. Aber das Risiko hatte sich ins Unermessliche gesteigert. Mit jeder Minute, die ich in diesem Haus blieb, wuchs die Gefahr für mein Leben. Die Tatsache, dass Eugenia nichts wusste, war ein gewisser Schutz für sie.

»Ich muss los«, sagte ich. »Bitte, seien Sie vorsichtig!«

Ich stieg in Helenas Sportwagen und stellte den Motor an. Dann sah ich mir im Navi die Liste ihrer jüngsten Ziele an. Sie war so lang, dass ich gleich wieder aufgeben wollte. Aber dann erkannte ich einen der Namen: Redmond. Das war der Mann, von dessen Anruf Eugenia bei meiner Ankunft in Helenas Haus berichtet hatte. Als ich sah, wo er wohnte, verstärkte sich mein Verdacht, dass er der mit Helena befreundete Biochip-Experte sein könnte.

»Redmond«, erklärte ich dem Navi.

»Redmond«, zirpte es zurück. »Sofort.«

Das Navigationsgerät führte mich zu einer Lagerhalle in einem Industriegebiet des San Fernando Valley. Es war nicht gerade die Gegend, die man für einen nächtlichen

Ausflug wählte. Hinter Maschendraht knurrten schwarze Hunde – eine deutliche Warnung, hier nicht stehen zu bleiben. Die gewählte Adresse tauchte im Navi auf. Ich bog in die Einfahrt eines ganzen Komplexes von Lagerhäusern. Auf den Dächern montierte Scheinwerfer erhellten das Gelände mit ihren Lichtkegeln.

Redmonds Adresse war die letzte Halle. Ich parkte meinen Wagen so, dass ihn die Renegaten-Gangs von der Straße aus nicht sehen konnten, und näherte mich dem Eingang zu Fuß. Die Tür war verschlossen. Ich drückte auf einen altmodischen Summer aus Metall, über dem sich ein winziges Loch mit einem hellen Punkt in der Mitte befand. Eine Kamera. Es sprach für Redmonds Klugheit, dass er seine Forschungslabors von außen alt und schäbig aussehen ließ. Einen Augenblick später sprang die Tür mit einem dumpfen, metallischen Geräusch auf.

Im Innern herrschte nüchterne Strenge, ein Stil, wie ihn wahrscheinlich Bildhauer zum Wohnen und Arbeiten schätzten. Betonböden, ein langer Korridor mit nackten weißen Wänden, weit vorne in das kalte Licht von Leuchtstoffröhren getaucht. Ich zog meine Pistole aus der Tasche.

Mein Herz hämmerte. War das eine Falle? Ich wünschte mir Helena zurück. Sie hätte sich hier ausgekannt und mir Anweisungen geben können. Ich bedauerte, dass ich sie nicht über Redmond ausgefragt hatte, so lange noch Zeit dazu gewesen war.

Ich kam ans Ende des Korridors, wandte mich nach links und betrat einen geräumigen Saal. Tische und Werkbänke reihten sich aneinander. Überall sah man Elektronik, Computer und Monitore, manche in Betrieb, andere erloschen und halb ausgeschlachtet. Es gab so viel Technik, dass manche Geräte, an Schienen befestigt, von der hohen Decke hingen. Der Geruch, der in der Luft lag, erinnerte an einen Chemiesaal.

Ein Airscreen über einem chaotischen Arbeitstisch zeigte die Außentür mit dem Summer. Darunter saß ein zusammengesunkener Mann vor einer Reihe von Computer-Monitoren. Sein Silberhaar verriet ihn als Ender.

Nicht erkennen konnte ich, ob er tot oder lebendig war. Er rührte sich nicht, als ich von hinten heranschlich. Ich hielt die Pistole mit beiden Händen auf ihn gerichtet.

»Redmond?«, fragte ich.

»Helena«, murmelte er. »Du hast so lang gebraucht, dass ich fast eingeschlafen wäre.« Er sprach mit unverkennbar britischem Akzent.

Er hob den Kopf. Sein Gesicht wurde von zwei dunklen Bildschirmen reflektiert. Dann starrte er mein Spiegelbild an und sprach mit mir, ohne sich umzudrehen.

»Helena, was soll das?«

»Ich habe ein Anliegen.«

»Normalerweise musst du dafür nicht mit einer Pistole auf meinen Kopf zielen.«

Er setzte seinen Drehstuhl in Bewegung. Ich hinderte ihn daran, indem ich einen Fuß gegen den Metallring stemmte.

»Die Hände hoch«, sagte ich.

Alles, was ich tat, hatte ich entweder von meinem Dad gelernt oder im Kino gesehen. Es funktionierte. Er tat, was ich verlangte.

Von einem der Monitore kam ein Piepton als Untermalung eines pulsierenden roten Punktes. Der Punkt befand sich in einem Sektor des Stadtplans, der genau die Lagerhallen zu zeigen schien.

»Was ist das?« Ich deutete mit der Pistole.

»Na, was wohl? Das bist du. Dein Peilsender. Aber das weißt du doch.« Seine Augen verengten sich.

Er war hager und schlackerig und hatte die wirre Mähne des verrückten Wissenschaftlers. Sein Knochenbau verriet immer noch, dass er in seiner Jugend gut ausgesehen hatte.

»Jeder weiß mehr über meinen Körper als ich«, sagte ich. »Aber jetzt will ich, dass dieser Chip entfernt wird. Die Zeit ist um.«

»Wie lief die Sache?«

»Welche Sache?«

»Dein großer Plan.«

»Was nützen all diese Monitore, wenn man nicht erfährt, was sich draußen abspielt?«

Er starrte mich an und rollte seinen Stuhl nach vorne, die Hände immer noch hinter dem Kopf erhoben. Er betrachtete mich prüfend, versuchte herauszufinden, wer wirklich in diesem Körper steckte.

»Mein Gott.« Er senkte die Hände und kam mir so nahe, dass ich seinen Pfefferminzatem riechen konnte. »Sie sind nicht Helena, oder?«

Die Hand, mit der ich die Pistole hielt, begann zu zittern. »Helena ist tot.«

Er runzelte die Stirn und starrte ins Nichts. »Wie konnte das geschehen?«

Ich schüttelte den Kopf. »Ich weiß es nicht. Aber sie war in … meinen Gedanken, als es geschah. Ich glaube, dass sie umgebracht wurde.«

Er sah mich mit großen Augen an.

»Wir hatten uns fast angefreundet«, sagte ich. »Ich war kurz davor, sie persönlich kennenzulernen.«

»Helena war wie Dynamit.« Trauer glitt über seine

Züge. »Wir lernten uns im College kennen. Das muss jetzt mehr als hundert Jahre her sein.«

»Was wissen Sie über die Body Bank?«

»Ich weiß, was ich wissen muss.«

»Dann kriegen Sie jetzt von mir die Version für Anfänger. Die Leute von der Body Bank haben Helena auf dem Gewissen. Sie warnte mich davor, dass man versuchen würde, auch mich zu töten.« Ich richtete erneut die Pistole auf ihn. »Ich verlange, dass Sie diesen Chip aus meinem Kopf entfernen.«

»Ich verstehe, weshalb Sie verhindern wollen, dass man Sie aufspürt. Sie sind eine Augenzeugin von Helenas Tod.«

»Zumindest eine Ohrenzeugin. Ich flehe Sie an – befreien Sie mich von diesem Ding!«

»Das kann ich nicht.«

»Ich könnte Sie töten.« Ich streckte ihm die Waffe entgegen. »Das sollten Sie besser als jeder andere wissen. Sie haben schließlich die Stop-Kill-Sicherung unbrauchbar gemacht.«

»Es bleibt offen, ob Helenas Plan geklappt hätte«, sagte er. »Hätten Sie den Mord wirklich begehen können? Ich kann nicht sagen, ob der Eingriff erfolgreich war oder ob ich auch diesmal versagt habe.«

»Wollen Sie derjenige sein, der es herausfindet? Zum letzten Mal: Entfernen Sie den Chip.«

»Das würde ich gern. Ehrlich. Weil ich befürchte, dass sie einen finalen Befehl eingebaut haben.«

»Und was heißt das?«

»Ein Signal, das den Chip explodieren lässt.«

Ich schloss einen Moment lang die Augen.

»Machen Sie sich keine Sorgen! Wahrscheinlicher ist, dass sie den Chip weiterverwenden wollen – für eine neue Klientin der Body Bank, die an Helenas Stelle tritt.«

Ich konnte nicht entscheiden, was mich mehr erschreckte – dass eine fremde Person die Kontrolle über meinen Körper erhielt oder dass mein Kopf explodierte. »Aber seit der zweiten Chip-Änderung hatte ich keine Blackouts mehr. Helena konnte mich nicht mehr steuern.«

»Das ist richtig. Aber jemand könnte die Ebene erreichen, auf der Sie zuletzt Kontakt mit ihr hatten – diese Verbindung, die einen Austausch zwischen Ihnen und Helena ermöglichte.«

»Dann holen Sie das Ding endlich raus!«, schrie ich ihn an.

»Ich gäbe viel darum, wenn ich das könnte. Aber es ist unmöglich. Der Chip befindet sich in Ihrem Gehirn.«

»Sie haben bereits zwei Eingriffe gemacht, um ihn zu verändern.«

»Und das war nicht einfach. Aber ich kann ihn nicht entfernen. Man hat ihn so komplex in Ihrem neuronalen Netz eingebettet, dass er sich selbst zerstören würde, wenn jemand ihn auszubauen versuchte. Dafür müsste kein Signal mehr gesendet werden. Das würde im besten Fall zu einer starken Blutung führen und im schlimmsten Fall Ihr Gehirn zerfetzen. Dieser Chip ist eine winzige Bombe in Ihrem Kopf.«

»Eine Bombe in meinem Kopf. Sie machen Witze.«

»Leider nicht.«

Eine Gehirnblutung. Explodierende Köpfe.

»Das ist entsetzlich.« Ich senkte die Pistole. »Weshalb haben sie mir das angetan?«

»Das haben sie vermutlich allen Spendern angetan. Um sich dagegen abzusichern, dass die Konkurrenz einen Spender umbringt und sich auf diese Weise die wertvolle Technologie aneignet.«

»Dann muss ich also mit einem Stück Metall im Kopf herumlaufen, das mich für den Rest meines Lebens an diese Firma bindet?«

»So sieht es im Moment aus.«

»Ich werde nie wieder so sein wie früher. Ich werde nie wieder meine Ruhe vor ihnen haben. Das Mädchen, das die Body Bank betrat, gibt es nicht mehr.«

»Die Sache hat auch ihr Gutes.«

»Ach ja?«

»Sie sind die einzige Spenderin mit einem abgewandelten Chip. Das macht Sie zu einem einmaligen Fall.«

Ich lachte bitter. »Und was ist daran so erfreulich?«

Er starrte mich an. »Die Body Bank könnte ein Interesse daran haben, dass Sie am Leben bleiben.«

Redmond fertigte eine maßgeschneiderte Abschirmung für mich an, ein Magnetplättchen in unmittelbarer Umgebung des Chips. Dank einer Lokalanästhesie spürte ich keine Schmerzen. Während ich in einem sterilen Raum ganz hinten in seinem Labor auf einem OP-Tisch lag, konnte ich nicht umhin, seine Präzisionsarbeit zu bewundern. Redmond kam mir wie eine junge Seele in einem alten Körper vor. Ich vertraute ihm. Ich wollte, um ehrlich zu sein, sein Labor nicht mehr verlassen. Es gab mir ein tiefes Gefühl von Sicherheit, mich in der Nähe eines Menschen zu wissen, der mein Innenleben so genau kannte wie er. Ich sah in ihm so etwas wie meinen Privatneurologen.

Er erklärte mir, dass er früher als Gehirnchirurg gearbeitet und sich nach seinem Rückzug aus dem Berufsleben wieder seiner alten Liebe, der Computer-Technologie, zugewandt habe. Die Weiterentwicklung von

Hardware sei für ihn wie die Operation an Patienten, die sich nie beklagten. Und wenn einmal etwas schiefginge, könnte er einfach einen neuen Versuch starten.

Ich fühlte mich von ihm beschützt. Aber ich wusste, dass ich eine Gefahr für ihn darstellte, und er wusste es ebenfalls. Er war kein Anhänger von Helenas Sache. Er hatte den Auftrag angenommen, weil er Geld dafür bekam, weil ihn die Fortschritte der Wissenschaft faszinierten und vielleicht auch, weil ihn eine alte Freundschaft mit Helena verband.

Aber ich war eine Fremde für ihn, und ich wusste, dass er mich so rasch wie möglich wieder loswerden wollte.

»Ich muss Sie warnen. Das hier ist nur ein Provisorium. Die Dichtmasse, die ich benutzt habe, wird nicht lange an dem Plättchen haften. Aber stärkere Mittel würden Ihre Schädeldecke verätzen.«

»Wie viel Zeit habe ich?«, fragte ich.

»Ich weiß es nicht. Eine Woche vielleicht.«

Er bestrich die Ränder der Metallplatte mit einem Gel.

»Was wissen Sie über den Old Man?«, erkundigte ich mich.

»Sicher ist nur, dass er seine Identität geheim hält. Niemand kennt sein Gesicht. Gerüchte gibt es natürlich viele … dass er ein genialer Software-Entwickler war, dass er während des Krieges Teil der Dark Ops war und eine Verwundung erlitt … wer weiß schon, was davon stimmt.«

»Ich will ihn finden.«

»Das wollen viele Leute. Deshalb ist er wohl so öffentlichkeitsscheu.«

»Ich weiß, dass er manchmal die Body Bank aufsucht. Einmal habe ich ihn dort gesehen.«

Redmond unterbrach seine Arbeit und beugte sich in mein Blickfeld vor. »Suchen Sie nicht nach ihm! Sie sind jung. Schön. Wenn Sie sich nicht mit ihm anlegen, haben Sie ein angenehmes Leben vor sich. Er ist ein abgrundtief böser Mensch.«

Er half mir beim Aufsetzen, reichte mir einen Spiegel und ließ mich wie ein Friseur sein Werk in einem zweiten Spiegel an der Wand begutachten.

»Wo ist das Plättchen?«, fragte ich. »Ich kann es nicht sehen.«

Er nahm meine Hand und legte sie auf eine Stelle an meinem Hinterkopf. »Sachte«, warnte er.

Unter meinen Haaren spürte ich eine harte Metallplatte, die sich an den Umriss des Schädelknochens schmiegte.

»Ich musste den Haarboden ein wenig ausrasieren«, sagte er, »aber das merkt man höchstens, wenn ein starker Wind das Deckhaar hochweht.«

»Und das da verhindert, dass mich ein Peilsender aufspürt? Eine Woche lang?«

»Ja. Aber auch ich werde Ihre Wege nicht verfolgen können. Sie sind ab jetzt auf sich allein gestellt.«

»Okay.« Ich legte den Spiegel beiseite und erhob mich. »Das bin ich gewohnt.«

Seine Miene wurde noch ernster. »Kommen Sie mit!«

Ich folgte ihm zurück ins Labor. Er legte die Finger auf ein Pad am Aktenschubfach seines Schreibtisches. Es sprang mit einem Klicken auf. Er holte eine kleine Metallbox heraus, die etwa die Größe seiner Handfläche hatte und auf der Oberseite beschriftet war. Ich las »Helena«.

»Sollte mir irgendetwas zustoßen, dann kommen Sie hierher und holen dieses Kästchen.«

»Was fange ich damit an? Ich kann es nicht öffnen.«

»Es ist auf Ihre Fingerabdrücke kodiert. Dafür hat Helena gesorgt.«

Ich sah auf meine Finger. Gehörte irgendwas an diesem Körper eigentlich noch mir?

»Was ist darin?«

»Ich schätze, man könnte es Ihre Geburtsurkunde nennen.«

kapitel 21

Nun, da die Leute von der Body Bank mich nicht länger aufspüren konnten, wussten sie natürlich, dass ich den Chip überlistet hatte. Weil er sich nicht entfernen ließ, hatte Redmond auch nicht die Möglichkeit, einen falschen Peilsender nachzubauen und sie damit zu täuschen. Bis jetzt hatte Prime wahrscheinlich geglaubt, ich sei Helena und ihrem Plan ausgeliefert. Doch das galt jetzt nicht mehr.

Ich saß in meinem Wagen und zog im Schutz von Redmonds Lagerhalle das neue Handy heraus, das er mir gegeben hatte, weil er befürchtete, dass Helenas Gerät abgehört werden würde. Das alte Telefon schaltete ich ab, sobald ich Laurens Nummer abgefragt hatte. Als ich sie anrufen wollte, geriet ich an die Mailbox. Ich hinterließ ihr eine Nachricht, dass sie sich bei mir – nun, natürlich nicht bei mir, sondern bei Helena – melden solle, und gab ihr die neue Nummer durch.

Ich war gerade dabei, Madison anzuwählen, als auf Helenas Handy ein Anruf durchkam. Ich sah, dass es Blake war.

Blake.

Mir blieb fast das Herz stehen. Ich hatte ihn zuletzt

auf dem Airscreen gesehen, mit meinem Wal-Clip als Krawattennadel. Hatte sein Großvater erfolglos versucht, ihn gegen mich aufzuhetzen? Oder hatte er geschwiegen und sein Wissen für sich behalten?

Ich holte tief Luft. Dann rief ich ihn auf meinem anderen Handy zurück.

»Blake?«

»Callie!«

Schon seine Stimme trieb mir fast die Tränen in die Augen. »Du bist zurück.«

»Endlich.« Er verstummte für einen Moment.

»Hör zu, Blake, in dieser Nacht ...«

»Ich weiß. Ich habe dich vermisst.«

»Ich dich auch.«

»Das ist gut. Wäre furchtbar, wenn es nur mir so ginge.«

Er lachte leise.

»Hast du Hunger?«

»Wie ein Bär«, erwiderte ich.

Er schickte mir per Zing die Adresse eines altmodischen Restaurants, das sich The Drive-In nannte und die ganze Nacht geöffnet hatte. Als ich dort ankam, sah ich mehrere bewaffnete Enders eines Sicherheitsdienstes auf dem Gelände. In gewisser Weise erleichterte mich das. Sie waren nicht mehr meine Feinde, sondern mein Schutz.

Schicke Autos belegten sämtliche Plätze in der Nähe der Service-Zone. Man hatte keine Kosten gescheut, um aus diesem Laden, wie die Neonreklame besagte, einen »Blast from the Past« zu machen. Sportliche Enders auf Blades, die ihre Tabletts hoch in die Luft hielten, brachten Burger, Shakes und Bananensplits zu den Autos, laut beschallt von altmodischem Rock'n'Roll.

Über große Freilicht-Airscreens flimmerten Kinofilme aus den 1950ern – eine Zeit, in der es offenbar noch echtes Kino gegeben hatte – ohne Sound, was das Retro-Erlebnis nur verstärkte.

Ich fuhr an der Service-Zone vorbei und wählte einen Parkplatz ganz am Rand des Geländes. Von dort lief ich zur Toilette. Als ich wiederkam, war Blake immer noch nicht da. Ich setzte mich in mein Auto und wartete. Nach ein paar Minuten steuerte er seinen Wagen auf den Platz neben mir und lächelte mich an. Nichts auf der Welt hätte mein Herz mehr erwärmen können. Seine Beifahrertür öffnete sich mit einem Klicken und Summen. Ich stieg zu ihm um.

Ich hatte noch nicht richtig Platz genommen, als er sich zu mir herüberbeugte und mich auf die Wange küsste. »Hi.«

Es fühlte sich so richtig an, wieder bei ihm zu sein.

»Du siehst so großartig aus«, sagte er.

Er fuhr in eine Parklücke neben dem Restaurant. Eine schlanke Ender-Lady mit einem silbernen Pferdeschwanz kam auf ihren Blades ans Fahrerfenster und nahm unsere Bestellung auf.

»Es tut mir leid«, begann ich.

»Braucht es nicht.«

Ich atmete seinen Duft ein und fand einen Moment lang Trost in seinen vertrauten Zügen. Aber ich wusste, dass ich losheulen würde, wenn ich mich weiter so gehen ließ. Und ich musste für das, was ich ihm zu beichten hatte, stark sein.

»Ich muss dir so viel erklären«, begann ich.

»Ich weiß. Ich dir auch. Ich wollte dich aus Washington anrufen, aber mein Großvater nahm mir das Handy ab und gab es mir eben erst zurück.«

»Mir scheint, als hätte ich dich eine Ewigkeit nicht mehr gesehen, so viel ist inzwischen passiert.«

»Ich habe die ganze Zeit an dich gedacht. Am schlimmsten war es nachts, direkt vor dem Einschlafen. Tagsüber gab es all die Ablenkungen. Aber nachts kam ich mir ohne dich so allein vor.«

Etwas glitzerte an seiner Lederjacke. Der Wal-Clip von meinem Schuh. Ich tippte ihn mit dem Finger an.

»Ich sollte meinen ebenfalls tragen«, sagte ich. »Damit man sieht, dass wir zusammengehören.«

»Wir gehören auch so zusammen«, sagte er.

Er sah mich so durchdringend an, dass ich glaubte, seine Augen würden zu rauchen beginnen. Dann beugte er sich vor und schob eine Hand in meinen Nacken, um mich zu küssen. Ich schloss die Augen und ließ das Zittern, das der Kuss verursachte, durch meinen ganzen Körper laufen. Sein Haar war so weich, fast zu weich für einen Jungen. Seine Hände berührten meine Wangen, meinen Nacken, vorsichtig, neugierig, als sei ich das erste Mädchen, das er je berührt hatte.

Ich keuchte, als er das Metall an meinem Hinterkopf berührte.

Er zog die Hand zurück und reckte den Hals, um die Stelle genauer zu betrachten. »Was ist das?«

In diesem Moment kam die Bedienung mit unserem Essen. Wir rückten auseinander, und sie befestigte das Tablett an der Fensterkante. Blake reichte mir einen Burger, aber mir war der Appetit vergangen.

»Genau darüber wollte ich mit dir reden«, sagte ich.

Er beugte sich vor und blickte mir in die Augen, wartete wortlos auf meine Erklärung.

Durch meinen Magen ging ein Ruck, als befände ich

mich in einem schnellen Aufzug. Warum fiel mir das Reden so schwer? Weil das Ganze so kompliziert war.

Er umklammerte meine Hand. »Es ist okay. Ich höre.«

»Ich bin nicht das Mädchen, für das du mich hältst.«

Ein irritiertes Lächeln zuckte um seine Mundwinkel. »Wer oder was bist du dann?«

»Du wirst mich hassen.«

»Niemals.«

In seinen Augen las ich Wärme und Zuneigung. Am liebsten hätte ich die Zeit angehalten. Er mochte mich immer noch, glaubte immer noch an mich. Doch das würde ich zunichtemachen.

Er strich mir sanft über die Wange. »Es ist okay, Callie. Was immer du mir zu sagen hast – ich werde dich nicht hassen.«

»Mal sehen, wie du darüber denkst, wenn du die Wahrheit kennst.« Ich atmete tief durch, ehe ich begann. »Ich habe dich angelogen. Ich heiße nicht Callie Winterhill, sondern Callie Woodland. Ich bin nicht reich. Die Kleider, das Auto, das Haus – nichts davon gehört mir.«

Er starrte mich einen Moment lang wortlos an. Dann schüttelte er den Kopf. »Es ist mir völlig egal, ob du reich oder arm bist.«

»Ich bin nicht nur arm. Ich bin eine minderjährige Waise. Ich lebe auf der Straße, in verlassenen Häusern und ernähre mich von Essensresten, die ich mir erbettle oder stehle.«

Ich wagte es nicht, ihn anzusehen. Eine Woge der Ernsthaftigkeit erfüllte das Wageninnere wie Giftgas. Hastig redete ich weiter, bevor die Angst meine Zunge blockierte.

»Ich brauchte Geld für meinen kranken Bruder. Er ist erst sieben. Also schloss ich einen Vertrag mit Prime

Destinations, diesem Unternehmen, das wir nur Body Bank nennen. Ich habe meinen Körper an eine Ender namens Helena Winterhill vermietet. Es ist ihr Haus, ihr Auto, ihr Leben. Sie wollte verhindern, dass dein Großvater sich vor den Karren von Prime Destinations spannen ließ. Ich dachte erst, sie sei verrückt, aber ihr Verdacht bestätigte sich. Mehr noch, es stellte sich heraus, dass alles weit schlimmer war, als sie vermutet hatte.«

Ich sprudelte hervor, was ich wusste, wahrscheinlich viel zu schnell. Er ließ mich reden und unterbrach mich kein einziges Mal. Nur eines verschwieg ich ihm. Ich erwähnte nicht, dass Helena geplant hatte, seinen Großvater zu erschießen. Nun, da sie tot war, spielte das keine Rolle mehr. Die Dinge, die ich enthüllte, belasteten ihn vermutlich mehr als genug.

Als ich fertig war, wandte ich mich ihm zu. Er starrte mich immer noch an, und ich suchte in seinem Blick vergeblich nach Abscheu oder Empörung. Er wirkte sehr ernst und still. Sein Schweigen war eine Qual für mich. Ich spürte, wie meine Kehle trocken wurde, während ich auf seine Antwort wartete. Endlich begann er zu reden.

»Das ist so … ich weiß nicht, was ich sagen soll.«

»Glaubst du mir?«, fragte ich.

»Ich will dir glauben.«

»Aber du tust es nicht.«

»Es ist ein Schock. Ein gewaltiger. Verstehst du das?«

Ich schob das Deckhaar an meinem Hinterkopf zur Seite und zeigte ihm die Platte, die Redmond auf den Chip gesetzt hatte. Es kam mir so vor, als entblößte ich die intimste Stelle meines Körpers. Das bin ich, wollte ich damit sagen. Das ist aus mir geworden.

»Unter diesem Plättchen ist der Chip implantiert.«

Er sagte nichts. Ich hob den Kopf und strich das Haar

wieder glatt. Dann kam mir eine Idee. Ich wünschte mir so sehr, dass sie sich in die Tat umsetzen ließe, hoffte irgendwie, dass ich alles haben könnte, die Wahrheit und Blake, und deshalb stammelte ich sie hervor.

»Wenn du deinen Großvater überzeugen könntest, auf diese Partnerschaft zwischen der Regierung und Prime zu verzichten … Wenn du ihm klarmachen könntest, welche entsetzlichen Folgen sie hätte … dass er diese minderjährigen Waisen praktisch in den Tod schicken würde … müsste ihm dann nicht selbst daran gelegen sein, den Deal rückgängig zu machen?«

Vielleicht lag ich falsch, aber ich setzte auf die geringe Chance, dass der Senator nicht begriffen hatte, was Prime anstrebte – dass er nichts von der Permanenz gewusst hatte.

Ich wartete auf Blakes Reaktion. Er schien aufgewühlt, aber in Gedanken verloren.

»Blake?«

Er wischte sich mit einer Hand über die Stirn. »Ich werde mit ihm reden. Nein, warte, du wirst mit ihm reden. Du kannst diese Geschichte besser erklären als ich.«

»Ist das dein Ernst?«

»Morgen ist Samstag. Da wird er auf dem Gestüt sein. Er liebt die Ranch und ist dort viel umgänglicher. Komm einfach zum Lunch vorbei.«

»Er wird nicht auf mich hören. Er hasst mich.«

»Wir machen das gemeinsam. Auf mich wird er hören. Ich bin sein Enkel.« Er streichelte meine Hand. »Es ist auf alle Fälle einen Versuch wert.«

Wir. Er hatte »wir« gesagt.

Er zog meine Hand an seine Lippen und küsste sie. Seine Miene war nachdenklich. Ich spürte, dass er die neue Sicht, die er von mir gewonnen hatte, verarbeiten musste.

Wir verzehrten schweigend, was wir bestellt hatten, und dann fuhr Blake mich zurück zu meinem Wagen auf der anderen Seite des Parkplatzes. Ich stieg aus.

»Bis morgen«, sagte er nur.

»Bis morgen.«

Er gab mir einen Abschiedskuss, doch es war anders als zuvor. Schwerer durch die Lügen zwischen uns. Dann fuhr er los. Ich fühlte mich wie erschlagen. Ich setzte mich hinter das Steuer und verriegelte die Türen. Auf meinem Weg zur Toilette hatte ich einen Ender des Sicherheitsdienstes angesprochen und ihn gebeten, ein wenig auf mich aufzupassen, da ich ein paar Stunden im Auto schlafen wolle. Er erklärte sich gern dazu bereit, nachdem ich ihm ein paar größere Scheine zugesteckt hatte.

Gegen sechs Uhr morgens wachte ich auf, als mir die Sonne ins Gesicht schien, brachte den Sitz wieder in Normalposition und befühlte die Metallplatte am Hinterkopf. Ein starkes Pochen ging von der Stelle aus. Ich schluckte zwei von Redmonds Schmerztabletten.

Das neue Handy blinkte. Eine Zing von Lauren war angekommen.

Laurens langes rotes Haar schimmerte in der Morgensonne. Sie befand sich immer noch in diesem umwerfenden Körper von Reece. »Bitte bring mir gute Nachrichten, Helena! Ich weiß immer noch nichts von Kevin.«

Sie schob einen Kartenschlüssel in das Eingangstor

eines kleinen Privatparks in der Nähe ihres Hauses in Beverly Hills. Ich fühlte mich etwas beunruhigt wegen dieses Treffpunkts in unmittelbarer Nachbarschaft der Body Bank, aber der Park war nicht nur abgeschlossen, sondern überdies bewacht.

»Einige Leute haben ihn gesehen, ja sogar mit ihm gesprochen, aber seit einem Monat ist er wie vom Erdboden verschluckt«, berichtete sie.

Um das quälende Zaudern und Zögern nicht noch einmal durchzumachen, hatte ich beschlossen, sofort klarzustellen, wer ich war.

»Ich bin nicht Helena«, sagte ich daher.

Lauren sprach weiter, ohne meine Worte überhaupt zu registrieren.

»Hör mir zu. Ich bin nicht Helena!«

Sie machte den Mund auf und bekam ihn nicht mehr zu. Dann verschränkte sie grimmig die Arme. »Was sagst du da?«, fragte sie, ohne mich anzusehen.

»Ich bin die Spenderin, die Helena gebucht hat. Du sprichst in Wahrheit mit einer Sechzehnjährigen.«

»Moment. Als ich Helena traf, steckte sie in diesem Körper.« Sie deutete auf mich.

»Das Mädchen im Rune Club und im Restaurant war nicht Helena. Ich war es.«

»Du?« Sie funkelte mich zornig an. »Was ist mit Helena geschehen?«

Mir wurde das Herz schwer, als ich mir ihre letzten Momente in Erinnerung rief. »Sie ist tot.«

»Tot? Helena tot?« Sie packte mich hart an den Schultern und schüttelte mich. »Was hast du ihr angetan?«

»Ich habe ihr nichts angetan.« Der bewaffnete Parkwächter blickte in unsere Richtung. »Das war jemand von der Body Bank. Von Prime.«

»Wer?«

»Das weiß ich nicht.«

»Woher weißt du dann, dass sie tot ist?«

»Ich habe ihre Schreie in meinem Kopf gehört.«

»Du hast – was?«

»Helena ließ ihren Chip zweimal verändern. Zuletzt konnte ich ihre Gedanken empfangen. Und mich mit ihr unterhalten.«

Lauren schubste mich weg und ließ los. »Das kann ich nicht glauben. Wir kannten uns seit 85 Jahren.« Sie nahm ein Taschentuch und wischte sich Tränen des Zorns aus den Augen. »Und jetzt soll sie für immer gegangen sein.«

»Es tut mir so leid. Wir waren uns im Lauf der Zeit auch nähergekommen.«

»Wie kannst du es wagen, das zu behaupten?«

»Ich habe viel von ihr erfahren«, sagte ich.

»Tatsächlich?«

»Über den Senator. Und den Old Man.«

Sie wandte sich ab. »Ich schaffe das nicht. Ich kann dich nicht ansehen. Du hast mich belogen. Mich in dem Glauben gelassen, du seist Helena. Und jetzt erfahre ich, dass sie längst tot ist.«

»Falsch. Das ist erst gestern geschehen.«

»Warum ist niemand mehr das, was er zu sein scheint?«, presste sie zwischen den Zähnen hervor.

Ich musterte den schönen Körper, in dem sie sich verbarg, wagte ihr jedoch nicht vorzuhalten, dass man das Gleiche auch von ihr behaupten könnte.

»Zumindest … glaube ich, dass Kevin lebt«, sagte ich in der Hoffnung, dass eine gute Nachricht über Kevin sie besänftigen würde.

»Wie kommst du darauf?«

»Der Old Man bietet Abonnenten inzwischen an, dass

sie die jungen Körper nicht nur mieten, sondern auch kaufen können. Ich vermute, dass er dieses Konzept bereits seit einiger Zeit testet. Das würde all die vermissten Jugendlichen erklären, ihr plötzliches Verschwinden – ohne Kampfspuren, ohne Leichname.«

Ein schwacher Hoffnungsschimmer trat in ihre Augen. Doch gleich darauf verwarf sie die Möglichkeit.

»Du weißt überhaupt nichts. Wie könnte ich deinen Worten Glauben schenken? Du trägst Helenas Schmuck, verdammt noch mal. Fährst ihr Auto. Hast du denn gar kein Schamgefühl?«

Ich warf einen Blick auf die Kette. »Ich will ihr helfen.«

»Du kannst ihr nicht helfen. Weil sie tot ist. Du kannst niemandem helfen.«

Sie wandte sich zum Gehen.

»Lauren!« Sie drehte sich nicht um. »Oder bist du Reece?«, rief ich ihr nach.

Sie ging stur weiter.

Ich stand da und zitterte am ganzen Körper. Ich hatte geglaubt, dass sie mir helfen würde. Sie war Helenas Freundin. Sie war die Einzige, mit der ich über die verschwundenen Jugendlichen reden konnte.

Der Parkwächter starrte mich an. Er legte eine Hand auf den Griff der Pistole, die er am Gürtel trug, und kam langsam auf mich zu. Ich war Laurens Gast gewesen. Nun war sie fort, und ich hatte weder einen Grund noch die Berechtigung, mich hier aufzuhalten.

Ich eilte auf das Tor zu.

Ich schob es auf, lief nach draußen und ließ es hinter mir ins Schloss fallen. Draußen wartete mein Auto. Eben als ich einsteigen wollte, bemerkte ich auf der anderen Straßenseite eine vertraute Gestalt.

Michael.

kapitel 22

Ich hatte Micheal gefunden. Er würde mir helfen. Ich rannte zwischen Autos und Motorrädern über die Straße und winkte mit beiden Armen, aber er bemerkte mich nicht.

»Michael!«, schrie ich. Keine Reaktion.

Ich hetzte hinter ihm her, während er lässig weiterschlenderte, beide Hände tief in den Hosentaschen vergraben.

»Hey, Michael, bist du taub?« Ich hatte ihn eingeholt und versetzte ihm von hinten einen leichten Stoß. »Ich bin es!«

Er drehte sich um. Sein Anblick erwärmte mir das Herz. Jetzt erst merkte ich, wie sehr ich ihn vermisst hatte, diese sanften Augen und die langen blonden Haare, die sein Gesicht einrahmten. Er lächelte. Ich war hin und weg.

»Wow, Mann, du siehst klasse aus«, sagte ich und strich über seine Lederjacke, die bestimmt kein Billigfabrikat war.

»Du auch.« Er musterte mich von Kopf bis Fuß und zog mich dabei mit seinen Blicken aus. »Wer bist du?«

Es war Michaels Stimme, aber nicht sein Verhalten.

Ich starrte sein perfektes Gesicht an, Mund, Augen, Nase. Keine Sommersprossen und keine Schrammen von irgendwelchen Straßenkämpfen. Makellose Haut und edle Klamotten.

Ich spürte, wie mir das Blut in den Adern erstarrte. Das war nicht mehr Michael.

Das war ein Fremder, der Michaels Körper gebucht hatte.

Er hatte nicht wie versprochen gewartet, sondern sich noch vor meiner Rückkehr bei Prime verpflichtet.

»Wer sind *Sie*?«, fragte ich.

»Hey, ein Sechzehnjähriger. Wie findest du mich?« Er breitete die Arme aus und drehte sich einmal im Kreis. »Gar nicht so schlecht, oder?«

Mein Atem ging stoßweise. Ich krallte meine Finger in den Kragen seiner Jacke.

»Vorsicht, das ist echtes russisches Leder.«

»Mir egal – und wenn es vom Mars wäre! Wie lange stecken Sie schon in diesem Körper?«

»Ich weiß nicht, wovon du redest, Mädchen.«

Ich zerrte so heftig an seinem Kragen, dass er kaum noch Luft bekam. »Lügen Sie mich nicht an – und wenn doch, dann tun Sie es mit Ihrem eigenen faltigen Mund! Wie lange?«

»Ich komme gerade von Prime«, krächzte er heiser. »Ich habe ihn eben erst erhalten.«

Ich ließ ihn los. Konnte nicht noch mehr Aufsehen erregen. Schon drehten ein paar Enders die Köpfe nach uns um.

Er strich seine Jacke glatt. »Und ich habe nicht wenig dafür bezahlt«, zischte er mir zu. »Also gehört er mir.«

Der Parkwächter auf der anderen Straßenseite starrte uns durch das Torgitter an.

»Gehen Sie sorgsam damit um!«, sagte ich.

»Kennst du den Typen oder was?« Er deutete auf seinen Körper. »Schätzchen, ich habe einiges mit dem Ding vor. Das ist doch der Sinn der Sache, oder? Und davon wird mich nichts und niemand abhalten.« Er warf den Kopf zurück und lachte schallend.

Ich war nahe daran, Feuer zu spucken. Aber das entlockte diesem Mistkerl, wer immer er sein mochte, nur ein Grinsen.

»Du siehst echt süß aus. Bist du seine Freundin?« Er sah mich lauernd an. »Dann kriege ich mit diesem Körper vielleicht einen Bonus, was?«

Er legte mir einen Arm um die Schultern. Ich schüttelte ihn wütend ab.

»Rühren Sie mich nicht an!«, fauchte ich. »Ich will diesem Körper keinen Schaden zufügen.«

Passanten starrten uns an. Dann tat der andere etwas, mit dem ich nicht gerechnet hatte. Er kam näher, streckte die Zunge heraus und zog sie langsam von meiner Wange hoch zum Auge. Ich stieß ihn weg und wischte mir das Nass aus dem Gesicht.

Der andere zog seinen Kragen zurück.

»Nett, unsere kleine Begegnung«, sagte er, »aber jetzt muss ich los. Das Abenteuer wartet.«

Er blinzelte mir zu, wich ein paar Schritte zurück und schlenderte davon.

Der Parkwächter auf der anderen Straßenseite starrte mich immer noch an. Ich fühlte mich betrogen. Ich hatte Michael gefunden und stand doch mit leeren Händen da. Das hier war nicht der Freund, auf den ich mich immer verlassen hatte und den ich als Teil unserer kleinen Familie betrachtete. In Michaels Haut steckte ein widerwärtiger alter Ender, der womöglich zweihundert Jahre alt war und stank. Ich hatte mir keine Gedanken darüber gemacht, wie falsch das alles war, als ich selbst den Vertrag unterschrieben hatte.

Der Mieter von Michaels Körper. Moment mal. Er hatte das Wort »mieten« nicht ein einziges Mal erwähnt. »Also gehört er mir«, hatte er gesagt.

Was, wenn er Michael gekauft hatte? Für immer?

Nein. Bitte nicht.

Ich spähte in die Richtung, in die er sich entfernt hatte, konnte ihn aber nicht mehr sehen. Also sprintete ich los und rannte mit rudernden Armbewegungen bis zur nächsten Querstraße. Die braune Jacke zur Linken – war er das? Während ich mich durch die Schar der Passanten schlängelte, öffnete ich meine Handtasche, ertastete die Pistole und umklammerte sie mit der Rechten.

Ich holte ihn ein, presste ihm die Mündung in den Rücken und deckte die Waffe so mit meinem Körper ab, dass niemand sie sehen konnte.

»Stopp!«, flüsterte ich ihm ins Ohr.

Ich packte ihn am Arm, um meinem Befehl Nachdruck zu verleihen. Er sprach über die Schulter.

»Bitte, tun Sie mir nichts! Ich gebe Ihnen meine Brieftasche.« Die Stimme war zu hoch.

Ich riss ihn herum und sah ein von Aknenarben entstelltes Gesicht. Ein Junge, ein ganz normaler Starter, den Tränen nahe.

»Tut mir leid«, murmelte ich und ließ ihn los.

Er blieb wie erstarrt auf dem Gehsteig stehen.

»Lauf!«, herrschte ich ihn an. Er gehorchte.

Ich wirbelte herum und musterte erneut die Gesichter der Passanten, doch es war hoffnungslos. Ich hatte Michael aus den Augen verloren. Durch einen kostbaren

Zufall war ich ihm in dem Moment begegnet, als sein Körper die Body Bank verließ. Ich hatte die einmalige Chance erhalten, ihn zu beschützen. Aber genutzt hatte ich sie nicht.

Mir war zum Weinen zumute, doch ich stieß nur röchelndes Schluchzen hervor.

Das war schlimmer, als hätte ich ihn nie getroffen.

Ich stand in einem wogenden Meer silberhaariger Enders.

Wo befand sich mein Auto? Ich hatte mich immer weiter von meinem Parkplatz entfernt. Die Body Bank musste ganz in der Nähe sein, und dorthin wollte ich auf gar keinen Fall. Es dauerte einen Moment, bis ich mich zurechtgefunden hatte. Als ich mich nach Norden wandte, kamen mir im Gewühl der Enders plötzlich drei vertraute junge Gestalten entgegen.

Briona, Lee und Raj, beladen mit Einkaufstüten.

»Callie!« Briona winkte mir zu.

Sie waren von Kopf bis Fuß nach der neuesten Mode gekleidet, von ultra-hippen Sonnenbrillen bis hin zu spitzen Designerstiefeln.

»Briona!« Ich versuchte, so normal wie möglich zu klingen. »Was für ein Zufall, euch gerade hier in die Arme zu laufen!«

»Kein Zufall«, warf Raj ein. »Es ist allgemein bekannt, dass man in Beverly Hill am besten shoppen kann.«

»Wir waren bei Prime«, berichtete Briona, »und haben uns nach dem neuen Service erkundigt.«

»Und dann meldeten unsere Handys, dass du auf uns zukamst.« Lee hielt sein Mobiltelefon hoch.

»Mein Handy ist doch gar nicht an«, sagte ich verblüfft.

»Nun – das muss es aber sein«, beharrte Lee.

Ich öffnete meine Handtasche, hielt sie aber so gekippt, dass sie die Pistole nicht sehen konnten. Mein altes Handy leuchtete.

»Komisch. Ich weiß genau, dass ich es ausgeschaltet habe.«

»Passiert immer wieder mal, dass die Dinger in der Handtasche auf Empfang gehen«, meinte Briona.

Ich drückte die AUS-Taste.

»Habe ich eben zwei Handys in deiner Tasche gesehen?«, erkundigte sich Raj.

»Ja.« Ich schloss die Tasche wieder. »Eines gehört mir, das andere der Spenderin.«

»Komm, setzen wir uns doch!«

Bevor ich protestieren konnte, nahm mich Briona am Ellbogen und zog mich zu einem Tisch vor einem kleinen Café. Wir waren die einzigen Gäste.

»Raj, geh mal nach drinnen und hol uns Caffè Latte«, sagte sie.

Er nickte und verschwand.

»Ich kann nicht bleiben«, erklärte ich.

»Ist ja nur für eine Minute.« Lee setzte sich so neben mich, dass ich zwischen ihm und Briona eingeklemmt war.

Sie tauschten nervöse Blicke. Was ging hier vor? Briona klopfte mit den Nägeln auf der Tischplatte. Lee starrte sie an, und sie hörte damit auf.

»Und – hast du das Neueste von Prime gehört?« Briona beugte sich vor.

»Ja. Was haltet ihr davon?«, fragte ich.

»Ich kann es kaum erwarten, einen Dauervertrag abzuschließen«, meinte Lee. »Nicht mehr dieses ewige Hin und Her, sondern Beständigkeit – und damit die Möglichkeit, sich ein neues Leben aufzubauen.«

»Hast du eine bestimmte Person im Sinn?«, erkundigte sich Briona.

»Nein. Du vielleicht?«

»Ich habe bereits eine süße Kleine ins Auge gefasst, blond, so um die sechzehn«, sagte Briona. »Ich könnte mit ihrem Körper weit mehr anfangen als sie. Und ich bin viel klüger als sie.« Sie stützte ihr Kinn in die Handflächen.

Lee nickte. »Ein altes Sprichwort sagt: ›Die Jugend wird an die Jugend verschwendet.‹ Was ist mit dir, Callie? Was hältst du von einem permanenten Vertrag? Mit diesem oder einem anderen Körper?«

»Stimmt mit diesem Körper etwas nicht?«

»Alles in Ordnung, soweit ich sehe.«

»Aber für immer – das klingt irgendwie beängstigend«, sagte ich.

»Ich nehme an, sie räumen dir ein Umtauschrecht ein, wenn du unzufrieden bist«, meinte Lee.

»Aber was geschieht dann mit dem Spenderkörper?«, fragte Briona. »Ich meine, man kann doch diese kleine Blondine nicht nach drei Monaten in ihr gewohntes Leben zurückkehren lassen. Sie würde Fragen stellen.«

»Vielleicht würde sie es gar nicht bemerken«, wandte ich ein.

»Ein Blick in ihren Kalender, und sie wüsste, dass sie nicht Tage, sondern Monate ohne Bewusstsein war«, sagte Lee. »Den Rest könnte sie sich leicht zusammenreimen.«

»Einen Vorteil hat das kurzzeitige Buchen«, meinte Briona. »Man kann was Neues ausprobieren. Bei einem Kauf würde ich auf gefährliche Dinge wie beispielsweise Boxen verzichten. Das spielt bei einem Mietvertrag hingegen keine große Rolle.«

»Wenn du mal von den Vertragsstrafen absiehst«, sagte Lee.

»Wofür gibt es Mieter-Versicherungen?« Briona blinzelte ihm zu.

»Aber bei Dauerverträgen sparst du eine Menge Geld«, gab er zu bedenken.

Dieses Ender-Geschwätz machte mich wahnsinnig. Wie konnten sie es wagen, auf diese Weise über uns zu verfügen? Wir waren nur Werkzeuge, mit deren Hilfe sie ihrem Vergnügen nachgehen und sich ihre widerwärtigen Träume erfüllen konnten. Wenn wir dabei draufgingen – na und? Im Todesfall hafteten Versicherungen.

Das Gespräch verstummte. Nervöse Blicke zuckten wie Laserstrahlen hin und her. Lees Beine wippten auf und ab, und Briona trommelte wieder mit ihren langen Fingernägeln auf der Tischplatte herum. Ich versuchte mich zu erinnern, woher ich diese Angewohnheiten kannte.

Lee ertappte mich dabei, wie ich Brionas Hände anstarrte. Er warf ihr unauffällig einen Blick zu. Die Anspannung in ihren Gesichtern wuchs mit jeder Sekunde. Ich zog meine Handtasche näher heran.

Diese Leute waren nicht irgendwelche Enders!

Ein SUV hielt an der Bordsteinkante. Raj saß hinter dem Steuer. Deshalb all das Gerede. Um die Zeit zu überbrücken, während sie auf den Wagen warteten.

»Das wird wohl ein Coffee-to-go.« Briona erhob sich.

Lee stand ebenfalls auf und hakte sich bei mir unter. »Begleitest du uns, Callie?«

Ich riss mich los und öffnete meine Handtasche. »Nein.«

»Nun komm schon!« Briona trat näher.

Ich stieß ihr die Pistole in die Rippen. »Ich denke nicht daran, Doris!«

»Ruhig«, mahnte Lee leise. »Tu jetzt nichts Unüberlegtes!«

»Wäre das so schlimm, Tinnenbaum? Es ist doch nicht Ihr Körper!«, fauchte ich.

Raj saß am Steuer des SUV und sah zu uns herüber. Da er die Pistole nicht sehen konnte, spielte er seine Rolle weiter. Er hob einladend einen Pappbecher mit Kaffee.

»Die ganze Zeit über habt ihr euch in diesen Körpern versteckt«, sagte ich zu Lee. »Um mir zu folgen.«

Er tat einen Schritt zur Seite, um mir den Fluchtweg abzuschneiden.

»Steig in den Wagen, Callie«, sagte Briona.

»Ich brauche keinen Kaffee«, entgegnete ich. »Ich bin schon wach genug.«

Ich stieß Briona in Lees Arme. Dann rannte ich ins Café und durch den Hinterausgang ins Freie.

kapitel 23

Ich hastete die Gasse entlang, ohne mich umzusehen, ob Lee oder Briona mir folgten. Nein, ob Tinnenbaum oder Doris mir folgten, musste es heißen, nun da ich herausgefunden hatte, wer sie wirklich waren. Und Raj hinter dem Steuer des SUV war vermutlich Rodney, der mich seinerzeit zu Tyler und Michael begleitet hatte. Warum hatten sie sich als normale Kunden der Body Bank ausgegeben und mir nachspioniert? War ihnen Helenas Plan von Anfang an bekannt gewesen? Oder hatte die Verfolgung erst begonnen, nachdem sie den Chip verändert hatte?

Ich erreichte die Straße, in der mein Wagen geparkt war, und stieg ein. Als ich losfuhr, bemerkte ich im Rückspiegel einen schwarzen SUV, der in einem großen Bogen wendete und mir folgte. Waren sie das? Ein Lastwagen schob sich zwischen uns und nahm mir die Sicht.

Ich zog hastig das neue Handy aus der Tasche und wählte die Nummer von Tylers Hotel.

»Verbinden Sie mich mit Zimmer 1509.«

»Die Gäste haben das Hotel heute Vormittag verlassen«, erklärte die Dame an der Rezeption.

»Das kann nicht sein. Ich meine die Woodlands.«

»Ganz richtig. So hießen sie. Sie haben heute Vormittag ausgecheckt.«

Mein Magen sackte nach unten wie in einem Lift, der ungebremst in die Tiefe donnerte.

Ich ließ mich mit der Managerin verbinden, die uns bei der Ankunft behilflich gewesen war. Sie bestätigte es. Mein Bruder und Florina hatten keine Nachricht hinterlassen, wo ich sie erreichen könnte. Die Managerin setzte jedoch hinzu, die beiden seien mit dem Auto abgeholt worden – von einem Senior, der sich als Florinas Großvater vorgestellt habe.

Ich fühlte mich wie betäubt. Florina hatte keine Angehörigen, sonst hätte sie nicht auf der Straße gelebt. Und sie wäre nicht einfach verschwunden, ohne mir Bescheid zu geben.

Jemand hatte sie mitgenommen.

Die Body Bank.

Nun, es kam auch vor, dass für Kids Lösegeld erpresst wurde. Hatten das Auto und das vornehme Hotel Florina womöglich auf dumme Gedanken gebracht? War ihre liebevolle Fürsorge gespielt gewesen? Verzweifelte Starters waren dieser Tage zu allem fähig. Möglich auch, dass ein Angestellter auf der Suche nach Nebeneinkünften oder Vergünstigungen die minderjährigen Waisen gesehen und verpfiffen hatte. Wenn das der Fall war, saßen sie jetzt in einem Waisenhaus.

Nein, die Body Bank steckte dahinter.

Nicht um Tyler zu vermieten, dafür war er zu jung und krank, aber als Köder, um mich zurückzuholen. Ich ballte die Fäuste.

Ich verspürte den Drang, Prime mit der Pistole in der Hand aufzusuchen und seine Freigabe zu verlangen. Aber selbst in meinem blinden Zorn erkannte ich, dass es unmöglich war, jemanden dort herauszuholen. Sie hatten Sicherheitsposten und dicke Türen mit stabilen Schlössern. Und es wäre genau das, was sie mit einem solchen Schachzug zu erreichen suchten. Außerdem wusste ich gar nicht, ob meine Vermutung stimmte. Ich spürte nur tief in meinem Innern, dass hier etwas gründlich faul war.

Aber irgendetwas musste ich tun.

Ich fuhr auf den Kiesstreifen neben dem Zaun, der die Ranch von Blakes Familie umgab, und wendete den Wagen in Richtung Straße. Es konnte nicht schaden, alles für eine schnelle Abfahrt vorzubereiten. Als ich die Tür öffnete, sah ich, wie meine Hand zitterte.

Ich riss mich zusammen und lief über den knirschenden Kiesweg zum Haupteingang, den Riemen meiner Handtasche schräg um Schulter und Oberkörper gelegt, um die Waffe jederzeit griffbereit zu haben.

Die Haushälterin ließ mich ein und brachte mich zum Wohnzimmer, einem stattlichen Raum im Hazienda-Stil, mit hoher Decke und dunklen, freiliegenden Balken. Der normalerweise anheimelnde Geruch nach Kaffee und Tabak ließ mich unter den gegebenen Umständen erschaudern. Senator Harrison war für mich der Inbegriff von Geld und Macht.

Blake und sein Großvater hatten es sich in Polstersesseln aus tiefbraunem Leder bequem gemacht – bis sie mich sahen.

»Was sucht diese Person hier?« Der Senator schreckte auf.

»Es ist in Ordnung, Großvater. Ich habe sie eingeladen.« Blake erhob sich ebenfalls.

»Warum in aller Welt tust du so etwas?«

»Weil sie dir etwas Wichtiges zu sagen hat.« Blake trat neben mich und umklammerte meine Hand. Wie viel hatte er seinem Großvater erzählt?

»Bring sie sofort hier raus!«, schrie der Senator.

Ich spürte, wie das Blut in meinen Schläfen pochte.

»Schieß los, Callie!« Blake ließ meine Hand los. »Erklär es ihm!«

»Was soll sie mir erklären?«

»Ist Ihnen bewusst, dass das, was Sie tun, Mord ist?«, sagte ich.

Zornröte stieg ihm ins Gesicht. »Ich verbitte mir diesen Ton, altes Weib!«

Ich zog die Pistole und richtete sie auf ihn. »Ich bin nicht alt. Ich bin sechzehn. Sie haben nicht die Klientin, sondern die Spenderin vor sich.«

Im Augenwinkel sah ich Blakes Kinnlade nach unten klappen. Ich versuchte, mich auf die Waffe zu konzentrieren. Um meine Hand ruhig zu halten, trat ich hinter eines der Sofas und stützte mich ab. Er stand gut dreieinhalb Meter von mir entfernt.

Auf seinen Zügen spiegelte sich Erstaunen. »Und weshalb wollen Sie mich dann töten?«

»Dieser Deal zwischen Regierung und Prime Destinations bedeutet, dass unschuldige Minderjährige, die keine Familien mehr haben, an die Body Bank verkauft werden. Und die Body Bank bietet Senioren an, ihre Körper nicht nur für kurze Zeit zu mieten, sondern für den Rest ihres Lebens in Besitz zu nehmen.«

Der Gesichtsausdruck des Senators war schwer zu entziffern. Er sah mich entsetzt an, aber ich konnte nicht erkennen, ob meine Enthüllungen neu für ihn waren.

»An diesem Theater bist du schuld.« Er deutete auf Blake. »Also tu etwas!«

»Ihre Worte klingen vernünftig, Großvater«, entgegnete Blake. »Stimmt es denn, was sie sagt?«

»Stimmt es denn, was sie sagt?«, äffte der Senator seinen Enkel nach.

»Sie werden mich jetzt zu diesem Old Man bringen«, befahl ich dem Senator. »Zu dem geheimnisvollen Unbekannten, der hinter Prime Destinations steht.«

Seine Kinnlade klappte nach unten. »Nein. Das kann ich nicht.«

Meine Handflächen waren schweißnass vor Nervosität. Die Waffe drohte mir zu entgleiten.

»Bring sie zu ihm, Großvater«, sagte Blake. »Du weißt, wo er arbeitet.«

»Hören Sie, junge Dame! Ich will es so ausdrücken: Wenn ich Sie zu ihm bringe, wird er mich töten.«

»Und wenn Sie es nicht tun, töte ich Sie.« Ich bemühte mich, die Pistole ruhig zu halten. »Ich warne Sie. Mein Arm wird allmählich müde. Deshalb gebe ich Ihnen noch genau drei Sekunden. So ist das doch in den alten Filmen, oder? Ich zähle jetzt bis drei. Wenn Sie bis dahin nicht zur Tür gehen, schieße ich. Eins.«

Er fuhr sich mit der Zunge über die Lippen.

»Zwei.«

Sein Adamsapfel zuckte.

»Drei.« Er rührte sich immer noch nicht.

Ich musste schießen, obwohl ich es nicht wollte. Ich stellte mir vor, wie die Kugel in sein Fleisch schlug und es zerfetzte, wie eine Blutfontäne aufspritzte und sich im Raum verteilte. Mit zitterndem Finger betätigte ich den Abzug. Vage versuchte ich noch, im letzten Moment den Druck wegzunehmen, den Bügel in die Ausgangsposition zurückfedern zu lassen, aber es war zu spät, und so schoss ich. Wahrscheinlich hatte ich es doch gewollt.

Die Pistole ging mit einem hellen, scheppernden Knall los.

Gleichzeitig sah ich, dass Blake auf seinen Großvater zugehechtet war und ihn zur Seite gestoßen hatte.

»Blake!«, schrie ich.

Sie landeten beide auf dem Boden. Blut sickerte aus dem Arm des Senators. Ich starrte den roten Fleck an, der sich auf dem beige-schwarzen Navajo-Teppich ausbreitete.

Der Senator stöhnte. Blake riss seinem Großvater das Jackett herunter und presste beide Hände auf die Wunde.

Einen Moment lang starrte er zu mir auf, ungläubig und völlig geschockt. »Du hast auf ihn geschossen. Das hätte sein Tod sein können.«

Ich wusste nicht, was ich darauf antworten sollte. Blake hatte recht. Wenn er nicht eingegriffen hätte, wäre der Senator nicht mehr am Leben.

»Er hätte meine Warnung ernst nehmen sollen.«

»Ich dachte nicht … dass Sie Ernst machen würden«, stieß der Senator mit schmerzverzerrter Miene hervor.

In diesem Punkt war ich einer Meinung mit ihm. Mein Herz raste. Ich deutete mit dem Pistolenlauf auf den Senator. »Hilf ihm beim Aufstehen.«

»Was?«, fragte Blake.

»Es ist nur eine Fleischwunde. Sieh zu, dass er auf die Beine kommt.«

Blake hievte seinen Großvater in einen Sessel. Der Senator lehnte sich stöhnend zurück.

»Ich wollte das nicht. Aber Sie haben mir keine andere Wahl gelassen.« Ich schwenkte die Waffe. »Und damit das alles nicht umsonst war, bringen Sie mich jetzt zum Old Man.«

Das Gesicht des Senators war bleich. Er steuerte seinen Bentley mit einer Hand. Ich hatte auf dem Beifahrersitz Platz genommen und hielt die Pistole auf ihn gerichtet. Blake saß auf der Rückbank hinter ihm und passte auf, dass er keinen Fluchtversuch unternahm.

»In welchen Stadtteil fahren wir?«, erkundigte ich mich.

»Downtown«, sagte der Senator mit zusammengebissenen Zähnen.

Wir hatten ihm das Jackett wieder angezogen, damit die Wunde nicht sofort ins Auge fiel.

»Ich bin keine Verbrecherin«, sagte ich. »Aber mein kleiner Bruder ist krank. Ich muss herausfinden, wer ihn entführt hat.«

»Aber er könnte überall sein.« Das Sprechen fiel dem Senator schwer.

»Das stimmt. Ich habe keine Ahnung, wo er ist. Deshalb muss ich ihn suchen. Der Old Man ist mein einziger Anhaltspunkt – und bestimmt nicht der schlechteste.«

»Sie scheinen eine intelligente junge Dame zu sein. Sehr findig. Warum einigen wir uns nicht gütlich? Ich halte an, lasse Sie gehen und melde den Vorfall nicht bei der Polizei.«

»Sehe ich so aus, als sei ich auf den Kopf gefallen?«

Er musterte Blake im Rückspiegel. Nun erst fiel mir auf, dass Blake während der ganzen Fahrt sehr still gewesen war. Genau genommen hatte er kein Wort gesagt. Was mochte in ihm vorgehen? Ich hatte ihn vermutlich in eine unmögliche Situation gebracht. Aber als ich mich nach ihm umdrehen wollte, machte der Wagen unvermittelt einen Schlenker. Der Senator gab Vollgas und wendete über sämtliche Fahrspuren hinweg. Auf der anderen Straßenseite rammten wir ein leeres Wartehäuschen.

Die Airbags explodierten und schlugen mir die Pistole gegen den Kopf.

Der Wagen kam zum Stillstand, der Airbag vor mir erschlaffte. Mir war schwindlig, und ich sah alles verschwommen. Der Senator riss die hintere Tür auf und zerrte Blake mit dem gesunden Arm ins Freie. Ich konnte nicht sehen, ob er verletzt war.

Ich bewegte mich wie in Zeitlupe. Eine Seite meines Kopfes fühlte sich feucht an. Ich berührte sie – Blut. Blake und sein Großvater entfernten sich im Laufschritt vom Auto. Ich konnte erkennen, dass der Senator Blake stützte. Blake deutete auf mich und versuchte umzukehren, aber sein Großvater zwang ihn vorwärts.

Ich musste den Wagen verlassen. Wo war der Entriegelungsknopf? Meine Hand ertastete ihn, drückte ihn nach unten. Die Beifahrertür sprang auf, und ich fiel auf die Straße. Alles drehte sich um mich. Gestalten rannten auf das Auto zu. Das Letzte, was ich sah, bevor mir schwarz vor den Augen wurde, war ein Mann in Uniform.

Ein Marshal.

kapitel 24

Als ich zu mir kam, lag ich auf dem Rücken, unter weißem Licht. Es war so grell, dass ich blinzeln musste. Ein intravenöser Schlauch schlängelte sich von einem Tropf zu meiner Hand.

»Sie ist wach«, sagte eine brüchige weibliche Stimme.

»Hallo? Können Sie mich hören?« Eine Männerstimme, die ebenfalls alt klang, schwebte näher.

»Ich kann Sie hören.« Die Worte drangen mühsam und krächzend aus meinem Mund. »Aber ich kann Sie nicht sehen.«

»Keine Sorge«, sagte er. »Das ist normal. Lassen Sie sich Zeit. Und halten Sie die Augen geschlossen, wenn das angenehmer für Sie ist. Wir stellen Ihnen nur ein paar Fragen. Okay?«

Ich nickte. Mein Gehirn fühlte sich dumpf an. Vernebelt. Ich fragte mich, welche Medikamente sie wohl durch diesen IV-Schlauch pumpten.

»Vorname?«, fragte die Frau.

»Callie.«

»Nachname?«

»Woodland.«

»Alter?«

»Sechzehn.«

»Sind Ihre Eltern noch am Leben?«

Ihre Stimme kam mir irgendwie bekannt vor.

»Nein.«

»Haben Sie Großeltern, oder stehen Sie anderweitig unter Vormundschaft?«

»Nein.«

»Dann sind Sie eine minderjährige Waise?«

Mein Kopf schmerzte. »Wie lange war ich bewusstlos?«

»Nicht lange. Antworten Sie nur auf meine Fragen«, beharrte sie. »Sind Sie eine minderjährige Waise?«

Ich hatte nicht die Kraft, mir eine Lüge auszudenken. »Ja.«

Die Befragung schien beendet. Ich hörte, wie die Frau sich aufrichtete.

Vorsichtig schlug ich die Augen auf. Meine Sicht war immer noch verschwommen. Ich konnte erkennen, dass der Mann einen grünen Kittel trug. Wahrscheinlich ein Arzt. Dann war die Frau vermutlich eine Krankenschwester. Aber sie trug Grau, nicht Weiß. Sie hielt einen kleinen Apparat in der Hand. Erst dachte ich, es sei ein Telefon, aber nein, es war ein Aufnahmegerät.

»Möchten Sie Wasser?«, fragte mich der Arzt.

Ich nickte. Er streckte mir einen Becher entgegen. Ich trank mithilfe eines Strohhalms.

»Ich musste die Platzwunde an der Seite Ihres Kopfes mit einigen Stichen nähen. Da sie unterhalb des Haaransatzes lag, wird man keine Narbe sehen.«

»Das Plättchen«, sagte die Frau.

»Richtig. Welchen Zweck hat dieses Plättchen an Ihrem Hinterkopf?«

Ich ließ meine Blicke durch den Raum wandern. Allmählich sah ich meine Umgebung schärfer. Das hier war kein modernes, helles Krankenzimmer, sondern ein kahles, schmuddeliges Loch mit grauen Wänden.

»In welcher Klinik bin ich hier?«, fragte ich.

»Sie sind in keiner Klinik«, erklärte er, »sondern in einer Krankenstation.«

»Im Institut«, ergänzte die Frau. »Nun erzählen Sie uns von diesem Stück Metall.«

Jetzt erinnerte ich mich an sie. Mrs. Beatty, die Sicherheitschefin. Ich wollte mich aufrichten, aber etwas hinderte mich daran. Erst jetzt bemerkte ich, dass meine Arme und Beine an den OP-Tisch gefesselt waren.

»Lasst mich hier raus!« Plötzlich konnte ich wieder klar denken. »Das Ganze ist ein Irrtum. Ich habe Ausweispapiere. In meiner Handtasche. Ich bin in Wahrheit Callie Winterhill. Bestimmt erinnern Sie sich an mich.«

Sie wechselten einen Blick.

»Im Wagen fand sich keine Handtasche«, sagte Mrs. Beatty. »Nur eine Pistole.« Sie spitzte die faltigen Lippen. »Mit Ihrer DNS und Ihren Fingerabdrücken.«

Das Blut in meinen Schläfen pochte mit jeder Sekunde lauter.

»Und das ballistische Gutachten besagt, dass mit ebendieser Waffe auf Senator Harrison geschossen wurde«, ergänzte sie.

Er hatte mich hier eingeliefert. Offenbar war es Blake nicht geglückt, ihn davon abzuhalten. Oder Blake hasste mich jetzt, weil ich seinen Großvater um ein Haar getötet hätte.

Mrs. Beatty schob das Aufnahmegerät in ihre Tasche. Sie nickte dem Doktor zu, und er mischte noch etwas in die Tropflösung. Ich sah eine Spur von Traurigkeit in seinem Blick, bevor er die Station verließ. Sie wartete, bis er die Tür geschlossen hatte, und beugte sich dann dicht über mich, um mir ins Ohr zu zischen:

»Ich hasse Lügnerinnen.« Altersflecken umgaben ihre Augen.

Der Gestank nach Mottenkugeln und Schimmel drang auf mich ein. Dann legte sich ein schwerer Nebel über mich. Panik regte sich tief in meinem Innern, vermochte aber nicht bis an die Oberfläche zu dringen.

»Was … habt … ihr … mir … gegeben?« Mühsam stieß ich die Worte hervor.

Sie richtete sich auf und blickte mit einem höhnischen Lächeln auf mich herunter.

»Willkommen im Privatclub von Institut 37«, sagte sie. »In der Inhaftierungsstation.«

kapitel 25

Am nächsten Morgen fand ich mich auf dem kalten Betonboden einer Zelle wieder, die nach Moder und Urin stank. Ich stemmte mühsam den Oberkörper hoch. An der rechten Kopfseite spürte ich einen pochenden Schmerz. Ich berührte sie und spürte einen Verband. Der Doktor fiel mir wieder ein, die Platzwunde, der Autounfall.

Ich blickte an mir herunter und sah, dass ich einen schlabberigen grauen Overall trug. Gefängniskleidung.

Vergeblich suchte ich nach einer Sitzgelegenheit. Die winzige Zelle war leer und dunkel. Nur durch ein kleines Fenster nahe der Decke drang schwaches Licht. Ich stand auf und lehnte mich gegen die Wand. Aus einem Loch im Boden drang ein gurgelndes Geräusch. Eine vergitterte Klappe in der Metalltür diente wohl als Durchreiche für das Essen.

Sollte das ab jetzt mein Leben sein? Bitte, bitte nicht!

Auf die schmutzigen Wände starrend, fragte ich mich, ob sie meinen Dad ebenfalls in eine solche Kammer gesperrt hatten, in den Quarantäne-Einrichtungen, in die man zum Sterben geschickt wurde. Angeblich hatte man dort Experimente an den Menschen durchgeführt. Es war furchtbar, dort den Tod zu finden. Ebenso furchtbar wie für meine Mutter, zu Hause zu sterben.

Es war so weit gekommen, dass ich Plätze zum Sterben verglich.

Ich war mit ihr zusammen gewesen, an dem Tag, auf dem Weg vom Auto zum Supermarkt, als wir die Explosion am Himmel sahen. Wie eine riesige Löwenzahnblüte, die zerfiel. Ein Feuerwerk am helllichten Tag, das auf uns niederging.

»Zurück ins Auto«, schrie meine Mutter.

Wir rannten, doch der Wagen schien meilenweit entfernt zu stehen. Jemand hinter uns schrie. Enders schlugen die Hände schützend auf ihre Gesichter.

»Weiter«, herrschte meine Mutter mich an. Sie entriegelte hastig den Wagen und schob mich hinein.

»Schnell, Mom!«

Ein erleichtertes Lächeln erschien auf ihrem Gesicht, als sie meine Hand ergriff.

»Wir haben es geschafft.«

Das glaubten wir zumindest.

Bevor sie einsteigen konnte, schoss eine einzelne weiße Spore vor ihr nieder. Wir starrten darauf.

Sie starb eine Woche später.

Die Krankenhäuser waren überfüllt von Sporenpatienten. Quarantäne wurde verhängt.

Marshals nahmen unseren Dad mit, auch wenn er keine Anzeichen einer Infektion zeigte. Doch sie kannten die Wahrscheinlichkeiten. Er schickte uns täglich Zings, um uns zu versichern, dass er in Ordnung war.

Dann, eines Tages, bekam ich die verschlüsselte Mitteilung: *Wenn Falken schreien, ist es Zeit zu fliegen.*

Die Marshals würden kommen, auch uns zu holen. *Dad*, schrieb ich zurück. *Bist du krank? Wissen sie es?*

Er wiederholte nur seine erste Nachricht.

Ich wandte mich von der Wand ab.

Ich glaubte einen Schatten hinter dem Türgitter vorbeihuschen zu sehen. Eine Stimme war im Gang zu hören. Es klang, als telefonierte jemand. Ein paar Minuten später kamen Schritte näher. Mit einem mechanischen Summen glitt die Tür auf. Mrs. Beatty betrat meine Zelle. Sie ließ die Tür offen. Ich konnte die Stiefelspitzen eines Wachtpostens sehen, der draußen wartete.

»Sie fühlen sich bestimmt besser?« Hass quoll wie Öl aus ihren Poren.

Ich musterte ihr von Flecken übersätes Gesicht. Es sah schlimmer aus, als ich es in Erinnerung hatte. Fast, als wäre sie eine Million Jahre alt.

»Bekomme ich ein anderes Zimmer?«

Die Frage entlockte ihr ein Lachen. »Sie hätten ein Zimmer im Wohnheim gekriegt, aber wenn ich Sie daran erinnern darf, haben Sie versucht, einen Senator zu erschießen.«

»Was ist mit der Gerichtsverhandlung?« Das hatte ich in den alten Filmen gesehen.

Sie lächelte dünn. »Sicher wissen Sie, dass minderjährige Waisen keinen Anspruch auf einen Prozess haben.«

»Warum nicht? Die Gesetze gelten auch für uns.«

»Wer wie Sie auf der Straße lebt oder Häuser besetzt, hat gegen die Gesetze verstoßen. Der Staat gewährt Ihresgleichen großzügig Kost und Quartier. Aber Sie haben ein Verbrechen begangen, und das heißt, dass Sie hier inhaftiert bleiben, bis Sie volljährig sind.«

»Neunzehn?« Das hörte sich wie eine Ewigkeit an.

Sie nickte, und ihre Augen glitzerten. »Danach wird man Ihnen einen Pflichtverteidiger zuweisen. Bedauerlicherweise sind diese Leute überlastet und machen nicht viel Federlesens mit Kriminellen wie Ihnen. Ich gehe also davon aus, dass Sie nach dem Prozess in einem Gefängnis für Erwachsene landen werden.«

»Gefängnis lebenslang?« Sie log. Ich rang nach Luft, aber mit jedem Atemzug drang fauliger Gestank in meine Lungen.

»Ja – falls Sie die nächsten drei Jahre hier durchstehen.« Sie verschränkte die Arme und lächelte. »Das haben bisher allerdings nur wenige geschafft.«

Ich bemühte mich, meine Gefühle zu unterdrücken. Sie sollte nicht merken, was ihre Worte in meinem Innern anrichteten. Ich fragte auch nicht nach meinem Bruder, obwohl mich brennend interessierte, ob man ihn ebenfalls in ein Waisenhaus gebracht hatte.

Als könne sie meine Gedanken lesen, fragte Mrs. Beatty: »Wo ist Ihr Bruder?«

»Ich weiß es nicht.« Wie hatte sie in Erfahrung gebracht, dass ich einen Bruder hatte?

»Ich sollte mich darum kümmern. Wenn er noch nicht in einer unserer Einrichtungen gelandet ist, sollte man ihn aufspüren und einbuchten.«

Ich setzte ein Pokerface auf, aber es fiel mir schwer.

»Ich werde herausfinden, was es mit der Metallplatte in Ihrem Kopf auf sich hat. Wir haben hier drinnen keine Geheimnisse.«

Sie ging. Die Tür glitt hinter ihr zu und fiel ins Schloss. Befand ich mich hier ganz allein? Oder saßen in den anderen Zellen Mädchen wie ich? Ich konnte nichts hören. Vielleicht wussten die anderen Gefangenen, dass es besser war, sich still zu verhalten.

Ich ballte die Fäuste. Das konnte nicht rechtmäßig sein! Ich hatte kein Bett, keine Decke. Ich drehte mich langsam im Kreis und musterte die vier Wände. An einer entdeckte ich einen einzelnen Metallknopf. Ich drückte ihn, und ein kurzes Leitungsrohr kam zum Vorschein. Wasser. Wenigstens hatte ich Wasser. Ich atmete tief durch. Dann legte ich den Kopf in den Nacken, hielt den Mund unter die Öffnung und trank. Das Wasser hatte einen metallischen Geschmack und roch nach Chemikalien, aber es stillte den schlimmsten Durst.

Nach drei Sekunden verschwand das Rohr. Ich drückte erneut auf den Knopf, aber nichts geschah.

Mein Zuhause für die nächsten drei Jahre. Wenn ich die Haft überlebte. Ich schlug mit den flachen Händen gegen die Wand, immer wieder.

Am nächsten Morgen war ich vom Schlafen auf dem Betonboden völlig steif. Außerdem verursachte die Unfallverletzung starke Kopfschmerzen, aber niemand kam auf die Idee, mir Tabletten zu geben. Was sie mir zugestanden, war ein Hofgang auf einem unbefestigten, von Mauern umschlossenen Rechteck hinter den Gebäuden. Um drei Uhr nachmittags durften sich dort eingesperrte Minderjährige zwanzig Minuten lang Bewegung verschaffen. Ich wusste nicht, ob es noch mehr von meiner Sorte gab – der Wachtposten wollte es mir nicht verraten. Den normalen Mädchen im Institut stand eine Stunde im Freien zu, wenn sie ihre Zwangsarbeit nicht ohnehin an der frischen Luft verrichten mussten.

Das Gelände füllte sich mit etwa hundert Mädchen, die wie auf einem Pausenhof umherliefen. Manche spielten Ball oder warfen sich Stöcke zu. Aber die meisten schlenderten in Zweier- und Dreiergruppen umher und unterhielten sich mit gedämpften Stimmen. Ich suchte in der Menge nach einem vertrauten Gesicht, als mir jemand leicht auf den Rücken klopfte.

Ich hatte schon Sorge, es könnte Mrs. Beatty sein, aber es war Sara, das arme Ding, dem die Aufseherin mein Geschenk wieder abgenommen hatte.

»Callie! Was machst du denn hier?« Sie sah mich mit einem schmerzlichen Lächeln an.

»Ich wurde verhaftet.«

»O nein! Was hast du denn angestellt?«

»Nichts.« Ich benahm mich wie eine ganz gewöhnliche Verbrecherin, die ihre Schandtat leugnete. Das war leichter, als einem zwölfjährigen Kind die Zusammenhänge zu erklären.

»Dann ist alles ein Irrtum?«

»Ein großer Irrtum.«

Sie warf einen Blick auf die bewaffneten Wachtposten, die das Gelände umstanden. Dann hakte sie sich bei mir unter. »Es ist besser, wenn wir uns im Gehen unterhalten. Ist es schlimm, eingesperrt zu sein? Kann das Essen in den Zellen noch schlechter sein als der Fraß, den sie uns geben?«

»Ist eure Ration schwarz und flüssig?«, fragte ich. Mein Magen knurrte.

Sie schüttelte den Kopf.

»Hör zu, Sara, ich bin auf der Suche nach meinem Bruder. Er heißt Tyler und ist erst sieben. Seht ihr manchmal die Jungs?«

»Manchmal versammeln sie uns für irgendeinen öffentlichen Auftritt. Oder um uns allen eine Strafpredigt zu halten. Ist er hier, in der 37?«

»Das weiß ich nicht. Aber möglich wäre es.«

»Ich höre mich mal um.«

Zwei Mädchen rempelten uns wie aus Versehen an.

Ich blieb stehen und starrte sie an. Eine von ihnen war die Schlägerin aus der Straßen-Gang, die mich in der Nähe meines Hauseingangs angesprungen und mir eine Supertruffle geklaut hatte. Ihre rechte Hand trug noch die Narben von damals, als sie mein Gesicht verfehlt und ihre Faust auf das Pflaster geschmettert hatte.

Sie musterte mein verändertes Äußeres zweimal, ehe sie zu dem Schluss gelangte, dass ich es tatsächlich war.

»Du«, sagte sie, »gib besser acht auf dein hübsches Gesicht!«

»Verschwinden wir, Callie.« Sara zog mich weg.

»Bis später, Callie.« Die Schlägerin betonte meinen Namen mit einem spöttischen Singsang.

Wir starrten einander wütend an, während Sara und die Freundinnen der Straßenräuberin uns in entgegengesetzte Richtungen zogen. Erst an der Hofmauer blieb Sara stehen. Wir lehnten uns dagegen.

»Denk an was Schöneres als an diese Zicke«, sagte Sara.

Einen Moment lang schwiegen wir.

»Hast du einen Freund?«, wollte Sara wissen.

Ich lief rot an. »Ich hatte einen – mehr oder weniger.«

»Was nun? Ja oder nein?«

Ich seufzte. »Wenn ich das wüsste.«

»Wie heißt er?« Neugier blitzte in ihren Augen.

»Blake.«

»Blake. Klingt süß.« Sie lachte mich an und zwickte mich in den Arm. »Wetten, dass er dich vermisst? Und dass er mit deinem Bild unter dem Kopfkissen schläft?«

Ich sah mich um. Wenn die Gossenmädels das hörten, hatten sie einen Grund mehr, sich über mich lustig zu machen. »Ich glaube nicht, dass er ein Bild von mir hat«, sagte ich leise.

»Nicht mal auf seinem Handy?«

Ich horchte überrascht auf. Sie hatte recht. Er hatte ein Foto von uns gemacht, während des Ausritts auf der Ranch.

»Doch, das schon.« Ich lächelte.

»Na also.« Sie streckte den Arm aus und stupste meine Nase an. Dann erschien ein sehnsüchtiger Ausdruck in ihren Augen. »Wie sehe ich aus?«

»Warum?«

»Ach, nur so.«

Ich schüttelte den Kopf. »Sara, hat das etwas mit der Geschichte zu tun, die du mir letztes Mal erzählt hast? Dass ein Mann herkommen und einige von euch für ein Sonderprogramm auswählen will?«

»Vielleicht.«

»Ist dir der Name Prime Destinations ein Begriff?«

»Ich verrate nichts.« Aber sie lächelte.

»Sara …«

»Ich hoffe so sehr, dass sie mich nehmen«, wisperte sie.

Das Schlucken fiel mir schwer. »Wann kommt er?«

Sie zuckte mit den Schultern. »Bald. Stimmt es, dass noch nie jemand sein Gesicht gesehen hat?«

Ich nickte.

»Und wie wird er dann bei uns erscheinen? Mit einer Einkaufstüte über dem Kopf?«

»Mit einer Maske vielleicht.«

»Wie an Halloween?«

Ich nahm sie sanft an den Schultern. »Wo kann man sich hier am besten verstecken?«

»Hier im Waisenhaus? Das ist ganz einfach. In der Waschküche. Die liegt in einem komischen Winkel des Kellers, noch hinter dem Notausgang. Ich habe mich da mal verkrochen, als ich zum Bachsäubern eingeteilt war.«

»Und wenn ich dir nun sage, dass ich Prime Destinations kenne, dass ich dort war und dass man sich vor dieser Firma gewaltig in Acht nehmen muss? Du könntest deinen Körper für immer verlieren.«

Sie kniff die Augen zusammen, als bekäme sie von meinen Worten Kopfschmerzen. »Was soll das denn heißen?«

»Vertrau mir ganz einfach. Du musst dich verstecken, wenn sie kommen, um die Mädchen auszuwählen.«

»Verstecken? Warum? Es ist meine große Chance, endlich von hier zu verschwinden.«

Ich wollte ihr gerade von meiner Gehirnoperation erzählen, als eine Glocke schrillte. Mrs. Beatty stand im Hofeingang und durchlöcherte mich mit ihren Blicken.

»Bitte! Denk an meine Worte! Ich muss weg.«

»Jetzt schon?«

»Mir gestehen sie nur zwanzig Minuten zu. Vergiss nicht, ich bin das böse Mädchen aus dem Knast.«

»Warte!« Sie griff in ihre Tasche und zog ein Papiertaschentuch heraus, in das sie eine dunkle Masse eingewickelt hatte.

»Was ist das?«

»Der Rest der Supertruffle, die du mir geschenkt hast.« Lächelnd schob sie mir den Klumpen zu.

Unsere Begegnung lag Tage zurück. Die Supertruffle war ausgetrocknet und steinhart. Sie musste sie wie einen Schatz aufbewahrt haben, um sie in winzigen Stücken zu verzehren. Und nun gab sie mir, was davon noch übrig war.

»Los doch, sei nicht schüchtern«, sagte sie.

»Willst du sie nicht …?«

»Nein, du kannst sie haben.«

Ich biss hinein und hoffte, dass ich mir keinen Zahn abbrach. »Knusprig.«

Sie strahlte. Dann schlang sie ihre Arme um meinen Hals und drückte mich ganz fest.

»Ich freue mich so, dass du hier bist. Findest du es sehr egoistisch, wenn ich das sage?« Sie blickte mich unsicher an. »Aber ich freue mich wirklich. Ich dachte, ich würde dich nie wiedersehen. Und nun bist du hier. Meine Freundin.«

Ich lächelte, so gut ich konnte, mit meinem Mund voller trockener Krümel.

Sara war der einzige Lichtblick in meinem Gefängnisleben. Den Rest empfand ich als eine Qual. Ich lag auf dem kalten Boden, dachte an Tyler und zermarterte mir den Kopf, wo er sein könnte und wie es ihm wohl ging. Ich konnte es verkraften, dass ich keine Decke hatte und kaum etwas zu essen bekam, er vermutlich nicht. War er in einem ähnlichen Waisenhaus eingesperrt wie ich? Oder befand er sich in den Händen des Old Man?

Ich dachte auch an Blake und die Zeit, die wir gemeinsam verbracht hatten, und ich fragte mich, ob er mir je verzeihen konnte. Aber man hatte der Prinzessin ihre schönen Kleider und ihre goldene Kutsche genommen und sie in den Kerker geworfen, wo sie schmachten musste bis an ihr Lebensende. Das Märchen war vorbei. Kein Prinz der Welt würde eine Prinzessin retten, die versucht hatte, seinen Großvater zu töten.

Ich zählte die Stunden bis zum Hofgang. Als mich ein Wachtposten nach draußen führte, sah ich mir genau an, wie sein Zip-Taser im Halfter steckte, und überlegte, ob ich ihm die Waffe entreißen könnte. Aber selbst mit einer Waffe hatte ich nicht die geringste Chance gegen all die anderen Aufseher und deren Zip-Taser. Dafür einen zu langen Weg zum Ausgang, der ebenfalls von einem Wachtposten kontrolliert wurde. Meine Fluchtmöglichkeiten waren verschwindend gering.

Außerdem wollte ich das Waisenhaus erst dann verlassen, wenn mit absoluter Sicherheit feststand, dass Tyler nicht hier war.

Sobald ich den Hof betrat, hielt ich Ausschau nach Sara. Mädchen rempelten mich an, und jemand boxte mich sogar in den Rücken. Ich stellte mich in die Ecke, wo ich Sara am Vortag gesehen hatte, und wartete. Es dauerte nicht lange, bis sie auftauchte.

»Hast du etwas über meinen Bruder herausgefunden?«, fragte ich.

Sie schüttelte den Kopf. »Leider nein. Aber vielleicht ist er hier, und sie haben seinen Namen geändert.«

Der Gedanke schürte meinen Zorn. Seinen Namen geändert. Konnten sie ihm selbst das Letzte nehmen, was er besaß? Wo war er? Wer befand sich bei ihm?

»Kopf hoch, Callie! Ich zeige dir etwas.«

Sie nahm mich an der Hand und führte mich zu einer vergitterten Öffnung in der Mauer. Nachdem sie sich vergewissert hatte, dass uns niemand beobachtete, ging sie in die Hocke und zog mich mit nach unten.

»Schau!«, wisperte sie.

Wir erspähten durch die Öffnung ein schwarzes Rieseninsekt – einen Heli-Transporter, der auf der Rasenfläche des Haupthofes stand. Hinter der Maschine lehnte eine lange Leiter aus Metall an der hohen Mauer, die das Waisenhaus von der Außenwelt abschirmte. Eine Sekunde lang, eine kostbare Sekunde lang stellte ich mir vor, dass diese Leiter ein Weg in die Freiheit war. Aber auf der breiten Mauerkrone stand ein Ender und flickte den Stacheldraht.

Sara merkte, dass ein Wachtposten von der anderen Seite des Hofes zu uns herüberstarrte, und zog mich hoch.

»Das ist der Helikopter des Old Man«, erklärte sie.

Der Old Man. Hier. Mein Herz schlug schneller. War mein Bruder in seiner Gewalt?

»Bist du sicher?«

»Ich habe die Wachtposten belauscht. Sie sagten, niemand könne sein Gesicht erkennen. Angeblich trug er einen großen Schlapphut.« Sie spreizte die dünnen Finger und legte sie wie eine Krempe um den Kopf.

Sie lächelte. Mir dagegen war elend zumute. »Du willst unbedingt mitgenommen werden, nicht wahr? Ich kann dir das nicht ausreden?«

»Machst du Witze? Ich würde alles tun, um von hier wegzukommen. Und dich nehmen sie bestimmt auch mit. So toll, wie du aussiehst.« Sie strich mir über die Wange.

»Sara, ist es gefährlich, wenn du in eine Schlägerei gerätst? Ich meine, wegen deiner kaputten Herzklappe …«

Sie betrachtete mich mit zusammengekniffenen Augen. »Warum?«

»Wäre es gefährlich?«

»Ich denke nicht. Warum?«

Ich atmete tief durch. »Ich mag dich wirklich sehr, sehr gern. Bitte, vergiss das nie! Und sag dir eines vor: Was immer ich tue, geschieht, weil ich dich zu schützen versuche.«

Sie hielt den Kopf schräg und starrte mich neugierig an. Ihre Ahnungslosigkeit machte es mir umso schwerer, das zu tun, was ich als einzigen Ausweg sah. Ich holte weit aus, ballte die Hand zu einer harten Faust und schlug ihr mitten ins Gesicht.

Sie schrie auf, stolperte rückwärts und fiel zu Boden. »Warum ... machst du das?«

Sie rappelte sich hoch und tastete nach ihrer Nase. Blut lief ihr über Mund und Kinn.

»Es tut mir so leid«, wisperte ich.

Und schlug noch einmal zu, um ganz sicherzugehen.

Diesmal kippte sie nicht um. Tränen strömten ihr über die Wangen. Sie sah so gekränkt aus, so verraten, dass es mir fast das Herz zerriss. Die Mädchen in unserer Nähe blieben stehen, umringten uns und fragten, was los sei.

»Ich habe ihr gegeben, was sie verdient«, sagte ich, so laut ich konnte, ohne zu schreien.

Einige forderten einen Zweikampf. Die Schlägerin, der ich die Hand gebrochen hatte, drängte sich in den Kreis. Ich erwiderte ihren Blick und machte mich auf das gefasst, was nun kommen musste.

Los, dachte ich. Bringen wir es hinter uns!

Ich unternahm keinen Versuch, sie aufzuhalten. Sie griff kurz in ihre Tasche und ballte dann die Hand zur Faust. Etwas glitzerte in der Sonne. Im nächsten Moment landete sie einen harten Treffer an meiner rechten Wange.

Der Hieb brannte. Ich taumelte rückwärts, fand aber mein Gleichgewicht, bevor ich zu Boden ging. Mit einem raschen Blick vergewisserte ich mich, dass niemand von hinten angriff (und mir einen Schlag versetzte), und wartete auf den nächsten Angriff. Meine Gegnerin musterte mich misstrauisch, aber sie schmetterte mir erneut die Faust ins Gesicht, diesmal gegen das Kinn. Einer meiner Zähne flog davon.

Jetzt erst sah ich, dass sie einen Schlagring über die Finger gestreift hatte. Gut, damit richtete sie vermutlich einigen Schaden an. Die Mädels zischten warnend, dass die Wachtposten im Anmarsch waren. Meine Gegnerin schob ihre Waffe zurück in die Tasche.

Sara stand ein paar Schritte entfernt. Blut lief ihr aus der Nase, und sie weinte. Ich sah erleichtert, dass ihre Augen bereits rot geschwollen waren. Mein eigenes Gesicht brannte, als hätte mich die Straßenkämpferin mit einer gusseisernen Bratpfanne verprügelt. Wieder drang sie auf mich ein und zerrte mich an den Haaren zu Boden. Die Wachen rannten auf uns zu und droschen sich mit Schlagstöcken eine Gasse durch die Umstehenden. Sie hieben auf meine Gegnerin ein und zerrten sie von mir weg. Dann kam einer der Posten auf mich zu und versetzte mir einen Stoß in den Magen.

Mir blieb die Luft weg. Ich sank auf die Knie.

Ein metallischer Geschmack legte sich auf meine Zunge.

Mrs. Beatty bahnte sich einen Weg durch die Menge. Ich hatte geglaubt, ihr Gesicht könnte nicht mehr hässlicher werden, als es schon war, aber als sie das viele Blut sah, verzerrte es sich zu einer Fratze.

»Nicht ausgerechnet jetzt, Mädchen«, rief sie mit gefurchter Stirn. »Wir haben einen Besucher!«

kapitel 26

Ein Wachtposten begleitete Sara und mich zur Krankenstation. Jetzt, mit nur einem Aufseher und zwei Mädchen, wäre die beste Gelegenheit gewesen, sich aus dem Staub zu machen, aber Sara war wohl nicht bereit, mich bei irgendeinem Vorhaben zu unterstützen.

Sie kühlte ihr Gesicht mit einem nassen Tuch. »Ich dachte, du magst mich«, schluchzte sie. »Was habe ich dir denn getan?«

Ich konnte in Gegenwart des Wachtpostens nichts erklären. Als der Doktor mich sah, zeigte er keinerlei Gefühlsregung. Ich merkte nur an einem kurzen Flackern in seinem Blick, dass er mich erkannte.

Er deutete stumm auf einen Untersuchungstisch aus rostfreiem Stahl. Der Aufseher hob Sara auf die glatte Fläche. Ich setzte mich ohne Hilfe auf den Tisch daneben. Der Wachtposten erklärte, was sich zugetragen hatte, und schloss mit den Worten, dass er bleiben würde, um weiteres Unheil zu verhindern.

»Das wird nicht nötig sein«, sagte der Arzt.

Der Wachtposten beharrte darauf, dass er seine Anordnungen habe, und der Doktor zuckte mit den Schultern, als sei es ihm egal.

»Sie hat mich geschlagen. Mit voller Wucht.«

»Das sehe ich. Und sie ist größer als du.« Er betastete ihre Nase vorsichtig mit Daumen und Zeigefinger.

»Können Sie mein Gesicht wieder heil machen?«, fragte Sara.

»Ich werde mein Bestes tun.« Er kam zu mir herüber und sah sich mein Gesicht von allen Seiten an. »Die geplatzte Lippe muss genäht werden. Und Ihr Kinn sieht böse aus. Aber mit Ihrem Hinterkopf ist alles in Ordnung.«

Ich unterdrückte ein Lächeln. Das war genau der Befund, den ich hören wollte.

»Doktor«, sagte Sara. »Sie müssen mich zuerst behandeln! Wir haben Besuch, und ich muss schön sein.« Sie schickte mir einen Blick, aus dem hundert Prozent Hass sprachen.

Bei der kargen Ausstattung der Krankenstation konnte uns der Doktor nur notdürftig versorgen. Eine Stunde später war meine geplatzte Lippe genäht und Saras Nase mit einem Tapeverband versehen. Zusätzlich hatte er uns mit Blocker-Spray behandelt, das die Schmerzen betäubte. Sara wirkte völlig aufgelöst und verlangte immer wieder, dem Mann von Prime vorgestellt zu werden. Da kein Spiegel im Raum war, wusste sie nicht, dass sie außer der blutig geschlagenen Nase auch geschwollene Augenringe hatte.

Ich hoffte, der Old Man würde wieder verschwinden, ohne uns beide in die engere Auswahl zu ziehen. Mrs. Beatty betrat die Station, und ihrer Miene konnte ich entnehmen, wie sie unser Erscheinungsbild beurteilte.

»Ihr seid grässlich zugerichtet!«, fauchte sie.

Der Arzt tupfte Saras Gesicht mit einem Wattebausch ab.

»Lassen Sie das mal«, befahl sie unwirsch. »Und kümmern Sie sich erst mal um die hier.« Sie deutete auf mich.

Der Doktor wandte sich Mrs. Beatty mit hochgezogenen Brauen zu.

»Ich muss sie vorbereiten.«

»Und was ist mit mir?«, fragte Sara. »Ich möchte auch gehen!«

Beatty ergriff ihre Schulter. »Du machst, was ich sage.«

Sara wand sich aus ihrer Umklammerung. »Sie können mich nicht zwingen.«

Beatty lächelte. »Du weißt doch, dass ich das kann.«

Mrs. Beatty führte mich in die große Turnhalle. Ein Ender verpasste mir ein Stück Papier mit einer Nummer. An einer Längsseite waren die Mädchen mit Blick auf die Mitte des Saals aufgereiht, an der anderen die Jungs. Ich musterte im Vorbeigehen die Gesichter. Das hier war meine Chance, Tyler ausfindig zu machen. Die Kids starrten mein zerschlagenes Gesicht erschrocken an. Dann stellte mich Mrs. Beatty ans Ende der ersten Reihe.

Ich konnte Tyler nirgends entdecken, aber viele der Jungs waren durch andere verdeckt. Der Old Man hatte die Arme auf dem Rücken verschränkt und wanderte gerade an der letzten Reihe entlang. Die Luft knisterte vor Spannung. Ich nahm an, das käme von der Erregung der Kinder, die alle glaubten, der Besucher wolle sie von ihrem Waisenhausdasein erlösen. Aber ich täuschte mich. Das elektrische Knistern ging vom Old Man selbst aus und umgab ihn wie eine Aura.

Er trug wieder seinen Mantel und Hut. Alles, was ich erkennen konnte, war sein Rücken, und natürlich fragte ich mich, wie der Alte aussehen mochte. In diesem Augenblick drehte er sich um und kam auf die Seite der Mädchen zu.

Und zum ersten Mal konnte ich einen Blick auf sein Gesicht werfen.

Auf sein verhülltes Gesicht. Er trug eine Maske aus einem eigentümlichen metallischen Material, das sich wie eine zweite Haut an seine Züge schmiegte. Die Maske verbarg nicht nur seine Identität, sondern diente als eine Art Schirm oder Monitor, über den Bilder – andere Gesichter – huschten. Hatte er eben noch einem Popstar um die Jahrhundertwende geähnelt, nahm er im nächsten Moment das Aussehen eines Dichters an, der Jahrzehnte zuvor Berühmtheit erlangt hatte, oder auch irgendeines völlig Unbekannten. Da die Porträts dreidimensional waren, wirkten sie unheimlich, nicht so albern wie eine flache Karnevalsmaske, aber auch nicht so lebensecht wie ein richtiges Gesicht. Es war irgendetwas dazwischen, künstlich, aber faszinierend. Und da die Bilder ständig wechselten und sich verschoben, entstand der Eindruck von etwas Organischem, auf gruselige Weise. Es war die gleiche Technik, die er für seine Mitteilung im Fernsehen verwendet hatte, aber es war etwas anderes, ihm in Wirklichkeit gegenüberzustehen.

Ich war gebannt, auf eine ganz und gar unangenehme Weise, so wie man einen Autounfall mitverfolgt, obwohl man sich eigentlich abwenden möchte.

Mit einigen der Kids befasste er sich ausführlich, andere dagegen sortierte er sofort aus. Eine Ender mit einem Notepad folgte dem Old Man und gab die Nummern der Kandidatinnen ein, für die er Interesse zeigte. Als er meine

Reihe entlang schritt, hörte ich seine Fragen nach den besonderen Fähigkeiten der Mädchen. Seine Begleiterin tippte eifrig mit.

Je näher er kam, desto stärker wurde die hypnotische Wirkung der stetig wechselnden Gesichter. Er sprach mit dem Mädchen neben mir, aber ich konnte mich nicht auf seine Worte konzentrieren. Die Stimme war so elektronisch verzerrt wie bei seiner Mitteilung auf dem Privatsender. Ich vermutete, dass ein unter seinem Wollschal verborgenes Gerät diese metallischen Klänge hervorrief.

Ich war an der Reihe.

Er starrte mich an. Hatte er mich in den Räumen von Prime gesehen? Nein. Nur mein Spiegelbild. Und nun, mit meinem geschwollenen Gesicht, würde ich mich nicht einmal selbst wiedererkennen.

»Was ist dir passiert?«, fragte er.

Ich senkte den Kopf. »Ein Streit.«

»Und wie sieht deine Gegnerin aus?«

»Sie hat keinen Kratzer abbekommen. Kämpfen ist wohl nicht meine Stärke.«

Er nahm die Züge eines früheren Stummfilmstars an und grinste hämisch. »Das bezweifle ich.«

Er ging weiter. Ich atmete aus. Er hatte die ganze Zeit über geplant, hier nach neuen Kindern zu suchen, schärfte ich mir ein. Er war nicht meinetwegen gekommen.

Nachdem er alle Kids überprüft hatte, verließ er mit seiner Assistentin den Saal. Wir erhielten den Befehl, an unseren Plätzen zu bleiben. Die Assistentin kehrte mit einer Liste zurück und flüsterte dem Direktor des Waisenhauses etwas zu. Er nickte ihr zu, und sie las die Nummern laut von ihrer Liste ab.

Sobald eine Nummer aufgerufen wurde, jubelten die Auserwählten, als hätten sie einen Wettbewerb gewonnen.

Einige brachen sogar in Freudentränen aus. Ich reckte den Hals, um den jeweiligen »Sieger« in Augenschein zu nehmen und mich zu vergewissern, dass es nicht etwa Tyler war. Aber wie es schien, hatten sie keines der jüngeren Kinder genommen. Schließlich wurde die letzte Nummer verlesen. Niemand rührte sich, bis mir meine Nachbarin einen Rippenstoß versetzte.

205.

Meine Güte, das war ich.

So viel zu meinem großen, unter Schmerzen in die Tat umgesetzten Plan. Ich hatte mir das Gesicht verunstalten lassen und zählte nun doch zu den Opfern der Body Bank.

Der Direktor verkündete, dass alle Nichterwählten in ihre Wohnquartiere zurückkehren konnten. Die Sieger sollten bleiben, bis man ihnen ihre Habe ausgehändigt hatte – den armseligen Inhalt ihrer Holzboxen. Ich stand da und sah zu, wie die anderen in Zweierreihen die Turnhalle verließen, gefolgt von den Wachtposten und dem Direktor. Keiner der Zurückgewiesenen hatte Ähnlichkeit mit Tyler.

Sie ließen uns, die Auserwählten – zehn Jungs und siebzehn Mädchen – wie Statuen in der weitläufigen Turnhalle stehen. Ein Wächter postierte sich am Ausgang.

Wir begannen einander unauffällig zu begutachten. Das Mädchen, das in meiner Reihe stand, war vermutlich wegen ihres blonden Haars gewählt worden, der Junge auf der anderen Seite der Halle aufgrund seiner kräftigen Statur. Alle strahlten, stolz darauf, dass man sie wegen ihres guten Aussehens oder ihrer besonderen Talente den anderen Kids des Waisenhauses vorgezogen hatte. Ein Junge in der Reihe gegenüber wechselte einen Blick mit mir. Ich las Ratlosigkeit in seinen Zügen. Warum hatte sich der Besucher ausgerechnet für mich, das Mädchen mit dem blauen Auge und der genähten Unterlippe, entschieden? Dann nickte er kurz, als habe er verstanden, und sah weg. Wahrscheinlich hatte sich die Sache mit meiner Schlägerei herumgesprochen, und er war zu dem Schluss gelangt, dass ich die Berufung meinem Killer-Instinkt zu verdanken hatte.

Vielleicht stimmte das sogar.

Rennt weg, so schnell ihr könnt, hätte ich ihnen am liebsten zugerufen. Versteckt euch in einem Schrank, unter euren Betten, irgendwo. Sie hatten keine Ahnung, was diese Auslese wirklich bedeutete. Dass ihr Leben so gut wie verloren war. Dass sie nie erwachsen werden durften.

Und dann schoss mir ein Gedanke durch den Kopf: Warum befolgte ich nicht meinen eigenen Rat? Warum stand ich hier und wartete nur darauf, dass man mich wegbrachte?

Ich wandte mich ab und ging auf einen der Notausgänge im hinteren Bereich der Turnhalle zu. Der Wachtposten am Haupttor richtete sich auf und schrie mir nach: »Hey, Minderjährige! Stopp!«

»Ich muss auf die Toilette«, rief ich über die Schulter.

Ich hörte ihn quer durch die Halle rennen. »Das ist die falsche Tür!«

»Es ist dringend.« Ich begann ebenfalls zu laufen.

»Halt oder ich schieße!« Er war stehen geblieben.

Ich wusste, dass er mit dem Zip-Taser auf mich zielte. Ich hielt an, drehte mich jedoch nicht um.

»Wollen Sie etwa kostbare Ware beschädigen?« Ich winkelte die Arme an. »Dann werden Sie unvorstellbaren Ärger bekommen!«

Ich stieß mich mit den Fersen ab, schnellte auf den Notausgang zu und stieß die Tür so heftig auf, dass sie gegen die Wand knallte. Als ich den leeren Korridor entlang sprintete, hörte ich, wie der Wachmann per Funk Verstärkung anforderte, da er die anderen Kids nicht ohne Aufsicht lassen könne.

Der Korridor führte in den Treppenschacht. Ich hastete die Stufen nach unten. Weiter oben hörte ich Schritte – vielleicht die Leute, die dem Wachtposten zu Hilfe kamen. Plötzlich endete die Treppe. Ich befand mich im Keller.

Freiliegende Rohrleitungen liefen die unverputzten Wände entlang. Eine einsame Glühbirne baumelte am Ende des Ganges von der Decke. Ich rannte auf den hellen Schein zu. Der Gang machte einen Knick. Drei dunkle Gänge zweigten in verschiedene Richtungen ab. Einer davon befand sich nahe der Außenwand. Kurz entschlossen folgte ich ihm bis ans Ende. Ich warf einen Blick nach rechts und fand den Notausgang, den Sara erwähnt hatte. Ich schickte ein Gebet zum Himmel, dass die Tür nicht mit der Alarmanlage verbunden war.

Ich stemmte sie auf und schob mich hindurch. Kein Alarm, zumindest kein hörbarer. Der Kellergang führte weiter. An seinem Ende befand sich eine Tür mit einer Glasscheibe. Ich sah die Reste einer alten Beschriftung und konnte den Buchstaben »W« entziffern.

Ein Blick durch das kleine Fenster verriet mir, dass sich dahinter tatsächlich die Waschküche befand. Sie schien leer zu sein. Ich öffnete die Tür einen Spalt weit und huschte in den Raum.

Uniformen, wohin ich blickte. Links standen Rollcontainer mit Bergen von Schmutzwäsche, rechts die Behälter mit den sauberen Decken. Klapptische enthielten

Stapel von Bügelwäsche, und von Zugseilen an der hohen Decke hingen Hemden zum Trocknen.

Die Waschküche selbst befand sich zur Linken, mit geschlossener Tür, um den Lärm zu dämpfen. Ich wandte mich nach rechts und sah eine Kammer, in der mehrere Container mit gebrauchsfertigen Sachen auf den Abtransport warteten. Doch bevor ich sie betreten konnte, hörte ich jemanden husten.

Ich drehte mich nach links und sah ein Mädchen, das mit dem Rücken zu mir stand und Wäsche auf einen Tisch hievte. Sie war mehr als kräftig gebaut und wohl deshalb nicht in die engere Auswahl für die Body Bank gekommen.

»Bist du meine Ablösung?«, rief sie, ohne sich umzublicken.

»Ja«, sagte ich mit gesenktem Kopf.

»Wurde aber auch Zeit.« Sie wischte sich mit dem Ärmel den Schweiß von der Stirn und ging davon, ohne mich weiter zu beachten.

Ich spähte durch die Türscheibe in den Nebenraum. Alles war dunkel. Ich huschte hinein und knipste einen Moment lang das Licht an, um einen Container auszuwählen, der sich als Versteck eignete. Ich tastete mich zu dem Behälter, der am weitesten entfernt von der Tür stand, kletterte hinein und vergrub mich in der sauberen Wäsche. Ich hatte keinen Plan. Ich hoffte nur, dass ich lange genug unentdeckt bleiben würde, bis der Old Man des Wartens überdrüssig wurde und das Gelände verließ.

Ich rollte mich zusammen wie ein Baby im Mutterleib. Vielleicht wäre ich eingeschlafen, wenn mein Herz nicht so laut gehämmert hätte. Ich dachte an die Kids in der Turnhalle. Wurden sie bereits weggebracht, während die Sicherheitsleute nach mir suchten? Wie weitläufig war das Gelände? Wie lange mochte es dauern, bis sie zu den Wirtschaftsräumen vordrangen?

Nicht lange, stellte ich fest. Einige Augenblicke später öffnete sich die Tür. Jemand betrat die Waschküche. Schritte. Aber vielleicht war es auch nur die richtige Ablösung? Dann öffnete sich die Tür zum Nebenraum. Das Licht ging an. Durch die Leinwand meines Wäschecontainers konnte ich die Umrisse eines Mädchens erkennen.

Ich hielt den Atem an. Sie kam näher. Näher. Dicht neben meinem Container blieb sie stehen.

Ihre Hände durchwühlten die Wäsche, packten mich an den Armen, zogen mich hoch.

Kleine Hände.

Ich hätte mich wehren können, aber ich stand auf und schüttelte die Wäschestücke von mir ab.

Ich kannte dieses Mädchen.

»Sara«, wisperte ich.

Sie hielt meine Arme fest. Ihr Gesicht war nur Zentimeter von meinem entfernt. Es fiel mir schwer, ihren Ausdruck zu deuten, da ihre linke Wange so geschwollen war, dass sie das Auge geschlossen hielt.

»Callie.« Sie rang sich ein Lächeln ab. »Das ist vielleicht ein blödes Versteck. Ich konnte sofort erkennen, dass du dich da drinnen zusammengerollt hast.«

»Schsch!«, machte ich.

»Gib mir keine Anweisungen!« Sie umklammerte meine Arme fester. »Ich dachte, du seist meine Freundin.«

»Ich bin deine Freundin.«

»Du lügst! Du hast mir die Chance meines Lebens genommen. Das werde ich dir nie verzeihen.«

»Bitte«, sagte ich und spreizte flehend die Finger. »Die werden uns hören.«

»Die sollen mich hören.« Ihr dünnes Stimmchen klang jetzt entschlossen. »Ich werde dich nämlich verraten.«

Ich hätte mich mit Leichtigkeit ihrem Griff entwinden können. Ich war älter, größer, stärker. Aber ich hatte Angst, dass sie dann beginnen würde zu schreien.

»Ich habe gehört, dass du unter den Auserwählten bist, Callie. Sie brachten eine Lautsprecherdurchsage. Wer dich findet, bekommt eine Belohnung.« Ihr rechtes Auge weitete sich. »Vielleicht geben mir die Leute von Prime Destinations sogar deinen Platz.«

»Du bist zu jung. Sie haben keine Kandidaten unter fünfzehn genommen.«

Sie runzelte die Stirn. »Du lügst.«

»Du hast die Namen der Auserwählten gehört. War jemand unter fünfzehn dabei?«

Ihre Unterlippe begann zu zittern.

»Bitte, Sara, du darfst mich nicht verraten. Ich weiß, dass du sauer bist, aber ich habe es zu deinem Besten getan. Ich wollte unbedingt verhindern, dass sie sich für dich entscheiden.«

»Warum haben sie dann dich genommen? Sieh dich doch an!« Sie schnitt eine Grimasse.

»Schwer zu sagen. Vielleicht, weil sie wissen, dass ich bereits einen Vertrag bei ihnen unterzeichnet habe? Es spielt auch weiter keine Rolle. Das Einzige, was zählt, ist die Tatsache, dass sie mich umbringen werden, wenn ich zu ihnen zurückkehre – so wie sie die Frau umbrachten, die meinen Körper gemietet hatte. Und dann ist mein Bruder verloren.«

»Was?« Verwirrung lag in ihrem Gesicht.

Sie hatte noch nicht verarbeitet, dass Prime sie auf keinen Fall an meiner Stelle nehmen würde, und nun erfuhr sie ganz nebenbei, dass ich sterben würde, wenn sie mich der Heimleitung meldete.

»Ich weiß nicht, was du meinst, aber du fürchtest dich doch sonst vor nichts«, sagte sie. »Das habe ich genau gemerkt. Warum fürchtest du dich so sehr vor Prime?«

»Weil ich herausgefunden habe, dass sie die Menschen töten. Starters. Ich weiß nicht, wie ich es erklären soll, es ist ungefähr so, als würden sie Körper und Gehirn trennen und dann das Gehirn für alle Zeiten stilllegen.«

Sie bemühte sich, meine Worte zu begreifen. Ich starrte mit angehaltenem Atem zur Tür, überlegte, wie lange ich brauchen würde, um aus dem Container zu springen und zu fliehen, und wie lange es dauern würde, bis sie mit ihrem Geschrei die Verfolger auf den Plan gerufen hatte.

»Also, das klingt schlimm«, sagte sie schließlich.

Langsam ließ sie meine Arme los. Ich atmete erleichtert aus.

Da meine Gefängnisuniform sofort auffallen würde, half mir Sara beim Zusammenstellen einer Verkleidung. Sie erklärte mir, dass die einzigen Beschäftigten auf dem Gelände außer den Minderjährigen selbst die Gärtner waren. Diese Ender hatten die Aufgabe, den Eingangs- und Verwaltungsbereich gefällig zu gestalten, um Besuchern eine freundliche Fassade zu bieten. Damit man sie schon von Weitem von den Insassen unterscheiden konnte, trugen sie schwarze Hemden und Hosen sowie breitkrempige Hüte, die sie gegen die Sonne schützten. Wie geschaffen für eine Verkleidung. Sara suchte die Sachen aus den sauberen Wäschestapeln für mich zusammen.

Außerdem band sie mir das Haar so straff zusammen, dass nicht eine Strähne unter dem Hut hervorblitzte.

»Vielleicht sollten wir dir noch ein paar Runzeln aufmalen«, meinte sie, als sie mich betrachtete.

»Ich halte es für besser, wenn wir möglichst rasch von hier verschwinden.«

»Du kannst nicht ohne Schuhe losgehen.« Sie deutete auf meine bloßen Füße.

Meine grauen Tennisschuhe, die zur Gefängniskleidung gehörten, hätten mich sofort verraten. Ich schob sie mit den Zehenspitzen unter einen Berg von Wäsche, während Sara nach einem Paar frisch gereinigter, schwarzer Stoff-Slipper suchte.

Nach einer Weile kam sie wieder. »Es gibt nur dieses eine Paar.«

Ich schlüpfte erst in einen, dann in den anderen Schuh. Sie waren mindestens zwei Nummern zu groß. »Perfekt«, sagte ich. »Gehen wir!«

Ich fand ein paar Gummibänder, die ich über die Slipper streifte, um sie unterwegs nicht zu verlieren. Wir waren zu dem Schluss gelangt, dass mich nur eine schnelle Flucht retten konnte. In einem Versteck auszuharren, war keine gute Lösung, da zu befürchten war, dass der Old Man das ganze Gelände auf den Kopf stellen ließ, um mich aufzustöbern. Das war er wohl seinem Ruf schuldig. Seine Macht konnte ins Wanken geraten, wenn sich ein rechtloses Waisenmädchen seinen Befehlen widersetzte.

Sara hatte gehört, dass sich im Vorjahr ein Starter an die Unterseite eines Lieferwagens geklammert hatte und so entkommen war. Seitdem gehörte es zu den Pflichten der Wachtposten, die Fahrzeuge zu kontrollieren, die das Gelände verließen. Davon ausgenommen waren nur die Transportmittel hochgestellter Besucher. Wir schätzten, dass der Old Man als so immens wichtig galt, dass man es nicht im Traum wagen würde, den Transport aufzuhalten. Die Zusammenarbeit des Waisenhauses mit seinem Unternehmen ließ außerdem darauf schließen, dass hier Bestechungsgeld im Spiel war.

Dennoch war es riskant.

»Bist du sicher, dass dieser Starter entkam?«, fragte ich. »Und dass er unverletzt blieb?«

»Das weiß ich nicht«, entgegnete Sara. »Ich habe nur gehört, dass er ihnen entwischt ist.«

»Mit anderen Worten – du hast nie was von ihm gehört. Aber das heißt noch nichts.«

»Pass auf, da ist noch etwas. Dieser dicke Wächter, den alle nur den Schrank nennen, kann sich nicht richtig bücken, um unter die Fahrzeuge zu blicken.«

»Ja und?«

»Er hat heute Dienst.«

Das überzeugte mich. Zum einen würden sich die Sicherheitsleute hüten, die Abreise des Transporters zu verzögern, zum anderen konnte ich auf die Unbeweglichkeit des dicken Wächters zählen.

Ich war kräftig und leicht. Ich musste mich nur lange genug an die Unterseite des Transporters hängen, bis ich das Tor hinter mir gelassen hatte. Dann konnte ich loslassen, und niemand würde wissen, dass ich wie ein Blutegel am Bauch des Gefährts geklebt hatte. Das war unser Plan. Er war sehr viel schwerer in die Tat umzusetzen als meine lässige Flucht nach dem ersten Besuch hier, aber ich musste das Risiko eingehen, da die Wachen ihre gewohnten Fahrzeugkontrollen wieder aufnehmen würden, sobald der Transporter von Prime das Gelände verlassen hatte.

Wir traten ins Tageslicht hinaus, ich in meiner Gärtnerverkleidung, sie als meine minderjährige Helferin aus dem Heim. Sie hatte ebenfalls einen Hut aufgesetzt, um ihr blau geschlagenes Gesicht zu verbergen, und trug eine Mülltüte sowie einen Eimer mit Gartengeräten. Wir folgten den Fußwegen zum Verwaltungsbau, ich leicht gebückt und mit schleppendem Ender-Gang, obwohl mich mein Instinkt drängte, einfach loszurennen. Wobei ich mit meinen übergroßen Schlappen wohl nicht weit gekommen wäre.

Als wir den Haupthof vor dem Verwaltungsgebäude erreichten, sahen wir den schwarzen Helikopter des Old Man am anderen Ende der Rasenfläche. Der Pilot stand im Freien und trat von einem Bein aufs andere. Niemand war an Bord. Das Transportfahrzeug, das die auserwählten Kids aufnehmen sollte, parkte näher zu uns, an der kurzen Straße zwischen dem Verwaltungsbau und dem bewachten Haupttor.

»Da wartet dein Bus«, wisperte Sara.

»Es könnte auch deiner sein.« Ich sah sie an.

Sie schüttelte den Kopf. »Du musst erst mal deinen Bruder finden. Ich habe viel Zeit.«

»Du willst nur, dass ich das Versuchskaninchen bin!«

Das entlockte ihr ein Lächeln. »Du wirst mir fehlen«, sagte sie.

Das Gleiche galt umgekehrt. »Wir sehen uns bestimmt wieder – an einem schöneren Ort.« Ich glaubte nicht daran, aber ich wusste, dass meine Worte ein kleiner Trost für sie sein würden.

»Natürlich sehen wir uns wieder. Wir sind Freundinnen.«

Ihr ernstes kleines Gesicht strahlte mich an. Sie schien im Begriff, mich zum Abschied zu umarmen – eine Geste, die uns in Schwierigkeiten bringen konnte –, als am Eingang des Gebäudes Unruhe entstand.

Ein Wachtposten trat ins Freie und führte die zehn Jungs und sechzehn Mädchen zum Transporter.

»Sie steigen ein«, sagte Sara. »Wir kommen zu spät.«

Wir hatten gehofft, dass wir das Fahrzeug vor den Auserwählten erreichen würden. »Nimm mich am Ellbogen und führe mich durch die Gruppe.«

Wir mussten den Zug durchqueren, um auf die andere Seite des Transporters zu gelangen. Nur dort waren wir vor den Blicken der Torwachen geschützt. Aber wenn jemand unsere zerschrammten Gesichter bemerkte, flog unsere Tarnung auf.

Mit gesenkten Köpfen bahnten wir uns einen Weg durch die Prozession.

Die Kids waren so aufgeregt, den Transporter besteigen und das Waisenhaus für immer verlassen zu dürfen, dass sie uns keinerlei Beachtung schenkten.

Wir schafften es auf die rechte Seite des Transporters, an der uns die Torwachen nicht sehen konnten. Der Helikopterpilot am anderen Ende der Rasenfläche kehrte uns den Rücken zu. Ich ließ mich fallen und kroch unter das Fahrzeug. Sara bückte sich und nahm meinen Hut entgegen.

»Viel Glück«, wisperte sie.

Ich bewegte die Lippen lautlos. *Danke.* Dann rutschte ich über den Kies in die Mitte des Transporters. Ich hatte eine Vertiefung entdeckt, gegen die ich meine Füße stemmen konnte. Doch bevor ich die richtige Lage eingenommen hatte, kniete Sara neben dem Gefährt nieder und warf mir einen angsterfüllten Blick zu.

»Callie«, wisperte sie. »Er ist nicht da.«

»Wer?«

»Der Schrank. Du weißt schon – der dicke Wächter.«

Mich verließ der Mut. Wir hatten fest mit seiner Anwesenheit gerechnet.

»Komm zurück.« Sie streckte den Arm aus, aber ich winkte ab.

Sara runzelte die Stirn. Ich wandte mich stumm dem Unterboden des Fahrzeugs zu, bis sie sich schließlich aufrichtete und ging.

Ich zerrte prüfend an einer Querstrebe oberhalb meiner Brust. Heiß und voller Schmieröl. Ich holte die Gärtnerhandschuhe aus der Tasche und streifte sie über. Dann packte ich die Stange, machte einen Klimmzug und hielt mich mit angewinkelten Armen fest. Die Hitze des Metalls drang durch mein Hemd, aber ich hing jetzt dicht unter dem Bodenblech.

Als ich den Kopf drehte, sah ich Saras Schuhe etwa drei Meter entfernt. Auf der anderen Seite hatte sich die Zahl der vorwärts schlurfenden Füße stark verringert. Die meisten Kids waren inzwischen eingestiegen.

»Stopp!« Ich erkannte Mrs. Beattys Stimme. Energisch stampfte sie über den Kies. »Es fehlt doch noch ein Mädchen.«

Ich hielt den Atem an.

Der Fahrer erklärte, dass er nicht länger warten könne. Die letzten Kids kletterten in den Transporter.

Dann sprang der Motor an. Die Vibrationen waren so stark, dass ich um ein Haar losgelassen hätte. Die Hitze trieb mir das Wasser aus allen Poren. Schweißrinnsale liefen mir über das Gesicht. Ich hatte mich immer für stark gehalten, aber das hier erforderte mehr Kraft, als ich geahnt hatte.

Der Transporter rollte los. Der Motorlärm, die Schaltgeräusche, das Wummern der Reifen – trotz des geringen Tempos hatte ich das Gefühl, dass mein Kopf in einem Fleischwolf steckte. Meine Knochen wurden durchgeschüttelt. Die Zähne knirschten. Ich hatte Angst, dass meine Wundnähte wieder aufplatzten.

Mit jeder Sekunde wuchs meine Sorge, dass ich es nicht durch das Haupttor schaffen würde. Was hatten wir uns bloß gedacht? Wer war nur auf diesen wahnsinnigen Plan gekommen? Und aus irgendeinem Grund hatten sie nun den dicken Schrank ausgewechselt. Meine einzige Hoffnung bestand darin, dass sie den Transporter unkontrolliert durchlassen würden.

Wir näherten uns dem Tor. Ich konnte aus meiner Froschperspektive den Sockel des kleinen Glaskäfigs sehen, in dem die Wachtposten Dienst taten. Der Transporter wurde langsamer. Ich versuchte ihn mit reiner Willenskraft zum Weiterfahren zu zwingen. Doch er kroch dahin. Quietschend glitten die Tore zur Seite, öffneten sich für uns. Meine Arme schmerzten, aber ich musste nur noch kurz durchhalten. Für Tyler.

Dann bremste der Transporter scharf ab und kam zum Stehen. Ich umklammerte die Strebe noch fester und hielt den Atem an.

Schritte näherten sich dem Fahrzeug. Dann rannte jemand in eine andere Richtung. Ein Murmeln, das sich zu Geschrei steigerte.

»Haltet dieses Mädchen auf!« Eine weibliche Stimme. Mrs. Beatty.

Ich presste meinen Körper so dicht wie möglich an den Unterboden des Fahrzeugs.

»So schießt doch endlich!« Das war eine Männerstimme.

Ein trockenes Knistern und der Geruch nach Elektrizität erfüllten die Luft.

Ein Taser.

Aber der Schmerzensschrei, der diesem Knistern stets folgte, blieb diesmal aus. Stille machte sich breit.

»Du hast sie verfehlt.« Wieder die Männerstimme.

Sie konnten auf keinen Fall mich meinen. Ich hatte den Lichtbogen nicht einmal gesehen.

Dann schrien und rannten alle durcheinander. Der Transporter rollte wieder an. Ich biss die Zähne zusammen und hielt mich fest. Wir fuhren durch das Tor, am Tor vorbei, ließen es hinter uns!

Alles ging viel zu schnell, vermutlich, um die verlorene Zeit aufzuholen. Der Fahrer schwenkte vom Gelände des Waisenhauses in eine Seitenstraße ein. Die Kurve war zu scharf für meine müden Arme. Meine Muskeln gaben nach.

Ich stürzte und prallte mit dem Rücken hart auf das Pflaster, obwohl der Abstand zum Boden kaum einen Meter betrug. Ich zog blitzschnell Arme und Beine an den Körper und lag steif wie ein Brett da, während der Transporter über mich hinwegdonnerte. Die mächtigen Reifen dröhnten so dicht an meinem Kopf vorbei, dass mein Haar im Fahrtwind flatterte. Im nächsten Moment umgab mich helles Sonnenlicht. Ich rollte zum Randstein, versteckte mich hinter einem Baum und sah zurück zu der grauen Barriere, die den Waisenhauskomplex umgab.

Oben auf der Mauer hob sich eine Gestalt gegen den blauen Himmel und die Schäfchenwolken ab. Ein Mädchen, das im Stacheldraht hing, die Arme über das Hindernis gereckt.

Sara.

Der Kopf eines Wachtpostens erschien auf der anderen Seite der Barriere. Allem Anschein nach erklomm er die gleiche Leiter, die sie benutzt hatte, um dic Mauerkrone zu erreichen.

Sara blickte zu mir herunter. Als sie sah, dass ich es geschafft hatte, das Gelände zu verlassen, ballte sie die rechte Hand zur Faust und presste sie an ihr Herz.

Sie hatte keinen Fluchtversuch unternommen. Sie hatte für eine Ablenkung gesorgt. Um mich zu schützen.

Ich ahmte ihre Geste nach und presste die rechte Faust gegen mein Herz.

Halte durch, Sara!

Ihr blau geschlagenes Gesicht war erschöpft und schmerzverzerrt, aber ein glückliches Lächeln stahl sich auf ihre Lippen. Es war so ansteckend, dass sich auch meine Miene ein wenig aufhellte. Sie versuchte mir Mut zu machen.

Nun stemmte sie einen Fuß gegen den Stacheldraht, zog sich hoch und versuchte auf die andere Seite zu gelangen. Nein! Was wollte sie dort? Sie konnte auf der Mauerkrone entlang laufen, aber unmöglich entkommen.

Der nur wenige Meter von ihr entfernte Wachtposten erstarrte. Er rief ihr zu, stehen zu bleiben, aber sie kletterte weiter.

Er zog seinen Taser und zielte. Er war zu nahe.

Ich sah das Züngeln des blauen Lichtbogens. Sara verzerrte das Gesicht, und ihre Schultern zuckten im Krampf, als der Strahl ihren Oberkörper durchdrang. Ihr herzzerreißender Schrei übertönte das metallische Geräusch der Waffe. Ich spürte, wie mein Magen rebellierte, und presste beide Hände auf den Mund, um nicht laut aufzustöhnen.

Der Wachtposten näherte sich Sara. Von mir sah er nichts, da mich der Baumstamm halb verdeckte.

Die Ladung des Zip-Tasers hatte Saras Hals und eine Seite ihres Gesichts geschwärzt. Sie schlug die Augen auf und sah zu mir herunter. Ein erstaunter Ausdruck machte sich auf ihren Zügen breit, als habe ihr jemand einen schlimmen Streich gespielt. Dann wurde ihr Blick starr.

Sie kippte nach vorn und hing schlaff im Stacheldraht.

Sara, nein! Geh nicht fort!

Aber ihr Körper wirkte mit einem Mal leer. Hohl.

Der Wachtposten presste zwei Finger an ihren Hals und wechselte einen Blick mit einem Kollegen, der am Ende der Leiter auftauchte. Dann trat er langsam auf sie zu, hob den schmächtigen Körper mit beiden Armen hoch und löste ihn aus dem Stacheldraht. Er übergab Sara dem zweiten Posten, der sie nach unten trug.

Ich blieb im Schatten des Baumes stehen, bis ich sie nicht mehr sehen konnte.

kapitel 27

Starre erfasste meine Gliedmaßen, meine Brust, mein Gesicht. Sara lebte nicht mehr. Die kleine Sara. Tot. Ich glaubte, mich nie mehr von dieser Stelle am Fuß der Mauer rühren zu können. Dann erschütterte ein bedrohliches Geräusch meinen Körper – der Rotorenlärm eines Helikopters, der vom Gelände des Waisenhauses aufstieg. Mein Haar begann zu flattern, als die Maschine über die Mauer aufstieg, ein Rieseninsekt, von dem ich nur den schwarzen Bauch sah.

Mein Überlebensinstinkt erwachte. Ich wirbelte herum und rannte über die Straße, vorbei an einem mit Brettern vernagelten Haus und weiter in eine enge Hintergasse. Schwer atmend drückte ich mich gegen ein graues Garagentor. Der Helikopter des Old Man kehrte zurück und flog eine langsame Schleife.

Hatte er mich gesehen? Sollte ich weiterlaufen? Oder hier abwarten?

Ich wusste, dass sein Pilot in dieser engen Gasse nicht landen konnte, aber angenommen, sie hatten per Funk die Wachtposten verständigt?

Ich beschloss, mich aus der Umgebung des Waisenhauses zu entfernen. Ich lief durch Seitenstraßen und

Hinterhöfe. Anwohner sahen mich, aber ich trug immer noch die Gärtnerkluft, mit der mich Sara ausgestattet hatte. O Gott, Sara. Arme Sara. Ich rannte schneller, immer weiter weg vom Waisenhaus.

Solange sich meine Beine bewegten, war ich am Leben.

Das Dröhnen kehrte zurück, verfolgte mich wie ein unerbittliches Insekt. Ich hielt mich im Schatten von Mauern und Bäumen, nutzte jeden Sichtschutz, den ich finden konnte. Ab und zu warf ich einen Blick nach oben. Das Ding gab nicht auf.

Ein paar Straßenblöcke entfernt durchschnitten Leitungsdrähte den Himmel. Ich wandte mich in diese Richtung, hastete von einer Deckung zur nächsten. Das schwarze Insekt blieb auf meiner Fährte. Als ich die U-Bahn-Station erreichte, die von den Leitungen mit Strom versorgt wurde, warf ich mich unter einen geparkten Kleinlaster. Der raue Asphalt schürfte mir die Hände auf. Ich hoffte, dass der Helikopter dieses Gebiet nicht überfliegen konnte. Die Gefahr, die Masten oder Drähte zu streifen, war einfach zu groß.

Ich hörte, wie er abdrehte, eine zornige Wespe, der es nicht gelungen war, mich zu stechen. Vorsichtig kroch ich aus meinem Versteck und atmete tief durch. Die Maschine verschwand in der Ferne.

Ich lief und lief und lief, bis mir die Slipper in Fetzen von den Füßen hingen. Ich zog sie aus und trottete barfuß weiter. Bei jedem Schritt musste ich an Sara denken.

Ich wischte mir mit dem Handrücken die Tränen aus den Augen. Was war geschehen, während ich unter dem Transporter hing? Mein Magen verkrampfte sich, als ich mich bemühte, die Ereignisse in die richtige Reihenfolge zu bringen. Sara musste gesehen haben, dass der Wachtposten am Tor begann, die Unterseite des Transporters zu kontrollieren. Deshalb der tapfere Versuch mit dem Ablenkungsmanöver. Sie war vor den Augen von Mrs. Beatty und der Torwachen zur Leiter gerannt. Sie hatte es für mich getan. Sie hatte sich für mich geopfert.

Und dann hatte der Wachtposten auf sie geschossen.

Als ich Madisons Haus erreichte, klingelte ich immer wieder, aber sie war nicht da. Ich hatte es bis hierher geschafft, aber sie war nicht da. Die Wirkung des Schmerz-Sprays hatte nachgelassen, und mein zusammengeflicktes Gesicht pochte wie verrückt. Ich klappte an ihrer Eingangstür zusammen, blieb unter dem Vordach liegen und schlief erschöpft ein.

Es wurde bereits dunkel, als sie heimkam und mich weckte.

»Callie! Was machst du denn hier?« Der blonde Bob fiel Madison in die Stirn, als sie sich über mich beugte. »Ich habe dein Auto gar nicht gesehen.« Sie half mir auf die Beine und starrte meine Gefängnisuniform an. »Eine neue Mode oder was?«

Sie sperrte die Eingangstür auf, und ich stand in ihrer hell erleuchteten Diele. Jetzt erst sah sie die blauen Flecken und die Wundnaht an meiner Lippe.

»O mein Gott, was ist dir zugestoßen?«

»Madison, ich muss zuerst etwas klarstellen. Ich bin keine Kundin der Body Bank. Ich bin eine Spenderin – ein echter Teen. Und ich habe ein paar verblüffende Dinge über Prime herausgefunden.«

»Moment mal. Du bist ein … Teen?«

»Ja.«

»Du bist dort drinnen nicht so alt wie ich?«

Ich schüttelte den Kopf. Sie starrte mich einen Moment lang verständnislos an.

»Dann hast du mich die ganze Zeit …«

»Seit unserer ersten Begegnung an jenem Abend im Rune Club«, sagte ich. »Aber mir blieb keine andere Wahl, obwohl es verdammt schwer war, ständig zu lügen.«

»Kein Wunder, dass du immer so jung geklungen hast. Du bist jung. Aber warum in aller Welt hast du das getan?«

Ich war so ausgelaugt. Jeder Millimeter meines Gesichts schmerzte. Die Füße taten mir weh. Ich wollte nur noch heim und eine Million Jahre schlafen. Aber zuerst musste ich ihre Frage beantworten.

Sie nahm mich am Ellbogen und stützte mich. »Jetzt nimmst du erst mal was gegen die Schmerzen. Dann eine heiße Dusche. Und dann setzen wir uns, und du erzählst mir alles.«

Eine Stunde später, nachdem ich Madison in Kurzform alles berichtet hatte, was ich erlebt hatte, kamen wir überein, dass ich mit Lauren Kontakt aufnehmen sollte. Dann duschte ich und zog ein paar frische Sachen an, die mir Madison bereitlegte. Mein Gesicht war noch immer geschwollen, und ein Zahn fehlte, aber ich fühlte mich wieder annähernd wie ein Mensch. Bald darauf ging die Türklingel, und Madison öffnete einer gepflegten Dame, die einen eleganten Hosenanzug und eine Perlenkette trug.

»Hallo, Callie.« Die Dame streckte mir die Hand entgegen. »Du kennst mich bisher nur im Körper von Reece. Nun siehst du mein wirkliches Ich.«

»Lauren.« Ich schüttelte ihr die Hand. Sie war um die hundertfünfzig und genau so charmant, wie ich sie mir vorgestellt hatte.

Ein älterer Herr im Anzug gesellte sich zu uns.

»Das ist mein Anwalt. Er hat auch Helena vertreten.«

Madison entschuldigte sich. »Ich hole uns etwas zu trinken.«

Wir nahmen im Wohnzimmer Platz. Lauren zuckte zusammen, als sie mein Gesicht sah. »Wer hat dich so zugerichtet?«

»Es gab Streit.«

»Ist es in diesem Heim so schlimm?«, erkundigte sich Lauren.

»Noch viel schlimmer.« Ich sah die beiden Besucher prüfend an. Es war jetzt nicht die Zeit, ihnen die Einzelheiten zu erklären. »Nur so viel: Ich würde lieber sterben, als noch einmal dorthin zurückzukehren.«

»Keine Sorge, das wird nicht geschehen«, beruhigte mich Lauren. »Ich bin froh, dass du Verbindung mit mir aufgenommen hast. Wir haben bereits fieberhaft versucht, deinen Aufenthaltsort zu ermitteln.«

»Tatsächlich?«

»Unser letztes Gespräch – ich möchte mich für mein Verhalten entschuldigen. Aber ich war so geschockt über die Nachricht von Helenas Tod …«

»Ich weiß.«

»Noch kann ich dir nicht alle Einzelheiten erklären.« Sie wechselte einen Blick mit ihrem Anwalt. »Aber Helena war meine beste Freundin. Und ich wollte den Kontakt zu dir herstellen, weil ich nun weiß, dass sie an dich geglaubt hat.«

Ich fragte mich, was sie damit meinte. Hatte Helena

während eines meiner Blackouts eine Botschaft an sie geschickt?

»Deshalb haben wir einen Plan ausgearbeitet«, fuhr sie fort.

»Wir werden erklären, dass Lauren im Begriff war, deine Vormundschaft zu übernehmen, als man dich ins Waisenhaus einlieferte«, sagte der Anwalt. »Damit verliert das Heim die Verfügungsgewalt über dich und kann dich nicht an Prime Destinations überstellen.«

»Obwohl du eine Straftat begangen hast ...«

»Obwohl du mutmaßlich eine Straftat begangen hast«, warf der Anwalt ein.

Lauren nickte. »Bei einer rechtzeitigen Beurkundung hätte mein Anwalt deine Verteidigung übernommen. Dieser Beistand wurde dir vorenthalten.«

»Dann bist du ab jetzt mein gesetzlicher Vormund?«, fragte ich Lauren.

»Du bekommst jede Freiheit, die du dir wünschen kannst. Ich bin nur ein Name auf dem Papier.«

Ich spürte eine leise Enttäuschung. Aber das war natürlich dumm. Warum sollte Lauren sich die Last einer echten Vormundschaft aufbürden? Sie kannte mich kaum. Es reichte, wenn sie der Form Genüge tat.

»Es geht jetzt in erster Linie darum, deine erneute Einweisung ins Heim zu verhindern«, sagte der Anwalt. »Danach steht es dir frei, so zu handeln, wie du es für richtig hältst.«

»Ich muss unbedingt meinen kleinen Bruder finden«, sagte ich. »Und dafür werde ich notfalls die ganze Body Bank auf den Kopf stellen.«

»Wir hatten gehofft, dass du dich so entscheiden würdest«, lächelte Lauren.

Wir machten uns alle an die Arbeit, Lauren und ihr Anwalt, Madison und ich. Ich hatte die Idee, einen eigenen Text auf der Grundlage der ursprünglichen Ankündigung von Prime Destinations zu entwerfen. Wir würden nicht versuchen, den Old Man zu kopieren, aber es war möglich, die Gesichter von Tinnenbaum und Doris digital zu vervielfältigen und ihnen unsere Worte in den Mund zu legen.

Madison, die Jahrzehnte zuvor als Produktionsleiterin gearbeitet hatte, bot uns an, die Herstellung zu übernehmen. Sie tätigte einige Anrufe und versammelte ein Ender-Team von Ton- und Bildexperten, die ihre für fünf Autos ausgelegte Garage in ein Produktionsstudio verwandelten. Außerdem mietete sie zwei Ender-Geeks, die das System knacken und unsere Sendung über den Kanal verbreiten sollten, den Prime für seine Kunden vorgesehen hatte. Das war keine kleine Aufgabe, aber Madison hatte die Mittel, um die besten Leute und die modernste Ausrüstung zu finanzieren.

Ich hatte Madison als naiv-oberflächliche Ender kennen gelernt. Nun jedoch entdeckte ich völlig neue Seiten an ihr.

Mittlerweile hingen Lauren und der Anwalt an den Handys, um ihre Beziehungen spielen zu lassen. Der Anwalt war mit einem politischen Rivalen von Senator Harrison befreundet, einem gewissen Senator Bohn, den er für unser Anliegen zu gewinnen versuchte.

An jenem Abend war das Wohnzimmer überfüllt mit Großeltern, die ihre Enkel aller Voraussicht nach an die Body Bank verloren hatten. Aber ihre Zustimmung für das Projekt zu bekommen, erwies sich als Schwerstarbeit.

»Wir haben in diesem Raum ein breites Spektrum an

Wissen und Erfahrung versammelt«, sagte Lauren. »Ärzte, Anwälte, Profisportler, ja sogar einen ehemaligen Polizeichef. Und uns stehen nahezu unbegrenzte Geldmittel zur Verfügung. Nun, da Callie uns die nötigen Informationen besorgt hat, können wir endlich den Kampf um die Rückkehr unserer Enkelkinder beginnen.«

Einer der Senioren stand auf. »Wir wollen nichts überstürzen. So lange unsere Enkel sich in ihrer Hand befinden, sind sie verwundbar.«

Eine hagere Frau neben ihm ergriff das Wort. »Lieber warte ich einen Monat, bis der Vertrag unseres Enkels ausläuft. Ohne die Kooperation von Prime werden wir nie erfahren, wo die Kinder sind.«

Ich trat neben Lauren. »So begreift doch, dass wir schnell handeln müssen! Prime hat einen neuen Service angekündigt. Ein Permanenz-Programm, wie sie es nennen. In Zukunft werden eure Enkel nicht mehr vermietet, sondern verkauft. Ihr werdet sie nie wiedersehen, wenn wir diesem Wahnsinn kein Ende bereiten.«

Der Anwalt schaltete sich in die Diskussion ein. »Durch Insider wie Lauren konnten wir die über einen Privatsender verbreitete Ankündigung sehen. Prime bringt darin eindeutig zum Ausdruck, dass man in Zukunft Dauerverträge abschließen kann. Lauren hat die Mitteilung aufgezeichnet und eine Kopie davon an Senator Bohn geschickt. Wenn er mit dem Material einen Richter dazu bringen kann, die Aktion zu stoppen, dann ist auch das Abkommen des Präsidenten mit Prime null und nichtig. Und wenn der Richter überdies zu dem Schluss gelangt, dass Menschenleben in Gefahr sind, hat er die Möglichkeit, das ganze Unternehmen zu schließen.«

»Und wenn er das nicht durchsetzen kann?«, fragte die hagere Frau. »Wenn sie beispielsweise behaupten, die ursprüngliche Reklame sei eine Fälschung – so wie das Zeug, das ihr gerade produziert?«

In diesem Moment betrat Madison das Wohnzimmer. Die Senioren reagierten mit einem gereizten Murmeln auf ihren perfekten jungen Körper.

»Eine Mieterin!«, rief einer empört.

»Ganz recht, mein Freund.« Madison warf den Kopf nach hinten, dass ihr Blondhaar flog. »Eine Mieterin – keine Käuferin.«

Ich ging zu Madison und legte ihr einen Arm um die Schultern. »Sie steht auf unserer Seite. Und sie opfert ein Vermögen, um Prime das Handwerk zu legen.«

Die Besucher waren immer noch nicht überzeugt. Lauren hob beide Hände.

»Bitte«, sagte sie. »Es geht nicht darum, Mieter anzufeinden. Unsere Aktion gegen Prime kann nur gelingen, wenn wir alle zusammenarbeiten. Und wir müssen schnell handeln, das Überraschungsmoment nutzen, um eure Enkelkinder zurückzuholen.«

»Ich habe eine Idee«, sagte ich und sah die hagere Frau an. »Der Experte, der meinen Biochip zweimal veränderte, könnte als Zeuge aussagen. Er hat nämlich festgestellt, dass man den Apparat nie mehr entfernen könne. Das beweist doch, dass dieses Programm von Anfang an auf Permanenz angelegt war.«

Der Anwalt verschränkte die Arme und nickte. »Das wäre ganz sicher eine Hilfe.«

Laurens Telefon klingelte. Sie warf einen Blick auf den Schirm. »Das ist Senator Bohn.«

Der politische Gegner von Blakes Großvater. Lauren stellte ihr Telefon auf einen Couchtisch, dicht neben einen kleinen Airscreen, sodass alle Senator Bohn sehen konnten.

»Senator, wir sind jetzt auf Airscreen-Empfang«, sagte Lauren. »Wie Sie sehen, haben sich hier eine Reihe besorgter Großeltern versammelt.«

»Danke, Lauren, dass Sie mich über die neueste Entwicklung auf dem Laufenden halten. Und ein herzliches Danke an die tapfere Spenderin Callie Woodland, der es gelungen ist, die Machenschaften von Prime offenzulegen.«

Ich lächelte höflich und verkniff mir die Bemerkung, dass wir erst am Anfang unserer Bemühungen standen.

»Mein Gruß und mein Dank gehen außerdem an alle anwesenden Großeltern. Gemeinsam werden wir es schaffen, dem Verbrechen einen Riegel vorzuschieben und Ihre Enkelkinder zu befreien.«

Ich musterte die Gesichter ringsum. Der Zuspruch des charismatischen Politikers, auch wenn er nur per Airscreen erfolgte, beeindruckte die Versammelten sichtlich und schuf eine gewisse Solidarität.

»Ich werde Sie auf Ihrem Weg begleiten, Schritt für Schritt«, fuhr der Senator fort. »Der Erfolg gehört uns. Wir holen die Vermissten heim.«

Einer der Großväter, der bis dahin geschwiegen hatte, wiederholte die Worte des Senators. »Wir holen die Vermissten heim«, sagte er feierlich.

Eine Frau auf der anderen Seite des Wohnzimmers stand auf. »Wir holen sie heim.«

Zustimmendes Gemurmel erfüllte den Raum.

Madison, Lauren und ich wechselten hoffnungsvolle Blicke. Vielleicht schafften wir es, unseren Plan in die Tat umzusetzen.

Die Großeltern verabschiedeten sich, nachdem sie den neuesten Stand der Dinge kannten. Senator Bohn erklärte, er würde am nächsten Vormittag erfahren, ob der Richter bereit sei, die Body Bank zu schließen. Ich sah zu, wie das Produktionsteam Tinnenbaums Lippenbewegungen den Worten anpasste, die wir ihm in den Mund legten. Das richtig hinzubekommen, war weit schwieriger, als ich es mir vorgestellt hatte.

»Das ist etwas anderes, als etwa einem Baby oder einem Hund einen Text unterzuschieben«, erklärte Madison ihrem Team. »Das Ganze muss perfekt aussehen, sonst wirkt es nicht glaubwürdig.«

Die Hacker, die sich abmühten, einen Zugriff auf den Privatkanal von Prime zu bekommen, hatten es sogar noch schwerer. Ich verstand nicht genau, worum es ging, aber allem Anschein nach kämpften sie mit einer gewaltigen technischen Panne, weil eine unerwartete Firewall einen Teil ihrer Ausrüstung zerschossen hatte. Madison erinnerte sie daran, dass Geld keine Rolle spielte, wenn es ihnen nur gelang, die Botschaft an die richtige Adresse zu liefern.

Wir ließen sie in Ruhe an ihrem Problem arbeiten, während ich Lauren und ihren Anwalt zu Redmonds Labor lotste. Da er mir nie seine Telefonnummer gegeben hatte, mussten wir ihn unangemeldet aufsuchen – und das, obwohl es inzwischen fast Mitternacht war.

Unterwegs in Laurens Limousine suchte ich in der Handtasche, die Madison mir geliehen hatte, vergeblich nach einem Spiegel. Ich bat Lauren, mir den ihren zu leihen. Sie zögerte einen Moment, ehe sie eine Puderdose hervorkramte.

Ich knipste die Wagenbeleuchtung hinter meiner Schulter an. Als ich einen Blick in den Spiegel warf, verstand ich ihr Zögern. Ich sah mehr als seltsam aus. Teile meines Gesichts waren immer noch das makellose Werk der Body-Bank-Kosmetikexperten. Aber dazu kamen ein blaues Auge, mehrere Schwellungen, ein genähter Riss, der von der Unterlippe bis zur Wange reichte, und, wenn ich den Mundwinkel zur Seite zog, eine Zahnlücke.

»Willst du einen Kamm?«, fragte Lauren.

»Der ändert auch nichts mehr«, seufzte ich. Ich klappte die Puderdose zu und gab sie ihr zurück.

»Das lässt sich alles in Ordnung bringen«, versuchte sie mich zu trösten.

»Bringen wir erst mal die wichtigeren Dinge in Ordnung«, sagte ich.

Bis jetzt klappte alles so reibungslos, weil jeder von uns den festen Willen hatte, sein Ziel zu erreichen. Lauren wollte ihren vermissten Enkel aufspüren, ich wollte Tyler finden und Michael seinen Körper zurückgeben. Senator Bohn wollte Senator Harrison schlecht aussehen lassen und deshalb seinen Deal mit der Regierung öffentlich machen. Und der Anwalt wurde für seine Arbeit gut bezahlt.

Ich wusste nicht, ob unser Vorhaben gelingen würde. Wenn sich nur eine Schwachstelle zeigte – wenn unsere Botschaft nicht glaubhaft genug klang oder wenn wir keinen Zugriff auf den Privatkanal bekamen –, fiel das ganze Kartenhaus in sich zusammen. Aber was für Lauren, für all die Großeltern und für mich auf dem Spiel stand, bedeutete die Welt, und deshalb hatten wir keine andere Wahl.

Als wir das Areal erreichten, auf dem Redmonds Lagerhalle stand, sahen wir sofort, dass etwas nicht stimmte. Helle Scheinwerfer beleuchteten das Gelände, und zwei Polizeiwagen blockierten die Einfahrt. Eine

Menge Gaffer aus der Nachbarschaft hatten sich vor dem Zaun eingefunden. Ich sprang aus der Limousine und rannte los, dicht gefolgt von Lauren und dem Anwalt.

Eine Rauchwolke erhob sich über dem verlassenen Industriekomplex. Redmonds Labor war von meinem Standort aus nicht zu sehen. Ein Ender-Marshal mit kurz geschorenem weißem Haar hielt uns auf.

»Kein Zutritt, Leute!«

»Was ist denn passiert?«, erkundigte sich Lauren.

»Das versuchen wir gerade herauszufinden«, sagte er. »Bitte treten Sie zurück!«

Ein Feuerwehrmann, der einen großen Hund an einem Kettenhalsband führte, trat vor. »Sieht so aus, als hätten irgendwelche Kids eine Bombe geschmissen. Die Typen haben ja nichts Besseres zu tun, als alles kaputt zu machen, was wir aufbauen.«

Während der Mann noch auf den Marshal einredete, rannte ich an den beiden vorbei zu Redmonds Labor.

»Hey, du, bleib stehen!«, rief mir der Posten nach.

Ich bog um die vorderen Gebäude herum und verharrte. Redmonds Lagerhalle war komplett ausgebrannt. Eine Ecke des Dachs fehlte, als habe ein Monster ein Stück davon abgebissen. Ein paar Ender-Feuerwehrleute sperrten gerade die qualmende Ruine ab. Andere versuchten den Schaden im Innern ermitteln.

Ich rannte in das Labor.

»Raus!«, schrie mich einer der Feuerwehrmänner an. »Hier besteht Einsturzgefahr!«

Drinnen war alles verrußt – die Monitore und Maschinen, selbst die Geräte, die von der Decke hingen. Der Gestank der verschmorten Computerteile war unerträglich. Ich presste einen Ärmel gegen Mund und Nase. Von Redmonds verkohltem und zerfetztem Stuhl tropfte Löschwasser. Das Ganze erinnerte an ein modernes Konzeptkunstwerk. Überall herrschte triefendes schwarzes Chaos.

»Wo ist Redmond?«, fragte ich. »Der Mann, der hier wohnte.«

»Wir haben keinen Toten gefunden.« Ein Feuerwehrmann sah sich in dem Durcheinander um und hob hilflos die Arme. »Noch nicht.«

Sie konnten es sich nicht leisten, Redmond zu töten. Er war zu wertvoll. Und viel zu klug, um sich von ihnen erwischen zu lassen. Für mich stand fest, dass er entkommen war und sich irgendwo versteckt hielt. Das hieß, dass wir auf seine Zeugenaussage verzichten mussten.

Dann fiel mir das Metallkästchen ein.

Die Feuerwehrleute waren mit Vermessungen auf der anderen Seite des Raumes beschäftigt. Ich bückte mich, presste die Finger gegen das Pad des Aktenschubfachs und hustete, um das leise Klicken zu übertönen. Mit einem Zipfel meiner Jacke holte ich das Metallkästchen aus seinem Versteck. Es war leicht und fühlte sich kühl an. Ich sah, dass er die Beschriftung geändert hatte. Statt »Helena« stand jetzt »Callie« auf der Oberseite.

Ich ließ es in meine Tasche gleiten.

Ehe mich einer der Feuerwehrmänner nach draußen bringen konnte, ging ich zur Tür. Auf der Schwelle blieb ich stehen und warf einen letzten Blick auf das Labor. Ich hatte diesen Redmond nur ein einziges Mal getroffen und kannte ihn kaum. Aber in gewisser Weise war er, wenn man das so sagen konnte, mein Schöpfer. Er war wichtig für mich. Und deshalb schmerzte es mich, sein Werk hier so sinnlos zerstört zu sehen.

Ich lief zurück zu Lauren und dem Anwalt, die am Tor des Industriekomplexes standen, angestrahlt vom

Blinklicht der Polizeiwagen. »Ein Zeuge hat angeblich einen Jugendlichen beobachtet, der eine Bombe zündete«, sagte der Anwalt zu mir.

»Ja, einen Jugendlichen, in dessen Körper ein mordgieriger Alter steckte«, entgegnete ich. »Dieser Brand geht aufs Konto der Body Bank.«

Ich las Angst in Laurens Zügen, und ich hoffte nur, dass ihre Angst keine Auswirkungen auf unsere Pläne haben würde.

»Haben sie etwas gestohlen?«, fragte mich der Anwalt.

»Ich weiß es nicht. Aber ich habe etwas, das uns weiterhelfen wird.« Ich klopfte mit der Hand gegen meine Tasche.

»Was ist das?«, wollte Lauren wissen.

Ich presste einen Finger darauf und öffnete die Box. Darin befand sich ein Speicherblock und jede Menge eng beschriebener Aufzeichnungen. Ich überflog sie, und dann wurde mir klar, um was es sich handelte.

Deine Geburtsurkunde, Callie.

»Eine Computer-Chiffre. Diese Daten enthalten Redmonds Notizen. Was er über den Chip herausgefunden und wie er ihn verändert hat. Und seine Erkenntnis, dass der Chip permanent implantiert wurde.«

»Ausgezeichnet«, lobte der Anwalt. »Gute Arbeit.«

Er wirkte zufrieden. Aber mich plagten Gewissensbisse. Hatte ich Prime Destinations auf die Spur von Redmond gebracht? War das alles meine Schuld? Erst Tyler, dann Sara, dann Redmond. Wie viele Menschen würde ich noch mit ins Elend reißen, bevor dieser Kampf entschieden war?

kapitel 28 Einen Tag später suchte ich die Body Bank auf. Es war, als erlebte ich einen Albtraum noch einmal. Ich hatte so oft voller Angst und Grauen an diesen Ort gedacht, hatte mich gefragt, ob ich Helena dort finden würde, meinen Bruder, den Old Man. Aber eingeschüchtert durch Helenas Warnung, dass sie mich töten würden, wenn ich zurückkehrte, hatte ich diesen Schritt bislang vermieden.

Jetzt allerdings sah die Sache anders aus. Jetzt war ich bereit. Jetzt hatte ich Unterstützung.

Aber meine Helfer blieben wie geplant im Hintergrund. In meine Tasche eingenäht war ein winziges Alarmgerät, nur halb so groß wie ein Reiskorn. Wir hatten eine Drei-Stufen-Strategie ausgearbeitet. Und Stufe Eins bestand aus einer Person – mir.

Als ich auf die hohe Doppeltür zusteuerte, wurde das Lächeln des Pförtners eisiger, je näher ich kam. Er wirkte geschockt, entweder durch mein schlimm zugerichtetes Gesicht oder auch, weil er mich erkannte.

Sicherlich war mein Ruf hier nicht der beste. Ich unterdrückte ein Grinsen.

Ich musste die Tür allein öffnen, weil der Pförtner

immer noch damit beschäftigt war, mich anzustarren. Ich erwiderte gelassen seinen Blick und trat über die Schwelle.

In der Eingangshalle eilte ein Wachtposten auf mich zu und tastete mich mit einem Waffendetektor ab. Man hatte mir versichert, dass mein Alarmgerät diesen Test bestehen würde.

»Ich habe keine Waffen«, sagte ich. »Außer meiner großen Klappe natürlich.«

Der Wachtposten schien beruhigt.

Mister Tinnenbaum kam aus seinem Büro gerannt und deutete auf mich. »Lasst sie nicht entwischen!«

Der Wachtposten drehte mir die Arme auf den Rücken und hielt mich fest.

»Wieder in Ihrem alten Körper, wie ich sehe«, sagte ich zu Tinnenbaum. »War Lees Körper so langweilig?«

Er sah mich stirnrunzelnd an.

Ich setzte einen unschuldigen Blick auf. »Bei meinem ersten Besuch hier wurde ich von allen mit einem strahlenden Lächeln empfangen.«

Doris kam ebenfalls aus ihrem Büro. »Was machen Sie denn hier?«

»Ah, Doris. Dieses Gesicht steht Ihnen besser als das Brionas«, sagte ich.

»Apropos Gesichter …« Sie presste meine Wangen mit einer Hand zusammen. »All die Mühe verschwendet, die wir uns mit Ihnen gaben.«

Ich drehte meinen Kopf mit einem Ruck zur Seite. »Jetzt fehlt uns nur noch Rodney. Dann ist das Trio komplett.«

Tinnenbaum musterte mein Gesicht aus der Nähe und zuckte zusammen. »Sie sehen schrecklich aus. Aber was machen Sie hier überhaupt?«

»Ich will den Old Man sprechen«, sagte ich. »Persönlich.«

Doris und Tinnenbaum wechselten einen Blick. Sie schüttelte den Kopf. Aber das winzige Zögern der beiden verriet mir, dass er im Haus war. Und ich wusste etwas, das sie nicht wussten: Der Old Man brannte darauf, mich zu sehen.

»Ich warte«, sagte ich.

Eine Viertelstunde später eskortierten mich der Wachtposten und Tinnenbaum zu einem Lift, der nach oben fuhr und uns in einen langen, gewundenen Korridor entließ. Das schien mir nicht der normale Zugang zu einem Chefbüro zu sein. Ich blieb stehen.

»Moment«, sagte ich. »Wohin bringt ihr mich?«

»Sie wollten ihn doch sprechen«, entgegnete Tinnenbaum.

»Sein Büro befindet sich hier?«

»Er pflegt die Dinge nach seinem Gutdünken zu regeln«, sagte er.

Mir gefiel das nicht. Wir folgten dem Gang, bis wir an eine Metalltür kamen. Tinnenbaum sprach in ein Mikro, das unsichtbar in die Wand eingelassen war

»Wir haben sie hier, Sir.«

Die Tür glitt auf und verschwand in der Wand. Dahinter herrschte Dunkel, fast vollkommene Schwärze. Nur über dem Türrahmen brannte eine kleine Lampe, die uns beleuchtete.

»Sie soll reinkommen!« Ich erkannte die metallische, synthetisch verzerrte Stimme des Old Man.

»Sir?«, fragte Tinnenbaum.

»Lasst sie los.«

Der Wachtposten gab meine Arme frei.

»Wir warten hier«, erklärte Tinnenbaum.

Das Dunkel schien sich zu verstärken, als sich die Tür hinter mir schloss. Ich hörte Schritte. Weit, weit weg. Dieser Raum musste sehr groß sein, größer als jedes Büro und jeder Konferenzraum. Zuerst sah ich in der Ferne einen Lichtpunkt, ein unheimliches Leuchtfeuer, das sich in der Nähe als die flimmernde Wechselmaske entpuppte, die der Old Man trug. Das Gesicht, das sie im Augenblick zeigte, war makaber. Ich erkannte einen Schauspieler, der Selbstmord begangen hatte.

Mein Herz schlug so heftig, dass es schmerzte. Ich schob die Hand in die Tasche und löste den stummen Alarm aus, um den anderen kundzutun, dass ich den Old Man aufgespürt hatte. Nun konnte ich nichts weiter tun als Zeit schinden.

»Warum ausgerechnet jetzt?«, fragte er. »Du hättest früher kommen können, mit dem Transporter, der die anderen Jungen und Mädchen herbrachte.«

»Ich möchte Ihnen einen Tausch vorschlagen.«

»Einen Tausch? Was für einen Tausch?« Er trug jetzt das Gesicht eines berühmten Sängers, der von seinem Liebhaber enthauptet worden war.

Er wählte diese Bilder wohl, um mir Angst zu machen. Ich gab meiner Stimme einen festen Klang. »Ich biete Ihnen mein Leben für das meines Bruders.«

Ich wartete auf eine Reaktion, die mir bestätigte, dass er Tyler in seiner Gewalt hatte.

»Ich weiß nicht, ob das so eine gute Idee ist. Wie kann ich sicher sein, dass du nicht fliehen wirst?«

»Sie finden bestimmt eine Möglichkeit, das zu verhindern.«

Auf der Maske erschien das Gesicht einer Frau. Er lachte, als ich unwillkürlich aufstöhnte.

»Wer ist das?«, fragte ich. Die Frau war in Tränen aufgelöst und schrie vor Schmerz.

»Ich kenne ihren Namen nicht. Sie ist aufgebracht, weil jemand ihre Kinder getötet hat. Ihr Exmann, glaube ich.«

»Das ist ja furchtbar«, wisperte ich.

»Reden wir nicht über sie, sondern über Tyler.«

Ich erschauerte, als ich den metallischen Klang vernahm, mit dem er den Namen meines Bruders aussprach. »Wenn Sie ihn hierherbringen und ich sehen kann, dass es ihm gut geht, bin ich bereit, mein Leben gegen seines zu tauschen.«

»Deinen Körper gegen seinen?«

»Ja.«

»Das erscheint mir nicht ganz fair. Er ist jünger.«

»Aber nicht gesund.«

»Ein Argument, das ich gelten lasse.«

Jetzt zeigte sich das Gesicht einer Frau, die im Gefängnis saß, weil sie ihre Familie vergiftet hatte.

»Könnten Sie damit endlich aufhören?«, rief ich.

»Du hast Courage, Callie. Das gefällt mir. Ich nehme dein Angebot an.«

»Tatsächlich?«

»Ja. Aber ich werde ihn nicht hierherbringen. Du musst dich mit meinem Wort begnügen, dass es ihm gut geht.«

Nun war ich an der Reihe. »Das erscheint mir nicht fair.«

»Von ›fair‹ war in unserer Verhandlung bisher nicht die Rede.«

»O doch. Sie haben den Begriff zuerst benutzt.«

»So klug. Ich bewundere das.«

»Ihr Wort allein reicht mir nicht. Ich verlange eine Geste, die Ihren guten Willen beweist.«

»Und was erscheint dir da angemessen – oder fair?«

»Nehmen Sie Ihre Maske ab«, sagte ich leise.

Er schwieg einen Moment. Das Frauengesicht erstarrte. »Ich soll meine Maske abnehmen?«

»Ja.« Meine Stimme wurde lauter. »Zeigen Sie mir Ihr wahres Gesicht!«

Das Porträt eines stark geschminkten Mimen überlagerte das Bild der Giftmörderin. »Bitte sehr – hier ist es!«

»Ich glaube Ihnen nicht.«

»Das ist das beste Bild, das du von mir bekommst.«

»Dann wird aus unserem Handel nichts.«

Er schien kurz zu überlegen. Dann klang seine Stimme entschiedener. »Ich muss keinen Handel mit dir abschließen.«

»Was steht denn für Sie auf dem Spiel? Ich halte mein Wort. Wenn wir uns einigen, bleibe ich aus freien Stücken hier. Für einen Bruder, den ich nicht sehen kann. Meine einzige Bedingung ist ein Blick in Ihr Gesicht.«

»Dir scheint nicht klar zu sein, dass du hier im Nachteil bist, in meinen Räumen, bewacht von meinen Leuten.« Er machte eine Pause und senkte den Blick. »Liebst du ihn so sehr, dass du dieses Risiko auf dich nehmen willst?«, fragte er.

»Er hat niemanden außer mir.«

Sämtliche Gesichter, die ich bisher gesehen hatte, huschten in rascher Folge von links nach rechts. Dann von oben nach unten, eines nach dem anderen. Dann in Fragmente, die durcheinandergerieten und sich verschoben, zu Gesichtern, die halb Selbstmörder und halb Giftmörderin waren, halb berühmter Sänger und halb in Tränen aufgelöste Frau.

Immer kleiner wurden die Bruchstücke, immer schneller wirbelten sie, bis sie am Ende ein brodelndes Gemisch des Elends bildeten, das umso entsetzlicher anzusehen war, da im Raum ein dumpfes Schweigen herrschte. Mein eigener, abgehackter Atem war das einzige Geräusch, das ich hörte.

»Ist es das, was du sehen willst, Callie? Mein wahres Ich?«

»Ihr wahres Ich – nicht irgendeine elektronische Collage!«

»Mein wahres Ich.« Die Stimme klang leise. Resigniert.

»Ja«, hauchte ich.

»Also gut.«

Sein elektronisches Gesicht verdüsterte sich nach und nach, bis es mit einem metallischen Klicken erlosch.

Ich wartete im Dunkel.

kapitel 29

Die Schritte des Old Man kamen näher, aber er sprach kein Wort. War er in meiner Nähe? Ich hörte keine Atemzüge. Dann kam mir blitzartig die Erleuchtung. Er hatte die Schritte vorgetäuscht. Es waren elektronisch erzeugte Geräusche wie seine Stimme. Der Mann war ein Meister der Illusionen. Er kam gar nicht auf mich zu.

Er hatte sich entfernt.

Ich stand allein in der Schwärze und Totenstille. Ich tastete mich rückwärts zu einem Lichtsensor, der mir beim Hereinkommen aufgefallen war, und betätigte ihn mit der Handfläche. Lichter flammten auf, bildeten helle Tümpel in der Leere, verrieten mir, dass sich in der Tat niemand außer mir in diesem riesigen Raum befand.

Ich drehte mich um und sah hoch an der Wand einen Monitor. Er übertrug das Chaos aus der Eingangshalle. Ein Trupp von Marshals hatte das Kommando übernommen. Sie waren dabei, die Mitarbeiter der Body Bank zu verhaften und ihnen Handschellen anzulegen.

Stufe Zwei. Ich löste erneut den Alarm meines Taschengeräts aus.

»Er ist verschwunden«, rief ich.

Die beiden Marshals, die mir in einiger Entfernung gefolgt waren, kamen herbeigerannt.

»In welche Richtung ist er geflohen?«, fragte der größere der beiden.

»Ich weiß es nicht. Ich konnte nichts sehen.«

Der Raum besaß außer der Schiebetür, durch die ich gekommen war, drei Ausgänge. Er konnte durch jede der Türen entwischt sein. Der größere Polizist übernahm die erste, sein Kollege die zweite, und ich öffnete die dritte. Ich sah einen kurzen Korridor, der zu zwei Aufzügen führte. Das Summen verriet mir, dass beide in Betrieb waren, aber es gab keinen Lichtpfeil, der ihre Richtung angezeigt hätte. Ich drückte auf das Pad, bestieg die erste Kabine, die anhielt, und fuhr hinunter bis in die Tiefgarage.

Sie war nur schwach beleuchtet. Auf den vorderen Stellplätzen standen jede Menge edler Fahrzeuge, dahinter die Wagen der Angestellten. Ich bückte mich, um einen Blick unter die Wagen zu werfen, konnte aber niemanden entdecken. Ich brannte darauf, ihn zu finden und ihm diese Maske vom Gesicht zu reißen, ihn zu entblößen.

Einen Moment lang stand ich still und horchte in das Halbdunkel. Vielleicht versteckte er sich irgendwo. Ich versuchte ruhiger zu atmen. Ein Geräusch. Ein leises Scharren. Ich wirbelte herum und sah jemanden im Schatten stehen, halb zwischen der rückwärtigen Wand und einem SUV versteckt.

Ich rannte los. Dieser Teil der Parkfläche lag im Dunkel. Die Gestalt kauerte sich zusammen, da ihr die Mauer den Fluchtweg versperrte.

Es war Terry, der Pfleger, der Eyeliner trug. Er weinte.

»Kätzchen, lass nicht zu, dass sie mich ins Gefängnis stecken«, wimmerte er. »Das könnte ich nicht ertragen.«

»Helfen Sie mir, und ich will sehen, was wir tun können.« Ich schob ihm eine Hand unter den Ellbogen und hievte ihn hoch. »Wo würde sich der Old Man am ehesten verstecken?«

»Er würde sich nicht verstecken. Er würde einfach abhauen.«

»Welches dieser Autos gehört ihm?«

»Nicht mit dem Auto. Mit dem Helikopter.« Seine schönen Augen blickten nach oben.

Terry und ich liefen die Treppe hoch. Ich war wütend, dass ich nicht selbst an den Helikopter gedacht hatte.

»Ich wusste, dass dieser Tag kommen würde.« Schwarze Augenschminke lief ihm über die Wangen.

»Dann hätten Sie den Laden vielleicht eher verlassen sollen.«

Wir rissen die letzte Tür auf, die zum Dach führte, und rannten in die Kälte hinaus. Das laute Knattern der wirbelnden Rotorblätter und der Luftschwall trafen uns wie ein Schlag ins Gesicht. Wir kniffen die Augen zusammen, während uns der Wind die Haare nach hinten peitschte. Der Helikopter stand etwa fünf Meter von uns entfernt. Noch hatte er sich nicht von seiner Start- und Landeplattform erhoben.

Durch das gewölbte Fenster konnte ich den Old Man hinter dem Piloten sitzen sehen. Er blickte nicht in unsere Richtung. Ich rannte zur Maschine, tief gebückt, um dem Rotor auszuweichen. Der Pilot gab seinem Passagier ein Zeichen, und der Old Man drehte sich zu mir herum.

Sein elektronisches Gesicht erinnerte an die verzerrte Fratze einer Mumie aus einem alten Horrorfilm.

Ich schwang mich auf die Kufe und riss die Tür auf. Als der Old Man sie wieder schließen wollte, packte ich ihn am Arm.

Ich hielt mich am Türrahmen fest und zerrte an seinem Ärmel. Auf dem Sitz neben ihm sah ich ein zusammengesunkenes Bündel, in einen Sack gehüllt. Ich konnte nicht erkennen, wie groß oder wie alt sein Opfer war, ob weiblich oder männlich, lebendig oder tot. Terry war hinter mir, doch er kam nicht nahe genug heran, um einzugreifen. Ich musste meinen Kampf gegen den Old Man ganz allein führen.

Es gelang mir, ihn halb aus dem Helikopter zu ziehen. Ich griff nach dem unteren Rand seiner Maske.

»Was verbergen Sie?«, schrie ich über das Dröhnen der Rotorblätter.

Er hielt sich mit einer Hand am Rahmen des Helikopters fest und versuchte mich mit der anderen wegzustoßen.

»Wo ist mein Bruder?« Ich fuhr ihm mit den Fingernägeln seitlich ins Gesicht.

Er drückte einen Fuß gegen meinen Bauch. Ich ließ nicht los.

Der Pilot zog eine Pistole und richtete sie auf mich. Ich konnte nichts tun. Ich war so gut wie tot.

Aber der Old Man schlug ihm den Arm zur Seite. Ich verstand überhaupt nichts mehr. Der Alte rief dem Piloten etwas zu. Der wandte sich dem Schaltpult zu. Ich erstarrte, als sich mit einem Klicken die Verbindung zur Startplattform löste. Ich stand immer noch auf der Kufe. Im Augenwinkel sah ich Terry, der mich mit wilden Gesten zum Abspringen aufforderte.

Wir hoben ab. Wenn ich noch länger blieb, musste ich in die Kabine klettern. Ich zerrte ein letztes Mal an der

Maske. Sie hob sich an der Seite, löste sich aber nicht. Dann ließ ich mich nach unten fallen. Während ich auf das Flachdach zustürzte, sah ich, wie der Old Man die Maske an sein Gesicht presste und die Tür schloss.

Ich landete hart auf dem Rücken. Terry rannte herbei, um mir zu helfen, aber ich winkte ab. Ich war nicht verletzt – nur wütend und frustriert über den Mann, der immer davonkam.

Lauren, der Anwalt und die beiden Marshals stürmten nun ebenfalls auf das Dach, aber es war zu spät. Während der Helikopter des Old Man am Himmel immer kleiner wurde, quälte mich eine einzige Frage: War das zusammengesunkene, in den Sack gehüllte Bündel Tyler?

Wir fuhren zum Erdgeschoss hinunter, mitten hinein ins Chaos. Die Polizisten hatten sämtliche Angestellten zusammengerufen und an der Wand aufgereiht. Tinnenbaum, Doris und Rodney protestierten lautstark. Sie pochten auf ihre Rechte und forderten ihre Handys zurück, um sich mit ihren Anwälten in Verbindung zu setzen. Andere Mitarbeiter, die Wachtposten und die Empfangsdame etwa, waren zusammengesunken und hockten resigniert auf dem Fußboden. Einige weinten. Trax, der Computer-Spezialist, hatte den Kopf in beiden Händen vergraben. Ein Pfleger brüllte einen Marshal an. Währenddessen zeichnete ein kleines Zwei-Mann-Team den Kommentar auf, den Senator Bohn direkt in eine Kamera sprach.

Ich ging zu Tinnenbaum. »Wo ist mein Bruder?«

Er schüttelte den Kopf. Ich wollte mich auf ihn werfen, aber der Anwalt hielt mich zurück.

»Sie wissen, was für ein Geheimniskrämer der Old Man ist«, erklärte Doris. »Wir würden es Ihnen sagen, wenn wir es wüssten.«

Ein Marshal trat dazwischen. Bevor ich weiter in die beiden dringen konnte, richteten sich alle Blicke zum Haupteingang. Mehrere atemberaubend aussehende Teens betraten das Gebäude. Verwunderung zeichnete sich auf ihren makellosen Gesichtern ab.

Stufe Drei.

»Was ist los?«, fragte eine hochgewachsene Blondine. »Man hat uns hierher bestellt.«

»Wer hat Sie hierher bestellt?« Der Senator streckte ihr das Mikrophon entgegen.

»Er da.« Ein dunkelhaariger Junge deutete. »Tinnenbaum.«

»Das ist nicht wahr«, widersprach Tinnenbaum.

»O doch, das ist wahr.« Der Senior im Körper des Jungen nickte grimmig. »Wir erhielten über den privaten Prime-Kanal den Aufruf, uns in der Body Bank einzufinden, um einen technischen Defekt unserer Chips zu beheben.«

»Ich habe ein Vermögen für diesen Körper hingelegt und bin nicht gewillt, eine Zeiteinbuße hinzunehmen«, beschwerte sich die Blondine. »Aber wenn diese Rückrufaktion unumgänglich war, dann beeilt euch damit, die Chips zu ersetzen. Klar?«

Ich wechselte einen Blick mit Lauren. Sie lächelte. Unser Fake über den Privatkanal von Prime hatte besser geklappt als erhofft. Immer mehr Kunden strömten in die Empfangshalle, alle mit dem gleichen verärgerten Ausdruck. Der Lärmpegel wurde unerträglich, als die Enders in den Körpern ihrer jugendlichen Spender Erklärungen verlangten.

Dann tauchte in der Menge ein vertrautes Gesicht auf. Madison. Ihre langen Ohrringe baumelten unter dem blonden Bob, als sie sich ihren Weg zu uns in die Mitte der Eingangshalle bahnte. Ich legte ihr einen Arm um die Schultern und wandte mich Senator Bohn zu.

»Das ist Madison«, stellte ich sie vor. »Sie hat diese gefälschte Botschaft produziert.«

Der Senator schüttelte ihr die Hand.

»Wo ist Trax?«, fragte Madison.

Der hochgewachsene Ender mit der wilden weißen Haarmähne stand auf. Er war mit Handschellen gefesselt.

»Kommen Sie, Schätzchen, bringen Sie mich zu meinem Körper!«, befahl Madison.

Ein Marshal löste die Handschellen, hielt Trax aber am Arm fest. Er folgte dem Techniker wie ein Schatten, als er uns durch die Korridore in das Innere der Body Bank führte. Wir – das waren ich, Madison, Lauren und ihr Anwalt, der Ex-Marshal und Senator Bohn mit dem Kamera-Team, das die ganze Zeit über filmte. In einigem Abstand folgten die meisten Großeltern, die uns unterstützt hatten, sowie eine lärmende Gruppe von Klienten in ihren Teen-Körpern.

Schließlich kamen wir in einen großen Saal, den ich nie zuvor gesehen hatte. Trax nannte ihn den Warteraum. Er ähnelte einer Intensivstation mit einer ringförmigen Schwesternstation in der Mitte. Von diesem Zentrum breiteten sich in mehreren Kränzen Liegesessel aus, auf denen Enders schliefen. Insgesamt mochten es über hundert Klienten sein, alle mit geschlossenen Augen und durch Schläuche im Hinterkopf mit Computern verbunden.

Die Schwestern und Pfleger waren geschockt, als wir auftauchten, zeigten sich aber zur Zusammenarbeit bereit, motiviert vielleicht durch die Anwesenheit des Senators und der Kamera. Manche der Kunden, deren Alter etwa zwischen achtzig und hundertfünfzig lag, schienen sich, ihrem Bart- und Haarwuchs nach zu schließen, schon mindestens zwei Monate hier zu befinden.

Madison schlenderte mit ihren aufreizend langen Beinen auf eine korpulente 125-Jährige zu, die in ihrem Liegesessel ruhte. Wie alle anderen Klienten trug sie unter einer leichten Decke nur ein Krankenhaushemd.

Madison deutete auf die füllige Seniorin und sagte zu Trax: »Nun seien Sie so nett und bringen mich in diesen Körper zurück! Macht zwar nicht viel her, gehört aber einfach zu mir.«

Er zog widerwillig einen Stuhl heran und ließ Madison darauf Platz nehmen. Dann ging er zur Schwesternstation und beugte sich über ein vertikales Eingabe-Terminal. Er drückte auf eine Reihe von Tasten und löste damit sanfte Klänge aus. Ich folgte seinem Blick und sah direkt über ihm ein rundes Computer-Modul von der Decke hängen. Ein paar Sekunden blinkten die Lichter in einem bestimmten Rhythmus. Dann erloschen sie. Die Klänge verstummten ebenfalls.

Im Raum war es still, als hielten alle Anwesenden den Atem an. Dann schlug die füllige Frau im Liegesessel die Augen auf. Trax ging zu ihr und tippte ihre Schulter an. »Alles in Ordnung?«, fragte er sie.

Es dauerte einen Moment, bis sie den Schlaf abgeschüttelt hatte. »Könnte nicht besser sein.« Nachdem Trax die Schläuche gelöst hatte, setzte sie sich auf. »Hallo, Callie, mein Mädchen. So sehe ich in Wahrheit aus. Rhiannon.«

Ich lächelte sie an.

Madison, die Spenderin, saß zusammengesunken auf ihrem Stuhl und hatte die Augen geschlossen. Ab und zu fuhr sie auf wie eine Katze, die aus einem Albtraum schreckte. Dann öffnete sie die Augen. Das blonde Haar hing ihr in die Stirn, und sie wirkte orientierungslos. Sie setzte sich auf.

»Was ist das hier?«, fragte sie leise und verwirrt. »Wer sind all diese Leute?«

Ihre Stimmlage klang verändert, war aber wiederzuerkennen.

Rhiannon beugte sich vor und legte eine Hand auf Madisons Schulter. »Es ist gut, Liebes, du bist wieder bei Prime. Dein Vertrag ist abgelaufen. Du bist frei.«

Einige der Klienten waren nicht begeistert davon, dass man sie um den Rest der gebuchten Urlaubszeit bringen wollte. Ihr Protest nahm an Lautstärke zu. Der Senator, der Ex-Marshal, der Anwalt und Trax steckten die Köpfe zusammen. Sie gelangten zu dem Schluss, dass die beste und einfachste Lösung darin bestand, einfach den Stecker zu ziehen.

»Also schön«, sagte der Senator. »Nun setzt euch alle auf den Boden.«

Nur wenige der schlecht gelaunten Senioren kamen der Aufforderung nach. Trax gab die gleichen Befehle ein, mit denen er kurz zuvor Madison von Rhiannon getrennt hatte.

Wer noch nicht auf dem Boden gesessen hatte, sackte einfach in sich zusammen. In den Liegesesseln begannen sich die Körper der Enders hin und her zu wälzen. Wir gingen zu den armen Teens hinüber, die keine Ahnung hatten, warum sie plötzlich auf dem Fußboden zu sich kamen.

Ich ließ meine Blicke über die jungen Leute schweifen. Ganz hinten lag jemand, den ich kannte.

Michael.

Er war in Sicherheit. Ich kniete neben ihm nieder.

»Michael?«

Er schaute mich benommen an. »Callie.« Dann stützte er sich auf einen Ellbogen. »Was ist denn mit dir passiert, Kleines?«

Ich berührte mein Gesicht. Die Schmerzblocker ließen mich vergessen, wie schlimm ich aussehen musste. »Ein paar Schläger, die es ernst meinten.«

»Tut es sehr weh?«

»Das wird schon wieder.«

»Wo bin ich?« Er setzte sich auf und presste die Hände gegen die Schläfen.

»In der Body Bank.«

Er dachte nach. »Die Body Bank. Ist mein Vertrag erfüllt?«

»Aber so was von erfüllt.« Ich zog ihn an mich und hielt ihn ganz fest.

Er erwiderte die Umarmung, und ich erinnerte mich, wie sicher ich mich in seiner Nähe fühlte. Einen Moment lang vergrub ich die Nase in seinem Hemd. Ich hätte mich am liebsten gar nicht mehr von ihm getrennt, aber zuerst musste ich Tyler finden.

Ich half Michael beim Aufstehen. Nach und nach kamen alle Spender auf die Beine und versuchten sich zu orientieren.

Lauren und Senator Bohn kamen auf mich zu. Beide wirkten angespannt.

»Noch ist es zu früh, um Ihnen Hoffnung zu machen, aber wir haben vielleicht eine erste Spur zu Ihrem Bruder«, erklärte der Senator.

Der Senator und ich hasteten mit Trax und einem Marshal einen schier endlosen Korridor entlang.

»Ich wusste doch nicht, dass das dein Bruder ist.« Trax schüttelte den Kopf.

»Was ist mit Florina?«, fragte ich. »War ein Mädchen bei ihm?«

»Nein«, erwiderte Trax. »Nur der Junge.«

Unterwegs erklärte er atemlos, dass der Old Man ihn am Morgen aufgesucht und sich erkundigt habe, ob man das Tauschverfahren auch bei einem Kind jüngeren Alters anwenden könne. Als er erklärt habe, das sei von der Größe des jeweiligen Gehirns abhängig, habe der Alte ihn aufgefordert, Tyler zu untersuchen.

»Aber ich weiß nicht, ob er noch da ist«, fuhr Trax stirnrunzelnd fort. »Ich habe ihn zuletzt um halb acht Uhr früh gesehen. Der Old Man schleppte ihn ständig hin und her.«

»Wer hat sich denn um ihn gekümmert?«, fragte ich.

Trax zuckte die Achseln.

»Los jetzt!« Ich packte Trax am Arm und zerrte ihn im Laufschritt mit.

Wir stürmten durch eine Tür mit der Aufschrift »Zutritt verboten« und bogen noch zweimal ab, ehe wir in einen kurzen Gang kamen, der vor einer versperrten Tür ohne Markierung endete.

Trax fuhr mit der Handfläche über ein Lese-Pad, und die Tür sprang auf. Ich rannte ihn praktisch über den Haufen, als ich an ihm vorbeischoss.

Ich stand in einem fensterlosen, spärlich möblierten Büroraum. Ein Aktenschrank, einige Arbeitstische – und an der Wand eine kleine Pritsche mit zusammengeknüllten Decken. Ich schob die Decken zur Seite.

Die Pritsche war leer.

Ich kniete nieder. Tyler hatte hier geschlafen. Sein Abdruck war noch auf dem Laken zu sehen.

»Er ist fort«, rief ich. »Er hat ihn entführt. Der Old Man hat ihn entführt.«

Der Marshal schaute pflichtgemäß in die Schränke, ins Bad und sogar in die Aktenschubfächer. Es war sinnlos, das wussten wir alle.

Ich begann zu weinen. Ich konnte nicht anders. Tränen liefen mir über die Wangen. Ich hatte mein Letztes gegeben, alles nur für ihn. Aber er war verschwunden. Der Old Man hatte ihn in seinem Helikopter mitgenommen. Ich war so nahe gewesen. Und ich hatte ihn verloren.

»Heute Morgen war er hier. Wirklich«, beharrte Trax.

Er und Senator Bohn standen da und starrten in verschiedene Richtungen. Ich setzte mich auf die Kante der kleinen Pritsche. Es war mir egal, was die anderen dachten. Es war mir egal, wie dumm ich mit meiner laufenden Nase aussah. Ich hatte keine Hoffnung mehr. Ich hatte Unmögliches geschafft – aber meinen Bruder hatte ich nicht gefunden.

Dad, ich weiß, ich habe es dir versprochen. Und ich habe es versucht. Wirklich versucht.

Und nun war er alleine, verängstigt, in einem Sack gefangen. In der Gewalt des Old Man.

Mein Schluchzen wurde lauter.

Trax wollte mir den Arm um die Schultern legen. »Das tut mir so leid.«

»Lasst mich in Ruhe!«, schrie ich und stieß ihn weg. Ich richtete mich auf, weil ich kaum noch Luft bekam. »Euer Mitleid hilft mir überhaupt nichts. Ihr Leute von der Body Bank habt euch alle schuldig gemacht. Wie konntet ihr ihm das antun? Er ist doch noch so klein.«

Ich wirbelte herum und warf Senator Bohn einen finsteren Blick zu. »Und ihr Enders, ihr seid auch schuld. Warum habt ihr damals nicht allen den Impfstoff verabreicht? Dann wäre uns alles erspart geblieben, wenn ihr nur nicht so geizig gewesen wärt!«

Der Senator hatte beide Hände im Nacken verschränkt und sah mich mit schmerzerfüllter Miene an.

Der Marshal, der die umliegenden Räume inspiziert hatte, kehrte zurück, wechselte einen Blick mit Senator Bohn und schüttelte den Kopf. »Er ist nicht hier.«

Etwas an diesen Worten, aus dem Mund eines Marshals, ließ mich aufhorchen … Ich hatte mich so oft vor der Polizei verkrochen, hatte in einem Versteck gewartet und gehofft, dass sie weder mich noch meine Freunde oder irgendwelche Starters aufspüren würden. Aber diesmal hoffte ich, dass er meinen Bruder finden würde. Nur – wenn mein Bruder einen Marshal sah, würde er nicht aus seinem Versteck kommen.

Wir hatten die Angewohnheit, uns genau da zu verstecken, wo Polizisten nie hinkämen. Zum Beispiel hoch oben.

Ich stellte mich mitten in den Raum und sah mich prüfend um.

Die Enders beobachteten mich misstrauisch, als hätten sie Angst davor, was mir als Nächstes einfallen würde. Ich starrte die Decke an. Wenn mein Bruder den Marshal sah, aber nicht mich … und mich auch nicht hörte …

Ich ging ins Bad und spähte nach oben. Die Enders folgten mir, blieben auf der Schwelle stehen. Der Toilettendeckel war heruntergeklappt. Das war mein erster Hinweis.

Ich schwang mich auf den Toilettensitz und von da auf das Becken. Die Männer kamen mit ausgestreckten

Armen ins Bad gelaufen, als wollten sie mich bei einem Sturz auffangen. Ich sah Fingerspuren an der Deckenverkleidung und rüttelte daran.

»Es ist okay, Tyler«, rief ich nach oben. »Ich bin es.«

Ich hob die Verkleidung an und schob sie zur Seite. Da war er. Tyler blinzelte scheu wie ein kleiner Fuchs über die Kante.

»Callie?«

Das Herz schlug mir bis zum Hals. »Tyler! Komm her, du!«

Ich holte ihn kopfüber aus seinem Versteck und reichte ihn an den Marshal weiter. Ich kletterte vom Waschbecken, sprang zu Boden und drückte meinen Bruder an mich, als wollte ich ihn nie mehr loslassen. Ich küsste ihn und atmete den Duft seiner babyweichen Haare ein. Meine Brust fühlte sich so leicht an, als sei eine tonnenschwere Last von mir genommen.

Er weinte. Ich weinte. Sogar die Männer um uns herum weinten.

Und ich hielt ihn immer noch ganz fest.

Nach endlosen Umarmungen und Küssen und der beruhigenden Erkenntnis, dass sich Tylers Gesundheitszustand nicht verschlechtert hatte, brachten uns die Enders hinunter in die Eingangshalle, wo der Lärmpegel mittlerweile etwas gesunken war. Wir begaben uns zu Lauren und stellten ihr Tyler vor. Senator Bohn griff sich eine Decke und legte sie meinem Bruder um.

»Geht es ihm gut?«, wollte Lauren von mir wissen.

»Das Essen war super«, sagte Tyler. »Und der Old Man hat dafür gesorgt, dass ich Medizin bekam.«

Ich nickte, obwohl ich bezweifelte, dass der Alte aus

Menschenfreundlichkeit gehandelt hatte. Dann fiel mir Florina ein. Sie war zusammen mit Tyler aus dem Hotel entführt worden.

»Tyler, was ist mit Florina passiert?«, fragte ich.

»Die haben sie aus dem Auto gestoßen.«

»Was?«

»Nachdem wir eingestiegen waren, fuhren sie zwei Straßenblöcke weit. Dann hielten sie an und schubsten sie raus.«

»Hoffentlich wurde sie nicht schwer verletzt.«

»Bestimmt nicht. Sie ist gleich wieder aufgestanden.« Er überlegte einen Moment. »Hast du gewusst, dass sie eine Großtante hat? In Santa Rosa?«

Ich schüttelte den Kopf.

»Sie hat manchmal von ihr erzählt. Vielleicht kann sie bei der wohnen.«

Der Senator strich Tyler über den Kopf. Ein Marshal zeigte dem Politiker eine Liste, in der alle Klienten eingetragen waren. Daneben standen die Namen der jeweiligen Spender, die nach und nach in der Body Bank eintrafen. Er deutete auf eine Seite der Halle, wo die »Mieter« und »Vermieter« Aufstellung genommen hatten, Madison neben Rhiannon, Tinnenbaum neben Lee, Rodney neben Raj und Doris neben Briona. Michael stand neben einer klapprigen Gestalt mit einer großen Nase und hängendem Bauch, einem Ender, der bestimmt an die zweihundert Jahre alt war. Das war der Typ, der mich angemacht hatte, als er in Michaels Körper steckte? Ich musste mich jetzt noch übergeben, wenn ich daran dachte!

Die Schlange der Starters und Enders erstreckte sich bis weit in den Korridor. Lauren, Tyler und ich gingen die Reihe entlang und musterten die Gesichter, aber keines der jungen Mädchen hatte Ähnlichkeit mit Emma. Lauren konnte ihren Kevin ebenfalls nicht unter den Anwesenden entdecken.

»Ich wusste, dass die Chancen nicht gut standen«, sagte Lauren. »Doch man hofft bis zuletzt.«

»Wir suchen weiter.« Ich legte ihr eine Hand auf die Schulter. »Diese Sache ist erst abgeschlossen, wenn wir die beiden gefunden haben.«

Die lange Nacht war dem Morgen gewichen. Großeltern kamen und holten ihre Enkel ab. Sie zeigten sich erstaunt, als sie die Minderjährigen ohne Familienangehörige im Morgengrau verschwinden sahen, aber ich verstand diese Starters. Sie misstrauten den Alten immer noch.

Tyler schlief auf einer Couch in Doris' Büro. Michael und ich kauerten zusammengesunken auf Besucherstühlen an ihrem Schreibtisch. Wir waren ausgelaugt und kämpften selbst gegen den Schlaf an. Zumindest sagte ich mir vor, dass das der Grund für Michaels Distanziertheit war.

»Florina hat also eine Großtante in Santa Rosa«, begann ich.

»Ja. Sie glaubte, die würde sie adoptieren.«

»So was nennt man Glück.«

»Diese Tante hätte mich auch aufgenommen. Aber natürlich nicht adoptiert.«

»Und warum bist du nicht auf das Angebot eingegangen?«

Er zuckte mit den Schultern. »Zu kalt da oben.«

Ich nickte.

»Unser Honorar können wir jetzt ja wohl abschreiben«, meinte er.

»Sieht ganz danach aus.«

»Alles umsonst.« Er schüttelte den Kopf. »Wir haben unser Leben riskiert … für nichts und wieder nichts.«

»Hey, so kannst du das nicht sehen. Wir dürfen immerhin diese hypermodernen Chips behalten.« Ich lachte. Was sollte ich sonst tun? Ich war glücklich, dass ich meine kleine Familie wiederhatte, auch wenn wir ohne Zuhause waren. Lebt wohl, Matratzen und Duschen! Willkommen, Betonböden und Wassereimer!

Lauren warf einen Blick zu uns herein.

»Callie, kann ich dich kurz sprechen?«

Ich warf einen Blick auf den schlafenden Tyler. Michael nickte und sagte, er würde bei ihm bleiben.

»Ich glaube, ich habe eine gute Nachricht für dich«, sagte sie mit einem Lächeln.

Sie brachte mich in Tinnenbaums früheres Büro. Ihr Anwalt hatte den Schreibtisch in Beschlag genommen. Mir lief es kalt über den Rücken, als ich den Zimmerbrunnen sah, der mich bei meinem ersten Besuch so beeindruckt hatte.

»Mrs. Winterhill hatte ein Testament aufgesetzt, in dem Sie erwähnt werden.«

Ich sah Lauren an. Sie schob mich auf einen der Stühle vor dem Schreibtisch und nahm neben mir Platz.

»Aber wann konnte sie …?«

»Sie setzte es auf, bevor sie sich in die Body Bank begab. Sie wusste, dass sie es Ihnen schuldig sein würde.«

»Sie hat dir die Hälfte ihres Vermögens hinterlassen«, ergänzte Lauren, »einschließlich der Villa und eines Ferienhauses.«

Ich brachte keinen Ton hervor.

Er las aus dem Dokument vor, das er in Händen hielt. »Hier steht: ›Ich kenne dich nicht, aber es tut mir leid, dass ich dich ausnutzen musste. Und es tut mir leid, dass wir euch die Welt hinterlassen haben, wie sie ist.‹«

Ein Zuhause? Ich wusste, dass ich übermüdet war. Das musste ein Traum sein. Ich berührte meine Wange und spürte die sehr reale Wundnaht.

Sie merkten wohl, dass ich nicht glauben konnte, was ich hörte, und deshalb wiederholten sie alles. Und erklärten mir die Einzelheiten. Aber alles, was hängen blieb, war: ein Zuhause.

Also hatte Helena Wort gehalten.

Ich sah Lauren an, und sie nickte mir aufmunternd zu. Ihre Wimpern glänzten feucht. Dann quollen die Tränen hervor. Ich schloss die Augen, ganz fest, aber irgendwie fanden die Tränen dennoch ihren Weg.

Ein Zuhause.

kapitel 30

Am gleichen Morgen brachte ich Tyler in sein neues Haus. Ich werde nie seinen Gesichtsausdruck vergessen, als wir in Begleitung von Lauren und ihrem Anwalt die Villa betraten. Während die beiden Eugenia beiseitenahmen, um ihr die Klauseln des Testaments zu erklären, musterte Tyler die Möbel und die reiche Ausstattung mit weit aufgerissenen Augen.

Auf einem Couchtisch entdeckte er die Bronzestatue eines Hundes. »Darf ich die anfassen, Monkey?«

Ich nickte. »Du kannst hier tun und lassen, was du willst. Das alles gehört jetzt uns.«

Er nahm die Statue in beide Hände und drückte sie an die Brust. Obwohl sie bestimmt einiges wog, bestand er darauf, sie mit sich herumzuschleppen. Er ließ sie selbst dann nicht los, als ich ihn im Hauptschlafzimmer in das große Bett legte und zudecken wollte. Ich entwand sie ihm sanft und stellte sie auf den Nachttisch.

»Warum ist Michael nicht mitgekommen?« Tyler blinzelte müde, während er den Kopf des Bronzehunds streichelte.

»Er wollte zurück in das Haus, um seine Sachen zu holen.«

»Aber er kommt zurück, oder?«

Ich lächelte. »Klar. Er wird aus dem Gästehaus ein Künstleratelier machen.«

»Was wird er malen, wenn wir doch nicht mehr auf der Straße leben?«, fragte Tyler langsam.

Er schloss die Augen und schlief ein. Es war keine richtige Lüge, mit der ich ihn abspeiste. Ich wiederholte nur die Ausrede, die Michael gebraucht hatte. Ich wusste, dass er nicht bei uns einziehen würde. Das ließ sein verdammter Stolz nicht zu.

Im Lauf der nächsten Tage bauten wir unser Leben neu auf.

Da Lauren die gesetzliche Vormundschaft für mich übernommen hatte, konnte niemand das Testament mit der Begründung anfechten, ich sei eine minderjährige Waise. Die Hälfte von Helenas Grundbesitz und ihre beiden Häuser würden mir für immer gehören. Die andere Hälfte sollte treuhänderisch für Emma verwaltet und ihr übertragen werden, sobald ich sie fand. Und ich würde sie finden. Das war ich Helena schuldig.

Das Bargeld, das ich erbte, überstieg bei Weitem die Summe, die ich durch meinen Vertrag mit der Body Bank bekommen hätte, und dafür war ich besonders dankbar, denn nun konnte ich Tyler die besten Medikamente besorgen, die es zu kaufen gab, und sein Gesundheitszustand besserte sich von Tag zu Tag. Ich für meinen Teil ließ meinen Zahn ersetzen, und die Schwellungen im Gesicht gingen langsam zurück.

Michael war ins Gästehaus gezogen, doch kurz darauf wieder verschwunden. Er hatte sich nicht verabschiedet, aber seine Zeichnungen an den Wänden zurückgelassen.

Sie zeigten uns, hungernd und frierend auf der Straße. Unser Leben nach den Sporenkriegen. Vermutlich hatte er die Stadt verlassen, um Florina zu sehen. Ich war enttäuscht, aber ich hatte nicht das Recht dazu.

Der Verlust von Blake hatte eine große Leere in meinem Herzen hinterlassen. Wie groß diese Leere war, merkte ich erst, als ich allmählich zur Ruhe und zum Nachdenken kam.

Eine Woche nachdem wir in Helenas Haus gezogen waren, hörte ich in den Nachrichten, dass sich Senator Harrison von einem »Jagdunfall« erholte. Die negativen Schlagzeilen des Body-Bank-Skandals wirkten sich wohl erst in den kommenden Monaten aus. Nach den Wahlen würde sich zeigen, ob Senioren die Wiederwahl eines Mannes unterstützten, der bereit gewesen war, junge Menschen einem endlosen Tod auszuliefern.

Der Senator ließ Blake allem Anschein nach wenig Freiraum. Ich versuchte ihm Botschaften zu schicken, ihn anzurufen. Nie kam eine Antwort. Deshalb beschloss ich, ihn persönlich aufzusuchen, bevor ich endgültig aufgab. Wenn ich ihm alles erklären konnte, ließ er sich vielleicht überreden, uns eine zweite Chance zu geben. Und wenn nicht, nun ja, dann wusste ich zumindest Bescheid und konnte einen Schlussstrich ziehen.

Es war schwierig, das Haus des Senators zu finden. Ich fuhr mehrmals daran vorbei, ehe ich seinen roten Sportwagen erblickte. Mein Herz begann zu rasen, und ich musste tief durchatmen, bevor ich ausstieg.

Ich ließ meine Blicke über den stattlichen Herrensitz im Tudor-Stil wandern und nahm den langen, von Rosenbeeten gesäumten Fußweg zum Haupteingang. Ich trat unter das Vordach, und der Klingelsensor meldete mich, bevor ich es mir anders überlegen und umkehren konnte.

Ein grimmiger uniformierter Bodyguard zog seine Pistole und richtete sie auf meine Stirn.

»Verständigt die Polizei!«, rief er jemandem in der Diele zu.

»Ich bin nicht gekommen, um Schwierigkeiten zu machen.« Ich hob die Hände. »Ich wollte nur Blake sprechen.«

Blake kam an die Tür. Der Bodyguard schob sich zwischen uns. »Bleiben Sie im Haus!«

»Es ist gut, ich rede mit ihr«, sagte Blake.

Der Wachmann schaltete sein Headset ein. Er horchte kurz und sagte dann: »Jawohl, Sir!« Blake und ich wechselten einen Blick. Er zuckte mit den Schultern.

Plötzlich war der Wächter die Freundlichkeit in Person. »Das scheint Ihr Glückstag zu sein«, sagte er. »Ich hoffe, es stört Sie nicht, wenn ich Sie kurz durchsuche.«

Er schob seine Pistole in das Halfter und tastete mich flüchtig ab. Dann zog er einen Waffendetektor aus einem Schenkelgurt und strich damit über meinen Körper.

Der Wächter ging nach drinnen und ließ Blake und mich am Haupteingang allein.

»Hi«, sagte Blake mit einem Lächeln.

»Blake.« Ich erwiderte sein Lächeln. Es war so schön, seine Züge wiederzusehen. Und sein Lächeln. Das gab mir Hoffnung.

»Worum geht's?«

»Ich dachte, wir könnten vielleicht reden.«

»Worüber?«

»Über alles, was geschehen ist. Ich habe dir eine Menge zu erklären.«

»Soll das ein Scherz sein?«

Eine Sekunde lang blieb mir das Herz stehen. »Blake?«

Er hielt den Kopf schräg. »Wer sind Sie?«

»Tu doch nicht so, als würdest du mich nicht kennen.«

Er rieb sich den Hinterkopf. »Hat Sie einer meiner Freunde dazu angestiftet?«

»Ich verstehe.« Ich verschränkte die Arme. »Du hast mir nicht verziehen.«

Er starrte mich nur an. War nicht bereit, auch nur einen Millimeter nachzugeben.

»Ich dachte, du würdest mein Tun vielleicht verstehen.« Ich schüttelte den Kopf. »Nachdem alles ans Licht kam.«

Seine Miene wurde ernst. »Tut mir leid, ich ...« Er zuckte mit den Schultern. »Ich kenne Sie nicht.«

Meine Hände wurden eiskalt. Dieser Mann, den ich so gut kannte, sah mich total verständnislos an. Das traf mich zutiefst. Was war geschehen?

»Blake? Du erinnerst dich wirklich nicht? An nichts?«

Er schüttelte den Kopf.

»An den Ausritt? Den Park ... das Music Center?« Tränen schossen mir in die Augen, und ich konnte sie nicht zurückhalten.

Er schüttelte immer noch den Kopf. Und ich las Mitleid in seinem Blick.

»Ich bin nicht verrückt. Wirf einen Blick auf dein Handy. Auf das Foto, das du von uns gemacht hast.«

Seine Augen wurden schmal, als durchsuche er seine Vergangenheit, ohne etwas zu finden. Er erinnerte sich wirklich nicht. Er kannte mich nicht.

Ich weiß nicht, ob es etwas gab, das schlimmer hätte verletzen können.

Ich war unsichtbar.

Senator Harrison kam an die Tür, einen Arm in einer Schlinge. »Callie.«

Ich trat einen Schritt zurück.

»Du kennst sie?«, fragte Blake.

Der Senator kam auf mich zu. Ich wich zurück. Er klopfte mir väterlich auf die Schulter. »Alles in Ordnung, Callie. Kommen Sie herein.«

Er legte den gesunden Arm um meine Schulter und führte mich in eine große Empfangsdiele. Der Uniformierte stand ein wenig abseits, sehr steif und sehr wachsam. Durch einen Torbogen konnte ich das Wohnzimmer erkennen. Im Kamin brannte ein Feuer.

Der Senator wandte sich an Blake. »Ich muss mit meinem Gast unter vier Augen sprechen.«

Blake nickte. Bevor er sich zurückzog, warf er mir einen letzten Blick über die Schulter zu. Ich hatte so sehr gehofft, ein schwaches Erinnern in seinen Augen aufflackern zu sehen. Irgendetwas. Aber in seinen Zügen spiegelte sich nur Neugier.

Senator Harrison nahm meinen Arm und führte mich ins Arbeitszimmer. Er deutete auf einen Ledersessel und schloss die Tür. Ich zog es vor, hinter dem Sessel stehen zu bleiben. Ich war immer noch nicht sicher, ob ich ihm vertrauen konnte.

Meine Blicke wanderten durch den Raum mit seinen kostbaren Antiquitäten.

»Nun haben Sie also meinen Enkel gesehen«, sagte er.

»Was ist mit ihm geschehen?« Meine Unterlippe zitterte.

Er deutete zur Tür. »Das ist mein wahrer Enkel. Der richtige Blake Harrison.« Er zuckte zusammen, als er am Schreibtisch Platz nahm, und rückte die Schlinge zurecht.

Ich hörte, was er sagte. Aber seine Worte ergaben keinen Sinn. »Der richtige Blake?«

Plötzlich, als habe jemand alle Geräusche auf stumm geschaltet, lastete ein tiefes Schweigen im Raum.

Nur die antike Uhr, die unter einem Glassturz auf dem Schreibtisch stand, tickte tapfer weiter, während sich die drei goldenen Kugeln in ihrem Innern hin und her drehten, hin und her. Schwindel und Übelkeit erfassten mich bei dem schnellen Gewirbel.

Jemand keuchte. Ich.

Der Senator kniff die Augen zusammen und nickte.

»Und vorher – das war niemals er?«, fragte ich.

Er schüttelte den Kopf. »Nur sein Körper.«

Ich presste eine Hand an den Mund.

Die Sessellehne gab mir Halt. »Dann befand sich … ein anderer in Blakes Körper.«

»So ist es.« Der Senator wartete, bis ich die ganze Tragweite dieser Erkenntnis erfasst hatte.

Wer würde es darauf anlegen, all die Zeit über Blakes Körper zu benutzen? Und dann begriff ich schlagartig. Ein eiskalter Schauer durchlief mich. Der Gedanke war so grauenhaft, dass ich ihn nicht aussprechen konnte.

»Der Old Man«, bestätigte der Senator.

Ich stützte den Kopf in beide Hände. Nein. Nicht er. In Blake? Meine Gedanken wirbelten schneller als die goldenen Kugeln im Innern der Uhr.

»Aber ich habe den Old Man gesehen, als er ins Waisenhaus kam«, rief ich. »Er kann doch nicht an zwei Orten gleichzeitig sein.«

»Das war nach dem Abschluss des Regierungsvertrags. Sobald der unterzeichnet war, verließ er Blake.«

»Und diese Airscreen-Botschaft? Die wurde schon früher verbreitet.«

»Die war im Voraus aufgenommen.«

Ich schwieg einen Moment und atmete tief durch. »Und Sie haben das alles zugelassen?«

»Er hielt meinen Enkel als Geisel fest, obwohl Blake davon nichts bemerkte. Nur seine Großmutter und ich wussten Bescheid. Auf diese Weise zwang er mich, die Vereinbarung zwischen der Regierung und Prime Destinations in die Wege zu leiten.«

»Blake ging nie freiwillig zur Body Bank?«

Der Senator schüttelte den Kopf. »Der Old Man entführte ihn und ließ den Chip implantieren. Blake weiß immer noch nicht, was geschehen ist. Er glaubt, dass er ein paar Wochen lang krank war.«

Ich fuhr mir mit den Fingern durch die Haare. Die ganze Zeit über hatte ich gedacht, dass ich die Betrügerin war, die sich als Prinzessin ausgegeben hatte. Aber es war der Prinz, der die ganze Zeit über betrogen hatte. In meiner Welt war nichts, wie es schien. Wie sollte ich jemals wieder jemandem vertrauen?

Der Senator legte mir eine Hand auf die Schulter.

»Callie, ich habe den Staatsanwalt unter Druck gesetzt, damit er die Anklage gegen Sie fallen lässt«, sagte der Senator.

Diese Geschichte hatte ich völlig vergessen. »Danke.«

»Und ich möchte Sie um einen Gefallen bitten.«

»Ja?« Ich hatte keine Vorstellung, was ich für ihn tun könnte.

Er kam näher und mit ihm der Duft nach Zigarren. »Verrate meinem Enkel nichts von den Ereignissen, weder jetzt noch irgendwann später.«

Ich verließ Harrisons Anwesen, ohne Blake noch einmal zu sehen. Ich lief die Einfahrt hinunter, und die roten Rosen schienen mich bei jedem meiner Schritte zu verspotten. Wie dumm war ich gewesen? Warum hatte ich es nicht erkannt?

Meine Knie gaben nach und ich fiel zu Boden. Es würde kein Wiedersehen mit Blake geben. Er war nicht real. Nichts, was wir gemeinsam hatten, war real gewesen. Tränen liefen über meine Wangen.

Er war für immer fort. Wie Mom und Dad.

Oh, Daddy, ich vermisse dich so.

Nachdem ich die schönen Momente wieder und wieder durchlebt hatte, wollte ich nur noch so weit wie möglich weg von diesen Orten. Deshalb beschloss ich am nächsten Tag, mit Tyler zu unserem neuen Ferienhaus in den Bergen von San Bernardino zu fahren. Wir packten unsere warmen Fleecejacken ein und machten uns auf den Weg nach Norden.

Helenas Zweithaus, zu dem ein knapper Hektar Land gehörte, war ein geräumiges, einstöckiges Chalet, von dem man einen herrlichen Panoramablick auf einen See hatte. Anders als in der Stadtvilla gab es hier nur wenige Dinge, die an Helena oder Emma erinnerten. Es war zwar nicht so, dass ich sie zu verdrängen versuchte, aber wir bekamen rasch das Gefühl, dass dieses Chalet wirklich uns gehörte.

Tyler übte sich am See im Auswerfen von Angeln, während ich auf einem Felsblock saß und darüber nachdachte, wie viel ich gewonnen und verloren hatte.

Es hatte damit begonnen, dass der Old Man den Senator ins Spiel bringen wollte, um seinen Body-Bank-Deal mit der Regierung voranzutreiben. Um ihn unter Druck zu setzen, hatte er Blake als Geisel genommen. Helena wusste davon nichts, aber sie hatte in Erfahrung gebracht, dass der Senator plante, den Vertrag mit der Regierung abzuschließen. Also hatte sie meinen Körper gemietet, um ihn zu töten. Sie hoffte, dadurch nicht nur den Deal zu stoppen, sondern zugleich Prime an die Öffentlichkeit zu zerren und in einem möglichst schlechten Licht dastehen zu lassen. Und das wäre ihr gelungen, wenn sie den Beweis geliefert hätte, dass ein Spender als »Mordwerkzeug« benutzt werden konnte. Als sie Redmond unseren Chip verändern und die Stop-Kill-Sicherung unbrauchbar machen ließ, fing der Old Man das neue Signal auf und entdeckte ihr Vorhaben. Und da er Blake zu diesem Zeitpunkt bereits entführt hatte, missbrauchte er dessen Körper, um mehr über Helenas Pläne herauszufinden.

Er folgte ihr in den Rune Club, sprach sie an der Bar an und vereinbarte das Date. Aber Redmonds Eingriff in den Chip hatte das winzige Gerät instabil gemacht. So erlitt Helena im Club einen Blackout, den der Old Man im Körper von Blake beobachtete. Dann nahm er Kontakt zu mir auf, um Helena besser beobachten zu können und sicherzugehen, dass wir den Senator nicht erschossen, bevor er sein Gespräch mit dem Präsidenten führte. Außerdem wohl auch, um zu sehen, wie ich mich an die manipulierte Stop-Kill-Sicherung anpasste. Sobald Helena und ich den Gedankenkontakt aufgebaut hatten und auf diese Weise immer in Verbindung standen, erkannte er vermutlich, was für eine wertvolle Erfindung das insbesondere für die Regierung sein könnte.

Von da an war jeder einzelne seiner Schritte eine bewusste Täuschung. Er hatte sich verhalten, als sei er ein echter Teen, der seine Urgroßmutter besuchte. Er hatte vorgegeben, mich zu mögen, damit ich ihm vertraute. Die Zeit auf der Ranch, die Gespräche im Auto – alles Lügen. Er konnte besser schauspielern als jeder preisgekrönte Superstar, wenn er meine Hand hielt, mir über die Wange strich, mich küsste …

Ich fühlte mich so elend. Ich war glücklich, wenn ich an die Zeit dachte, die ich mit Blake verbracht hatte. Dabei hätte ich Hass empfinden müssen, seit ich wusste, dass es der Old Man gewesen war. Ich war hin- und hergerissen. Einerseits wollte ich die Erinnerungen wie einen kostbaren Schatz hüten. Andererseits hätte ich sie am liebsten ausgelöscht.

Ich konzentrierte mich auf Tyler, der gerade seine Schnur auswarf. Sein Schwung wurde immer besser. Zumindest bei dem Gedanken an Tyler fand ich Frieden. Es war tröstlich zu wissen, dass er nie wieder Hunger haben, nie wieder auf einem kalten, schmutzigen Fußboden schlafen und auch nicht an seiner Lungenschwäche sterben würde. Ich atmete den würzigen Tannenduft ein. Die Luft war so frisch, so rein. Eine tiefe Dankbarkeit über mein neues Zuhause stieg in mir auf. Ich beschloss, nur noch daran zu denken, wie schön es hier oben war.

»Tyler«, rief ich. »Ich gehe jetzt rein und mache uns einen Kakao. Bleib, wo du bist, ja? Nicht weglaufen!«

Er nickte.

Ich ging ein paar Holzstufen zur hinteren Terrasse hoch und betrat die warme Küche. Hier konnte ich Tyler durch das Fenster über dem Spülbecken sehen. Ich zog meine Jacke aus und hängte sie über einen Stuhl. Dann holte ich aus dem Küchenschrank den Kakao und zwei Becher. Ich löffelte Kakaopulver in die Becher und drehte das gefilterte Heißwasser an. Wasser im Überfluss. Heute und immer.

Ich füllte die Becher und stellte sie auf die Theke. Das war der Moment, in dem ich etwas Merkwürdiges entdeckte. Etwas, das nicht hierher gehörte. Es lag auf der Frühstückstheke, rechts vom Spülbecken.

Eine Rispe gelber Orchideen. Mit purpurnen Leopardenflecken.

Etwas schnürte mir die Brust zusammen. Wie lange lag der Blütenzweig schon da?

Ich warf einen Blick durch das Fenster. Tyler war verschwunden. Seine Angelrute lag auf dem Boden. Panik stieg in mir auf. Ich wollte schon nach ihm rufen, als ich einen Schritt zur Seite trat und ihn dort draußen wiederentdeckte. Er bückte sich gerade, um einen Köder aus dem Eimer zu holen.

Ich stieß einen Seufzer der Erleichterung aus.

Dann hörte ich eine Stimme in meinem Kopf.

Hallo, Callie.

Genau wie bei Helena. Nur dass es diesmal eine Männerstimme war. Diese unheimliche elektronische Stimme, die mir durch Mark und Bein ging. Der Old Man.

Ein Schauer überlief mich.

Du hast ganze Arbeit geleistet, Callie. Prime ist geschlossen und wird bald abgerissen werden.

»Wo sind Sie?« Meine Blicke wanderten zum See hinunter, wo Tyler seine Angelrute auswarf. »Wie kommen Sie in … meinen Kopf?«

Ich habe natürlich ein Backup.

»Ein Backup?« Das musste da sein, wo sich Emmas Mieterin befand.

An einem anderen Ort.

Ich fragte mich, ob es sich um ein portables Laufwerk handeln könnte. War er in meiner Nähe? »Wo?«

Kleine Reise gefällig? Ich kann es dir zeigen.

»Warum sind Sie dann in meinem Kopf?« Ich konnte ihn nirgends draußen sehen. Leise begann ich die Schubladen zu öffnen.

Komm zu mir, Callie.

»Was wollen Sie von mir? Ich bin ein ganz einfaches Mädchen.«

Jetzt nicht mehr. Der Chip in deinem Kopf ist ein besonderes Modell, verbessert von einem genialen Wissenschaftler. Ich biete dir ein Spitzengehalt, wenn du dich meinem Team anschließt.

»Ich habe hier alles, was ich brauche.« Ich versuchte Stärke zu demonstrieren, aber meine Stimme überschlug sich und verriet meine Nervosität.

Du weißt nicht, was du brauchst.

Ich zog ein langes Fleischermesser aus der Schublade. Meine Hand zitterte.

Warte, bis du das erste Mal Macht verspürst.

»Ich bin nicht gewillt, irgendetwas mit Ihnen zu verspüren.«

So leicht gebe ich nicht auf. Ich habe dir schon einmal gesagt, dass du etwas ganz Besonderes für mich bist.

Ich stieß ein leises Lachen aus, aber seine Worte brannten wie Säure. »Sie wollen meinen Schädel öffnen und untersuchen, wie der Chip verändert wurde.« Tyler war immer noch mit seiner Angel beschäftigt. Ich verließ die Küche und schlich mich in den Gang, hielt Ausschau nach einer Stelle, wo sich der Old Man verbergen könnte.

Ich will dich in meinem Team haben. Und du brauchst eine Aufgabe. Du wärst in guter Gesellschaft.

»Sie denken allen Ernstes, dass ich in Ihr Team passen würde?«

Dein Freund Redmond gehört auch zu uns.

Plötzlich hatte ich eine Eingebung. »Der Gefangene im Helikopter – das war er!«

Du magst ihn.

»Er setzt seinen Verstand dafür ein, Menschen zu helfen, anstatt ihnen wehzutun.« Ich wollte, dass er weiterredete, während ich den Gang entlang schlich. »Haben Sie auch nur irgendetwas von den Dingen, die Sie mir sagten, ernst gemeint?«

Vieles entsprach der Wahrheit. Aber nicht alles. Wenn du herausfinden willst, was ehrlich gemeint war und was nicht, dann schließ dich mir an!

»Sie haben mich belogen, haben sich die ganze Zeit über als ein anderer ausgegeben.« Ich warf einen Blick ins Wohnzimmer. Auch dort war er nicht. Durch das Panoramafenster sah ich, dass Tyler okay war und immer noch angelte.

Trifft dieser Vorwurf nicht auch auf dich zu?

Ich blieb stehen. Er hatte recht. »Mir blieb keine andere Wahl.«

Falsch. Du hättest die Sache beenden können. Aber du wolltest nicht auf das Geld verzichten.

»Ich brauchte es für meinen Bruder.« Ich umklammerte das Messer, während ich quer durch das Wohnzimmer auf einen großen Kleiderschrank zuging.

Aber auch dort war er nicht.

Wenn du ihn wirklich beschützen willst, musst du zu mir kommen. Ich versichere dir, dass in den nächsten Monaten kein Kind mehr sicher sein wird. Du selbst weißt nie, wie lange du lebst. Ein Erdbeben könnte dein Zuhause zerstören. Oder ein Feuer. Die Ender, die jetzt dein gesetzlicher Vormund ist, könnte bei einem Autounfall ums Leben kommen. In diesem Fall würde die Regierung dein Eigentum konfiszieren. Du kannst von einem Moment zum nächsten alles verlieren. Nichts ist verlässlich – außer der Macht. Die kann ich dir verleihen.

Ich rannte in den Gang und die Treppe hinauf. Ich

wollte ihn anschreien, endlich still zu sein. Was meinte er mit: »Kein Kind wird mehr sicher sein?« Ich kam an Tylers Zimmer vorbei. Auch dort war der Old Man nicht.

Du glaubst, dass du es wegen des Geldes getan hast. Aber ich kenne dich besser, als du dich selbst kennst. Du hast es auch getan, um in eine andere Rolle zu schlüpfen.

»Oh, bitte!«

Gib einem Menschen eine Maske, und er wird dir die Wahrheit sagen. Von wem stammen diese Worte?

»Von Ihnen.« Ich erreichte den Treppenabsatz und ging hinunter in die Diele, warf einen Blick in alle Räume.

Du bist nicht zur Body Bank zurückgekehrt, als die Verbindung beeinträchtigt war. Du wolltest Helena sein.

»Man drohte mir. Man würde mich umbringen, wenn ich zu Prime zurückginge.«

Und du wolltest das glauben, damit du wenigstens für kurze Zeit ein Leben in Reichtum führen konntest.

Einen Moment lang stockte ich. Zu meiner Schande musste ich gestehen, dass er damit nicht ganz unrecht hatte.

Ich könnte dir dieses Dasein ebenfalls bieten, Callie. Ein Leben, das weit aufregender wäre als das von Helena.

Wollte ich ein neues Leben? Ja. An einem anderen Ort, in einer anderen Zeit. Aber nicht mit ihm.

»Nein«, sagte ich. »Ich möchte keine andere sein. Ich möchte nur ich selbst sein. Was immer ich für Sie tun soll, ich werde nie, nie zustimmen.«

Deine Neugier wird die Oberhand gewinnen. So lange kann ich warten.

»Meinetwegen warten Sie bis in alle Ewigkeit.« Ich spähte in den nächsten leeren Raum. Das Messer lag schwer in meiner Hand.

Ach, Callie, wenn du nur wüsstest! Du siehst das alles falsch. In Wahrheit stehe ich auf der Seite des Guten.

Was? Wie konnte er es wagen, so etwas zu behaupten? Ich war an einem Punkt angelangt, wo ich geradezu hoffte, ihn im Haus anzutreffen. Ich würde ihm gegenübertreten, ihm die Maske vom Gesicht reißen und die Sache ein für alle Male zu einem Ende bringen.

Die letzte Tür war geschlossen. Sie führte in mein Schlafzimmer. Ich konnte mich nicht entsinnen, sie zugemacht zu haben.

Ich schlich auf Zehenspitzen näher, legte die Hand auf den Knauf und drehte ihn mit einem Ruck herum.

Die dünnen Vorhänge wehten im Wind. Oder war jemand am Fenster vorbeigegangen? Die Flügeltür dahinter stand offen. Ich trat auf den breiten Balkon hinaus und blickte über den Rasen hinweg zum See. Zu Tyler. Die Abenddämmerung warf ihre Schatten, und selbst die Vögel waren verstummt.

Obwohl er schwieg, spürte ich den Old Man noch in meinen Gedanken. Ich stand neben der Balkontür und wartete. Schachmatt. Alles war in der Schwebe zwischen ihm und mir. Mein Atem war das lauteste Geräusch weit und breit, mein Atem und mein Herzschlag.

Und dann spürte ich, wie er mich verließ.

kapitel 31

Eine Woche später stand ich vor der Body Bank und sah zu, wie ein Abbruchtrupp seine Vorbereitungen traf, um das verspiegelte Gebäude dem Erdboden gleichzumachen. Die in Mäntel und Jacken gehüllten Gaffer waren überwiegend einfache Enders – Angehörige von Sicherheitsfirmen und Verkaufspersonal –, die keine Ahnung vom eigentlichen Zweck dieses Bauwerks hatten. Auch einige wohlhabende Senioren waren gekommen, meist Exkunden der Body Bank, vereinzelt sogar minderjährige Kids aus reichem Haus. Ganz am Rand hingen die Starters ohne Familienangehörige rum, manche ehemalige Spender wie ich, manche einfach nur neugierig auf das Spektakel beim Einsatz der Abrissbirne.

Ich entdeckte bekannte Gesichter. Lee hatte sich eingefunden, genau wie Raj und Briona. Allerdings bildeten sie kein unzertrennliches Trio wie früher, sondern jeder von ihnen schlenderte allein durch die Menge. Sie erkannten einander nicht einmal mehr. Madison, der Teenager mit dem kurzen blonden Bob, stand ein paar Meter entfernt zu meiner Linken. Unsere Blicke trafen sich. Ich lächelte sie an, erfreut über das Wiedersehen. Sie blieb kurz stehen, musterte mich mit ausdrucksloser Miene und ging dann weiter. Ich versuchte mir klarzumachen, dass wir uns nur einmal bewusst gesehen hatten, in jener Nacht, als in der Body Bank alles zu Ende ging. Vielleicht erinnerte sie sich nicht an mich. Oder vielleicht doch.

Rechts von mir erspähte ich Madisons Mieterin Rhiannon in ihrem eigenen molligen Körper. Sie stützte sich auf einen Rollator und nickte mir fröhlich zu. Ich wollte mich eben zu ihr begeben und sie begrüßen, als ich weit hinten in der Menge plötzlich Michael entdeckte. Allein. Er starrte die Fassade des Gebäudes an und schien auf ihren Einsturz zu warten.

»Michael!«, rief ich.

Er war zu weit weg. Ich bekam ein Hochgefühl. Michael musste gerade erst in die Stadt zurückgekehrt sein. Ich begann mir einen Weg durch die Zuschauer zu bahnen, aber dann bemerkte ich, dass von links jemand auf mich zusteuerte.

Blake.

Etwas schnürte mir die Kehle zu. Was suchte er hier? Er sollte eigentlich nichts über die Body Bank wissen. Ich hatte ihn seit unserer Begegnung im Haus des Senators vor über einer Woche nicht mehr gesehen. Meine Blicke wanderten wieder zu Michael, der mich jetzt ebenfalls bemerkt hatte. Er sah gut aus. Er winkte mich näher.

Ich wandte mich Blake zu. Unsere Blicke trafen sich. Ein ängstliches Lächeln umspielte seine Lippen. Er war inzwischen so nahe herangekommen, dass ich mich nicht einfach abwenden konnte. Ich drehte mich zu Michael um. Das Strahlen auf seinem Gesicht erlosch, und er ließ die Schultern hängen.

Blake kämpfte sich an den letzten Zuschauern vorbei. Ich hatte seinem Großvater versprochen, die Vergangenheit ruhen zu lassen. Wie sollte ich das bewerkstelligen?

Unvermittelt stand er vor mir. Mir blieb keine Zeit zum Nachdenken.

»Callie.« Er nickte mir zu. »Deine Haushälterin sagte mir, dass ich dich hier finden würde.« Er schob beide Hände in die Taschen und schaute zu Boden. »Meine Freunde behaupten, ich sei ein viel zu ernster Typ. Vielleicht wird man so, wenn man der Enkel eines Senators ist.« Er zuckte mit den Schultern. »Mein Dad war auch eher schweigsam. Ganz anders als meine Mutter. Die verstand sich aufs Feiern.« Er lächelte wehmütig.

Wovon in aller Welt redete er? Das klang, als habe er eine Ansprache vorbereitet.

»Jedenfalls finden alle, ich sei ein Bücherwurm und würde mit Sicherheit zu Hause versauern.« Er trat von einem Fuß auf den anderen und sah auf seine Schuhe. »Was ich zu sagen versuche ...« Er unterbrach sich, zog sein Handy hervor und hielt mir das Display unter die Nase. »Die Aufnahme.«

Ich warf einen Blick auf das Foto, von dem ich ihm erzählt hatte. Das Erinnerungsfoto, das Blake am Tag unseres Ausritts gemacht hatte. Nein, nicht Blake, sondern der Old Man. Er stand hinter mir, einen Arm um meine Schultern gelegt, den Kopf an mein Haar geschmiegt, während ich mit beiden Händen seinen Unterarm umklammert hielt. Wir hatten uns eben von den Pferden geschwungen – fröhlich, mit heißen Wangen und ein wenig verschwitzt.

Wir strahlten beide vor Glück. Es fiel mir schwer, dieses Bild zu betrachten, aber Blake würde nie verstehen, warum.

»Ich erinnere mich nicht daran, wie es damals war«, sagte er. »Aber ich sehe so glücklich aus. Ich habe noch nie zuvor so glücklich ausgesehen, da bin ich sicher. Noch nie.«

Unsere Blicke trafen sich, und diesmal schaute er nicht weg. »Und was immer zwischen uns war, in diesen verlorenen Wochen, die irgendwie aus meinem Gedächtnis gestrichen sind – ich möchte es zurückgewinnen.«

Ich sah ihn forschend an. Das war kein Gerede. Er meinte es ernst.

»Und du?«, fuhr er fort. »Geht es dir auch so wie mir?«

Mir war flau zumute. Konnten wir etwas zurückgewinnen, das von Anfang an nicht für uns bestimmt gewesen war?

»Es ist okay«, sagte er. »Du musst dich nicht jetzt entscheiden.«

Er streckte mir die Hand entgegen. Ich erstarrte.

»Du weißt, was wirklich geschehen ist, Callie. Ich brauche deine Hilfe, um mich zu erinnern.«

In diesem Moment sah er aus wie ein Astronaut, der seine Sicherheitsleine losgelassen hatte. Wenn er sie nicht mehr zu fassen bekam, würde er für alle Zeiten in die endlose Schwärze des Alls driften. Ich kannte diese Empfindung, dieses Gefühl der Panik, das Sekunden zu Jahren dehnte, und diesen tiefen Schmerz, der davon rührte, dass man sich nicht nur von einem Menschen verletzt fühlte, sondern von einer Gruppe, dann von seiner ganzen Umgebung, dann von einem System, bis man die komplette Welt infrage stellte. Und dein letzter Gedanke, wenn du die Finger nach der Sicherheitsleine ausstreckst, gilt der Frage, wie du einen Weg finden wirst, alles wieder in Ordnung zu bringen, was kaputtgegangen ist. Damit du sagen kannst, ja, ich will wieder ein Teil der Welt sein.

Er war nicht der Blake, den ich kannte. Aber er sah aus wie Blake, fühlte sich an wie Blake. Ihm war die

Sicherheit verloren gegangen, und ich war die Einzige, die sie ihm zurückgeben könnte.

Wir würden sehen, wie sich alles entwickelte.

Dann hörte ich jemanden atmen. In meinem Kopf.

Cal, mein Mädchen.

Diese Stimme hatte ich lange Zeit nicht mehr gehört.

Wenn Falken schreien, ist es Zeit zu fliegen.

Mein Kopf fuhr herum, doch natürlich sah ich niemanden, dem die Stimme gehörte.

Blake lächelte neugierig. »Alles in Ordnung mit dir?«

Ich horchte in mich hinein. Doch da war nichts mehr.

Blake nahm meine Hand im gleichen Augenblick, als die Abrissbirne auf die Spiegelfassade der Body Bank traf.

danksagung Wenn dies eine Preisverleihungsgala wäre, müsste das Orchester mich wahrscheinlich irgendwann von der Bühne jagen, weil ich so vielen Menschen zu danken habe.

Zu allererst der Person, die dies alles möglich gemacht hat, Barbara Poelle, die genau weiß, wie man einen Roman innerhalb von sechs Tagen (eingeschlossen ein Feiertagswochenende) verkauft. Lasst euch nicht von der Tatsache täuschen, dass sie auch noch äußerst hübsch ist, denn sie ist einfach eine brillante Agentin.

Sie hat auch die perfekte Lektorin für mich gefunden, die wundervolle Wendy Loggia. Ihre Anmerkungen und ihre Unterstützung haben diesen Roman verbessert, und sie hat all dies auf netteste Weise getan, es hat stets Spaß gemacht. Danke dafür, Wendy. Ich bin so vielen Leuten bei Randomhouse zutiefst zu Dank verpflichtet: Chip Gibson, dem charmanten Spaßvogel, und Beverly Horowitz, gewissermaßen die gute Fee des Schreibens. Vielen Dank außerdem an John Adamo, Judith Haut, Noreen Herits, Casey Lloyd, Adrienne Waintraub, Tracy Lerner, Linda Leonard und Sonia Nash von den Neuen Medien, Joan DeMayo und alle in der Verkaufsabteilung und in der Art Direktion, Rachel Feld, die meinen Besuch der BEA versüßte, sowie Enid Chaban, die als erste allen von Randomhouse eine Email schrieb, dass sie dieses Buch lesen müssten. Und an Ruth Knowles und den Mitarbeitern von Randomhouse UK, besonders Bob Lea, der Künstler, der Callie Leben einhauchte.

Vielen Dank an meine Agenten für internationale Rechte, Heather und Danny Baror, die wissen, wie man ein Buch um die Welt schickt. Besonders dankbar bin ich meinem deutschen Lektor Carsten Polzin dafür, dass er solch ein großer Anhänger meines Werks ist. Außerdem Lorin Oberweger, die die Free-Expressions-Workshops leitet, und Stephanie Mitchell, die beide bei der Arbeit an diesem Buch halfen.

Wartet – spielt noch nicht diese Musik!

Besonders ermutigt war ich dadurch, dass die zwölfjährige Emma aus einem kleinen Dorf in Nova Scotia das Manuskript mochte. Meine liebe Freundin und Autorin S. L. Card glaubte stets, dass das Buch ein Erfolg würde, auch wenn ich es nicht tat. Danke an meine anderen Zweitleser: Patti, Mari, die Autorin Suzanne Gates sowie meine guten Freune Dawn und Robert die mich in ihrem Haus in Oregon wohnen ließen, um das Manuskript fertigzustellen. Ein spezieller Dankesruf hinaus zu meiner wundervollen Schreibgruppe: Liam Brian Perry und Derek Rogers, beide hervorragende Schriftsteller.

Die Unterstützung meiner Freunde auf dem Weg zur Veröffentlichung war unschätzbar wertvoll – Lena und Nutschell, Paul und Joan, Luke, Greg, Michael, Marco, Susan, Gene, Paul und Matt, Ray und Marion Sader, Delores und Harald, Leonard und Alice Maltin, Martin Biro, Golddiggers sowie meine Autorenfreunde Jamie Freveletti, Robert Browne, Brett Battles, Boyd Morrison,

Graham Brown, Stephen Jay Schwartz, Sophie Littlefield und die Apocalypsies. Vielen Dank, ITW, und an Robert Crais dafür, dass du mein spezieller Schriftsteller-Engel warst.

Da ich bereits versuche, die Musik zu übertönen, schließe ich damit, meinem Mann zu danken, der ein großartiges Gespür für Geschichten hat und der mich unermüdlich ermutigt und unterstützt.

Lissa Price

ENDERS

PIPER

Für Gene, einen ganz speziellen Ender

kapitel 1

Als ich mit der Hand über meinen Hinterkopf strich, hätte ich schwören können, dass ich den Chip unter der Haut spürte. Aber das stimmte natürlich nicht, denn eine Platte aus Metall schirmte ihn nach außen ab. Was ich spürte, war der Narbenwulst, der ihn umschloss, hart und unnachgiebig.

Es war ein Zwang, ihn ständig zu betasten wie einen Splitter im Handballen oder einen kaputten Nagel am Daumen. Er verfolgte mich unentwegt, selbst hier in der Küche, beim Herrichten von Sandwiches. In Helenas Küche.

Obwohl sie tot war und mir diese herrschaftliche Villa vermacht hatte, erinnerten mich täglich tausend Dinge daran, dass das Gebäude ihr gehört hatte. Von den seegrünen Fliesen bis hin zu der raffinierten Kochinsel im Zentrum der Gourmet-Küche, sie hatte alles nach ihrem Geschmack ausgewählt. Bis hin zu ihrer Haushälterin Eugenia.

Ja, Helena hatte den verrückten Plan gefasst, meinen Körper zu mieten und mit meiner Hilfe Senator Harrison zu ermorden, um so dem Old Man das Handwerk zu legen. Aber dazu wäre es nie gekommen, wenn ich nicht den Fehler begangen hätte, mich freiwillig als Körperspenderin zu melden. Damals hatte ich dringend Geld gebraucht, um meinen kranken Bruder zu retten. Und nun ließ sich die Sache nicht mehr rückgängig machen. Nichts und niemand konnte den schrecklichen Chip entfernen, der in meinem Kopf saß. Ich hasste das Ding. Es war wie ein Telefon, mit dem mich der Old Man jederzeit erreichen konnte, eine Verbindung, die sich von meiner Seite nicht kappen ließ. Eine Direktleitung des Old Man zu Callie Woodland.

Das letzte Mal hatte er sich zwei Tage zuvor gemeldet, während ich beobachtete, wie sein nobler Firmensitz Prime Destinations dem Erdboden gleichgemacht wurde. Die Stimme war die meines toten Vaters gewesen, sie hatte sogar seinen Geheimcode benutzt: *Wenn Falken schreien, ist es Zeit zu fliegen.* Die Worte gingen mir seitdem nicht mehr aus dem Kopf. Aber während ich an der Arbeitsplatte stand und Erdnussbutter auf ein paar Scheiben Vollkornweizenbrot schmierte, sagte ich mir wieder einmal, dass es der Old Man gewesen war, der mir einen Streich gespielt hatte. Grausam, aber irgendwie typisch für dieses Monster.

»Fertig?«, fragte Eugenia.

Ihre knarrende Ender-Stimme ging mir durch und durch. Ich hörte sie nie hereinkommen. Wie lange beobachtete sie mich schon? Wenn das hier mein neues Leben in diesem Märchenschloss sein sollte, dann fiel ihr die Rolle der hässlichen Stiefmutter zu.

»Das reicht«, sagte sie. »Sie räumen mir die ganze Speisekammer leer.«

Sie deutete mit dem Kinn auf den Stapel von Sandwiches, der sich vor mir auftürmte. Ich schob die letzte Doppelscheibe in das Folienschweißgerät, und die dünne Haut versiegelte sie mit einem leisen Fauchen.

»Fertig.« Ich verstaute die Sandwiches in einem Matchsack.

Eugenia begann die Arbeitsplatte zu putzen, noch bevor ich die Küche verlassen hatte. Wie es schien, hatte ich ihr den Tag gründlich verdorben.

»Wir können nicht die ganze Welt vor dem Verhungern bewahren«, knurrte sie, während sie unsichtbare Flecken von der Arbeitsfläche schrubbte.

»Das nicht.« Ich zog den Kleidersack zu und streifte mir den Riemen über die Schulter. »Aber für ein paar Straßen-Kids reicht es allemal.«

Eugenias missbilligende Blicke gingen mir nicht aus dem Sinn, während ich den Beutel im Kofferraum des blauen Sportwagens verstaute. Man hätte meinen können, sie würde mich ein wenig freundlicher behandeln, seit sie wusste, dass meine Eltern nicht mehr lebten. Aber irgendwie nahm sie mir Helenas Tod übel, obwohl mich daran absolut keine Schuld traf. Im Gegenteil, beinahe hätte Helena mich mit ins Unheil gerissen. Ich schlug den Kofferraumdeckel zu. Egal. Ich musste Eugenia keine Rechenschaft ablegen. Sie war nicht mein Vormund.

Ich befingerte wieder meinen Hinterkopf und kratzte geistesabwesend an der Chip-Narbe, bis ich merkte, dass sich unter meinen Nägeln Blut angesammelt hatte.

Ich zog ein Kosmetiktuch aus meiner Handtasche und säuberte sie, so gut es ging. Dann öffnete ich die Garagentür zum Garten. Moosbewachsene, vom Morgentau nasse Steine wiesen mir den Weg zu dem von Rosen umrankten Gästehaus. Stille umgab das Cottage. Auch hinter den Fenstern rührte sich nichts. Ich klopfte an der schlichten Holztür. Keine Antwort.

Die Klinke quietschte, als ich sie herunterdrückte und einen Blick nach drinnen warf.

»Michael?«

Ich hatte das Cottage nicht mehr betreten, seit wir vor ein paar Wochen alle in die Villa gezogen waren. Der für Michael typische Geruch von Ölfarben und frisch geschnittenem Holz strömte mir entgegen. Bei ihm hatte es immer gut gerochen, selbst in unserer Zeit als ungewaschene Hausbesetzer.

Aber es waren die Zeichnungen an den Wänden, die dem Cottage seine ganz persönliche Note gaben. Das erste Blatt zeigte einige Starters, aus deren Augen Hunger und Verzweiflung leuchteten, eingehüllt in Schichten von zerlumpten Klamotten, mit Handleuchten an Lederarmbändern und Wasserflaschen, die an Riemen von den mageren Hüften der Jugendlichen baumelten.

Auf einem anderen Blatt kämpften drei Starters um einen Apfel. Einer lag verletzt am Boden. Kaum zu glauben, dass dies bis vor wenigen Monaten auch mein Leben gewesen war. Noch erschütternder war die nächste Skizze.

Sara, meine Freundin. Das Mädchen, das ich so gern gerettet hätte. Ich hatte Michael von ihr erzählt. Das Bild zeigte sie im Institut 37, jener schrecklichen Einrichtung, in der mich die Marshals eingesperrt hatten, zusammen mit anderen Minderjährigen, die keine Familienangehörigen mehr besaßen. Sara hatte den Wachtposten von mir abgelenkt und war im Stacheldraht der Waisenhausmauer hängen geblieben, tödlich getroffen von einem Taser.

Das Bild verschwamm vor meinen Augen. Ich hatte sie im Stich gelassen. Ich war schuld an ihrem Tod.

Jemand betrat das Cottage. Ich drehte mich um und sah meinen Bruder Tyler hereinkommen.

»Monkey!«, rief er.

Ich lachte und wischte mir verstohlen über die Augen, als er auf mich zustürmte und die Arme um meine Knie schlang. Michael, der hinter ihm aufgetaucht war, blieb einen Moment lang lächelnd auf der Schwelle stehen. Dann schloss er die Tür und stellte seine Reisetasche ab.

»Du bist zurück.« Ich betrachtete Michael.

Er schüttelte sich das wirre blonde Haar aus der Stirn. Mein besorgter Tonfall schien ihn zu überraschen.

Tyler löste sich von mir. »Michael hat mir etwas mitgebracht.«

Er schwenkte einen kleinen Spielzeuglaster und ließ ihn über die Couchlehne rollen.

»Wo warst du?«, fragte ich. Ich hatte ihn zuletzt unter den Zuschauern gesehen, die den Abbruch des Prime-Gebäudes mitverfolgten.

Er zuckte mit den Schultern. »Ich brauchte einfach ein wenig Abstand.«

Er sah mich stumm an. Mehr wollte er wohl in Tylers Gegenwart nicht sagen. Ich wusste, dass er mich Hand in Hand mit Blake gesehen hatte, dem Enkel von Senator Harrison. Zwei Marionetten des Old Man.

Ich senkte die Stimme. »Hör mal, diese Geschichte hatte nichts zu bedeuten. Außerdem dachte ich, dass du mit Florina …«

»Das ist vorbei.«

Wir wechselten einen langen Blick. Tyler spielte immer noch mit seinem Laster. Er ahmte Motorengeräusche nach, aber ich wusste, dass er uns zuhörte. Ich suchte nach den richtigen Worten, um meine Gefühle auszudrücken, aber es gelang mir nicht einmal, sie zu sortieren. Der Old Man, Blake, Michael – es war alles so verworren.

Mein Handy piepte. Eine Erinnerung. Drei ungelesene Zings.

»Ein hartnäckiger Verehrer?«, erkundigte sich Michael.

Ich warf einen Blick auf die Zings. Sie waren allesamt von Blake. Er hatte seit unserer Begegnung beim Abriss von Prime immer wieder versucht, mich zu erreichen.

»Das ist er, stimmt's?«, fragte Michael.

Ich schob das Handy zurück in die Tasche, hielt den Kopf schräg und warf ihm einen Blick zu, der besagte: Lass mich in Ruhe! Tyler spürte die Spannung.

»Wir fahren ins Einkaufszentrum«, verkündete Tyler. »Schuhe kaufen.«

»Ohne mich vorher zu fragen?«

»Er hat so gebettelt«, meinte Michael.

Ich lachte. »Er wächst so schnell, dass ihr am besten noch ein zweites, etwas größeres Paar für nächste Woche mitnehmt.«

Wir waren alle erleichtert, dass es Tyler wieder gut ging. Das vergangene Jahr als Hausbesetzer in verlassenen, eiskalten Bürogebäuden hatte seiner Gesundheit stark zugesetzt. Doch jetzt war er viel erholter. Und an Geld fehlte es uns auch nicht mehr.

»Komm doch mit«, sagte Tyler.

Ich schüttelte den Kopf. »Ich bin auf dem Sprung.«

»Wohin?«, wollte Michael wissen.

»In unsere frühere Nachbarschaft. Ich bringe den Starters etwas zu essen.«

»Brauchst du Hilfe?«, fragte Michael.

»Warum? Glaubst du, ich schaffe das nicht allein?«

Er sah mich gekränkt und verständnislos zugleich an. Ich wusste selbst nicht, warum ich ihn so angefaucht hatte. Tylers Blicke wanderten zwischen uns hin und her.

»Ich denke, dass ich klarkomme«, sagte ich.

»Können wir uns nicht zum Lunch treffen?«, schlug Tyler vor. »Nach dem Schuhekaufen?«

Er nahm Michaels Hand und lächelte mich an.

Ich schob den Riemen des Beutels mit den Sandwiches höher, als ich den Seiteneingang des verlassenen Bürohauses aufschob, in dem Michael und Tyler – und Florina – Unterschlupf gefunden hatten, während ich meinen Vertrag bei Prime erfüllt hatte. Ich betrat die Eingangshalle und sah den leeren Empfangsschalter. Mein Herz klopfte schneller. Ich hielt den Atem an und horchte angespannt. Das Gebäude war mir vertraut, aber Dinge ändern sich. Wer konnte schon wissen, welche Starters jetzt hier lebten?

Ich trat an den Empfangsschalter und vergewisserte mich, dass niemand dahinter auf der Lauer lag. Alles im grünen Bereich. Ich stellte den Sack auf der Schreibtischplatte ab und zog den Reißverschluss auf. Als ich den Tresen mit meinem Geschirrtuch abwischte, hörte ich rasche Schritte hinter mir. Noch ehe ich das Essen auspacken konnte, huschte eine Gestalt an mir vorbei und schnappte sich den ganzen Beutel.

Ein Starter, klein und mager.

»Hey!«, rief ich.

Er rannte zum Ausgang. Ein paar Sandwiches rutschten aus dem Beutel und fielen zu Boden.

»Das war für euch alle!«, schrie ich ihm nach.

Er preschte durch die Tür. Mir war klar, dass ich ihn nicht einholen würde.

Ich lief hinter dem Schreibtisch hervor und bückte mich, um die verstreuten Sandwiches wieder einzusammeln. Im nächsten Moment trat mir jemand auf die Hand.

»Weg da!« Das Mädchen war vielleicht ein Jahr älter als ich und mit einer Holzplanke bewaffnet, aus der spitze Nägel ragten.

Sie schwenkte das Ding bedrohlich vor meinem Gesicht hin und her. Ich nickte und zog die Finger mit einem Ruck zurück, als sie meine Hand wieder freigab.

»Nimm es«, sagte ich und deutete mit dem Kinn auf das platt gestampfte Sandwich.

Sie riss es an sich, genau so wie die beiden anderen eingewickelten Päckchen, die noch auf dem Boden lagen. Dann biss sie die Folie durch und begann die Brote in sich hineinzuschlingen, keuchend und schmatzend wie ein wildes Tier. Sie war mager, und ihr kurzes Haar starrte vor Dreck. Dabei hatte sie vor vierzehn Monaten vermutlich noch in gutbürgerlichen Verhältnissen gelebt. Genau wie ich.

Ich hatte den gleichen Hunger durchgemacht wie sie, aber nie war jemand in meinen Unterschlupf gekommen, um mir freiwillig Essen anzubieten. Jetzt erst verstand ich den Grund dafür. Unsere Welten waren zu verschieden.

Sie schluckte. »He, sag mal.« Sie kam näher und berührte meine Haare. »So sauber.« Dann starrte sie mir prüfend ins Gesicht. »Makellos. Du gehörst zu den Metallos, stimmt's?«

»Zu den was?«

»Metallos. Starters, die bei der Body Bank als Spender angeheuert hatten. Na ja, du weißt schon. Weil sie diesen Chip im Kopf rumtragen.« Sie grub ihre Zähne wieder tief in das Sandwich. Diesmal schob sie wenigstens die Folie zurück. »Wie fühlt sich das denn an?« Sie lief um mich herum und starrte meinen Hinterkopf an.

Ich trug die einfachsten Klamotten, die ich im Kleiderschrank von Helenas Enkelin gefunden hatte. Aber meine glatte Haut, das glänzende Haar und die perfekten Gesichtszüge ließen sich nicht verbergen. Die Welt erkannte auf den ersten Blick, dass ich eine Art Chip-Sklavin war.

»Als wäre ich das Eigentum eines anderen«, erwiderte ich.

Da ich mit leeren Händen dastand, noch bevor ich dazu kam, die Sandwiches zu verteilen, konnte ich meine Mission nur als Fehlschlag bezeichnen. Ich hätte auf Michael hören und nicht allein gehen sollen. Schließlich kannte ich die erste Regel der Straße. Niemals die Tasche loslassen! Ich hatte gerade mal zwei Starters mit Essen versorgt. Und die waren davongerannt, ohne sich zu bedanken.

Der Glitzerglanz des Einkaufszentrums bot einen krassen Gegensatz zur brutalen, gesetzlosen Welt der Hausbesetzer. Ender-Wachtposten standen vor den Geschäften und musterten mit Stahlblicken jeden Starter, der sich in ihre Nähe wagte. Einer erspähte ein paar Gammeltypen mit ungewaschenen Gesichtern und fleckigen Jeans, die ihren Status als minderjährige Waisen nicht verleugnen konnten. Er winkte den Sicherheitsdienst herbei, der die Jungs unsanft zum Ausgang eskortierte.

Diese Mall war bereits als Treffpunkt der Schickeria bekannt gewesen, bevor die Sporenkriege die Kluft zwischen Reich und Arm vertieft hatten. Zwar traf es nicht zu, dass ausnahmslos alle Enders wohlhabend waren und alle Starters auf der Straße lebten, aber es kam einem oft so vor. Hier jedoch kam ich an attraktiven Jugendlichen vorbei, die schimmernde Illusion-Tops und Jeans trugen, welche bei jeder Bewegung die Farbe oder Struktur wechselten. Sie waren wie exotische Vögel, selbst die Jungs mit ihren Airscreen-Brillen, bunten Schals und Sonnenkollektor-Hüten, die dazu dienten, alle möglichen Batterien aufzuladen, die man mit sich führte. Manche behielten ihre funkelnden, mit Edelmetall aufgepeppten Jacken an. Andere legten die teuren Stücke mithilfe von Instafold-Hüllen auf Handtaschengröße zusammen. Manche Leute behaupteten, diese Starters kämen nur so aufgestylt daher, um sich von Straßen-Kids abzuheben. Ich dagegen glaube eher, dass sie die anderen Starters gar nicht wahrnahmen, sondern in ihrer eigenen Modewelt lebten. Bei mir war es anders – ich besaß selbst einen Schrank voll solcher Fummel, hatte aber nicht vor, sie jemals wieder zu tragen.

Das hier waren überwiegend Starters, die unter der Obhut von Angehörigen in den Villen der Reichen lebten. Ich konnte sie nicht immer von den minderjährigen Waisen unterscheiden, die sich wie ich einer Behandlung bei der Body Bank unterzogen hatten. »Metallos« hatte die Hausbesetzerin uns genannt. Die Starters, die hier durch das Einkaufszentrum flanierten, waren so anmutig, weil sie es sich leisten konnten. Sie konnten die besten Dermatologen, Zahnärzte und Coiffeure der Enders in Anspruch nehmen, dazu all die Cremes und sonstigen Kosmetika, die ihnen ihre Großeltern spendierten. Nichts hatte den Konsum aufhalten können.

Nicht einmal die Sporenkriege.

Ich rief mich zur Vernunft. Ich hatte nicht das Recht, so abfällig über sie zu urteilen. Auch sie hatten ihre Eltern verloren. Vielleicht waren ihre Großeltern zwar reich, aber in keinster Weise liebevoll, sondern kalt und abweisend, weil die Enkel sie täglich an ihre verstorbenen Söhne und Töchter erinnerten.

Die Sporenkriege hatten uns doch alle verändert.

Ich kratzte mich am Hinterkopf und ließ meine Blicke auf der Suche nach einem Schuhgeschäft umherschweifen. Eigentlich war ich mit Michael und Tyler auf der Restaurantebene verabredet, aber da mein Versuch, die Hungernden und Obdachlosen zu speisen, ein so rasches Ende gefunden hatte, war ich zu früh dran. Ich wandte mich dem Airscreen-Wegweiser in der Mitte der Mall zu.

»Schuhe?« Ein unsichtbares Mikrofon nahm meine Frage auf.

Das Display vergrößerte einen Laden auf der Karte und projizierte ihn in der Luft. Da es das einzige Geschäft mit Turnschuhen war, würde ich meinen Bruder vermutlich dort finden. Wie ich ihn kannte, probierte er gewissenhaft jedes einzelne Paar an. Ich musste Michael zu Hilfe kommen.

Als ich in Richtung des Schuhgeschäfts losging, kam ich an einer Ender-Großmutter vorbei, die sich an ein hübsches junges Mädchen lehnte. Wahrscheinlich ihre Enkelin.

Sieht gut aus, die Kleine.

Ich blieb unvermittelt stehen.

Diese künstliche elektronische Stimme, die mir durch und durch ging.

Der Old Man.

Hallo, Callie. Hattest du schon Sehnsucht nach mir?

»Nein«, stieß ich aus. »Ganz im Gegenteil.« Ich bemühte mich um einen lässigen Tonfall. »Aus den Augen, aus dem Sinn – wortwörtlich.«

Mir fiel ein, dass er durch meine Augen wahrnehmen konnte, was sich in meinem Umfeld abspielte. Ich verschränkte die Hände hinter dem Rücken, damit er nicht sah, dass sie zitterten.

Callie. Ich weiß, dass du jeden Tag an mich gedacht hast. Jede Stunde. Jede Minute.

»Es dreht sich alles um Sie, was?« Am liebsten hätte ich die Worte laut herausgeschrien, aber dann wären die Sicherheitsleute womöglich zu dem Schluss gelangt, ich sei verrückt.

Ich warf einen Blick auf die Wachtposten. Wurden sie misstrauisch, weil ich Selbstgespräche führte? Kaum, denn es konnte ja sein, dass ich in ein Headset sprach. Oder war ihnen meine Nervosität aufgefallen? Nicht dass sie mir in irgendeiner Weise beistehen konnten, denn das alles spielte sich in meinem Kopf ab.

»Was wollen Sie von mir?«

Deine volle Aufmerksamkeit Ich bin sicher, dass du sie mir gleich freiwillig schenken wirst.

Bei seinen Worten überlief mich ein Frösteln.

Blicke nach links und sag mir, was du siehst.

Widerwillig stieß ich Luft aus. »Geschäfte.«

Weiter.

Ich drehte den Kopf weiter nach links. »Süßwaren. Einen Juwelier. Einen geschlossenen Laden.«

Das genügt mir nicht. Was noch?

Ich trat ein paar Schritte vor. »Leute auf Einkaufstour. Enders, manche mit Enkelkindern. Ein paar Starters …«

Na endlich. Starters. Genauer.

Ich ließ meine Blicke umherschweifen. Ging es ihm um eine ganz bestimmte Person?

»Ist das eine Art Heiß-Kalt-Spiel oder was?«

Eher heiß, ganz heiß. Nur dass es sich nicht um ein Spiel handelt, wie du bald merken wirst.

Ich stand in der Mitte der Ladenstraße. Starters und Enders mussten einen Bogen um mich machen. Er wollte, dass ich meine Wahl unter den Starters traf. Es gab genug davon … aber wen genau meinte er? Dann entdeckte ich ein Mädchen, das ich kannte. Ein Mädchen mit langem rotem Haar.

Reece.

Die Spenderin, deren Körper meine gesetzliche Betreuerin Lauren gemietet hatte, um nach ihrem Enkel Kevin zu suchen. Für mich war Reece wie eine gute Bekannte, aber sie würde sich natürlich nicht an mich erinnern.

Ich rief ihren Namen.

Sie sah in ihrem geblümten Minikleid und den silbernen Pumps mit den kleinen Absätzen umwerfend aus wie immer. Ich schlängelte mich an den Passanten vorbei, um in ihre Nähe zu gelangen. Sie war etwa zehn Schritte vor mir, als sie stehen blieb und sich umdrehte.

»Ich bin Callie«, sagte ich. Ein paar Shopper schoben sich zwischen uns. »Du kennst mich nicht. Aber ich kenne dich.«

Sic musterte mich ganz seltsam, mit einem Ausdruck, den ich noch nie an ihr gesehen hatte. Ihre Mundwinkel zuckten zu einem schwachen Lächeln nach oben, aber das wirkte alles andere als fließend. Eher – mechanisch.

Dann wandte sie sich rasch ab und ging weiter.

»Warte mal!«, rief ich ihr nach.

Aber sie blieb nicht stehen. Ein Ender folgte ihr. Ich hätte ihn nicht weiter beachtet, doch er trug ein großes silbernes Tattoo seitlich am Hals. Irgendein Tierkopf, den ich nicht genau erkennen konnte. Ein Leopard vielleicht.

»Das war doch Reece, oder? Auf sie wollten Sie mich ansetzen?«

Auf dich kann ich immer zählen, Callie.

Reece ging schneller, als versuchte sie den Ender mit dem Leoparden-Tattoo abzuschütteln. Sie bog in ein Geschäft ab. Der Ender schlenderte zum nächsten Schaufenster weiter und betrachtete eingehend die Perlenketten, die dort auslagen.

Als Reece kurz darauf wieder herauskam, nahm er die Beschattung wieder auf. Ich ging ihnen nach und beobachtete sie.

»Sie ist in Gefahr«, vermutete ich.

Man wird sehen.

Nein. Die starre Miene und die merkwürdigen Bewegungen erinnern mich an ... natürlich.

»Hat jemand anderes ihren Körper übernommen?«

Die Body Bank war dem Erdboden gleichgemacht. Aber der Old Man konnte auf mich zugreifen. Vielleicht galt das auch für die übrigen Spender. Ich spürte, wie sich mein Magen verkrampfte. Die elektronische Stimme. Das Leoparden-Tattoo. Reece unter der Kontrolle eines fremden Gehirns.

Ein Stück weiter vorn erblickte ich das Schuhgeschäft. Tyler und Michael steuerten eben zum Eingang.

»Michael!«, rief ich quer durch den Gang.

Drang meine Stimme über die laute Musik und den Lärm der Kauflustigen hinweg? Michael war sechs oder sieben Läden von mir entfernt. Einen Moment lang blieb er stehen und warf einen Blick über die Schulter. Dann verschwand er im Schuhgeschäft.

Reece drehte sich um, als habe sie mich gehört, und starrte in meine Richtung. Das genügte dem Mann mit dem Tattoo, um sie einzuholen. Er sprach sie an, und sie schüttelte ruckartig den Kopf. Er fasste sie am Arm, aber Reece – oder wer immer von ihrem Körper Besitz ergriffen hatte – riss sich los.

»Was geht hier vor?« Ich stand reglos da und beobachtete die Szene.

Nur weil du Prime Destinations vernichtet hast, gilt das noch lange nicht für mich. Prime war nur ein Gebäude. Ich dagegen kann immer noch auf jeden Chip zugreifen …

Reece wich vor dem Mann zurück und rannte auf das Schuhgeschäft zu.

… und ihn in eine Waffe verwandeln.

»Nein«, schrie ich. Es galt ihm, mir, den Leuten ringsum.

Die Zeit blieb stehen, als ich den Atem anhielt. Alles geschah blitzschnell. Die Menge ringsum schien zu erstarren und vor meinen Augen zu verschwimmen, als ich auf den Laden zustürmte. Es fühlte sich an, als watete ich durch Wasser. Ich konnte mich nicht schnell genug bewegen.

Ich war noch zwei Türen vom Eingang entfernt, als sich ein dunkelhaariger Starter mit einer dick wattierten, metallisch schimmernden Jacke auf mich stürzte. Ich sah einen Moment lang sein Gesicht mit dem energischen Kinn und den durchdringenden Augen. Dann schlang er die Arme um mich und zerrte mich rückwärts, so schnell er konnte.

Ehe ich zur Besinnung kam, erfolgte eine schreckliche, ohrenbetäubende Detonation. Sie kam von der Stelle, an der Reece gestanden hatte. Während wir durch die Luft geschleudert wurden, sah ich nichts als einen grellweißen Blitz.

kapitel 2

Glas- und Metallsplitter spritzten durch die Gegend, regneten aus der Luft herab, prallten vom Boden ab und wurden hochgeschleudert. Ich lag auf dem Rücken, gut abgeschirmt von dem Starter, der sich schützend über mich beugte. Ich schloss die Augen und verschränkte die Arme über dem Kopf. Eine Frau wimmerte. Angst- und Schmerzensschreie drangen aus allen Richtungen auf mich ein, und ich konnte nicht ausschließen, dass ich ebenfalls laut aufgeschrien hatte. Das Ganze schien eine Ewigkeit zu dauern, obwohl in Wahrheit wohl nur Sekunden verstrichen waren.

Endlich verebbte das grauenhafte Scheppern und Klirren der Explosion. Einen Moment lang herrschte Stille in der Mall, als hielten alle Besucher die Luft an. Dann atmeten sie gleichzeitig aus, und der Lärm begann von Neuem, etwas gedämpfter diesmal. Er erreichte mich in Wogen gespenstischer Echos. Verwundete Enders stöhnten. Starters schluchzten. Manche riefen in Panik nach ihren längst von den Sporen dahingerafften Müttern und Vätern.

Ich schlug die Augen auf. Der Starter, der mich gerettet hatte, richtete sich auf.

»Dir ist nichts geschehen«, sagte er. Er hatte den Kopf zur Seite gedreht und horchte angestrengt. »Die Marshals kommen. Ich muss los.«

»Warte.« Ich setzte mich mühsam auf.

»Ein anderes Mal. Wir sehen uns wieder.«

Als ich mich endlich aufgestützt hatte, war er im Chaos untergetaucht, ohne mir die Möglichkeit zu geben, ihm zu danken. Ich schüttelte Glassplitter von meinen Klamotten.

Blut sprenkelte meine Handrücken. Wie konnte so etwas geschehen? Wie schaffte es der Old Man, den Chip in eine Bombe zu verwandeln?

Dann wanderten meine Gedanken weiter.

Tyler. Michael.

Ich orientierte mich und entdeckte das Schuhgeschäft gleich neben der Stelle, wo die Bombe den schlimmsten Schaden angerichtet hatte. Schutt und Trümmer hinderten mich daran, die kurze Strecke im Laufschritt zurückzulegen. Ich arbeitete mich bis zum Ladeneingang vor, wo ein Wachtposten soeben das, was von Reece noch übrig war, mit seiner Jacke zugedeckt hatte. Einer der silbernen Pumps, die ich noch vor wenigen Minuten bewundert hatte, lag als Aschenputtels verlorener Schuh inmitten von Glasscherben auf dem Boden.

Meine Sohlen knirschten, als ich das Schuhgeschäft betrat. Auf den Hockern saßen Menschen, die Taschentücher und Golfhandtücher an ihre blutenden Köpfe, Gesichter, Arme und Beine pressten.

Dann erspähte ich Michael hinter einer Theke im hinteren Teil des Ladens. Er starrte mit gesenktem Kopf nach unten. Ich rannte auf ihn zu.

Er schaute erleichtert auf. »Callie!«

»Wo ist Tyler?«, schrie ich ihm entgegen. Tyler erhob sich hinter der Theke. Er hatte ein paar Schrammen abbekommen. Sonst offenbar nichts. Ich umrundete die Schaukästen und drückte ihn an mich.

»Was ist passiert?«, wollte Tyler wissen.

»Es gab eine Explosion.«

»Aber warum? Was ist hier los?«

Ich las tiefes Unbehagen in seinen Augen. Auch wenn er äußerlich so gut wie unversehrt war, würde diese Begebenheit Narben in seinem Innern hinterlassen.

»Ich gäbe viel darum, wenn ich das wüsste.«

Stunden später hatten Marshals und Ermittler das Schuhgeschäft abgeriegelt und die Mall in eine provisorische Polizeistation verwandelt. Ein aus den Läden ringsum herbeigeschlepptes Sammelsurium von Stühlen und Tischen wurde so zu Büroinseln zusammengestellt, dass keiner der Zeugen mithören konnte, was der andere aussagte. Tyler und ich standen in der Schlange und warteten, bis wir drankamen. Ich hatte meinem Bruder die Arme um die Schultern gelegt und ihn ganz eng an mich gezogen. Wir waren als Nächste an der Reihe. Sollte ich preisgeben, was ich wusste? Was würden sie mit mir machen, wenn sie erfuhren, dass ich Stimmen im Kopf hörte? Sie würden mich für verrückt halten.

Ein Starter-Mädchen erhob sich und verließ einen der Tische. Ein Marshal nickte uns zu und winkte Tyler auf den leeren Platz zu sich. Ich nahm in der nächsten Station Platz. Der Ermittler, der mich befragen sollte, überragte mich selbst im Sitzen. Er war ein muskelbepackter Ender um die hundert, tief gebräunt und mit einem dichten weißen Haarschopf. Ich bemerkte, dass er eine Pistole trug, aber es war der Anblick seines Zip-Tasers, der mich erstarren ließ.

»Name?«, fragte er.

»Callie Woodland.«

Sein handtellergroßer Airscreen zeichnete meine Stimme auf. Ich konnte die Worte in Spiegelschrift auf dem Display sehen.

»Alter?«

»Sechzehn.«

»Großeltern?«

Ich schüttelte den Kopf und erklärte ihm, dass Lauren die gesetzliche Vormundschaft für mich übernommen hatte. Er notierte sich meine Adresse und Telefonnummer.

»Was hatten Sie an diesem Ort zu suchen?«

»Ich war mit meinem Bruder Tyler verabredet. Wir wollten Schuhe für ihn kaufen.«

»Ist er hier?«

Ich nickte. Er deutete auf das Airscreen-Display.

»Bitte antworten Sie laut und deutlich.«

»Ja, er wird gerade an dem Tisch dort drüben verhört.«

Ich kratzte mich am Hinterkopf und ließ die Hand sinken, als mir bewusst wurde, was ich tat. Der Ermittler sah mich an. Hatte er etwas gemerkt? Ich schob die Hand unter meinen Oberschenkel.

»Schildern Sie einfach, was Sie gesehen haben«, bat er.

Ich holte tief Luft. Ich hatte mir meine Sätze in der Warteschlange zurechtgelegt. Aber würde ich das jetzt hinbekommen?

»Ich sah ein junges Mädchen das Einkaufszentrum betreten.«

»Beschreibung?«

»Langes rotes Haar, etwa eins fünfundsechzig groß, sehr hübsch. Sie trug ein grün bedrucktes Kleid und Silberschuhe mit kleinen Absätzen.«

»Und …?«

»Sie benahm sich irgendwie komisch …«

»Inwiefern?«

Wage es nicht.

Die Stimme versetzte mich in Alarmbereitschaft. Der Ermittler blickte von seinem Airscreen auf.

»Alles in Ordnung?«, fragte er.

Du weißt, welche Mittel mir zur Verfügung stehen, Callie. Hast du verstanden?

Ich nickte.

»Können Sie bitte fortfahren?«, fragte der Marshal.

»Das Mädchen wirkte … nervös. Sie schaute sich um.«

Seine Augen verengten sich. »Weiter.«

»Als sie vor dem Schuhgeschäft stand, erfolgte plötzlich eine Explosion. Ich machte die Augen zu, schützte meinen Kopf mit den Armen. Und dann sah ich, dass sie tot war. Sie muss die Bombe … am Körper getragen haben.« Meine Stimme schwankte bei der Erinnerung an die schlimmen Bilder.

Sein Ausdruck wurde sanfter. Mitfühlend. Am liebsten hätte ich ihm die Wahrheit gesagt. Aber das wagte ich nicht.

»Das ist alles, was ich weiß«, bekräftigte ich.

Er stellte mir noch ein paar Fragen. Ich sah aus dem Augenwinkel, wie Tyler aufstand. Michael nahm ihn in Empfang und führte ihn zum Ausgang des Einkaufszentrums.

Bis sich der Ermittler endlich zufriedengab und ich die Mall entlangging, hatte mich der Old Man verlassen. Ich schätzte, dass er mit seinen Leuten Kontakt aufnehmen musste, zumindest mit der- oder demjenigen, der die arme Reece gesteuert hatte. Was immer der Grund sein mochte, ich war erleichtert über das Verschwinden der Stimme.

Ich huschte wie ein Gespenst durch das Einkaufszentrum in Richtung Ausgang. Mir kam die Warnung von Helenas Neurotechnologen Redmond in den Sinn. Er hatte gesagt, dass der Chip in meinem Kopf wie eine Bombe explodieren könnte. Arme Reece. Warum tat der Old Man so etwas? Warum? Um uns zu zeigen, dass wir tatsächlich nur Prime vernichten konnten, aber nicht ihn? Oder einfach nur, um mich zu terrorisieren?

Mein Magen verkrampfte sich. Wie ich diesen Chip hasste, dieses DING in meinem Kopf! Ich würde nicht zulassen, dass ich für den Rest meines Lebens tun musste, was dieser unheimliche Ender von mir forderte.

Große Worte, aber zitternde Hände.

Mir war schwindlig. Ich trat in eine Nische neben einem Liefereingang und atmete tief ein. Es gelang mir nicht, das Bild von Reece und ihrem Schuh aus meinen Gedanken zu verdrängen. Das rote Haar, das unter der Jacke hervorquoll, mit der sie der Wachtposten zugedeckt hatte. Hätte ich irgendetwas tun können, um sie zu retten? Ich presste die Arme fest an meinen Körper, um mich zu beruhigen.

Dann warf ich einen Blick über die Schulter. Ich war inzwischen so weit vom Ort des Geschehens entfernt, dass sich niemand um mich kümmerte. Ich holte mein

Handy aus der Tasche und rief Senator Bohn an. Es fiel mir schwer, ruhig und zusammenhängend zu sprechen.

Der Senator gehörte zu den wenigen Leuten, denen ich vertraute. Und zwar deshalb, weil er mir geholfen hatte, Prime Destinations zu vernichten. Er gehörte außerdem zu den wenigen Leuten, die wussten, was dort vor sich gegangen war. Und er verfügte über die nötigen Verbindungen, um Gegenmaßnahmen in die Wege zu leiten. Ich schilderte ihm, was geschehen war. Er hatte bislang vergeblich versucht, den Aufenthaltsort des Old Man ausfindig zu machen. Ich erklärte ihm, dass die Explosion sein Werk gewesen sei.

»Ich habe eine Idee, wie man ihn aufspüren könnte«, fügte ich hinzu.

Dem Senator gefiel meine Idee, und er versprach, eine besondere Durchsuchungsgenehmigung zu erwirken. Der Weg durch die Instanzen würde einige Stunden in Anspruch nehmen.

Ich wusste, wie ich diese Wartezeit nutzen musste, auch wenn ich mich innerlich dagegen sträubte. Mir blieb nämlich keine andere Wahl, als ein Versprechen zu brechen.

Michael und Tyler warteten am Rand des Einkaufszentrums auf mich. Jenseits der Glastüren waren Marshals postiert, die Neuankömmlinge am Betreten der Mall hinderten. Wir blieben in der Nähe des Ausgangs stehen. Jetzt erst fiel mir auf, wie ramponiert wir alle aussahen.

»Wie lief's bei euch?«, fragte ich.

Michael zuckte mit den Schultern. »Viel konnten wir ihnen nicht erzählen.«

»Das war eine Riesenexplosion!« Tyler hob die Arme

und breitete sie weit aus, um die Größe des Feuerballs anzudeuten.

Ich konnte nicht anders, als ihn fest an mich zu drücken. »He, du brichst mir die Nase!«, beschwerte er sich mit halb erstickter Stimme.

Er kam mit der Geschichte besser zurecht, als ich erwartet hatte. Vielleicht hatte ihn das Leben auf der Straße tatsächlich abgehärtet. Ich ließ ihn los und wandte mich Michael zu.

»Könntest du Tyler heimbringen und ihm beim Waschen und Umziehen helfen?«

Michael hielt den Kopf schräg. »Und wohin gehst du?«

Ich ließ meine Blicke umherschweifen und entdeckte die Toiletten. »Ich will mich dort drinnen ein wenig frisch machen. Danach habe ich noch etwas zu erledigen.«

Michael warf mir einen besorgten Blick zu. Schließlich erwiderte er: »Komm, Tyler, gehen wir! Sie wird in ein paar Stunden nachkommen.«

Ich trat einen Schritt vor und schloss beide in meine Arme. »Ich weiß nicht, was ich ohne meine Jungs täte!«

Michael musterte mich. »Schon klar.«

Ich drückte Tyler einen Kuss auf die Wange, löste mich von ihm und nickte Michael zum Abschied zu. Ich war ihm so dankbar, dass er auf meinen Bruder aufpasste.

Als sie gegangen waren, holte ich mit einem Seufzer mein Handy aus der Tasche und starrte die Liste von Zings an, die mir Blake geschickt hatte.

Auf der Fahrt zu Blake verschwamm mir ohne Vorwarnung alles vor den Augen. Es geschah nicht das erste Mal, dass mich dieses merkwürdige Gefühl überfiel, und ich steuerte zum Straßenrand, weil ich wusste, was nun kam.

Ich durchlebte, wohl als Nachwirkung des Körpertausches, eine Erinnerung von Helena, als sei es meine eigene.

Sie spielte sich in meinen Gedanken genauso ab, wie es eine eigene Erinnerung getan hätte. Ich konnte sehen, was geschah, und fühlen, was Helena fühlte:

Ich betrete die Räumlichkeiten von Prime zum ersten Mal. Alle empfangen mich mit einem Lächeln, die Dame am Empfang, Mister Tinnenbaum und dann der Old Man. Helenas Gedanken verschmelzen mit meinen, aber es ist nicht so, als hörte ich ihre Stimme, nein, ich empfinde tatsächlich, was sie empfindet. Die Empörung, dass mir diese Leute Emma weggenommen, sie mir gestohlen und mit Laser und Skalpell verändert haben. Sie tragen die Schuld daran, dass Emma nun fort ist. Vermisst. Spurlos verschwunden. Sehr wahrscheinlich tot.

Wie die meisten Erinnerungen flackerte auch diese hier nur kurz auf und war dann vorbei. Aber sie durchlief mich wie eine Woge starker Emotionen, und die Trauer ließ mich fast während der gesamten Fahrt nicht mehr los. Warum geschah das? Und war ich die einzige Spenderin, die unter diesen seltsamen Nachwehen unseres Geist-Körper-Tausches litt?

Ich wählte einen Park in der Nähe des Treffpunkts, an dem ich später den Stabschef des Senators treffen würde, sobald er die Durchsuchungsgenehmigung hatte. Blake saß wartend auf einem der Picknicktische. Unvermittelt blieb ich stehen.

Der Anblick erinnerte mich an unsere Begegnung in einem anderen Park. Nur steckte damals in Wahrheit der Old Man in Blakes Körper. Warum hatte ich diesen Ort ausgewählt? Nun, dafür sprachen gleich mehrere Dinge: Er befand sich in der Nähe, und nach der Bombenexplosion im Einkaufszentrum kam mir ein Treffen im Freien sicherer vor. Außerdem gab es hier zum Schutz der Besucher einen privaten Wachdienst. Das klang alles sehr logisch und vernünftig, oder? Dennoch fragte ich mich, ob es noch andere Gründe gab, weshalb ich wieder einen Park gewählt hatte.

Ich ging weiter, ohne Blake aus den Augen zu lassen. Er stützte die Ellbogen auf die Oberschenkel und hielt die Hände verschränkt, genau wie ich es in Erinnerung hatte. Aber das hier war nicht die gleiche Person wie damals. Das hier war der echte Blake, der Junge, dem sie eingeredet hatten, er sei schwer krank gewesen, der Junge, der nichts von der Body Bank wusste und dessen einziger Hinweis auf unsere frühere Bekanntschaft ein Handy-Foto von uns beiden war.

Er streckte einen Arm aus und half mir auf die Tischplatte.

»Schön, dass du gekommen bist«, sagte er.

»Ich habe nicht viel Zeit. Ich warte auf eine Zing.«

Er nickte.

»Aber ich bin gekommen, weil ich dir etwas sagen muss«, fuhr ich fort.

»Und ich wollte dir einige Fragen stellen. Du weißt alles über uns. Ich dagegen habe keinerlei Ahnung.«

»Das ist jetzt nicht wichtig.«

»Für mich ist es wichtig.« Er holte sein Handy hervor. »Diese Aufnahme …«

Wir starrten das Foto an, das uns beide eng umschlungen und vor Glück strahlend zeigte. Das Foto, das eine Lüge war. Das Foto, das nicht Blake zeigte, sondern denjenigen, der von seinem Körper Besitz ergriffen hatte. Den Old Man.

Der Anblick verursachte mir Frösteln.

»Wie ist sie entstanden?«, fragte er. »Ich meine, was haben wir damals unternommen?«

»Einen Reitausflug.«

»Auf der Ranch meines Großvaters?«

»Ja.« Ich hasste es, an jenen Tag zurückzudenken, der so trügerisch zauberhaft gewesen war.

Er lächelte. »Sieht so aus, als hätten wir uns wunderbar verstanden.«

»Genau so war es.«

Unsere Blicke trafen sich. »Und sonst? Was haben wir … sonst noch gemacht?«

»Wir besuchten das Musikcenter … ein Drive-in-Restaurant … genossen den Sonnenuntergang.«

Ich ließ die Einzelheiten weg, die ich vor meinem inneren Auge sah. Wie wir Seite an Seite im Sattel saßen und die Pferde mit den Hufen scharrten, während die Sonne langsam hinter den Bergen versank. Wie er mir die gefleckte Orchidee überreichte, die erste Blume, die mir ein Junge je geschenkt hatte. Es waren Erinnerungen, die schmerzten. Nicht weil sie der Vergangenheit angehörten, sondern weil sie nie wirklich existiert hatten. Zumindest nicht mit ihm.

»Nein, ich meine, war sonst … nichts zwischen uns?« Er spannte die Nackenmuskeln an, als sei ihm der Kragen zu eng.

»Wir haben uns nur einen Kuss gegeben.«

Damals war es mehr als »nur« ein Kuss für mich gewesen. Aber das musste er nicht unbedingt erfahren.

»Schade, dass ich mich daran nicht erinnern kann.«

»Ja, schade.«

Er zögerte einen Moment, als überlegte er, ob meine Antwort ernst gemeint war. Dann beugte er sich vor, unsicher, abwägend.

Ich neigte mich ihm entgegen, bis sich unsere Gesichter fast berührten. Er roch wunderbar nach Wald und frisch gemähtem Gras, genau wie damals.

Wir küssten uns. Es war …

… anders.

Anfangs fühlte es sich richtig an. Seine weichen Lippen, der Duft seiner Haut. Aber der elektrisierende Funke, den ich beim ersten Mal gespürt hatte, sprang nicht über. Es gab ihn nur in meinen Erinnerungen. Ich versuchte es noch einmal. Vielleicht lag es ja an mir. Vielleicht war ich heute nicht einfühlsam genug. Vielleicht war ich nervös.

Entspann dich. Lass los.

Aber es ging nicht. Ich löste mich von ihm.

Nein.

Es war nicht wie damals.

Blake löste sich ebenfalls. Sein Blick wanderte in die Ferne. Er stellte keine Fragen. Wir saßen nebeneinander, ohne uns zu berühren. Er fuhr sich mit der Hand durch das Haar. Ich warf einen Blick auf mein Handy. Immer noch keine Nachricht.

»Du hast es eilig, von hier wegzukommen, nicht wahr?«

»Das nicht.« Ich legte das Handy weg. »Aber es geht um eine echt dringende Angelegenheit.«

»Verstehe. Du wolltest mir etwas Wichtiges sagen?«

»Ja. Du schwebst in großer Gefahr. Genau wie ich.«

»Was?«

»Du hast von dieser Bombendetonation im Einkaufszentrum gehört?«

»Eine Bombe? Bisher war von einer Explosion unbekannter Ursache die Rede.«

»Es war eine Bombe. Und ich hätte das Opfer sein können.«

Er schüttelte den Kopf. Ich würde meine liebe Mühe haben, ihn zu überzeugen.

»Ich gab deinem Großvater das Versprechen, dir nichts zu erzählen«, begann ich. »Er versuchte dich zu schützen. Aber nun musst du die Wahrheit erfahren. Erinnerst du dich noch an dieses Bürogebäude in Beverly Hills? Den Sitz von Prime Destinations? Wir begegneten uns dort, als es abgerissen wurde.«

Er nickte.

»Man hatte dich entführt und dorthin gebracht. In dein Gehirn wurde ein Chip implantiert, mit dessen Hilfe der Boss von Prime deinen Körper kontrollierte. Deshalb hast du keine Erinnerung an jenes Foto. Weil damals ein Fremder in dir steckte. Der Old Man.«

Er blickte mich lange an. »Das … verstehe ich nicht.«

»Dein Geist befand sich währenddessen in einer Art Tiefschlaf.« Ich winkte ab. »Es würde zu weit führen, das jetzt in allen Einzelheiten zu erklären. Wichtig ist nur, dass du dich unbedingt von diesem Old Man fernhältst. Er trägt eine elektronische Maske und spricht mit verzerrter Stimme. Er hatte den Plan gefasst, Tausende von Starters als dauerhafte Körperspender zu missbrauchen – sodass sie nie mehr aus ihrem Tiefschlaf erwachen würden. Aber es gelang uns, das zu verhindern.«

Er schüttelte den Kopf und lächelte, doch ich erwiderte das Lächeln nicht. »Das ist verrückt«, sagte er dann.

»Mir ist klar, dass es verrückt klingt. Doch ich weiß, wovon ich spreche. Ich trage selbst so einen Chip.« Ich machte eine Pause. »Frag deinen Großvater. Aber tu mir den Gefallen und verrate nicht, von wem du das alles erfahren hast.«

Er rieb sich die Stirn. Ich hatte ihm eine Menge Stoff zum Nachdenken geliefert. Mein Handy kündigte eine Zing aus dem Büro von Senator Bohn an.

»Ich muss los«, sagte ich.

»Jetzt schon?«

»Tut mir leid. Aber wir müssen ihn stoppen.«

Ich ließ ihn nur ungern mit all den beunruhigenden Neuigkeiten allein zurück. Aber die anderen warteten auf mich.

»Sprich zuallererst mit deinem Großvater!«, riet ich ihm.

Als ich ging, zog mir ein heftiger Schmerz die Brust zusammen. Ich musste es mir eingestehen – Blake fehlte mir.

Aber nicht dieser Blake.

Und was das bedeutete … nein, ich mochte nicht darüber nachdenken. Es war zu entsetzlich. Ich musste ihn aus meinen Gedanken verbannen und mich darauf konzentrieren, seinem Tun ein Ende zu bereiten.

Ich saß mit Lauren, die mein gesetzlicher Vormund war, und dem Stabschef des Senators auf der Rückbank der Limousine. Vor der Bombenexplosion hatte Senator Bohn im Kongress einen Untersuchungsausschuss gegen Prime Destinations geleitet, der bis jetzt allerdings kaum Erfolge vorweisen konnte. Die beschlagnahmten Computer gaben nichts her, da Prime rechtzeitig alle Daten offenbar unwiederbringlich gelöscht hatte, und die Fahndung geriet von einer Sackgasse in die nächste.

Aber die Bombe hatte der Suche nach dem Old Man neuen Druck verliehen. Mit der Sondergenehmigung in Händen waren wir zu der einzigen Einrichtung unterwegs, die unseres Wissens nach Geschäfte mit ihm gemacht hatte. Der Haken an der Sache war, dass wir in der Eile nur die Erlaubnis zu einer Inspektion erhalten hatten. Damit konnten wir lediglich Einsicht in ihre Akten und Computer nehmen, aber nichts kopieren.

»Die Sache mit Reece macht mir entsetzlich zu schaffen«, sagte Lauren. »Ich fühle mich verantwortlich für ihren Tod.«

»Dich trifft keine Schuld«, sagte ich. »Reece schloss einen Spendervertrag ab, bevor du deine Wahl trafst.« Doch auch mich quälte die Frage, warum sich der Old Man ausgerechnet für Reece entschieden hatte. War es Zufall, dass er den Spenderkörper der Frau geopfert hatte, die mir als gesetzlicher Vormund zur Seite stand? Ich bezweifelte es, aber ich schwieg, um Lauren nicht noch mehr zu belasten.

»Deinen Worten nach hat sie sich äußerst merkwürdig verhalten?« Lauren sah mich fragend an.

»Ich glaube, sie war irgendwie fremdgesteuert. Aber wer immer in ihrem Körper steckte, machte seinen Job nicht sonderlich geschickt. Ihre Mimik wirkte starr, und sie bewegte sich ruckartig. Unnatürlich.«

Lauren murmelte etwas.

»Was?«, machte ich.

»Sonderbar.«

»Und dann war da noch dieser Mann, mit dem sie kurz vor der Explosion sprach.«

»Welcher Mann?«, mischte sich der Stabschef ein.

»Ein hochgewachsener Ender, sportlich, so um die hundert«, erklärte ich. »Mit einem Leoparden-Tattoo am Hals.«

»Wie lange dauerte das Gespräch?«, erkundigte er sich.

»Nur wenige Sekunden.«

Ich sah Lauren fragend an. Sie zog die Brauen hoch, als sei sie ebenfalls ratlos.

»Ausgerechnet ein Einkaufszentrum«, sagte ich. »Dort halten sich immer Kinder auf.«

Es war meine Schuld und nicht die Laurens. Um zu beweisen, dass wir niemals Ruhe vor ihm haben würden, hatte der Old Man diesen Ort ausgewählt, an dem ich mich befand, und Laurens frühere Spenderin benutzt, weil er wusste, dass ich sie kannte. Immer wieder ging es um mich – trug ich also die Verantwortung für all die Verletzten und den Tod des Mädchens?

Der Fahrer hielt am Straßenrand an. Wir hatten unser Ziel erreicht.

»Du musst nicht mitkommen«, sagte Lauren.

»Ich kenne ihn besser als ihr«, widersprach ich. »Vielleicht gibt es irgendeinen Hinweis, einen Bezug auf etwas, das er mir gegenüber geäußert hat. Ihr braucht meine Augen und Ohren.«

Ich hielt es für meine Pflicht, sie zu begleiten, obwohl sich alles in mir dagegen sträubte. Also stieg ich aus und ließ meine Blicke über den Gebäudekomplex schweifen.

Institut 37. Die dicken grauen Mauern machten mir das Herz schwer. Sie verrieten, dass die Einrichtung in Wahrheit kein Waisenhaus, sondern ein Gefängnis war, mit schweren Eisentoren und einem Glaskäfig für die Sicherheitsleute, die den Eingang bewachten. Die Mauern verhöhnten mich, stemmten sich drohend gegen mich. Es war töricht von mir, hierher zurückzukommen. Das letzte Mal, als ich diesen Schritt gewagt hatte, hatte meine beste Freundin auf dieser grauen Außenmauer ihr Leben verloren.

Lauren trat mit einem Lächeln neben mich. Liebenswerte kleine Fältchen umspielten ihre Augen. Ihr weißes Haar schimmerte in der Morgensonne wie ein Heiligenschein.

»Es ist gut, Callie. Wir sind bei dir.«

Der Fahrer blieb im Auto, während wir drei auf das Tor zugingen. Ich befand mich in Sicherheit, oder? Wir hatten Macht, und wir hatten Geld, weit mehr von beidem als die schrecklichen Leute, die dieses Waisenhaus verwalteten. Weit mehr als die bösartige Mrs. Beatty, meine frühere Gefängniswärterin.

Warum also zitterten meine Hände?

Lauren bemerkte es und legte mir sanft einen Arm um die Schultern.

»Du wirst sie nicht zu Gesicht bekommen. Wir sprechen nur mit der Direktorin.«

Ich nickte. Obwohl Mrs. Beatty durch meine schlimmsten Träume geisterte, konnte ich davon ausgehen, dass ich ihr nicht begegnen würde. Wahrscheinlich war sie drunten im Gefängnistrakt und quälte irgendeine arme Insassin, die sich ihren Hass zugezogen hatte.

Die Tore schwangen knirschend auf, ein metallisches

Geräusch, das mir Zahnschmerzen verursachte. Ich blickte an mir herunter und stellte fest, dass meine Hände nicht mehr zitterten.

Kurz darauf befanden wir uns im Verwaltungsbau des Waisenhauses und warteten im Hauptbüro auf das Erscheinen der Direktorin. Der Stabschef und Lauren hatten in abgeschabten Ledersesseln Platz genommen. Ich ging auf und ab, weil ich zu nervös war, um mich hinzusetzen. Der Raum war grau und schmucklos. An der Wand hing ein verblichenes Bild, eine englische Jagdszene. Ein Mann hielt stolz einen erlegten Fuchs in die Höhe. Das passt, dachte ich. Über dem Schreibtisch flimmerte ein Airscreen. Der Bildschirmschoner war ein Screenshot von Huntdown, einem Egoshooter. Ich wusste besser als alle anderen, wie brutal es in diesem Institut zugehen konnte, aber das hier schockierte mich erneut.

Übelkeit stieg in mir hoch. Ich wollte nur noch weg von hier. Alles, was wir brauchten, war eine Adresse, ein Telefonanschluss, vielleicht eine Kontonummer. Irgendeine Spur, die uns zum Old Man führte.

»Callie? Willst du dich nicht setzen?«, fragte Lauren.

Die Tür ging auf, und ich erstarrte. Anstelle der Waisenhaus-Leiterin stand Mrs. Beatty vor mir.

»Callie«, sagte sie mit ihrer heiseren, harten Stimme. »Wie schön, dich wiederzusehen.«

Sie streckte mir eine von knotigen Adern durchzogene Hand entgegen. Die Leberflecken in ihrem Gesicht erschienen größer als früher. Ich verschränkte die Arme. Wäre es mir möglich gewesen, den Hass in meinen Augen auflodern zu lassen, hätte sie jetzt lichterloh gebrannt.

Der Stabschef erhob sich und trat neben mich. »Wir erwarten die Leiterin dieses Hauses.«

Ein dünnes Lächeln umspielte Mrs. Beattys Lippen. »Natürlich. Ich weiß. Sie steht vor Ihnen.«

»Sie?« Meine Stimme klang ungläubig.

»Ich wurde zur rechten Zeit befördert.«

Ich trat einen Schritt zurück. Offenbar stieß ich ein Keuchen aus, denn der Stabschef legte mir eine Hand auf die Schulter. Wie war so etwas möglich? Normalerweise hätte sie nach dem Tod von Sara hinter Gittern landen müssen.

»Sie leiten jetzt dieses Institut?«

»So scheint es, Callie.« Sie betonte meinen Namen, als schwebte ein Todesurteil über mir.

Sie hatte ihre strenge graue Uniform und die Dienstmarke abgelegt. Stattdessen trug sie ein teures Wollkostüm und ein orangefarbenes Seidentuch.

Ich hätte sie mit diesem Tuch am liebsten erwürgt.

»Wir sind gekommen, um Ihnen einige Fragen über den CEO von Prime Destinations zu stellen«, erklärte der Stabschef.

»Was ist mit ihm?«, machte Mrs. Beatty beiläufig.

Lauren trat zu uns, als der Stabschef fortfuhr: »Der Untersuchungsausschuss des Senats hat eine Sondergenehmigung erwirkt.« Er hob einen Umschlag hoch. »Demnach sind wir berechtigt, Einblick in sämtliche Aufzeichnungen zu nehmen, die mit Prime Destinations und dem Institut zu tun haben.«

»Wonach suchen Sie überhaupt?«, fragte Mrs. Beatty, während sie den Umschlag öffnete. »Wonach genau?«

»Wir müssen herausfinden, wo er sich versteckt hält«, erklärte ich.

»Das Institut hat sicher die Möglichkeit, Kontakt mit ihm aufzunehmen«, sagte Lauren. »Schließlich stand es in Geschäftsbeziehungen zu ihm.«

Mrs. Beatty schüttelte entschieden den Kopf, als hätten wir eine Million Dollar von ihr gefordert. »Den Kontakt nahm immer er selbst auf. Die frühere Leiterin hatte keine Möglichkeit, sich mit ihm in Verbindung zu setzen.«

»Vielleicht gibt es hier jemanden, der mehr darüber weiß«, warf Lauren ein. »Die rechte Hand der Direktorin etwa?«

»Die hat uns bedauerlicherweise ebenfalls verlassen.« Mrs. Beattys Mundwinkel verzogen sich zu einem selbstgefälligen Lächeln, als sie dem Stabschef den Umschlag zurückgab.

»Aus diesem Haus verschwinden offenbar ständig Leute.« Das musste heraus, bevor ich an meinem Zorn erstickte.

»Sie müssen es ja wissen.« Mrs. Beatty beugte sich vor und starrte mir aus nächster Nähe in die Augen.

Ich hätte ihr am liebsten ins Gesicht geschlagen.

Drei kräftige Ender-Marshals betraten das Büro und nahmen hinter uns Aufstellung. Einer von ihnen überreichte Mrs. Beatty ein Schreiben, das sie wiederum dem Stabschef in die Hand drückte.

»Was ist das?«, fragte der Stabschef.

»Eine Verfügung des Obersten Gerichts, in dieser Angelegenheit nicht tätig zu werden.«

»Was heißt das?«, fragte ich Lauren.

»Es heißt, dass dieser Fall eine Ewigkeit bei der Justiz ruhen wird, ehe wir irgendwelche Antworten erhalten«, erwiderte der Stabschef an ihrer Stelle. Er hob den Kopf und musterte Mrs. Beatty abschätzig. »Sie haben zweifellos einflussreiche Freunde.«

Ein Lächeln stahl sich über ihre Züge. »Sie haben ja keine Ahnung!« Dann wandte sie sich an die Marshals: »Bringt die beiden hier raus! Ich will mit dem Mädchen allein reden.«

Der Stabschef und Lauren wurden nach draußen eskortiert. Mrs. Beatty nickte meinem Bewacher zu, und auch er verließ das Büro.

Ich stand ihr allein gegenüber. Mein Herz raste. Sie sah mich an, als wollte sie mich mit ihren Blicken erdolchen.

»Wie kannst du es wagen, hierher zurückzukommen und Einblick in meine privaten Unterlagen zu fordern?«, sagte sie. »Wärst mal lieber in deiner schicken Villa in Bel Air geblieben!«

Mein neuer Wohnort war kein Geheimnis, aber dass sie ihn kannte, löste eine Woge des Hasses in mir aus. Ich wich in Richtung Tür zurück, ohne den Blick von ihr abzuwenden. Der Weg durch ihr riesiges Büro kam mir endlos vor.

»Du hast eine Menge zu verlieren, Callie.« Sie senkte den Kopf wie ein Wolf, der zum Sprung ansetzte. »Und glaub mir: du wirst alles verlieren.«

Sie folgte mir Schritt für Schritt. Ich sah, wie ihre Finger zuckten. Zu gern hätte sie mich gepackt und festgehalten.

»Ich bin so froh, dass du zurückgekehrt bist, Callie«, sagte sie zuckersüß. »Es ist schön, dich wieder hier zu haben.«

Ich ging immer noch rückwärts, weil ich sie nicht aus den Augen lassen wollte. Wo war diese verdammte Tür? Ich hätte sie längst erreichen müssen.

Sie schien die Panik in meinen Zügen zu lesen, denn sie lachte leise. »Nicht mehr lange, dann stolperst du und bist wieder bei uns. Wo du hingehörst.«

Ich stieß mit dem Rücken gegen die Tür. Mrs. Beatty stand so dicht vor mir, dass es mir ein Leichtes gewesen wäre, mich auf sie zu stürzen. Aber genau das bezweckte sie. Also drehte ich mich um und riss die Tür auf. Draußen im Flur warteten Lauren, der Stabschef und ihre Begleiter. Mein Bewacher trat auf mich zu, nahm mich am Ellbogen und führte mich weg. Ich warf einen letzten Blick auf Mrs. Beatty zurück, ohne recht zu wissen, warum ich das tat. Sie lehnte am Türrahmen, ein bösartiges, siegesgewisses Lächeln auf dem von Leberflecken übersäten Gesicht.

Diesem Ausdruck hatte ich nichts entgegenzusetzen. Eins zu null für sie.

Wir drängten uns im Fond der Limousine dicht aneinander, als der Chauffeur losfuhr – Lauren, ich und der Stabschef des Senators.

»Wie kann sie zur Leiterin des Instituts aufgestiegen sein? Nach allem, was sie angerichtet hat«, fragte ich. Niemand antwortete. »Heißt das, dass wir jetzt aufgeben? Oder gibt es einen Richter, der diese Verfügung aufheben kann?«

Der Stabschef rutschte unruhig hin und her. »Vielleicht gab es ja gar keine brauchbaren Daten. Es könnte sein, dass der Old Man auf persönlichen Kontakten bestand. Dass er Mittelsmänner einsetzte. Um keine digitalen Spuren zu hinterlassen.«

»Aber wie sollen wir ihn dann aufspüren?«, fragte ich.

Als sie mich an Helenas Haus absetzten, wusste ich, dass ihre Hilfe hier endete. Lauren stieg aus und umarmte mich.

Einen Moment lang hielt sie mich ganz fest, doch dann löste sie sich von mir.

»Und was nun?«, fragte ich.

Sie schüttelte den Kopf. »Pass auf, dass dir nichts zustößt!«

»In meinem Kopf tickt eine Bombe, die jederzeit losgehen kann. Und das gilt für alle … Metallos, auch für deinen Enkel Kevin. Du kannst jetzt nicht aufgeben.«

Sie schaute mir lange in die Augen.

»Callie, ich bin hunderteinundsechzig Jahre alt. Ich habe seit Monaten jeden Tag nach ihm gesucht. Meine letzte Hoffnung galt diesem Unternehmen, aber jetzt …« Ihre Stimme klang brüchig. »Ich will nicht sagen, dass ich aufgebe, aber du kannst dir nicht vorstellen, wie leer ich mich fühle. Mein Inneres ist völlig ausgehöhlt.« Sie machte eine Pause. »Du bist jung. In dir brennt das nötige Feuer. Kämpfe weiter, auch für mich!«

Sie warf mir einen beschwörenden Blick zu. Dann wandte sie sich ab und stieg in die Limousine.

Der Wagen folgte dem Bogen der breiten Auffahrt. Ich starrte ihm nach, bis sich die Eisentore automatisch öffneten und hinter ihm schlossen.

Sie werden dir nicht helfen. Sie können dir nicht helfen. Du bist allein.

kapitel 3

Er war wieder in meinem Kopf, der Old Man. Hier, in meinem Zuhause. Ich wollte nicht, dass er die Welt durch meine Augen betrachtete.

Callie?

Ich rannte in die Garage und schloss die Tür. Dann machte ich das Licht aus und presste mich im Dunkel an die Wand.

»Wie geht es jetzt weiter? Wen jagen Sie heute in die Luft?«

Du musst nicht im Dunkeln herumirren. Ich weiß auch so, wo du bist. Ich kann ein Signal an deinen Chip senden. Habe ich das nicht deutlich genug in diesem Einkaufszentrum demonstriert?

»Sie können jeden Chip sprengen, wenn Sie ihn mit einem bestimmten Signal ansteuern?«

Genug der Fragen. Ich denke nicht daran, alle meine Geheimnisse preiszugeben.

»Egal. Meinen Chip würden Sie ohnehin nicht zerstören.«

Dann begreifst du also, dass dein Chip etwas Besonderes ist. Genau wie du.

»Ich begreife vor allem, dass Sie ein Monster sind. Ein Killer. Und dass ich Ihren Worten nicht trauen kann.«

Ich will dir etwas verraten, das absolut wahr ist. Und immer wahr bleiben wird.

Hörst du zu?

Ich hätte ihn und seine metallische Stimme am liebsten ausgelöscht. »Ich höre.«

Er sprach langsam und betonte jedes Wort. *Trau niemandem außer dir selbst.* Und nach einer langen Pause setzte er hinzu: *Und dann ziehe auch das in Zweifel.*

»Das ergibt keinen Sinn.«

Und merke dir eines: Mag sein, dass ich deinen Chip nicht zerstöre, weil er etwas Besonderes darstellt. Aber was sollte mich daran hindern, Michaels Chip zu verschonen? Oder Michael selbst?

Ich ballte meine Hände zu Fäusten.

Oder ... Tylers Chip.

Wovon redete er da? »Tyler hat keinen Chip.«

Er hat einen.

»Lügner. Ich habe nachgesehen.«

Mein Nacken war schweißnass. Ich dachte zurück. Wir waren so glücklich, als wir Tyler fanden, so dankbar, dass er sich in einer besseren Verfassung befand als vor der Entführung. Dass er gesünder war. In meiner ersten Freude und Erleichterung hatte ich nicht daran gedacht, ihn zu untersuchen. Doch das hatte ich später nachgeholt.

Wo hast du nachgesehen?

»An seinem Hinterkopf. Da war keine Narbe.«

Weil wir den kleinen Schnitt gelasert haben. Gute Arbeit, findest du nicht?

Konnte das stimmen? Immer noch an die Wand gelehnt, rutschte ich in die Hocke und ließ den Kopf nach vorn sinken. Wenn das der Wahrheit entsprach, war Tyler ebenso an den Old Man gekettet wie ich.

»Sie haben Reece getötet. Sie haben meinem wehrlosen Bruder einen Chip eingesetzt.« Ich biss die Zähne zusammen und starrte den Garagenboden an. »Halten Sie sich von ihm fern!«

Das, liebe Callie, liegt nun mal ganz an dir.

Ich hob den Kopf.

Du wirst mich an einem Ort meiner Wahl treffen.

Mein Mund fühlte sich trocken an. Ich fuhr mir mit der Zunge über die Lippen. »Wo?«

Du wirst keinem Menschen davon erzählen oder auch nur eine Zing-Nachricht schicken. Falls du es doch tust, erleidet Michael das gleiche Schicksal wie Reece. Und danach ist Tyler an der Reihe. Hast du verstanden?

Was konnte ich tun? »Ja«, sagte ich. »Es war ja laut genug.«

Du befindest dich bereits in der Garage. Steig in dein Auto!

Ich sah keinen Ausweg. Gegen einen Feind, der in meinem Kopf saß, konnte ich nicht ankämpfen. Also ging ich zu dem blauen Auto hinüber und stieg ein. Er nannte mir eine Adresse, die ich nicht kannte.

Ich ließ den Wagen an, und das Garagentor schwang auf. Helles Sonnenlicht blendete mich. Ich fuhr aus der Garage und folgte dem weiten Bogen der Auffahrt. Die Tore öffneten sich automatisch, und ich fädelte mich in den Straßenverkehr ein.

Beide Hände fest am Lenkrad, fuhr ich schweigend dahin.

Du musst keine Angst haben, Callie. Ich werde dir nicht wehtun. Ich brauche dich.

Ich war nicht sicher, was das heißen sollte, spürte aber,

wie sich die Härchen an meinen Armen aufrichteten. Wie kam ich nur aus der Sache heraus? Ich konnte mich weder an einen Marshal wenden, noch Lauren oder den Senator anrufen. Was immer ich tat, er konnte es sehen. Was immer ich sagte, er konnte es hören.

Ich hatte nicht einmal die Möglichkeit, Michael zu warnen. Nicht dass er sich irgendwo hätte verstecken können.

Die Rampe zur Schnellstraße kam in Sicht. Ich fuhr daran vorbei, weil ich dachte, je länger ich im Auto säße, desto eher ergäbe sich eine Gelegenheit, dem Unausweichlichen zu entwischen. Ich verabscheute das Gefühl, dass mich der Old Man aus der Ferne wie eine Marionette steuerte, aber der Gedanke, ihm persönlich ausgeliefert zu sein, jagte mir noch tieferes Entsetzen ein. Die kurze Zeit im Waisenhaus, die ich in seiner Nähe zugebracht hatte, war beängstigender als alles bis dahin Erlebte gewesen. Jene Maske mit ihrem elektronischen Summen und Knistern … ich hatte oft Albträume, in denen ich allein mit ihm im Dunkel war und nichts außer diesem Geräusch hörte.

Und doch … in Blakes Körper hatte er sich nett und anständig gegeben. Liebenswert. War so etwas überhaupt möglich? Ließ sich das abgrundtief Böse so gut tarnen? Er besaß keine Seele, kein Herz. Das hätte ich merken müssen, als er mir in Blakes Gestalt gegenübertrat. Warum war mir das entgangen?

Du hättest die Schnellstraße nehmen sollen.

»Sie kriegen, was Sie wollen. Ich komme zu Ihnen«, sagte ich. »Wollen Sie mir jetzt noch vorschreiben, wie ich zu fahren habe?«

Ich stieß Luft aus. »Wie verschaffen Sie sich denn nun Zugriff auf unsere Chips?«

Das wirst du in Kürze sehen.

Ich rief mir all seine Schandtaten ins Gedächtnis. »Haben Sie Helena eigenhändig umgebracht?«

Nein. Das war ein anderer.

»Wer?«

Das tut nichts zur Sache. Diese Leute arbeiten alle in meinem Auftrag.

»Sie haben Reece getötet.« Unvermittelt stand der Bombenanschlag wieder vor meinem inneren Auge. »Und darüber hinaus eine Reihe völlig Unbeteiligter verletzt. Alte Leute. Kinder. Manche ringen um ihr Leben. Alle erlitten Schmerzen.«

Meine Macht musste demonstriert werden. Die Verwundeten waren so etwas wie Kollateralschäden.

»In welchem Krieg? Sie gegen den Rest der Welt? Gegen Starters, Enders, einfach gegen alle?«

Endlich, Callie.

»Was?«, fragte ich fröstelnd.

Endlich verstehst du mich.

Ich fuhr schweigend weiter. Ich konnte ihn nicht mehr ertragen. Diese unheimliche Stimme in meinem Kopf machte mich fertig. Nach einer Weile erreichte ich die Straßenkreuzung, die er mir genannt hatte. Ich befand mich in Hollywood, nahe der Hügel. Mein Herz begann schneller zu schlagen. Nein, es konnte nicht sein. Ich suchte krampfhaft nach einer Möglichkeit, dieser Begegnung auszuweichen.

Denk daran, für wen du das tust. Für Michael und Tyler.

Es war, als könnte er meine Gedanken lesen – was natürlich nicht stimmte. Aber er wusste, womit er mich in der Hand hatte.

»Und jetzt?«

Den Hügel hinauf.

Ich folgte der Straße um eine Kurve und musste voll auf die Bremse steigen.

Ein seltsames Gefährt blockierte meinen Weg. Es sah aus wie eine Kreuzung aus SUV und Panzer und nahm die gesamte Fahrbahn der engen Straße ein. Da die Scheiben des stahlgrauen Kolosses getönt waren, konnte ich den Fahrer nicht erkennen.

»Was wird das denn?«

Ehe ich etwas unternehmen konnte, schwang die Tür des SUV auf, und ein Typ kam ins Freie gerannt. Er war dunkel gekleidet, trug schwarze Handschuhe und eine schwarze Skimaske, die nur die Augen freiließ.

Ich betätigte blitzschnell den Verriegelungsknopf. Der Fremde richtete ein glänzendes Ding auf meinen Wagen. KLICK. Die Türen waren unversperrt.

Ein schwarzer Schatten fiel auf das Fahrerfenster. Er riss die Tür auf und warf mir einen schwarzen Sack über den Kopf. Gleich darauf drehte er mir die Hände auf den Rücken und fesselte sie mit Handschellen. Ich schrie und trat nach ihm, aber das nützte nichts. Er zerrte mich aus dem Auto. Durch den dichten Stoff vor meinen Augen konnte ich nichts erkennen. Er hob mich hoch, als würde er eine Braut über die Schwelle tragen, und verstaute mich auf dem Beifahrersitz seines SUV – zumindest vermutete ich das.

Eine Tür schlug zu, dann eine zweite. Offenbar hatte er hinter dem Steuer Platz genommen. Und ich hatte den Eindruck, als streifte er seine Skimaske ab.

Kurz darauf hörte ich ein Knirschen, als sei er mit dem SUV an meinem Wagen entlang geschrammt. Nun, das spielte jetzt auch keine Rolle mehr.

»Nehmen Sie mir diesen Sack ab, verdammt«, sagte ich. »Ich bekomme keine Luft.«

»Gleich haben wir es geschafft.«

Seine Stimme klang echt jung. Als sei er kaum älter als ich. Ein Starter. Überaus seltsam, dass der Old Man einen Starter losschickte, um mich zu entführen.

Wir fuhren schweigend weiter. Natürlich würde mir der Old Man nicht seinen wahren Aufenthaltsort verraten. Er wollte mich nur in seine Nähe holen, um mich ständig unter Kontrolle zu haben. Mich in eine Gegend bringen, wo ich mich nicht auskannte, vielleicht sogar in eine fremde Stadt.

Der Fahrer beugte sich zu mir herüber. Er begann mit einer Hand einen Klettverschluss am Saum des schwarzen Sacks zu lösen und mir das Tuch über den Kopf zu ziehen. Durch die getönten Scheiben blieb es im Wageninnern dunkel, doch ich konnte sein Profil erkennen. Die Wangenknochen, die Kinnlinie – und diese durchdringenden Augen.

Es war der Starter, der mich mit seinem Körper geschützt hatte, als die Bombe explodierte.

Ich würde diese Augen nie vergessen. Dieses Gesicht. Er sah so beängstigend gut aus, dass er mich beinahe aus der Fassung brachte.

»Kannst du mir jetzt die Handschellen abnehmen?«, bat ich.

»Erst wenn du begriffen hast …«

»Wenn ich was begriffen habe?«

»Dass ich nicht dein Feind bin.«

»Das weiß ich. Du hast mich Sekunden vor der Explosion aus der Gefahrenzone gezerrt.«

Er stritt es nicht ab. Langsam zog er seine Handschuhe

aus. Das Ganze ergab keinen Sinn. Erst rettete er mir das Leben, und dann entführte er mich? Hatte ihn der Old Man geschickt oder nicht?

»Ich bin Hyden.«

»Wie der Komponist?«

»Fast.« Er hielt am Straßenrand, ließ den Motor aber laufen. »Beug dich vor.«

Ich zögerte kurz, ehe ich seinem Befehl nachkam.

»Halt jetzt ganz still.« Mit einem Messer schnitt er die elastischen Handfesseln durch, ohne mich auch nur zu berühren.

Während er die Klinge wieder einsteckte, versuchte ich blitzschnell die Tür aufzustoßen, um ins Freie zu hechten. Aber sie war verriegelt.

»Hey, hast du nicht immer behauptet, dass du mir vertraust?«

»Ich habe gesagt, ich wüsste, dass du nicht mein Feind bist. Jetzt mach endlich die Tür auf!«

»Hier drinnen bist du sicherer.«

»Aber mein Bruder und ein guter Freund werden umgebracht.«

»Wer behauptet das? Der Old Man?«

»Dann weißt du also, wer er ist.«

Ob er ein Metallo war? Ich musterte ihn scharf. Sein Gesicht wirkte makellos. Oder doch nicht ganz. Da waren ein paar kleine Unregelmäßigkeiten, ein paar winzige Narben.

»Ich weiß tatsächlich, wer er ist und wie er denkt. Ich weiß genau, wozu er fähig ist.«

»Warum sollte ich dir glauben?«

»Weil ich ihn besser kenne als jeder andere.«

Wie konnte er den Old Man so gut kennen?

»Besser als jeder andere?«, hakte ich nach. »Einen Mann, der immer eine Maske trägt? Wie soll das gehen?« Ich blieb ganz nahe an der Tür sitzen.

Er beugte sich vor und rang mit Worten, die er offenbar noch nie über die Lippen gebracht hatte.

»Ich bin sein Sohn.«

kapitel 4

Ich ließ Hyden nicht aus den Augen, während wir immer noch mit laufendem Motor am Straßenrand parkten. War er verrückt? Würde er mir gleich erklären, dass er mich zum Narren halten wollte?

Doch seine Miene veränderte sich nicht. Ich atmete tief durch. Er meinte es ernst.

»Ich kenne ihn nicht nur besser als jeder andere«, sagte er. »Ich hasse ihn auch mehr als jeder andere.«

Er starrte mich mit diesen durchdringenden Augen an. Einen Moment lang flackerte Schmerz darin auf. Aber war dieser Schmerz echt? Oder gespielt?

»Er ist dein Vater.«

Er schloss die Augen und schlug sie sofort wieder auf. »So ist es.«

»Aber das kann nicht sein«, sagte ich zu Hyden. »Er ist ein Ender. Dein Großvater vielleicht …«

»Er verkleidet sich«, erklärte er.

»Das weiße Haar …«

»Eine Perücke. Hast du dich nie gefragt, warum er selbst im Innern von Gebäuden ganze Schichten von Kleidung trägt?«

»Es hieß, er sei nicht gesund und würde ständig frieren.«

»Nicht gesund – dass ich nicht lache!« Er rollte mit den Augen. »Diese Lüge gehört mit zu seiner Tarnung. Aber vielleicht macht ihm ja sein kaltes Herz zu schaffen.«

Ich konnte es einfach nicht fassen. »Du behauptest also, er sei dein Vater – und gehört zur Generation unserer Eltern? Ein … *Middle*?«

»Genau.«

»Wie kommt es dann, dass er noch lebt?«

»Schwarzmarkt-Impfstoff.«

Ich hatte gehört, dass manche Middles diesen Weg gewählt hatten. Man begegnete ihnen nicht allzu häufig, da sie auf der Straße angefeindet wurden, es sei denn, sie gehörten der privilegierten Schicht an, der man den Impfstoff zugestanden hatte – Politiker, hohe Militärs, Wissenschaftler. Daneben gab es noch die Promis, die über Beziehungen und einen Haufen Kohle verfügten – Holo-Stars und die Superreichen. Den Stars verzieh man alles, aber die übrigen Middles waren so verhasst, dass ihr Leben nicht viel wert war, wenn sie ohne ihre Bodyguards in der falschen Gegend erwischt wurden. Es gab ohnehin nicht mehr viele von ihnen.

»Muss teuer gewesen sein.«

Er nickte. »Hat ihn sein halbes Vermögen gekostet.«

»Was ist mit deiner Mutter?«

»Tot.«

»Sporen?«

»Etwas anderes.«

Der Schmerz in seinen Zügen war so groß, dass ich nicht weiter in ihn dringen wollte.

Ich dachte an den Tag zurück, als meine Eltern wegen des Impfstoffs in Streit geraten waren. Meine Mutter wollte Daddy dazu bewegen, seine Regierungskontakte zu nutzen und Impfstoff für sie beide zu besorgen, damit sie am Leben bleiben und für uns da sein konnten. Aber er weigerte sich. Sein moralisches Empfinden verbot es ihm, sich an den Starters und Enders vorbeizuschieben, die durch die Sporen angeblich stärker gefährdet waren als die mittlere Generation. Ich hatte das bewundert – und mich darüber geärgert.

Hydens Augen schimmerten feucht. »Mein Vater ist … ein böser Mensch. Anders kann man es nicht ausdrücken.«

»Ich weiß nicht, ob du die Wahrheit sagst. Aber ich weiß eines: Der Old Man hat gedroht, meinen Bruder Tyler und meinen Freund Michael zu töten. Ihre Chips zu sprengen. Deshalb musst du mich gehen lassen.«

Ein SUV bremste und hielt hinter uns an.

»Ich glaube, das sind sie jetzt«, sagte Hyden.

Zwei Männer stürmten aus dem SUV und kamen auf uns zu. Es waren Enders mit kurz geschnittenen weißen Haaren, die im Kontrast zu den schwarzen Anzügen, die sie trugen, noch weißer wirkten.

»Mach die Tür auf«, bettelte ich. »Lass mich raus!«

Hyden bewegte sich, und ich glaubte, er würde die Türverriegelung lösen. Aber stattdessen umklammerte er das Lenkrad und gab Gas.

»Nein!«, schrie ich.

Ich griff nach dem Lenkrad, aber er riss es so hart herum, dass ich es nicht zu fassen bekam. Als ich mich umdrehte, sah ich, wie einer der Enders eine Pistole aus der Tasche zog. Er zielte, doch sein Begleiter hinderte ihn daran, einen Schuss abzufeuern. Sie sprinteten zurück zu ihrem Wagen.

»Diesen Typen willst du dich also freiwillig ausliefern?«, fragte Hyden.

Ich warf einen Blick über die Schulter. »Sie verfolgen uns.«

Hyden ging in eine scharfe Linkskurve.

»Halt dich gut fest«, sagte er. »Ich hänge sie ab.«

Er fuhr mit grimmiger Entschlossenheit, bog abrupt mal nach rechts und dann wieder nach links ab. Er war ein perfekter Fahrer und hatte die Verfolger bald abgeschüttelt. Kurz darauf steuerte er eine Tiefgarage an.

»Wohin bringst du mich?«, wollte ich wissen.

»Nach unten. Dort ist es sicherer.« Er richtete sein Handy auf die Einfahrt.

Das Tor schwang auf, und wir rollten die Rampe hinunter, in lang gezogenen Kurven, ein Parkdeck um das andere. Als wir ganz unten angekommen waren, parkte er den SUV an einem Eckplatz. Auf diesem Level waren wir das einzige Fahrzeug.

Er stellte den Motor ab.

»Ich lasse dich jetzt aussteigen. Eine Flucht hat keinen Sinn, da von hier kein Weg nach draußen führt. Gib mir die Chance, dir alles zu erklären. Dann wirst du begreifen, weshalb du bei mir am sichersten bist.«

Ich war hier unten in einer Tiefgarage gefangen, an der Seite eines Starters, der behauptete, der Sohn des Old Man zu sein. Einfach großartig.

»Okay?«, fragte er.

Ich nickte. Er entriegelte die Türen, und wir stiegen aus. Ich suchte nach dem Ausgang. Es gab eine Tür ins

Treppenhaus und eine Wartungstür. Außerdem einen Aufzug und die Fahrzeugrampe.

»Hey«, sagte er und lehnte sich an die Flanke des SUV. »Denk an unseren Deal! Du gibst mir die Chance, alles zu erklären, und hörst einfach nur zu.«

Er war aufmerksam. Verfolgte meine Blicke und bemerkte alles, was ich tat. Ich lehnte mich im Abstand von gut zwei Metern ebenfalls an den SUV. Zu den vielen Dingen, die ich während meiner Zeit auf der Straße gelernt hatte, gehörte die Erkenntnis, dass sich ein Gesprächspartner entspannte, wenn man seine Pose imitierte.

Konnte es sein, dass er die Wahrheit sagte? Ich glaubte inzwischen gar nichts mehr. Aber weshalb sollte jemand behaupten, er sei mit diesem Monster blutsverwandt?

Um mein Vertrauen zu gewinnen.

»Du bist also bereit, mich wenigstens anzuhören?«

»Ich weiß nicht mehr, wem ich glauben soll. Man hat mir eingeschärft, niemandem zu trauen. Nicht einmal mir selbst.«

»Lass mich raten. Ein Rat meines weisen Vaters? Ich weiß. Ich weiß, dass er über diesen Chip mit dir Kontakt aufnehmen kann.«

Meine Nackenhaare richteten sich auf.

»Trau niemandem außer dir selbst. Und dann ziehe auch das in Zweifel.« Er verschränkte die Arme.

Das unheimliche Gefühl, dass jemand die Worte wiederholte, die ich nur im Geiste gehört hatte … raubte mir die Fassung. Es war schlimmer, als hätte er mich nackt gesehen. »Woher wusstest du das?«

»Weil es genau das ist, was er immer zu mir sagte«, erklärte er. »Er hat von Anfang an versucht, mich zu steuern. Das kann er gut – das Denken anderer Leute zu beeinflussen.«

»Auf mehr als eine Weise«, bestätigte ich.

»Wir müssen dich vor ihm schützen. Das ist am sichersten für dich.« Er klopfte gegen das Blech des SUV.

Ich ließ meine Blicke über das Fahrzeug wandern. Es war in einem matten Blaugrau lackiert und wirkte so gedrungen und schwer wie ein gestauchter Panzer. Das Ding musste kugelsicher sein. Vielleicht sogar bombensicher.

»Dein Wagen?«, fragte ich.

»Mein Schutz«, entgegnete er. »Und jetzt auch deiner.«

Ich wollte gerade protestieren, als wir ein Motorgeräusch vernahmen. Ein Wagen kam die Rampe heruntergefahren. Ich rückte näher an Hyden heran und streifte dabei zufällig seinen Arm.

Er sog die Luft durch die Zähne, als hätte ich ihn verbrüht.

»Tut mir leid, habe ich dir … irgendwie *weh*getan?«, fragte ich.

Er zog den Arm so eng an den Körper, als sei er ernsthaft verletzt. »Nein. Ist schon okay.«

Ich begriff nicht recht, was mit ihm los war, aber das Fahrzeug, das auf uns zukam, erforderte jetzt unsere ganze Aufmerksamkeit. Es war ein verbeulter Lieferwagen. Als er an uns vorbeifuhr, sah ich, dass ein Ender in Arbeitskleidung hinter dem Steuer saß. Vielleicht ein Servicetechniker. Er musterte uns scharf und hielt in der Ecke schräg gegenüber an, am anderen Ende des Parkdecks.

»Steig ein«, sagte Hyden.

Ich rührte mich nicht vom Fleck. Hyden beobachtete, wie der Servicemann aus seinem Lieferwagen kletterte und auf die Wartungstür zuging. Dann entsicherte er die Türen.

»Los«, sagte er.

Ich stieg wieder in den SUV, während sich Hyden hinter das Steuer klemmte. Als sich meine Augen an das trübe Licht gewöhnten, bemerkte ich, dass in Spezialnischen entlang der Wände und an der Decke jede Menge Waffen eingepasst waren.

»Siehst du das?« Hyden deutete auf die massiven Wände des Fahrzeugs. »Total abgeschirmt.« Er klopfte gegen die Fahrertür. »Mit T-Stahl verstärkt.«

»Das muss ein Vermögen gekostet haben«, sagte ich.

»Wie viel ist dein Leben wert?« Er schaute mich ruhig an.

»Keine Ahnung.«

»Für manche Leute bist du unbezahlbar wertvoll«, fuhr er fort und wandte den Blick wieder ab. Er strich über die Innenwände des Wagens. »Wenn du hier drinnen bist, kann mein Vater nicht auf deinen Chip zugreifen.«

»Was will er eigentlich von mir?«

»Unter den Metallos bist du absolut einmalig. Die Einzige, deren Chip so verändert wurde, dass du dein Bewusstsein behältst und selbst dann töten kannst, wenn ein fremder Wille deinen Körper steuert. Ich bin sicher, dass er deinen Chip gerne auseinandernehmen würde.«

»Bitte, er kann ihn haben. Ich wünsche mir nichts sehnlicher, als das Ding endlich loszuwerden.«

Hyden sah mich mit ernster Miene an. »Wenn das so einfach wäre …«

Mein Magen verkrampfte sich. Ich konnte den Servicemann nicht mehr sehen. Vermutlich war er hinter dieser Wartungstür verschwunden.

»Es gibt so vieles, was ich dir erklären muss«, sagte Hyden. »Und das meiste davon wird dir seltsam vorkommen.«

»Mich kannst du nicht mehr erschüttern. Ich höre Stimmen in meinem Kopf, bin mit einem Chip ausgestattet, der jederzeit explodieren könnte, und erfahre ganz nebenbei, dass ich zu meiner eigenen Sicherheit den Rest meines Lebens in einem mit T-Stahl verstärkten Panzer verbringen soll.«

»Oder in großer Höhe. Oder tief unter der Erde. Alles Orte, an denen die Suchgeräte meines Vaters dein Signal nicht aufspüren können.«

»Er hat mich sogar in der Berghütte meiner Mieterin aufgespürt.«

»Ich weiß. Ich konnte seinen Chiptalk im Luftraum mitverfolgen.«

»Was?«

»Es ist so. Manchmal suche ich nach dem Signal, mit dem er sich Zugriff auf Metallos verschafft. Und ich arbeite daran, es zu blockieren.«

»Woher weißt du, wie du das bewerkstelligen musst?«

»Eine ganze Weile, bevor ich geboren wurde, arbeitete mein Vater – er heißt übrigens Brockman – an der Entwicklung eines Chips für Körper-Gehirn-Transfers.«

Brockman. Ich ließ den Namen auf mich wirken. Das Monster, das über mich verfügte wie ein Marionettenspieler trug einen profanen Namen. Brockman. Gewöhnlich und doch irgendwie unheimlich.

»Mit solchen Experimenten«, fuhr Hyden fort, »beschäftigte sich damals eine ganze Reihe von Forschern. Meine Mutter erzählte mir, dass ich ihn als kleiner Junge oft in seinem Labor beobachtete. Er glaubte es nicht, aber sie behauptete, dass ich an einem Sommertag, noch bevor ich sprechen konnte, einen Stift in die Hand nahm und eine Gleichung löste, an der er lange vergeblich herumgerechnet hatte.«

»Echt?«

»Nun ja, vielleicht hat sie ein wenig übertrieben.«

Er lächelte. Es war schön, ihn lächeln zu sehen.

»Von da an ließ er mich nicht mehr aus den Augen. Er behandelte mich wie eines seiner Forschungsobjekte. Das Prinzip für den Chip stammte von mir. Wir entwickelten und bauten ihn gemeinsam, gerieten aber in Streit, als es um die praktische Anwendung ging. Ich sah sie vor allem in der Medizin, aber er wollte das große Geld.«

»Warum verkaufte er die Erfindung dann nicht einfach, anstatt Prime zu gründen?«

»Er brauchte Prime, um sich das nötige Kapital für die Perfektionierung des Chips zu beschaffen. Über Prime lief außerdem die Werbung, die Käufer aus höchsten Kreisen ansprechen sollte.«

»Welche Kreise?«

»Ausländische Regierungen. Terroristen.«

»Er würde sein eigenes Land verraten.«

»Er denkt nur an sich. Deshalb musst du dich an einem sicheren Ort vor ihm verstecken.«

Etwas an seinen Worten machte mich stutzig. »Willst du damit sagen, dass ich wirklich nicht mehr heim kann?«

»Dir bleibt keine andere Wahl.«

»Aber mein Bruder – was wird aus ihm? Und aus Michael?«

»Glaub mir, sie sind sicherer, wenn du nicht bei ihnen bist. Er hat es in erster Linie auf dich abgesehen, nicht auf sie.«

»Ich lasse sie nicht im Stich.«

»Dein Chalet in den Bergen wäre sicher genug für die beiden.«

»Aber er hat auch dort Kontakt mit mir aufgenommen.«

Hyden kniff die Augen zusammen. »Er kannte deine Chip-Nummer. Das erleichtert den Zugriff. Es ist eine einmalige Kombination, die man sich leicht merken kann. Aber die übrigen Chip-Nummern gingen ihm verloren, als Prime geschlossen wurde.«

»Wie konnte er dann Reece aufspüren und töten?«

»Er sucht nach Metallos. Ich kann das auch, aber es kostet Zeit.«

»Mit einem Metalldetektor.« Ich hatte einen Witz machen wollen.

»Im Prinzip schon, aber längst nicht so plump wie so ein Ding.« Er machte eine kleine Pause und fuhr dann fort: »Wie ich sehe, bist du inzwischen bereit, mir zu glauben. Und du begreifst allmählich die Zusammenhänge. Denkst du, du könntest das nächste Stück Wahrheit vertragen?«

Wie viele Enthüllungen hatte er denn noch auf Lager? »Schieß los«, sagte ich.

»Ich habe bereits dafür gesorgt, dass Michael und Tyler in das Chalet ziehen.«

»Du hast was?«

»Und Eugenia.« Er warf einen Blick auf seine Uhr. »Sie müssten inzwischen dort eingetroffen sein.«

Ich hatte jede Menge Fragen an ihn, aber plötzlich fühlte ich mich müde. Sehr müde. Als könnte ich … hundert … Jahre … schlafen …

kapitel 5

Ich hatte einen Traum. Ich wusste, dass es ein Traum war, weil ich ihn öfter hatte. Nur das Ende war anders als sonst. Ich saß an einem Fenstertisch in einem Café, ganz hinten im Raum, damit ich die Tür im Blickfeld hatte. Ich kannte diesen Trick aus einem der alten Western, die ich oft mit meinem Vater guckte.

Ich starrte die Tür an und wartete, aber sie öffnete sich nie.

Plötzlich befand ich mich in unserem Haus, zu einer Zeit, als Tyler noch nicht geboren war. Dad und ich saßen mit einer Decke über den Knien eng aneinandergeschmiegt auf der Couch. Aus der Küche kam der Duft von frischem Butter-Popcorn. Wir hatten auf dem Airscreen einen Western aus grauer Vorzeit laufen.

Ich hörte Dads warmes Lachen dicht an meinem Ohr. Er machte sich darüber lustig, wie ungeschickt die Pistolenhelden ihre Waffen hielten.

»So ist das völlig falsch«, sagte er.

Plötzlich hielt er eine Pistole in der Hand. Er legte meine Hände um die Waffe und richtete den Lauf auf den Airscreen.

»So musst du sie halten, siehst du?«

Ich umklammerte mit winzigen Fingern die große, schwere Pistole und drückte ab.

Der Schauspieler kippte nach hinten.

»Ich habe ihn erschossen, Daddy«, rief ich entsetzt. »Ich habe ihn erschossen.«

Mein Vater lachte.

Ein Schaukeln weckte mich. Ich schlug die Augen auf und sah, dass ich immer noch im SUV saß.

»Gut geschlafen?« Hyden saß am Steuer und hielt den Blick auf die Straße gerichtet.

»Ich bin eingeschlafen.«

»All die Aufregung war wohl zu viel für dich.«

Die Gegend war mir unbekannt. Ein Industriegebiet. Stumme Lagerhallen, umgeben von weiten leeren Asphaltflächen. Wir steuerten auf eine davon zu.

»Wo sind wir?«, fragte ich, immer noch benommen.

»Auf dem Weg zu meinem Labor.«

Ich fühlte mich so müde. Worüber hatten wir gesprochen, bevor ich weggedämmert war?

Hyden lenkte den SUV hinter ein kastenförmiges, fensterloses Gebäude und hielt dicht vor einer Metallwand. Ein roter Laser tastete sein Nummernschild ab. Die Wand hob sich, und dahinter kam eine sehr ordentliche Garage zum Vorschein. Ich sah weder Fahrräder noch Kinderspielzeug, nur ein paar seltsame Geräte und Metallcontainer. Er fuhr hinein, und die Wand senkte sich hinter uns.

Hyden stellte den Motor ab, und ich streckte die Hand zum Türgriff aus.

»Warte«, sagte er. »Beweg dich nicht.«

»Warum?«

»Lass mich erst alles checken.«

»Aber das hier ist dein Labor, dein Zuhause, oder?«

»Mein sicheres Zuhause.«

Hyden stieg aus und checkte sämtliche Winkel der Garage. Er fuhr mit einem Handgerät über die Wände und hinter jeden Container, offenbar auf der Suche nach elektronischen Wanzen. An der Wand entdeckte ich ein Wärmesensor-Display, das Hydens Körper als wandernden roten Punkt abbildete. Obwohl nichts auf die Anwesenheit einer weiteren Person hindeutete, ging er weiter mit äußerster Gründlichkeit zu Werk.

Dann nahm er den Hörer einer altmodischen Gegensprechanlage aus der Wandhalterung und drückte auf einen Knopf. Nach einem kurzen Dialog kam er zurück zum Wagen.

»Okay«, sagte er. »Du kannst jetzt aussteigen.«

Er ließ mich nicht aus den Augen, als ich aus dem SUV kletterte. Dann führte er mich zu einer massiven Metalltür und gab eine Zahlenkombination in ein Tastenfeld an der Wand ein. Die Tür glitt mit einem schweren Knirschen auf wie das Portal zu einer Schatzhöhle.

Wir betraten einen Aufzug und fuhren in die Tiefe. Die Luft wurde merklich kühler. Ich war nicht besonders klaustrophobisch veranlagt, doch der Gedanke, immer weiter ins Erdinnere vorzudringen, bereitete mir Unbehagen. Das alles erschien mir falsch. Unnatürlich. Ich kannte diesen Jungen nicht einmal, und nun fuhr ich mit ihm in den Untergrund.

Hyden deutete meine Miene wohl richtig, denn er gab

mir mit einem kleinen Lächeln zu verstehen, dass er mir nichts tun würde und ich in Sicherheit sei.

Der Aufzug glitt auf, und wir standen in einem Korridor. Hyden öffnete eine Metalltür, die in ein geräumiges, abgedunkeltes Techniklabor führte. Kleine Lichtquellen an mehreren Stellen erinnerten an die Ausstellungsräume eines Museums. In den Ecken flimmerten Airscreens, und seltsame Gebilde hingen und standen überall herum – gewundene Metallrohre und glitzernde Kunststoffschläuche, durch die farbige Flecken wanderten. Aus der Nähe betrachtet, waren die Flecken winzige geometrische Formen mit beweglichen Teilen. Ein Geek-Paradies.

Am anderen Ende des Labors saß ein Mann mit dem Rücken zu uns an einem Schreibtisch. Wir gingen auf ihn zu. Die wirre weiße Mähne kam mir bekannt vor. Konnte das …? Konnte das wirklich er sein?

»Ich habe jemanden mitgebracht«, sagte Hyden zu ihm. Der Ender drehte sich um. Ich erkannte ihn trotz des Halbdunkels, das ihn umgab, sofort.

»Redmond!«, rief ich. Ich wäre am liebsten losgerannt und hätte ihn umarmt, aber irgendwie kam mir das unpassend vor, und so ging ich nur mit ein paar schnellen Schritten auf ihn zu, um dann mit hängenden Armen stehen zu bleiben.

»Das ist aber eine herzliche Begrüßung im Vergleich zum letzten Mal! Wenn ich mich recht erinnere, hielten Sie mir damals eine Pistole an den Kopf.«

Ich spürte, wie ich rot wurde.

»Bin nicht nachtragend«, setzte er hinzu.

»Ich dachte, der Old Man hätte Sie verschleppt.«

Redmond warf Hyden einen Blick zu. »Hyden suchte mich auf, erklärte mir seine Pläne, und ich sagte zu. Die

Bezahlung ist gut, und es stört mich nicht, für ein Genie zu arbeiten.«

Hyden zuckte die Achseln – ein halbherziger Versuch, den Bescheidenen zu geben.

»Aber wer hat dann Ihr Labor abgefackelt?«, fragte ich Redmond.

»Natürlich ich selbst. Wir wollten dem Feind nichts Brauchbares hinterlassen.«

Ich dachte an das Aktenschubfach, in dem er etwas Wichtiges für mich hinterlassen hatte – den Speicherblock mit den Notizen, wie er meinen Chip verändert hatte. Ich wusste nicht, ob er Hyden je davon erzählt hatte, sah aber auch keinen Grund, das Thema jetzt anzuschneiden. Die Computer-Chiffre war eine zusätzliche Absicherung für mich.

»Dann arbeitet ihr also zusammen«, sagte ich. »Und wie soll es nun weitergehen? Der Chip lässt sich nicht entfernen, oder?« Die Frage musste ich stellen, obwohl Hyden mir die Antwort bereits gegeben hatte.

Redmond schüttelte den Kopf. »Nein. Leider. In diesem Punkt habe ich kaum Fortschritte gemacht.«

Ich erinnerte mich vage an eine Erklärung, die mir Hyden gegeben hatte, kurz bevor ich weggedämmert war. Über das Aufspüren von Chips … meinen Bruder und Michael … und das *Chalet*. Ich warf ihm einen misstrauischen Blick zu.

»Wie war das mit dem Chalet? Du hast dafür gesorgt, dass mein Bruder, Michael und Eugenia in die Berghütte ziehen?«

»Ernie, mein Bodyguard, hat sie dorthin gebracht«, sagte Hyden.

»In den Bergen sind sie sicherer«, warf Redmond ein.

»Er hat in solch großer Höhe keinen Zugriff auf einen Chip, dessen Nummernkombination er nicht kennt.«

Dass Redmond diesen Plan guthieß, beruhigte mich … ein wenig.

»So wie früher beim Handyempfang?«

»So ähnlich«, bestätigte Redmond.

»Mir blieb einfach keine Zeit, das alles mit dir zu diskutieren«, sagte Hyden. »Als ich sah, dass mein Vater in der Lage war, die Chips zu sprengen, musste ich sofort handeln. Es geschah zum Schutz deiner Familie.«

Mein Bruder. So weit weg in den Bergen. »Ich konnte mich nicht mal von ihm verabschieden.«

»Ich weiß. Aber ich habe etwas für dich.« Hyden führte mich zu einem Airscreen. »Wir können das kein zweites Mal riskieren – je weniger Signalverbindungen, desto besser. Aber ich wusste, dass dir viel daran liegen würde, dich selbst zu überzeugen. Deshalb machen wir eine Ausnahme.«

Er schob einen Stuhl vor den Airscreen, und ich setzte mich. Dann drückte er auf ein Icon. Tylers Gesicht erschien auf dem Bildschirm.

»Tyler«, rief ich.

»Monkey!« Er strahlte.

Ich erkannte hinter ihm einen Wandteppich. Der Raum sah wie das Wohnzimmer des Chalets aus. »Es ist spät. Du solltest eigentlich längst im Bett sein.« Etwas Besseres fiel mir nicht ein.

Michael tauchte neben ihm auf. »Er durfte ausnahmsweise wach bleiben, um dir Hallo zu sagen.«

»Und geht es euch gut? Eugenia auch?«

»Wir sind alle heil angekommen«, sagte Michael. »Und es geht uns gut. Wieder.«

»Was meinst du mit wieder?«

»Na ja, es war schon unheimlich«, berichtete Michael. »Eben sind wir noch daheim, und im nächsten Moment wachen wir in der Hütte auf. Keiner von uns weiß, wie das passiert ist. Dann taucht dieser Typ auf, Ernie heißt er, und erklärt uns, warum wir hier sicherer sind. Aber wie sind wir hergekommen?«

»Mann, das ist doch klar. Wir sind entführt worden«, erklärte Tyler in dieser unnachahmlichen Art von Kindern, bei denen Spaß und Ernst ganz nahe beisammen liegen.

Ich sah Hyden an, der neben mir stand. Er zuckte die Achseln, als wollte er sagen, anders sei es nun mal nicht möglich gewesen. Dann deutete er auf seine Uhr, um mich daran zu erinnern, dass ich zum Ende kommen sollte.

»Ich kann nicht lange reden. Du machst inzwischen brav, was Michael sagt, ja?«

»Okay, Callie«, versprach Tyler. »Und du kommst bald zu uns, oder?«

Michael warf mir einen ernsten Blick zu. »Sei vorsichtig!«

»Du auch!«

Ihre Gesichter lösten sich in Pixels auf. Dann war der Schirm leer.

»Tut mir leid, dass ihr nicht länger reden konntet«, sagte Hyden und deutete mit dem Kinn in Richtung Airscreen. »Aber das Risiko, dass sie das Gespräch abfangen, ist sehr groß.«

Ich stand auf und ging auf ihn zu. Er wich einen Schritt zurück.

»Du hast sie betäubt?«, fragte ich.

»Natürlich nicht. Ernie gab ihnen wahrscheinlich ein leichtes Beruhigungsmittel, um zu vermeiden, dass sie in Panik gerieten. Vergiss nicht, er musste sie ganz schnell aus dem Haus schaffen.«

»Hast du mich auf die gleiche Weise ausgeschaltet? Ich bin noch nie im Leben auf einer Autofahrt eingeschlafen.«

»Heute war ein harter Tag«, entgegnete er. »Es galt, euch alle in Sicherheit zu bringen. Das haben wir geschafft. Tyler ist dort oben gut geschützt. Und du bist hier bei uns ebenfalls sicher.«

»Versuch nie wieder, mich auf diese Weise auszutricksen«, erklärte ich gefasst. »In Zukunft sagst du mir vorher Bescheid, bevor hier irgendjemand eine Spritze für die Narkose aufzieht.«

»Okay.« Er nickte. »Verstanden. Soll nicht wieder vorkommen.«

Ich starrte den leeren Schirm an und versuchte das warme Gefühl heraufzubeschwören, das beim Anblick von Tylers Lächeln in mir aufgestiegen war. Ich hatte die Chips schon vorher gehasst, aus unzähligen Gründen, aber nun war alles noch schlimmer. Nun waren sie dafür verantwortlich, dass sie mich von meinem Bruder fernhielten.

»Warum kannst du mich nicht zu ihnen bringen?«, fragte ich.

»Sie sind sicherer, wenn du nicht bei ihnen bist«, erklärte Hyden. »Er hat es auf dich abgesehen.«

»Wie oft muss ich Tyler noch vertrösten?« Ich starrte den Airscreen an, aber er schaltete sich nicht wieder ein.

Hyden schwieg einen Moment. »Es ist spät. Du musst müde sein.«

Ich fuhr mir über die Augen. »Vielleicht hast du recht. Wo kann ich schlafen?«

Er zeigte mir den Wohntrakt, dessen Räume erstaunlich bescheiden eingerichtet waren. Ein Bett, ein winziger Schreibtisch und ein kleines Bad. Das war alles.

»Nicht gerade ein Luxusquartier«, entschuldigte sich Hyden. »Wie du siehst, habe ich mein ganzes Geld in die Technik gesteckt. Und ich versuche mobil zu bleiben. Aus Sicherheitsgründen.«

»Das ist sicher nicht einfach.«

»Du kennst das ja selbst – von einem Ort zum anderen fliehen.«

Bilder aus meiner Vergangenheit kamen mir in den Sinn – Schlafsäcke auf kalten Böden, Barrikaden aus umgedrehten Schreibtischen, die Angst, von den Marshals erwischt zu werden.

»Was denkst du – wie viele Metallos gibt es insgesamt?«

»Mein Vater hat schätzungsweise an die fünfzig. Das bedeutet, weitere fünfzig müssten irgendwo da draußen sein.«

»Schon mal von einer Chip-Trägerin namens Emma gehört?«

Er schüttelte den Kopf. »Ich glaube nicht. Nein. Suchst du sie? Oder weichst du ihr aus?«

»Sie ist Helenas Enkelin. Ich habe Helena versprochen, sie aufzuspüren.«

»Verstehe.« Er vergrub beide Hände in den Hosentaschen. »Aber du musst dir klarmachen, dass nicht alle Metallos Wert darauf legen, gefunden zu werden.«

In dieser Nacht träumte ich, dass ich nachts allein auf einer Wiese stand, umgeben von hohem Gras, das mir an die Hüften reichte. Ein einzelner Baum stand vor mir. Ein roter Baum.

Der Old Man trat hinter dem Baum hervor. Die blau leuchtenden Pixels, die über seine Maske tanzten, gaben ein schwaches Summen von sich.

»Callie, wo warst du?«, fragte er mit seiner knisternden Stimme. »Du hast mir gefehlt.«

»Ich dachte, Sie seien endlich verschwunden.«

»Ich bin immer bei dir, Callie. Das weißt du. Ich werde dich nie verlassen.«

Er kam auf mich zu. Ich wich zurück. Hyden erhob sich aus dem hohen Gras unter dem Baum. Ich dachte, er würde mir helfen, doch er trat neben seinen Vater und näherte sich mir ebenfalls.

»Wir werden dich nie verlassen«, sagte Hyden.

Immer dichter an mich heran, bis ich nur noch die blauen Pixels sah.

kapitel 6

Beim Aufwachen brauchte ich eine Weile, bis ich mich erinnerte, dass ich bei Hyden war. Mein Kopf schmerzte. Vielleicht von dem Zeug, mit dem Hyden mich ruhig gestellt hatte. Oder von dem Chip. Es gab dieser Tage eine Menge Dinge, die ich auf den Chip schob. Ein derart tiefer Eingriff in das Gehirn musste einfach Nebenwirkungen haben.

Ich ließ mich aus dem Bett rollen und begab mich in das enge Bad, um eine kurze Dusche zu nehmen. Ich hatte es eilig, denn ich wollte mit Redmond reden. Allein.

Aber als ich das Labor betrat, war Redmond nicht da. Stattdessen entdeckte ich Hyden. Er stand an einem Airscreen und gab verschlüsselte Zahlen ein. Bevor ich unauffällig verschwinden konnte, hatte er mich entdeckt und winkte mich zu sich. Er war umgeben von einem unheimlichen Plasmagewirr, von ganzen Bündeln winziger Fäden, deren Enden wie durch Zauberei in der Luft schwebten, von Flüssigkeiten, die durch unsichtbare Röhren wanderten.

»Was machst du da?«

»Ich arbeite an einem Blocker für dich.«

»Damit mein Chip nicht aufgespürt werden kann?«

»Freu dich nicht zu früh. Das könnte noch eine Weile dauern.« Er wandte sich von seinem Airscreen ab.

»Redmond hat mir eine Abschirmplatte eingesetzt. Aber das war ein Provisorium.« Ich tastete meinen Hinterkopf ab. »Sie ist immer noch da.«

Ich dachte an meinen Traum von letzter Nacht. Wie konnte ich dem Sohn des Old Man vertrauen? Ein altes Sprichwort, das meine Mutter gern benutzt hatte, fiel mir wieder ein: Der Apfel fällt nicht weit vom Stamm. Hyden war eindeutig das gleiche technische Genie wie sein Vater. Aber was hatte er sonst noch von ihm geerbt?

Er sah mich an. »Mache ich dich nervös?«

Offenbar entging ihm nichts. Oder war ich so leicht zu durchschauen?

»Ich weiß«, sagte er. »Du bist mit dem Gedanken aufgewacht: ›Was suche ich eigentlich hier beim Sohn des Old Man?‹« Er hob die Arme und krümmte die Finger wie ein Gespenst. »Dass mein Vater ein Monster ist, heißt nicht, dass ich auch eines bin. Im Gegenteil, seinetwegen weiß ich genau, was ich nicht sein will.«

»Und Söhne kommen nie nach ihren Vätern?«

»Nun, du wirst mich genau im Auge behalten müssen, um sicher zu sein, dass ich nicht auf die Schattenseite wechsle.« Er fuhr sich mit einer Hand durch das Haar und starrte seinen Airscreen an. »Ich arbeite rund um die Uhr, um sein Treiben zu stoppen.«

Hyden musste sich verantwortlich fühlen. Denn er war verantwortlich. Schließlich hatte er die Chip-Technik entwickelt.

»Und allmählich läuft uns die Zeit davon«, fuhr er fort. »Mit dieser Bombe hat er den Konflikt angeheizt.«

Ich starrte eine der Röhren in seiner Nähe an. Die Flüssigkeit, die sie enthielt, schimmerte in allen Regenbogenfarben.

»War es nicht ein Verlust für ihn, eine der Metallos zu vernichten?«, fragte ich. »Schließlich kann er nicht mehr für Nachschub sorgen.«

»Das war es ihm wert, um dich in die Hände zu bekommen. Und um ein Haar wäre ihm das geglückt.«

Ich drehte mich im gleichen Moment um wie er und stieß mit der Hand gegen seinen Arm. Hyden zuckte zurück, hielt sich den Arm und schloss die Augen, als müsste er einen heftigen Schmerz verdrängen.

»Alles okay? Tut mir leid, das wollte ich nicht.«

»Ich weiß.« Er atmete tief durch. »Es ist nichts.«

Aber seine Stimme klang angestrengt. Und als er die Augen öffnete, errötete er vor Verlegenheit.

»Keine Sorge«, sagte er, ohne mich anzusehen.

»Das war keine Absicht«, erwiderte ich. »Was ist los, Hyden? Was ist mit deinem Arm?«

Er blickte mich an, als wollte er sich überwinden, die Sache zu erklären. Aber er schien nicht die richtigen Worte zu finden. Deshalb entschied er sich für einen Rückzug.

»Ich muss weg«, sagte er über die Schulter hinweg. »Tut mir leid.«

Ich berührte meinen Hinterkopf. Plumper hätte ich es wohl nicht anstellen können. Ich verließ das Labor und machte mich auf die Suche nach Redmond.

Ich entdeckte das sterile Labor, fand es jedoch leer und schlenderte ein wenig ziellos durch die Gänge. Wo sonst konnte sich ein Forscher noch aufhalten? Dann roch ich Kaffee. Ich folgte dem Duft und kam in die Küche.

Sie wirkte zweckmäßig, beinahe technisch, nur mit dem Nötigsten ausgestattet, aber sehr geräumig. Redmond stand mit dem Rücken zu mir an der Kaffeemaschine. »Hallo, Callie«, sagte er, ohne sich umzudrehen.

»Woher wussten Sie, dass ich es bin?«

»Ihre Schritte sind viel leichter als die von Hyden oder Ernie. Und ich dachte mir schon, dass Sie mich suchen würden.« Er drehte sich um und lächelte mich an. »Auch einen Schluck?« Er hob die Kaffeekanne hoch.

»Gern.« Ich warf einen Blick auf die Frühstückstheke und entdeckte mehrere Gläser mit Getreideflocken. »Ich dachte, Briten trinken nur Tee.«

Ich nahm eine Tasse und rührte etwas Milch ein.

Er legte einen Finger an die Lippen. »Psst! Kein Wort davon zur Queen!«, sagte er lachend. »Wie ich höre, leben Sie jetzt in Helenas Haus.«

»Sie hat es mir hinterlassen. Zur Hälfte jedenfalls. Die andere Hälfte geht an Helenas Enkelin. Sobald ich sie ausfindig mache.«

»Ich kenne Emma. Wir sind uns mehrere Male begegnet. Und ich kannte ihre Mutter.« Er senkte den Blick.

»Tut mir leid.« Ich nahm einen Schluck von meinem Kaffee.

Emmas Mutter – Helenas Tochter – hatte natürlich der mittleren Generation angehört. Und wann immer jemand Middles erwähnte, kam Trauer auf. Ich selbst kannte Helenas Tochter nicht. Und ob Redmond sie gut oder weniger gut gekannt hatte, spielte keine Rolle. Sobald das Gespräch auf einen Middle kam, weckte das die Erinnerungen an all die Middles, die wir verloren hatten. Ich wollte uns beiden diesen Schmerz ersparen und drang deshalb nicht weiter in ihn.

»Wie ist Emma so?«, fragte ich.

»Sämtliche Frauen in dieser Familie sind eigensinnig und widerspenstig. Das muss wohl in den Genen verankert sein. Für Emma galt das ganz besonders. Die dachte immer, sie könnte die Welt verbessern. Typisch Jugend – oder Starter, wie man heute sagt.«

»Falls Sie ihr begegnen, können Sie ihr dann Bescheid sagen, dass ihre Großmutter nicht mehr lebt? Und dass ein großes Erbe auf sie wartet?«

»Falls ich ihr begegne. Klar.« Er starrte in seinen Kaffee. »Wie ist es so, in Helenas Haus zu leben?«

»Schön. Es fühlt sich an, als sei sie immer noch da.«

»Sie war eine bewundernswerte Frau«, sagte er. »Sie hatte es sich zur Aufgabe gemacht, die Starters zu retten. Wenn sie nur geahnt hätte, dass der Mann, den sie so abgrundtief hasste, einen Sohn hatte, der das gleiche Ziel wie sie verfolgte.«

Meine Gedanken wanderten zu Hyden. Der Junge war so kompliziert.

»Was ist mit seinem Arm?«, erkundigte ich mich. »Wissen Sie mehr darüber?«

»Mit seinem Arm? Du meinst – mit seinem Körper?«

Nun war ich völlig verwirrt.

»Lass dir das lieber von ihm selbst erklären«, meinte er.

»Er war verletzt, nehme ich an?«

»Achte nur darauf, dass du ihn nicht berührst, und alles ist in Ordnung. Ich bin mal versehentlich an seine

Hand gestoßen. Es hat eine Woche gedauert, bis er in meiner Nähe wieder einigermaßen entspannt war.«

»Er traut Ihnen?«

»Nicht mehr und nicht weniger als allen anderen.«

Das erinnerte mich wieder an die Worte des Old Man.

»Kennen Sie seinen Vater?«, fragte ich.

»Ich weiß viel über ihn. Und über seine Pläne. Wenn er die vollständige Chip-Technologie in die Finger bekommt, wird er sie ohne jeden Skrupel an die Meistbietenden verkaufen – egal ob es sich um Terroristen oder noch schlimmere Verbrecher handelt. Und deshalb nehme ich es in Kauf, mich hier unten wie ein Erdhörnchen zu verkriechen.«

»Können wir das Ganze nicht rückgängig machen? Wenn wir die übrigen Metallos zusammenholen und versuchen, die Chips zu entfernen oder unbrauchbar zu machen …«

»Wir können die Erfindung der Chips nicht rückgängig machen. Sinnvoller ist es, Gegenmaßnahmen zu entwickeln.«

»Warum übergebt ihr den Chip nicht einfach der Regierung und lasst sie die Technologie weiterführen?«

»Die Regierung!« Er lachte heiser. »Hyden traut den Politikern nicht. Und ich selbst bin ebenfalls skeptisch. An der Spitze unseres Landes stehen Leute, die obdachlose Starters in Anstalten stecken, oder nicht?«

Das Argument leuchtete mir ein.

»Redmond, wer immer Verbindung zu meinem Chip aufnahm, muss die neue Technologie in all ihren Details kennen. Aber das trifft nur auf Hyden und seinen Vater zu, oder?«

»Soviel ich weiß, ja.«

Ich dachte an die Stimme, die wie mein Vater geklungen hatte. Selbst wenn er noch lebte: Wie hätte er Zugriff auf die Chip-Technologie erhalten können? Ein Grund mehr, dass es nicht mein Vater gewesen war.

Als ich Hyden später in seinem Techniklabor über einen Notizblock gebeugt antraf, fragte ich ihn, ob wir reden könnten. Er arbeitete an irgendwelchen Gleichungen, die ich nicht entziffern konnte. Redmond befand sich auf der anderen Seite des Raumes.

Hyden stand auf und führte mich in ein Besprechungszimmer. Wir nahmen um einen Rundtisch Platz, auf dem ein üppiges, von einem Pflanzenlicht angestrahltes Blattgewächs stand.

»Der Raum hier ist ideal zum Nachdenken«, sagte er. »Und für persönliche Gespräche.« Er zog eine Schublade auf und holte zwei Supertruffles hervor. »Du siehst aus, als könntest du so etwas gebrauchen.«

Er schob mir eine der Pralinen zu, sorgsam darauf bedacht, mich nicht zu berühren.

»Worüber wolltest du mit mir reden?«, fragte er, während er seine Schokolade auswickelte.

»Keine Sorge, es hat nichts mit dir und deinem Arm zu tun.« Ich spielte mit meiner Supertruffle. »Sondern mit einer seltsamen Begegnung, die ich hatte. In meinem Kopf. Dein Vater hat sich für meinen Vater ausgegeben.«

Hyden senkte die Brauen. »Wann war das?«

»An dem Tag, als die Body Bank zerstört wurde. Die Stimme klang genau wie mein Vater. Sogar unseren Geheimcode verwendete sie. Es muss der Old Man gewesen sein, nicht wahr?«

»Ich traue ihm alles zu. Es ist nicht schwer, eine Stimme nachzuahmen. Er musste nur eine Sprechprobe in den Pages finden und sie entsprechend extrapolieren. Es war eine Möglichkeit, an dich heranzukommen.«

Er überlegte einen Moment. »Was war dein Vater von Beruf?«

»Erfinder. Er gehörte dem Team an, das die Handleuchte entwickelte.« Ich holte meine Supertruffle aus der Umhüllung.

Hyden beugte sich vor. »Die Handleuchte? Gute Arbeit. Was hat er sonst noch entwickelt?«

»Ich weiß nicht. Er sprach nur ungern darüber. Wenn wir ihn ausfragen wollten, winkte er meist lachend ab und sagte, sein Job sei total langweilig. Und dann redete er über Holos und alte Filme. Die liebte er über alles. Er hat seine Eltern nie gekannt. Und meine Mutter verlor die ihren durch einen Verkehrsunfall. Dann, als sie ungefähr dreißig war, bekam sie mich. Aber sie …«

Ich unterbrach mich und musste einen Weinkrampf unterdrücken. Hyden wartete, bis ich mich wieder beruhigt hatte. »Sie fiel den Sporen zum Opfer.«

»Das tut mir leid.«

Ich zuckte die Achseln, um besonders gefasst zu wirken. »Man weiß nie, was kommt, nicht wahr?«

Die Schokolade hinterließ einen bitteren Geschmack auf der Zunge.

»Ich sah die Spore auf ihren Arm fallen«, sagte ich leise. »An dem Tag endete die Welt für mich.«

»Das kann ich gut verstehen.«

Einen Moment lang trafen sich unsere Blicke.

»Hasst du die Enders?«, fragte ich. »Von Redmond mal abgesehen.«

»Ich hasse sie, aber nicht alle. Nur diejenigen, die für die neuen Regeln und Gesetze verantwortlich sind. Diejenigen, die den Starters verbieten, selbst für ihren Lebensunterhalt zu sorgen, und sie stattdessen in staatlichen Einrichtungen einsperren. Sie begreifen nicht, dass sie den Jugendlichen ohne Angehörige damit jede Chance nehmen.« Er schüttelte den Kopf. Dann sah er mich forschend an. »Du musst sie doch hassen, nach allem, was sie dir angetan haben. Ihretwegen musstest du nach dem Tod deiner Eltern auf der Straße leben.«

»Nicht alle«, wiederholte ich seine Worte und rollte das Papierförmchen der Supertruffle zu einer Kugel zusammen. »Einige von ihnen … Ich weiß, dass die weniger Reichen unter ihnen auch von Ängsten geplagt waren. Sie wurden immer älter, und sie brauchten die Jobs der Starters, um einigermaßen über die Runden zu kommen.«

»Was sind deine Pläne, Callie Woodland?«

»Ich will meine Familie zurück.«

»Das wird nicht möglich sein, leider. Du musst aus dem, was dir geblieben ist, eine neue Familie aufbauen.« Er zuckte die Achseln. »Das müssen wir alle. Du hast zum Glück noch deinen Bruder.«

Tyler. Er war der Einzige, der mir das Grübeln austreiben konnte. Das ständige Nachsinnen über die Stimme, die sich wie mein Vater angehört hatte.

»Ich will, dass er friedlich aufwächst«, sagte ich. »Dass er ein sicheres Zuhause hat. Dass er nicht befürchten muss, von deinem Vater oder sonst wem entführt zu werden. Ich will, dass dieser Chip aus seinem Kopf entfernt wird. Das wäre ein Anfang.«

»Ich weiß nicht, ob uns das je gelingen wird.« Er starrte

die Tischplatte an. »Vielleicht musst du dich mit kleineren Schritten begnügen. Mit einem sicheren Tag nach dem anderen.«

»Nein. Ich werde erst zufrieden sein, wenn ich weiß, dass wir keine Metallos mehr sind.«

In Hydens Augen las ich, dass er diese Möglichkeit ausschloss.

»Du glaubst nicht daran, dass wir unsere Freiheit zurückbekommen werden.«

»Ich habe kein Wort gesagt.«

»Du hast ja keine Ahnung, wie man sich mit so einem Fremdkörper im Gehirn fühlt – mit diesem Ding, das einem Monster wie deinem Vater erlaubt, in deine Gedanken einzudringen. Und mit diesem Gefühl muss ich jede Minute des Tages leben. Manchmal ist es so schlimm, dass ich den Chip am liebsten eigenhändig herausreißen würde.«

»Das verstehe ich«, sagte er. »Aber du weißt auch, dass das dein sicherer Tod wäre.«

»Ich wäre zumindest bereit, mich als Testperson zur Verfügung zu stellen, wenn jemand den Versuch wagen sollte, das Ding zu entfernen.«

»Bis jetzt ist uns das noch nie gelungen. Ich meine, Redmond hat natürlich nicht mit Menschen experimentiert, aber wir führten eine Reihe von Tests mit Versuchstieren durch. Kein einziges überlebte die Operation.«

»Erzähl mir nicht so was. Ich brauche gute Nachrichten.« Ich schleuderte die Papierkugel in einen Abfallkorb. »Ich muss daran glauben können, dass Tyler und ich eines Tages von diesem Chip befreit sein werden. Dass wir von deinem Vater befreit sein werden. Ich bin sicher, dass es noch mehr Metallos gibt, die so denken.«

Ich fixierte die Grünpflanze auf dem Tisch und merkte, dass ich wieder alles verschwommen sah.

»Callie?«

Hydens Stimme erreichte mich aus weiter Ferne.

Diesmal kamen Helenas Erinnerungen aus den Räumen von Prime Destinations. Bilder von Spender-Mädchen, untermalt von Worten. Skifahrerin, Snowboarderin, Balletttänzerin. Die Stimme von Tinnenbaum, dem geschmeidigen Verkäufer besonderer Talente und Fertigkeiten. Ein Aufwallen von Gefühlen bei Helena.

Glückliche Gesichter – keine Ahnung, worauf sie sich da einlassen – rette sie!

»Callie?«

Die Erinnerung verblasste. Aber Helenas Zielstrebigkeit blieb. Ich wusste, was wir zu tun hatten.

»Wir werden die übrigen Metallos ausfindig machen«, sagte ich.

kapitel 7

Hyden starrte mich an, als hätte ich eine Fremdsprache benutzt. Ich warf einen Blick auf die Grünpflanze in der Mitte des Konferenztisches. Ihre Blätter waren wieder scharf umrandet.

»Wir müssen die anderen Metallos suchen, die Spender, die dein Vater für seine Kunden bereithielt«, sagte ich. »Und sie in Sicherheit bringen.«

»Und wo?« Er sah sich im Besprechungsraum um. »Hier etwa?«

»Wo sonst? Die Laboranlage ist groß. Sie liegt tief unter der Erde. An die Metallos, denen wir hier Schutz bieten, kommt dein Vater nicht mehr heran. Er kann sie weder für seine Zwecke nutzen noch ihre Chips sprengen. Bis ihr beide, du und Redmond, einen Weg gefunden habt, deinem Vater endgültig das Handwerk zu legen, sind sie hier am besten aufgehoben.«

Hyden verschränkte die Hände im Nacken und starrte zur Decke. »Genug Platz hätten wir. Und die Einrichtung ließe sich beschaffen.«

»Du hast gesagt, du könntest nach Metallos suchen. Zeig mir, wie das geht.«

Wir gingen zurück ins Labor. Redmond arbeitete immer noch auf der anderen Seite des Raumes. Hyden trat an seinen Airscreen und wählte diverse Icons an. Ein Koordinatennetz erschien über einer Karte vom Großraum Los Angeles.

Er betrachtete das Raster mit zusammengekniffenen Augen, änderte die Einstellung, sah sich einige Planquadrate genauer an. Schließlich stoppte er das Bild an und deutete auf einen blinkenden roten Punkt.

»Was ist das?«, fragte ich.

»Könnte ein Chipträger sein.«

»Gar nicht so weit weg von hier.«

»Immer langsam. Wir brauchen erst mal einen Plan. Ich kann doch nicht irgendwelche Leute hierherbringen und ihnen Einblick in unsere Forschungsarbeit geben.« Er sah sich in seinem Labor um.

»Die Metallos da draußen sind wie ich. Deine Forschungsarbeit ist ihnen wahrscheinlich egal, weil sie nichts davon verstehen. Außerdem kannst du dein Labor jederzeit abschließen, wenn es das ist, was dir Sorgen bereitet.«

Ich sah, dass er immer noch seine Zweifel hatte.

»Nehmen wir mal an, du hättest Reece vor deinem Vater aufgespürt«, setzte ich nach. »Dann wäre sie jetzt noch am Leben. Ich glaube, um einen weiteren Mord dieser Art zu verhindern, lohnt es sich, jedes nur denkbare Risiko einzugehen.«

Hyden kratzte sich im Nacken. »Ich verspreche dir nichts. Aber einen Versuch können wir wagen. Dann sehen wir ja, wie sich die Sache weiterentwickelt.«

Ich verkniff mir nicht nur ein Freudengeheul, sondern sogar ein Lächeln.

»Wir werden Hilfe brauchen.« Er zog sein Handy aus der Tasche und schickte eine *Zing* los. »Also, ich weiß nicht, Callie.«

»Du selbst hast mir erklärt, dass dein Vater sich Zugriff auf Metallos verschafft. Willst du ihn nicht in seinem eigenen Spiel schlagen?«

Ich sah, wie seine Augen schmal wurden. Mit diesem Argument hatte ich ihn am Haken.

Kaum eine Minute später betrat ein Mann das Labor.

»Callie, das hier ist Ernie.«

Ernie fiel auf mit seiner glatten, dunklen Haut und den Muskeln, die seinen teuren Anzug zu sprengen drohten. Aber das Ungewöhnlichste an ihm war das kräftige schwarze Haar, das seinen Schädel bedeckte – ein seltener Anblick bei einem Erwachsenen.

War das möglich? Ernie war ein *Middle*.

Er streckte die Hand aus. Ich riss meine Blicke von seiner Haarpracht los und begrüßte ihn.

»Sie haben Tyler in die Berghütte gebracht?«, fragte ich.

»Ihn und die beiden anderen, ja.«

»Dann leben Sie also auch hier unten?« Der Schluss lag nahe, da er sofort nach Hydens Zing hier aufgetaucht war.

»So ist es«, entgegnete Hyden an seiner Stelle. »Er ist nicht nur mein Bodyguard, sondern auch ein prima Kerl.« Dann wandte er sich Ernie zu. »Callie ist der Ansicht, wir sollten weitere Metallos aufspüren. Einen Versuch ist der Vorschlag wert.«

»Dann treffe ich die Vorbereitungen«, sagte Ernie.

Er nickte mir höflich zu und ging.

»Er ist ein Middle«, wisperte ich.

»Ja – und sehr wertvoll.« Auch Hyden dämpfte die Stimme.

Ich fragte mich unwillkürlich, wie es ein Bodyguard der Middles geschafft hatte, sich das Geld für den Impfstoff zu besorgen.

Ernie saß hinten, während ich auf dem Beifahrersitz von Hydens SUV Platz nahm. Mit einem Tastendruck aktivierte Hyden einen riesigen Airscreen vor dem Armaturenbrett. Ein Koordinatengitter der Umgebung füllte ihn aus.

»Wo ist der Computer, der dieses Ding steuert?«, fragte ich neugierig.

Ernie beugte sich vor und öffnete die Konsole. Dahinter sah es aus wie in den Eingeweiden eines Service-Roboters.

»Es gibt noch so ein Ding im hinteren Teil des Wagens«, sagte Hyden. »Wenn es nach mir geht, kann man nie zu viele Computer bei sich haben.«

Ich wandte mich wieder dem Airscreen zu. Er hatte alle Features – Tiefe, Dimensionalität und Animation. Hyden klickte ein Quadrat an und holte es in den Vordergrund.

»Wie kannst du eine Gegend scannen, während wir hier drinnen sind?«, erkundigte ich mich. »Ich dachte, der SUV blockiert die Abtaststrahlen.«

»Nur die ankommenden Signale. Ich habe die Antennen ausgefahren, um unsere Reichweite auszudehnen.«

»Wo ist der rote Punkt jetzt?«, fragte ich.

»Verschwunden«, entgegnete Hyden. »Längst verschwunden.«

»So schnell?«

»Der Metallo könnte ein Auto bestiegen haben.«

Ich sah einen pulsierenden schwarzen Punkt. Da er sich genau wie wir im Koordinatennetz bewegte, nahm ich an, dass er ein Marker für unseren SUV war. Ein roter Punkt war dagegen nirgends zu entdecken.

»Wie lange wird es dauern, bis wir auf den nächsten Chipträger stoßen?«, fragte ich.

»Da braucht man Geduld – wie beim Angeln«, erwiderte Ernie. »Schon mal einen Fisch gefangen?«

»Und ob.« Ich dachte an die Angelausflüge mit meinem Vater zurück.

»Dann wissen Sie, was ich meine. Es könnte den ganzen Tag in Anspruch nehmen.« So wie er »den ganzen Tag« betonte, klang es nach einer Ewigkeit.

Wir kurvten eine halbe Stunde über Schnellstraßen, ohne ein weiteres Signal aufzuspüren. Als Ernie ein Stadtschild sah, schlug er vor, die nächste Ausfahrt zu nehmen, weil die Gegend da ein wenig verwahrlost sei und er es im Gefühl habe, dass wir hier fündig werden könnten. Nicht lange, nachdem wir die Schnellstraße verlassen hatten, blinkte ein roter Punkt auf.

Ernie deutete auf das Raster. »Alarm.«

»Schon gesehen«, sagte Hyden. Er tippte den Schirm an und holte den Punkt näher heran. »Okay, Metallo, bleib schön, wo du bist.«

»Wie weit sind wir entfernt?«, erkundigte ich mich.

»Etwa eine Viertelstunde – wenn sich dieser Punkt nicht vom Fleck bewegt.«

Ich starrte den Bildschirm an. Der rote Punkt blieb an

Ort und Stelle. Wir legten ein paar Meilen auf Stadtstraßen zurück. In der Nähe eines Regierungsgebäudes fand eine Protestkundgebung statt. Enders und Starters streckten den Autofahrern Schilder entgegen. »Gebt uns das Rote Kreuz zurück!«, las ich. Viele Wohlfahrtsverbände erhielten seit Kriegsende keine öffentlichen Mittel mehr. Wohlfahrtsverbände, die den Waisen unter den Starters geholfen hätten.

Ich stand auf ihrer Seite, aber das ahnten sie natürlich nicht. Sie sahen nur einen teuren, protzigen SUV und schrien uns ihren Zorn entgegen, als wir an ihnen vorbeifuhren.

Hyden warf einen Blick auf das Koordinatennetz. »Wir sind fast da.«

Er fuhr noch ein paar Häuserblocks weiter, und ich beobachtete, wie unser schwarzer Punkt immer näher an den roten Punkt heranrückte.

Hyden fuhr um die nächste Ecke. »Haltet die Augen offen«, sagte er.

Die beiden Punkte überlagerten sich. Ernie entdeckte sie als Erster. Ein Mädchen saß auf der Bank einer Bushaltestelle. Eine Asiatin mit kurz geschnittenem Haar.

»Seht ihr sie?«, rief Ernie.

»Ich habe sie im Fadenkreuz«, bestätigte Hyden.

»Die hübsche Schwarzhaarige?«, fragte ich.

»Die *absolut makellose* Schwarzhaarige«, sagte Hyden.

Sie stand auf, als sei sie es leid, auf den Bus zu warten, und machte sich zu Fuß auf den Weg.

»Du bist sicher, dass sie die Richtige ist?«

»Es gibt nur eine Möglichkeit, das herauszufinden«, meinte Ernie.

Hyden fuhr an dem Mädchen vorbei und parkte am Straßenrand.

Mehrere blaue Lichter leuchteten auf. Das erinnerte mich an den Monitor in Redmonds altem Labor, auf dem er meinen Chip verfolgt hatte.

»Los, Ernie«, sagte Hyden. »Verbinde ihr die Augen.«

»Sollte ich sie nicht besser zum Mitkommen überreden?«, warf ich ein.

Ernie hatte bereits eine Hand am Türgriff. »Möchten Sie das denn?«

»Das nächste Mal«, widersprach Hyden. »Schnell, bevor sie uns entwischt!«

Als die zierliche Kleine an unserem Wagen vorbeiging, hechtete Ernie ins Freie und versuchte sie zu packen. Aber für alle völlig überraschend sprang sie hoch in die Luft und landete mit einem Salto auf einer breiten Mauer. Von dort balancierte sie zu einem Baum, griff nach einem Ast und schwang sich auf den Tisch eines Straßencafés.

Ernie versuchte die ganze Zeit über, ihre Bewegungen vorauszusehen und sie abzufangen, doch das klappte nicht. Er bückte sich, sie wirbelte in die Höhe. Er machte einen Schlenker nach links, sie wich nach rechts aus.

Ich beobachtete die Verfolgungsjagd durch das Wagenfenster. »So hatte ich mir das eigentlich nicht vorgestellt.«

»Unglaublich, was die Kleine drauf hat. Zumindest zeigt es uns, dass im Moment niemand ihren Chip steuert. Sie ist zu gelenkig, zu flink«, sagte Hyden. »Das ist sie und niemand sonst.«

»Was meinst du damit?«

»Du hast selbst erlebt, wie ruckartig und mechanisch sich Reece bewegte.«

»Aber dein Vater konnte die Leute doch perfekt manipulieren.«

»Unter idealen Bedingungen, ja. Hier jedoch fehlt die Kooperation des Spenderkörpers. Er befindet sich nicht mehr im Labor von Prime, wo er den Chip zwischen Spender und Mieter genau abgleichen konnte. Das erste Zugriffssignal aus einer gewissen Entfernung erlaubt keine exakte Kontrolle.«

Ich nickte, obwohl ich nicht sicher war, dass ich alles verstanden hatte. Dann wandte ich meine Aufmerksamkeit wieder Ernie zu. Allmählich stellte er sich besser auf die Ausweichmanöver dieser bemerkenswerten Akrobatin ein. Und als sie losschnellte, um sich auf eine Ladenmarkise zu schwingen, fing er sie mitten im Sprung mit beiden Armen auf.

»Erwischt«, verkündete ich. Hyden entriegelte die Heckklappe und fuhr sie per Knopfdruck hoch, sodass Ernie das strampelnde, beißende und kreischende Bündel nur noch in den Laderaum werfen musste. Er hielt ihr mit einer Hand die Augen zu und kletterte ihr nach. Sie hörte zu schreien auf, fuchtelte jedoch mit beiden Armen so heftig vor seinem Gesicht umher, dass ich sicher war, sie würde ihm die Augen auskratzen. Aber er packte sie mit einer blitzschnellen Bewegung im Nacken, und sie erstarrte. Ihr Blick wurde glasig. Ihr Kopf sank nach vorn, als sei sie plötzlich eingeschlafen.

»Ist sie okay?«, rief Hyden nach hinten.

»Schlummert sanft wie ein Baby«, sagte Ernie.

Ich entdeckte eine winzige Scheibe in Ernies Handteller. Er verstaute sie wortlos in seiner Anzugtasche, während Hyden anfuhr.

»Warum musste er ihr die Augen zuhalten?«, wollte ich wissen.

»Nur für den Fall, dass jemand versucht hätte, ihren Chip zu kapern«, erklärte Hyden. »Eine reine Vorsichtsmaßnahme.«

»Wenn ich nicht so in Eile gewesen wäre, hätte ich ihr die Augen verbunden«, meinte Ernie. »Aber die Kleine hüpfte rum wie ein Karnickel, falls ihr das mitbekommen habt.«

Ernie setzte sich neben sie in den Laderaum und sammelte Atem.

»Was geschieht jetzt mit ihr?«, fragte ich.

»Wir warten ab«, meinte Ernie. »Unser Dornröschen wird bald wieder aufwachen.«

kapitel 8

Bei unserer Rückkehr in Hydens unterirdische Labors lag die Chipträgerin, die Ernie gefangen genommen hatte, noch immer hinten im Laderaum und rollte in jeder Kurve der Serpentinenrampe sanft hin und her. Ich konnte kaum glauben, dass es sich um das gleiche Mädchen handelte, das knapp eine Stunde zuvor Luftsprünge vollführt und Ernie wie eine Wildkatze angegriffen hatte. Und ich fragte mich, was uns erwartete, sobald sie die Augen aufschlug.

»Sie wäre besser aus freien Stücken hierhergekommen«, sagte ich. »Wenn sie jetzt aufwacht, wird sie stinksauer sein.«

»Sie wollten eine Metallo – wir haben Ihnen eine verschafft«, meinte Ernie ungerührt.

Hyden warf mir einen bedauernden Blick zu, während er in die Garage einfuhr. Ernie stieg mit schussbereiter Pistole aus. Er suchte die Garage mit der gleichen Sorgfalt und Routine ab, die ich schon bei Hyden beobachtet hatte.

Dann nahm er den Hörer der Wandsprechanlage, drückte auf Empfang und meldete sich.

»Spricht er mit Redmond?«, erkundigte ich mich.

»Ja. Der übliche Vorgang, um sich zu vergewissern, dass alles okay ist«, erklärte Hyden.

Ernie beendete seinen Rundgang, kehrte zum Wagen zurück und hob die Metallo aus dem Laderaum. Sein selbstsicherer Gang wurde durch ihr Gewicht kaum beeinflusst.

Wir folgten ihm. Während wir draußen im Gang warteten, hievte Ernie sie auf ein Bett in einem leeren Raum, der nicht weit von meinem Zimmer entfernt war.

Er warf einen Blick in ihre Handtasche und kramte einen Ausweis hervor. »Sie heißt Lily.« Dann trat er in den Korridor hinaus und wandte sich zum Gehen. »Sie sollten vielleicht in der Nähe sein, wenn sie zu sich kommt.«

Auch wenn ich mir nicht sicher war, ob sie mir gegenüber weniger feindselig auftreten würde als beim Anblick Ernies, nickte ich. Ich hatte die Situation herbeigeführt, also musste ich auch mithelfen. Ich setzte mich auf die Bettkante und wachte über Lily, während Hyden uns vom Eingang her beobachtete.

Nach ein paar Minuten kehrte Ernie zurück, stellte wortlos ein Tablett mit einem Sandwich und einem Glas Apfelsaft auf dem Schreibtisch ab und zog sich wieder zurück.

Bald darauf zuckten Lilys Lider, und sie begann vor sich hinzumurmeln. Unvermittelt schlug sie die Augen auf.

»Was ist los?«, fragte sie verwirrt. »Wer bist du?«

»Ich heiße Callie. Und mach dir keine Sorgen. Du bist hier in Sicherheit.«

Sie setzte sich mühsam auf.

»Langsam«, riet ich ihr. »Hast du Hunger?«

Ich holte das Tablett ans Bett und hielt es ihr hin. Sie nahm das Sandwich und roch argwöhnisch daran. Dann legte sie es zurück.

»Du kannst es wirklich essen. Es ist nicht vergiftet«, erklärte ich.

Zögernd nahm sie es wieder an sich und biss schließlich hinein.

»Hast du da noch mehr davon?«, fragte sie kauend.

Gut, dachte ich erleichtert. Wir würden miteinander auskommen.

In den nächsten Wochen wuchs die Zahl der Bewohner des Labors rasant an. Wir holten immer mehr Starters zu uns. Die meisten konnten wir inzwischen mit Worten überzeugen; Gewalt war fast nie nötig. Aber egal, welche Methoden wir anwandten – alle blieben. Der Wohntrakt füllte sich mit Chipträgern, die in der Regel irgendwelche Spezialtalente besaßen. Manche dieser Fertigkeiten wie Ringen oder sonstige Kampfsportarten waren von Prime vermarktet worden, und man sah überall junge Leute, die eifrig trainierten, um sich fit zu halten. Aber in unserer neuen Gemeinschaft erwiesen sich Kochkenntnisse oder handwerkliches Geschick als weit hilfreicher.

Die Hauptmahlzeit nahmen wir in Schichten ein, weil nicht alle gleichzeitig Platz im Speisesaal fanden, den wir neben der Küche eingerichtet hatten. Es war ein nüchterner Raum mit weiß gestrichenen Wänden, gefliestem Boden und schlichten Arbeitstischen, und doch empfanden wir das gemeinsame Essen als die wichtigste Zeit des Tages. Während wir Frühstück und Abendessen eher im

Vorbeigehen einnahmen, legte ich Wert darauf, dass wir uns einmal am Tag länger zusammensetzten. Zum einen ergab es Sinn, den Küchendienst gerecht aufzuteilen, und zum anderen schweißte uns diese tägliche Begegnung zu einer Gemeinschaft zusammen. Dabei ging es meist laut und nicht immer gesittet zu, weil keine Middles oder Enders da waren, die uns Vorschriften machten. Tatsächlich waren sie in unserer neuen Gemeinschaft in der Minderzahl, einzig durch Ernie und Redmond vertreten.

Mir fehlte Tyler. Hyden und ich diskutierten, ob wir das Wagnis eines erneuten Airscreen-Gesprächs eingehen könnten, und kamen zu dem enttäuschenden Schluss, dass das Risiko zu groß war. Außerdem befürchtete ich, dass der Kontakt aus der Ferne nur alte Wunden aufreißen und unseren Schmerz vertiefen würde.

Hyden und ich bekamen solche Übung im Aufspüren von Metallos, dass wir inzwischen manchmal ohne Ernie loszogen. Wenn Hyden jemanden berühren musste, benutzte er ein Handtuch oder seine Jacke als Barriere. Wir waren inzwischen lockerer im Umgang miteinander, aber er hatte mir immer noch nicht erzählt, was es mit dieser übersteigerten Berührungsangst auf sich hatte. Eines Tages, als wir wieder zu zweit auf Chipträger-Jagd waren und ein längeres Stück Autobahn fahren mussten, beschloss ich, ihn erneut danach zu fragen.

»Hyden, was ist mit dir passiert? Warum weichst du jeder Berührung aus?«

Er schwieg lange und hielt eine Weile die Luft an, als überlegte er, ob er mir antworten solle oder nicht. Schließlich atmete er so heftig aus, dass es wie ein Seufzer klang. Erleichterung? Ich hoffte es. Aber vielleicht war er auch verärgert.

»Du musst es ohnehin irgendwann erfahren. Es gab eine Zeit, in der ich noch nicht mit meinem Vater zerstritten war. Im Gegenteil, wir arbeiteten gemeinsam. Ich befand mich mit ihm im Labor. Meine Mutter war auch dort. Sie hatte uns eben etwas zu trinken gebracht. Dann kam es zu diesem … Vorfall. Eine Explosion. Wir fanden nie heraus, was sie ausgelöst hatte. Mein Vater blieb unversehrt, aber meine Mutter und ich erlitten Verbrennungen.« Bei dem Wort geriet seine Stimme ins Stocken. »Wir wurden operiert, erhielten jede nur erdenkliche Behandlung, aber die Schmerzen waren unerträglich. Monatelang konnte uns niemand berühren.«

»Das ist ja entsetzlich.«

»Schließlich versuchten sie es mit einer Therapie zur Desensibilisierung der Haut, aber auch das half nicht. Schon der Hauch einer Berührung löste Schreikrämpfe aus.«

»Wann war das?«

Er umklammerte das Lenkrad fester. »Der Unfall geschah vor zwei Jahren. Sie sagen, ich hätte Glück gehabt. Dass es früher keine Überlebenschance gegeben hätte. Und sieh mich an – rein äußerlich merkt man gar nichts mehr.«

Er schob sein Hemd ein Stück zurück und hob den Arm. Die Haut war makellos.

»Aber wenn deine Haut wieder heil ist …«

»Sie ist es. Und meine Nerven ebenfalls.«

»Warum dann …?«

»In meinem Gehirn befindet sich eine Art Fehlschaltung. Es empfindet Schmerz, sobald mich jemand berührt.«

»Und wenn du selbst jemanden berührst …?«

»Das geht nur mit irgendeiner Schicht dazwischen. Mit meiner Jacke beispielsweise. Aber nicht mit nackter Haut.«

»Die Jacke hast du getragen, als du mich im Einkaufszentrum aus der Gefahrenzone gezerrt hast.«

Er nickte.

»Es ist erst zwei Jahre her. Kann es sich irgendwann bessern?«, fragte ich.

»Falls sich herausstellt, dass es sich um eine reine Phobie handelt – ja. Aber das steht noch nicht fest. Für mich fühlt es sich auch nicht so an.«

Ich starrte die verwitterten Reklametafeln neben der Autobahn an. Niemand konnte es sich heutzutage leisten, sie zu mieten. Dann kam mir blitzartig ein Gedanke.

»Ich glaube, ich verstehe jetzt. Nach dem Unfall wolltest du den Körper-Gehirn-Transfer für dich und deine Mutter. Deshalb hast du den Chip erfunden.«

Er holte wieder tief Luft. Nur dass ich ihn nicht ausatmen hörte.

»Ich hoffte auf eine ganze Reihe von Erfindungen.« Seine Stimme klang so müde.

»Aber?«

»Sie starb an den Komplikationen, noch bevor ich den Chip fertigstellen konnte.«

»Und dann verfolgte dein Vater seine eigenen Ideen.«

»Er belog mich von Anfang an über die wahren Ziele von Prime«, sagte er langsam. »Und als ich erkannte, was er vorhatte, war es zu spät.«

Wir fuhren noch eine halbe Meile, als der Scanner ein Signal auffing.

»Es kommt aus südlicher Richtung«, stellte ich fest. »Nimm die nächste Ausfahrt.«

Hyden verließ die Autobahn und wandte sich nach rechts. Wir fuhren ungefähr eine Meile. Der Scanner zeigte an, dass wir nicht mehr weit von unserem Ziel entfernt waren.

Ich deutete auf die andere Straßenseite. »Das Signal kommt von dort drüben.«

Wir sahen uns um und sahen nirgends Starters. Nur Enders.

»Die Nebenstraße dort«, sagte Hyden.

Er bog nach rechts ab, und schon bald entdeckten wir einen dunkelhaarigen Starter, mittelgroß, gut aussehend, mit einem offenen Holzfällerhemd über einem T-Shirt. Er lehnte an einem Betonpflanztrog und nahm gerade einen Schluck aus seiner Wasserflasche.

Hyden bremste und hielt am Straßenrand an. Er ließ den Motor laufen, während wir den Jungen eingehend musterten.

»Seine Klamotten sehen schäbig aus«, stellte ich fest.

»Bist du zur Stilkritikerin geworden oder was?«

»Du weißt, was ich meine. Er muss nicht unbedingt ein Metallo sein. Jedenfalls sieht er nicht wie ein ehemaliger Kunde deines Vaters aus.«

»Im Gegensatz zu dir kehrten die meisten von denen auf die Straße zurück«, meinte er. »Sie bekamen nicht mal ihr Honorar, als Prime geschlossen wurde.«

Er hatte recht. Ich kam mir ziemlich blöd vor, obwohl es nicht meine Absicht gewesen war, ein Urteil über den Jungen zu fällen. Ich hatte nur nach typischen Merkmalen gesucht. Aber die lieferte weniger die Kleidung als das Aussehen, und das Aussehen dieses Starters war praktisch makellos. Er verschloss seine Wasserflasche und schob sich den Riemen über die Schulter.

Hyden parkte den SUV. »Du bleibst im Auto und steigst auf keinen Fall aus!«

Bevor ich eine Frage stellen konnte, sprang er aus dem Wagen und lief auf den Starter zu.

Ich beobachtete die Szene. Hyden versuchte es mit der lässigen Tour, aber der Typ dachte nicht daran, sein Lächeln zu erwidern, und schüttelte auf seine Fragen nur nervös den Kopf.

Hyden trat dicht an ihn heran. Der Starter schubste ihn weg und rannte los. Hyden zuckte mit schmerzverzerrter Miene zusammen, doch dann machte er sich an die Verfolgung. Ich kletterte über die Konsole auf den Fahrersitz, ließ den Motor an und fuhr den beiden nach.

Ich hatte keine Ahnung, was Hyden vorhatte, wenn er den Starter erwischte, da er ihn doch gar nicht packen konnte. In diesem Moment lief der Typ in eine Sackgasse. Ich stellte den SUV dicht hinter Hyden quer und versperrte dem Jungen so den Fluchtweg. Hyden hielt ihm einen winzigen Gegenstand an den Nacken, ohne ihn direkt zu berühren. Der Junge sackte zusammen.

Ich öffnete per Knopfdruck die Heckklappe und stieg aus. Hyden wickelte die Jackenärmel um seine Hände, und gemeinsam hievten wir den Bewusstlosen in den Laderaum. Von der Straßenecke her schrie ein Ender auf uns ein. Hyden ging drohend auf ihn zu und tat, als setzte er zu einem Sprung an. Der Ender ergriff die Flucht.

Hyden kletterte zu dem Metallo in den Laderaum, während ich wieder hinter dem Lenkrad Platz nahm.

»Fahr los«, befahl Hyden.

Ich gab Gas. *Vorsicht, Monkey fährt Auto!*, hatte Tyler einmal gesagt. »Wohin?«

»Zur Schnellstraße.«

Ich stellte das Navigationsgerät ein und konzentrierte mich auf die Straße.

Nach einigem Geraschel im Laderaum kletterte jemand von hinten auf den Beifahrersitz. Allerdings war es nicht Hyden, sondern der Typ mit dem Holzfällerhemd.

In meiner Panik verriss ich das Lenkrad, und der Wagen schleuderte auf die mittlere Spur. »Was ist mit Hyden passiert?«

Der Junge griff mit der Linken nach dem Lenkrad. »Vorsicht, fahr mein Auto nicht zu Schrott!«

Ich starrte ihn an. Er lächelte, und etwas an diesem Lächeln kam mir vertraut vor.

»Hyden?«, fragte ich.

»Ja.« Holzfällerhemd nickte.

Es war schlicht gruselig. »Bist du das wirklich?«

»In Fleisch und Blut. Genau genommen in seinem Fleisch und Blut.«

»Wie machst du das? Du eignest dir einfach seinen Körper an?«

»Es ist zu seinem Besten. Er hätte nur gegen uns gekämpft.« Er nahm die Hand vom Steuerrad und wies mit dem Kinn nach vorn. »Achte auf die Straße!«

Ich nahm die Einfahrtsrampe zur Schnellstraße. Hyden legte seine Hand auf meinen rechten Arm. Ich sah ihn – oder besser, Holzfällerhemd – von der Seite an.

Er wirkte so friedlich, regelrecht glücklich, dass er mich berühren konnte. Aber für mich war es ein unheimliches Gefühl. Diese Hand gehörte nicht Hyden, sondern einem Fremden. Ich traute Hyden ohnehin nicht vollends. Kannte ich ihn denn wirklich?

»Ist dein Körper echt okay dahinten?« Ich warf einen Blick über die Schulter auf Hydens reglose Gestalt.

»Keine Sorge, alles bestens.«

»Wie heißt du?«

»Hyden.«

»Nein, der Typ, in dem du steckst.«

»Schon klar.« Hyden begann seine Taschen zu durchsuchen. Er entdeckte eine Brieftasche und einen Personalausweis.

»Jeremy Stone.« Er warf einen Blick in die Geldfächer. »Wenig Bares. Entweder gehörte er zu den Spendern, die leer ausgingen, als Prime aufgelöst wurde, oder er brachte sein Honorar schnell durch.«

»Wie konntest du so schnell in Jeremys Körper schlüpfen?«, fragte ich.

»Dreimal darfst du raten.«

Ich überlegte. »Du trägst einen Chip.«

»Ich war Patient Null meiner Erfindung.«

Seine Hand lag immer noch warm auf meiner Haut.

»Das erinnert mich an deinen Vater«, sagte ich. »Er trägt eine Gesichtsmaske. Du trägst eine Ganzkörpermaske.«

Er starrte durch die Windschutzscheibe. Ich hatte den Verdacht, dass er sich ein wenig schämte. Zumindest hätte er sich schämen müssen.

»Du würdest bestimmt nicht gern in meiner Haut stecken, Callie. Kannst du dir vorstellen, wie es ist, wenn man seinen eigenen Körper hasst? Ich bin in diesem Ding dahinten eingesperrt.«

Mich hatte man auch einmal eingesperrt, im Gefängnis von Institut 37, und es waren die schlimmsten Tage meines Lebens gewesen. Viel schlimmer als das Leben auf der Straße. Aber ich hatte es geschafft, mich zu befreien.

Vielleicht würde Hyden es ebenfalls schaffen.

»Alle Chipträger sind Gefangene«, sagte ich. »Bis es uns gelingt, deinen Vater zu besiegen.«

kapitel 9 Hyden vermutete zu Recht, dass Jeremy länger nichts mehr gegessen hatte, denn er bekam schon bald einen Riesenhunger und dirigierte mich zum Drive-in-Schalter eines Schnellrestaurants. Er begann Essen zu ordern, nur für uns beide.

»Nein«, rief ich in den Automaten, der unsere Bestellung aufnahm. »Ändern Sie das in dreißig Burger, Pommes und Shakes.« Ich wandte mich Hyden zu, der mich fassungslos anstarrte. »Wir können die anderen nicht einfach zugucken lassen.«

Dann fuhren wir zurück zu seinem Labor. Da er den anderen nicht in seinem geborgten Körper begegnen wollte, beschloss er, sich erst mal in eines seiner Geheimquartiere zurückzuziehen und dort auf mich zu warten. Wir betraten den Einlasskorridor getrennt, ich beladen mit dem Fastfood. Die anderen zeigten sich begeistert von den riesigen Fresstüten, wunderten sich allerdings, dass ich nicht mit ihnen im Speisesaal essen wollte.

Ich begab mich rasch zu dem privaten Unterschlupf, den er mir beschrieben hatte, und klopfte leise an. Er öffnete die Tür einen Spalt und ließ mich ein. Sein Zimmer war etwa doppelt so groß wie unsere Räume im Wohntrakt und ebenfalls nur mit einem Bett und einem Schreibtisch ausgestattet.

»Hier versteckst du dich also hin und wieder«, sagte ich. »Nett, dass du deine Fluchtburg mit mir teilst.«

Er nahm ein Laken von einem Regal und breitete es auf dem Fußboden aus.

»Picknick?«, fragte ich.

»Warum nicht?«

Eine Wand zeigte eine Klippe, die hoch über das Meer aufragte. Die Abbildung wirkte so echt, dass man die frische Gischt auf der Haut zu spüren glaubte.

»Das ist schön!«, sagte ich.

»Es hilft.« Er zuckte die Achseln. »Aber es ist ein unvollkommener Ersatz.«

Ich stellte das Essen auf dem Leintuch ab und wartete unschlüssig, da er stehen blieb. Er kam auf mich zu, näher als je zuvor, und streckte mir die Arme mit weit geöffneten Handflächen entgegen. Es war eine Einladung, ihn zu berühren.

»Callie.«

Ich legte meine Handflächen über die seinen. Er schloss die Augen, als genieße er den Moment der Nähe.

Schließlich schlug er die Augen wieder auf und sah mich an. Er strich sanft über meine Hände, bis sich unsere Finger verflochten. Mein Herz schlug schneller. Ich löste mich von ihm und trat einen Schritt zurück.

»Was hast du?«, fragte er. Jeremys Gesicht nahm einen verwirrten Ausdruck an.

»Ich finde das alles … unheimlich«, sagte ich und deutete auf den fremden Körper, in dem er steckte.

Er trat ganz nahe vor mich hin. »Bleib doch!« Er tippte ganz leicht meinen Handrücken an. »Bitte!«

Ich rührte mich nicht vom Fleck. Was hatte er vor?

»Sein Körper ist schön«, sagte er. »Sieh dir diesen Waschbrettbauch an!«

Er schob das Hemd hoch. Meine Blicke wanderten über perfekte Muskelpakete. Mit einem Lächeln streifte er das Hemd wieder über den Gürtel.

Dann nahm er meine Hand und presste sie gegen den Stoff.

Ich schluckte trocken und zog die Hand weg.

»Was ist?«

»Das bist nicht du«, sagte ich. »Ich will damit nichts zu tun haben.« Ich schüttelte den Kopf. »Du hast seinen Körper gestohlen.«

»Anders geht es nicht. An meinem Innern hat sich nichts verändert. Du weißt, dass ich im Innern der Gleiche bin.«

Ich wusste es, aber zugleich begriff ich es nicht.

»Die Persönlichkeit in dieser Hülle – das bin immer noch ich. Was macht mich denn aus? Haut? Die lässt sich mit einem Laser glätten. Muskeln? Dafür gibt es Aufbaupräparate. Fett? Kann man reduzieren. Ich hoffe, dass ich mehr als das bin. Als das hier.« Er umriss mit einer Handbewegung Jeremys Körper. »Dass ich bin, was ich denke, was ich glaube. Was ich fühle.«

Er umfasste mein Gesicht, fuhr mit einem Finger langsam meine Schläfe und Wange entlang.

»Ich bin süchtig nach Berührungen«, flüsterte er.

Der Finger zeichnete sanft meine Kinnlinie nach. Ich schloss die Augen und gab mich seiner Zärtlichkeit hin.

»Schön«, wisperte er.

Ich wich nicht mehr zurück. Unsere Lippen berührten sich, vereinigten sich zu einem Kuss. Meine Gedanken wirbelten im Kreis. Ich war wie elektrisiert.

Wir küssten uns, bis unsere Lippen brannten. Ich wanderte an einen fernen, namenlosen Ort. Und dann erinnerte ich mich …

»Dein Körper.«

Er sah mich mit einem verträumten Blick an. »Was ist damit?«

»Wir haben ihn im Wagen vergessen.«

Ich hatte von Leuten gehört, die ihre Babys oder ihre Hunde im Auto vergessen hatten – vor dem Krieg. Aber das hier war etwas völlig Neues. Wir liefen zurück zur Garage.

Hyden sperrte den SUV auf und entriegelte die Heckklappe. Sein Körper atmete noch.

Es war ein bizarrer Anblick, ihn da liegen zu sehen. Hyden wickelte seinen Körper in eine Decke.

»Ich oben und du unten«, schlug er vor.

Wir trugen den Körper, ich immer zwei Schritte hinter Hyden. Anfangs ging das leicht, aber schon nach einer Minute schien sich das Gewicht zu verzehnfachen. Hyden lehnte sich gegen die Wand, um den Code zum Öffnen der Garagentür einzutippen.

Als wir den Lift betraten, stieß Hyden mit seinem richtigen Körper gegen die Wand.

»Pass doch auf!«, ermahnte ich ihn. »Es ist immer noch deine Hülle.«

»Ich weiß.«

»Egal, wie viele fremde Körper du dir aneignest, du kannst deine Persönlichkeit nicht verändern.«

Darauf hatte er keine Antwort.

Meine Arme begannen von der schweren Last zu brennen, aber ich brachte es nicht über mich, sie kurz auf dem Boden abzusetzen.

Schließlich öffneten sich die Aufzugtüren in der Laborebene.

»Niemand zu sehen«, wisperte ich.

Wir schleppten das Bündel in sein Quartier und legten es vorsichtig auf die Couch. Hyden wickelte seinen Körper aus, entfernte die Sauerstoffmaske und legte ihm die Decke über die Beine.

»Wie lange wird er schlafen?«, erkundigte ich mich. »Ich meine, du?«

»Stunden.« Er deutete auf die Einstichstelle im Nacken. »Mindestens.«

»Du denkst doch nicht etwa daran, diesen Körper zu behalten?«

Er sah mich lange an. Ich wusste nicht, ob ich ihm damit einen neuen Impuls gab oder ob ihm dieser Gedanke von Anfang an durch den Kopf gegangen war.

»Es würde viele Probleme lösen.«

»Im Gegenteil«, sagte ich mit der gleichen Festigkeit wie meine Mutter, wenn sie mir ein endgültiges Verbot erteilt hatte.

Er rieb sich die Stirn und starrte zu Boden. »Nein, du hast recht«, erklärte er schließlich. »Das würde ich Jeremy nie antun.«

Meine Schultern entspannten sich.

»Wir müssen das den anderen erklären«, sagte ich.

»Mach du das.«

»Warum nicht du?«

»Du kannst das besser. Dich schätzen sie viel mehr als mich.« Er lächelte mich mit Jeremys auffordernden Lippen an.

»Weil ich ihnen zuhöre«, entgegnete ich.

Mein Handy klingelte. Ich warf einen Blick auf die Anzeige und sah, dass es Michael war. Michael?

Wir hatten vereinbart, auf Anrufe zu verzichten, für den Fall, dass jemand versuchte, die Gespräche zu orten. Die Tatsache, dass er dennoch anrief, machte mich sofort unruhig.

»Michael?«, sagte ich in das Mikro. »Wo bist du?«

»In Flintridge«, erwiderte Michael. »Vor der alten Bücherei.«

»Wo ist Tyler?«

»Bei Eugenia im Chalet. Es geht ihm gut.«

Hyden kam näher, um Michaels Worte mitzuhören.

»Warum hast du den Berg verlassen?«, fragte ich. »Dort droben warst du ungefährdet. Niemand konnte deinen Chip aufspüren.«

Hyden begriff, dass Michael die Sicherheit der Berghütte aufgegeben hatte, und schüttelte den Kopf.

»Mir ist etwas eingefallen«, sagte Michael. »Etwas, das nicht mir passierte, sondern meinem Mieter. Ich verließ das Chalet, damit niemand meinen Anruf nach dorthin verfolgen konnte.«

»Und was ist dir eingefallen?«

Hyden nahm mir das Handy ab. »Sag kein Wort mehr«, riet er Michael. »Wir kommen zu dir.«

Er drückte die Aus-Taste und griff nach seiner Jacke, die über einer Stuhllehne hing. Ich sah ihn fragend an.

»Na los!«, rief er mir zu. »Wir holen ihn her.«

Wir parkten auf der anderen Straßenseite, als wir die ehemalige Bibliothek von Flintridge erreichten. Irgendwann im Lauf der Sporenkriege hatten sie die Bücherei geschlossen und mit einem Maschendrahtzaun verbarrikadiert.

»Ich gehe allein rüber«, sagte ich. »Du wartest hier.«

»Callie.« Er legte eine Hand auf den Türgriff

»Er kennt mich, während er dich noch nie gesehen hat. Ich beeile mich.«

Ich stieg aus und kletterte unter einem Loch im Zaun durch. Ein Meer von Zelten breitete sich auf dem Parkplatz aus. Starters ohne Angehörige, manche auch in Begleitung total abgerissener Enders, denen längst das Geld ausgegangen war.

Ein langes Leben ist nicht immer die Leiter ins Paradies.

Manche Starters starrten mich an. Ich sah nicht mehr aus, als gehörte ich zu ihnen. Ich trug keine zerlumpten Klamotten, Gesicht und Hände waren sauber, und ich hatte weder Wasserflasche noch Handleuchte bei mir. Außerdem war ich mittlerweile nicht mehr so ausgemergelt wie früher.

Ich bemühte mich, keine Angst zu zeigen und nicht mehr Aufmerksamkeit als nötig auf mich zu ziehen, während meine Blicke über die Menge hinweg wanderten.

Michael, wo bist du? Warum stehst du nicht ganz vorne?

Ich ging einmal um den Parkplatz herum und kehrte zum Ausgangspunkt zurück. Jemand zupfte mich am Ärmel und bettelte um Geld. Ich öffnete meine Tasche. Plötzlich war ich von einer Menschentraube umringt. Keine gute Entscheidung. Meine Hände wurden feucht.

Das Atmen fiel mir schwer. Menschen versuchten meine Arme zu packen, zerrten mich hin und her.

»Nicht«, flehte ich. »Lasst das!«

Ich warf einige Geldscheine in die Luft. Der Wind wehte sie fort, und die Meute jagte hinterher. Ich ergriff die Flucht.

Während ich zum Auto zurückhastete, hörte ich plötzlich eine vertraute Stimme in meinem Kopf.

Cal, mein Mädchen. Kannst du mich hören?

Ich verschluckte mich vor Überraschung.

Ich bin es, Dad.

Ich keuchte. Ruhig bleiben, das könnte der Old Man sein. »Ja, ich höre dich.« Ich blieb stehen und konzentrierte mich.

Ich bin am Leben. Mach dir keine Sorgen.

Es klang nach seiner Stimme. Es klang wirklich nach ihm.

Callie?

»Woher weiß ich, dass du mein Dad bist?« Mein Herz hämmerte. »Woran kann ich das erkennen?«

Weißt du noch, was du zu deinem zehnten Geburtstag bekommen hast? Ein rotes Fahrrad?

Das Fahrrad mit der großen Schleife. Er hatte es im Waschkeller versteckt. Kein Zweifel, er war es.

»Wo bist du? Ich möchte dich sehen.«

Ich weiß. Mir geht es genauso. Was macht Tyler?

Tränen stiegen mir in die Augen. »Es geht ihm gut. Aber du fehlst ihm sehr. Er hat jeden Abend euer Holo angeschaut, aber dann mussten wir es zurücklassen …« Ich redete viel zu viel, dabei hatte ich unzählige Fragen an ihn.

Es wird alles gut, Cal. Mein Mädchen.

»Dad? Wie kannst du mich erreichen?«

Plötzlich wurde es ganz still. Ich spürte die Leere, die Lautlosigkeit, das Vakuum. Die schreckliche Trennung, die so abrupt erfolgte. Er war fort. Ich fühlte mich wie ausgehöhlt, schlimmer als damals auf der Straße, wenn der Hunger mich nicht losließ.

Ich kehrte in die Gegenwart zurück. Ein Blick über die Schulter zeigte mir, dass mehrere Leute im Halbkreis hinter mir standen. Sie versuchten mich einzuordnen, das reiche Mädchen, das mitten auf der Straße Selbstgespräche führte. War ich verrückt und gefährlich? Oder jemand, den sie angreifen konnten?

Nun, da ich den Blickkontakt hergestellt hatte, rückten sie näher.

Ich musste zum Wagen rennen. Hyden sah mich und stieß die Tür auf. Ich hechtete auf den Beifahrersitz, und er fuhr mit quietschenden Reifen los, noch bevor ich die Tür schließen konnte.

»Wo ist Michael?«, fragte ich.

»Keine Ahnung. Ich konnte ihn nicht finden.«

Die Tür schnappte ins Schloss. Zwei Starters und ein Ender, alle drei in Lumpen gehüllt, verfolgten uns. Ihre Gesichter waren von Hass verzerrt.

Es dauerte nicht lange, sie abzuschütteln. Ich wollte Hyden die Sache mit meinem Vater erzählen, hielt es aber nicht für den rechten Augenblick.

»Schalt dein Handy ein und ruf ihn an«, sagte Hyden. »Jetzt sind wir schon hierhergekommen. Los, das Risiko müssen wir eingehen.«

Ich gab Michaels Nummer ein. Das Handy klingelte lange.

»Er nimmt nicht ab.«

Vom Airscreen kam ein Piepton. Wir hatten ein Signal auf dem Chip-Scanner.

»Könnte er das sein?«, fragte ich nach einem Blick auf den Bildschirm.

»Es kommt aus Richtung der Berge«, meinte er.

Wir fuhren ein kurzes Stück und verfolgten das Signal. Flintridge lag am Fuß der Berge, doch das Gelände stieg rasch an. Die Besiedlung wurde spärlicher. Man hatte im Krieg viele Häuser aus Angst vor der Sporenverseuchung niedergebrannt.

Ich betete, dass das Signal von Michael kam. Es wurde lauter, heller und kam in immer kürzeren Abständen.

»Wir sind ganz nahe«, sagte ich. »Hier.«

»Wo?«

Ich deutete auf einen Körper, der auf einem der rauchgeschwärzten Grundstücke lag.

Er stieg hart in die Bremse, und ich sprang aus dem Wagen. Michael lag mit dem Gesicht nach unten da. Er rührte sich nicht.

Ich rief seinen Namen.

Dann kniete ich neben seinem Körper nieder. Hyden trat hinter mich.

»Michael …« Keine Reaktion.

Ich rollte ihn auf den Rücken und legte mein Ohr an seine Brust. Er fühlte sich warm an.

»Er atmet«, sagte ich zu Hyden. Ein Gefühl der Verzweiflung und Hilflosigkeit überkam mich. Ich wusste nicht, was ich tun sollte. Es war entsetzlich, ihn so daliegen zu sehen.

Ich bettete Michaels Kopf auf meinem Schoß. »Was ist ihm zugestoßen?«

»Wenn du mich fragst, hat sich jemand Zugriff auf

seinen Körper verschafft und dann den Kontakt verloren. Er fiel einfach um. Das ist wie eine Unterbrechung des Handynetzes.« Er sah sich um. »Wir dürfen mit unseren drei Chips nicht hier im Freien bleiben. Ebenso gut könnten wir ein großes Reklameschild aufstellen. *Callie, Hyden und Michael, frisch serviert.*«

Ich spähte die Straße entlang und sah einige Leute in unsere Richtung kommen. Freunde? Oder das Gegenteil?

»Los, schaffen wir ihn ins Auto!«

Jetzt war ich froh, dass Hyden in Jeremys Körper steckte, weil uns das die Bergung deutlich erleichterte. Er bückte sich und fasste unter Michaels Schultern. »Inzwischen hast du ja Übung«, meinte er.

Ich packte Michaels Beine. Hyden übernahm die Hauptlast, als wir den Bewusstlosen in den Laderaum hievten.

Bei der Rückkehr ins Labor nahm Ernie Michael in Empfang. Hyden hatte von unterwegs eine Zing-Nachricht geschickt und erklärt, was geschehen war.

»Das also ist der Körper, den du dir ausgeliehen hast.« Ernie musterte Jeremys Gestalt und nickte anerkennend. »Hatte mich schon gefragt, wann du das tun würdest.«

Ernie brachte Michael in eines der unbenutzten Wohnquartiere und überließ ihn der Chipträgerin Avery, die seine lebenswichtigen Funktionen kontrollierte. Averys Mutter war Krankenschwester gewesen, und das zierliche Metallo-Mädchen hatte eine sanfte Art, mit Patienten umzugehen.

»Blutdruck, Temperatur – alle Werte sind ziemlich normal«, sagte sie. »Manchmal kann man nur abwarten, bis er zu sich kommt.« Sie musterte Hyden in Jeremys Körper.

»Das ist in Wahrheit Hyden«, klärte ich sie auf.

»Ich weiß schon. Ernie hat uns Bescheid gesagt.«

Ich spürte eine gewisse Missbilligung in ihrem Tonfall.

»Ich bleibe bei ihm«, sagte ich. »Ihr könnt mich jetzt mit ihm allein lassen.«

Hyden nickte den beiden anderen zu. »Ihr habt sie gehört.«

Ernie und Avery verließen zusammen mit Hyden das Zimmer. Bevor Hyden die Tür schloss, trafen sich unsere Blicke. Ich las eine Spur von Traurigkeit in seinen Augen.

Michael rührte sich immer noch nicht. Natürlich freute ich mich, ihn wiederzusehen – aber doch nicht in diesem Zustand. Er wirkte so verwundbar.

Würde er zu uns zurückkommen? Was war geschehen?

»Michael.« Ich umklammerte seine Hand. »Michael«, wisperte ich, als könnte ich auf diese Weise irgendwie sein Unterbewusstsein erreichen.

Es war ein vergeblicher Versuch.

Wenn sich jemand Zugriff auf seinen Chip verschafft hatte, so musste er seinen Körper längst wieder verlassen haben. Warum also kam Michael nicht zu sich?

Ich saß eine Zeit lang auf der Bettkante und dachte darüber nach, wie zerbrechlich das Leben doch war. Hydens beschwörende Worte fielen mir wieder ein. Dass wir mehr waren als unser Körper. Ich tupfte Michaels Stirn mit einem feuchten Schwamm ab, sprach leise auf ihn ein und versuchte dabei alle negativen Gedanken auszuschalten. Mit jeder Minute wuchs meine Angst, dass es uns nicht gelingen würde, ihn zurückzuholen. Und dann sah ich plötzlich seine Lider flattern.

»Michael?«, sagte ich. »Michael!«

Er bewegte den Kopf ruckartig hin und her, als bemühte er sich mit aller Kraft, einen Albtraum abzuschütteln. Ich erhob mich von der Bettkante, unsicher, was ich tun sollte. Irgendwie kam ich mir nutzlos vor.

»Michael, ich bin es – Callie.«

Er beruhigte sich, schlug die Augen auf und starrte zur Decke.

»Kannst du mich hören? Oder sehen? Oder sonst irgendwas?«

Ich fragte mich, ob in diesem Körper wirklich Michael steckte. Er tastete das Bett ab, als müsste er sich erst zurechtfinden. Dann schaute er mich an.

»Callie?«

Ich nickte. »Wie geht es dir?«

Er presste eine Hand gegen die Stirn und setzte sich auf.

»Langsam«, warnte ich.

Michael hob beide Beine über die Bettkante und blieb einen Moment lang so sitzen. »Ich habe Kopfschmerzen.«

Ich setzte mich neben ihn. »Wie fühlst du dich – mal abgesehen von den Kopfschmerzen?«

»Als hätte ich tausend Jahre geschlafen.«

»Woran erinnerst du dich?«

»Dass ich vor der Bücherei aufwachte. In einem Zelt. Allein. Ich stolperte ins Freie und rief dich an.«

»Wenigstens hattest du noch dein Handy.«

»Ja. Was danach geschah, weiß ich nicht mehr.«

Wenn Hydens Vermutung stimmte, hatte sich jemand außerhalb der Bücherei Zugriff auf Michaels Körper verschafft. Aber warum? War keiner von uns sicher?

Ich legte eine Hand auf Michaels Arm.

»Wie geht es meinem Bruder?«, fragte ich.

»Gut. Zumindest, als ich das Chalet verließ.«

Er spürte wohl, dass ich beunruhigt war, denn er setzte hinzu: »Er mag Eugenia. Sehr sogar. Mach dir keine Sorgen.«

Es klopfte. Ich ging an die Tür. Hyden und Avery standen draußen.

»Gut sieht er aus«, meinte Hyden.

Avery nickte. »Sehr gut sogar.«

Sie kamen ins Zimmer und blieben vor dem Bett stehen.

»Darf ich dir Avery vorstellen?«, sagte ich zu Michael.

»Und wer ist der andere?« Michael musterte Hyden, der immer noch in Jeremys Körper steckte.

»Er heißt Hyden.« Ich beschloss, dass es einfacher war, Michael nicht zu erklären, dass Hyden in einem fremden Körper steckte.

Avery trat näher und maß seine Temperatur mit einem Stirnthermometer. Michael sah sie mit hochgezogenen Brauen an, doch dann lächelte er.

»Wie fühlst du dich?«, fragte sie.

Michael rieb sich die Schläfen. »Ich habe einen mörderischen Schädel.«

»Dann hole ich dir mal ein Aspirin.« Avery tätschelte Michaels Arm und verließ den Raum.

»Bei deinem Anruf wolltest du Callie etwas Wichtiges sagen«, meinte Hyden. »Es ging um eine Erinnerung, die du von deinem Mieter übernommen hattest ...«

Michael kratzte sich im Nacken und starrte ins Leere. »Die seltsamste Geschichte, die mir je passiert ist. Ich war mit Tyler draußen am See und sah ihm beim Angeln zu, und urplötzlich hatte ich dieses Bild vor Augen. Wie auf einer Bühne. Ein echtes Spukerlebnis. Also … ich befand mich in der Body Bank, kam eben aus dem Waschraum und lief den falschen Gang entlang, weil ich den Weg nicht mehr genau im Kopf hatte. Als ich um eine Ecke bog, sah ich eine schmale, mit einem Laken zugedeckte Gestalt auf so einer fahrbaren Krankenbahre liegen. Eine Frau wahrscheinlich. Eine tote Frau. Die Bahre wurde eben rückwärts durch eine Tür gezogen. Von wem, das weiß ich nicht, denn die Person, die das tat, befand sich bereits draußen. In diesem Moment verrutschte das Laken, und ich sah das Gesicht der Toten. Es war eine Ender.«

Er unterbrach sich. »Aber jetzt kommt das Unheimliche. In der Erinnerung meines Mieters kannte ich sie nicht.«

»Und?«, fragte Hyden, als er nicht weitersprach.

Michael räusperte sich. »Ich selbst dagegen, der die Erinnerung wie einen Film vor Augen hatte, wusste, wer sie war. Helena.«

»Helena?«, wiederholte ich wie betäubt.

Michael nickte. »Ich hatte all die Bilder von ihr in der Villa gesehen und erkannte sie sofort. In dieser Erinnerung blickte ich auf und sah, dass es Trax war, der die Bahre nach draußen zerrte. Ich zog mich zurück, bevor er mich entdeckte. Das war alles.«

Ich warf Hyden einen Blick zu. Er sah blass aus. Elend. Wortlos stand er auf und verließ das Zimmer.

»Was hat das zu bedeuten?«, fragte Michael.

Ich schüttelte den Kopf. »Sonst fällt dir nichts mehr ein?«

Er schloss die Augen, als versuchte er sich zu konzentrieren. »Nein«, sagte er.

Ich rieb meine kalten Arme. »Du hast gesehen, was dein Mieter erlebt hat. Einer dieser Flashbacks. Der Mieter hatte wohl gerade erst von deinem Körper Besitz ergriffen, als er in diese Geschichte stolperte.« Ich begann auf und ab zu gehen. »Ich war mit Helena verbunden, als sie starb, und hörte ihren Todeskampf … Also hat Trax sie umgebracht.«

»Das steht nicht fest. Vielleicht hatte er nur den Auftrag, den Leichnam zu beseitigen.«

»Dann ist er zumindest ein Mitwisser.«

Michael sah mich mit flehenden Augen an, als könnte ich all seine Fragen beantworten. Ich wünschte, es wäre so.

»Warum quälen sie uns mit ihren Erinnerungen?«, fragte er. »Würde es nicht reichen, dass sie unsere Körper benutzt haben?«

Ich konnte nur die Augen schließen und nicken. »Das würde voll und ganz reichen.«

kapitel 10

Hyden fuhr mich, immer noch in Jeremys Gestalt, ins Zentrum von Los Angeles. Ich starrte durch das Fenster auf die grauen Fassaden und grellen Graffiti der Innenstadt.

»Bist du sicher, dass du das willst?«, fragte Hyden.

»Ich muss es wenigstens versuchen.«

»Aber mein Vater besitzt die technischen Möglichkeiten, jede Stimme nachzuahmen«, sagte er. »Er hat Zugang zu alten Telefonaufzeichnungen und Sprechproben in den Pages, aus denen sich neue Sätze zusammenbauen lassen. Du kannst dich nicht darauf verlassen, dass das, was du gehört hast, echt ist.«

Ich hatte ihm erzählt, dass mein Vater über den Chip Kontakt mit mir aufgenommen hatte. Dass er Dinge wusste, die ein Fremder nicht wissen konnte. Wie diese Sache mit meinem Geburtstagsgeschenk. Ich presste beide Hände gegen die Stirn und suchte verzweifelt nach einem Weg, Hyden meine Gefühle begreiflich zu machen. Die Leere in meinem Innern dehnte sich aus, weil mich niemand verstand.

»Trotzdem …« Ich hob den Kopf. »Wenn du an meiner Stelle wärst und deinen Vater so lieben würdest, wie ich es tue, und wenn du dann plötzlich seine Stimme im Kopf hörtest, als stünde er lebendig neben dir, würdest du doch auch Nachforschungen anstellen, oder?«

»Du hast den Haken an der Sache vergessen. Ich liebe meinen Vater nicht.«

Ich seufzte. »Mein Dad hat sich nach Tyler erkundigt.«

»Es ist für jeden möglich, an solche Informationen heranzukommen. Und wir haben es hier mit meinem Vater zu tun.« Er stieß das Wort »Vater« hervor, als spräche er von einem Dämon.

»Aber der Klang, der Tonfall … hundertprozentig Dad, bis ins kleinste Detail.« Ich suchte verzweifelt nach Argumenten, um den kleinen Hoffnungsfunken am Glimmen zu erhalten. »Und er wurde unterbrochen … Dein Vater hätte das Gespräch nicht so unvermittelt beendet.«

Hyden sah mich so mitleidig an, als sei ich ein Kind, das nicht einsehen wollte, dass ein Goldfisch tot war, wenn er mit dem Bauch nach oben im Wasser trieb.

»Es ist gefährlich für dich da draußen.« Er spähte angestrengt durch das Wagenfenster. »Mein Vater könnte jederzeit auf dein Chip-Signal zugreifen.«

Er bog in einen Straßenblock mit Regierungsgebäuden ein. Die heroischen Statuen, die das Viertel einst geschmückt hatten, bröckelten vor sich hin. Gelangweilte Marshals sorgten dafür, dass die Teilnehmer einer Protestkundgebung hinter den Absperrungsseilen blieben. Hyden löste einen Parkschein für einen Tiefgaragenplatz. Wir nahmen die Treppe ins Erdgeschoss. Unsere Blicke wanderten zu einem Gebäude, auf dem in bombastischen Lettern STAATSARCHIV stand.

»Bist du sicher?«, wiederholte Hyden.

Ich brachte ihn mit meinem finstersten »Halt die Klappe«-Blick zum Schweigen und wandte mich den Eingangsstufen zu.

In der Vorhalle wurden wir durch einen Ganzkorperscanner geschleust. Bei mir piepte das Ding sofort. Konnte es sein, dass mein Chip den Alarm auslöste? Ich begann zu schwitzen. Wie sollte ich mich herausreden?

Eine Dame vom Wachpersonal winkte mich zur Seite und tastete mich mit einem Handgerät ab. Über meiner Tasche stoppte sie. Ich kramte darin herum und brachte ein paar Dollarmünzen zum Vorschein. Das stellte sie zufrieden.

Beim Weitergehen überholten wir ein Starter-Mädchen, das am Ende einer langen Schlange an der Wand lehnte. Sie hatte die typische Ausrüstung der Straßen-Kids: ein paar Schichten zerlumpter Klamotten, eine Handleuchte und die an einem Schulterriemen befestigte Wasserflasche. Aber sie besaß eine glatte Haut, die makellos schimmerte, schön geformte Wangenknochen und eine perfekte Figur.

Hyden starrte in ihre Richtung, und ich grinste ihn an. »Wette, dass du die gern scannen würdest«, flüsterte ich.

Er deutete ein Lächeln an. »Ich glaube, wir müssen in den zweiten Stock«, sagte er und wies zur Treppe.

Der Bau war alt, und keiner von uns hatte großes Vertrauen in den Z-Lift. Einige der neueren Gebäude besaßen Saprophyten-Anlagen, ein komplexes System der Energiegewinnung, bei dem sich Pflanzen von Pilzen ernährten. Der Sporenstaub diente als zeitweiliger Rohstoff für diesen Kreislauf, und es gab erfinderische Leute, die das Prinzip nutzten, um Zitronen in Limonade zu verwandeln. Aber es war umstritten, da es nach Ansicht mancher Experten die Luft mit gefährlichen Sporen verseuchte.

Im zweiten Stock mussten wir endlos warten, bis uns schließlich eine Ender-Sachbearbeiterin empfing. Ein alter Airscreen stand wie eine Schranke zwischen ihr und uns. Die Bilder, die er produzierte, wirkten blass, zerknittert und fleckig wie die Ender selbst.

»Ray Woodland, haben Sie gesagt?« Ihre Stimme klang knarzig.

»Ja, er ist mein Vater.«

»Aber ein Middle, nicht wahr?«

Ich nickte.

»Dann, meine Liebe, habe ich schlechte Nachrichten«, erklärte sie. Wie um ihre Worte zu unterstreichen, zog sie die Augenbrauen hoch. »Er lebt nicht mehr. Die sind alle tot.«

»Nicht alle«, widersprach ich. »Ich kenne selbst einen, der überlebt hat. Und was ist mit den Holo-Stars und Politikern?«

»Die fallen in eine … besondere Kategorie«, sagte sie in einem Ton, als müsste sie ein dummes Kind belehren. »Aber alle anderen …« Sie schüttelte den Kopf.

»Könnten Sie wenigstens nachsehen?«, warf Hyden ein. »Bitte.«

Sie presste die Lippen zusammen und begann am Airscreen zu arbeiten. Er reagierte so langsam, dass sie ein paar Mal von vorn anfangen musste.

Schließlich hatte sie das Ergebnis. Sie drückte auf ein Icon, das den Text in Spiegelschrift zeigte, sodass ich ihn lesen konnte.

Ray Woodland, 55, verstorben.

Darunter stand seine Adresse und sein Beruf. Erfinder.

»Ich … und ein Irrtum ist ausgeschlossen?«, fragte ich. »In der Zeit starben so viele Middles. Da gab es doch sicher die eine oder andere Verwechslung.«

Hyden blickte mich an. Seine – Jeremys – Miene drückte tiefes Mitgefühl aus.

Die Sachbearbeiterin hielt den Kopf schräg. »Ihr Starters müsst irgendwann einen Schlussstrich ziehen. Deshalb zeige ich euch jetzt etwas, das ich euch eigentlich nicht zeigen dürfte. Aber …«

Sie machte eine Handbewegung, als wollte sie ihren Mund mit einem Reißverschluss versiegeln.

»Okay?«

»Klar«, sagte ich.

Ich wechselte einen Blick mit Hyden. Wir waren beide verwirrt.

»Dann wartet mal kurz an der Tür dort drüben.«

Sie deutete auf einen nur wenige Schritte entfernten Eingang. Wir kamen ihrer Anweisung nach. Gleich darauf öffnete sie die Tür von innen und ließ uns eintreten.

Sie legte einen Finger an die Lippen. Wir nickten und folgten ihr schweigend. Sie führte uns in einen Saal mit einer ganzen Reihe von Schreibtischen, an denen Enders vor ihren Bildschirmen saßen. Nur das flackernde Licht der Airscreens erhellte den Raum. Es war ein unheimlicher Anblick.

»Hier werden all die Daten der Verstorbenen eingetragen«, erklärte die Ender. »Die meisten kommen aus Therapie-Einrichtungen.«

Sie beugte sich über die Schulter einer Mitarbeiterin und flüsterte ihr etwas ins Ohr.

Die Frau tippte Namen, Geburtsdatum und Adresse meines Vaters in den Monitor. Gleich darauf erschien ein Bild. Ein Mann. Auf einem Feldbett. Weiß und starr.

»Ray Woodland«, las die Ender vom Bildschirm ab.

Mein Vater. Tot.

Ich presste beide Hände gegen den Mund. Hyden legte mir einen Arm um die Schultern. Die Sachbearbeiterin sah mich an und nickte.

»Es ist besser, einen Schlussstrich zu ziehen, meine Liebe«, sagte sie. »Nun sind die letzten Zweifel ausgeräumt, nicht wahr?«

Ihre Worte fraßen sich wie Säure in mein Inneres. Ich wischte die Tränen ab, die mir über die Wangen liefen.

»Gehen wir«, sagte Hyden leise.

Hyden hatte immer noch den Arm um mich gelegt, als wir zur Treppe gingen.

Auf der obersten Stufe blieb er stehen und sah mich an. »Alles in Ordnung?«

»Es ist meine eigene Schuld … ich wollte die Wahrheit herausfinden.« Das Sprechen fiel mir schwer. »Ich hatte nur nicht … mit dieser Antwort gerechnet.«

»Ich weiß.« Er zog mich sanft an sich.

Ich legte den Kopf an seine Schulter und ließ den Tränen freien Lauf. Er drückte mich ganz fest an sich, als könnte er dadurch meinen Schmerz ersticken.

Aber das schaffte er nicht.

Und er schaffte es auch nicht, das unheimliche Gefühl zu ersticken, als ich plötzlich die Stimme in meinem Kopf hörte.

Hallo, Callie. Tut mir leid, wenn ich störe.

Ich löste mich von Hyden.

»Wer sind Sie?«, fragte ich.

Ein Freund.

Wie viele Leute waren da in meinem Kopf?

Es war eine männliche Stimme, die eher nach einem Middle als nach einem Ender klang. Ich konnte mir denken, zu wem sie gehörte. Hyden warf mir einen fragenden Blick zu.

Ich legte einen Finger auf meine Lippen. Hyden steckte in Jeremys Körper. Der Eindringling konnte durch meine Augen sehen, was ich sah, aber er würde einen Fremden erblicken. Jeremy.

Und ich sehe durch deine Augen, dass du dich in Begleitung eines Freundes befindest. Ich vermute mal, dass mein Sohn in diesem Körper steckt.

Ich seufzte. Es war zu spät, und er war zu schlau. Jeremy trat zurück und beobachtete mich. Seine Miene verriet mir, dass er wusste, was in mir vorging.

»Warum benutzen Sie diesmal nicht Ihre elektronische Stimme, Brockman?«, fragte ich.

Ich sehe, ihr habt euch unterhalten. Die elektronische Stimme wirkt irgendwie so überheblich, findest du nicht? Ich habe beschlossen, ich selbst zu sein.

»Dann werden Sie in Zukunft auch nicht mehr die Stimme meines Vaters imitieren?«

Er schwieg einen Moment. *Was meinst du damit?*

Die Luft im Treppenhaus war plötzlich heiß und stickig. Das T-Shirt klebte mir am Körper. Vielleicht lag ich doch falsch, und ein anderer hatte sich als mein Vater ausgegeben.

Heiß da drinnen? Weshalb gehst du nicht ins Freie?

»Warum?«, fragte ich. »Wollen Sie, dass ich von hier verschwinde?«

Hyden schäumte vor Wut. Ich bedeckte meine Augen mit einer Hand, damit sein Vater ihn nicht beobachten konnte.

Richte Hyden aus, dass es ein Vater nicht schätzt, wenn sein Sohn sich in fremden Körpern herumtreibt.

»Sagen Sie ihm das doch selbst!«

Ich habe eine bessere Idee.

Ich sah Hyden an und gab ihm durch Gebärden zu verstehen, dass sein Vater irgendetwas vorhatte. Am Fuß der Treppe klangen Schritte auf, die in dem engen Schacht laut widerhallten. Und sie kamen auf uns zu.

Aufgepasst!

Ich spürte ein Prickeln im Nacken. Ein Mädchen erklomm die Treppe, Stufe um Stufe. Wir hatten sie schon einmal gesehen. Das schöne Starter-Mädchen vom Ende der Warteschlange. Aber mit ihren Augen stimmte etwas ganz und gar nicht.

»Sie ist fremdgesteuert!«, rief ich.

Kluges Mädchen!

»Sieh dich vor«, warnte ich Hyden.

Die Starter rannte in einer Art Kampfsport-Pose mit angewinkelten Armen auf Hyden zu.

Schwarzer Gürtel.

»Sie kann kämpfen«, sagte ich zu Hyden.

Hyden – in Jeremys Körper – wich mit einem schnellen, geschickten Seitenschritt aus. Sie rannte gegen die Wand.

»Jeremy ebenfalls, scheint mir«, kommentierte er.

Das Mädchen wirbelte herum und ging erneut auf Hyden los. Die beiden umklammerten einander in dem Versuch, den gegnerischen Angriff abzublocken. Es war ein zähes Ringen, ein Messen von Körperkraft und Willensstärke.

Die Starter schaffte es, Hyden wegzustoßen und seinen Kopf gegen die Wand zu schlagen.

Der Kampf der beiden ging hin und her – und plötzlich spürte ich etwas Merkwürdiges. Der kleine Finger meiner rechten Hand bewegte sich auf und ab. Das wäre an und für sich nicht sonderlich beängstigend gewesen, nur …

… der Befehl dazu kam nicht von mir.

Ist das nicht bemerkenswert? Du bewegst dich auf meinen Befehl hin. Wie eine Marionette.

Ich senkte die Hand und richtete meine ganze Konzentration auf die Finger, versteifte sie, bis sie hart wie Stahl waren.

Die Metallo hatte inzwischen einen Arm um Hydens Hals geschlungen und schnürte ihm die Luft ab. Ich war mit zwei Schritten hinter ihr, legte die Arme um ihre Taille und riss sie von Hyden weg.

»Pack sie an den Füßen!«, rief ich.

Sie strampelte und trat nach Hyden, doch irgendwie bekam er ihre Knöchel zu fassen. Sie war leicht wie eine Feder, und gemeinsam trugen wir sie die Treppe hinunter.

»Was machen wir mit ihr?«, fragte ich.

»Ab in die Untergeschosse. Da ist sie am sichersten.«

Die Treppe endete nicht im Eingangsbereich, sondern führte weiter in die auf zwei Ebenen angelegte Tiefgarage. Allmählich stellte das Mädchen seine Gegenwehr ein und hörte zu schreien auf.

Ich blieb stehen. »Reicht das?«, fragte ich.

»Gehen wir zur Sicherheit noch ein Stockwerk tiefer.«

Wir begaben uns in die untere Parkzone. Plötzlich hing die Metallo schlaff zwischen uns. Offenbar hatten wir das Signal abgeschnitten. Sie fühlte sich viel schwerer an als zuvor.

»Er ist weg.« Hyden deutete mit dem Kinn auf das bewusstlose Mädchen.

»Wer?«

»Wer immer sich ihren Körper angeeignet hatte. Auf alle Fälle ein Handlanger meines Vaters.«

Er stieß mit einer Fußspitze die Tür zur unteren Parkzone auf. Wir legten sie sanft auf dem Betonboden ab. Sie war ohnmächtig.

»Ich hole den SUV«, sagte Hyden.

Ich musterte unsere Gegnerin. Sie sah plötzlich so harmlos aus, so friedlich. Dichtes braunes Haar umfloss ihre Schultern. Ich streckte die rechte Hand aus und starrte meinen kleinen Finger an.

Momentan bewegte er sich nicht von selbst. Genau, wie es sein sollte.

Kurz danach hielt Hyden mit dem SUV neben uns. Er beugte sich aus dem Fenster.

»Was machen wir mit ihr?«, fragte ich.

Seine Blicke wanderten an mir vorbei. »Wir warten, bis sie selbst gehen kann.«

Als ich mich umdrehte, sah ich, dass sie wach war und sich gerade aufsetzte.

Ich ging auf sie zu. »Hi. Ich bin Callie.«

Sie stützte beide Hände auf dem Betonboden ab, als

würde sie jeden Moment zu einem Raubtiersprung ansetzen. Ich wagte mich noch etwas näher.

»Es ist okay. Ich bin wie du.« Ich drehte mich um und hob meinen Haarvorhang hoch, damit sie die Narbe sehen konnte.

»Hey, eine Metallo«, sagte sie mit einem starken Südstaaten-Dialekt.

»Ja. Und ich kann dir helfen.«

Sie entspannte sich. »Diese Träume ... Tagträume ... Nachtträume ... sie verschwinden nicht aus meinem Kopf.« Ihre Unterlippe zitterte. »Und sie sind so seltsam.«

»Ich weiß. Mir geht es nicht anders«, sagte ich. »Komm mit mir. Wir haben genug zu essen und eine sichere Unterkunft.«

»Genug zu essen?«

»Sogar Supertruffles«, sagte ich. »Im Wagen.«

Sie deutete auf den SUV. »Sind da Enders drin?«

»Nein«, beruhigte ich sie. »Nur wir Starters.«

Misstrauisch kam sie näher. Hyden blieb hinter dem Lenkrad sitzen und entriegelte die Tür zum hinteren Einstieg. Sie zögerte, als sie ihn sah, und warf mir einen fragenden Blick zu.

»Der gehört zu mir«, sagte ich. »Er ist okay.«

Hyden lächelte, und die Starter kletterte auf den Rücksitz.

kapitel 11

Das Mädchen hieß Savannah und verschlang während der Autofahrt drei Supertruffles. Wenn sie noch schneller aß, würde sie wieder alles von sich geben, was sie in ihren leeren Magen stopfte.

»Ihr habt recht«, sagte sie und wischte sich den Mund mit dem Handrücken ab. »Eigentlich sollte ich es besser wissen. Mein Vater war Ernährungswissenschaftler.«

»Dann verstehst du einiges von Medizin?«, erkundigte ich mich.

»Das darfst du laut sagen. Meine Mutter arbeitete als Chirurgin. Ich wollte gerade mein Vorstudium in Medizin beginnen, als der Krieg ausbrach.«

Hyden und ich wechselten einen Blick. Leute mit medizinischen Kenntnissen konnten wir in der Tat sehr gut gebrauchen.

»Ist was?«, fragte sie mit ihrem breiten Südstaaten-Akzent.

»Nichts«, entgegnete ich. Aber ich las die Neugier in ihren Augen, und deshalb fügte ich hinzu: »Nur dass du über ein paar sehr nützliche Talente verfügst. Das freut uns natürlich. Und was hat dich zu Prime Destinations geführt?«

Sie versteifte sich und sah mich zögernd von der Seite an. Allem Anschein nach überlegte sie, ob sie diese Geschichte nicht besser für sich behalten sollte.

»Keine Sorge, wir haben volles Verständnis für alle, die da gelandet sind«, sagte ich. »Ich brauchte zum Beispiel dringend Geld für eine richtige Unterkunft, weil mein kleiner Bruder lungenkrank war und die kalten, verlassenen Gebäude, in denen wir lebten, seinen Zustand mit jedem Tag verschlimmerten. Die Body Bank war mein letzter Ausweg.«

Das schien sie zu beruhigen. »Ich hatte Angst, dass mich die Marshals in ein Heim stecken würden«, sagte sie. »Die meisten Kids in unserer Straße hatten sie bereits weggebracht. Ich hätte locker im Haus bleiben können, aber die Regierung machte mir einen Strich durch die Rechnung, als sie die ganze Gegend für verseucht erklärte. Also ging ich zur Body Bank.«

»Wann war das?«, fragte Hyden.

»Vor ein paar Monaten«, erwiderte sie. »Aber dann klauten mir ein paar Renegaten das Geld, das ich bekommen hatte. Gleich am ersten Tag meiner Rückkehr.«

Ich nickte. Die Geschichte hörte ich nicht zum ersten Mal.

»Schätze mal, dass ihr mehr Glück hattet.« Sie deutete auf den SUV.

»Wir erzählen dir später, wie es bei uns war«, sagte ich. »Wichtig ist im Moment nur, dass du uns vertrauen kannst.«

Sie zog die Knie an die Brust, stützte den Kopf auf die Armlehne und schloss die Augen. »Das klingt gut, Leute.«

Während wir Savannah in unsere unterirdische Labor- und Wohnanlage brachten, zupfte ich Hyden unauffällig am Hemd und bewegte die Lippen zu einer stummen Frage: »Und der hier?« Ich deutete auf seinen Leihkörper.

Er zuckte die Achseln.

»Wow, spitzenmäßig«, sagte Savannah, als wir den großen Aufenthaltsraum betraten. »Danke, dass ihr mich hergebracht habt, Leute.« Sie wandte sich Hyden zu. »Das ist dein Zuhause?«

Hyden nickte. »Übrigens muss ich dir noch eine ganz andere Sache erklären. Das hier ist nicht mein Körper. Ich habe ihn mir ausgeliehen.«

»Im Ernst?« Sie kniff die Augen zusammen. »Ich dachte, nur Enders seien drauf aus, unsere Körper zu mieten.«

»Im Normalfall stimmt das schon«, sagte Hyden.

»Und wo ist dein Körper?«, erkundigte sie sich.

»In einem der Schlafräume«, erklärte ich. »Warum?«

»Kann ich ihn sehen?«

Hyden setzte zu einem Kopfschütteln an, aber ich trat einen Schritt vor. »Klar. Irgendwann musst du den richtigen Hyden ja kennenlernen.«

Hyden schoss mir einen wütenden Blick zu. Ich konnte mir denken, dass er nicht gerade begeistert über meine Einmischung war, aber ich fand, unsere Verbündeten sollten nicht das Gefühl bekommen, dass sich zu viele Dinge hinter ihrem Rücken abspielten.

Wir gingen in das Zimmer, in dem wir seinen Körper zurückgelassen hatten. Da lag er, der wahre Hyden, und schlief. Sein Atem ging flach, und er sah blass aus.

»Wie lange ist er schon in diesem Zustand?«, fragte Savannah.

»Nicht allzu lange«, meinte Hyden.

»Dennoch – man sollte ihm allmählich Flüssigkeit zuführen.«

»Ich weiß.« Hyden nickte. »Ich kümmere mich darum.«

»Gut. Es ist nämlich ein durchaus ansehnlicher Körper.«

»Oh«, sagte Hyden. »Danke.«

Ich hätte um ein Haar laut aufgelacht, als ich seine verblüffte Miene sah.

»Komm.« Ich winkte Savannah an meine Seite. »Wir besorgen dir erst mal ein Zimmer.«

Ich nahm sie am Arm, und wir machten uns auf die Suche nach einem freien Bett.

Savannah machte sich nichts aus frischen Laken. Sie war so erschöpft, dass sie auf das schmale Bett fiel und einschlief, während ich noch Handtücher und andere Toilettenartikel für sie zusammensuchte.

Ich ging zurück in den Gemeinschaftsraum und traf dort auf Hyden.

Zu meiner Überraschung steckte er wieder in seinem eigenen Körper.

Er wandte mir den Rücken zu, aber ich erkannte ihn sofort an den kräftigen Schultern und dem wirren Haar, das weder lockig noch richtig glatt war. Meine Knie gaben nach. Alles war irgendwie verkehrt. Er war da und doch fort. Alles hatte seine Ordnung, er befand sich da, wo er hingehörte. In seinem eigenen Körper.

Aber das bedeutete auch, dass wir uns nicht mehr berühren konnten.

»Hyden«, sagte ich leise.

Er drehte sich um. Ich sah ihn an. Seinen Körper. Das Gesicht, das mir immer vertrauter wurde. Dieses schöne Gesicht mit dem Schmerz in den Augen.

»Was ist?«, fragte er.

»Du hast nicht auf mich gewartet? Du hast den Tausch einfach vorgenommen?«

Er hielt den Kopf schräg. »Das wolltest du doch.«

Natürlich hatte ich das gewollt. Aber nicht so abrupt. Ich begriff, dass ich insgeheim auf etwas gewartet hatte … einen letzten Kuss oder eine Umarmung zum Abschied. Einen kleinen gemeinsamen Moment, ehe er wieder zum »Rühr mich nicht an«-Hyden wurde.

Aber das war wohl ebenso egoistisch wie absurd.

»Ich dachte, vielleicht …«, begann ich.

»Ich weiß«, unterbrach er mich. »Ich auch. Aber ich konnte nicht warten. Savannah hatte recht. Mein Körper benötigte dringend Flüssigkeitsnachschub. Und einem Schlafenden kann man schlecht etwas einflößen.«

Nun war es Jeremys Körper, der dort auf einer Couch lag, nicht weit von dem Zimmer entfernt, in dem Hyden geschlafen hatte. Neben ihm stand ein kleiner mobiler Airscreen.

»Ist der mit deinem Auto verbunden?«, fragte ich.

»Schsch …« Er legte einen Finger auf die Lippen.

Jeremys Lider flatterten, und seine Mundwinkel begannen zu zucken.

Offenbar kam er zu sich.

»Unternimmst du nichts, um ihn in Schach zu halten?«, fragte ich leise. »Mal angenommen, er wacht auf und fängt an, um sich zu schlagen …«

»Du hast recht. Ich sage Ernie Bescheid.« Er holte sein Handy aus der Tasche und setzte eine Zing ab.

Aber noch ehe Ernie eintraf, schlug Jeremy die Augen auf. Panik stand darin. Er presste den Rücken gegen die Couchlehne und setzte sich mühsam auf. Sein Kopf fuhr ruckartig von einer Seite zur anderen, als versuchte er sich einen Reim auf seine Umgebung zu machen.

»Du musst keine Angst haben, Jeremy«, sagte ich.

Hyden gab mir mit einer Handbewegung zu verstehen, dass ich den Mund halten sollte, aber es war zu spät. Jeremy hatte meine Worte gehört.

»Du?« Er wandte den Kopf in meine Richtung und presste beide Hände gegen die Schläfen. »Wer bist du?«

»Callie.«

»Ich kenne keine Callie.«

Seine Stimme klang schneidend, als erteilte er mit jedem Wort einen Befehl.

»Das ist richtig. Du kennst mich nicht. Kann ich dir irgendetwas bringen? Ein Glas Wasser vielleicht?«

Er wollte nicken, besann sich aber eines Besseren. Offensichtlich hatte er starke Kopfschmerzen.

Hyden bedeutete mir, dass er das Wasser holen werde. Jeremy bemerkte ihn erst, als er den Raum verließ.

»Und wer ist der Typ?«, fragte er.

Ich war nahe daran, ihm die ganze Geschichte zu erklären, aber ich bremste mich.

»Ein Freund. Er heißt Hyden.«

»Kommt mir bekannt vor ...«

Ich hoffte, dass er sich nicht an die Art und Weise erinnerte, wie Hyden ihn überwältigt hatte. »Eher nicht. Du bist noch ein wenig verwirrt. Wir sind Metallos wie du.«

»Metallos wie ich ...«, murmelte Jeremy.

Hyden kam mit dem Wasser zurück. Jeremy nahm das Glas und leerte es in einem Zug.

»Dann habt ihr auch diesen Chip von Prime?«, fragte er.

Wir nickten beide.

»Die Body Bank«, fuhr er fort. »Wenn ich diesen Old Man je zu fassen kriege, drehe ich ihm den Hals um.«

Ich warf Hyden einen Blick zu, doch der ließ Jeremy keine Sekunde aus den Augen.

»Du siehst verdammt fit aus«, meinte er jetzt. »Welche besonderen Talente hattest du bei Prime angegeben?«

»Warum interessiert dich das? Gemischte Kampfkunst«, sagte er. »Taekwondo, Kali, Gatka.«

Hyden nickte.

Wir hatten Jeremy in Aktion erlebt. Tödlich, wenn er nur wollte. Schon deshalb beschlossen wir, ihm nicht sofort alles zu erzählen, sondern abzuwarten, bis er sich an die neue Situation gewöhnt hatte. Zwar besaßen alle Neurochips – mit Ausnahme meines geänderten Modells – eine Sperre, die verhindern sollte, dass ein Metallo einen Mord beging, während er unter der Kontrolle seines Mieters stand. Aber wir wussten nicht genau, ob diese Sperre auch funktionierte, wenn wir unseren Körper selbst steuerten. Und jetzt war nicht der richtige Moment, das herauszufinden.

Als wir an diesem Abend in der Küche unsere Teller füllten, kam Hyden mit einem strahlenden Lächeln auf mich zu und blieb – mit einem gewissen Abstand – neben mir stehen.

»Ist Chili dein Lieblingsgericht oder was?«, erkundigte ich mich.

»Das nicht. Ich wollte mich nur bei dir bedanken.«

»Wofür?«

»Dass du mich überredet hast, die Metallos hierherzuholen.«

»Ein gutes Gefühl, nicht wahr?«

»Vor allem, wenn ich bedenke, dass mein Vater jetzt keinen Zugriff mehr auf diese Leute hat. Wir bilden eine richtige Gemeinschaft. Und …« Er machte eine kleine Pause. »… wir haben jetzt bessere Köche.«

Er grinste mich schelmisch an, ich verdrehte die Augen und ging um den Tisch herum, um Brot zu holen.

Im Speisesaal setzte ich mich neben Redmond. Hyden nahm am anderen Ende des Tisches gegenüber Jeremy Platz. Der Anblick der beiden löste bei mir einige Gedankenspiele aus. Aber ich war froh, dass sie sich nach einem eher holprigen Start gut vertrugen. Jeremy hatte sich wie die meisten Metallos zum Bleiben entschlossen, da sein Leben bei uns besser – und sicherer – war als draußen. Lily, die Akrobatin, und der wegen seiner Kletterkünste bewunderte Derek saßen ebenfalls in der Runde. Michael, der bereits fertig gegessen hatte, unterhielt sich lachend mit Savannah und fertigte ganz nebenbei ein paar Skizzen von ihr an. Auch an den übrigen Tischen waren lebhafte Gespräche im Gang.

Jemand klopfte an sein Glas, und das Stimmengewirr verstummte. Es war Jeremy.

»Ich würde gern ein wenig über unsere Erinnerungen reden«, verkündete Jeremy.

»Du meinst – über die Erinnerungen unserer Mieter?«, fragte Savannah.

»Ich weiß, dass ich nicht der Einzige bin, dem solche Rückblenden zu schaffen machen. Vielleicht hilft es, wenn wir offen darüber sprechen. Wer fängt an?«

Savannah hob die Hand. »Meine Mieterin wollte meine Kampfsport-Erfahrung, um es ihrem früheren Freund richtig heimzuzahlen. Ich war geschockt, als ich die Bilder sah. Irgendein uralter Knacker, den sie abgrundtief hasste. Ich weiß nicht, was er ihr angetan hatte, aber sie war sehr zufrieden, dass sie die Gelegenheit zur Rache bekam.«

Als Nächster meldete sich Michael zu Wort. »Mein Mieter war ein total schmieriger Typ.«

»O Mann, wie recht du hast«, warf ich ein. »Ich bin ihm begegnet.«

»Er versuchte mit meinem Zeichentalent Starter-Mädchen anzubaggern«, fuhr Michael fort. »Bat sie, ihm Modell zu sitzen und so.«

»Nackt«, sagte Jeremy kauend.

»Klar, was sonst?«

Alle sahen auf.

»Dann musst du interessante Bilder im Kopf haben«, meinte Jeremy.

»Eher nicht. Der Typ – ich – bekam nur Absagen. Er war zu leicht zu durchschauen.«

»Meine Mieterin war eine hundertjährige Ender«, berichtete Lily. »Sie hatte Krebs im Endstadium und träumte davon, einmal auf einem Trapez durch eine Zirkuskuppel zu schwingen. Ich spürte, wie begeistert sie war, wie sehr sie das Schweben genoss. Es war eine wunderbare Erfahrung.«

Die anderen nickten mitfühlend und setzten dann ihre privaten Unterhaltungen fort.

Redmond wandte sich mir zu und sagte leise: »Diese Box mit dem Speicherblock, den ich in meinem Safe für Sie hinterlegt hatte …«

»Sie meinen die verschlüsselten Notizen, aus denen hervorgeht, wie Sie meinen Chip verändert haben?«, fragte ich. »Was ist damit?«

»Haben Sie das Kästchen noch?«

Ich fragte mich, weshalb er das wissen wollte. »Es ist an einem sicheren Ort verwahrt.«

»Gut.« Seine Augen wurden schmal. »Lassen Sie es dort. Und geben Sie es niemals aus der Hand.«

Ich sah eine Traurigkeit in seinem Blick, die ich mir nicht erklären konnte. Langsam nickte ich.

»Ich möchte Sie um einen Gefallen bitten«, sagte ich.

»Ich kann Ihren Chip nicht entfernen, falls es das ist, was Sie meinen.«

»Nicht den Chip. Nur die Metallplatte, die Sie als Abschirmung in meine Schädeldecke eingesetzt haben.«

»Warum?«

»Sie funktioniert nicht mehr.«

»Ich erklärte Ihnen, dass sie ihre Aufgabe nur für kurze Zeit erfüllen würde.«

»Genau deshalb möchte ich, dass sie wieder entfernt wird. Ich glaube, dass sie meine Kopfhaut reizt. Jedenfalls kratze ich ständig daran herum.«

Er schob seine Schüssel beiseite. »Ich halte es für besser, alles so zu lassen, wie es ist. Auf diese Weise bleibt das Trauma minimal. Und das kleine Plättchen schadet Ihnen nicht.«

»Es ist mein Kopf. Je weniger Metall er enthält, desto besser, würde ich sagen.«

Als ich sah, dass Redmond die Lippen zusammenpresste, verschränkte ich trotzig die Arme. Ich wollte keinen Rückzieher machen, obwohl ich befürchtete, dass er recht hatte. Aber irgendwie hatte ich das Gefühl, dass ich mit dem Entfernen der Metallplatte meinem eigentlichen Ziel einen Schritt näher kam. Dem Entfernen des Chips. Irgendwann würde auch das gelingen …

Redmond holte sich Hydens Zustimmung für den Eingriff. Ich bat Michael, mich zu begleiten und bei mir zu sein. Immer wenn ich ihn sah, wünschte ich mir, Tyler könnte auch hier sein. Hoffentlich würde ich ihn bald wiedersehen.

Wir folgten Redmond in ein kleines Behandlungszimmer mit einem Waschbecken, Medikamenten und einer Reihe von Instrumenten-Schubladen. Redmond legte einige Instrumente zurecht und sterilisierte sie. Ein scharfer Geruch nach Desinfektionsmitteln stieg mir in die Nase. Michael stellte sich neben mich und nickte mir beruhigend zu.

»Können wir anfangen?«, fragte Redmond.

Er wies mich an, mit dem Gesicht nach unten auf dem Operationstisch Platz zu nehmen. Eine Aussparung in der Liegefläche sorgte zwar dafür, dass ich einigermaßen Luft bekam, aber das Ganze war alles andere als bequem. Der Rand der Mulde war mit einer Lage Hygienepapier ausgeschlagen, das an meinem Gesicht scheuerte, während Redmond etwas Kaltes an meinem Hinterkopf befestigte.

»Was machen Sie da eigentlich?«, wollte ich wissen.

»Ich klebe rund um die Platte wasserfeste Streifen fest, um Ihr Haar zu schützen.«

»Fühlt sich an, als würden Sie meinen ganzen Kopf verpflastern.«

»Je breiter die Abdeckung, desto größer die Sicherheit.«

»Ist der Eingriff schmerzhaft?«, erkundigte sich Michael. Sehr feinfühlig von ihm.

»Sollte er eigentlich nicht sein«, meinte Redmond. »Ich komme ohne Skalpell aus.«

Mir wäre es lieber gewesen, er hätte ein Skalpell benutzt und den Chip herausgeschnitten. Aber das hier war eben die zweitbeste Lösung. Ich hörte das Zischen eines Sprays und spürte, wie meine Kopfhaut erst eiskalt und dann taub wurde.

»Das hier ist eine zusätzliche Schutzschicht, damit das Lösemittel, das ich verwenden werde, nicht in die Schädeldecke dringt.«

»Wozu ein Lösemittel?«, fragte Michael.

»Leute, so genau will ich es dann auch nicht wissen«, warf ich ein.

Ich stellte mir Michaels Gesichtsausdruck vor, während er Redmond bei der Arbeit beobachtete. Für ihn war der Eingriff sicher eine Art spannendes wissenschaftliches Experiment, den er irgendwann vielleicht sogar in einer Zeichnung festhielt.

»Der Kleber, mit dem das dünne Metallplättchen an ihrem Hinterkopf befestigt war, muss aufgelöst werden. Da das Material sehr stark haftet und sich nur mit einer Säure zersetzen lässt, hatte ich meine Bedenken, die Abschirmung zu entfernen.«

»Genug gequatscht, nun machen Sie schon!«, forderte ich ihn auf.

»Halten Sie jetzt ganz still!«

Ich bekam mit, wie das Lösemittel schäumte und Blasen warf. Ein stechender Geruch stieg mir in die Nase.

»Wow«, sagte Michael. Allem Anschein nach wedelte er mit den Armen, um den Gestank zu vertreiben.

»Kommen Sie nicht zu nahe«, warnte Redmond ihn. »Ich versuche das Plättchen jetzt mit einer Pinzette zu fassen und herauszuhebeln.«

Im nächsten Moment zerrte Redmond an der Abschirmung.

»Die linke Seite löst sich … jetzt noch der Rest …«

Redmond rüttelte mit der Pinzette an den Rändern des Plättchens. Ich spürte, wie es mit einem Ruck freikam.

»Geschafft«, sagte er. »Großartig. Jetzt säubern wir die Stelle noch ein wenig …«

Natürlich war das Einbildung, aber ich fühlte mich leichter. Michael tätschelte meinen Arm.

»Gut gemacht«, lobte er.

Während Redmond sich abwandte, um sterile Tupfer zu holen, schrillte draußen im Korridor eine Sirene los.

»Was ist das denn?«, rief ich Redmond über den Lärm hinweg zu.

»Sicherheitsalarm. Bleiben Sie liegen!«

Er rannte aus dem Behandlungszimmer und schloss die Tür hinter sich.

Ich setzte mich auf.

»Du sollst liegen bleiben«, mahnte Michael. »Du hast eine Wunde am Hinterkopf.«

Ich hatte ein kratziges Gefühl in der Kehle, und eine neue Note überlagerte die medizinischen Gerüche im Raum. Ich hustete. Michael und ich wechselten einen Blick. Dann begann auch er zu husten.

Es war die Luft. Ich blickte auf. Durch den Türschlitz quoll weißer Rauch wie der Giftatem eines Drachen.

kapitel 12

Ich kletterte vom Operationstisch, riss ein Handtuch vom Haken und feuchtete es rasch mit kaltem Wasser an. Dann reichte ich es Michael.

»Halte dir den Mund zu!«, befahl ich.

Ich hielt ein zweites Handtuch unter die Wasserleitung und drückte es gegen Mund und Nase. Es blockierte den Rauch, aber das Atmen fiel mir schwer.

Draußen im Gang drang Rauch aus allen Ritzen, und der bittere Geruch überwältigte uns. Michael blieb dicht neben mir.

»Redmond!«, keuchte ich.

Ich hörte keine Antwort, nur das An- und Abschwellen der Sirene.

Meine Augen begannen von dem Qualm zu tränen. Ich konnte nur ein paar Schritte weit sehen und tastete mich mit einer Hand an der Korridorwand entlang.

»Wohin gehen wir?«, fragte Michael.

»Redmond«, schrie ich über das Sirenengeheul hinweg. »Hyden!«

Ich warf einen Blick über die Schulter, aber der Gang war jetzt so vernebelt, dass ich selbst Michael nicht mehr erkennen konnte. Der Qualm und das Schrillen des Alarms dämpften meine Wahrnehmung. Dann packte mich jemand hart am Arm.

Es war ein Fremder, ein bulliger Ender mit einer Gasmaske, die ihn wie einen überfressenen Alien aussehen ließ. Er hatte einen Zip-Taser in einer Hand und die für Enders typische leichte Pistole im Gürtel stecken.

Ich verhakte einen Fuß von hinten in seinem Bein und versuchte ihn aus dem Gleichgewicht zu bringen, doch er stand da wie ein Felsen. Michael hatte mich eingeholt und wollte mir helfen, aber der Ender schlug ihm den Griff seines Tasers an die Schläfe. Michael ging taumelnd zu Boden. Ich ließ das Handtuch fallen und wehrte den Ender mit beiden Händen ab. Vergeblich. Der Mann war stärker als ich und umklammerte meine Unterarme.

Und nun, da ich das bittere Gas voll einatmete, wurde mir schwindlig. Die Wunde am Kopf hatte ich fast vergessen, doch jetzt schmerzte sie wieder.

Der Ender richtete seinen Zip-Taser auf mich. Ich warf mich im letzten Moment zur Seite – und die Elektrodennadel brannte ein Loch in die Wand.

Er zerrte mich grob zu sich heran, bis ich nur noch Zentimeter von seiner Maske entfernt war. Das Gas ließ mich taumeln. Plötzlich klappte er den Mund weit auf und sackte zu Boden. Ernie stand hinter ihm, eine Pistole in der Hand. Auch er trug eine Gasmaske. Offenbar hatte das Sirenengeheul seinen Schuss übertönt. Ernie riss dem Ender die Maske vom Gesicht und warf sie mir zu. Die Beklemmung legte sich nach den ersten Atemzügen.

»Okay?«, fragte Ernie. Seine Stimme klang dumpf durch die Schutzmaske.

Ich zog ein paar Haarsträhnen unter der Maske hervor und nickte. »Michael. Er ist verletzt.« Ich deutete über meine Schulter.

»Sonst noch jemand dahinten im Korridor?«, erkundigte sich Ernie.

Ich schüttelte den Kopf. »Wo ist Hyden?«

»Unversehrt. Aber alle anderen haben sie mitgenommen.« Ernie rannte an mir vorbei und suchte im Qualm nach Michael.

»Alle?«, murmelte ich.

Meine Haut fühlte sich feuchtkalt an. Vor mir lag der Ender, den Ernie niedergeschossen hatte.

»Mistkerl«, zischte ich.

Im nächsten Moment stockte mir der Atem, denn der vermeintlich Tote schlug die Augen auf und packte mich am Knöchel.

»Ernie!«, schrie ich. Ich versuchte mich loszureißen, doch der Ender hielt meinen Fuß wie in einer Eisenklammer fest.

Unser Bodyguard kam mit gezogener Pistole zurückgerannt. Michael stolperte benommen hinter ihm her. Der Qualm verzog sich allmählich. Ernie bückte sich und richtete die Waffe auf den Kopf des Enders.

»Lass sie sofort los!«

Der Ender gab meinen Knöchel frei und kippte nach hinten, bleich und am Ende seiner Kräfte.

»Zurück, Callie!« Ernie deutete mit dem Kinn über seine Schulter.

Michael legte einen Arm um mich und zog mich von dem Ender weg. Der Rauch hatte sich inzwischen so weit verflüchtigt, dass Ernie und ich unsere Atemmasken abnehmen konnten.

»Für wen arbeitest du?«, fragte Ernie den Ender.

Der Mann schwieg. Seine Miene verriet bittere Resignation.

»Pass mal auf, Alter«, sagte Ernie. »Du hast noch eine Minute. Dann bist du verblutet. Außer …« Er griff in seine Tasche und zog eine Jet-Spritze hervor. »Weißt du, was das ist? Ein Medikament, mit dem sich deine Blutung stillen lässt.«

Der Ender riss die Augen weit auf und hob mühsam den Kopf.

»Ich werde dein erbärmliches Leben retten. Wenn du meine Fragen beantwortest. Wer hat dich hergeschickt?«

Michael und ich sahen uns an. Würde der Mann reden?

Der Ender bewegte die Lippen. »Brockman.« Er hustete.

»Was hat er mit den Kids vor?«, fuhr Ernie fort. »Will er sie ebenfalls in die Luft sprengen?«

Er schüttelte den Kopf. »Nein … verkaufen …« Er streckte eine Hand nach der Spritze aus. »Gib schon …«

Ernie zog den Arm zurück. »Wann?«

Der Ender stöhnte vor Schmerzen. »… zehn Tagen …«

»An wen?«

»Sehr reiche … die reichsten Enders … der Welt …«

»Wo?«

»Spritze …« Wieder streckte der Mann die Hand aus.

Ernie warf einen Blick auf seine Armbanduhr und injizierte das Medikament mit einem kurzen Daumendruck. Der Ender zuckte nicht einmal zusammen.

»Wo?«, fragte Ernie. »Wo findet die Auktion statt?«

Die Augen des Verwundeten wurden glasig. Sein Kopf fiel schlaff zur Seite.

»Wo ist Brockmans Labor?«, rief Ernie und schüttelte den Ender.

»Ernie.« Ich tippte ihm auf die Schulter. »Ich glaube, er ist tot.«

Ernie fühlte den Puls des Enders und stand dann auf.

»Die Spritze hat nicht gewirkt«, sagte Michael.

»Natürlich nicht«, entgegnete Ernie. »Aber irgendwie musste ich ihn zum Reden bringen. Los jetzt, beeilt euch.«

Er übernahm die Führung. Michael und ich folgten ihm zum Hauptlabor, wo uns Hyden mit einem prall gefüllten schwarzen Seesack über der Schulter erwartete. Redmond war bei ihm.

»Alles in Ordnung, Callie? Wir müssen auf die Wunde achten.«

»Es geht mir gut«, sagte ich.

Gemeinsam rannten wir durch den Saal.

»Weißt du, dass sie alle Metallos entführt haben?«, fragte ich Hyden.

»Nicht alle«, entgegnete Hyden, aber ich sah die Trauer in seinen Augen. »Nicht dich. Ein Glück, dass du in der Krankenstation warst.« Er wandte sich an Michael. »Und du ebenfalls.«

Wir hatten das Ende des Hauptlabors erreicht, und ich fragte mich gerade, weshalb Ernie uns in eine Sackgasse führte, als Hyden die flache Hand gegen die Wand presste. Ein Paneel glitt zur Seite und gab einen schmalen Gang frei. Wir hatten ihn kaum betreten, als sich die Geheimtür mit einem leisen Schnappen hinter uns schloss.

Hyden öffnete eine weitere Tür, die in den Treppenschacht führte. Wir hasteten die Stufen nach oben. Nach einer Weile hörte ich auf, die Stockwerke zu zählen. Ich hatte Seitenstechen und bekam kaum noch Luft. Schließlich nahm Ernie mich am Ellbogen und stützte mich den Rest des Weges.

Endlich erreichten wir den letzten Absatz. Hyden drückte erneut auf ein Tastenfeld. Eine Stahlverkleidung schwang auf. Dahinter befand sich die Garage. Sobald das Paneel wieder eingerastet war, deutete nichts mehr auf die verborgene Fluchttreppe hin.

Wir durchquerten gerade die Garage und steuerten auf den SUV zu, als sich die Aufzugtür öffnete. Zwei Enders mit Gasmasken stürmten heraus.

Hyden gab Ernie mit einem Wink zu verstehen, Michael und mich in den SUV zu verfrachten. Während ich auf den Beifahrersitz und Michael auf die Rückbank kletterte, nahm Hyden hastig hinter dem Lenkrad Platz.

Aber Redmond, der einzige Ender unter uns, war nicht schnell genug. Einer der Angreifer – ein hochgewachsener Typ, der sein weißes Haar schulterlang wie ein Wikinger trug – packte ihn von hinten.

Ernie hechtete auf den Lift zu, um Redmond zu helfen, doch der zweite Ender richtete seine Waffe auf den Bodyguard und drückte ab.

»Nein!«, rief ich.

Redmond hatte es geschafft, sich aus der Umklammerung zu lösen. Er drehte sich um und ging auf seinen langhaarigen Widersacher los. Doch in diesem Moment krachte ein Schuss, und der Wissenschaftler sackte zusammen, aus nächster Nähe getroffen.

»Redmond!«, schrie ich.

Ernie bekam die SUV-Tür zu fassen und stemmte die Füße gegen die Einstiegsleiste. Michael beugte sich vor und hielt ihn am Arm fest.

Die beiden Angreifer wandten sich uns zu. Hyden startete den Wagen, um rückwärts aus der Garage zu preschen, während Ernie sich mit letzter Kraft und Michaels Unterstützung auf den Rücksitz rettete. Hyden drückte auf den Knopf, der die Metallwand vor der Garage absenkte.

Die Enders rannten auf uns zu.

Hyden drückte erneut auf den Knopf, und die Metallwand donnerte nach unten. Ihre Kante erwischte den langhaarigen Ender wie ein Fallbeil. Die Pistole flog ihm aus der Hand und schlitterte zu Boden.

Mein Magen verkrampfte sich.

»Nicht hinschauen«, warnte Michael.

Hyden raste mit Vollgas über die Parkfläche. Dann warf er einen Blick über die Schulter.

»Redmond …«, begann ich.

»Ich weiß. Er war sofort tot, Callie«, sagte Hyden. »Kannst du dich um Ernie kümmern?«

Ich drehte mich um. Der Bodyguard saß zusammengesunken auf der Rückbank, eine Hand auf die Herzgegend gepresst. Ein Blutfleck breitete sich auf seinem Jackett aus.

Mir war schlecht. Aber ich beugte mich über die Sitzlehne nach hinten.

»Kannst du sehen, wo er getroffen wurde?«, fragte ich Michael.

Vorsichtig öffnete Michael Ernies Jackett. Das Einschussloch befand sich ein gutes Stück oberhalb des Brustkorbs.

»Eine Schulterwunde«, berichtete Michael erleichtert.

»Er braucht einen Arzt«, sagte Hyden, ohne den Blick von der Straße abzuwenden.

Ernie schüttelte den Kopf.

»Er will keinen«, erklärte Michael.

»Er wird tun, was ich sage.« Hydens Stimme verriet Entschlossenheit.

Hyden gab Gas. Das Navi dirigierte uns in wenigen Minuten zum nächstgelegenen Krankenhaus, dem Hospital der Barmherzigen Schwestern. Wir fuhren auf das Gelände, vorbei an Plastikblumen in Pflanzenkübeln. Eine Klinik mehr, die sich kaum über Wasser halten konnte – ein Opfer unserer Zeiten. Während wir uns der Notaufnahme näherten, drehte ich mich noch einmal nach Ernie um. Schweiß bedeckte seine Stirn, und seine Augen wirkten glasig. Michael hatte ihm beruhigend die Hand auf die Schulter gelegt.

»Das kommt wieder in Ordnung«, sagte ich. »Wir sind gleich da.«

Ernie zog seine Pistole und richtete sie auf Hyden. Michael ließ seine Schulter los.

»Halt an!«, sagte Ernie. »Ich gehe alleine.«

Hyden bremste kurz vor der Auffahrt für Krankentransporte.

»Ich liefere dich jetzt da ab«, erklärte Hyden. »Du bist verwundet.«

»Blutverlust gehört zu meiner Jobbeschreibung«, sagte Ernie.

Hyden schüttelte den Kopf. »Nun mach es halb so dramatisch, Ernie. Wir wissen beide, dass du nicht auf mich schießen wirst.«

»Metallos dürfen nicht in einer Klinik rumsitzen«, stieß Ernie mühsam hervor. »Die Signale würden die Verfolger anlocken.« Seine Stimme wurde schwächer. »Entweder so … wie ich sage … oder gar nicht.«

Hyden hielt mit einem resignierten Achselzucken an. Michael und ich stiegen aus, öffneten Ernies Tür und halfen ihm ins Freie. Er lehnte sich an die Mauer gleich neben dem Eingang zur Notaufnahme und scheuchte uns zum SUV zurück.

»Tut mir leid, dass ich Redmond nicht retten konnte«, murmelte Ernie.

Wir stiegen ein. Durch das Wagenfenster sah ich einen Pfleger mit einem Rollstuhl für Ernie ins Freie hasten.

»Ernie ist zäh«, sagte Hyden. »Er wird sich mit mir in Verbindung setzen, sobald er das Schlimmste überstanden hat.«

Ich drehte mich nach Michael um. Er wirkte genau so erschüttert, wie ich mich fühlte. Hyden steuerte auf die Schnellstraße und fuhr in Richtung Osten. Meine Haut juckte wie verrückt. Ich begann mich an der Wange zu kratzen.

»Finger weg vom Gesicht«, warnte Hyden.

Er öffnete eine Deckenklappe, hinter der ein schmaler Erste-Hilfe-Kasten verstaut war, und holte zwei weiße Päckchen hervor, die kaum größer als meine Handfläche waren.

»Was ist das?«, fragte ich.

Er warf mir die Päckchen zu. »Fang auf!«

Ich gab eines davon an Michael weiter und las einen langen chemischen Namen, mit dem ich nichts anfangen konnte. Nachdem ich die Umhüllung aufgerissen hatte, kam ein feuchtes Tuch zum Vorschein.

»Wisch dir damit zuerst das Gesicht ab, vor allem die Nase, und danach Hals, Hände, Füße – jedes Fleckchen bloßer Haut. Und vor allem deine Wunde am Kopf. Dann sollte sie wieder steril sein.«

Ich presste das kühle Tuch an meine Wange. »Fühlt sich gut an.«

»Es neutralisiert die Restanhaftungen der meisten Gase.«

Michael fuhr sich mit dem Tuch über das Gesicht. »Welchen Schaden würde das Zeug anrichten?«

Hyden schüttelte den Kopf. »Das willst du nicht wirklich testen, oder?«

Er begann sich ebenfalls das Gesicht zu reinigen, und ich ahmte seine Bewegungen nach. Als ich das benutzte Tuch zusammenfaltete, drückte er auf einen Knopf, und in unseren Türen klappte ein kleiner Abfallbehälter auf.

»Der arme Redmond«, sagte ich nach einer Weile.

»Er hätte niemals für Brockman gearbeitet. Ich bin überzeugt, dass er bei einer Gefangennahme freiwillig aus dem Leben geschieden wäre.«

Ich fühlte mich total ausgehöhlt. Es war wie damals, als sie uns aus dem besetzten Bürogebäude vertrieben und uns nichts blieb, nicht einmal die Fotos unserer Eltern. Unvermittelt packte mich eine verzweifelte Sehnsucht nach meinem kleinen Bruder. Ich hatte nur noch den Wunsch, ihn an mich zu ziehen und ganz lang festzuhalten.

»Ich muss zu meinem Bruder«, sagte ich.

»Damit führst du die Leute meines Vaters direkt zu eurem Chalet.«

»Er hat recht«, sagte Michael.

»Es ist mir egal, ob er recht hat. Sie spüren uns ohnehin auf oder nicht? Ich will Tyler sehen.«

Hyden beachtete mich nicht weiter, sondern schaltete den Scanner ein.

»Was machst du da?«, wollte ich wissen.

»Scannen.« Das klang, als hätte ich eine überflüssige Frage gestellt.

Er schaltete auf Autopilot und nahm die Hände vom Lenkrad.

»Ist das jetzt wirklich der rechte Zeitpunkt zum Scannen?«, fragte Michael.

»Ich versuche herauszufinden, ob wir ihre Signale auffangen können«, erklärte Hyden, während er den Airscreen aktivierte. »Da sie alle unsere Metallos haben, müsste das Ding hier eigentlich wie ein Christbaum leuchten.«

»Du meinst, wir könnten sie zurückholen?«

»Das war mein Gedanke«, sagte Hyden.

Ich beobachtete den Monitor, und auch Michael beugte sich von der Rückbank vor, um nichts zu verpassen.

Aber nirgends im Koordinatensystem zeigte sich ein Signal. Nach einer Weile weitete Hyden das Suchgebiet aus. Immer noch nichts.

Schließlich hieb er mit der Faust gegen den Airscreen und setzte ihn damit vorübergehend außer Gefecht.

»Die sind zu raffiniert.« In seiner Stimme schwang eine gewisse Bitterkeit mit. »Die haben ähnliche Schutzvorkehrungen wie wir getroffen.« Er seufzte. »Verschwunden.« Er boxte auf das Lenkrad ein. »Ich hatte die Verantwortung für all diese Kids.«

»Und was machen wir jetzt?«, fragte ich.

»Ich weiß es nicht. Ins Labor können wir jedenfalls nicht zurück.«

Er schaltete den Autopilot wieder aus, und wir fuhren ein paar Meilen weiter. Ich bemerkte, dass Michael auf der Rückbank eingeschlafen war, und hielt das für eine gute Gelegenheit, mit Hyden unter vier Augen zu sprechen.

»Kannst du die Trennwand betätigen?«, flüsterte ich und deutete auf den Spalt zwischen Sitzlehnen und Rückbank.

Hyden beobachtete Michael kurz im Rückspiegel und drückte dann auf einen Knopf. Lautlos fuhr eine Plexiglasscheibe bis zum Wagenhimmel hoch.

»Was möchtest du mir erzählen?«, fragte Hyden, sobald wir ungestört waren.

»Weißt du noch, im Staatsarchiv, als dein Vater auf meinen Chip zugriff – da hat er etwas völlig Neues getan. Etwas, das mich zutiefst erschreckt hat.«

»Was denn?«

»Er schaffte es, meinen Körper zu steuern.«

»Inwiefern?«

»Er bewegte meinen kleinen Finger auf und ab. Gegen meinen Willen.«

»Warum erfahre ich das jetzt erst?«

»Weil wir bisher keine ruhige Minute zum Reden fanden.«

»Aber das zeigt, dass er Fortschritte macht. Ich muss so etwas wissen.«

»Jetzt weißt du es.« Ich rieb mir die Schläfen. »Aber da ist noch eine Sache, die ich dir bisher nicht erzählen konnte.«

»Ja?« Er sah mich mit zusammengekniffenen Augen an.

»Als ich ihn beschuldigte, die Stimme meines Vaters nachzuahmen, stritt er das mehr oder weniger ab.«

»Das sieht ihm ähnlich.«

»Nein, das finde ich nicht. In der Regel gibt er mit seinen Taten ganz schön an.«

»Er will dich verwirren, das ist alles. Vergiss es einfach.«

Es war spät, und ich war erschöpft. Hyden verließ die Schnellstraße. Er fuhr suchend durch das Zentrum eines nahen Vororts, bis er ein großes Bürohaus mit einer mehrgeschossigen Tiefgarage entdeckte. Er steuerte die Einfahrt an.

»Wohin willst du?«, fragte ich.

»So weit unter die Erde wie nur möglich«, erklärte Hyden und folgte der Rampe, die in engen Kurven in die Tiefe führte.

Er parkte den Wagen in der untersten Ebene, die bis auf zwei Autos leer war, und senkte die Plexiglasscheibe hinter unseren Sitzlehnen ab. Michael wachte auf. Wir stiegen alle aus, um die Toilette zwischen Lift und Snack-Automat zu benutzen und uns ein wenig frisch zu machen.

Ich wusch mir das Gesicht mit feuchten Papierhandtüchern. Als ich den Raum verließ, hatten sich Hyden und Michael bereits Wasserflaschen und Schokogebäck aus dem Automaten besorgt. Es war billiges Zeug, das nur Spuren von Vitaminen enthielt – gerade genug, um als Supertruffles durchzugehen.

Hyden warf mir eines der Dinger zu. »Hier.«

Ich fing die Süßigkeit auf. Als er eine Wasserflasche hinterherwarf, entglitt sie meinen Händen. Michael hob sie auf und wollte sie mir geben, aber ich stand mit hängenden Armen da und rührte mich nicht von der Stelle.

»Was ist los mit dir?«, fragte Hyden.

»Was soll schon los sein?«

Er kam näher, entwand die Riesenpraline vorsichtig meinen Fingern, löste sie aus ihrem Papier und streckte sie mir entgegen. Ich nahm sie, ohne Hyden zu berühren, brach ein kleines Stück ab und kaute es langsam.

»Nun rede schon«, forderte er mich auf.

Die Billig-Supertruffle klebte mir am Gaumen.

»Ich will mein Leben zurück. Okay?«

Hyden starrte mich an. Michael ebenfalls.

»Ich konnte genau zwei Wochen mit meinem Bruder verbringen, ohne Sorgen, in einem schönen, gemütlichen Heim. Ich wollte ihm seine Familie zurückgeben. Aber jetzt ist er mit einer Kinderfrau in einer Berghütte irgendwo im Niemandsland, während ich hier in einer Tiefgarage festsitze und mich frage, ob ich ihn je wiedersehen werde. Ob wir morgen überhaupt noch leben werden …«

Hyden trat einen Schritt näher, gab den Abstand aber nicht ganz auf.

»Sieh mal, ich habe das gleiche Ziel vor Augen wie du. Ungebundenheit. Freiheit für uns alle.« Er warf uns einen beschwörenden Blick zu. Michael nickte. »Aber dieses Ziel lässt sich nicht sofort erreichen. Wir müssen es Schritt für Schritt angehen, okay?«

Ich wandte mich ab.

»Komm«, sagte Hyden, »es ist doch nicht alles verloren.«

Ich schluckte krampfhaft. »Nein, nicht alles. Nur Redmond. Nur all die Starters, die wir von der Straße geholt haben. Lily, Savannah, Jeremy und all die anderen. Dein Labor, all deine Forschungsergebnisse.«

»Du unterschätzt mich. Ich hatte für den Notfall eine Tasche gepackt. Mit den wichtigsten Unterlagen. Und Bargeld.« Hyden deutete auf den Wagen, in dem er den großen schwarzen Seesack abgestellt hatte. »Meine Forschungsergebnisse sind hier gespeichert.« Er tippte sich an die Stirn.

»Aber die Instrumente«, sagte ich. »Deine Computer.«

»Mit meinen Computern können sie nichts anfangen«, erklärte er. »Die waren mit einem Zerstörungsmechanismus gegen unbefugtes Eindringen ausgestattet.«

»Dann sind sie mittlerweile auch für dich nicht mehr zugänglich.«

»Das gilt längst nicht für alle. Ich habe den Scanner. Und ich habe Backups.« Wieder deutete er auf den SUV. »Das hier ist ein rollendes Labor.«

»Erzähl mir keine Geschichten!«

Er ging zu seinem Fahrzeug und öffnete die Tür zum Laderaum. Ein eleganter schwarzer Ledersessel nahm die gesamte Breite der Rückwand ein. Er war so geformt, dass ein Erwachsener mit angezogenen Beinen einigermaßen bequem sitzen konnte. Hyden griff über die Lehne hinweg und schob eine Blende hoch, hinter der sich ein Mega-Computer verbarg.

»Das ist nicht bloß ein Metalldetektor, wenn du das glaubst«, meinte Michael.

Zugegeben, es war mehr als nichts. Aber noch lange kein Grund für Freudentänze.

Hyden sah mich ernst an. »Du hast recht, Callie, die Situation ist schlimm«, sagte er. »Und tragisch. Aber wir dürfen nicht aufgeben!«

Ich blickte von Hyden zu Michael. Sie wirkten beide so stark, dass ich ganz allmählich wieder Boden unter den Füßen spürte. Eine leise Hoffnung keimte in mir auf, dass es uns doch noch irgendwie gelang, alles, was wir uns wünschten, zurückzugewinnen.

Hyden verwandelte den Wagen für die Nacht in ein Schlafquartier. Für sich selbst kippte er den Fahrersitz in Liegeposition in erster Linie wohl, um versehentliche Berührungen zu meiden.

Michael und ich teilten uns den Laderaum. Das war ohne Decke und Kissen ein wenig unbequem, aber längst nicht so schlimm wie die harten Böden der verlassenen Bürogebäude, in denen wir während des letzten Jahrs geschlafen hatten, oder gar die Nächte in der Gefängniszelle von Institut 37.

»Alles okay?«, fragte Hyden von seinem Platz aus.

»Ich beschwere mich nicht.«

»Aber du raschelst dahinten herum wie ein hyperaktives Eichhörnchen«, sagte er. »Wenn du nicht bald Ruhe gibst, fahre ich die Trennscheibe hoch.«

Ich warf einen Blick zu Michael hinüber. Er schlief bereits tief und fest. Es war ein traumatischer Tag und eine lange Nacht zwischen dem Überfall, dem Gasangriff und Ernies Schussverletzung vergangen. Wir hatten all unsere Freunde an Brockman verloren. Und …

Redmond …

Ich wachte verwirrt im Dunkel auf und wusste nicht recht, wo ich mich befand. Die Wände ringsum waren mit Waffen gepflastert. Dann hörte ich gleichmäßige Atemgeräusche, und mir dämmerte, dass Michael, Hyden und ich eine Auszeit im SUV nahmen. Auf dem Armaturenbrett und im Wageninnern glommen ein paar Lichtpunkte wie Glühwürmchen in einer Höhle. Durch die getönten Scheiben konnte ich die kalten Leuchtröhren der Tiefgarage erkennen.

Während ich konzentriert durch das spiegelnde Glas spähte, nahm ich meine Umgebung mit einem Mal total verschwommen wahr. Gleich darauf hob sich der Schleier wieder, aber das Fenster schien sich in einen Monitor verwandelt zu haben. Und auf diesem Monitor spielte sich eine Szene ab, die mich voll in ihren Bann schlug. Ich war im Rune Club und bahnte mir einen Weg über die Tanzfläche, vorbei an den aufgestylten Teens, meist Enders in Spenderkörpern, wie Helena, die mich gemietet hatte. Ich besetzte einen Platz an der Bar und zeigte dem Barkeeper ein kleines Holo von einem Mädchen. Es war Emma, Helenas vermisste Enkelin – blond und selbstsicher, mit Helenas kühner Nase und kräftigem Kinn.

Wieder eine von Helenas Erinnerungen, die sich diesmal ein wenig anders abspulte, nicht in meinem Kopf, sondern vor meinen Augen. Sie musste den Rune Club aufgesucht haben, als sie meinen Körper benutzte, um sich nach Emma zu erkundigen. Aber der Barkeeper schüttelte nach einem kurzen Blick auf das Holo nur den Kopf. Und ich spürte eine tiefe Enttäuschung, die mir fast das Herz brach.

Helenas Trauer – eine Momentaufnahme aus der Vergangenheit, eingebrannt in meine Gedächtnisspeicher. Ich erinnerte mich nicht nur an die Bilder, sondern auch an die Gefühle, die zu diesen Bildern gehörten, als seien es meine eigenen.

Die Vision verblasste. Ich war wieder im Wagen und starrte die Fensterscheibe an. Helena musste vor etwa zwei Monaten im Club gewesen sein. Und jetzt tauchte die Erinnerung wieder auf.

Ich hatte genug eigene Erinnerungen, aber die Rückblenden von Helena prägten sich tief in mein Denken ein. Was von dieser Szene haften blieb, war ihre enorme Entschlossenheit das überwältigende Gefühl, dass sie die Suche nicht aufgeben würde. Und ich schwor mir, ihren Weg zu Ende zu gehen.

»Ich hatte letzte Nacht wieder eine Erinnerung, die eigentlich Helena gehörte«, sagte ich am nächsten Morgen.

Wir waren alle etwa zur gleichen Zeit in Hydens verdunkeltem SUV aufgewacht, mit verknautschten Klamotten und einem pelzigen Geschmack im Mund.

»Aufschlussreich?«, erkundigte sich Hyden.

»Ja. Und sie lenkte meine Gedanken wieder auf die Stimme meines Vaters.«

Hyden stieg aus, ging um den Wagen herum und öffnete die Heckklappe. Michael hockte sich neben mich und lächelte sanft.

»Es ist nicht leicht, Cal, all diese Verluste zu verkraften«, sagte er. »Aber darüber haben wir schon oft gesprochen.«

Hyden richtete den Laderaum wieder her. »Callie, wir waren im Staatsarchiv und haben uns selbst überzeugt …«

»Dennoch bleibt das Gefühl«, unterbrach ich ihn.

Er sah mich einen Moment lang forschend an. Dann nickte er. »Ich verstehe. Und was hast du nun vor?«

Ich überlegte einen Moment. Dann stand mein Entschluss fest.

»Ich will noch einmal heim. Bitte.«

kapitel 13

Hyden, Michael und ich fuhren durch den Vorort, in dem Michael und ich aufgewachsen waren. Jetzt lag er verlassen in der Senke nördlich von Los Angeles. Die meisten Häuser, an denen wir vorbeikamen, waren mit Brettern vernagelt und mit roter Farbe markiert. In einigen Vorgärten standen Schilder mit dem Hinweis »Umgezogen«, doch sehr viel häufiger lasen wir das bedrohliche Wort »Abbruch«.

Der Anblick erinnerte mich an die schlimmste Zeit meines Lebens. Als sämtliche Eltern an der Sporenseuche erkrankten, weil sie nicht geimpft waren. Als die Marshals kamen und sie in »Quarantänestationen« verfrachteten, wo sie auf ihren Tod warteten. Als die Starters, die keine Großeltern oder sonstige Angehörige hatten, zwangsweise in Waisenhäuser eingeliefert wurden. Das hier waren die Häuser unserer Freunde und Nachbarn, die Häuser der Surratts, der Perrys und der Rogers. Verlassen, die Vorgärten verdorrt und von Unkraut überwuchert, von den Behörden zum Abriss vorgesehen. Das waren die Häuser, in denen wir Geburtstagspartys und Grillfeste gefeiert oder zu Halloween unsere Bettelsprüche aufgesagt hatten.

Eine Geistergegend.

Dann fuhren wir an Michaels Haus vorbei. Ich sah im Seitenspiegel, dass er sich umdrehte und es lange betrachtete.

»Sollen wir anhalten?«, fragte ich.

Er schüttelte den Kopf. Hyden sah mich mit hochgezogenen Brauen an.

»Er hat da mal gewohnt«, erklärte ich.

Hyden nickte. »Dann kennt ihr euch von früher?«

»Schon«, sagte ich. »Aber wir haben uns nicht so oft …«

»Wir sind nicht miteinander gegangen, wenn du das meinst«, unterbrach mich Michael.

»Verstehe.« Wieder nickte Hyden. »Geht mich auch nichts an.«

Wir fuhren schweigend ein paar Straßenblöcke weiter. Ich deutete nach rechts. »Da ist es.«

Er hielt vor unserem Haus an. Ich blieb sitzen und starrte aus dem Fenster. Ein schlampiger Stacheldrahtzaun war um das Grundstück gezogen, so eng, dass er die Rosensträucher zu ersticken schien.

Die kostbaren Rosen meiner Mutter waren verdorrt, die Büsche dornenbewehrte Skelette, die ihre Zweige flehend nach einem Retter ausstreckten. Nach einem Retter, der nie kam.

Ich verdrängte die Tränen, bevor sie sich in eine Flut verwandeln konnten. Michael beugte sich vor und legte mir eine Hand auf die Schulter.

»Callie«, sagte er. »Kommst du?«

Ich drückte entschlossen die Türklinke herunter.

Aber Hyden bremste mich. »Wartet!«

»Warum?«

Er hielt zwei Gasmasken hoch und warf eine davon Michael zu.

Der Gedanke, in meinem eigenen Haus eine Schutzmaske zu tragen, machte mich fertig. »Nein«, widersprach ich. »Das ist mein Haus!« Hier hatte ich mit meinen besten Freundinnen Pyjamapartys gefeiert. Schokokekse gebacken. Uns jeden Freitag zu Pizza getroffen. Gasmasken hatten hier nichts verloren.

»Es könnte gefährlich sein, selbst wenn die Sporen vernichtet sind«, warnte Hyden. »Die Chemikalien, die sie damals auf die Häuser sprühten, waren hochgiftig.«

Michael strich die Riemen seiner Maske glatt. »Er hat recht.«

Hyden reichte ihm Handschuhe nach hinten.

»Das ist mir egal. Es ist mein Zuhause, versteht ihr?« Ich öffnete die Tür und stieg aus. »Es ist immer noch mein Zuhause.«

Hyden und Michael trugen ihre Masken, als sie mir ins Freie folgten. Hyden durchtrennte den Drahtzaun mit einem Seitenschneider. Michael spähte die Straße auf und ab. Nirgends war ein Lebenszeichen zu erkennen. Selbst die Eichhörnchen hatten offenbar die Gegend verlassen.

Wir gingen den Kiesweg hinauf, und meine Schritte wurden immer langsamer. Mein Heim. Auf dieser Straße hatten wir gespielt, dieser Platz war voller Leben und Lachen gewesen. Nun herrschte hier tödliche Stille. Der üppige grüne Rasen, auf dem mein Vater mit Tyler Ball gespielt hatte, war vergilbten harten Unkrautstängeln gewichen.

An der Haustür blieben wir stehen. Jemand hatte den Eingang mit Brettern vernagelt und mit knallroter Farbe

»Abbruch« darauf gesprüht. Eine fröhliche Melodie erklang. Sie kam von dem kleinen, gerahmten Holo an der Tür, der durch unsere Anwesenheit aktiviert wurde. Es war die letzte Version, die meine Mutter entworfen hatte – ein Familienfoto von uns. Wir standen lächelnd da und begrüßten die Besucher mit einem gut gelaunten »Hallo«. Ein roter Farbspritzer verunzierte die Ecke des solaraktivierten Bilds.

Meine Knie gaben nach.

Michael schaute mich an. »Willst du ihn mitnehmen?«

Ich nickte. Er nahm sein Taschenmesser und löste den Rahmen von der Tür ab. »Hier.«

Ich schob ihn in meine Brieftasche.

Hyden streifte die Ärmel bis zu den Handschuhen herunter.

»Wie kommt man jetzt am besten ins Haus?«

Ich führte Michael und Hyden in den Hof. Braun verdorrtes Gras, Tylers Spielsachen überall verstreut und umgekippt – ein kleines Fahrrad, ein kaputter Metallroboter. An der Schwelle zum Hintereingang blieb ich stehen und fuhr mit der Hand über den Sensor.

Die Tür sprang nicht auf.

»Der Strom ist abgestellt«, meinte Hyden.

Michael benutzte wieder sein Messer, um das Schloss zu entriegeln. Hyden stemmte den Seitenschneider in den schmalen Spalt, und gemeinsam brachen sie die Tür auf.

Im Haus herrschte Dämmerung. Alles war noch genau so, wie Tyler und ich es an jenem Tag verlassen hatten, als wir vor den Marshals fliehen mussten. Die Sonne kämpfte sich mühsam durch die zugezogenen Vorhänge und tauchte die Räume in einen trüben gelben Schein. Leider trugen wir keine Handleuchten mehr bei uns.

Michael zog einen der Küchenvorhänge zurück. »Wo willst du anfangen?«

»Im Arbeitszimmer meines Vaters«, sagte ich.

Ich widerstand der Versuchung, all die Dinge an mich zu nehmen, die sentimentale Gefühle in mir auslösten – den letzten Pullover, den meine Mutter gerade gestrickt und das letzte Buch, das mein Vater gerade gelesen hatte, Tylers alte Babyschuhe und mein letztes gutes Zeugnis, das noch in seiner Schutzhülle auf dem Kühlschrank lag. Aber wir mussten uns auf das Wesentliche konzentrieren. Wir gingen die Papiere meines Vaters durch, seine Ablage. Hyden untersuchte Dads Airscreen.

»Der ist im Moment natürlich nicht funktionsfähig«, sagte Hyden. »Ich muss ihn erst laden.«

Ich winkte ab. »Nimm ihn einfach mit.«

Hyden wurde ungeduldig, weil wir seiner Meinung nach zu viel Zeit mit dem Durchforsten von Schubladen und Ordnern verbrachten. Im Endeffekt fanden wir nichts, das uns einen Hinweis auf seinen Aufenthalt gegeben hätte – falls er noch lebte.

Wir wandten uns zum Gehen. Ich hatte einige Andenken in eine Schachtel gepackt und überlegte kurz, ob ich Dads persönliche Unterlagen mitnehmen sollte. Hyden blickte mir über die Schulter, als ich in den losen Zetteln und Geschäftskarten kramte.

»Halt«, sagte er plötzlich. »Warte mal.«

Er zog eine Geschäftskarte aus dem Stapel.

Im nächsten Moment setzte sich automatisch ein Reklame-Holo in Gang. Ein stampfender Beat ertönte, und über die Karte begannen Starters zu tanzen.

»Was ist das denn?«, fragte Michael.

»Der Rune Club«, erklärte Hyden.

Er hatte recht. Die Worte auf der Karte sagten alles.

Sei jemand anders – im Club der unbegrenzten Möglichkeiten!

Der Club, in dem ich Madison und Blake kennengelernt hatte.

Alle drei starrten wir die Karte an. »Mein Vater und der Rune Club?«, stammelte ich. »Was hat das zu bedeuten?«

Ich konnte mir nicht vorstellen, wie mein Vater an diese Karte gekommen war. Der Rune Club war ein Treff für falsche Enders und echte Teens. Was hatte ein Middle – und insbesondere mein Vater – dort zu suchen gehabt?

Michael nahm den Zettelkasten an sich. »Wir müssen los.«

»Nur noch eine Minute. Bitte.«

»Wir warten draußen auf dich«, sagte Hyden.

Ich stand im Arbeitszimmer meines Vaters und sah mich um. Meine Blicke wanderten über die Schreibtischplatte. Auf einem Papierstapel lag eine seiner Armbanduhren. Sie war altmodisch, als stammte sie aus einem dieser alten Kinofilme, die er so liebte. Er hatte zwei davon. Seltene Sammlerstücke.

Aus irgendeinem Grund streifte ich sie über mein Handgelenk. Sie war zu groß und schwer. Zu schwer. Ich nahm sie wieder ab und legte sie zurück an ihren Platz. Und dann fiel mir etwas auf dem obersten Brett des Bücherregals ins Auge. Dads alter Fedora-Hut. Ich stieg auf einen Stuhl, holte ihn herunter und drückte meine Nase tief in den weichen Filz. Er roch immer noch nach ihm, irgendwie nach Wald und schwerer Wolle. Ich atmete den herben Duft tief ein, als könnte ich dadurch meinen Vater wieder zum Leben erwecken.

Aber es gelang mir nur, den Geruch festzuhalten und in meiner Erinnerung zu speichern.

Ich hielt den Hut vor mir und strich über den Filz. Er hatte Dads Aura, aber er war nicht Dad. Ich legte ihn zurück auf den Schreibtisch, neben die Uhr.

Im Zentrum von L.A. herrschte nachts nicht überall das gleiche Gedränge. In den meisten Straßen war es ruhig, aber wir umfuhren bewusst die Rathausgegend, wo meist Scharen von Demonstranten kampierten, um gegen irgendwelche Verordnungen zu protestieren.

An unserem Ziel angelangt, quetschte Hyden den SUV an der langen Reihe abgestellter Wagen vorbei und fuhr hinauf in die Parkservice-Zone.

Wir stiegen aus. Ich starrte hinauf zu der Diskothek, in der ich so unglaubliche Dinge erlebt hatte. Eigentlich hatte ich nicht damit gerechnet, noch einmal hierherzukommen.

»Willkommen im Rune Club«, begrüßte uns ein freundlicher Angestellter.

»Wir benötigen keinen Parkservice«, sagte ich. »Er setzt uns nur ab.«

Ich schloss die Wagentür. Hyden vergewisserte sich mit einem letzten Blick, dass alles in Ordnung war, und fuhr los. Wir hatten unterwegs angehalten und uns, obwohl keiner von uns in der Stimmung dazu war, modisch neu ausstaffiert, um nicht bereits von den Türstehern abgewiesen zu werden. Michael trug ein schwarzes Jackett, das bei jeder Bewegung silbrig schimmerte. Ich hatte mich für ein kurzes Kleid im 3-D-Illusionsstil entschieden, dessen Muster zu wechseln schien, sobald Licht darauf fiel.

Wir stellten uns in die Schlange. Obwohl die Behörden Prime Destinations das Handwerk gelegt und dem Vermieten von Starter-Körpern ein Ende bereitet hatten, sahen die Club-Besucher aus wie immer. Das Publikum war eine Mischung aus offenkundig echten Teens mit unreiner Haut und Strubbelhaar sowie einer Reihe von makellos schönen Jugendlichen, die entweder von Natur aus perfekt waren oder sich einem Laser-Makeover unterzogen hatten, Letzteres wohl mit Unterstützung von Prime oder reichen Großeltern.

Ein sportlicher Ender mit Silberhaar, der einen teuren schwarzen Rollkragenpullover und eine schmal geschnittene Hose trug, stand neben der Samtkordel, die den Eingangsbereich absperrte. Er musterte uns eingehend.

»Das erste Mal hier?«, fragte er dann.

»Sehr witzig«, sagte ich in einem so trockenen, überlegenen Tonfall, dass dem Ender gar keine andere Wahl blieb, als uns durchzuwinken.

Zwei livrierte Ender-Türsteher öffneten Michael und mir die schwere Flügeltür. Es war, als würden wir die heiligen Hallen eines ägyptischen Tempels betreten. Doch dieses Gefühl legte sich rasch.

Sobald wir drinnen waren, hämmerten die neuesten Hybrid-Fusion-Klänge auf uns ein, und Laser in allen Regenbogenfarben zerschlitzten das Dunkel der Haupttanzfläche.

»Da hat sich nichts geändert«, schrie ich über die Musik hinweg.

»Du musst es wissen«, erwiderte Michael mit einem Achselzucken.

Ich spürte, dass ihn die Atmosphäre des Rune Club nervös machte. Er mischte sich nicht gern in das Gedränge. Viel lieber hätte er sich in eine Ecke verzogen und die Besucher skizziert.

Eine Bedienung unbestimmten Geschlechts trug ein Tablett mit bläulich schimmernden Drinks vorbei, die eine weiße Rauchspur hinterließen. Aus einem Brunnen, der in einer Wandnische sprudelte, stieg ein Mädchen in einem Badeanzug. Das Wasser erinnerte an goldenes Öl, und als sie auftauchte, haftete es an ihrer Haut, sodass sie wie eine vergoldete Statue aussah.

Wir ließen uns an der Astronauten-Bar vorbei in die Lounge schieben. Sie war nicht so überfüllt wie die Tanzfläche, aber immer noch gut besucht. In den Antigrav-Sesseln schwebten Starters, die einfach hinreißend aussahen. Aber wer konnte schon sagen, ob sie so geboren waren oder sich einer Schönheitsbehandlung unterzogen hatten?

»Entdeckst du jemanden, den du kennst?«, fragte ich Michael.

»Nein. Und niemanden, den ich kennen möchte.«

Wir hatten vereinbart, dass wir nicht nur die Fährte meines Vaters aufnehmen, sondern auch nach Metallos Ausschau halten wollten, die wir für unsere Sache gewinnen könnten. Ob wir sie wieder nur für Brockman einsammelten? Hoffentlich nicht.

Wir schlenderten in der Lounge umher.

»Was ist mit der da?« Er deutete mit dem Kinn auf ein gertenschlankes, atemberaubend schönes Mädchen mit glattem, blondem Haar.

Sie lehnte an einer der Spiegelsäulen. Während ich sie betrachtete, erinnerte ich mich an ihr Gesicht. Tatsächlich. Sie musste zu den Spenderinnen gehören, die unserem Rückruf gefolgt waren, als wir die Body Bank schlossen. Natürlich hatte sich damals ihre Mieterin in dem perfekten Körper befunden.

»Sprich du sie an«, sagte Michael.

»Aber du kommst mit.«

»Es ist besser, wenn du das allein machst. Ich flöße ihr vielleicht Angst ein.«

Er begab sich an die Bar. Ich warf einen Blick auf das Handy in meiner Tasche, während ich auf das Mädchen zuging. Es identifizierte das nächste in der Nähe befindliche Telefon und wies seine Besitzerin als »Daphne« aus.

Ich lächelte sie an.

»Hey, Daphne.«

Sie musterte mich mit gelangweilter Miene. »Kennen wir uns?«

»Mehr oder weniger«, erwiderte ich. »Wir waren beide bei Prime unter Vertrag.«

»Ach.« Ihre Augen weiteten sich. »Die Body Bank. Ich mag gar nicht mehr an diese blöde Klitsche denken.«

»Geht mir genauso.« Dann beschloss ich, einen kleinen Vorstoß zu wagen. »Aber manchmal kocht alles wieder hoch. Das lässt sich leider nicht ändern. Wenn mich die Erinnerungen packen …«

»Die Erinnerungen deiner Mieterin?« Sie nickte und nahm einen Schluck von ihrem Glitzerwasser. »Ich sehe mich immer wieder auf einem Drahtseil über eine Schlucht balancieren. Dabei war ich Turnerin und keine Seiltänzerin. Das hätten die nie zulassen dürfen! Ich leide im Gegensatz zu meiner Mieterin unter einer ausgeprägten Höhenangst.«

»Kann ich nachvollziehen«, sagte ich. »Aber vielleicht werden uns die Chips ja irgendwann entfernt.«

»Ich würde ein Messer nehmen und das Ding eigenhändig herausschneiden, wenn ich wüsste, dass ich das überlebe.«

Eine furchtlose Turnerin.

»Wie geht es dir, seit du nicht mehr für Prime arbeitest?«, erkundigte ich mich. »Kommst du einigermaßen klar?«

»Ich versuche, mein Geld zusammenzuhalten.«

Ihre Kleidung wirkte neu, sie sah gesund aus, und sie hatte die strenge Einlasskontrolle des Club-Personals bestanden. Was immer sie jetzt tat, sie hatte Erfolg damit.

»Seit wann kommst du hierher?«, fragte ich.

»Noch nicht lange. Ich erfuhr von diesem Club erst, nachdem ich bei Prime ausgestiegen war.«

Das hieß, dass sie wohl keine große Hilfe bei der Suche nach meinem Vater war. Aber sie gehörte zu den wenigen Metallos, die wir vielleicht vor Brockman retten konnten.

»Komm, ich mach dich mit meinem Freund bekannt«, sagte ich.

Ich brachte sie zu Michael. Nachdem die beiden ins Gespräch gekommen waren, ließ ich sie allein und suchte den Barkeeper auf – die Person, die für gewöhnlich alle Gäste in einem Club kannte. Wie alle Angestellten war er ein weißhaariger Ender, ein schlanker, hochgewachsener Mann mit einem freundlichen Gesicht. Ein Gesicht, das mir ebenfalls vertraut vorkam. Vielleicht von meinem ersten Besuch im Club, als Helena mich gemietet hatte? Nein, aus einer von Helenas Erinnerungen. Der Erinnerung an den Abend, als sie dem Barkeeper Emmas Holo gezeigt hatte. Daher kannte ich seine Züge.

Ich nahm am Tresen Platz, bestellte ein Wasser und zeigte ihm den Holo-Frame von meiner Familie, den wir von der Haustür abgelöst hatten. »Kennen Sie den Typen da?«

»Einen Middle vergisst man nicht so leicht«, meinte er, während er ein Glas polierte. »Es kommen nur noch so wenige.«

Mein Herz schlug schneller, aber ich versuchte ruhig zu bleiben. »Sie haben ihn hier gesehen?«

Er nahm den Bilderrahmen in die Hand und betrachtete ihn einen Moment lang sehr genau. Dann sah er mich an. »Lady, warum interessiert Sie das? Sie sind seine Tochter?«

»Ja.«

Er beugte sich zu mir herunter und musterte meine Züge. »Ihre Augen sagen alles.« Er legte das Geschirrtuch weg. »Kommen Sie mit!«

Ich war nicht sicher, was das werden sollte, aber ich wartete, bis er um den Tresen herumkam, und folgte ihm durch den Club zu einer Seitentür. Sie führte in den Bereich hinter der Bühne, mit unverputzten Wänden und nackten Betonböden. Er winkte mich in ein kleines, nüchternes Büro und schloss die Tür hinter uns.

Er ging in die Hocke und nahm einen Schlüssel, der an seinem Gürtel befestigt war. Dann sperrte er einen niedrigen Aktenschrank auf und holte etwas von ganz hinten hervor. Er schloss den Schrank wieder ab und stand auf.

»Nehmen Sie«, sagte er. »Na los.«

Er überreichte mir einen kleinen grauen Stick, etwa einen halben Zentimeter breit und fünf Zentimeter lang.

»Was hat das zu bedeuten?«

»Ich weiß es nicht.« Er setzte sich. »Es stört Sie doch

nicht, wenn ich meine Beine ein wenig entlaste, oder? Das nächtelange Stehen an der Bar geht an die Substanz.«

»Kein Problem.« Ich lehnte mich gegen die Schreibtischkante.

»Ihr Vater kam oft hierher, müssen Sie wissen.«

»Warum?«

»Keine Ahnung. Er bestellte einen Scotch und sah sich das Treiben an. Beobachtete die Leute.«

Ich starrte den Stick an und fragte mich, was das alles sollte.

»Eines Nachts, vor etwa einem Jahr, als Ihr Vater wieder an der Bar saß, warf er einen Blick über die Schulter und sah einige Männer durch den Saal näher kommen.«

»Enders?«

Er nickte. »Aber sie sahen kräftig aus. Ihr Vater schob mir unauffällig dieses Ding hier mit ein paar großen Scheinen zu und sagte nur einen Satz: ›Bringen Sie das in Sicherheit!‹« Ich wusste nicht, was ich damit anfangen sollte, also steckte ich es in die Tasche und ging weiter meiner Arbeit nach.«

»Und was geschah mit meinem Vater?«

»Er stand auf und wandte sich zum Gehen, aber die Männer umringten ihn, und er verließ den Club mit ihnen. Ich habe ihn nie wiedergesehen.«

Die Neuigkeiten überwältigten mich mit einer Mischung aus Freude und Angst. »Wie sahen die Kerle aus, die ihn abholten?«

Er zuckte die Achseln. »Weißes Haar wie alle Enders. Aber sie wirkten sehr groß und bullig und trugen Sonnenbrillen, obwohl es draußen dunkel war.«

Ich betrachtete den Stick in meiner Hand. »Lady, ich weiß nicht, ob er noch lebt. Aber was immer dieses Ding ist, Sie sollten es haben. Wem sonst sollte ich es geben? Also bewahren Sie es gut auf.« Er klopfte mir auf die Schulter und ging zur Tür.

Ich sagte mir vor, dass dieser Stick gar nichts bewies – weder, dass mein Vater lebte, noch, dass er tot war. Manchmal wünschte ich mir, die Zweifel wären vorbei und ich wüsste sicher, dass er nie wiederkäme.

Ich legte den Stick in meine Handtasche und folgte dem Barkeeper, der an der Tür auf mich wartete.

Ich kehrte in die Lounge zurück und fand Michael allein vor.

»Hast du etwas herausgefunden?«, fragte er.

»Wo ist Daphne?«

»Weg.«

»Du hast sie aus den Augen verloren?«

»Ich konnte nichts tun. Sie war paranoid. Ging einfach. Vielleicht sollten wir das Gleiche tun.«

»Ja, ich erzähle dir nachher alles.« Ich schickte Hyden eine Zing, und er holte uns am Eingang ab. Ich konnte es kaum erwarten, Hyden zu berichten, was ich herausgefunden hatte.

»Mein Vater hat etwas im Club gelassen.« Ich hieb mit der flachen Hand auf das Armaturenbrett.

»Und was, außer vermutlich einer Menge Geld?«, fragte Hyden.

»Das hier …« Ich holte den Stick aus meiner Handtasche.

»Was ist das?«, erkundigte sich Michael.

»Keine Ahnung«, erklärte ich.

Hyden fuhr an die Seite. Wir befanden uns noch auf dem Club-Gelände, dicht hinter der Service-Zone, am Ende des langen Ein- und Ausfahrtbogens.

»Lass sehen«, sagte er.

Ich reichte ihm den Stick. Er untersuchte, packte ihn an beiden Enden und zog daran.

»Mach ihn nicht kaputt!«, warnte ich.

»Guck doch, er lässt sich öffnen«, sagte Michael.

Hyden hielt in einer Hand den Stick und in der anderen eine Verschlusskappe. Er untersuchte das Metallende des Sticks. »Das ist ein Tripel-Z-Wechsellaufwerk. Speichert eine große Datenmenge.«

Er stieg hinten ein und scheuchte Michael zur Seite.

»Warum benutzt du nicht den Scanner-Airscreen?«, fragte ich.

»Zu schwach.« Er klappte den rückwärtigen Computer auf, der sich auch für Transfers verwenden ließ, und steckte den Stick ein.

Auf dem Airscreen erschien jede Menge Buchstabensalat.

»Verschlüsselt«, sagte Hyden. »Das überrascht mich nicht. Dein Vater war nicht naiv.«

»Und du kannst die Daten nicht dechiffrieren?«, erkundigte sich Michael.

»Versuchen kann ich es«, sagte Hyden und machte sich am Bildschirm zu schaffen. »Aber das könnte länger dauern.«

»Wie lang?«, fragte ich.

»Wer weiß das schon? Stunden. Tage.« Er zuckte die Achseln. »Wir werden sehen.«

Über den Monitor lief ein abstraktes Gewirr aus Zahlen und Buchstaben, so rasend schnell, dass man es nicht mitverfolgen konnte.

Ich fragte mich, welche Informationen mein Vater wohl auf diesem Stick gespeichert hatte. Allem Anschein nach waren sie so wichtig, dass diese Enders sie unbedingt haben wollten. Was hatten sie ihm angetan? Wurde er letztlich nie in eine Quarantanestation gebracht, wie man mir weisgemacht hatte?

»Sollten wir das nicht an einem sicheren Ort machen?«, warf Michael ein.

»Du hast recht.« Hyden nahm hinter dem Lenkrad Platz und schickte sich zum Weiterfahren an.

Ich schaute in den Rückspiegel, um zu sehen, ob der Weg frei war. Einige Starters warteten in der Service-Zone auf ihre Autos. Ein Angestellter hielt gerade einem hochgewachsenen Mädchen mit schulterlangem blondem Haar die Tür zu ihrem Cabrio auf. Ich hatte das Gefühl, dass ich ihr Gesicht von irgendwoher kannte.

Nein. Oder doch?

Ich holte mein Handy heraus und hielt es in ihre Richtung. Auf dem Display erschien ihr Name.

Mir schnürte es fast den Hals zu.

EMMA.

kapitel 14

Ich ließ sie keine Sekunde aus den Augen, als sie ihr Cabrio startete. »Das ist Emma!«

»Die Blondine dahinten?«, fragte Hyden.

»Ja.«

Er dunkelte den Airscreen ab und stieg aus.

»Emma!«, rief er, als sie an seinem SUV vorbeifuhr.

Sie drehte sich um, sah Hyden an und raste davon.

Ich beugte mich aus dem Fenster. »Großartig! Du hast ihr einen Schrecken eingejagt«, sagte ich vorwurfsvoll.

»Hat sie dich gesehen?«, fragte er mich.

Michael schüttelte den Kopf. »Ich glaube nicht.«

Ich deutete auf die Straße. »Bleib an ihr dran.«

Hyden sprang wieder ins Auto und folgte ihr. Zu dieser späten Stunde waren nur wenige Autos unterwegs, und es dauerte nicht lange, bis wir ihre Rücklichter entdeckten.

»Da ist sie!«, rief ich. Ein Minivan schob sich zwischen uns und das Cabrio. »Sie darf uns nicht entwischen.«

»Keine Sorge, wir kriegen sie«, sagte Hyden.

»Es geht nicht nur darum, dass sie zu den Chipträgern

gehört«, erklärte ich. »Ich habe Helena versprochen, sie zu finden. Sie weiß nicht, dass ihre Großmutter tot ist und ihr die Hälfte ihres Besitzes vermacht hat.«

»Das sind Dinge, die sie erfahren sollte«, unterstützte mich Michael.

»Ich sage doch, wir kriegen sie«, wiederholte Hyden nur.

Emma nahm die Auffahrt zur Schnellstraße und wandte sich nach Osten.

»Noch hat sie uns nicht entdeckt«, sagte Hyden.

»Ich habe ihre Nummer, aber …« Ich hielt mein Handy hoch.

»Ich glaube nicht, dass sie rangehen würde«, meinte er. »Und überhaupt, wir haben etwas Besseres.«

»Das Suchgerät«, sagte Michael.

Hyden schaltete den Scanner ein. Kurz darauf blinkte ein roter Punkt auf dem Airscreen.

»Das ist sie.«

Jetzt, da wir ihr Signal hatten, nahm Hyden den Fuß ein wenig vom Gas. Die wenigen Autos, die auf der Schnellstraße fuhren, halfen uns einerseits, unentdeckt zu bleiben, und erlaubten es andererseits, unauffällig auf Sichtabstand zu fahren – für den Fall, dass der Scanner ihr Signal verlor.

»Wie weit muss sie sich von uns entfernen, dass der rote Punkt vom Bildschirm verschwindet?«, fragte ich.

»Etwa eine Viertelmeile. Hängt davon ab, ob Gebäude das Signal abschirmen oder nicht.«

Sie fuhr etwa fünfundzwanzig Minuten nach Osten. Dann wechselte sie auf die rechte Spur.

»Da!«, rief ich.

»Ich sehe sie.«

Sie wechselte erneut, diesmal auf die Abbiegespur. Wir warteten einen Moment, ehe wir ihr folgten. Kurz darauf verließ sie die Schnellstraße.

»Fahr nicht zu dicht auf«, warnte ich.

»Callie, ich mache so was nicht zum ersten Mal.«

Sie bog nach links ab. Wir ließen zwei Autos vor uns einscheren und wandten uns dann ebenfalls nach links. Die Gegend wurde zwielichtig. Wir kamen an kleinen Läden mit vergitterten Fenstern und Schildern in fremden Sprachen vorbei, an verlassenen Arealen von Schrott- und Gebrauchtwagenhändlern.

»Was sucht sie hier?«, fragte Michael. »Eine reichlich merkwürdige Umgebung für ein reiches Mädchen.«

»Habt ihr schon mal daran gedacht, dass sie fremdgesteuert sein könnte?«, entgegnete Hyden.

»Nein.« Ich ließ ihr Signal nicht aus den Augen. »Wie kommst du darauf?«

»Ich sage nur, dass es möglich wäre. Das dürfen wir nicht außer Acht lassen.«

Sie bog in eine Seitenstraße ein. Wir hielten Abstand.

»Was wird das denn?«, murmelte Hyden.

»Da.«

Mitten in einer Reihe mit Brettern vernagelter Läden gab es ein Gebäude, das geöffnet war. Ein Café. Winzig. Eine Spelunke.

»Die Prinzessin mischt sich unter das Volk«, meinte Michael.

Wir blieben ein Stück zurück und parkten in doppelter Reihe auf der Straße, während Emma auf das kleine Grundstück neben dem Café fuhr. Es war von einem Drahtzaun umgeben, aber das Tor stand für Gäste offen.

Sie stieg aus und ging nach drinnen, ohne einen Blick auf unseren SUV zu werfen.

»Wir steigen hier aus«, sagte Hyden zu mir. »Michael, du parkst den Wagen zwei Straßenblöcke entfernt und kommst dann zu uns.«

Wir stiegen aus und betraten das Café. Bräunliche Halbgardinen hingen vor total verdreckten Fenstern. Aus billigen Lautsprechern kam ein verrauschter Blues. Der Boden bestand aus blankem Estrich. Es war die Art von Etablissement, in das man nur ging, wenn man vor Liebeskummer in seinen Cappuccino weinen wollte.

Ein dürrer Ender tat offenbar genau das. Er saß mit trübseligem Blick an einem der vier winzigen Rundtische und schlürfte seinen Espresso. Er sah so aus, als wäre ihm ein Whisky lieber gewesen.

Emma stand mit dem Rücken zu uns am Tresen und starrte auf den Airscreen mit der Speisekarte. Kleine Holo-Animationen illustrierten die einzelnen Gerichte. Ein Sandwich wirbelte durch den Schirm und verbreitete den Duft von gebratenem Schinken. Ein gelangweilter Ender stand mit verschränkten Armen hinter der Theke und wartete darauf, dass Emma ihre Wahl traf.

Eine zotteliger roter Kater sprang auf einen der leeren Tische. Ich streichelte ihn so lässig wie möglich, während Hyden die Hände tief in die Taschen schob und sich im Gästeraum umsah. Emma und ich trugen immer noch unsere Disco-Fummel und wirkten in dieser Umgebung mehr als overdressed.

Der Kassier musterte Hyden und mich. Dann senkte er den Blick und sagte etwas zu Emma.

Sie murmelte eine Antwort und ging dann auf den Hinterausgang zu.

»Toilette?«, raunte ich Hyden zu.

»Ich glaube eher, dass sie heimlich abhauen will.«

Wir folgten Emma durch einen Kordelvorhang in einen dunklen Korridor. Ihre Schritte waren deutlich zu hören. Als wir an der Küche vorbeikamen, beschlich mich plötzlich ein tiefes Misstrauen. Etwas stimmte hier nicht. Die Küche war leer. Keine Konserven, keine Gurkengläser, kein Brot auf Schneidbrettern. Emma öffnete eine Tür am Ende des Korridors und ging nach draußen. Wir folgten ihr und standen plötzlich in einem stockdunklen Raum.

Lichter flammten auf, grellweiße Lichter, die mich eine Sekunde lang blendeten. Ich blinzelte, und allmählich sah ich die Welt wieder schärfer, wenn auch durch das Prisma dieses gleißenden Lichts. Wir befanden uns in einem Raum von der Größe einer Lagerhalle. Maschinen, Computer und Geräte, deren Zweck mir verborgen blieb, säumten die Wände.

Wir waren in die furchterregendste Überraschungsparty aller Zeiten geraten. Emma und eine Handvoll Enders erwarteten uns mit gezogenen Waffen. Einer der Männer hatte einen großen Fleck seitlich am Hals, der meine Aufmerksamkeit fesselte …

Ein silbernes Leoparden-Tattoo. Der Mann, der Reece Sekunden vor ihrem Tod angesprochen hatte. Die übrigen Männer, die uns umringten und ihre Gewehre auf unsere Beine gerichtet hielten, trugen eine Art dunkler Uniform.

Mir schlug das Herz bis zum Hals.

Einer der Militärs riss meine Handtasche an sich, drehte mir die Arme auf den Rücken und legte mir Handschellen an. Ein anderer fesselte Hyden auf die gleiche Weise.

»Was geht hier vor?«, fragte ich. »Wer sind Sie?«

Ich sah mich nach Hyden um. Sie leerten seine Taschen aus und nahmen ihm das Handy ab. Sein Gesicht war schweißbedeckt. Ich wusste, dass Berührungen für ihn die reinste Folter waren, aber er ließ sich nichts von seiner Schwäche anmerken, als ihn einer der Enders abtastete.

»Keine Waffen«, meldete der Uniformierte.

»Untersucht sie ebenfalls«, befahl der Typ mit dem Leoparden-Tattoo. »Keiner soll mir nachsagen, dass ich Männer und Frauen nicht gleich behandle.«

Der Uniformierte tastete mich ab und nickte. »Alles in Ordnung, Sir.«

»Sie können uns nicht in Gewahrsam nehmen. Wir sind Minderjährige unter gesetzlicher Vormundschaft.« Erst nachdem ich das gesagt hatte, kamen mir Zweifel, ob das auch für Hyden galt. Schließlich lebte er getrennt von seinem Vater.

Der Leoparden-Mann trat vor. »Wenn das der Wahrheit entspräche, hättet ihr dieses Mädchen nicht durch die ganze Stadt verfolgt.« Er deutete auf Emma. »Stattdessen würdet ihr mit euren liebenden Großeltern im warmen Wohnzimmer sitzen und Talent-Shows gucken. Aber ihr treibt euch hier herum, weil ihr Metallos seid. Habe ich recht?«

Ich warf Hyden einen verblüfften Blick zu, doch der sah nur starr geradeaus. Ich hatte das Gefühl, dass er schon des Öfteren festgenommen und verhört worden war. Bei dem Vater konnte ich mir das durchaus vorstellen.

»Du hast uns in eine Falle gelockt.« Ich funkelte Emma wütend an.

Sie stand mit versteinerter Miene da. Ehe sie antworten konnte, donnerte jemand mit der Faust gegen die Tür. Der Leoparden-Mann nickte, und einer der schwarz gekleideten Enders öffnete. Ich stieß einen erstickten Schrei aus, als ich sah, wer auf der Schwelle stand.

Michael.

Er schien so erleichtert, mich zu sehen, dass er mich mit einem strahlenden Lächeln bedachte. »Callie!«

»Nein, Michael! Flieh!«

Aber es war zu spät. Er war in den Raum getreten wie ein ahnungsloses Reh, das auf eine von Jägern umstandene Lichtung hinausstolperte. Einer der Enders legte Michael Handschellen an, während er noch zu begreifen versuchte.

Ich schloss die Augen.

Hyden und ich saßen auf harten Metallstühlen, die Hände hinter dem Rücken gefesselt. Die uniformierten Enders bewachten uns, während der Leoparden-Mann und Emma mit Michael durch eine Tür zur Linken verschwanden. Große Airscreens an der Wand zeigten das mittlerweile leere »Café«. Ein Theater, einzig und allein für uns inszeniert. Der traurige Ender und der Kassier an der Theke kamen zurück, in schwarzer Kluft wie alle anderen.

Weshalb brachten sie Michael weg?

»Was machen sie mit ihm?«, fragte ich Hyden.

Der schwarz uniformierte Ender stieß mich mit dem Gewehrlauf an. »Still, ihr beiden!«

Das kalte Metall an meinem Ärmel ließ mich zusammenzucken. Warum, warum, warum? Warum waren wir hier? Alles, was ich gewollt hatte, war ein normales Leben mit meinem Bruder – und da saß ich nun, wieder mal gefangen. Nur dass ich mich diesmal nicht im Institut 37 befand.

Eher an einem noch schlimmeren Ort.

Außer den Airscreens gab es noch Stereo-Projektionen, die den ganzen Raum verwandelten – wechselnde Szenen, begleitet von Düften und sanften Geräuschen, die zu den Bildern passten. Im Moment umgab uns ein im Wind raschelnder Bambuswald, der einen grasigen Geruch verströmte. Ich wusste nicht, ob sie damit nur die nüchterne Lagerhalle ausgestalten wollten oder ob es sich um irgendeine militärische Psycho-Methode handelte, um uns die Orientierung zu erschweren. Wenn es so war, hatten sie durchaus Erfolg damit.

Hydens Blicke übermittelten Erschöpfung. Er seufzte und schloss einen Moment lang die Augen. Es war eine Geste der Entschuldigung.

Wäre ich nicht zum Schweigen verdammt gewesen, hätte ich ihm gesagt, dass er nichts für unsere Situation konnte. Schließlich hatte ich darauf bestanden, mit Emma Kontakt aufzunehmen. Nur deshalb saßen wir nun mit Handschellen gefesselt hier, und Michael wurde getrennt von uns verhört.

Unvermittelt nahm ich meine Umgebung nur noch verschwommen wahr. Ich wusste, was das zu bedeuten hatte. Gleich würde ich eine Erinnerung von Helena durchleben, so scharf und klar, als sei sie meinem eigenen Gedächtnis entsprungen. Und da kam sie: Der Mond schien, und ich lag in Helenas Himmelbett. Ich knipste die Tischlampe an, stand auf und trat an den offenen Wandschrank. Der Teppich war zurückgeschlagen. Im Boden darunter befand sich ein Geheimfach. Ich hob den Holzdeckel mit der Lederschlaufe an und sah die Pistole.

Ich nahm sie aus ihrem Versteck und presste sie gegen die Wange, spürte die Macht, die von ihr ausging. Das Metall war eiskalt.

Die Erinnerung endete abrupt – als sei ich aus einem Traum hochgefahren. Mir war kalt. Angst? Ich erschauerte, als versuche mein Körper die Bilder abzuschütteln. Helenas Erinnerungen schienen mich vor allem in Momenten besonderer Anspannung zu erreichen. Manchmal halfen sie mir. Aber in dieser Rückblende konnte ich keinerlei Bedeutung erkennen. Außer dem Hinweis, dass mein Gehirn mir nicht allein gehörte.

Ich war jetzt hellwach und nahm meine Bambuswald-Umgebung sehr bewusst wahr.

Mein Blick wanderte zu Hyden hinüber. Sein Kopf war nach vorn gesunken, und er hatte die Augen geschlossen. Schlief er? Das war schwer zu sagen. Vielleicht zog er sich nur in sein Inneres zurück. Bei seinen Berührungsproblemen musste er die grobe Behandlung der schwarz Uniformierten als besonders brutal empfinden.

Die Tür zum Nebenraum ging auf, und der Leoparden-Mann kam heraus. Allein.

»Bringt das Mädchen her«, befahl er.

kapitel 15

Hyden schlug die Augen auf. Wir wechselten einen Blick, als einer der Militärs auf mich zukam und mich von meinem Stuhl hochriss.

»Und was ist mit ihm?«, fragte der Ender den anderen Wachtposten.

»Nur das Mädchen«, erklärte sein Kollege.

Während der Uniformierte mich mitzerrte, sah ich die Besorgnis in Hydens Zügen.

»Lasst sie in Ruhe«, rief er. »Nehmt mich an ihrer Stelle.«

»Du kommst schon noch dran«, knurrte der Wachtposten und versetzte ihm einen Tritt gegen das Schienbein.

»Aufhören!«, schrie ich.

Mein Wächter packte mich fester und stieß mich durch die Tür zur Linken in einen kleinen Raum. Die Stereo-Projektion vermittelte die Illusion einer Felsenhöhle. Er drückte mich auf einen Metallstuhl.

Ich hörte eine Stimme von hinten.

»Du kannst gehen«, sagte die Stimme zu dem Wachtposten.

Ich drehte mich um. Der Leoparden-Mann.

Der Wächter zögerte einen Moment, als sei ich eine gefährliche Meuchelmörderin, mit der er seinen Boss nicht gern allein ließ.

»Jawohl, Sir«, sagte er dann und verließ den Raum.

Der Leoparden-Mann trug ein langärmliges schwarzes Strickhemd und schwarze Jeans. Das lange weiße Haar umrahmte sein Gesicht wie eine Mähne. Tatsächlich hatte er, als er um meinen Stuhl herum nach vorne kam, etwas von einem Raubtier, das sich an seine Beute anschlich. Er betrachtete mein Gesicht forschend von allen Seiten. Dann trat er hinter meinen Stuhl und drückte meinen Kopf nach vorne. Er teilte mein Haar und legte die Stelle frei, an der Redmond den Chip eingesetzt hatte. Ich spürte, wie seine Finger vorsichtig über die Narbe strichen.

»Lassen Sie mich los. Was machen Sie da?«, fragte ich.

Er beachtete mich nicht. Nach einer kurzen Untersuchung entfernte er sich, und ich hob den Kopf.

»Sie haben nicht das Recht, uns hier festzuhalten. Ich verlange einen Anwalt.«

Er stieß ein hartes Lachen aus. »Du glaubst im Ernst, dass hier die Gesetze gelten, auf die du dich berufst?« Er bückte sich, bis wir auf gleicher Augenhöhe waren. »Ich kann dir sagen, wessen Gesetz hier gilt: meins. Du gehörst mir. Du bist mein Spielzeug. Meine Puppe. Ich mache, was ich will. Wann ich es will.«

Ich vernahm einen leichten Akzent in seiner Stimme, konnte ihn aber nicht einordnen. Seine graublauen Augen waren von feinen Fältchen umgeben. Früher einmal hatte er vielleicht sogar gut ausgesehen, aber jetzt verrieten seine Züge nur noch abstoßende Grausamkeit. Seine Hände wirkten grob, mit kräftigen Knöcheln und harten Schwielen. Ich hegte nicht den geringsten Zweifel, dass er sich auf alle Arten von Künsten verstand, jemanden zum Reden zu bringen. Meine Blicke wanderten durch den Raum. Zwei Türen. Nichts, das sich als Waffe verwenden ließ. Ich sah nach oben. Die Höhlen-Illusion verbarg nicht, dass man hier mit Paneelen eine Zwischendecke eingezogen hatte. Vielleicht konnte man sich dort oben verstecken.

Wenn man erst mal dort war.

Der Leoparden-Mann setzte sich auf den Tisch vor mir und starrte mir in die Augen. Ich wusste nicht recht, was das sollte. Forschte er nach irgendwelchen Merkmalen? Oder versuchte er mich nur einzuschüchtern? Ich wich seinem Blick nicht aus. Schließlich erhob er sich und ging auf die andere Tür zu.

Er öffnete sie, und eine drahtige Ender-Frau mit kurz geschorenem weißem Haar trat ein.

»Nimm sie mit«, sagte er.

Die Frau packte mich grob am Arm. Während sie mich an dem Leoparden-Mann vorbeizerrte, starrte ich ihm bis zuletzt in die Augen. Ich wollte ihm zeigen, dass ich Widerstand leisten würde, selbst wenn das meinen Tod bedeutete.

Dann dachte ich an Tyler, und mit meiner gespielten Tapferkeit war es vorbei. Er würde Eugenia als Ersatzmutter und ein sorgenfreies Leben haben, wenn er mich verlor, aber keine Familie. Ich musste herausfinden, was sie wollten. Und ich musste herausfinden, ob ich mit ihnen einen Handel eingehen konnte. Einen Handel, der mich am Leben erhielt. Mich, aber auch Michael und Hyden.

Meine Bewacherin führte mich durch einen Korridor,

der die Illusion eines reißenden Flusses vermittelte, und brachte mich in einen Raum, der an eine Hightech-Arztpraxis erinnerte. An eine Wand war ein Kiefernwald projiziert. Vögel flatterten durch das Geäst. Die Ender-Wächterin hob mich auf einen Untersuchungstisch und drückte auf einen Fußhebel. Ein Motor surrte und verstummte, als die richtige Höhe erreicht war.

Ein Arzt betrat den Raum, ein kleiner, untersetzter Ender, der mir mit feierlichem Ernst zunickte.

»Ich würde Sie jetzt gern untersuchen.« Das klang, als benötigte er meine Zustimmung.

»Und wenn ich mich weigere?«

»Diese Möglichkeit haben Sie leider nicht«, sagte er. »Können wir also anfangen?«

»Nein. Ich weigere mich. Ich werde hier gefangen gehalten.« Ich zerrte an meinen Handschellen. »Sie sehen, dass ich gefesselt bin. Aber ich habe nichts Unrechtes getan.«

Der Doktor ließ die Arme hängen.

Ich verlieh meiner Stimme einen flehenden Klang. Dieser Arzt war vielleicht der letzte vernünftige Mensch, dem ich begegnete. »Bitte, lassen Sie mich frei!«, sagte ich leise. »Das ist die einzig richtige Entscheidung.«

Er wechselte einen Blick mit meiner Bewacherin. Meine Worte mussten ihn erreicht haben. Er musste einsehen, wie unrecht es war, mich hier festzuhalten. Er trat dicht an die Frau heran und raunte ihr etwas zu. Ich hoffte, er hatte sie angewiesen, meine Fesseln zu lösen. Sie schnürten mir das Blut ab, und meine immer noch auf den Rücken gedrehten Arme schmerzten.

Dann kamen sie zu zweit auf mich zu. Ihre steinernen Mienen verhießen nichts Gutes.

Die Frau beugte sich über mich und drückte mich mit aller Kraft gegen den kalten Untersuchungstisch.

»Was haben Sie vor?«, schrie ich und wand mich unter ihrem harten Griff.

Der Doktor stand mit dem Rücken zu mir, aber ich konnte sehen, dass er eine Spritze aufzog. Er näherte sich dem Tisch mit einer langen Injektionsnadel. Dic Frau grub ihre knochigen Finger in meine Haut, als er mir das monströse Ding in den Arm rammte.

Ich träumte, dass ich wieder in dem hübschen gutbürgerlichen Haus im Ranchstil lebte, in dem mein Bruder und ich eine behütete Kindheit verbracht hatten. Es war Samstagnachmittag, und ich saß mit Tyler bei einem kindischen Kartenspiel auf dem Boden. Das Ganze ergab keinen Sinn, weil er so alt war wie jetzt. Dann kam mein Vater ins Wohnzimmer.

»Daddy?«, fragte ich überrascht.

»Was gibt es, Cal, mein Mädchen?«

Aus irgendeinem Grund trug er einen schwarzen Anzug. Kurz darauf erschien meine Mutter in einem fließenden Abendkleid und legte ihm einen Arm um die Taille.

»Mom?«, sagte ich.

Sie hielt den Kopf schräg. »Ja, mein Liebes?«

»Ich dachte, ihr hättet uns beide verlassen.«

»Nein«, entgegnete sie. »Wir waren immer hier.«

Ich erwachte auf einer von allen Seiten gepolsterten Krankenhausliege. Aber anstelle der Gitterstäbe umgaben mich Plexiglaswände, die an einen Brutkasten erinnerten.

Über mir funkelten Sterne. Projektionen? Eine Illusion, um mich zu beruhigen? Oder zu verwirren?

»Sie ist wach«, flüsterte jemand.

Ich drehte den Kopf in die Richtung, aus der die Stimme kam, und sah jenseits des kleinen Krankenzimmers eine uniformierte Bewacherin. Ihr Gesicht war halb von der Tür verdeckt.

Eine Ender in einem engen, hellen Overall betrat den Raum. Sie hielt ein kleines Gerät in den Händen, das durch ein Kabel mit einem Messfühler verbunden war. Damit berührte sie meine Stirn, mein Handgelenk und mein Herz. Erst jetzt bemerkte ich, dass meine Handgelenke mit Gurten am Bett fixiert waren.

Sie warf einen Blick auf ihr Gerät und nickte zufrieden. Dann verließ sie den Raum, ohne mich ein einziges Mal anzusehen.

Ich drehte meine Hände hin und her, um zu sehen, ob ich mich von den Gurten befreien konnte. Unmöglich. Panik drang wie Wasser unter einer Tür herein und breitete sich aus. Ich zerrte heftiger, scheuerte mir aber nur die Gelenke wund.

Jemand öffnete die Tür. Schon wieder ein Besucher. Ich hatte genug von dem geheimnisvollen Getue.

Diesmal war es Emma. Die Bewacherin blieb im Gang, als Emma eintrat und hinter sich die Tür schloss. Sie trug einen Einkaufsbeutel.

»Hi, Callie.« Sie strahlte mich an.

»Was willst du?« Ich traute ihr nicht, aber es war ja nicht so, dass ich einfach aufstehen und gehen konnte.

»Ich habe dir einen Smoothie mitgebracht. Dachte, der würde dir guttun.« Sie holte ihn aus ihrem Beutel. »Erbeer-Banane.«

»Danke, kein Bedarf.« Der Durst brannte in meiner Kehle.

»Ich glaube, dass du ihn willst.«

»Ich kann den Becher nicht halten, wie du siehst. Wenn du mir die Gurte abnimmst …«

»Ich halte ihn für dich.«

Sie trat ans Bett und schob mir den Strohhalm zwischen die Lippen. Ich wollte ablehnen, aber ich hatte solchen Durst. Und Hunger. Der Fruchtsaft rann kühl und süß durch meine Kehle.

»Langsam«, warnte sie. »Nicht zu viel auf einmal, sonst kommt das Zeug wieder hoch.«

Emma hatte, aus der Nähe betrachtet, starke Ähnlichkeit mit ihrer Großmutter. So musste Helena in ihrer Jugend ausgesehen haben. Edle Züge. Hohe Wangenknochen. Aber natürlich hatte sich Emma bei Prime die Nase verkleinern lassen.

Sie zog den Smoothie-Becher zurück.

»Warum hast du das getan?«

»Was?«

»Dich als ihr Lockvogel hergegeben …«

Sie starrte auf den Becher herunter und spielte nervös mit dem Strohhalm. »Mir blieb keine andere Wahl«, sagte sie leise. »Sie haben mich erpresst.«

»Womit?« Ich senkte meine Stimme ebenfalls.

»Sie drohten, dass sie meiner Großmutter etwas antun würden, wenn ich ihre Anweisungen nicht befolgte«, flüsterte sie.

»Deiner Großmutter? Helena?«

Emmas schmerzverzerrtes Gesicht verriet, dass ihr der Gedanke unerträglich war.

Sie zog einen Stuhl ans Bett und setzte sich. Als sie die

Beine übereinanderschlug, bemerkte ich an ihrem Knöchel ein modisches Goldkettchen mit ihrem Namen: EMMA.

»Das ist hübsch«, sagte ich und deutete auf den Schmuck.

»Ein Geschenk von ihr. Meiner Großmutter.«

Ich atmete tief ein. Emma schien nichts über mich zu wissen. Sie hatte keine Ahnung, dass ihre Großmutter mich gemietet hatte, damit ich den Senator erschoss. Und dass sie mir, als das misslang, einen anderen Plan unterbreitete: Ich sollte herausfinden, was mit ihrer Emma geschehen war. Das schienen mir zu viele Neuigkeiten auf einmal für Emma zu sein. Aber die entscheidende Tatsache musste sie erfahren, vor allem, da sie von der falschen Vorstellung ausging, sie könnte ihre Großmutter noch retten.

Außer sie belog mich …

»Emma, darf ich dir ein paar Fragen zu deinem Zimmer stellen? Was befindet sich beispielsweise in der Schatulle auf deiner Kommode?«

»Schmuck.«

»Kannst du diesen Schmuck genauer beschreiben?«

»Jede Menge alter Kram. Anstecknadeln. Sachen, die ich von meiner Mutter bekam. Und … ein Bettelarmband, das mir Doris schenkte.«

»Ich hatte das gleiche«, sagte ich. »Auch von Doris.«

»Es sah hübsch aus.« Eine leise Wehmut huschte über ihre Züge. »Schade, dass ich es nicht mehr habe.«

Ihr Ausdruck und ihre Worte verrieten mir, dass mit ihr etwas nicht stimmte. Sie schien irgendwie abgeschaltet zu haben wie Leute, die lange Zeit in Gefangenschaft oder Abhängigkeit zugebracht hatten. Ich hatte diesen

Blick bei manchen der Mädchen im Waisenhaus gesehen … auch bei meiner Freundin Sara. Emma war gefügig … geistesabwesend … ein wenig wie eine Traumwandlerin.

»Emma, seit wann bist du in der Gewalt dieser Leute?«

»Seit wann?«

»Du hattest diesen Kontrakt bei der Body Bank unterschrieben. Was geschah dann?«

»Ich traute mich nicht mehr heim. Großmutter wäre total ausgerastet. Und verheimlichen konnte ich es nicht. Sie hätte sofort mein Makeover bemerkt.«

»Also bist du abgehauen?«

»Mit Kevin. Er war nicht mein Freund, nur ein guter Kumpel, obwohl ich weiß, dass er mehr von mir wollte. Wir hatten beschlossen, unser Geld zusammenzulegen und gemeinsam eine Wohnung zu nehmen.«

»Aber dann fand euch der Mann mit dem Leoparden-Tattoo.«

Sie nickte. »Dawson. Er gab sich als Eigentümer der Wohnung aus, in die wir ziehen wollten.«

»Ich verstehe.«

»Kevin sollte mich dort treffen, aber er tauchte nicht mehr auf.«

Ich fragte mich, ob er Brockmans Leuten in die Hände gefallen war. Aber darüber konnte ich noch nicht mit ihr sprechen.

»Wie lange bist du jetzt bei Dawsons Leuten?«, fragte ich.

»Ich weiß nicht.« Sie schüttelte den Kopf. »Welchen Tag haben wir heute?«

»Emma, die haben mich so straff fixiert«, wisperte

ich. »Die Fesseln schneiden ein. Könntest du sie nur ein wenig lockern?«

Die Bewacherin schob die Tür ein Stück auf, um uns daran zu erinnern, dass wir nicht allein waren. Emma warf einen Blick in Richtung der Frau und setzte sich sehr gerade hin.

»Callie, es geht um ein paar wichtige Tests.« Ihre Stimme klang jetzt lauter.

»Die haben wir alle mitgemacht«, fuhr sie fort. »Ich auch. Das ist echt nichts Schlimmes.«

Ich sah ihren Augen an, dass sie log.

»Für dich vielleicht nicht«, entgegnete ich. »Aber meine Einwilligung bekommen sie nicht.«

Sie ließ die Schultern hängen. »Callie, bitte hör auf mich! Du musst dich einverstanden erklären. Du hast keine andere Wahl.«

Der Leoparden-Mann – Dawson – betrat das Zimmer.

»Du kannst gehen, Emma«, sagte er.

Sein Tonfall war fest und streng, als spräche er mit einem Kind. Emma sah ihn verängstigt an, rührte sich aber nicht vom Fleck.

»Emma, geh jetzt!«, befahl er.

Sie nahm den Smoothie-Becher und ging. Dawson beugte sich über das Fußende des Krankenbetts. Die weiße Mähne, die seine Schultern umwallte, gab ihm das Aussehen eines bösen Zauberers aus irgendeinem alten Film, an den ich mich kaum erinnerte.

»Und wie fühlst du dich?«, fragte er ohne die Spur eines Lächelns.

»Was denken Sie wohl, wie ich mich fühle – festgebunden wie ein Tier?«

»Wenn du einwilligst, mit uns zusammenzuarbeiten,

lösen wir die Fesseln. Aber zuerst brauchen wir deine Einwilligung.«

»Ich verlange, dass Sie mich freilassen, ohne dass ich in irgendetwas einwillige.«

Er seufzte und drückte auf einen Knopf. Die Seitenwände des Krankenbetts glitten nach unten und rasteten mit einem dumpfen Aufschlag in einer Bodenschiene ein. Ohne irgendwelche Sicherheitsvorkehrungen. Dann zog er ein großes Messer aus der Tasche und klappte es auf. Licht spiegelte sich auf der langen Klinge. Ich bemühte mich, nicht zusammenzuzucken, als er den Arm senkte.

Er schob die Klinge unter die Fixierbänder, ohne meine Haut zu ritzen, und sägte sie durch. Wortlos klappte er das Messer wieder zu und steckte es ein. Ich rieb mir die wunden Handgelenke.

Dann schwang ich die Beine über die Bettkante. Ich trug immer noch meine Disco-Klamotten.

»Wo sind meine Schuhe?«, fragte ich.

»Nun ist es aber genug.« Er packte mich grob am Oberarm und zerrte mich aus dem Raum. Barfuß.

Die Bewacherin folgte uns den Gang entlang. Wir kamen an einen Querkorridor und bogen nach rechts ab. Er zog mich rücksichtslos über die rauen Bodenfliesen. »Sie tun mir weh«, beschwerte ich mich.

»Ich bitte um Verzeihung, Hoheit.«

Gedämpfte Schreie erreichten uns, als wir uns dem Ende des Korridors näherten.

Hyden.

Entsetzen erfasste mich. »Was machen Sie mit ihm?«, schrie ich und versuchte mich von Dawson loszureißen.

Er umklammerte meinen Arm wie mit einem Schraubstock und stieß mich mit dem Gesicht gegen eine große

Glasscheibe am Ende des Korridors. Dahinter befand sich ein Raum mit einer riesigen Röhre. Die Projektion eines friedvollen Waldes stand in krassem Gegensatz zu der brutalen Szene, die sich vor dieser Kulisse abspielte. Zwei Enders hielten Hydens immer noch mit Handschellen auf dem Rücken gefesselte Arme fest, während er sich drehte und wand und loszureißen versuchte. Ein dritter Ender lehnte an der Wand und beobachtete den Kampf. Seine Miene wirkte belustigt, doch er wurde schlagartig ernst, als er Dawson entdeckte.

Dieses Gezerre hätte jedem Gefangenen Schmerzen bereitet, aber Hyden musste Höllenqualen leiden.

Dawson nickte den Männern kurz zu. Anstatt jedoch rücksichtsvoller mit Hyden umzugehen, begannen sie ihn wie einen Ball zwischen sich hin- und herzustoßen. Hyden hatte Mühe, sich auf den Beinen zu halten.

»Aufhören! Sagen Sie ihnen, dass sie aufhören sollen!« Ich schlug mit den Fäusten gegen die Glasscheibe. Mein Magen verkrampfte sich.

Schweißperlen standen auf Hydens Stirn. Seine Haut war fahl, und dunkle Ringe zeichneten sich unter seinen Augen ab. Hatten sie ihn geschlagen? Oder war sein Zustand eine Folge der traumatischen Belastung?

»Begreifen Sie denn nicht?«, beschwor ich Dawson. »Diese Behandlung könnte sein Tod sein!«

»Nur du kannst der Sache ein Ende bereiten«, sagte der Leoparden-Mann. »Du weißt, was ich hören will.«

Hyden taumelte, aber die Enders fingen ihn auf, als er zusammensackte, und zerrten ihn wieder auf die Füße. Sie schleiften ihn zum Fenster, direkt vor mich hin, und pressten sein Gesicht gegen das Glas.

»Hyden!« Mein Herz fühlte sich wie zersprungen an.

»Einverstanden«, sagte ich zu Dawson.

»Du willigst in unsere Tests ein?«

»Ich willige ein.«

Dawson grinste hämisch und nickte den Enders jenseits des Fensters zu. Sie ließen Hyden los. Er blieb an die Glasscheibe gelehnt stehen und schob schweißüberströmt eine Hand langsam nach oben, bis sie genau gegenüber meiner Handfläche lag.

kapitel 16

Dawson und ich eilten den Gang hinunter. Ich war immer noch barfuß, aber zum ersten Mal seit meiner Ankunft hier wurde ich nicht mit Gewalt irgendwohin gezerrt. Ich hatte offenbart, dass ich mir etwas aus Hyden machte, und damit mein Inneres bloßgelegt. Nun kannten sie meine Schwäche und wussten, wie sie an mich herankamen. Aber ich hätte niemals tatenlos zusehen können, wie sie Hyden quälten. Jetzt war ich fester entschlossen denn je, uns alle drei hier herauszuholen.

»Was ist mit Michael?«, erkundigte ich mich.

»Was soll mit ihm sein?«

Dawson öffnete eine Tür. Wir betraten einen Laborraum, in dem eine Ender-Frau stand und weiße Gummihandschuhe überstreifte.

»Wo ist er?«, fragte ich Dawson.

»Er schläft.«

Er machte kehrt, und ich fragte mich, ob mit Michael wirklich alles in Ordnung war. Oder ob »schlafen« in Wahrheit bedeutete, dass irgendein Ender von seinem Körper Besitz ergriffen hatte.

Die Frau war ganz in weiße Gummisachen gehüllt – lange Hose, Stiefel und eine Schürze über einem Nylonhemd. Ich verstand, warum, als sie mich in einen Nassraum brachte. Sie stellte mich auf ein Gummipodest mit einer Abflussrinne im Boden, setzte eine Schutzbrille auf und übersprühte mich von allen Seiten mit Wasser. Dann rieb sie mich mit einem rauen Tuch ab. Das erinnerte mich an die Body Bank, auch wenn alles weit primitiver war. Wer immer diese Leute sein mochten, sie hatten Budgetprobleme.

Nachdem ich abgetrocknet war, reichte sie mir einen Operationskittel.

Einen Operationskittel?

»Was soll das denn?«, fragte ich sie. »Was habt ihr mit mir vor?«

Sie mied jeden Blickkontakt. Es war, als würde ich an eine Wand reden. Wortlos nahm sie mich am Arm. Ich hielt mit einer Hand den Kittel zu, während sie mich in einen anderen Raum führte.

Eine weitere Ender, blass und untersetzt, erwartete mich dort. Ich musste mich auf eine Plattform legen, und auf einen Knopfdruck stülpte sich eine Art Gitterhelm über meinen Kopf. Ich hasste das Ding sofort. Es hielt meinen Kopf wie in einem Schraubstock fest. Ich spürte, wie das Blut in meinen Schläfen immer schneller hämmerte. Poch, poch, poch. Am liebsten hätte ich laut geschrien.

»Entspannen Sie sich«, sagte die Frau. »Und halten Sie still.«

Sie drückte auf einen anderen Knopf. Ein sargähnlicher Käfig umschloss meinen Körper.

»Was ist das?« Meine Stimme klang schrill vor Angst.

Mit einem Summen, das an eine Motorsäge erinnerte, glitt die Plattform in eine große, nach hinten geschlossene Röhre. An der vorderen Öffnung, durch die man mich in die Maschine geschoben hatte, senkte sich eine Metallplatte, die den Blick nach draußen versperrte.

Ein Gebläse schaltete sich ein, aber es half nicht viel. Jeder Nerv in meinem Körper brannte wie Feuer. Am liebsten wäre ich aus meiner Haut gekrochen. Und mein Herz schlug so heftig, als würde es jeden Moment die Brust sprengen. Die Stimme der Ender drang durch einen Lautsprecher nahe meinem Ohr.

»Atmen Sie tief ein und halten Sie die Luft an, bis ich ›Weiteratmen‹ sage.«

»Warum sollte ich?«

»Weil ich sonst nicht garantieren kann, was mit Ihnen geschieht.«

Ich seufzte.

»Ab wann?«

»Ab jetzt.«

Ich atmete ein und hielt die Luft an. Sehr lang, wie es mir schien. Die Maschine gab laute Scheppergeräusche von sich, als würde sie von außen mit einem Presslufthammer bearbeitet.

»Und weiteratmen!«, sagte die Ender in dem Moment, als ich das Gefühl hatte, es nicht mehr zu ertragen.

Dann begann die Prozedur von Neuem. Das Ganze zog sich endlos hin. Einmal behauptete sie, ich hätte zu früh geatmet, und wiederholte einen Teil des Tests. Irgendwann öffnete sich die Röhre, und sie entfernte die Fixiervorrichtungen.

Ich rieb meinen steifen Nacken. Ich fühlte mich völlig

ausgepumpt und zugleich total erleichtert, dass ich wieder frei atmen konnte.

Als Nächstes hielt eine Ender einen Scanner dicht vor meinen Kopf, während eine andere die Messwerte an einem Computer ablas. Natürlich entzifferten sie meine Chip-Nummer. Das war das Erste, was sie taten. Aber wonach sie sonst noch suchten – keine Ahnung.

»Warum tun Sie das?«, fragte ich. »Was versuchen Sie herauszufinden?« Sie beantworteten keine einzige meiner Fragen. Ich war für sie nicht mehr als eine Laborratte.

Ich musste noch eine Reihe von Tests über mich ergehen lassen. Sie überprüften meine Sehschärfe, meinen Geruchs- und Geschmackssinn sowie meine Fähigkeit, Dinge zu ertasten. Endlich waren sie fertig. Zumindest glaubte ich das, weil sie mir frische Sachen – ein T-Shirt und eine olivgrüne Hose – sowie meine Schuhe aushändigten.

Dann gaben sie mir ein Glas mit einer roten Flüssigkeit zu trinken, und im nächsten Moment war ich weg.

Ich erwachte in einem Raum mit grau gepolsterten Wänden und einem weichen grauen Gummiboden. In einer Ecke entdeckte ich einen Schaumstoffwürfel, den man als Hocker benutzen konnte. Und in der gegenüberliegenden Ecke befand sich ein Loch im Boden, aus dem unentwegt ein leises Gurgeln und Saugen drang.

Eine Zelle. So ausgestattet, dass ich mich nicht selbst verletzen konnte. Ich schaute mich um und sah nichts sonst. Meine Schuhe waren verschwunden.

Und es gab hier drinnen keine Projektionen.

Ich entdeckte eine Überwachungskamera in der Decke

und eine zweite in einer Ecke, außerhalb meiner Reichweite. »Ich habe alle eure Tests mitgemacht«, schrie ich nach oben. »Ich will jetzt meine Freunde sehen.«

Das Kameraauge starrte mich nur stumm an.

Da war ich nun, wieder einmal eingesperrt. Ich trommelte mit den Fäusten gegen die Wände, erzeugte aber nur dumpfe Schläge. Ich schrie. Niemand reagierte.

Ich war weit weg von der Außenwelt, weit weg von Tyler. Er machte sich bestimmt Sorgen um mich. Dabei hatte ich gedacht, das sei mit der Zerstörung der Body Bank endgültig vorbei. Ich hatte davon geträumt, wir könnten ein normales Leben führen. Tyler würde zur Schule gehen, spielen und am See angeln. Wir würden eine Art Familie sein, Michael, ich und Tyler, dazu Eugenia in der Rolle einer Großmutter.

Eugenia. Wie nahm sie es wohl auf, dass Michael und ich so lange verschwunden blieben? Würde sie die Behörden verständigen? Würde sie versuchen, Tyler zu trösten? Ihm vorspielen, dass es uns gut ging? Tyler konnte man nicht so leicht belügen.

Mehr als nach allen anderen, mehr als nach meiner Freiheit hatte ich Sehnsucht nach meinem kleinen Bruder. Nach seinen kaninchenbraunen Augen, seinem weichen Haar, seinem scheuen Lächeln. Es war so schön gewesen, ihn wieder gesund zu sehen, aber ich hatte kaum Zeit gefunden, das zu genießen, weil wir so plötzlich aus der Villa fliehen und uns verstecken mussten. Und jetzt – hatte sich irgendetwas gegenüber früher geändert? Es schien, als müssten wir immer fliehen und uns verstecken. Nur dass wir jetzt aus größeren und eleganteren Häusern flohen.

Was würde mit ihm geschehen, wenn ich nicht mehr

zurückkehrte? Konnte sich Eugenia um ihn kümmern? Laura hatte seine Vormundschaft übernommen, aber war sie in der Lage, ihn großzuziehen?

Ich dachte an meinen letzten Aufenthalt in einer Gefängniszelle. Institut 37. Das munterte mich nicht gerade auf.

Wie lange hatte ich bewusstlos hier drinnen gelegen?

Dann hörte ich eine Männerstimme in meinem Kopf.

Callie.

Ich saß reglos da und horchte in mich hinein.

Kannst du mich hören?

Das klang nach Dawson, aber ich war nicht sicher.

»Wer ist das?«, fragte ich.

Was glaubst du denn?

»Keine Spielchen bitte. Ich werde sie gewinnen, denn ich habe offenbar alle Zeit der Welt hier drinnen.«

Es spielt keine Rolle, wer ich bin. Wichtig ist nur, dass du mich hören kannst.

Ohne Frage, es war Dawson.

Und wie fühlst du dich?

Ich erinnerte mich, dass er mich das schon einmal gefragt hatte – in dem gleichen klinischen Tonfall, der nicht die Spur von Mitgefühl verriet, sondern ein anderes, übergeordnetes Interesse.

»Müde. Und ich bin es leid, ständig eingesperrt zu werden.«

Möchtest du die Zelle gern verlassen?

War diese Frage ernst gemeint? »Ja.«

Die Tür ging auf. War das ein Trick? Egal, es wäre idiotisch, das Angebot nicht anzunehmen. Ich stand auf und ging nach draußen. Die Bewacherin war nirgends zu sehen.

Wir brauchen keine Wachen, wenn wir dich beobachten können.

Konnte er meine Gedanken lesen, oder war das nur seine Reaktion auf den leeren Korridor, den er durch meine Augen sah?

Falls dich das beschäftigt, ich kann deine Gedanken nicht lesen. Die sind privat und gehören dir ganz allein.

»Dann sind sie das Einzige, was hier noch privat ist.«

Am Ende des Korridors erwartete mich eine Tür, die in einen weiteren Korridor führte. Ich folgte ihm nach rechts.

Ein ziemliches Labyrinth, diese Anlage.

»Dann erklären Sie mir den Weg zum Ausgang.«

Er lachte. Ich hasste dieses Lachen in meinem Kopf. Es weckte in mir den Wunsch, ihn mit einem harten, schweren Gegenstand niederzuschlagen. Als ob mir das geholfen hätte.

Auch dieser Gang endete an einer Tür. Ich öffnete sie und erblickte eine Art Kinderzimmer. Tische mit bunten Holzklötzen und Puzzles säumten den Raum. Aber nirgends waren Kinder zu sehen. Und das Ganze wirkte zu aufgeräumt, zu arrangiert.

Ich sehe, du bist im Spielzimmer angekommen. Warum nimmst du nicht Platz?

Ich durchquerte den Raum bis an die Tür, die dem Eingang genau gegenüberlag, und betätigte den Drehknopf. Abgeschlossen. Also kehrte ich um und probierte es an der Tür, durch die ich das Zimmer betreten hatte. Sie war mittlerweile von außen versperrt.

Du solltest dich wirklich setzen.

Offenbar saß ich nun in diesem fensterlosen, verschlossenen Raum fest. Das war ein großartiger Erfolg. Ich zog einen Stuhl heran und nahm Platz.

Vor dir liegen mehrere bunte, unterschiedlich geformte Holzklötze. Kannst du bitte den roten Kreis hochheben?

Was sollte dieses lächerliche Spiel? Ich hob das rote, runde Ding hoch und hielt es vor mein Gesicht, damit er es gut sehen konnte.

Perfekt. Leg ihn auf das Tablett vor dir.

Ich tat, was er verlangte.

Nun streck die Arme aus und leg deine Hände flach auf den Tisch, ganz locker und entspannt.

Ich hatte keine Ahnung, was dieser Test sollte. Das alles erschien mir zu einfach.

»Wenn ich Ihre Anweisungen befolge, lassen Sie mich dann …«

Eins nach dem anderen. Bleib einfach ruhig sitzen, bis du die nächste Aufgabe erhältst.

Ich wartete ein paar Sekunden. Dann geschah das Entsetzliche.

Mein rechter Daumen bewegte sich. Nur erhielt er den Befehl dazu nicht von mir.

»Was tun Sie mit mir?«

Bleib ganz entspannt. Nicht sprechen.

Meine rechte Hand begann zu vibrieren, ruckte unkontrollierbar vor und zurück. Dann hob sie sich ein paar Zentimeter über den Tisch und bewegte sich auf den roten Kreis zu. Zitternd schwebte sie über der Holzform, während ich nur hilflos zuschauen konnte.

Ich spürte, wie sich die Härchen an meinen Armen aufrichteten.

Entspann dich. Lass los. Seine Stimme klang, als wollte er mich in Trance versetzen.

Dann fiel meine Hand auf den Holzklotz wie der Greifarm eines uralten primitiven Spielautomaten. Meine Finger umklammerten ihn ungeschickt. Langsam hob sich meine Hand. Und dann erschlaffte sie, und der rote Kreis polterte auf den Tisch.

»Was war das?«, fragte ich.

Ich kontrolliere dich.

Ich nahm meine ganze Willenskraft zusammen, um ihn aus meinem Kopf zu verdrängen. Ich wusste nicht, wie ich das bewirken konnte, nur, dass ich es wollte, dass ich es erreichen wollte. Ich konzentrierte mich auf die Vorstellung, dass er verschwand, fortgeblasen von einem unsichtbaren Tornado, bis mein Denken befreit und klar war, bis mir mein Verstand wieder ganz allein gehörte.

Ich weiß nicht, ob er von sich aus ging oder ob ich es tatsächlich geschafft hatte, ihn zu vertreiben, aber plötzlich herrschte Stille.

Ich saß fünfzehn oder zwanzig Minuten in vollkommener Stille da, bis ein Ender-Wachtposten kam und mich in eine große Halle brachte. Eine Schießanlage.

»Begeben Sie sich an den letzten Stand«, befahl eine weibliche Stimme per Lautsprecher.

Ich sah mich um und entdeckte in der oberen Etage gleich neben dem Kontrollraum eine Ender in einem verglasten Beobachtungskäfig. Sie war groß und elegant und hatte das weiße Haar zu einer Hochfrisur aufgesteckt.

Ein Gewehr erwartete mich am letzten Stand. Ich nahm es auf. Angenommen, ich gab einen Schuss auf die Glaswand ab, um herauszufinden, ob sie kugelsicher war? Unsinn. Natürlich war sie kugelsicher.

Das Gewehr war schwer für ein Mädchen von meiner Statur. Ich hörte, wie eine Zielscheibe leise surrend an ihren Platz fuhr und einrastete. Es war keine gewöhnliche Zielscheibe. Sie bestand aus einem Holo, das einen Ender in Terroristen-Kluft zeigte. Eine Maske bedeckte sein Gesicht, und er hielt seine Pistole auf mich gerichtet.

»Auf drei«, sagte die Ender über das Mikro. »Eins.«

Ich legte das Gewehr an die Wange und zielte auf das Herz.

»Zwei.«

Ich atmete ein.

»Drei.«

Ich gab einen einzigen Schuss ab. Der Rückstoß war heftig, doch ich hielt ihm stand.

»Gewehr absetzen«, tönte es aus dem Lautsprecher.

Die Zielscheibe wurde herangefahren, damit ich das Schussbild prüfen konnte. Das Holo hatte im Moment des Abdrückens angehalten und den Treffer aufgezeichnet. Das Loch saß mitten im Herz. Ich drehte mich um und spähte zum Glaskasten hinauf. Die Miene der Ender war ausdruckslos.

Sie ließ mich den Test mehrmals wiederholen. Jedes Mal markierte ein roter Kreis die Stelle, die ich treffen sollte. Jedes Mal traf ich. Es war nichts von dem verloren gegangen, was mir mein Vater beigebracht hatte.

Dann wechselte das Holo. Anstelle des Terroristen zeigte die Zielscheibe eine Ender mit Kleid und Handtasche.

»Schießen Sie!«, befahl die Frau im Glaskasten.

»Auf eine harmlose Zivilistin?«

»Schießen Sie!«

»Nein.«

Sie wandte sich ab, sodass ich ihr Gesicht nicht mehr sehen konnte. Ich glaubte zu erkennen, dass sie sich mit einem anderen Ender im Kontrollraum beriet.

Meine Kopfhaut begann zu kribbeln. Jemand drang in mich ein.

Callie?

Dawson schon wieder. Oh, wie ich es hasste, ihn in meinen Gedanken zu spüren!

Keine Angst, kleines Starter-Mädchen! Du musst gar nichts tun. Entspann dich einfach.

Oh. Er versuchte mich erneut zu steuern. Ich wehrte mich mit aller Kraft dagegen. Ich packte das Gewehr.

Aber meine Arme hoben sich langsam. Das war grauenhaft. Sie hoben sich in Schussposition. Ich kämpfte, versuchte sie mit aller Macht nach unten zu drücken.

Er hatte mich unter Kontrolle.

Mein Kopf senkte sich, bis die Wange am Gewehrschaft auflag und mein Auge das Ziel anvisierte. Der Lauf richtete sich auf ihr Herz.

Schweiß perlte von meiner Stirn. Ich machte meine Arme stocksteif. Aber mein Finger krümmte sich langsam und drückte ab.

Peng.

Ich hob den Kopf. Die Ender im Glaskasten sprach mit jemandem im Kontrollraum.

Die Zielscheibe rollte näher heran. Die Ender-Lady war mitten ins Herz getroffen.

Ausgezeichnet.

Ich spürte, wie meine Finger sich lockerten. Dawson hatte mir die Kontrolle über meinen Körper zurückgegeben. Es musste ihn extreme Konzentration gekostet haben, die Verbindung zu mir aufrechtzuerhalten. Nun musste er wohl neue Kraft tanken.

»Das ist widerwärtig«, sagte ich. »Sie sind ein grässlicher Mensch. Total krank.«

Manchmal müssen wir Dinge tun, die nicht schön sind. Für das Allgemeinwohl.

Die Zielscheibe entfernte sich mit einem traurigen elektronischen Surren, und ein neues Bild rastete in der ursprünglichen Position ein.

Versuchen wir es damit.

Es war das Holo eines Starters. Aus der Ferne betrachtet, war er wohl etwa so alt wie ich und lebte auf der Straße. Das verrieten die zerlumpten Klamotten, die Wasserflasche und die Handleuchte. Er wirkte verdreckt und verwahrlost. Aber irgendetwas an dem Bild beunruhigte mich …

Michael.

Ich spürte, wie sich mein Magen verkrampfte. Ich wollte das Gewehr senken, aber das ging nicht.

»Nein …«

Meine Hände brachten die Waffe in Position. Mein Auge visierte das Ziel an.

»Hört endlich auf damit!«, schrie ich.

Meine Gedanken rasten. Konnte ich irgendetwas gegen diesen Fremdeinfluss unternehmen? Wenn Entspannung ihn verstärkte, würde ihn dann Panik blockieren?

»Ihr könnt mich nicht zwingen, so etwas zu tun!«

Aber schmerzhaft langsam, wie in Zeitlupe, bewegte mein Finger den Abzug. Nichts vermochte ihn zu stoppen. Alles geschah gegen meinen Willen.

Mit einem lauten Knall ging das Gewehr los.

Die Enders im Kontrollraum drückten auf ihre Knöpfe. Die Zielscheibe rollte heran, damit ich die Ergebnisse aus nächster Nähe begutachten konnte.

Ein roter Kreis umgab das Loch in der Stirn von Michaels Holo-Abbild.

Hätte er in Fleisch und Blut in meiner Schussbahn gestanden, wäre er jetzt tot.

Mein Magen hatte sich in einen harten Klumpen verwandelt. Ich spürte, wie meine Arme leichter wurden. Die Fremdkontrolle war vorbei.

Ich packte das Gewehr und sprintete über den Sicherheitssteg zur Tür. Die Stimme der Ender schrillte durch den Lautsprecher.

»Callie Woodland, bleiben Sie stehen und kehren Sie zum Schießstand zurück. Ich wiederhole, bleiben Sie stehen!«

Callie.

Ich verdrängte Dawsons Stimme aus meinen Gedanken und klammerte mich stattdessen an meinen Zorn. Er schien mich zu beflügeln. Ich stürmte durch die Tür. Der Ender auf der anderen Seite wollte mich aufhalten. Ich zielte auf sein Bein und wollte abdrücken.

Der Hebel bewegte sich nicht.

Glaubst du, wir hätten unsere Waffen nicht unter Kontrolle? Sie funktionieren nur in der Schießanlage, kleines Starter-Mädchen.

»Nennen Sie mich nicht so!«

Ich hob das Gewehr und rammte es dem Ender in den Bauch. Er krümmte sich und fiel nach vorn. Allerdings hatte ich bei diesem Angriff seinen Kollegen übersehen, der von hinten kam und mir einen harten Gegenstand gegen die Wirbelsäule drückte. Meine Nervenstränge verwandelten sich in Pudding, und meine Knie wurden weich. Dann umfing mich Schwärze.

Ich sah Sterne, nur dass sie diesmal keine an die Decke projizierte Illusion waren.

kapitel 17

Ich erwachte wieder in meiner Gummizelle, mit Kopfschmerzen und dem Gefühl, als sei mein Mund mit Watte vollgestopft. Die Tür ging auf, eine Ender-Wächterin streckte kurz den Kopf herein und ließ dann jemanden eintreten. Emma. Sie schloss die Tür hinter sich.

Ich sah sie feindselig an. »Diesmal ohne Smoothie?«

Sie setzte sich neben mich auf den Boden. »Ich hörte, dass sie dich hier eingesperrt haben.«

»Ach, hörtest du das? Sonst noch etwas?«

»Dass du eine wahnsinnig treffsichere Schützin bist. Und dass du einen Wachtposten angegriffen hast.«

»Ich wollte nicht auf meinen besten Freund schießen.«

»Das ist doch nur ein Holo. Vielleicht wollten sie herausfinden, ob du Anweisungen befolgen kannst.«

Ich schüttelte den Kopf. »Sie wussten genau, dass ich mich weigern würde. Deshalb arrangierten sie diese Situation.«

Sie zog die Knie an und stützte die Arme auf. Wieder fiel mir ihr Fußkettchen mit dem großen Namenszug ins Auge.

»Dann liebst du also diesen Michael?«

»Nein. Aber er ist mein bester Freund.« Warum wollte sie das überhaupt wissen? Horchte sie mich aus, oder interessierte sie sich wirklich für mich? »Wie geht es ihm?«

»Gut. *Er* hat alle Tests mitgemacht.« Was offenbar von vernünftigen Starters erwartet wurde.

»Und Hyden?« Sie spielte mit einer Haarsträhne. »Was ist mit ihm?«

»Gute Frage. Was ist mit ihm?«

»Alles so weit in Ordnung. Ich meine – liebst du *ihn*?«

Mir schmeckte dieses Verhör nicht. Je weniger ich preisgab, desto besser. Außerdem ging ich davon aus, dass wir von Kameras gefilmt wurden.

»Nein«, sagte ich. »Auch nur ein Freund von mir. Wo ist er jetzt?«

»In einer anderen Zelle. Er hat sich ebenfalls geweigert, die letzten Tests mitzumachen.«

Ich stellte mir vor, dass sie Hyden befohlen hatten, auf ein Holo von mir zu schießen. Und ich freute mich, dass er es nicht getan hatte. Michael dagegen hatte sich allen Tests unterworfen. Ob sie auch von ihm verlangt hatten, auf mein Abbild zu schießen?

Sie fuhr sich mit der Hand durch die Haare. »Es dauert nur alles viel länger, wenn ihr Widerstand leistet.«

»Was meinst du damit? Wurden vor uns schon andere Metallos getestet?«

Sie nickte langsam.

»Wo sind sie jetzt?«

»Darüber darf ich keine Auskunft geben.« Wieder wickelte sie eine Strähne um die Finger. »Ich wollte dich etwas fragen. Sie behaupten, dass du meine Großmutter kanntest.«

»Das haben sie dir erzählt?«

»Ja. Dass sie deinen Körper mietete. Stimmt das?« Sie erschien mir aufmerksamer als bei unserem ersten Gespräch. Nicht so geistesabwesend.

»Woher weiß ich, dass du tatsächlich Emma bist?«

»Ich dachte, das hätte ich dir bei unserer letzten Begegnung bewiesen. Das Bettelarmband – du erinnerst dich?«

»Vielleicht hast du zugehört, als Emma und ich uns unterhielten«, wandte ich ein.

»Meine Großmutter besaß eine Pistole, die sie in ihrem Schlafzimmer aufbewahrte.«

»Das tun viele Enders.«

»In einem Geheimfach unter dem Wandschrank, von einem Teppich verdeckt? Eine Glock 85?«

Das reichte mir. »Okay.«

»Sie sagte immer, es sei besser, vorbereitet zu sein, als Angst zu haben. Ich glaube, der Krieg hatte sie verändert.«

»Der Krieg hat viele von uns verändert.«

»Das Einzige, was ich ihr richtig verübelte, war, dass sie mir verbot, einen Schönheitschirurgen aufzusuchen. Ich wollte mir die Nase operieren lassen. Meine Mutter hätte das erlaubt, wenn sie noch am Leben gewesen wäre. Das sagte ich meiner Großmutter auch. Und da brach sie in Tränen aus. Ich weiß nicht, ob sie weinte, weil meine Worte sie verletzten oder weil sie so große Sehnsucht nach ihrer Tochter hatte. Wenn ich eines Tages zu ihr zurückkehren sollte, werde ich ihr sagen, dass es mir leidtut. Das ist eine Sache, über die ich oft nachdenke und die mir sehr am Herzen liegt.«

Ich konnte Emma in diesem Moment nicht die Wahrheit sagen. Sie war noch nicht bereit, sie zu hören.

»Obwohl ich ihr Verbot einfach nicht verstehe«, fuhr sie fort. »Ich hatte keine schöne Nase.«

Ich erinnerte mich an ihren Holo-Frame und verstand, was sie meinte, aber ich musste an all die berühmten Holo-Stars mit stark ausgeprägten Nasen denken. Es war ein besonderes Merkmal, das sie vom Durchschnitt abhob.

»Emma, ich habe Bilder von dir gesehen. Aus der Zeit vor der Operation. Du hattest die Nase deiner Großmutter. Sie passte zu dir. Das Äußere ist lange nicht so wichtig wie das Innere.«

»Du hast leicht reden.« Sie musterte mich vom Scheitel bis zur Sohle.

»Klar, ich erhielt ein Makeover, genau wie du, aber es hat mich nicht wirklich verändert. Eines Tages werden wir beide Enders und trotz Grünlaser-Behandlung alt und faltig sein. Wie alle anderen Menschen. Aber wir werden sehr viel besser aussehen, wenn wir in unseren Herzen glücklich sind. Wenn wir unseren Verstand und unsere Talente eingesetzt anstatt uns ständig Sorgen um unser Aussehen gemacht haben werden.«

Emma runzelte die Stirn. »Du kannst dir nicht vorstellen, wie das ist. Du warst vermutlich nie hässlich.«

»Du auch nicht. Natürlich will jede von uns das Beste aus sich machen. Dagegen ist nichts einzuwenden. Aber Schönheitsoperationen mit sechzehn? Oder gar mit dreizehn und zwölf? Ich möchte wetten, dass du ein paar dieser Ziegen kanntest, die wie Holo-Stars aussahen.«

»Klar.«

»Und nun lass mich mal raten. Kein Mensch wollte mit denen etwas zu tun haben, weil sie unausstehlich waren.«

Sie nickte, als erinnerte sie sich.

»Ich sage dir, wenn ich eine Lehre aus diesem ganzen Body-Bank-Blödsinn gezogen habe, dann ist es die Erkenntnis, dass gutes Aussehen total überbewertet wird. Schönheit hat nichts damit zu tun, dass du mit den Holo-Stars mithalten kannst, sondern dass du dich akzeptierst, wie du bist. Die Fassade lässt sich ändern. Aber du selbst bleibst einzigartig.«

Sie starrte mich an, als sei ich übergeschnappt.

»Du wirst mich nicht umstimmen, egal, was du sagst«, erklärte sie. »Wenn ich den Eingriff nicht bereits hinter mir hätte, würde ich diesen Doktor hier überreden, ihn vorzunehmen. Der Mann ist genial.«

»Welcher Doktor?«

Aus einem unsichtbaren Lautsprecher drang die Stimme einer Ender. »Emma, Sie werden im Empfangsbüro gebraucht.«

Sie verdrehte die Augen, erhob sich und verließ wortlos den Raum.

Ich kam mir idiotisch vor, weil ich meine Energie darauf verschwendet hatte, Emma auf ihre eigentlichen Qualitäten hinzuweisen. Es war mir nicht gelungen, sie von meinen Ansichten zu überzeugen. Im Gegenteil, sie hatte mir kaum zugehört. Welche Rolle spielte sie hier in dem ganzen Geschehen? Und inzwischen dachte sich Dawson höchstwahrscheinlich eine neue Folter für mich aus. Nachdem ich seinen Wachtposten attackiert hatte, konnte ich kaum auf Milde hoffen.

Callie.

Wieder befand sich jemand in meinem Kopf. Und es war nicht Dawson.

»Hyden?« Ich richtete mich auf.

Ja.

»Wie ist das möglich?«

Ich starrte die grau gepolsterten Wände an.

Sie ließen mich Kontakt zu deinem Chip aufnehmen. Sie sind hier.

»Ich verstehe.« Dann war das hier vermutlich ein Test. Oder sie wollten, dass er mich zu irgendetwas überredete.

Es tut mir leid …

»Was tut dir leid?«

Er schwieg einen Moment lang. Aber ich konnte spüren, dass die Verbindung nicht unterbrochen war. Redete jemand mit ihm? Gaben sie ihm Anweisungen, was er sagen sollte?

Ohne es zu merken, näherte ich mich der Tür. Wie kam ich dorthin? Die Tür ging auf. Die Ender-Wächterin trat beiseite und ließ mich durch. Ich folgte dem Korridor. Es war, als schwebte ich in einem Traum dahin.

Geh einfach weiter. Leiste keinen Widerstand gegen mich. Sonst musst du nichts tun.

Es war ein seltsames Gefühl. Wie Schlittschuhlaufen ohne Kufen unter den Füßen. Ich versuchte nicht zu gehen, versuchte keinen Widerstand zu leisten. Aber ich bewegte mich.

Ich hatte keine Ahnung, wohin ich mich begab. Und das galt nicht nur für mein endgültiges Ziel. Ich wusste nicht, ob ich als Nächstes eine Tür öffnen, um eine Ecke biegen oder bis ans Ende eines Korridors gehen sollte. Ich setzte einfach einen Fuß vor den anderen.

Zu meinem großen Erstaunen ängstigte mich das diesmal nicht. Es war im Gegenteil fast beruhigend. Vielleicht lag es einfach daran, dass Hyden mich steuerte. Ich war bereit, ihm die Kontrolle zu überlassen, weil ich ihm wohl vertraute.

Lass dich einfach führen.

Ich war nicht naiv. Ich wusste, dass sie ihn zu diesem Experiment zwangen. Also würde bald etwas passieren. Außerdem konnte ich seinen Worten entnehmen, dass er besorgt war.

Dann erkannte ich, wohin er mich steuerte. Zurück zur Schießanlage.

Dort stand der neue Ender, den sie zu meiner Bewachung abgestellt hatten, größer und bulliger als der, den ich angegriffen hatte. Er öffnete mir die Tür zur Halle.

Ein Blick nach oben verriet mir, dass sich in dem verglasten Beobachtungskäfig neben dem Kontrollraum die gleiche Frau wie beim ersten Mal befand.

Ich dachte, sie würden mich wieder zum letzten Schießstand geleiten, aber diesmal hielt ich auf halbem Wege an. Diesmal erwartete mich kein Gewehr, sondern eine Glock 85. Die gleiche Pistole, die mir Helena untergeschoben hatte. Ob sie das wussten?

Ich sah keine Zielscheibe. Würde ich es schaffen, nach dieser Waffe zu greifen? Ich musste die Entscheidung nicht treffen. Hyden traf sie für mich.

Meine Hand senkte sich, umklammerte das kalte Metall. Und hob sich wieder.

Die Ender hinter der Glasscheibe sprach mit jemandem im Kontrollraum. Diesmal tauchte am Ende der Schussbahn anstatt einer Zielscheibe ein Mensch auf. Ein Ender mit Helm und Overall. Er drehte sich um und sah mich an, eine lebende Version des Holos, auf das ich beim ersten Mal geschossen hatte.

»Das ist doch ein kugelsicherer Anzug, oder?«

Ja. Zumindest behaupten sie das.

Hyden hob meinen Arm und benutzte meine Augen, um zu zielen. Mein Finger drückte ab. Der Ender stolperte durch den Aufprall rückwärts, blieb aber auf den Beinen.

Die Frau im Glaskäfig sprach in ihr Mikro. »Würde das Opfer bitte vortreten?«

Der Mann kam bis auf etwa drei Meter heran. Ich konnte sehen, wo die Kugel seinen Overall zerfetzt hatte. Ein Herzschuss. Das war leicht zu erkennen, weil an der Stelle, wo sich das Loch befand, ein rotes Pulver austrat.

»Sauberer Treffer«, sagte der Ender durch seinen Schutzhelm. Er nickte mir anerkennend zu.

»Sie können gehen«, sagte die Ender hinter der Glasscheibe.

Der Mann verließ den Schießstand. Ich fragte mich, was ihnen dieses Experiment bewies. Wahrscheinlich, dass sie meinen Körper besser steuern konnten, wenn ich dem Typen vertraute, der die Befehle erteilte. Das hieß …

O nein, das würden sie nicht tun.

O ja. Sie hatten keinerlei Hemmungen.

Diesmal tauchte Michael am Ende der Schussbahn auf und sah mich mit einer Pistole in der Hand dastehen. Er schien den gleichen Helm und kugelsicheren Overall zu tragen wie sein Vorgänger.

Aber sicher war ich nicht.

»Nein!«, schrie ich auf.

Er versuchte zu fliehen, aber ich konnte sehen, dass seine Füße irgendwie am Boden fixiert waren. Seine Sohlen waren dick. Vielleicht starke. Er wand sich, doch es gelang ihm nicht, sich loszureißen. Er war gezwungen, dort hinten auszuharren.

Vor mir stand kein namenloser, kräftiger Ender, sondern jemand, den ich kannte und wie einen Bruder liebte. Was, wenn sein Anzug nicht kugelsicher war?

Ich soll dir sagen: Bleib locker!

»Tu das nicht, Hyden!«

Sie behaupten, ihm würde nichts geschehen.

Der Arm, der die Pistole hielt, hob sich.

Michael zuckte zusammen.

»Hör auf!«, rief ich. »Weigere dich!«

Es wird genau wie beim letzten Test ablaufen.

»Zwing mich nicht dazu, Hyden! Bitte!«

Ich konnte durch den Helm erkennen, dass Michael die Augen schloss.

»Das tue ich nicht!«, schrie ich Hyden an.

Ich wehrte mich mit aller Kraft. Mein Inneres wurde in Stücke gerissen. Aber es gelang mir nicht, die Kontrolle über meine Hände zurückzugewinnen.

Es tut mir leid.

»Es tut mir leid«, wiederholte ich.

Mein Finger drückte ab, der Schuss löste sich mit einem lauten Knall, und Michael fiel nach hinten.

Im nächsten Moment war ich frei. Ich ließ die Pistole fallen, rannte zu ihm und nahm ihm den Helm ab.

»Michael, kannst du mich hören?«

Seine Lider flatterten. »Callie?«

Ich warf einen Blick auf seine Brust. Das gleiche rot umrandete Loch. Wie bei dem Ender.

Ein erstaunter Ausdruck huschte über Michaels Züge. »Callie … Du … du hast auf mich geschossen.«

Ender-Wachtposten kamen und führten mich weg, in einen anderen ihrer zahlreichen Räume. Der hier war mit einer Strand-Projektion ausgeschmückt. Ein paar Stühle umgaben einen schlichten Tisch. Schulmöbel, wenn ich mich nicht täuschte. Kurz darauf brachten sie Hyden herein und ließen uns allein.

»Das werde ich dir nie verzeihen!«, fauchte ich ihn an.

Er breitete die Arme aus. »Ich hatte keine andere Wahl.«

»Du hast mich gezwungen, auf Michael zu schießen. Nur damit sie dich nicht anfassen? Das kann ich einfach nicht glauben.«

»Mein Schicksal ist mir egal. Aber sie drohten, dich zu foltern, wenn ich nicht mit ihnen zusammenarbeitete.« Er sah mich flehend an. »Sie sagten, die Pistole sei mit Platzpatronen geladen.«

»Er hätte dennoch tot sein können. Manche Menschen sterben von dem Aufprall, wenn der Schuss aus der Nähe abgegeben wird.«

»Es kennen sich nicht alle Leute so gut mit Waffen aus wie du.«

Hyden fuhr sich mit einer Hand durch das Haar. Er sah elend aus. Unter seinen Augen zeichneten sich dunkle Ringe ab.

»Haben sie dir wehgetan?«

»Du kennst meine Schwachstelle«, wisperte er.

Ich sah mich im Raum um. Vermutlich wurden wir von allen Seiten von Kameras beobachtet und von Wanzen belauscht.

»Wer sind diese Leute?«, flüsterte ich.

Er rieb sich die Stirn. »Ich weiß es nicht genau.« Auch er sprach so leise wie möglich. »Sie sind hinter dem Chip her. Meinem Chip. Sie haben herausgefunden, wie er sich einsetzen lässt. Also handelt es sich vermutlich um Wettbewerber.«

Er schirmte seinen Mund mit beiden Händen ab, um Beobachtern das Lippenlesen zu erschweren. »Die Frage ist: Sind es Leute meines Vaters?«

Ich erinnerte mich an die Worte von Hydens Vater: *Trau niemandem außer dir selbst. Und dann ziehe auch das in Zweifel.*

Nicht lange nach unserem Gespräch versorgten sie uns endlich mit Wasser und Nahrung. Es gab nur Brot und eine dünne Suppe, aber wir verschlangen alles mit Heißhunger.

»Wo ist Michael?«, fragte ich den Ender, der uns das Essen brachte.

Er tat, als sei ich Luft

»Was machen die bloß mit ihm?«, fragte ich Hyden.

»Es könnte Taktik sein, dass sie uns trennen. Wer weiß? Vielleicht verdrückt er gerade einen Cheeseburger und Pommes.«

Er versuchte mich aufzuheitern, aber das klappte nicht. Ich machte mir Sorgen um Michael und stellte mir die schlimmsten Verhörmethoden vor. Warum nahmen sie sich ausgerechnet ihn vor? Von uns dreien hätte Hyden ihnen am meisten preisgeben können. Oder wussten sie etwa nicht, wer er in Wahrheit war?

Ich sah ihn an.

»Was ist?«, erkundigte er sich leise.

»Nichts.« Ich wollte die letzte Frage nicht einmal im Flüsterton riskieren.

Nachdem wir fertig gegessen hatten, holte mich eine Bewacherin ab, um mich in einen anderen Raum zu bringen.

»Wir halten durch«, sagte Hyden. »Wir bleiben stark.«

Ich lächelte verhalten, und er nickte mir noch einmal zu.

Die Frau führte mich den Korridor entlang und lieferte mich in einem kleinen kahlen Raum ab, dessen ganze Einrichtung aus einem Tisch und zwei Stühlen bestand. Eine Ender mit weißer Hose und weißem Rollkragenpullover trat ein.

»Hallo, Callie. Setzen Sie sich bitte.«

Sie nahm mir gegenüber Platz und drehte ihren Mini-Airscreen so, dass er unser Gespräch als Text aufzeichnen konnte. Ich sah die Buchstaben in Spiegelschrift.

»Nun, Callie, dann beginnen wir.«

»Womit?«

»Mit den Fragen. Und ich rate Ihnen, alle zu beantworten.«

Ich seufzte.

»Wann wurde Ihr Chip implantiert?«

»Vor drei Monaten, zwei Wochen und fünf Tagen.«

»Haben Sie irgendwelche Beschwerden, die Sie auf den Chip zurückführen?«

»Kopfschmerzen.«

»Das ist alles?«

Eigentlich hätte ich ihr den Rest gern verheimlicht. Aber ich konnte noch etwas auf dem Airscreen erkennen – eine Art Diagramm, das sich laufend veränderte. Es war ein Lügendetektor, der bereits ausschlug, wenn ich nur daran dachte, die Wahrheit zu verschweigen.

»Es gibt da Erinnerungsepisoden …«

Sie beugte sich vor. »Erklären Sie das genauer!«

»Erinnerungen meiner Mieterin. Dinge, die sie erlebte, als sie sich in meinem Körper befand, und von denen ich damals nichts mitbekam. Diese Rückblenden überfallen mich aus heiterem Himmel.«

»Wie äußern sie sich?« Ihre Worte wanderten quer über den Airscreen.

»Es ist, als würde ich einen Holo-Film betrachten«, sagte ich. »Eine kurze Sequenz, die kaum eine Minute dauert.« Ich zuckte die Achseln, um die Sache herunterzuspielen. Aber ihre gespannte Aufmerksamkeit verriet, dass sie mir das nicht abkaufte.

»Und Sie behaupten, es handele sich um eine Erinnerung an die Erlebnisse Ihrer Mieterin? Woher wissen Sie das?«

»Weil …«

Ich zögerte, und die Detektorkurve schlug in steilen Spikes nach oben aus.

»Einfach die Wahrheit, bitte«, mahnte mein Gegenüber.

»Ich wusste, wer meine Mieterin war. Ich erkannte die Orte, die in ihren Erinnerungen vorkamen. Ihr Zimmer beispielsweise.«

»Und sind diese Episoden mit irgendwelchen Gefühlen verbunden?« Sie zog die Brauen hoch, fuhr sich mit der Zunge über die Lippen und rückte noch näher.

»Ja. Es ist, als würde ich das Geschehen von damals selbst erleben. Aber ich weiß nicht, warum. Diese Bilder beantworten keine Fragen und bringen mir keine neuen Erkenntnisse. Ich kann auch nicht erklären, was sie auslöst. Ohne jede Vorwarnung spult sich so ein Film in meinem Kopf ab – und dann ist es vorbei.«

Ich sah, wie der Bildschirm meine Worte als Schriftdokumente abbildete. Irgendwie beängstigend.

»Stimmt es, dass Sie hier einen genialen Arzt haben?«, erkundigte ich mich.

Die Ender sah mich prüfend an. Sie leugnete nicht, dass es so war, ging aber auch nicht näher auf meine Frage ein. Stattdessen fuhr sie mit ihrem Verhör fort.

»Sprechen wir über Hyden.«

Meine Muskeln spannten sich an. Ihr Gerät gab ein hohes Fiepen von sich. Es klang wie Vogelgezwitscher.

»Entspannen Sie sich bitte. Was wissen Sie über ihn?«

»Ich finde, Sie sollten ihn selbst fragen«, sagte ich.

»Aber ich frage Sie.«

»Und ich wiederhole meine Antwort. Das sollten Sie ihn selbst fragen.«

Ihr Gerät verstummte. Sie ebenfalls. Sie verstaute ihren Mini-Airscreen und erhob sich. Wortlos verließ sie den Raum.

Dawson trat ein. Ich war ihm eine ganze Weile nicht mehr persönlich begegnet. Und es kam mir ein wenig unheimlich vor, nachdem er über den Chip mit mir Kontakt aufgenommen hatte.

»Du bist ein kämpferisches kleines Starter-Mädchen«, sagte er.

Ich starrte ihn möglichst unbeeindruckt an. Er setzte sich.

»Also – ich würde gern mehr über Hyden erfahren«, begann er.

»Wie ich bereits der Ender hier sagte: Fragen Sie ihn selbst!«

»Möchtest du wirklich, dass wir diesen Weg einschlagen?« Er kniff die Augen zusammen, als dächte er über eine unangenehme Prozedur nach.

»Ich weiß nicht viel über ihn.«

»Stimmt es, dass er deinen Chip entwickelt hat?«

»Er müsste ziemlich klug für sein Alter sein, wenn er dazu fähig wäre.«

»Er ist ziemlich klug.« Er beugte sich über den Tisch und packte eines meiner Handgelenke. »Im Grunde hatten wir nur dich im Visier, Callie Woodland. Du besitzt als Einzige einen Chip, bei dem die Stop-Kill-Sicherung außer Kraft gesetzt ist. Du kannst töten. Und du bist die einzige SMZ, die wir kennen.«

Ich versuchte mich loszumachen, aber er hielt meine Hand fest umklammert.

»Die einzige Spenderin mit Multiplem Zugriff. Du kannst auch ohne Körpertransfer mit einer anderen Person in Gedankenverbindung treten. Dein Bewusstsein wird dabei nicht ausgeschaltet. Und das bedeutet, dass du in der Lage bist, mit mehr als einer Person Kontakt aufzunehmen. Es ist uns bisher nicht gelungen, das bei anderen Metallos nachzubilden.«

»Sie tun mir weh. Wollen Sie wirklich Ihre einzige SMZ verletzen?«

Er warf einen Blick auf mein Handgelenk und ließ mich los. Ich verbarg meine Hände hinter dem Rücken. Ich wollte nicht, dass er sah, wie ich die Druckstellen massierte.

Hydens Worte fielen mir ein. Dann waren diese Typen also Konkurrenten von Hydens Vater? Wollten sie den neuen Chip an Terroristen oder an einen feindlichen Staat verkaufen? Oder waren sie womöglich selbst Terroristen?

»Dann forschen Sie also auch auf dem Gebiet der Chip-Technologie …?«

»Nun«, entgegnete Dawson, »so könnte man sagen.«

»Und Sie haben Ihre eigenen Experten?«

»Die allerbesten, die es gibt.«

»Aber Sie können den Chip nicht nachbauen.«

»Das wäre der krönende Abschluss unserer Entwicklungen.«

»Wir wollen diese Implantate längst loswerden«, sagte ich. »Sie können die Dinger haben. Und ich glaube, dass es hier einen Spezialisten gibt, der sie entfernen kann.«

»Du weißt, dass das sehr schwierig ist. Die Operation erfordert die Präzisionsarbeit eines Sprengmeisters und eines Herzchirurgen.«

»Ja. Aber Sie haben genau den richtigen Mann dafür, nicht wahr?«

Er starrte mich durchdringend an. Ich sah, dass er es in Erwägung zog, als könnte es die Lösung all seiner Probleme sein.

»Der Vorschlag kam von dir«, sagte er schließlich. »Vergiss das nie.«

kapitel 18

Dawson versammelte uns alle in dem großen Raum, den wir zuerst betreten hatten. Hyden, Emma, mich und Michael. Diesmal bildete eine Projektion der schneebedeckten Himalaya-Berge die Kulisse.

Ich stürmte auf Michael zu, weil ich wissen wollte, wie es ihm ging und was sie mit ihm angestellt hatten, aber Dawson stoppte mich, bevor ich auch nur eine Frage stellen konnte. Er hatte für nähere Erläuterungen einen Ender mitgebracht, den er nur den »Doktor« nannte. Der Mann hatte einen Akzent – schwedisch oder norwegisch, wenn mich nicht alles täuschte.

»Es ist äußerst riskant, den Chip zu entfernen«, fasste der Doktor zusammen. »Wir wissen durch Scanner-Untersuchungen, dass er mit einer Art Netzstruktur verknüpft ist.«

»Ein Netz?« Ich sah Hyden unvermittelt an, aber der hielt den Blick gesenkt.

»Der Chip ist eine geniale Arbeit«, sagte Dawson. »Er bildet das Netz selbst, während er sich in das Gehirn einbettet.«

»Da es Unterschiede im Aufbau des menschlichen Gehirns gibt, lässt sich nur schwer vorhersagen, wie man ihn am besten aus seiner Verankerung löst«, erklärte der Doktor.

Er krümmte die Finger wie Klauen. »Aber schließlich können wir uns mit Fragen zu diesem Problem an den Erfinder des Chips persönlich wenden.« Er bedachte Hyden mit einem Lächeln.

Hyden starrte ihn finster an. »Falsch. Für solche Fragen ist mein Vater zuständig. Von mir stammt das Konzept und der erste Entwurf. Den eigentlichen Chip und die Implantationsmethode hat er entwickelt. Ich habe keine Ahnung, wie man das Ding wieder entfernen kann. In diesem Punkt wissen Sie ebenso viel wie ich.«

Dem Doktor verging das Lächeln.

Dawson zog sich einen Stuhl heran und nahm Platz. »Hast du schon mal bei einer Chip-Implantation zugesehen?«

»Oft genug«, erklärte Hyden. »Aber noch nie beim Herauslösen.«

»Das heißt, dass er sich herauslösen lässt?«, fragte Dawson.

»Theoretisch vielleicht. Aber praktisch würde ich die Finger davonlassen. Dieses Netz, das der Doktor erwähnte …« Hyden schüttelte den Kopf. »Das Risiko ist viel zu groß.«

»Jeder chirurgische Eingriff ist ein Risiko«, sagte der Doktor. »Und doch operieren wir.«

Alle begannen gleichzeitig zu reden, und die Diskussion um das Für und Wider einer Chip-Entfernung wurde so laut, dass man am Ende kein Wort mehr verstand.

Plötzlich trat Emma vor. »Ich will, dass mein Chip entfernt wird.«

Alle verstummten und wandten sich ihr zu.

Sie sah den Arzt an. »Los doch. Nehmen Sie ihn heraus!«

Der Doktor warf Dawson einen erstaunten Blick zu. »Wir haben eine Freiwillige.«

Sie hob eine Hand. »Ganz recht. Ich stelle mich hiermit als Versuchskaninchen zur Verfügung.«

»Emma, ist das dein Ernst?«, fragte ich.

»Warum, wolltest du den Anfang machen?«, entgegnete sie. »Dein Pech. Ich habe mich zuerst gemeldet.«

Hyden wandte sich ihr zu. »Weißt du überhaupt, worauf du dich da einlässt?«

»Versuch mir den Entschluss nicht auszureden. Ich hasse dieses Ding in meinem Kopf. Du kannst dir nicht vorstellen, wie oft ich diesen Schritt schon bereut habe.« Sie seufzte. »Ich will nicht, dass ich wie ein Fuchs aufgespürt, verfolgt und gehetzt werde.«

Emma hatte recht. Sie deutete auf mich.

»Du weißt, ihr alle wisst, dass diese Jagd ewig weitergehen wird … die Jagd nach unseren besonderen Talenten, die Jagd nach dem Chip selbst. Bringen wir es hinter uns und nehmen wir unser normales Leben wieder auf. Ich will zurück zu meiner Großmutter. Die Schule abschließen. Partys feiern. Der Krieg ist vorbei, aber ich muss immer noch kämpfen, Tag für Tag. Ich habe das so satt. Nehmt mich! Nehmt meinen Chip heraus!«

Einen Moment lang herrschte tiefe Stille. Dann räusperte sich Dawson.

»Der Mut der Jugend«, sagte er. »Bereiten wir alles für den Eingriff vor.«

Emma lächelte, unsicher, ob sie nun zufrieden sein oder Angst bekommen sollte. Während Dawson und der

Doktor sich leise besprachen, beugte sie sich zu mir herüber und flüsterte: »Du solltest dich auch melden. Wer weiß, ob sie allen die Chance zu dieser Operation geben.«

Ich sah sie nur an, und ihr Lächeln wurde breiter, regelrecht glücklich, als sie in Begleitung des Doktors und eines Ender-Wachtpostens den Raum verließ.

Michael trat neben mich und legte mir eine Hand auf den Arm. »Glaubst du, dass sie wirklich in der Lage sind, diesen Chip zu entfernen?«

Ich warf Hyden einen fragenden Blick zu. Er schüttelte den Kopf. »Das ist Wahnsinn.«

Aber ich verstand Emma nur zu gut. Ich empfand das Gleiche wie sie. Meine ganze Sehnsucht richtete sich darauf, wieder ein normales Leben zu führen. Außerdem stimmte es, dass wir niemals sicher waren, so lange wir die Chips besaßen. Immer würde jemand versuchen, von uns Besitz zu ergreifen oder uns zu entführen, um an den Chip zu gelangen. Und in diesem Fall ließ ich mir die Schädeldecke lieber von einem Spezialisten als von einem Dieb öffnen.

Hyden allerdings, der einen tieferen Einblick in die Technologie des Neurochips als wir alle hatte, schien der Gedanke an Emmas bevorstehende Operation so mitzunehmen, dass er noch blasser geworden war.

»Mir wurde gesagt, dass der Chip sich selbst zerstört, wenn ihn jemand zu entfernen versucht. Um die Erfindung zu schützen.« Ich sah Hyden an. »Das entspricht offenbar nicht den Tatsachen.«

»Wir haben so manche Gerüchte in die Welt gesetzt, um die Spender zu schützen. Und im Lauf der Zeit haben sich Dichtung und Wahrheit vermischt. Wir glaubten schon selbst an das, was wir behauptet hatten. Ich hätte nie geglaubt, dass es zu einer solchen Situation kommen würde.«

Er wirkte geistesabwesend. Aufgewühlt. Michael hielt meine Hand, um mich zu trösten. Hyden sah es, und ich las Schmerz in seinem Blick. Ich wollte etwas tun, irgendetwas, das uns drei in diesem Moment verband, da wir darauf warteten, mehr über das Schicksal einer Leidensgenossin zu erfahren.

Ich streckte Hyden meine freie Hand entgegen.

Er schien überrascht. Und tat dann so, als habe er meine Geste nicht bemerkt.

Ich wusste, dass er Angst vor Berührungen hatte. Aber ich wollte ihm zumindest ein Gefühl der Zugehörigkeit geben.

Ein Ender brachte uns Kakao und Sandwiches. Kakao, ausgerechnet jetzt? Ich fand es geschmacklos und fühlte mich total verwirrt. Waren wir nun Gefangene oder Testpersonen? Würden sie uns von den verhassten Chips befreien? Aber was dann? Ohne die Chips hatten wir keinen Wert mehr für sie. Vielleicht war es dumm von uns zu hoffen, dass sie uns nach dem Eingriff gehen ließen.

Uns blieb nichts anderes übrig, als abzuwarten und zu sehen, wie die Operation bei Emma verlief. Wir schleppten einen Tisch und Stühle in eine Ecke der geräumigen Halle, weit weg von den Türen und Wänden, wo wir uns einigermaßen sicher vor verborgenen Kameras fühlten. Wir aßen schweigend, ohne großen Appetit und im Grunde nur, um unseren Hunger zu stillen. Wie die gesamte Einrichtung hier war der Tisch total zweckmäßig, ein schlichtes Klappmöbel aus Metall. Vielleicht hatten sie die Sachen gemietet. Überhaupt machten die Räumlichkeiten den Eindruck, als seien sie erst vor Kurzem bezogen worden.

Ich saß zwischen Hyden und Michael. Als wir fertig waren, schob Michael seinen Stuhl näher zu mir heran. Hyden warf uns einen fragenden Blick zu.

Als Michael seinen Arm um meine Stuhllehne legte, stand Hyden abrupt auf und schlenderte auf die andere Seite des großen Raumes, wo er sich gut außer Hörweite befand. Er tat mir leid, weil es nicht seine Schuld war, dass er so sehr unter Berührungen litt. Aber auch wir konnten nicht mehr tun, als das zu akzeptieren.

»Hey«, sagte Michael zu mir und zupfte mich an den Haaren.

Er hatte diesen liebevollen Blick, der mir sagen sollte, dass er genau wusste, wie ich mich fühlte. Ich hatte Angst um Emma und Angst um uns. Wie würde diese Sache für uns weitergehen, wenn es dem Doktor gelang, ihren Chip zu entfernen?

Ich hoffte, dass der Raum groß genug war, um unsere Unterhaltung neugierigen Kameras und Mikros vorzuenthalten. Dennoch rückte ich ganz nahe an Michael heran und wisperte ihm zu: »Wenn sie es schaffen sollten, den Chip zu entfernen, brauchen sie Emma nicht mehr.«

Er kniff die Augen zusammen, als könnte er sich das überhaupt nicht vorstellen. »Was willst du damit sagen?«

»Sie könnte reden. Sie kennt die Adresse dieser Forschungsanlage. Sie kennt die Leute, die sie betreiben.«

Ich starrte die Tischplatte an. Obwohl sie so neu schien, waren Farbkleckse darauf. Rot. Ich wandte den Blick ab.

»So etwas darfst du nicht mal denken«, sagte Michael.

»Und falls sie unsere Chips herausnehmen – brauchen sie uns dann noch?«

»Nein«, erwiderte er. »Also werden sie uns freilassen.«

»Zumindest Hyden werden sie behalten wollen«, sagte ich. »Er ist der Erfinder des Chips.«

»Glaubst du, dass sie ihm diese Geschichte abgekauft haben? Ich meine seine Aussage, dass der Chip selbst von seinem Vater entwickelt wurde.«

»Ich weiß nicht.« Ich zuckte die Achseln. »Dich hat er damit nicht überzeugt, oder?«

Michael lehnte seinen Kopf einen Moment lang an meine Schulter. »Nein.« Er richtete sich wieder auf.

»Und mein Chip unterscheidet sich von den übrigen Modellen. Ich weiß nicht, ob das heißt, dass sie ihn unbedingt entfernen oder unbedingt in seiner jetzigen Umgebung erhalten wollen. Wer kann schon sagen, dass er beim nächsten Spender in der gleichen Weise wirkt wie bei mir?«

»Du sprichst davon, dass bei deinem Chip die Stop-Kill-Sicherung unbrauchbar gemacht ist?«

»Nein. Ich spreche davon, dass mein Bewusstsein nicht ausgeschaltet wird, wenn jemand auf meinen Chip zugreift. Ich höre die Stimmen in meinem Kopf. Die Person, die Besitz von mir ergreift, nimmt alles, was sich abspielt, durch meine Augen wahr, aber ich bekomme das mit. Auch wenn ich machtlos gegen die Befehle von außen bin …«

»Es war total beängstigend, als du auf mich geschossen hast. So etwas möchte ich nicht noch einmal durchmachen.«

Ich drehte mich so zur Seite, dass ich ihm ins Gesicht sehen konnte.

»Es soll mir nie wieder jemand seinen Willen aufzwingen. Emma hat recht. Das Entfernen der Chips ist unsere einzige Chance.«

»Du klingst wie die nächste Freiwillige.«

Wie um mich zu stärken, legte er mir einen Arm um die Schultern. Ich überlegte, welches Risiko ich mit einer Operation eingehen würde. Wenn ich starb, hatte Tyler keine Familie mehr. Aber wenn ich es schaffte, und sie würden mich wirklich gehen lassen, war ich frei.

»Ich könnte ein ganz normales Leben führen. Und es wäre ein angenehmes Leben, in der Villa, mit Tyler und dir. Emma könnte ebenfalls zurückkommen und bei uns wohnen.«

Er lachte leise. »Wenn sie erfährt, dass ihr die Hälfte von Helenas Besitz gehört, wird sie das sicher tun.«

»Und was ist mit dir?«, fragte ich. »Wirst du den Eingriff vornehmen lassen?«

»Irgendwie hege ich den Verdacht, dass diese Entscheidung nicht bei uns liegen wird«, erklärte er. »Aber wenn man mir die Wahl lässt, werde ich wohl zustimmen. Denn eines ist wahr. Man würde uns für den Rest unseres Lebens verfolgen. Für uns wäre der Krieg nie vorbei.«

Ich blickte ihm in die Augen. Ohne dass ich es merkte, war sein Arm von meiner Schulter geglitten, und er hielt meine Hand. Die Berührung war nach dem groben Herumschubsen durch die Wachen warm und tröstlich. So und nicht anders sollten Menschen miteinander umgehen.

Tränen stiegen mir in die Augen, aber ich drängte sie zurück. Dies hier war weder der Ort noch die Zeit, um meinen Gefühlen freien Lauf zu lassen. Ich durfte jetzt nicht weich werden. Dafür stand zu viel auf dem Spiel.

Ich ließ seine Hand los und stand auf.

»Das dauert ja ewig«, sagte ich. »Müssten sie nicht allmählich zu einem Ende kommen?«

Ich warf einen Blick zu Hyden hinüber. Er ging wie ein gefangenes Raubtier auf und ab.

Es war unverkennbar, dass er Höllenqualen litt. Auch Michael verstand, was in ihm vorging, und er nickte mir zu.

Ich durchquerte den Raum und legte Hyden – ohne seine Haut zu berühren – eine Hand ganz leicht auf seinen Hemdkragen. Es war eine kurze freundschaftliche Geste.

Er akzeptierte sie, ohne zurückzuweichen. Aber ich las in seinen Augen, was er empfand. Erst Angst. Dann Erleichterung.

»Weißt du, wie lange sich dieser Eingriff noch hinzieht?«, fragte ich.

Er schüttelte stumm den Kopf.

»Lässt du den Chip entfernen?«

Er sah mich an, als hätte ich den Verstand verloren. »Das wäre Selbstmord. Natürlich nicht. Und auch du solltest auf gar keinen Fall in diese Operation einwilligen.«

»Es ist der einzige Weg, einem Leben als Marionette zu entkommen. *Falls* sie es schaffen, mich von diesem Ding zu befreien.«

»Ich weiß nicht, wer diese Leute sind, aber ich halte weniger von ihrem Können als du und würde das Risiko nicht eingehen. Wir müssen einen Weg finden, von hier zu fliehen.«

»Wie stellst du dir das vor? Sie haben Wachtposten. Und die sind bewaffnet.«

»Bist du schon mal aus einem Gefängnis entkommen?«

»Ja. Ich war im Institut 37 eingesperrt.«

»Dort geht es brutal zu.«

Ein Ender-Posten lehnte an der gegenüberliegenden Wand und starrte uns mit eisiger Miene an.

»Hier ebenfalls«, sagte ich.

»Ich weiß.« Er schaute sich um und raunte: »Sie unterhielten sich über meinen Vater und ein geplantes Gipfeltreffen.«

»Was sagten sie genau?« Ich senkte meine Stimme ebenfalls zu einem Flüstern.

»Sie bestätigten nur, was mir bereits zu Ohren gekommen war. Einige unserer Gegner – zum Teil Vertreter feindlicher Staaten, zum Teil die Anführer dubioser Gruppen – versammeln sich im Labor meines Vaters. Er beabsichtigt, die Chip-Technologie meistbietend zu verkaufen, zusammen mit den Metallos, die er entführt hat.«

Ich presste eine Hand auf meinen Bauch. »Das ist ja entsetzlich. Nicht nur für die Kids, sondern für das ganze Land.«

»Aber typisch für meinen Vater.«

Ich wollte ihm noch mehr Fragen stellen, als uns ein lauter Knall unterbrach.

Eine Explosion.

kapitel 19

Hyden, Michael und ich stürmten in Richtung des Lärms. Der Wachtposten schaffte es als Erster zur Tür. Wir rannten durch einen Gang, vorbei an ungestört friedvollen Wasserfall-Projektionen. Aus den Räumen entlang des Korridors strömten Enders, die uns folgten.

Eine dichte Menschentraube verstopfte den Eingang zu einem Raum am Ende des Korridors. Aufgeregte Stimmen, Verwirrung und ein beißender, chemischer Brandgeruch schlugen mir entgegen.

Ein Mann schrie vor Schmerzen. Ich kämpfte mich zum Eingang durch. Da ich nicht über die Köpfe der hochgewachsenen Enders hinwegsehen konnte, bückte ich mich und schielte an ihren Beinen vorbei. Ein Ender saß auf dem Boden. Es war der Doktor. Er presste einen wild zuckenden Arm an den Körper. Seine Hand war verbrannt und der Arm bis an den Ellbogen geschwärzt. Seine Schreie verebbten zu einem dumpfen Stöhnen, doch dann begann er von Neuem schrill zu wimmern. Die Härchen an meinen Armen richteten sich auf. Die Schmerzen des Doktors mussten unerträglich sein.

Jemand rief: »Holt einen Arzt!«

»Das ist er selbst«, sagte ein Ender-Wachtposten.

Emma lag auf dem Operationstisch. Bevor ich zu ihr gelangen konnte, deckte jemand ihren Kopf und Körper mit einem Laken zu. Man sah nur noch ihre Füße mit dem Goldkettchen am Knöchel, das ihren Namenszug trug.

– EMMA –

Mein Herz begann zu rasen, während mein Gehirn noch die Puzzleteile zusammensetzte … Sie deckten Emmas Kopf … mit einem Laken zu … deckten ihr Gesicht zu …

Ich versuchte das Stimmengewirr zu übertönen. »Was ist geschehen?«

Dawson erschien hinter uns am Eingang. Die Umstehenden machten eine Gasse für ihn frei. Er steuerte auf den Arzt zu und ließ sich neben ihm auf ein Knie nieder.

»Was ist geschehen?«, fragte er den Doktor.

Mühsam presste der Verwundete ein Wort hervor. »Explodiert.«

In mir zog sich alles zusammen.

»Als Sie ihn berührten?«

»Ich hatte ihn freigelegt …« Er biss die Zähne zusammen. »Ich hatte etwa dreißig Prozent freigelegt … und dann machte ich einen Schnitt und …« Er schüttelte den Kopf.

Seine Züge verzerrten sich vor Schmerzen. Dann rollten seine Augen nach hinten, und er verlor das Bewusstsein.

»Bringt ihn weg!«

»Ist er …?«, fragte ein Wachtposten.

»Nein.« Dawson wirkte genervt. »Nur ohnmächtig.«

Zwei Enders rollten eine Krankentrage herein. Sie hoben ihn auf die Liegefläche, deckten ihn bis an die Schultern zu und schoben ihn zur Tür. Als er an uns vorbeikam, sahen wir, dass sich in Höhe seines Arms ein dunkler Blutfleck auf dem Laken ausbreitete.

Dawson starrte Emmas Silhouette unter dem weißen Tuch an. Sein Gesichtsausdruck sprach Bände. Er war ein grausamer Mann, der vermutlich keine Trauer oder Reue empfinden konnte. Eher Enttäuschung wie ein Trainer, dessen Mannschaft soeben ihr Spiel verloren hatte.

Er blickte nach unten und schüttelte den Kopf. Diese Geste hatte etwas Endgültiges.

Emma war tot.

Ich wusste so wenig über sie. Wir hatten nicht die Zeit gefunden, uns näher kennenzulernen. Ich hatte geglaubt, das könnten wir nachholen, wenn sie zu uns in die Villa ihrer Großmutter zog.

Michael umarmte mich. Ich klammerte mich an ihn, vergrub mein Gesicht in seiner Schulter. Als ich die Augen wieder öffnete, sah ich, dass Hyden uns ganz nahe gekommen war, näher als je zuvor.

Und er strich vorsichtig über meinen Ärmel.

Die Geste kostete ihn sicher eine ungeheure Überwindung. Und sie bedeutete sehr viel für mich.

»Geht wieder in eure Zimmer!« Dawson scheuchte mit einer Armbewegung die Enders aus dem Operationssaal. Dann deutete er auf uns. »Bis auf dich. Und dich und dich.«

Ich schluckte mühsam. Irgendwie schien dieser schreckliche Ausgang unsere Schuld zu sein. Oder zumindest sollten wir dafür bestraft werden.

Der Raum leerte sich. Nur drei Wachtposten blieben und nahmen hinter uns Aufstellung. Wir wechselten nervöse Blicke. Schließlich waren wir allein mit Dawson und den Wachen.

Und mit der armen Emma.

Dawson packte Hyden hart am Arm. Seine Schmerzen waren unverkennbar. Alles, was uns schlicht wehgetan hätte, bedeutete für ihn ungeheure Qualen.

»Lassen Sie mich los«, sagte Hyden.

»Warum hast du mich nicht gewarnt?«, fuhr Dawson ihn an.

»Ich habe Sie gewarnt. Aber Sie wollten nicht auf mich hören«, entgegnete Hyden.

»Lassen Sie ihn los!«, sagte ich.

Hyden deutete auf Emmas Leichnam. »*Sie* wollte auch nicht auf mich hören.«

Michael wandte sich an Dawson. »Nun lassen Sie ihn endlich los!«

Dawson starrte uns der Reihe nach an.

»Sie haben Emma ihr Vorhaben nicht ausgeredet«, hakte ich nach. »Das alles ist Ihre und nicht seine Schuld. Sie erteilen hier die Befehle oder nicht?«

Dawson ließ Hydens Arm los und kam auf mich zu. Dicht vor mir blieb er stehen. Ich wich keinen Schritt zurück und hielt seinem Blick so fest wie möglich stand.

»Glaubst du im Ernst, dass ich ihr Leben aufs Spiel setzen wollte?«, fragte Dawson. »Es gibt nur eine begrenzte Anzahl von Metallos. Und die meisten davon hält ein Mann gefangen. Sein Vater.« Er deutete auf Hyden.

Der starrte mit ausdrucksloser Miene vor sich hin.

Dawson stürmte aus dem Raum. Wir folgten ihm den

Korridor entlang. Einer der Wachtposten begleitete uns. Die anderen beiden blieben bei Emmas Leichnam.

»Uns könnt ihr nichts vormachen«, fuhr Dawson fort. »Wir wissen alles.«

Ich schwieg aus Angst, die falschen Dinge zu sagen. Es war klar, dass er versuchte, Fakten aus uns herauszupressen. Aber wie viel wusste er tatsächlich?

Er deutete auf mich. »Wir wissen auch über *deinen* Vater Bescheid.«

»Über meinen Vater?« Mein Herz schlug schneller. Was meinte er damit?

Dawson hielt an. »Dein Vater hat auch auf dem Sektor der Neurochip-Technologie gearbeitet.«

Ich blieb ebenfalls stehen und starrte ihn entgeistert an. Die anderen ließen ihre Blicke erstaunt zwischen uns hin- und herwandern.

»Mein Vater hat die Handleuchte erfunden«, sagte ich.

»Die Handleuchte? Wie wegweisend. Und danach?«, erkundigte sich Dawson. »Was machte er danach?«

»Er redete kaum über seine Arbeit. Ich weiß nur, dass er Wissenschaftler war.«

»Er forschte auf dem gleichen Gebiet wie *er* …« Dawson deutete auf Hyden. »… und sein Vater. Neurochips für den Transfer von Gedanken. Allerdings spezialisierte er sich auf die Entwicklung von Geräten, die mit anderen Chips kommunizieren könnten.«

Der Gedanke, dass mein Vater mit dieser Chip-Technologie zu tun haben könnte, verursachte mir Übelkeit. Aber Dawson schien sich seiner Sache so sicher zu sein. Hyden und Michael musterten mich, als habe ich ihnen die ganze Zeit über ein großes Geheimnis vorenthalten.

»Und nun bist du mit ihm zusammen.« Dawson machte eine Handbewegung in Hydens Richtung. »Zufall?« Er schüttelte den Kopf. »Was also tüftelt ihr beide aus?«

»Gar nichts«, sagte ich. »Ich hatte bis vor wenigen Minuten keine Ahnung von den Dingen, die Sie da über meinen Vater erzählen.«

Hyden blieb stumm. Ich erkannte, dass es vermutlich besser gewesen wäre, wenn ich auch den Mund gehalten hätte. Zu spät.

»Ich wollte doch nur, dass wir alle von diesem Chip befreit werden«, setzte ich hinzu.

»Nun, dieser Wunsch ist dir inzwischen vergangen, nehme ich an.«

Ich schluckte. Meine Erschöpfung war so groß, dass jede Faser meines Körpers schmerzte. Ich hasste diesen Zustand. Wem oder was konnte ich noch glauben? Wer war dieser Dawson eigentlich? Vielleicht erfand er das alles, um einen Keil zwischen uns zu treiben. Hätte ich nicht mehr über die Arbeit meines Vaters wissen müssen?

»Mein Vater hat die Neurochips mir gegenüber nie erwähnt.« In meiner Stimme schwang Skepsis mit.

»Dann nahm er seine Schweigepflicht sehr ernst«, entgegnete Dawson.

»Was beweist mir, dass Sie mich nicht belügen?«

»Nichts«, warf Hyden ein und wandte sich Dawson zu. »Wir kennen Ihre Ziele. Sie versuchen hinter die Geheimnisse des Neurochips zu kommen. Und Sie schrecken vor nichts zurück, um sie zu entschlüsseln.«

»Jetzt wissen Sie, dass sich die Chips nicht entfernen lassen«, setzte ich hinzu. »Sie haben uns verhört und getestet und dabei alles aus uns herausgequetscht, was wir Ihnen sagen konnten. Also lassen Sie uns endlich gehen.«

Dawson starrte uns aus seinen tief liegenden Augen an. Sein Haar schimmerte unter der nackten Glühbirne, die im Gang von der Decke hing.

Seine Blicke wanderten zwischen uns hin und her. Dann wies er mit dem Kinn auf Hyden. »Leider weiß er entschieden zu viel.« Er wandte sich dem Wachtposten zu. »Einsperren!«

Sie brachten uns diesmal alle drei in die Gummizelle. Wir gingen davon aus, dass der Raum mit Kameras und Wanzen ausgerüstet war, weil sie hofften, noch ein paar neue Erkenntnisse aus unseren Gesprächen zu gewinnen. Jeder vernünftige Mensch hätte also den Mund gehalten, aber wir waren bis ins Mark erschöpft und ließen jede Vorsicht außer Acht. Ohnehin schienen sie um einiges mehr zu wissen als wir.

Michael, Hyden und ich ließen uns auf dem Boden nieder und unterhielten uns im Flüsterton. Wenn sie schon mithörten, sollten sie sich ein wenig anstrengen müssen.

»Ich kann es nicht fassen, dass sie tot ist«, sagte ich.

Michael legte mir sanft eine Hand auf die Schulter.

»Haben wir uns überhaupt von ihr verabschiedet?«, fragte ich.

»Wir kannten sie doch gar nicht richtig«, wandte Hyden ein.

»Die Zeit war zu kurz, um Freundschaft zu schließen«, meinte Michael.

»Und welche Worte wählt man schon in einem solchen Fall?« Ich spürte, wie eine Woge der Hysterie in mir aufstieg und über mich hinwegschwappte. »Ich sage jetzt mal Lebewohl, nur für den Fall, dass dir etwas Schreckliches zustößt?«

Michael seufzte. Ich stützte den Kopf in beide Hände.

»Du hattest keine Ahnung, dass dein Vater sich mit Transfer-Chips befasst hatte?«, erkundigte sich Michael.

»Natürlich nicht. Sonst hätte ich es dir erzählt.«

Hyden verschränkte die Arme und lehnte den Kopf gegen die Wand. »Vermutlich schlachten sie die Reste von Emmas Chip aus, um möglichst viel über seine Bauweise in Erfahrung zu bringen.«

»Und werden sie dadurch in der Lage sein, den Chip zu kopieren?« Michael streckte sich auf dem weichen Boden aus.

Hyden schüttelte den Kopf. »Das Ding ist vermutlich so zerfetzt, dass es ihnen nicht allzu viel verrät.«

»Und du kannst keine neuen Neurochips herstellen?«, fragte Michael Hyden.

»Nein, nicht ohne die Hilfe meines Vaters. Seine Stärke war die Hardware.«

»Und er kann sie nicht ohne dich herstellen, nehme ich an?«

»Nein. Deshalb sammelt er ja die Metallos ein«, sagte Hyden.

»Diese Explosion im Einkaufszentrum …«, begann Michael.

»Die fiel besonders heftig aus, weil das Signal auf maximale Zerstörung eingestellt war«, erklärte Hyden. »Etwas anderes ist es, wenn jemand den Mechanismus zufällig auslöst – so wie der Doktor bei Emmas Operation.«

Es war zu schrecklich, um darüber nachzugrübeln. Wir versanken in ein bedrücktes Schweigen. Es dauerte nicht lange, bis Michael eingeschlafen war.

Hyden nickte. »Keine schlechte Idee. Vermutlich müssen wir morgen bei Kräften sein.«

»Was willst du damit sagen?«

»Dass sie sich nicht damit zufriedengeben werden, uns hier drinnen gefangen zu halten.«

»Du denkst, dass sie weiterhin versuchen werden, Informationen von uns zu bekommen?«

Er rückte weit genug von uns ab, dass wir ihn nicht im Schlaf anstoßen konnten.

»Mit allen nur erdenklichen Mitteln.«

Bald darauf ging auch Hydens Atem in einen langsamen, entspannten Schlafrhythmus über.

Wie konnten sie nur schlafen? Emma lebte nicht mehr. Es hätte auch jeden von uns treffen können. Als Metallos waren wir verwundbar.

Dawson behauptete, mein Vater habe an der Entwicklung der Neurochip-Technologie mitgewirkt. In geheimer Mission. Deshalb war ich wohl bis jetzt ahnungslos gewesen. In Diensten der Regierung?

Ich dachte zurück an den Streit meiner Eltern zu Beginn der Sporenkriege. Mom hatte meinen Vater angefleht, seine Regierungskontakte zu nutzen, um für sie beide den Impfstoff zu besorgen. Sie hatte argumentiert, dass sich viele Angehörige der mittleren Generation impfen ließen. Man bekam die Impfung entweder für teures Geld auf dem Schwarzmarkt oder mit Sondergenehmigungen, wenn man als besonders wichtig für Politik und Wissenschaft eingestuft wurde. Manche Leute nutzten auch ihre Beziehungen. Holo-Stars zum Beispiel oder

Hydens Vater. Dieses Impfprogramm war keine durchstrukturierte Angelegenheit gewesen. Es gab viele Enders und Starters, die den Impfstoff nicht erhielten. Manche Eltern waren verunsichert, weil Gerüchte umgingen, dass das Medikament Lähmungen oder noch Schlimmeres hervorrufen könnte. Viele weigerten sich gegen eine Impfung.

Meine Mutter hatte ganz bestimmt nicht aus Egoismus gehandelt. Ihr war es nur darum gegangen, ihre Familie am Leben zu erhalten …

Endlich wurden auch meine Lider schwer. Ich streckte mich auf dem elastischen Boden aus und schob all die beängstigenden Fragen beiseite.

Ich träumte, dass ich die Stimme meines Vaters hörte. Er rief meinen Namen, wieder und wieder.

Ich schlug die Augen auf. Und hörte ihn immer noch.

Callie?

Mein Herz tat einen Sprung. »Dad?«, wisperte ich.

Ich wartete auf eine Antwort. Michael hatte sich mit dem Rücken zu mir zusammengerollt und schlief tief und fest. Auf der anderen Seite, ein gutes Stück von mir entfernt, lag Hyden, ein Bein angewinkelt, das andere ausgestreckt. Das Saugen und Gurgeln aus dem Loch im Boden übertönte meine Stimme. Vielleicht bildete ich mir nur ein, meinen Vater zu hören. Oder träumte ich immer noch?

»Daddy?«

Kannst du mich hören?

Er war es! Seine Stimme.

»Ich höre dich, Daddy, ich höre dich.«

Cal, mein Mädchen.

»Sag mir, dass du es bist!« Meine Stimme versagte.

Es war so schwer, zu dir durchzukommen.

Diese Wärme. Am liebsten hätte ich mich an seine Brust geworfen und Schutz in seinen Armen gesucht.

»Ist es wahr, dass du an der Entwicklung der Neurochips mitgewirkt hast? Und woher wusstest du, dass ich so ein Implantat besitze?«

Bitte, hör genau zu, Cal. Meine Zeit ist knapp. Ich habe in einer Disco namens Rune Club ein Z-Laufwerk hinterlegt.

»Ich weiß. Ich habe es bekommen, aber es ist verschlüsselt.«

Es enthält äußerst wertvolle Daten.

»Sag mir, wo du dich aufhältst.«

Ich will nicht, dass du nach mir suchst. Es ist zu gefährlich.

»An welchem Ort bist du? Bitte, Daddy, sag mir, wie ich dich finden kann.«

Nein. Es ist zu weit weg, mitten in der Wüste. Und der Mann, der mich gefangen hält, schreckt vor nichts zurück.

Dann hörte ich nur noch Wortfetzen. Verstümmelte Laute.

»Daddy? Daddy?« Meine Stimme weckte die Jungs.

»Mit wem redest du?«, fragte Michael benommen.

Ich presste meine Hände gegen beide Ohren und horchte angespannt, ob mein Vater sich noch einmal meldete. Er musste mir helfen, von hier zu fliehen und zu ihm zu gelangen. Aber es war, als habe jemand den Kontakt unterbrochen. Etwas schnürte mir die Brust zusammen.

Michael rückte näher zu mir heran. »Was ist los?«

»Ich habe eben meinen Vater gehört.«

»Was sagst du da?«

Hyden setzte sich auf und rieb sich die Augen. »Was gibt es?«

»Mein Vater hat Gedankenkontakt mit mir aufgenommen.«

»Woher weißt du, dass das nicht mein Vater ist, der wieder seine Spielchen mit dir treibt?«, fragte Hyden.

Ich wandte mich ihm zu. »Er wusste von dem Z-Laufwerk.«

Hyden hob mit einem Ruck den Kopf. »Was sagte er sonst noch?«

»Dass man ihn gefangen hält.«

»Wo?«

»Er sprach von einer Wüste. *Mitten in der Wüste* – mehr wollte er mir nicht verraten.«

Als Hyden das hörte, ließ er sich wieder zurücksinken. Aber ich entnahm seinem Gesichtsausdruck, dass er mir endlich glaubte.

»Er ist bei ihm. Bei meinem Vater.«

kapitel 20

Ich starrte Hyden im Halbdunkel an. »Was macht dich da so sicher?«

»Mein Vater liebt die Wüste«, sagte Hyden. »Weil dort nur die Stärksten überleben, wie er immer gesagt hat.«

»Wenn der Old Man meinen Vater entführte, dann hat er wahrscheinlich die Archiveinträge gefälscht.« Ich schüttelte den Kopf. »Das bedeutet, dass mein Vater schon ein ganzes Jahr gefangen gehalten wird.«

Ich starrte Hyden an. Er schien über diese merkwürdige Enthüllung ebenso schockiert zu sein wie ich.

»Aber wenigstens lebt er«, warf Michael ein.

»Ich hoffe, wir leben beide lang genug, um uns wiederzusehen.«

Meine Gedanken drifteten zurück zu dem wunderbaren Traum, und ich dachte an den kleinen Menschen, für den die Botschaft, dass mein Vater lebte, noch wichtiger war als für mich. »Wenn das Tyler erfährt …«

Hyden meldete sich zu Wort. »Falls dir das ein Trost ist – mein Vater tut sicher alles nur Erdenkliche, um deinen Vater am Leben zu erhalten. Er wird versuchen, sich sein Wissen anzueignen.«

»Meinst du nicht, dass ihm das während der langen Gefangenschaft meines Vaters längst gelungen ist?«, gab ich zu bedenken. Ich spürte, wie sich mein Magen verkrampfte. »Wir müssen ihn aufspüren. Hast du keine Idee, wo sich sein Labor befindet? Keinen noch so kleinen Hinweis? Keine Vermutung?«

In diesem Moment vernahmen wir ein Geräusch an der Tür. Wir verstummten und starrten sie an. Sie sprang einen winzigen Spalt auf. Und blieb so. Angelehnt.

Wir erstarrten. Wechselten Blicke.

Hyden schlich auf Zehenspitzen näher und spähte nach draußen. Dann tippte er die Tür mit einem Finger an. Sie schwang nach außen.

Niemand war zu sehen. Er winkte uns zu sich.

Wir folgten Hyden in den leeren Gang hinaus. Kein Wachtposten in Sicht. Ich machte mich darauf gefasst, dass uns jeden Moment jemand aus den Kulissen der Regenwald-Projektion anspringen würde.

Hyden erreichte eine halb verglaste Tür. Das Zimmer dahinter war dunkel, aber auf einem Schreibtisch flackerte der Airscreen eines Chip-Scanners im abgesicherten Modus. Hyden nickte uns zu, und wir betraten den Raum.

Hyden bewegte eine Hand in der Luft auf und ab. Der Airscreen erstrahlte in voller Helligkeit. Das reichte uns zur Orientierung, und so ließen wir die Deckenbeleuchtung ausgeschaltet. Die Projektion eines Gletschers umspielte eine Wand. Ansonsten war der Raum nüchtern eingerichtet: Neben dem Tisch mit dem Airscreen stand ein zweiter Tisch mit Büromaterial, dazu ein paar Klappstühle.

Wir beobachteten alle drei, wie Hydens Chip-Nummer auf dem Airscreen erschien. Dann tauchten zwei weitere Chips auf.

Hyden deutete auf jede der drei Nummern. »Die hier ist meine und die hier deine«, erklärte er. »Und die gehört zu Michael.«

Hyden tippte seine Nummer auf dem Monitor zweimal an. Sie verband sich mit dem Chip.

»Gelungen«, wisperte er.

»Der Scanner erkennt deinen Chip«, sagte ich ebenso leise.

Wir beobachteten verblüfft, wie Hyden seine Augen zu schmalen Schlitzen verengte und dann nicht mit den Fingern, sondern mit seinen Gedanken die Speicher durchging. Er suchte nach »Brockman«, aber vergeblich.

»Sie wissen nicht, wo er ist«, sagte Hyden.

Dann rief Hyden einen neuen Bereich auf – die Kontrolle der Sicherheitseinrichtungen. Mithilfe seines Chips ging er die Dateien in einem rasenden Tempo durch. Er fand das Alarmsystem und einen Weg, es auszuschalten.

»Wow«, flüsterte Michael.

Wir strahlten. Doch in diesem Augenblick öffnete jemand die Tür.

Eine Ender in einem schwarzen Overall stand auf der Schwelle. Sie war groß und schlank, und das weiße Haar, das ihr schön geschnittenes Gesicht einrahmte, floss bis auf ihre Schultern herab.

Sie trat ein und schloss die Tür hinter sich.

»Ruhig«, sagte sie. »Ihr müsst keine Angst haben.«

Ich erkannte ihre Stimme. »Sie sind die Frau von der Schießanlage.«

Sie hatte hinter der Glasscheibe gestanden und den Leuten im Kontrollraum Anweisungen erteilt.

Sie nickte. »Ich sah mit an, was Sie durchzustehen hatten«, entgegnete sie leise. »Ich schäme mich dafür.«

»Weshalb sollten Sie uns helfen?«, fragte Hyden.

»Ich bin – ich war – eine Großmutter. Dieser Krieg nahm mir nicht nur meine Kinder, sondern auch meine Enkelin. Sie verweigerte die Impfung, weil sie der Regierung misstraute.«

Hyden hatte den Airscreen so verändert, dass nur noch ein Muster über die Bildfläche huschte.

»Wenn Sie bleiben, wird man noch brutaler mit Ihnen umspringen. Deshalb muss ich Ihnen zur Flucht verhelfen – auch wenn es ein hohes Risiko bedeutet.«

Wir drei wechselten besorgte Blicke.

»Sie müssen rasch fort von hier«, drängte sie.

»Sie haben unsere Zellentür aufgeschlossen?«, fragte ich.

»Ja. Ich wollte Ihnen den Weg ins Freie zeigen, aber dann kam ein Wachtposten vorbei. Ich musste ihn ablenken.« Sie griff in ihre Tasche, und Hyden zuckte zusammen.

Aber sie holte nur einen Schlüsselbund hervor. »Hier.«

Ich streckte die Hand aus. »Unsere Autoschlüssel.«

»Sie haben das Alarmsystem ausgeschaltet«, sagte sie zu Hyden. »Gehen Sie jetzt!«

»Danke.« Ich nickte ihr zu.

Und dann, aus einem unwiderstehlichen Impuls heraus, in dieser schrecklichen Situation etwas Nähe zu finden, umarmte ich sie.

»Beeilen Sie sich!«, drängte sie.

Wir hasteten nach draußen. Im Korridor deutete sie auf eine Tür zur Linken.

»Hier entlang«, raunte sie. »Viel Glück!«

Wir rannten los und stießen die Tür auf. Sie führte in einen kurzen Gang mit der Projektion eines freien Feldes. An seinem Ende befand sich eine weitere Tür. Sie schwang lautlos auf. Kein Alarm schrillte. Die Tür nach draußen.

Wir standen vor einem Durchgang zwischen unserem und dem benachbarten Gebäude. Links von uns befand sich die Straße. Wir traten in die frische, klare Nachtluft hinaus. Nichts roch so gut wie die Freiheit.

Wir blickten uns vorsichtig um. Weit und breit war niemand zu sehen. »Der Wagen«, keuchte ich. »Wo ist er?«

Michael deutete auf die Kreuzung am anderen Ende des Gebäudes, wo sich die Parkplatzausfahrt zur Straße befand. »Hier entlang.«

Wir rannten im Schatten der geparkten Autos los, überquerten die Seitenstraße und standen schließlich vor unserem SUV. Ich sperrte auf, ließ mich auf den Beifahrersitz fallen und warf Hyden die Schlüssel zu.

»Kein Mensch unterwegs«, meinte Michael nach einem Blick aus dem Autofenster.

»Es ist noch sehr früh am Morgen«, erinnerte ich ihn.

Hyden ließ den Wagen an. Der Motorlärm zerriss die Stille der Nacht.

»Nichts wie los!«, drängte ich.

Und dann waren wir auf dem Weg.

Hyden fuhr die leere Straße entlang. Michael streckte den Arm nach vorn und legte ihn mir auf die Schulter.

»Feiert nicht zu früh«, warnte Hyden. »Ich möchte erst mal einen größeren Abstand zwischen uns und dieses Labor legen.«

Ich schaute an Michael vorbei auf den Airscreen im Fond. Er war immer noch geschlossen, aber unter der Abdeckung drang ein schwaches Leuchten hervor.

»Das Z-Laufwerk«, rief ich. »Vielleicht ist es inzwischen entschlüsselt und ausgewertet.«

Hyden fuhr noch einige Minuten, bis er es wagte, kurz am Straßenrand anzuhalten. »Übernimm du das Steuer«, sagte er zu Michael.

»Wohin fahren wir?«, erkundigte sich Michael.

»Erst mal auf die Schnellstraße und dann nach Osten«, erklärte Hyden.

Hyden und ich stiegen hinten ein und klappten den Airscreen auf, während Michael aufs Gas stieg, um unseren Abstand zu möglichen Verfolgern zu vergrößern. Die Entschlüsselung des Daten-Sticks war abgeschlossen. Hyden setzte das Laufwerk in Gang.

Mein Vater erschien auf dem Airscreen.

Das erste Mal sah ich ihn wieder, nach einer Ewigkeit.

Meine Kehle wurde trocken.

Er sah besorgt aus. Sein Haar war verstrubbelt, und unter seinen Augen zeichneten sich dunkle Ringe ab. Er sah mich direkt an, als wüsste er, dass ich eines Tages vor einem Monitor sitzen und ihm zuhören würde.

»Dieses Laufwerk enthält vertrauliches und urheberrechtlich geschütztes Material, das nicht für die Weitergabe an Unbefugte bestimmt ist. Für den Fall meines Ablebens verfüge ich, Ray Woodland, dass die hierin enthaltenen wissenschaftlichen Unterlagen meinen beiden Kindern Callie und Tyler zugutekommen sollen.«

Sein Testament und Letzter Wille. Der Kummer brach mir fast das Herz.

»Callie, falls du diese Nachricht tatsächlich eines Tages erhältst, hör mir gut zu. Die Resultate meiner Forschungsarbeit werden dir und Tyler den Lebensunterhalt sichern. Ich habe einen Tauschprozess entwickelt, eine Art Körper-Gehirn-Transfer. Ich weiß, dass ich nicht der einzige Erfinder auf diesem Gebiet bin, dass andere ebenso erfolgreich, wenn nicht gar erfolgreicher waren als ich. Aber meine Umkehr-Transposition ist, so glaube ich, eine bislang einmalige Errungenschaft, die dich und deinen Bruder reich machen kann.«

»Umkehr-Transposition?«, fragte ich.

Hyden hielt das Bild mit einem kurzen Fingerschnippen in der Luft an. »Wenn ein Spender oder eine Spenderin wie du in den Körper des Mieters oder der Mieterin zurückkehrt und dort die Kontrolle übernimmt. Das ist noch nie gelungen.«

Ich? Den kontrollieren, der mich steuern wollte? Was für eine Erfindung!

»Ich könnte die Kontrolle umkehren? Durch die Augen meines Widersachers sehen? Ihn zwingen, meine Befehle auszuführen? Das klingt unglaublich.«

»Es ist nur eine Theorie«, sagte er.

Hyden berührte den Airscreen, und mein Vater sprach weiter. Ich hatte ihn noch nie so ernst gesehen.

»Wenn das hier abgespielt wird, lebe ich vielleicht nicht mehr«, sagte er. »Darüber bin ich mir im Klaren.«

Es schmerzte, diese Worte zu hören. Aber er hatte eben erst in meinem Kopf gesprochen. Er lebte, das spürte ich.

»Während des letzten Monats wurde ich verfolgt, unter Druck gesetzt und bedroht, weil ich mich weigerte, für einen Mann zu arbeiten, der mit der neuen Technologie andere Ziele verfolgt als ich. Ich habe deshalb für den Fall, dass mir etwas zustößt, meine wichtigsten Forschungsergebnisse dokumentiert und auf diesem Stick gespeichert. Verwahre ihn gut und setze ihn mit Bedacht ein.«

Sein Bild blendete sich aus. Es folgten Zahlen und Formeln in rascher Folge. Hyden starrte fasziniert auf den Monitor. Dann fuhr Michael über ein Schlagloch, der Airscreen geriet ins Wanken und wurde dunkel. Einfach so.

»Hey«, sagte Hyden zu Michael. »Pass doch auf!«

»'tschuldigung.« Michael warf einen Blick über die Schulter.

»Was ist jetzt passiert?«, fragte ich erschrocken.

»Keine Sorge, alles noch da«, beruhigte mich Hyden. »Ich sehe mir die Aufzeichnung später an.«

Der Video-»Besuch« meines Vaters war viel zu kurz gewesen. Ich hätte ihn am liebsten wieder und wieder auf den Schirm geholt.

»Damit scheint festzustehen, dass dein Vater meinen Vater in seiner Gewalt hat«, sagte ich.

Hyden nickte. »Obwohl ich nicht glauben kann, dass ihm wirklich das gelungen ist, was er behauptet.«

»Was bedeutet das alles für uns?«

»Diese Zahlen, die du eben über den Schirm huschen sahst? Das ist ein Programm, mit dem ich angeblich deinen Chip hochrüsten kann. Das eröffnet dir die Möglichkeit, eine erzwungene Transposition umzukehren.«

»Heißt das, dass ich durch Brockmans Augen sehen kann, wenn er auf meinen Chip zugreift? Dass ich ihn zwingen kann, meine Befehle auszuführen?«

»Wie ich schon sagte, das ist bloße Theorie«, meinte Hyden. »So einfach kann es nicht sein.«

Ganz gewiss hatte sich mein Vater nicht träumen lassen, dass ich einmal auf seine Erfindung angewiesen sein würde. Und gerade deshalb, hatte ich in diesem Moment entschieden, mussten wir seine Idee unbedingt in die Praxis umsetzen.

kapitel 21

Michael fuhr auf den Parkplatz eines Einkaufszentrums mit mehreren großen Geschäften. Er hielt so weit weg vom Eingang wie nur möglich, wo nur wenige andere Fahrzeuge parkten.

Hyden suchte bewusst keine Tiefgarage auf, weil er aus den Notizen meines Vaters schloss, dass der Transfer sich im Freien leichter bewerkstelligen ließ. Wir hatten uns den Tag über so gut wie möglich verborgen und uns erst jetzt, im Schutz des Abends, wieder hinausgewagt. Dennoch – unsere Zeit war knapp, und Hyden musste ein gewisses Risiko eingehen, um unsere Erfolgsaussichten zu erhöhen. Er öffnete die Heckklappe, kletterte in den Laderaum und schaltete den Airscreen ein.

Dann lud er das Programm meines Vaters per Funk auf meinen Chip herunter. Das alles war absolutes Neuland für ihn, und so mussten wir einen Testlauf starten, um zu sehen, ob die Aufrüstung geklappt hatte.

»Stell dich da drüben hin«, sagte er zu mir und deutete auf einen kleinen, etwa drei Meter entfernten Baum.

Michael kam um den SUV herum und beobachtete

Hyden, der konzentriert die blinkenden Lichter und Zahlen auf dem Airscreen anstarrte.

»Was machst du da?«, fragte Michael ihn.

»Ihre Chip-Nummer abrufen«, erwiderte er. »Da. Das klappt.«

Hyden nahm auf der Rückbank Platz und schloss die Augen.

Sekunden später schickte er mir seine Gedanken.

Kannst du mich hören?

»Laut und deutlich«, sagte ich.

Es war ein seltsames Gefühl, Hyden wieder in meinem Kopf zu haben. Das letzte Mal hatte ich das in der Schießanlage erlebt, als Dawson mich zwang, die Glock auf Michael zu richten. Aber jetzt zogen wir selbst die Strippen.

Okay, halt ganz still. Ich übernehme die Kontrolle.

Ich stand mit hängenden Armen da und wartete. Dann hob sich mein rechter Arm ganz langsam über den Kopf.

Gut. Und nun leiste mir Widerstand, wenn du kannst. Ich halte deinen Arm oben, und du versuchst ihn nach unten zu drücken.

Es war eine Art Armdrücken mit einem unsichtbaren Gegner. Hyden besaß eine beachtliche mentale Stärke, gegen die ich überhaupt nicht ankam. Ich konzentrierte mich, biss sogar die Zähne zusammen, aber mein Arm blieb oben.

»Ich schaffe das nicht«, sagte ich schließlich.

Das liegt wahrscheinlich daran, dass du keine Angst hast. Du weißt, dass dir keine Gefahr droht. Okay, ich lasse deinen Arm los.

Mein Arm senkte sich. Ich kam mir wie eine Versagerin vor.

Versuchen wir es jetzt mit der Umkehrung. Nimm all deine Kraft zusammen, um in meine Gedanken einzudringen.

»Wie soll das denn gehen?«

Ich habe in den Unterlagen deines Vaters eine Beschreibung gefunden, die uns vielleicht weiterhilft. Denk dir, dass uns beide eine Schnur oder ein straff gespanntes Seil verbindet. Konzentrier dich auf dieses Bild. Stell dir vor, dass sich ein blaues Licht um das Seil windet und von mir zu dir wandert. Und dann mal dir ein goldenes Licht aus, das von dir zu mir wandert. Es legt sich um das blaue Licht und hüllt es vollständig ein. Siehst du, wie es von dir zu mir fließt?

Ich begriff, was er meinte, aber vor meinem geistigen Auge erschienen nur flüchtige Eindrücke, die sich nicht festhalten ließen. Sosehr ich mich anstrengte, ich blieb in meinem Körper. Es gelang mir keine Sekunde, ihn zu erobern und das zu sehen, was er sah.

Jetzt kam ich mir erst recht wie eine Versagerin vor.

»Es klappt nicht«, sagte ich.

Hyden verließ seinen Spezialsitz. Er warf einen Blick auf den Airscreen und überprüfte das Programm. Dann stieg er aus und kam zu mir.

»Ich habe mir das Programm noch einmal angesehen. Mir ist kein Fehler unterlaufen. Es müsste funktionieren.«

Michael legte mir einen Arm um die Schultern. Hyden wandte sich dem SUV zu.

»Versuchen wir es an einem anderen Ort«, meinte er.

»Findest du es im Freien nicht zu gefährlich?«, fragte Michael.

»Wenn er auf ihren Chip zugreift, können wir den Ernstfall testen«, entgegnete Hyden.

Wir stiegen wieder in den Wagen und fuhren in Richtung Osten. Hyden saß am Steuer.

Mir fiel auf, dass uns etwas Wichtiges fehlte. »Wir haben keine Handys.«

»Die sind alle bei Dawson.« Hyden deutete nach hinten. »Willst du umkehren?« Er grinste.

Ich holte zwei Flaschen Wasser aus dem Kühlfach und reichte eine davon Michael nach hinten. Durch das Rückfenster sah ich die dunklen Umrisse eines bulligen SUV auf der einsamen Straße.

Er hatte die Scheinwerfer ausgeschaltet.

»Wir sind nicht allein«, sagte ich.

Michael drehte sich um. Der massige SUV kam näher.

Hyden sah mit zusammengekniffenen Augen in den Rückspiegel. »Seit wann ist der hinter uns?«

»Ich habe ihn eben erst entdeckt«, erwiderte ich.

»Vielleicht irgendein Blödmann, der vergessen hat, sein Licht einzuschalten«, meinte Michael.

»Das glaube ich kaum«, widersprach Hyden.

»Einer von Brockmans Leuten?«, fragte ich.

Hyden nickte. »Der Test im Freien war ein Fehler. Die haben unsere Chips geortet.« Er schlug mit der flachen Hand auf das Lenkrad. »Festhalten! Ich versuche ihn abzuhängen.«

Er gab Gas und bog unvermittelt in eine Nebenstraße des gemischten Wohn- und Industriegebiets ein. Eine Katze schoss dicht vor uns über die Straße.

»Vorsicht!«, rief ich.

»Schon gesehen.«

Hyden machte einen Schlenker und streifte eine Abfalltonne, die scheppernd auf die Straße rollte. Der SUV hinter uns nahm sie einfach unter die Räder. Müll flog in alle Richtungen.

Ich drehte mich um. »Michael, sitzt da ein Starter am Steuer?«

Er warf einen Blick auf den Verfolger. »Allerdings. Ein Junge.«

Ich kniff die Augen zusammen. »Und ein echt heißer Typ.«

»Fremdgesteuert?«, fragte Hyden.

»Und wie!« Ich schaute wieder nach vorn. »Weißt du, wohin du fährst?«

»Nein!« Hyden hielt das Lenkrad fest umklammert. »Ich versuche ihn nur abzuschütteln.«

Ich startete das Navi und sah, dass wir durch eine Sackgasse rasten.

»Die Straße ist da vorn zu Ende«, sagte ich. »Keine Wendemöglichkeit, heißt das wohl.«

»Gut«, sagte Hyden.

»Gut?«, brüllte ihm Michael ins Ohr.

Hyden gab noch mehr Gas. Der fremdgesteuerte Starter klebte uns an der Stoßstange. Ich sah eine hohe Betonmauer auf uns zukommen.

»Gleich kracht es!«, warnte ich.

»Ich weiß«, sagte Hyden.

Er wartete bis zur letzten Sekunde. Als er nur noch eine Handbreit von der Mauer entfernt war, machte er eine Vollbremsung und legte den Rückwärtsgang ein.

»Ausatmen und locker bleiben!«, schrie er.

Der SUV knallte mit einem ohrenbetäubenden metallischen Knirschen in unser Gefährt. Unsere Airbags lösten aus und dämpften den Aufprall von allen Seiten.

»Alles gut gegangen?«, fragte Hyden.

Einen Moment lang waren wir benommen. Dann verschwanden die Airbags mit einem saugenden Geräusch in ihren Kammern.

»Sieht so aus«, entgegnete ich. »Michael, wie geht es dir?«

»Auf alle Fälle besser als dem Kerl dahinten.« Michael starrte aus dem Rückfenster.

Hyden schnappte sich – genau wie ich – eine Pistole und sprang aus dem Wagen. Wir folgten ihm. »Vorsicht!«, sagte er zu mir.

Ich wusste bereits, dass Hydens Fahrzeug im Wesentlichen ein Panzer war, aber ich hatte nicht erwartet, dass wir ohne jede Schramme davonkommen würden. Der SUV des Verfolgers hingegen hatte sich zu einem Schrotthaufen zusammengeschoben, während das Heck unseres Wagens nicht mehr als eine Delle aufwies.

Wir näherten uns langsam dem Wrack, dessen Scheinwerfer die Szene ausleuchteten. Hyden zielte auf den Fahrersitz und öffnete die Tür.

Der Metallo fiel auf die Straße.

»Kein Sicherheitsgurt«, murmelte Hyden. »Er ist tot.«

Der Starter blutete aus einer Kopfwunde und starrte mit leerem Blick in den Nachthimmel.

Ich warf einen Blick ins Innere des SUV, um mich zu vergewissern, dass niemand sonst im Wagen war. Dann öffnete ich die Beifahrertür und sah mich um. Keine Fahrzeugpapiere, kein Ausweis, nichts, das auf die Herkunft des Fahrers hinwies.

Hyden stieg über den Toten hinweg und nahm hinter dem Lenkrad Platz.

»Was machst du da?«, fragte ich von der Beifahrerseite.

Er schaltete den Navi-Airscreen ein und rief die letzten Daten ab. »Ich möchte wissen, von wo aus dieses Ding gestartet ist.« Er arbeitete sich rückwärts, bis er die genauen Koordinaten hatte.

»Joshua-Tree-Nationalpark«, sagte er.

Ich schaute ihn an.

Mitten in der Wüste.

Brockmans Forschungslabors.

Zwei Stunden später rasten wir durch die nächtliche Landschaft des Naturparks. Der Mond stand hinter den Kandelaberkakteen, die bedrohlichen Wachtposten glichen. Der Wind heulte um unseren SUV. Durch die Luftschlitze drang der Geruch von Süßgras, der mich vor Angst und bösen Vorahnungen erschauern ließ. Die Wüste mit ihrem extremen Klima war mir schon immer unheimlich gewesen – nachts so rau und kalt, dass man erfrieren konnte, tagsüber brutal heiß und meilenweit weder Wasser noch Schatten zu finden.

Es war nicht meine Welt, aber wie bei einem Schreckens-Holo, das man immer wieder anschauen musste, zog es mich oft dorthin – wenn auch nur für kurze Zeit. Trotz der späten Stunde spürte ich keine Müdigkeit, sondern nur nervöse Erwartung.

»Wie soll es weitergehen, wenn wir am Ziel sind?«, erkundigte sich Michael.

Ich warf Hyden einen fragenden Blick zu. Er sah mich kurz an und wandte dann seine Aufmerksamkeit wieder der Straße zu.

»Ich schätze mal, wir stürmen den Laden«, sagte Hyden und lächelte vage.

»Vielleicht sollten wir bis morgen abwarten und eine

vertrauenswürdige Ender wie Lauren bitten, die Marshals zu verständigen«, schlug Michael vor.

Hyden wandte sich an mich. »Willst du abwarten?«

Ich hatte nur die erschöpften Züge meines Vaters vor Augen. »Niemals«, sagte ich. »Wir sind unserem Ziel jetzt so nahe …«

Hyden nickte. »Bringen wir es hinter uns.«

Michael lehnte sich zurück. Ich bin sicher, dass er uns für unbesonnen oder gar verrückt hielt. Ich konnte es ihm nicht verdenken, aber schließlich war es auch nicht sein Vater, den der Old Man gefangen hielt.

Das Navigationsgerät meldete, dass wir am Ziel waren. Gleichzeitig machte ich etwas weiter vorn ein niedriges Gebäude aus, das größtenteils im Schatten lag. Beim Näherkommen konnte ich erkennen, dass es sich um einen Komplex mehrerer Betonquadern unterschiedlicher Größe handelte, die mitten aus der Wüstenlandschaft ragten.

»Das ist es?«, fragte ich.

Hyden nickte.

»Könnte es nicht sein, dass Brockman die ganze Zeit über die Stimme deines Vaters imitiert hat?«, gab Michael zu bedenken.

»Denk an das Video«, widersprach ich. »Ich habe ihn mit eigenen Augen gesehen.«

»Du hast selbst eine gefälschte Botschaft des Old Man produziert, um alle Kunden von Prime zusammenzuholen. Das Bild deines Vaters beweist also gar nichts.«

Darauf wusste ich keine Antwort. Und Hyden fuhr einfach weiter, als sei Michaels Einwand nicht mehr als ein Nebengeräusch.

»Wir könnten in eine Falle laufen«, fuhr Michael fort.

»Was schlägst du vor?«, fragte ich. »Dass wir umkehren? Dass wir uns wie Maulwürfe in irgendeiner Tiefgarage vergraben, während mein Vater in einem dieser Gebäude gefangen gehalten wird? Ich habe ihn das ganze letzte Jahr für tot gehalten. Ich muss ihn mit eigenen Augen sehen, um sicher zu sein, dass er noch lebt. Es ist ein Wagnis, aber für mich gibt es kein Zurück.«

»Wenn du nicht mitkommen willst, kannst du im Wagen bleiben«, schlug Hyden vor. »Und uns zu einer raschen Flucht verhelfen, wenn es brenzlig für uns wird.«

Michael blies die Backen auf und atmete geräuschvoll aus. Wir waren mittlerweile nur noch eine Viertelmeile von dem Gebäudekomplex entfernt. Hyden bremste und ließ den SUV ausrollen. Ich sah ihn mit hochgezogenen Augenbrauen an.

»Wir sollten nicht bis vor die Haustür fahren«, meinte Hyden. »Zu laut.«

»Aber unsere Chips werden auf ihrem Schirm erscheinen«, sagte ich.

»Die haben so viele Chip-Köpfe da drinnen, dass wir hoffentlich nicht auffallen.« Er drehte sich zu Michael um. »Was ist nun mit dir? Bleibst du hier oder kommst du mit?«

»Ich komme mit. Ich schätze, bei diesem Wahnsinn werdet ihr jede Unterstützung brauchen, die ihr kriegen könnt.«

Hyden holte die Waffen aus den Wandnischen des SUV und reichte mir eine davon.

»Sie ist geladen«, warnte er. »Michael, kannst du schießen?«

»Nein, kann er nicht«, antwortete ich an Michaels Stelle.

»Doch«, widersprach er. »Ich war mit meinem Dad öfter mal am Schießstand.«

»Das hast du mir nie erzählt.«

»Warum auch? Wir hatten schließlich keine Waffe, oder?«

Hyden reichte ihm eine Pistole. »Jetzt hast du eine. Sie ist geladen. Und gesichert.«

Als Nächstes gab er uns Schulterhalfter. »Schnallt die unter euren Jacken fest.«

Während ich meine Jacke auszog und das Halter anlegte, verteilte er Kampfmesser und Plexi-Fesseln.

»Eine Menge Zeug«, murrte Michael.

»Je mehr, desto besser«, erklärte Hyden. »Mein Vater ist der skrupelloseste Mensch auf der Welt. Und wenn er ihren Vater in der Gewalt hat …«

»Wir müssen die Marshals verständigen«, meinte Michael.

»Und wie oft kommen die, wenn man sie um Hilfe bittet?«, fragte Hyden. »Außerdem – was willst du ihnen sagen? Wir können mit diesen Waffen eine Schießerei *vermeiden*. Die Marshals dagegen würden ohne Rücksicht auf Verluste losballern, wenn sie kämen. Was sie nicht tun werden.«

»Großartig«, murmelte Michael. »Die Sache klingt vielversprechend.«

Michael war nicht der geborene Kämpfer, sondern Künstler. Selbst wenn ihn sein Dad irgendwann in grauer Vorzeit zu ein paar Schießübungen mitgenommen hatte.

Hyden aktivierte den Airscreen, und seine Finger tanzten über die Bedienelemente.

»Was machst du da?«, erkundigte sich Michael.

»Er schaltet die Alarmanlage ab«, sagte ich. »Stimmt's?«

Er grinste. »Stimmt.« Als er sich wieder dem Bildschirm zuwandte, bemerkte ich eine steile Falte zwischen seinen Augenbrauen.

»Probleme?«

»Das hatte ich befürchtet. Ich kann nicht in ihr Computersystem eindringen. Eine gewaltige Firewall schottet es ab. Um sie zu überwinden, müsste ich im Innern der Gebäude sein.«

»Und um ins Innere zu gelangen, müssen wir die Alarmanlage außer Gefecht setzen.«

Hyden schaltete den Airscreen mit einer schnellen Handbewegung aus. »Dann improvisieren wir eben.«

Wir kletterten ins Freie. Michael entfernte sich nur zögernd aus dem sicheren Bereich des SUV.

Hyden winkte uns ungeduldig vorwärts. Eine schwache Brise trug den würzigen Geruch von Wacholder zu uns herüber. Der Mond schien und tauchte die Kakteen ringsum in bläuliches Licht.

Ein kleines Tier wuselte dicht vor mir über den Weg.

kapitel 22

»Was war das?«, fragte Michael offensichtlich panikerfüllt.

»Ein Skorpion«, erwiderte Hyden.

Mir kam zu Bewusstsein, dass ich Michael immer nur in der Stadt und nie in der freien Natur erlebt hatte. Manche Leute verändern sich, wenn man sie aus ihrer gewohnten Umgebung reißt.

Wir gingen schweigend über den harten Sand, weil wir da weniger auffielen als auf der Straße. Ich dachte an all die Dinge, die ich mir von diesem Unternehmen versprach. Dass mein Vater noch am Leben war. Dass ich dem Old Man endlich gegenübertreten würde. Dass ich Brockman zwingen konnte, meinen Neurochip zu entfernen. Dass ich meine Jugend zurückbekam und kein Dasein mehr führen musste, das wir mit dem furchtbaren Namen Metallo bezeichneten.

Ich blieb ein wenig zurück und beobachtete Michael und Hyden, die sich dem Gebäudekomplex näherten. Ich konnte nicht umhin, die beiden zu vergleichen. Michael war seit unserer Zeit auf der Straße mein bester Freund. Ich hatte in ihm immer den starken Beschützer gesehen.

Aber hier draußen in der Wildnis erwies sich plötzlich Hyden als der Furchtlosere – wenn nicht gerade seine Berührungsangst ins Spiel kam.

Hyden war ein Genie. Aber er wirkte gequält und traumatisiert. Und er blieb mir in vielen Dingen ein Rätsel. Ich wusste nicht einmal, ob ich ihm wirklich voll und ganz vertrauen konnte. Allem Anschein nach hatte sein Vater meinen Vater entführt. Dennoch hatte er mit keiner Silbe erwähnt, dass mein Vater auf dem Gebiet der Neurochips forschte. Und da war noch etwas, das ich nicht recht zu fassen bekam.

Es gab viele Gründe, ihn abzulehnen. Aber irgendwie mochte ich ihn.

Ich mochte ihn.

Aufmerksam suchte ich den Boden vor meinen Füßen ab, um nicht auf irgendein giftiges Tier zu treten. Wahrscheinlich entging mir deshalb der geschlossene Jeep, der durch den Wüstensand gefahren kam, bis er nur noch hundert Meter von uns entfernt war.

»Was ist das?«, fragte Michael.

Die Scheinwerfer waren ausgeschaltet – kein gutes Zeichen, wie wir von unserer letzten Begegnung mit einem abgedunkelten Fahrzeug wussten. Und wir hatten uns bereits zu weit von unserem SUV entfernt, um in seinen Schutz zurückzulaufen.

Wir waren gefangen, hier draußen in der Wüstennacht.

»Verteilt euch«, rief Hyden. »Und geht in Deckung hinter Sträuchern oder einem Felsen.«

Michael und ich hasteten los, auf der Suche nach einem möglichst großen Sichtschutz.

»Zieht die Waffen!«, zischte Hyden.

Er deutete auf eine Gruppe dichter Büsche. Ich warf mich flach in den Sand und richtete die Pistole auf den Jeep. Die Jungs duckten sich ein Stück rechts und links von mir, sodass wir ein großes Dreieck bildeten.

Der Jeep kam näher, hielt jedoch an, bevor er uns erreicht hatte. Der Fahrer stellte den Motor ab und öffnete die Tür. Sämtliche Geschöpfe der Wildnis schienen den Atem anzuhalten. In der nächtlichen Wüste ringsum herrschte Totenstille.

Ich warf einen Blick in Hydens Richtung. Er war dem Jeep am nächsten. Der Lauf seiner Waffe war auf die Stiefel gerichtet, die unter der Türleiste zum Vorschein kamen.

Das Herz klopfte mir bis zum Hals.

Der Fahrer war groß und hatte lange weiße Haare. Er trug eine dicke, schwarz umrandete Brille, Jeans und ein langärmeliges Hemd.

Es war Trax.

»Sachte, Leute«, sagte er in die Nacht hinein, und ich verstand zuerst gar nicht, mit wem er sprach.

»Ich komme in friedlicher Absicht.« Trax hob beide Arme über den Kopf.

Er schaute erst Hyden und dann mich an.

»Trax«, sagte ich.

»Höchstpersönlich. Callie?«

Hyden erhob sich. Seine Waffe war immer noch auf den Neuankömmling gerichtet. »Was willst du, Trax?«

»Hyden?«, entgegnete der Computerexperte von Prime. »So nennst du dich jetzt, oder?«

Michael duckte sich in den Schatten seines Strauchs. Er befand sich ein paar Schritte hinter Trax. Ich vermutete, dass Trax ihn nicht gesehen hatte.

»Ich muss etwas wissen, Trax«, sagte ich. »Hast du Helena getötet?«

Er wandte sich mir zu. Ich hatte die Pistole gesenkt, hielt sie aber immer noch in Händen.

»Was? Weshalb hätte ich das tun sollen?«

»Weil du für meinen Vater gearbeitet hast«, sagte Hyden.

»Ich habe für den Old Man gearbeitet«, sagte Trax. »Und um der alten Zeiten willen bin ich euch entgegengefahren. Aus freien Stücken. Um euch zu warnen. Brockman weiß nichts von unserem kleinen Treffen hier.«

»Um uns wovor zu warnen?«, fragte ich.

Trax hatte beide Hände in die Hosentaschen geschoben und kam näher an mich heran. »Dass es hier zu gefährlich für euch ist.«

Mit einer geschmeidigen Bewegung zog er eine Pistole aus der Tasche, schlang einen Arm so um meine Schultern, dass ich die Arme nicht mehr rühren konnte, und richtete die Mündung auf Hyden.

»Also lass die Knarre fallen, Junge«, befahl Trax.

Hyden schätzte die Lage blitzschnell ab. Ich hatte meine Waffe noch in der Hand, konnte die Arme aber nicht bewegen. Zu meiner Linken erspähte ich Michael im Augenwinkel. Allem Anschein nach hatte Trax ihn bis jetzt nicht entdeckt.

Hyden ging in die Knie und legte seine Pistole auf den Boden.

»Und nun die Hände hoch«, sagte Trax zu Hyden.

»Ab jetzt kannst du dir deine Lügen sparen«, fauchte Hyden. »Du hast Helena getötet, nicht wahr?«

»Tinnenbaum befahl es mir. Weil dein Vater es ihm befohlen hatte. Sie machte nichts als Schwierigkeiten.«

Trax begann mich rückwärts zu zerren. Zu seinem Jeep.

»Sie hätte das Geschäftsmodell auffliegen lassen«, fuhr Trax fort. »Und dabei wären wir alle nicht gut weggekommen. Das konnte er nicht zulassen.«

»Also verfügte der Old Man ihren Tod«, ergänzte ich.

Ich wand und drehte meinen Oberkörper, um meine Arme frei zu bekommen. Im Moment konnte ich nur nach unten schießen. Konnte ich auf seinen Fuß zielen? Oder würde ich nur mich selbst treffen?

Trax versteifte sich. »Der Old Man.« Er blickte mich sonderbar mitleidig an. »Ich schließe aus deinen Worten, dass du nicht wirklich weißt, wer der Old Man ist.«

»Doch«, entgegnete ich. »Brockman.« Ich hielt es für taktisch klug, Trax in ein möglichst langes Gespräch zu verwickeln.

Trax lachte. »Falsch.«

»Was soll das heißen?«

»Brockman ist der Vater des Old Man.«

Stille hing in der Nachtluft.

Hyden schwieg.

»Wie bitte?«, konnte ich schließlich fragen.

»Hyden kennt die Wahrheit«, erwiderte Trax. »Wer ist der Old Man? Wer ist dieser Maskenmann, den alle so fürchten? Schenk ihr reinen Wein ein, Hyden, bevor ich es tue.«

Ich starrte Hyden an, ohne nur im Entferntesten zu begreifen, was hier vorging.

Hydens Miene verwandelte sich … wirkte mit einem Mal fremd. Er sah aus, als habe er Säure geschluckt, die nun sein Inneres verätzte.

Dann antwortete er leise, fast im Flüsterton.

»Ich bin es.«

»Sie kann dich nicht hören«, sang Trax theatralisch.

»Ich«, wiederholte Hyden etwas lauter. »Ich bin – ich war der Old Man.«

»Und dafür brauchte er das.« Trax zog etwas aus seiner Tasche und warf es Hyden zu.

Das Ding landete im Sand. Anfangs sah ich nicht genau, was es war. Aber als Hyden es aufhob, erkannte ich … die Maske. Die Maske des Old Man.

»Setz sie auf!«, befahl Trax. Er hielt immer noch die Pistole auf Hyden gerichtet.

»Ich werde sie aufsetzen«, sagte Hyden. »Aber nicht für dich. Für sie.« Er deutete mit dem Kinn in meine Richtung. »Sie verdient es, alles zu erfahren.«

Er zog die Maske über den Kopf.

»Vergiss nicht die Leuchteffekte«, höhnte Trax.

Hyden betätigte einen Schalter im Nacken, und die Maske erstrahlte in ihrem gruseligen blauen Licht. Die Pixel flossen zu Bildern zusammen. Der Anblick schnürte mir die Kehle fester zu, als es Trax' Umarmung je vermocht hätte.

»Und jetzt die Magie«, beharrte Trax. »Die Maske der tausend Gesichter.«

Hyden drückte auf einen Knopf unter dem Kinn.

Ich hörte die entsetzliche metallische Stimme. Die Stimme des Old Man. »Tut mir leid, Callie. Ich wollte es dir längst sagen.«

»Oh, diese Schauerlaute«, sagte Trax. »Ich habe sie so vermisst.«

»Nein«, sagte ich. »Das ist er nicht. Er war größer. Und kräftiger.«

»Benutz deine Phantasie, Schätzchen«, meinte Trax.

»Er hatte ein Kostüm mit Spezialtricks. Der Mantel, die Handschuhe, gefederte Plateausohlen … dazu eine Perücke und der Hut. Das ergab einen ganz passablen Ender. Ich selbst glaubte an das, was die Maskerade suggerierte, bis mich Brockman einweihte.«

Ich war unfähig, etwas zu erwidern. Stand nur da und starrte Hyden oder dieses Geschöpf, das behauptet hatte, Hyden zu sein, an.

»Es war nicht fair, mich hängen zu lassen sollen, als Prime den Bach runterging, Boss«, sagte Trax zu Hyden. »Ich wäre im Knast gelandet wie Tinnenbaum, wenn dein Dad mich nicht gerettet hätte.«

»Ich hatte, kurz bevor das Unternehmen geschlossen wurde, herausgefunden, dass ihr beide mich im Auftrag meines Vaters bespitzeltet«, entgegnete Hyden. »Und warum sollte ich einen Verräter retten?«

Die Maske verbreitete einen unheimlichen blauen Schein, während im Zufallsmodus ein Gesicht das andere ablöste. In der nächtlichen Wüste wirkte das Schauspiel beeindruckender und beängstigender als je zuvor.

»Nimm das Ding ab«, sagte ich.

Er riss die Maske herunter und schleuderte sie zu Boden. Die Pixel flossen weiterhin zu Gesichtern zusammen. Es war wie das Zucken einer Eidechse, die sich bis zuletzt gegen den Tod sträubte.

»Was hast du getan?«, fuhr ich ihn an. »Was hast du mir die ganze Zeit über vorgespielt?«

»Hättest du mir je wieder geglaubt, wenn ich in diesem Fall ehrlich gewesen wäre?«, fragte er zurück. »Hättest du zugelassen, dass ich dich beschütze?«

Trax zerrte mich rückwärts zum Jeep. Ich war so sehr mit Hyden beschäftigt, dass ich kaum Widerstand leistete. Aber Michael sprang plötzlich aus seinem Versteck und warf sich von hinten auf den völlig überraschten Trax. Wir stolperten gemeinsam rückwärts, und Trax musste seinen Griff um meine Schultern lockern, um Michael abzuwehren. Das war meine Chance.

Ich wand mich aus der Umklammerung des Computerspezialisten, rannte vorwärts und drehte mich erst um, als ich ein gutes Stück außer Reichweite war. Trax fuchtelte mit seiner Pistole herum und zielte abwechselnd auf mich und auf Hyden, aber Michael drückte seinen ausgestreckten Arm jedes Mal wieder nach unten. Schließlich kam Hyden ihm zu Hilfe und schlug Trax die Waffe mit seiner eigenen Pistole aus der Hand. Trax versuchte sie aufzuheben, doch Michael riss ihn zurück.

Hyden holte die Plexi-Fesseln hervor, und Michael band Trax Hände und Füße zusammen.

Ich rieb mir die Oberarme, die immer noch von der groben Umklammerung des hochgewachsenen Enders schmerzten. Hyden und ich wechselten unlesbare Blicke. Zunächst mussten wir mit Trax fertigwerden.

»Was habt ihr mit mir vor?«, fragte uns Trax.

»Das hängt ganz von deinen Antworten ab«, entgegnete ich. »Stimmt es, dass Brockman keine Ahnung von diesem Ausflug in die Wüste hat?«

Trax nickte.

»Woher wusstest du, dass wir hierherkommen würden?«

»Die Überwachung des Chip-Scanners gehört mit zu meinen Aufgaben.«

»Und warum hieltest du unsere Ankunft geheim?«

»Weil er seine eigenen Pläne mit mir hatte«, warf Hyden ein. »Er wollte mich vermutlich abfangen und an meinen Vater ausliefern.«

»Was geschieht jetzt mit ihm?«, erkundigte sich Michael.

»Wir lassen ihn hier«, sagte Hyden.

»Bei den übrigen Skorpionen?« Ich sah Hyden an und verkniff mir eine bissige Bemerkung.

Michael zog mich beiseite, gerade so weit, dass Hyden uns nicht hören konnte.

»Wie soll das Ganze nun weitergehen?«, fragte er.

Ich rieb mir die Schläfen. Mir war immer noch schwindlig von der ungeheuren Entdeckung, dass Hyden hinter der Maske des Old Man steckte.

»Ich will meinen Vater sehen.«

»Aber können wir Hyden trauen? Ich schließe immer noch nicht ganz aus, dass es sich um eine Falle handelt.«

Ich sah mich nach Hyden um. Der tastete gerade Trax ab und zog ihm einen Metallgegenstand aus der Tasche.

»Wenn Hyden uns in eine Falle locken wollte, hätte Trax davon Wind bekommen und nicht versucht, ihn abzufangen. Außerdem hat sich Hyden nicht mit Trax verbündet, sondern uns geholfen, ihn zu überwältigen.« Ich schüttelte den Kopf. »Ich weiß nicht, wie ich das alles einsortieren soll.«

»Die ganze Zeit hat er hinter der Maske gesteckt. Er war der Old Man.«

Mir gingen all die Dinge durch den Kopf, die ich mit dem Old Man erlebt hatte, als er in Blakes Körper steckte. Wie sehr ich ihn gemocht hatte – ihn und nicht Blake. Welches Entsetzen ich empfunden hatte, als ich erfuhr, wer sich hinter der Fassade des Senator-Enkels verbarg.

Und nun die neue Wahrheit: Der Old Man war kein Greis, sondern ein Starter. Aber wer war er wirklich?

Und konnte ich ihm vertrauen?

Aber was auch immer, ein Wunsch blieb. Eine Notwendigkeit, die Hydens Lügen überlagerte.

»Ich will meinen Vater sehen«, sagte ich. »Und zwar sofort. Komm!«

»Nehmen wir Hyden mit? In Handschellen oder wie?«

Ich überlegte einen Moment lang. »In Handschellen würde er uns wenig nützen. Und wir benötigen gegen Brockman jede Hilfe, die sich bietet. Ich glaube ihm, dass er seinen Vater hasst. Er wird genau wie wir darauf aus sein, ihm das Handwerk zu legen.«

Wir legten Trax gefesselt auf den Rücksitz seines Jeeps und setzten unseren Fußmarsch zu Brockmans Gelände fort. Wir hatten von ihm erfahren, dass noch ungefähr ein Dutzend Wachtposten in dem Gebäudekomplex arbeiteten, aber natürlich konnten wir auch diesen Angaben nicht hundertprozentig trauen.

Vor uns lag ein langer Weg über den Sand. Und ich war fest entschlossen, jede einzelne Minute zu nutzen, um Hyden in die Mangel zu nehmen.

»Erkläre mir alles«, forderte ich.

»Genau«, unterstützte mich Michael. »Wie bist du auf die Idee gekommen, ein Unternehmen wie Prime Destinations zu gründen?«

»Im Grunde hatte ich die besten Absichten«, verteidigte sich Hyden. »Ich wollte die Starters, die keine Angehörigen mehr hatten, von der Straße holen.«

»Und ihre Körper auf Dauer an irgendwelche Enders

vermieten?«, fauchte ich. »Sie in einen ewigen Schlaf versetzen?«

»Das hätte ich niemals getan, auch wenn ich das den Kunden einzureden versuchte. Ich hatte alles im Griff. Den Metallos wäre nichts geschehen.«

Ich brauchte eine Weile, um das zu verdauen. Dann hakte ich nach. »Aber du hast uns benutzt – hast aus unseren Körpern Profit geschlagen.«

»Ich musste das Geschäft aufziehen, um reiche Enders anzulocken und sie an den Körpertausch zu gewöhnen. Außerdem ist eine Revolution nun mal nicht billig.«

»Und was hättest du mit den Dauermietern gemacht? Sie aus dem Weg geräumt?«

»Nein. Ich hätte sie in einen Tiefschlaf versetzt. Schließlich tragen sie die Verantwortung am heutigen Zustand der Welt.« Er zuckte die Achseln. »Jemand musste etwas tun. Es war geplant, sie zu wecken, sobald sich alles zum Besseren verändert hatte.«

Es fiel mir schwer, ihm zu glauben, weil es das krasse Gegenteil von meiner bisherigen Meinung über den Old Man war.

»Ich hatte vor, mir Zugang zu ihrem Vermögen zu verschaffen«, fuhr Hyden fort. »Ihre Bankkonten zu plündern …«

»Diebstahl«, sagte ich.

»… um den Umsturz zu finanzieren. Um die Starters aus den Waisenhäusern zu befreien und danach das ganze System auszuhebeln.«

»Aber du hattest nichts mit Helena zu tun?«

»Ich misstraute ihr und behielt sie im Auge. So begegnete ich dir. Im Rune Club.«

»Deshalb also warst du dort. Und dann hast du Kontakt zu mir aufgenommen, um sie besser beschatten zu können.«

»Teilweise.«

»Und du wolltest herausfinden, was mein verbesserter Chip leisten konnte.«

»Teilweise.«

»Du wolltest sehen, ob ich imstande wäre, einen anderen Menschen zu töten. Und um ein Haar hätte ich es getan.«

»Ich blieb auch in deiner Nähe, um dir zu helfen. Um dich zu retten.«

Ich warf einen Blick auf Michael. Er ging neben mir, die Hände in den Taschen vergraben, und hörte uns schweigend zu.

»Was ist, Michael? Würdest du ihm vertrauen?«

»Einem Typen, der behauptet, der Sohn des Old Man zu sein, und sich dann als der Old Man selbst entpuppt?« Er schüttelte den Kopf. »Nicht wirklich.«

»Als mein Vater unsere Erfindung an die falschen Leute verkaufen wollte, musste ich mir als Aushängeschild für Prime eine Ender-Identität zulegen. Und das klappte. Die Leute hielten mich für einen Ender. Wegen meiner Berührungsempfindlichkeit trug ich bereits eine Art Schutzkleidung, und die erfüllte nun einen doppelten Zweck. Prime sollte dem Sklavendasein der Starters ein Ende bereiten.«

Der Mond hing hoch über der Wüstenlandschaft. Hyden starrte ihn eine Weile an, bevor er weitersprach. »Dieser Plan zerschlug sich mit der Auflösung von Prime.«

Ich hatte geglaubt, das Richtige zu tun, als ich dafür sorgte, dass den Betreibern von Prime das Handwerk gelegt wurde. Doch nun begriff ich, dass ich durch meinen

Feldzug seinem Vater – Brockman – einen gewaltigen Vorteil verschafft hatte.

»Warte. Dein Vater gab selbst zu, dass er hinter der elektronischen Stimme des Old Man steckte.«

Hyden nickte. »Er benutzte sie seit der Zerstörung von Prime. Die Anweisungen damals im Einkaufszentrum – das war er.«

»Aber weshalb?«, fragte Michael ungläubig.

»Dafür gab es tausend Gründe. Er war neidisch auf das, was ich geschaffen hatte. Und machtgierig. Er wollte demonstrieren, wie leicht es ihm fiel, meine Erfindung zu kopieren. Sich den Zugriff auf deinen Chip zu verschaffen und in deine Gedanken einzudringen.«

»So wie du es getan hast«, sagte ich. »Was war noch gelogen? Was hast du mir noch verschwiegen?«

»Alles andere stimmt. Mein Vater ist absolut skrupellos. Er plant eine Auktion für die reichsten Enders der Welt, um die Metallos sowie die neue Chip-Technologie meistbietend zu verhökern. Und vieles spricht dafür, dass die Käufer das Material gegen uns einsetzen werden. Gegen unser Land.«

Ich deutete mit spitzem Finger auf ihn. »Alles, was du da über deinen Vater erzählst, von seiner Machtgier und von seiner Technik-Verliebtheit, trifft eigentlich auch auf dich zu.«

»Nein.«

»Und soll ich dir sagen, warum das so ist? Weil du mehr Ähnlichkeit mit ihm hast, als du dir eingestehen willst. Deshalb verstehst du seine Beweggründe auch so gut.«

Meine Worte hatten die gewünschte Wirkung. Sie schienen ihn tief zu treffen.

Mein Blick fiel auf den Gebäudekomplex, der sich vor

uns ausbreitete. Wir waren fast am Ziel. Ich blieb stehen und wandte mich Hyden zu.

»Wir brauchen dich. Deshalb müssen wir zusammenarbeiten. Doch das heißt nicht, dass ich dir verzeihe oder gar vertraue – nach allem, was du angerichtet hast.«

»Ich kann es dir nicht verdenken«, sagte Hyden. »Aber gib mir eine Chance, dein Vertrauen zurückzugewinnen. Das ist alles, worum ich dich bitte.«

Ich war in diesem Moment nicht gewillt, ihm irgendwelche Zugeständnisse zu machen. Michael starrte an uns vorbei auf das Firmengelände, das eigentlich ich im Auge behalten sollte.

kapitel 23

Brockmans Gebäudekomplex, der sich mitten in der Wüste erhob, erschien mir merkwürdig schutzlos.

»Wie kommt es, dass die Anlage nicht mal eingezäunt ist?«, fragte Michael.

»Sie liegt hier ziemlich isoliert«, entgegnete ich.

»Eine Absperrung würde mehr Aufmerksamkeit erregen«, meinte Hyden. »Und es gibt gefährlichere Barrieren als Zäune. Es ist, als wollte mein Vater aller Welt verkünden: Meine Sicherheitsvorkehrungen sind besser als ein lausiger Zaun.«

Wir gingen weiter.

»Wie kommen wir am besten in die Gebäude?«, erkundigte sich Michael bei Hyden.

»Wir nehmen den Personaleingang.« Er deutete. »Dort hinten.«

Wir gingen um das Hauptgebäude herum. Es gab keine Gartenanlagen, nur ein paar kleine Kakteen am Wegrand. Die Fenster hoch oben in der Fassade hatten offenbar einzig und allein den Zweck, tagsüber für Helligkeit zu sorgen.

Wir erreichten die Rückseite des Quaders. Hyden brachte uns durch eine Handbewegung zum Stehen, während er auf die hohe Flügeltür des Hintereingangs zuging. Ich ließ meine Blicke über die riesige Parkfläche schweifen. Sie bot Platz für über hundert Fahrzeuge, doch zu dieser späten Stunde zählte ich nur sieben. Das stimmte mit der Beschreibung von Trax überein und gab mir die leise Hoffnung, dass uns drinnen keine gewaltige Übermacht erwartete. Hyden zog ein Kästchen aus der Tasche und fuhr damit über eine Metallplatte rechts vom Eingang. Wir hörten ein Klicken. Dann schwang einer der Türflügel lautlos auf.

Hyden hielt das Gerät hoch. »Der Generalschlüssel von Trax«, wisperte er.

Er schob es wieder in die Tasche und winkte uns, ihm ins Innere des Gebäudes zu folgen.

Der Eingangsbereich für das Personal war mit erstaunlichem Geschmack gestaltet. Die Illusion eines Bambushains, der von unten auf einen Glasboden projiziert wurde, verbreitete eine Art Zen-Atmosphäre. Ich entdeckte zur Rechten zwei Türen mit der Aufschrift Umkleide und daneben je ein Schild für Damen und Herren. Hyden und ich hatten sofort die gleiche Idee und steuerten auf die beiden Räume zu.

Die Damen-Umkleide erinnerte an ein nobles Wellness-Center. Auch hier Illusionen, die von den Böden aufstiegen, Teakholz-Schränke, riesige Bambuspflanzen und Orchideen, ja sogar ein Wasserfall. Ich konnte mir vorstellen, dass die weiblichen Angestellten hier tagsüber von sanfter Flötenmusik verwöhnt wurden.

In einem Spind fand ich die Luxusversion eines Laborkittels – einen kurzen weißen Kimono. Ich wickelte ihn um meine Kleidung und zog den Gürtel eng zu. Dann verstaute ich meine Haare unter einem Hygienenetz und verließ die Umkleide. Die beiden Jungs erwarteten mich bereits in einer ähnlichen Aufmachung für männliche Arbeiter.

»Was jetzt?«, fragte ich leise.

»Es geht los«, sagte Hyden.

Hyden öffnete die Tür, die zu den eigentlichen Labors und Werkstätten führte. Ich warf einen Blick über seine Schulter und sah nur einen Gang, der sich weiter vorn im Dunkel verlor.

Während wir noch abwarteten, wagte sich Hyden in den Korridor. Bewegungsmelder schalteten sanfte Deckenleuchten ein, die ihm den Weg erhellten. Hyden hatte vorgeschlagen, dass wir uns zunächst trennen sollten. Er musste erst einmal einen Computer auftreiben, während ich mich auf die Suche nach meinem Vater begab. Michael würde die Nachhut bilden und nach Wachtposten Ausschau halten.

Hyden bog um eine Ecke und verschwand. Ich wartete eine Minute und nickte dann Michael zu, der mich mit einem Klaps auf die Schulter verabschiedete. Es war erstaunlich, wie ermutigend so eine leichte Berührung sein konnte. Ich bahnte mir meinen Weg zwischen den Schatten und Lichttümpeln des sterilen Korridors. Meine Hand umklammerte das Pistolenhalfter unter dem Kimono, aber ich hoffte von ganzem Herzen, dass ich die Waffe nicht gebrauchen müsste.

Als ich die Tür am Ende des Korridors öffnete, stand ich einen Moment lang wie betäubt da. Vor mir erstreckte sich eine riesige Halle, in der es von Gräsern, Blumen und kleinen Bäumen mit tief hängenden Ästen geradezu wucherte. Ich betrat das üppige Pflanzenmeer. Die warme Luft roch feucht und erdig. Man hatte sich wohl einen Regenwald zum Vorbild genommen – als totalen Kontrast zu der Wüstenlandschaft, die das Gelände umgab.

Ich entdeckte Hyden in einem der Nebenräume vor einem Airscreen. Er sah auf und winkte mich näher.

»Ich bin im System – also nimm du das hier«, sagte er und reichte mir den Generalschlüssel von Trax.

Ich schaffte es nicht, ein Wort des Dankes für ihn zu erübrigen. Wortlos nahm ich das Gerät entgegen, schob es in die Hosentasche und kehrte zum Mittelkorridor zurück.

Ich folgte ihm bis zum Ende der Halle und stand erneut vor einer Tür. Vorsichtig schob ich sie auf und spähte nach draußen.

Vor mir erstreckte sich ein leerer Gang, der zu einem Brunnen führte. Das Plätschern von Wasser lockte mich näher. Ich kam an einer Reihe offener Türen vorbei und sah, dass die Räume dahinter folkloristisch dekoriert waren – etwa im Stil Indiens, Russlands, Japans oder der Türkei. Ich dachte an unseren Geographieunterricht vor dem Krieg zurück. Würde ich je die Chance erhalten, meinen Abschluss zu machen? An einer richtigen Schule, meine ich, nicht per Zype-Netz.

Ich lockerte den Gürtel meines Kimonos, um notfalls schnell nach meiner Waffe greifen zu können.

Der Brunnen übertönte alle anderen Geräusche. Ich näherte mich einem verschlossenen Raum ganz am Ende des Korridors, legte mein Ohr an die Tür und horchte. Da ich nichts hörte, hielt ich den Generalschlüssel von Trax an die Metallplatte rechts von der Tür. Klick. Vorsichtig öffnete ich die Tür.

Meine Augen gewöhnten sich rasch an das Halbdunkel. Hier war nichts von der Wellness-Atmosphäre zu spüren, die mich bisher umgeben hatte. Es gab weder Pflanzen noch Bilder. Der Saal erinnerte an eine Klinik oder ein Lazarett. Er enthielt dichte Reihen von Metallplattformen, die als Betten dienten. Funktionelle Nachtlichter entlang der Wände waren auf die Schläfer gerichtet. Perfekte Körper. Makellose Gesichter. Und alle mit Handfesseln an die Betten fixiert.

Der Anblick war niederschmetternd. Also hatte Hyden die Wahrheit gesagt. Brockman nahm keine Rücksicht – auf nichts und niemanden.

Was ich nicht verstand, war, dass jeder Metallo einen Schlauch in der Nase hatte, der zu einem kleinen, um die Brust geschnallten Plastikbeutel führte. Warum?

Ich sah mich um und erkannte einige der Schlafenden. Briona. Raj. Lee. Ich hatte einen Teil meiner Zeit mit diesen Leuten verbracht. Nein, nicht mit diesen Leuten. Mit diesen Körpern. Mit diesen Spenderkörpern, von denen Doris, Tinnenbaum und Rodney Besitz ergriffen hatten, die grässlichen Enders im Dienst von Prime Destinations. Sie hatten mir nachspioniert. Zumindest war ich bis vor Kurzem davon überzeugt gewesen. Nun wusste ich es besser. Doris und Rodney hatten mich im Auftrag Hydens bewacht. Um zu verhindern, dass ich den Senator erschoss. Und später vielleicht, um mich zu beschützen.

Tinnenbaum bewachte mich im Auftrag von Brockman.

Ich trat auf ein knarrendes Bodenbrett und weckte den Metallo, der am nächsten zum Eingang lag.

Es war Lee, der äußerst gut aussehende Asiate. »Wer bist du?«, fragte er verwirrt.

Briona auf der Plattform neben ihm erwachte ebenfalls und drehte den Kopf in meine Richtung und musterte mich prüfend.

»Sieh doch mal – eine Neue!«

Sie war schön wie immer mit ihrem schimmernden Bronzeteint, aber ihr Blick wirkte jetzt gequält und verzweifelt.

»Verschwinde von hier, bevor sie dich registrieren und hier festhalten wie uns«, sagte sie.

Jetzt erst fiel mir auf, dass die Fixierungen mit kleinen Metallplättchen versehen waren. Ich zog den Generalschlüssel aus der Tasche und presste ihn gegen Lees rechte Handfessel. Sie sprang mit einem Klicken auf.

»Was machst du da?«, wollte er wissen. »Ich werde Schwierigkeiten bekommen.«

»Was haben die mit dir angestellt?«, fragte ich. »Wozu dient dieser Beutel mit dem Nasenschlauch?«

»Damit führen sie uns Nahrung zu«, erklärte Lee. »Wenn wir nicht arbeiten. Auf diese Weise regulieren sie unser Gewicht.«

»Und machen uns abhängig«, setzte Raj hinzu.

»Schließ meine Handschellen auf«, bat Briona. »Ich habe Albträume – erlebe immer wieder die Dinge, zu denen sie mich zwangen.«

Immer mehr Metallos erwachten.

Raj warf Briona einen strengen Blick zu. »Sei still«, ermahnte er sie in seinem singenden indischen Tonfall. »Sie kann dir nicht helfen. Sie steckt in der gleichen Klemme wie wir.«

Ich löste Brionas Fesseln. Sie setzte sich auf und rieb sich die Handgelenke.

»Sagst du«, fauchte sie. »Da – sie hat mich befreit.«

»Mich auch«, rief ein blondes Mädchen.

»Schsch! Ich befreie euch alle«, sagte ich mit gedämpfter Stimme. »Wir können euch nicht sofort von hier wegbringen, aber das kommt noch. Versprochen. Berichtet mir zunächst einmal alles, was ihr über diese Anlage wisst.«

Während ich ein Handschellenpaar nach dem anderen öffnete, wanderten meine Blicke durch den Schlafsaal, der an die zwanzig Metallos beherbergte. Einer davon kam mir besonders bekannt vor.

Blake.

Er war eben erst aufgewacht und hob benommen den Kopf.

»Blake, ich bin es. Callie.« Ich löste seine Fesseln.

Mit dem Schlauch, der aus seiner Nase kam, wirkte er irgendwie fremd und mitleiderregend.

»Wie lange bist du schon hier?«, fragte ich.

»Zu lange«, murmelte Blake. »Haben sie dich auch erwischt?«

»Nein. Ich bin gekommen, um euch hier herauszuholen. Gibt es noch mehr von euch?«

Er nickte.

»Wie viele?«

Lee antwortete an seiner Stelle. »Zwei weitere Schlafsäle voll.«

Das bedeutete, dass hier vermutlich sechzig Starters gefangen gehalten wurden.

»Seid ihr hier je einem Middle namens Ray Woodland begegnet? Gut aussehend, dunkelbraune Haare, eine Narbe an der Wange?« Ich tippte die Stelle in meinem Gesicht an.

Sie schüttelten die Köpfe.

Ich verdrängte den Gedanken, dass mein Vater womöglich nicht mehr hier war. Brockman hielt ihn irgendwo versteckt, davon war ich felsenfest überzeugt.

»Wo sind die Wachtposten?«, fragte ich.

»Keine Ahnung«, murmelte Briona. »Vielleicht schlafen sie. Es ist spät.«

»Nein, einer passt bestimmt auf.« Raj gesellte sich zu uns. »Nachts passt immer einer auf.«

Ich hoffte, dass es sich bei diesem einen um Trax handelte.

»Seid ihr Leute fit genug, um zu kämpfen?«, erkundigte ich mich.

»Und wie!«, sagte Lee mit Nachdruck.

Sie beantworteten alle meine Fragen, so gut sie es vermochten. Ich versprach, dass ich zusammen mit meinen Freunden alles Erdenkliche tun würde, um ihnen zur Flucht zu verhelfen. Aber zuerst musste ich meinen Vater finden. Und dann hörte ich die Stimme in meinem Kopf.

Callie Woodland?

»Wer ist da?«

»Mit wem redet sie?«, fragte Briona die anderen.

Ich zog mich in Richtung Tür zurück, um besser verstehen zu können, was die Stimme sagte.

Ich bin enttäuscht. Ich habe dich für ein so kluges Mädchen gehalten.

Natürlich wusste ich, wer er war. Aber ich hatte so sehr gehofft, dass er um diese Zeit schlafen und nie erfahren würde, dass ich in sein Reich eingedrungen war.

»Soll ich Sie Brockman nennen? Oder Hydens Dad?«

Er lachte leise. *Ich freue mich so, dass du endlich gekommen bist. Wie ich es gehofft hatte.*

»Sie hatten das gehofft?«

Ich öffnete die Tür und winkte den Starters, mir zu folgen. Briona, Lee, Raj und einige andere kamen mit. Ich hielt den Blick gesenkt, damit Brockman sie nicht durch meine Augen sehen konnte.

Der junge Starter, der dich herbringen sollte, hat versagt.

»Der SUV-Fahrer?«

Bitter, wenn man eine so wertvolle Ware auf diese Weise verliert.

Ich steckte Briona hinter meinem Rücken den Generalschlüssel zu und ließ die Starters an mir vorbei. Kurz darauf verschwanden sie in einem anderen Raum, wahrscheinlich in einem weiteren Schlafsaal mit Metallo-Gefangenen.

Aber ich brauchte euch beide, und mit Hyden in Kontakt zu bleiben, ist gar nicht so einfach.

»Sie haben doch nicht im Ernst erwartet, dass uns dieser Junge überwältigen würde. Er sollte uns von Anfang an hierherlocken.«

Und das hat doch geklappt, oder?

Wir waren wieder einmal auf seinen teuflischen Trick hereingefallen. Ich ging von Tür zu Tür, öffnete sie und warf einen Blick ins Innere. Leer.

Was suchst du?

»Meinen Vater. Wo ist er?«

Du würdest ihn gerne sehen. Nach so langer Zeit.

»Natürlich.«

Das lässt sich einrichten. Aber sollten wir die gute Gelegenheit nicht nutzen, um uns erst mal näher kennenzulernen?

Unvermittelt stockte mein Schritt. Ich stand wie festgewurzelt da und spürte, wie jemand ganz allmählich die Kontrolle über meinen Körper gewann. Es war, als wanderte zähflüssiges Quecksilber in meinen Nervensträngen nach oben. Von den Füßen in die Beine und Hüften, in die Bauchmuskeln, in Brust und Arme. Aus einem der Räume kam ein Starter-Mädchen.

»Flieht!«, schrie ich, solange ich noch meine Stimme hatte. »Flieht und versteckt euch!«

Angst huschte wie ein Schatten über ihr Gesicht. Sie zögerte einen Moment, doch dann rannte sie los und verständigte die anderen.

Das Gefühl der Schwere erfasste meinen Nacken und schließlich meinen Kopf. Ich kam mir vor wie eine Statue aus Stein.

Mein rechter Fuß bewegte sich vorwärts, dann mein linker, zögernd zunächst, nicht völlig mechanisch. Nach kurzer Zeit wirkten meine Schritte so natürlich, dass sie einen unbefangenen Betrachter getäuscht hätten.

»Wohin … bringen Sie mich?«

Das wirst du gleich sehen.

Er zwang mich, bis zum Ende des Korridors und dann nach rechts zu gehen. Es war unheimlich, sich auf diese Weise zu bewegen. Als Hyden mich in Dawsons Labor steuerte, hatte es sich angefühlt, als würde ein Kind auf den Füßen eines Erwachsenen stehen, der es im Takt hin- und herschwenkte. Das hier war anders. Jemand hatte Besitz von mir ergriffen, und ich spürte jeden einzelnen Moment als brutale Gewalt.

Aber ich versuchte meine Qualen zu verbergen, während ich beobachtete, wie mein Arm vorwärts schnellte und eine Tür am Ende des Korridors öffnete. Dann erinnerte ich mich. Die Umkehrung. Sie hatte bei den Tests nicht funktioniert, aber ich konnte es ja noch einmal versuchen.

Ich konzentrierte mich darauf, meinen Arm zurückzuziehen, ehe ich die Tür öffnete. Nein, sagte ich mir vor. Lass die Klinke los.

Aber ich gewann die Kontrolle nicht zurück. Brockman war stärker. Meine Hand öffnete die Tür.

Ich betrat die Eingangshalle eines Gebäudes. Sie war offen angelegt, ringsum verglast und erstreckte sich über Erd- und Obergeschoss. Mehrere Sicherheitsleute kamen auf mich zu.

Ich übergab ihnen all meine Waffen. Meine eigenen Hände tasteten mich ab, um sicherzustellen, dass ich nichts vergessen hatte.

Dann spürte ich, wie mein Körper zu mir zurückkehrte. Das begann am Scheitel, mit einem Kribbeln, das sich über Gesicht, Hals, Brust, Bauch, Hüften und schließlich die Beine und Füße ausdehnte. Es erinnerte an das Ameisenlaufen eines eingeschlafenen Körperteils.

Ich blickte mich um und überlegte, wohin ich mich wenden sollte, als ich von der Galerie im Obergeschoss ein Geräusch hörte.

»Wohin willst du, Starter? Oder ist dir die Anrede Metallo lieber?« Ein Middle stand dort oben, lässig gegen eine – vermutlich kugelsichere – Glaswand gelehnt, und sah mich mit einem spöttischen Grinsen an.

Er schien um die vierzig zu sein, ein durchtrainierter Typ in einem modischen Illusionsanzug, der die Farben wechselte, sobald er sich bewegte. Ich erkannte die ebenmäßigen, fein gemeißelten Züge, ja sogar die Haltung von Hyden.

Das musste Brockman sein.

Hydens Vater.

kapitel 24

Brockman starrte auf mich herab, die Arme vor der Brust verschränkt wie ein pompöser Diktator. Nun, da ich mich wieder frei bewegen konnte, schaute ich mich nach einem Aufgang in das Obergeschoss um.

Ein Mikrofon im Raum verstärkte seine Stimme. »So wie es aussieht, bist du leicht zu steuern.«

»Wo ist mein Vater?«

»Geduld«, sagte er mit einem Lächeln. »Obwohl ich euer Zusammentreffen selbst kaum erwarten kann. Aber zuerst müssen wir uns unterhalten. Du bist ein ganz besonderes Mädchen, Callie Woodland. Und natürlich bist du die einzige Spenderin mit Multiplem Zugriff. Wenn wir nur mehr von diesen SMZ-Chips hätten!«

»Haben Sie aber nicht«, entgegnete ich. »Und mich haben Sie genau genommen auch nicht.«

»In diesem Punkt täuschst du dich.« Er schaute an mir vorbei. »Und weißt du, wen wir noch haben?«

Er nickte jemandem zu, der sich irgendwo in dem Büro hinter ihm befand, jemandem, den ich nicht sehen konnte. Zwei Wachtposten traten vor, zwischen sich eine

Person mit auf den Rücken gefesselten Händen. Michael. Er riss sich von ihnen los und war mit einem langen Satz an der Glaswand.

»Callie!« Er starrte mit verzweifelter Miene zu mir herunter.

»Tun Sie ihm nicht weh!«, rief ich Brockman zu.

»Ich glaube, das wird nicht nötig sein«, sagte Brockman. »Wenn du tust, was wir von dir verlangen …«

Er gab den Wachtposten mit einem Wink zu verstehen, dass sie Michael wieder wegbringen sollten.

»Was verlangen Sie?«

»Ich habe prominente ausländische Gäste im Haus. Nun, da du ebenfalls eingetroffen bist, werden wir ihnen in einer Sondervorführung die neue Technologie demonstrieren. Und danach soll eine kleine Auktion stattfinden.«

Mein Puls raste.

»Sie wollen uns wie Sklaven versteigern«, sagte ich atemlos.

»Nein. Wie die Wertartikel, die ihr seid. Niemand wird euch ein Haar krümmen. Die Investoren setzen sicher alles daran, ihre teuren Errungenschaften pfleglich zu behandeln.«

»Dann geht es Ihnen nur ums Geld? Sie machen das nicht aus irgendeiner tieferen Überzeugung?«

»Geld regiert die Welt.« Er betrachtete seine Fingernägel. »Das sollte sich inzwischen auch bis zu dir herumgesprochen haben.«

Ich hasste ihn. Er war tatsächlich so brutal, wie Hyden ihn geschildert hatte. Es machte mich fertig, dass Hyden äußerlich so große Ähnlichkeit mit diesem Abschaum eines Menschen hatte. Warum blieben so erbärmliche

Typen wie er am Leben, wenn meine Mutter, die ich als Güte in Person in Erinnerung hatte, sterben musste?

»Mein Sohn ist offensichtlich verknallt in dich, und auch wenn das ein Zeichen von Schwäche ist, begreife ich das durchaus. Du hast alles im Übermaß – Verstand, Schönheit und Mut. Und du besitzt den einzigen Killer-Neurochip auf der Welt.«

Er wandte sich von der Glaswand ab und kam die offene Treppe herunter. Im Erdgeschoss angelangt, trat er auf mich zu.

»Ja, Callie Woodland ist exquisit. Die Bieter werden bei deinem Anblick begeistert sein. Wir haben ihnen deine Ankunft versprochen, und sie freuen sich bereits auf die Auktion.«

Ein Wachtposten flüsterte Brockman etwas zu.

»Großartig. Bringt ihn herein.«

Ein weiterer Posten führte Hyden in die Eingangshalle. Brockman musterte seinen Sohn vom Scheitel bis zur Sohle. »Du scheinst gut in Form zu sein. Schön, dich mal ohne diese alberne Verkleidung zu sehen.«

Der Wachtposten wollte Hyden festhalten, doch Brockman winkte ab.

»Keine Sorge, der tut nichts. Kann ja nicht einmal jemandem die Hand geben.«

Hyden warf seinem Vater einen hasserfüllten Blick zu und wandte sich dann an mich. »Alles in Ordnung?«

»Er hat mir die Waffen abgenommen«, sagte ich.

Er nickte, und ich schloss daraus, dass sie auch ihn entwaffnet hatten.

»Nun, da du endlich hier bist, kann ich mit der Demonstration beginnen.«

Brockman sah mich starr an und drückte auf eine

Stelle hinter seinem Ohr. Wieder überkam mich dieses schreckliche Kribbeln, das in den Zehen begann und immer höher stieg, bis es meinen Scheitel erreicht hatte. Ich konnte nicht sprechen, konnte Hyden nicht einmal durch Gesten oder meine Mimik zu verstehen geben, was sich in mir abspielte.

Aber er schien es auch so zu erraten, denn er lief feuerrot an.

»Hör auf damit!«, fuhr er seinen Vater an. »Lass sie in Ruhe!«

Ich sah, wie sich mein Körper Hyden zuwandte, wie sich mein Arm hob, wie ihm meine Hand mit voller Wucht ins Gesicht schlug. Hyden taumelte zurück.

Brockman begann zufrieden zu grinsen.

»Es macht einen immensen Spaß, euch zu steuern«, sagte er. »Und bei dir ganz besonders, Callie, weil du alles miterlebst und dich doch nicht wehren kannst. Diese Nähe, diese Intimität. Das geht mir durch und durch.«

Hyden hatte seinen Vater die ganze Zeit über wütend angestarrt. Nun sprang er ihn an, ohne an seine Berührungsangst zu denken, und versetzte ihm einen Schlag unter das Kinn. Für Brockman kam der Angriff überraschend. Er taumelte rückwärts. Hyden packte ihn an den Schultern, warf ihn zu Boden und schlug wild auf ihn ein. Rasender Zorn, so schien es, war das Heilmittel für seine Phobie. Dann eilten die Wachtposten herbei und zerrten ihn von seinem Vater weg.

Ich gewann die Kontrolle über meinen Körper in dem Moment zurück, als Hyden seinen Vater attackierte.

»Hyden!«, schrie ich.

Einer der Bewacher hatte Hyden zu Boden geworfen und hielt ihn fest. Brockman entriss dem zweiten Mann den Zip-Taser und richtete ihn auf seinen Sohn. Ein blauer Lichtbogen knisterte. Hyden stieß einen durchdringenden Schrei aus und wälzte sich in Krämpfen.

»Stopp!«, befahl ich.

Brockman schaltete den Taser aus. Die Waffe hatte ihren Zweck erfüllt. Hyden lag von Schmerzen geschüttelt am Boden. Und dann erschlaffte sein Körper. Er rührte sich nicht mehr.

Ich kniete neben ihm nieder. Gedankenlos presste ich eine Hand auf seine Brust. »Hyden?«

Er nickte und …

… berührte meine Hand.

Er berührte meine Hand.

Seine Augen reflektierten immer noch den Schmerz, aber um seine Lippen spielte ein kraftloses Lächeln.

Ich sah zu Brockman auf. Er zeigte nicht die Spur von Reue. Im Gegenteil, er schien das Drama zu genießen.

»Mein Sohn trifft die falschen Entscheidungen. Ein Grund dafür, dass es an mir hängen bleibt, den Verkauf der neuen Technologie zu übernehmen.«

Der Wachtposten zerrte Hyden hoch und packte ihn fest am Arm. Ich stand auf.

»Du hast Reece umgebracht«, sagte Hyden. »Und Helena.«

»Ich habe es für mein Land getan. Sie hatte die Absicht, einen Senator zu töten«, entgegnete Brockman. Er wandte sich an die Wachtposten. »Sperrt sie in Raum 14, bis die Vorführung beginnt.«

Sie brachten uns in eine kleine fensterlose Zelle, deren Boden und Wände aus Edelstahl bestanden. Die schwere

Metalltür wirkte ebenfalls ausbruchsicher. Hoch oben in der Decke waren Neonröhren eingebettet, die ein flackerndes Licht verbreiteten.

»Sie haben sich nicht mal die Mühe gemacht, uns Handschellen anzulegen«, begann ich.

»Weil von hier kein Weg nach draußen führt.«

»Hat er uns deshalb zusammen eingesperrt?«

»Wir sind seine wertvollste Handelsware. Deshalb müssen wir uns die Hochsicherheitszelle teilen.«

Wir setzten uns mit dem Rücken zur Wand auf den Boden.

»Keiner der Metallos hat meinen Vater gesehen«, sagte ich.

Hyden senkte die Stimme. »Erwähne sie nicht, falls er …«

»Du glaubst, dass er unsere Gespräche abhört?«, wisperte ich.

Er zuckte die Achseln. »Wenn er nicht zu sehr damit beschäftigt ist, die Versteigerung vorzubereiten.«

»Im Grunde spielt es keine Rolle mehr, was wir sagen. Man wird uns von hier wegbringen. Wahrscheinlich sehr weit weg. In ein fremdes Land mit einer fremden Sprache.«

Er wirkte so düster, so niedergeschlagen.

»Du sagst ›wir‹ und ›uns‹, aber es steht nicht fest, dass wir zusammenbleiben.«

Ich sah ihn prüfend an. »Wolltest du das Geld, das du mit Prime verdient hast, wirklich dazu verwenden, die Waisenhäuser abzuschaffen?«

»Von Lobby-Arbeit bis zu Senatoren – ich hatte alles bis ins Detail ausgearbeitet. Es gab bereits Pläne, die Anstalten in Schulen umzuwandeln und diese mit den modernsten Airscreens und Lehrfilmen auszustatten.«

Einen Moment lang leuchteten seine Augen, erfüllt von einer Begeisterung, die längst vergangen war. »Wenn es nur geklappt hätte! Wenn ich nur nicht …«

»Tut mir leid, dass ich dir in die Quere kam«, sagte ich.

»Nein. Nein, sag das nie wieder! Ich habe eine Menge neuer Erkenntnisse aus deinem geänderten Chip gewonnen, und ich habe Blake benutzt, um immer auf dem Laufenden zu bleiben, aber darum ging es im Grunde gar nicht. Es ging um dich. Ich fühlte mich für dich verantwortlich. Dein ganzes Leben wäre anders verlaufen, wenn ich nicht Prime gegründet hätte.«

»Dann … hast du Mitleid für mich empfunden?«

»Nein. Ich habe mich … verliebt.«

Ich horchte auf.

»Stell dir das mal vor«, fuhr er fort. »Ein Typ, der nichts und niemanden berühren kann, verliebt sich. Ich hatte bis dahin geglaubt, der Tod meiner Mutter, der mich völlig meinem Vater auslieferte, sei der grausamste Scherz gewesen, den sich das Universum mit mir leisten konnte …« Er wandte sich ab. »Aber das ist schon okay. Auch wenn ich dich nicht berühren konnte, wollte ich in deiner Nähe sein.«

Ich wusste nicht, was ich erwidern sollte. Die Entdeckung, dass Hyden in Wahrheit der Old Man war, erklärte so viele Dinge. Ich wusste jetzt, warum ich mich ihm so eng verbunden fühlte. Wir hatten so viele besondere Stunden zusammen verbracht, als er in Blakes Körper steckte. Deshalb hatte mich der Old Man magisch angezogen, obwohl er eigentlich mein ärgster Feind war, und ich hasste mich dafür. Es war mir nie vergönnt gewesen, einen Blick hinter die Maske zu werfen, hinter seine Verkleidung, auf sein wahres Ich. Das hatte er mit allen Mitteln verhindert.

Ich bemerkte einen Brandfleck auf Hydens Handgelenk. Er hatte die Form eines Diamanten.

»Der Taser?«, fragte ich.

Er warf einen Blick auf das Mal und nickte.

»Der Schock hatte etwas Gutes.«

»Kann sein. Wenn du eine so hohe Spannung abkriegst, lässt sich nicht vorhersagen, was passiert.«

Ich glaubte zwar, dass der wahre Grund dafür, dass er in der Lage gewesen war, mich zu berühren, die Konfrontation mit dem Monster war, das die Schuld an seiner Schmerzphobie trug. Aber Jungs bevorzugen nun mal technische Erklärungen.

Ich hob eine Hand in der Hoffnung, er erinnerte sich an unsere Begegnung bei Dawson, als wir uns durch eine Glasscheibe getrennt gegenüberstanden.

Er verstand, und unsere Handflächen berührten sich in der Luft.

Er schloss die Augen. Bereitete ihm der Kontakt immer noch Schmerzen? Er beantwortete die unausgesprochene Frage, als er die Augen wieder aufschlug und mich anlächelte.

Unsere Finger verflochten sich. Dann beugte er sich vor und küsste mich. Er küsste mich. Nicht als Blake oder Jeremy oder sonst jemand, sondern als er selbst.

Etwas Besseres konnte es nicht geben.

Leider öffnete sich viel zu bald die Tür.

kapitel 25

Hyden und ich fuhren hoch und sahen Briona. Sie hielt Trax' Generalschlüssel in der Hand.

»Kommt«, sagte sie leise und wartete, bis wir aufgestanden waren.

»Das ist Briona«, flüsterte ich Hyden zu.

Wir folgten ihr durch die offene Tür in den Korridor hinaus. Briona sah ohne ihren Nasenschlauch viel besser aus.

»Wo sind die anderen?«, fragte ich.

»Manche suchen nach Essen. Andere verstecken sich.«

»Sind alle noch frei?«, erkundigte sich Hyden.

»Keine Ahnung. Wir haben uns über das ganze Gelände verteilt.«

»Das gefällt mir nicht«, sagte Hyden.

»Ich weiß, wo dein Vater ist«, sagte sie zu mir. »Woodland, nicht wahr?«

»Ja.« Ich nickte.

»Ich bringe dich zu ihm. Einer der Starters fand eine Liste. Hier entlang.«

»Geht es ihm gut?«, fragte ich. »Hast du ihn gesehen?«

»Noch nicht«, erwiderte sie. »Ich wollte zuerst dich holen.«

Mein Herz hämmerte. Der Gedanke, dass ich endlich meinen Vater wiedersehen sollte, lebend …

Wir bogen um eine Ecke. Der Korridor war hier zu Ende. Vor uns befand sich eine Tür mit der Aufschrift Zimmer 511.

Briona blieb verwirrt stehen. »Hier.«

»Und worauf warten wir noch?«, fragte ich ungeduldig.

»Ich weiß auch nicht. Irgendwie sieht das wie der Hintereingang zum Theater aus.«

»Und selbst wenn es ein Badezimmer wäre«, drängte ich. »So lange mein Vater hier ist …« Ich ging an ihr vorbei und öffnete die Tür.

Im gleichen Moment hörte ich Applaus. Vor mir breitete sich ein kleines Theater aus. Brockman stand auf einer Rundbühne, etwa fünf Meter von mir entfernt.

»Und hier, meine Damen und Herren, kommt unser Star«, sagte er in ein Mikrofon. Er wandte sich von seinem Publikum ab und sah mich über die Bühne hinweg an.

Hyden stand dicht hinter mir. Noch war keiner von uns über die Schwelle getreten.

»Callie, zurück, das ist eine Falle!«, rief er.

Wir machten kehrt, aber drei Wachen erschienen im Korridor. Sie versperrten den Weg und zwangen uns, die Bühne zu betreten.

Einer der Männer raunte mir zu: »Kannst du dir nicht denken, dass wir überall Überwachungskameras haben?«

Briona, die völlig aufgelöst wirkte, wurde von den Posten zur Seite gezerrt. Ganz offensichtlich hatte man sie ohne ihren Willen als Lockvogel benutzt. Wenn ich ihre Worte an der Tür ernst genommen hätte, wären wir vielleicht entkommen. Aber wahrscheinlich hatte man uns die ganze Zeit über beobachtet.

Der Zuschauerraum des Theaters war in einem steil ansteigenden Halbrund um eine kleine Bühne angeordnet. Die Lichter erschwerten den Blick auf das Publikum, aber ich konnte doch an die zwanzig Enders in Smokings, Abendroben oder den farbenfrohen Gewändern ihrer jeweiligen Heimatländer ausmachen. Es war, als hätten sich die Besucher für einen Premiereabend in der Oper herausgeputzt. Die Frauen hatten sich mit protzigen Klunkern behängt, und das Meer an schimmernden Illusionsstoffen machte mich schwindlig.

Hyden erhielt von einem Wächter die Anweisung, aus dem Lichtkreis der Bühne zu treten und sich rechts von mir aufzustellen. Ein anderer geleitete mich zu Brockman im Zentrum der Bühne. Zu meiner Linken befand sich ein kleiner Tisch und zu meiner Rechten ein größerer Tisch, auf dem diverse bunte Objekte bereitlagen.

»Sie ist noch ein wenig schüchtern, meine Damen und Herren – Callie Woodland, die einzige echte SMZ oder Spenderin mit Multiplem Zugriff. Das bedeutet, dass mehrere Personen gleichzeitig mit ihrem Neurochip Kontakt aufnehmen und *miteinander* kommunizieren können. Eine Art Tandem-Beziehung.«

Er lachte. Am liebsten hätte ich ihm die geballte Faust ins Gesicht geschlagen, wie es Hyden getan hatte. Doch das wäre unklug gewesen. Und ich musste jetzt klug handeln, um am Leben zu bleiben und meinen Vater zu retten.

»Aber das ist noch nicht alles. Sie besitzt als einzige Spenderin einen Chip, bei dem die Stop-Kill-Sicherung außer Kraft gesetzt ist. Wer sie mietet, kann sie als Waffe einsetzen. Und ihre Muskelkoordination ist phänomenal. Sie trifft ihr Ziel, kann mit Waffen umgehen und ist in der Lage, jeden Gegner, jeden Terroristen und jeden Konkurrenten aus dem Weg zu räumen. Denken Sie nur an die Möglichkeiten! Sie könnten ein ganzes Team einsetzen – sagen wir, einen Geheimdienst-Experten, einen Hacker und einen Bomben-Spezialisten. Und sobald diese Leute den gesuchten Terroristen oder Firmenverräter aufgespürt haben, können Sie durch ihre Augen persönlich mitverfolgen, wie sie ihn erledigt. Besser geht es doch nicht, meine Herrschaften, oder?«

Das glanzvolle internationale Publikum spendete begeistert Beifall. Ich warf einen Blick nach rechts, wo Hyden stand. Er schüttelte unauffällig den Kopf – zum Zeichen, dass ich nichts sagen oder unternehmen sollte.

»Aber sehen Sie selbst, wozu sie imstande ist«, fuhr Brockman fort.

Brockman wandte den Kopf ab, und diesmal konnte ich sehen, dass er ein von seinen Haaren fast verdecktes Mini-Headset trug. Damit verbunden war eine kleine Scheibe im Nackenansatz – vermutlich eine Funkfernbedienung, damit er nicht mit einem Computer verkabelt werden musste.

»Ich brauche eine Testperson aus dem Publikum für meine kleine Demonstration. Wer meldet sich freiwillig?«

Eine Ender mit eleganter Hochfrisur und einem langen, schmal geschnittenen Abendkleid erklomm mithilfe eines Wachtpostens die Bühne und nahm hinter dem kleinen Tisch Aufstellung, auf dem ein Stapel weißer Karten lag.

»Ich könnte sie jetzt wie eine Marionette bewegen, aber dann wüssten Sie nie, ob sie nicht einfach ein paar vorher vereinbarten Befehlen gehorcht. Zum Beweis dafür, dass ich ihren Körper steuern kann, werden Sie jetzt die Gegenstände auswählen, die Callie hochheben soll. Sind Sie bereit?«

Brockman starrte eine Sekunde lang ins Leere. Dann überkam mich wieder die Schwere, das entmutigende Gefühl, dass ich die Kontrolle verlor. Brockman drang in meinen Körper ein. Ich hatte das schreckliche Empfinden, missbraucht zu werden, als er mich so herumdrehte, dass ich weder die Frau noch die Karten, die sie gleich auswählen würde, sehen konnte.

»Ach ja, danke, Callie, dass du dich herumdrehst. Hatte ich vergessen, zu erwähnen.«

Hier und da erklang Gelächter im Publikum.

»Wenn Sie jetzt so freundlich wären, eine Karte hochzuheben und den Zuschauern zu zeigen«, sagte Brockman. »Eine gute Wahl. Ich danke Ihnen.«

Mein Arm schob sich vor und schwebte über den Gegenständen. Es waren mindestens zwanzig. Meine Hand senkte sich auf einen hässlichen rosa Stoffbären. Ich hob ihn hoch. Das Publikum reagierte mit Aahs und Oohs. Applaus brandete auf.

Das Ganze wiederholte sich mit einigen anderen Objekten, ehe Brockman die Dame zurück an ihren Platz geleiten ließ.

»So – wer möchte sie jetzt bewegen?«, fragte Brockman.

Die Hälfte der Zuschauer hob die Arme. Aber ein uralter Ender mit wallendem Silberhaar und einer langen grünen Robe, dessen Herkunft ich nicht so recht einordnen konnte, stach alle anderen aus, indem er einfach auf die Bühne gestapft kam. Brockman rüstete ihn mit dem gleichen fast unsichtbaren Mini-Headset aus, das er selbst trug.

»Gleich gehört sie Ihnen«, sagte Brockman. »Konzentrieren Sie sich, und machen Sie alles genau so, wie ich es erklärt habe.«

Wie es schien, hatte Brockman seinen Gästen vor meiner Ankunft eine kleine praktische Einführung gegeben. Zu schnell bemächtigte sich der Greis meines Körpers. Das Seltsame war, dass ich einen Unterschied spürte. Ich konnte es nicht erklären, aber ich merkte ganz deutlich, dass es nun eine andere Person war, die Besitz von mir ergriffen hatte.

Der Alte in der grünen Robe ging ans Werk. Ich musste mich dem Publikum zuwenden und winken.

»Sehr schön«, lobte Brockman. »Sie machen das auf Anhieb richtig. Sehen Sie, wie leicht es ist?«

Der Ender ließ mich wie auf einem Laufsteg mit übertriebenem Hüftschwung hin- und herschreiten. In der Mitte der Bühne blieb ich stehen, strahlte ins Publikum, drehte mich um und tänzelte zurück. Auf halbem Wege ließ er mich mit dem Rücken zum Saal anhalten. Was nun? Im nächsten Moment zwang mich doch der Mistkerl tatsächlich, mit dem Hintern zu wackeln. Die Zuschauer lachten.

Dann musste ich mich wieder dem Saal zuwenden. Ich spürte, wie sich mein Mund bewegte. Das wird ihm nicht gelingen, dachte ich. Aber genau das gelang ihm.

»Ich bin so hübsch«, sagte ich.

Das klang ein wenig verfremdet, nicht wie meine, aber auch nicht wie seine Stimme.

»Ausgezeichnet«, sagte Brockman. »Wie schnell Sie das Mädchen im Griff haben!«

Nun meldeten sich sämtliche Männer als Freiwillige. Sie reckten die Arme hoch und schrien in allen möglichen Sprachen durcheinander. Ein Ender in einem Smoking sprang auf die Bühne, als der Greis in Grün sein Headset abnahm und Brockman überreichte. Ich spürte, dass ich meinen Körper wieder unter Kontrolle hatte, aber durch den raschen Wechsel der Personen, die Besitz von mir ergriffen, nahm ich alles nur verschwommen wahr.

Ich sah zu Hyden hinüber. Sein Gesicht war zornrot. Ein Wachtposten hielt ihn am Arm fest.

Der neue Ender-Freiwillige trat näher. Kurz geschorenes weißes Haar umrahmte sein sonnengebräuntes Gesicht. An seiner Hand funkelte ein protziger Diamantring.

Brockman legte ihm das Headset an, und der Mann konzentrierte sich einen Moment lang. Nichts geschah. Die Zuschauer begannen zu flüstern. Jemand hustete. Dann spürte ich, wie sich meine Hand hob und den obersten Knopf meiner Hemdbluse öffnete.

Nein. Das würde er nicht wagen … Aber ich täuschte mich. Meine Hände knöpften die Bluse auf. Dazu bewegte ich meine Hüften wie eine billige Stripperin. Er zwang mich, die Augen zu schließen und den Kopf in den Nacken zu legen, als sei diese Demonstration die reine Ekstase für mich. Meine Hände streiften die Bluse zur Seite. Ein kurzes Top kam zum Vorschein. Ich war dankbar für diesen letzten Schutz – aber wie weit würde der Typ noch gehen?

Ich spürte, wie alle, auch ich selbst, den Atem anhielten. Dann zog ich die Bluse aus, wirbelte sie ein paar Mal durch die Luft und schleuderte sie dann in den

Zuschauerraum. Ein Mann in einem farbenfrohen afrikanischen Gewand fing sie auf und schwenkte sie triumphierend.

Als Nächstes ließ mich mein Peiniger das Top spielerisch anheben, über den BH hochrollen und ebenfalls ins Publikum werfen, zur großen Freude eines anderen Greises.

Gegen meinen Willen drehte ich mich zur Seite, sah dem Mann auf der Bühne in die Augen und ging langsam auf ihn zu. Wozu würde er mich noch zwingen? Mit jedem Schritt malte ich mir schlimmere Dinge aus.

»Aufhören!« Das war Hydens Stimme.

Ich schaffte es, einen Blick in seine Richtung zu werfen. Der Ender, der meinen Chip steuerte, hatte seine Konzentration verloren. Hyden wurde nun von zwei Wachtposten festgehalten.

»Das reicht für den Moment«, sagte Brockman. »Wir wollen doch niemandem die Spannung verderben. Wir haben einen weiteren spektakulären Versuch vorbereitet, der Ihnen die ganze Tragweite der neuen Technologie demonstrieren soll. Er stellt eine einmalige Sensation dar – etwas, das Sie noch nie erlebt haben und das Sie nie vergessen werden.«

Das Publikum beruhigte sich widerwillig.

Einer der Posten brachte mir meine Bluse, und ich zog sie rasch an, während ich dem Mann mit dem Diamantring wütende Blicke zuwarf.

»Perversling!«, zischte ich.

»Fangen wir an«, sagte Brockman.

Eine der Türen rechts von der Bühne öffnete sich, und sie rollten einen Mann herein, der aufrecht stehend an ein Brett gefesselt war. Das Ganze erinnerte an eine gefährliche Messerwerfer-Nummer im Zirkus. Der Mann hatte dunkles Haar und einen Bart. Ein Middle.

Erst als er in das helle Licht der Scheinwerferkegel gebracht wurde, erkannte ich ihn.

Ein Middle, den ich über ein Jahr nicht gesehen hatte. Ein Middle, von dem ich geglaubt hatte, ich würde ihn nie wiedersehen, weil alle behaupteten, er sei tot. Ein Middle, mit dem ich die meisten Erinnerungen meines bisherigen Lebens teilte. Und einen Geheimcode, den nur wir beide kannten.

Mein Vater. Ich stürzte an seine Seite.

»Daddy!«

»Callie«, sagte mein Vater mit leiser Stimme.

Die Schatten um seine Augen waren noch tiefer als auf dem Video. Verglichen mit dem Dad, den ich kannte, wirkte er ausgezehrt und krank.

Brockman hatte sich dem Publikum zugewandt. »Falls nicht alle zugehört haben – das hier ist Callies Vater.«

»Was haben Sie ihm angetan?« Ich wirbelte herum und musterte Brockman mit wutverzerrtem Gesicht.

»Gar nichts. Die Frage ist, was du ihm gleich antun wirst«, entgegnete er mit einem bösen Lächeln.

Mir wurde übel bei dem Gedanken, was mich erwartete.

Brockman durchflutete meinen Körper und übernahm die Kontrolle. Er führte mich von meinem Vater weg und ließ mich etwa drei Meter entfernt Aufstellung nehmen. Ein Wachtposten kam mit einem Tablett, auf dem eine Pistole lag.

»Meine Damen und Herren, wir nähern uns nun dem Höhepunkt unserer Demonstration«, sagte Brockman. »Callie wird jetzt zum Beweis für die Leistungsstärke des

Neurochips, mit dem sie ausgestattet ist, ihren eigenen Vater erschießen. Wenn dieses Experiment gelingt, kann der Glückliche, der sie heute Abend ersteigert, absolut sicher sein, dass er das perfekte Werkzeug für jedes Attentat in Händen hält.«

Das kann er nicht, das kann er nicht tun. Er wird nie und nimmer auf die Fachkenntnisse meines Vaters verzichten.

Ein erregtes Raunen ging durch das Publikum.

»Wer glaubt, das nicht zu ertragen, und sich diese Trophäe entgehen lassen will, möge jetzt bitte gehen.«

Eine einzige Frau stand auf und verließ den Saal. Brockman schaltete sein Mikro aus und beugte sich zu mir herunter.

»Alles, was uns noch fehlte, waren seine Forschungsergebnisse. Vielen Dank für das Z-Laufwerk. Wir haben bereits mit der Entschlüsselung begonnen. In ein paar Stunden werden wir im Besitz seiner technischen Unterlagen sein.«

Sie hatten Hydens Fahrzeug gefunden. Nun besaßen sie, was sie brauchten, und benötigten meinen Vater nicht mehr. Und wir hatten ihnen das Material geliefert.

Brockman wandte sich an die Zuschauer. »Ich sehe, die meisten von Ihnen sind ebenso gespannt wie ich. Und Callie. Achtung, es geht los!«

Meine Hand nahm die Pistole auf.

Mein Vater sah mich stumm an.

Ich hatte ihm noch so viel zu sagen. Dass ich Tyler Vater und Mutter ersetzt hatte. Dass ich mich bemüht hatte, all seine Ratschläge zu befolgen, um meinen Bruder zu beschützen. Dass ich mein Bestes versucht, aber alles nur schlimmer gemacht hatte. Dass ich wieder sein kleines Mädchen sein wollte, das auf seinen Knien saß und sich von ihm trösten ließ.

Dann geschah das Entsetzliche. Mein Arm begann zu kribbeln. Er hob sich – ohne mein Zutun –, bis die Pistole in meiner Hand auf die Stirn meines Vaters zielte.

Mein Vater hatte mich ein Jahr lang nicht gesehen, hatte wahrscheinlich geglaubt, er würde mich nie wiedersehen. Und nun stand ich vor ihm und richtete eine Waffe auf ihn. Mit diesem Bild vor Augen würde er sterben.

Ich bin in dir und habe die Kontrolle übernommen. Ein großartiges Gefühl.

Als ich Brockmans Stimme in meinem Kopf hörte, wäre ich am liebsten aus meinem eigenen Körper geflohen. Ich versuchte die Kontrolle zurückzugewinnen, versuchte Arme und Beine zu bewegen, irgendetwas zu tun, um die Pistole fallen zu lassen und dieser schrecklichen Situation zu entrinnen.

Aber alles, was ich aus eigener Kraft schaffte, waren die Tränen, die mir über die Wangen liefen.

Bitte, zwingen Sie mich nicht.

Brockmans Stimme dröhnte in meinem Kopf.

Callie, bitte hab doch Verständnis für mich. Es ist der perfekte Test. Und eine Ironie des Schicksals, dass ausgerechnet er dir deine Treffsicherheit beigebracht hat.

»Lass gut sein, Callie. Dich trifft keine Schuld.« Die Augen meines Vaters waren schmerzerfüllt, aber sanft und freundlich. »Was immer geschieht, ich liebe dich. Ich weiß, dass das nicht du bist. Dich trifft keine Schuld.«

Und dann drang Hydens Stimme in mein Bewusstsein. »Setz dich zur Wehr, Callie!«, schrie er. »Du weißt, wie! Leiste Widerstand! Jetzt!«

In meinem Trauma hatte ich völlig vergessen, was Hyden mir auf unserer Flucht beizubringen versucht hatte. Die Methode meines Vaters. Ein straff gespanntes Seil, um das sich ein Licht windet. Welche Farbe? Blau? Ein blaues Licht, das von Brockman zu mir wandert. Und dann ein goldenes Licht, das von mir zu ihm wandert, das sich um das blaue Licht legt und es vollständig einhüllt. Das ist es, du musst das blaue Licht durch das goldene ersticken …

Es ist wirkungslos. Ich habe immer noch die Kontrolle über dich, Callie, dröhnte Brockmans Stimme in meinem Kopf.

Mein Vater stand regungslos vor mir, die Mündung der Pistole und damit den Tod vor Augen. Ich versuchte mich zu konzentrieren, mir wieder das straff gespannte Seil vorzustellen, erst blau, dann golden. Ich sah Brockman vor mir, so selbstgefällig und siegessicher, und ich sah mich selbst mit ausgestreckten Armen, wie ich ihn von mir wegschob, ganz weit wegschob.

Meine Pistolenhand begann zu zittern.

Ich musste die Pistole vergessen, musste meinen Vater vergessen, musste alles bis auf das Seil vergessen. Ich klammerte mich an das Bild von dem gespannten Seil, obwohl sich das anfühlte, als müsste ich die Luft endlos lang anhalten, länger als es menschenmöglich war. Meine Hand zitterte immer stärker.

Callie … Brockmans Stimme in meinem Kopf klang nun anders. Nicht mehr so selbstzufrieden.

Überrascht.

Verzweifelt?

Das gab mir Kraft.

Ich malte mir aus, dass er rückwärts stolperte, dass er kleiner und immer kleiner wurde.

Meine Hand zitterte. Und dann unterlag sie nicht mehr Brockmans Willen.

Sie gehörte wieder mir.

Ich ließ die Waffe fallen. Die Zuschauer keuchten. Brockman funkelte mich fassungslos an.

Ich wollte zu meinem Vater laufen, aber ich musste die Konzentration aufrechterhalten. Jetzt war die Gelegenheit. Noch bestand die Verbindung zu Brockman. Ich musste nur die Richtung umkehren, mich in seinen Körper hineindenken. Kälte umfing mich, floss wie Eiswasser durch meine Adern. Aber dann war ich in ihm.

Ich zwang ihn, sich der Pistole zu nähern. Ich spürte seinen Widerstand.

Es hat keinen Zweck, gegen mich anzukämpfen, übermittelte ich ihm.

Das … kannst du nicht tun.

Und ob ich das kann!

Ich zwang Brockman, die Pistole aufzuheben. Ich zwang ihn, sie auf die Wachtposten hinter der Bühne zu richten. Ich zwang ihn zu sprechen.

»Waffen auf den Boden legen!«, ließ ich ihn sagen.

Die Wachen zögerten.

Das Publikum raunte unruhig, aber niemand wagte, in das Schauspiel einzugreifen.

»Schneller!«, ließ ich ihn befehlen. »Und jetzt die Handschellen!«

Die Männer gehorchten. Sie legten die Pistolen und Handschellen auf den Boden.

»Hände hoch!«, sagte Brockman.

Die Zuschauer murmelten, offensichtlich verwirrt. Sie schienen sich zu fragen, ob das nun ein Teil der Vorführung war oder nicht.

»Eine irre Show!« Der Perversling mit dem Diamantring wieherte vor Vergnügen.

Einige der Zuschauer lachten mit. Ich zwang Brockman, die Pistole auf den Perversling zu richten, und er verstummte.

»Die Show ist zu Ende«, ließ ich Brockman sagen.

Brockmans Pistole zielte über die Köpfe des ganz vorn versammelten Publikums hinweg in die letzte Reihe. Ich feuerte ein paar Schüsse ab.

Die Gäste sprangen auf und rannten zu den Ausgängen, über ihre Gewänder und über einander stolpernd.

Ich zwang Brockman, die Wachen im Auge zu behalten. Sie wichen zur Seite, um nicht von den Flüchtenden niedergetrampelt zu werden. Ich jagte eine Salve in die Wand hinter ihnen, und sie folgten den Besuchern nach draußen.

Nun waren nur noch mein Vater und Hyden im Saal, aber ich konnte mich nicht um sie kümmern. Ich sah die Umgebung immer noch durch Brockmans Augen, hatte seinen Körper immer noch unter Kontrolle. Ich steuerte ihn zu den Fesseln, die seine Wachtposten zurückgelassen hatten. Ich zwang ihn, die Pistole auf den Boden zu legen, ein Paar Fesseln aufzuheben und sie eigenhändig um seine Knöchel zuschnappen zu lassen. Dann nahm ich ein zweites Paar auf und schob es über seine Handgelenke.

Es wurde Zeit, diesen grusligen Körper zu verlassen. Ich ließ los und sah bald darauf den Saal wieder durch meine eigenen Augen.

Brockman war wieder er selbst.

Und er begann sich die Lunge aus dem Hals zu schreien.

kapitel 26

Ich stürzte an die Seite meines Vaters.

»Daddy …«

»Cal, mein Mädchen.«

Ich umarmte und küsste ihn, bis Hyden zu uns kam und ihm die Fesseln löste. Mein Vater tat ein paar unsichere Schritte. Dann zog er mich an sich und ließ mich nicht mehr los. Ich war sicher, er würde mich nie mehr loslassen.

»Callie, Baby.« Ich vergrub den Kopf an seiner Brust.

kapitel 27

Ein Trupp Regierungsbeamter und ein Dutzend Marshals unter der Leitung eines Detectives rückten an. Die Marshals verhafteten Brockman, die Wachtposten sowie die Zuschauer, die es nicht mehr an Bord ihrer Helikopter geschafft hatten. Ermittler beschlagnahmten die Airscreens und versammelten die mehr als hundert auf dem Gelände entdeckten Metallos, um ihre persönlichen Daten und Aussagen zu Protokoll zu nehmen. Ich sah all die Starters wieder, die Brockmans Leute aus unserem Labor entführt hatten, darunter Savannah, Avery, Lily und Jeremy. Und ich traf auf Kevin, Laurens verschollenen Enkel. Sie würde überglücklich sein, wenn sie erfuhr, dass er am Leben war.

Mein Vater und ich saßen in der großen Eingangshalle, wo ich Brockman zum ersten Mal begegnet war, als die Marshals den nächsten Starter hereinführten.

Michael.

Er schien unversehrt zu sein. Ich rannte auf ihn zu und schloss ihn in die Arme.

»Wie ist es dir ergangen?«, erkundigte ich mich.

»Die Wachen fingen mich ab, aber mir gelang die Flucht, und ich schloss mich den übrigen Starters an.«

Ich setzte mich wieder zu meinem Vater, der einen Arm um meine Schultern legte und mich nicht mehr loslassen wollte. Er hatte bestimmt fünfzehn Kilos verloren, und das Jahr in Brockmans Gewalt spiegelte sich in seinen Augen, aber ich war einfach unendlich dankbar, dass er noch lebte.

Dann kam Hyden herein, gefolgt von einer Gruppe überwiegend schwarz gekleideter Enders. Dawson und seine Leute. Ich spannte mich an und sah fragend zu den Marshals hinüber. Dawson öffnete seine Brieftasche und hielt dem Chefermittler ein blinkendes Air-Abzeichen entgegen. Ich konnte nur den Farbstrahl und einen ungewöhnlich geformten Stern erkennen. Der Ermittler nickte und wechselte einige Worte mit Dawson. Seine Anwesenheit schien niemanden in Panik zu versetzen.

Ich tätschelte die Hand meines Vaters, stand auf und trat auf den Chefermittler zu.

»Dieser Mann«, sagte ich und deutete auf Dawson, »hat uns gegen unseren Willen festgehalten.«

Dawson hörte mich und kam näher. Ich wich einen Schritt zurück. Ein Kribbeln überkam mich beim Anblick seines Leoparden-Tattoos.

»Callie Woodland, mein Name ist Matt Dawson. Ich leite die Staatliche Transpositions-Forschung.«

»Sie sind für die Regierung tätig?«, fragte ich ungläubig.

Michael und Hyden kamen näher.

»Wir arbeiten verdeckt. Uns bleibt keine andere Wahl. Unser Auftrag ist lebensgefährlich, und deshalb bewegen wir uns manchmal am Rande der Legalität. Es tut mir leid, dass wir Sie darüber im Dunkeln lassen mussten.«

Mir fiel auf, dass er plötzlich sehr formell mit mir sprach. Bilder der grausamen Behandlung, der man uns unterworfen hatte, geisterten durch meine Gedanken. Und …

»Und die Sache mit Emma?«

»Eine Tragödie. Sie fiel einem Krieg zum Opfer, der immer noch nicht beendet ist.«

»Und Ihr brutales Auftreten uns gegenüber?«

»Sie waren nie beim Militär«, sagte er. »Die Operation unterlag zu diesem Zeitpunkt absoluter Geheimhaltung. Wir wussten nicht, wie weit wir Ihnen vertrauen konnten.«

»Aber all die Tests?«

»Wir mussten uns vergewissern, dass die Technologie funktionierte. Wir hatten den Befehl, gründlich vorzugehen und jeden Zweifel auszuschließen. Aber wir durften Sie nicht in unsere Pläne einweihen.«

Ich begann die Puzzleteile zusammenzusetzen. »Dann wollten Sie, dass wir hierherkamen?«

Er nickte. »Wir selbst konnten die Anlage nicht stürmen. Brockman hätte in diesem Fall alles und jeden vernichtet – die Starters, die Wissenschaftler, Ihren Vater …«

»Und die Technologie«, ergänzte Hyden.

»Außerdem mussten wir ihn auf frischer Tat ertappen, um ihn verhaften zu können. Ihn und diese Leute, die Unsummen für den illegalen Erwerb der Neurochips boten. Das richtige Timing war entscheidend. Deshalb – ja, wir haben Sie gewissermaßen benutzt. Alle drei. Und Sie haben sich glänzend geschlagen.« Dawson nickte uns zu.

Hinter ihm stand die Ender, die uns die Schlüssel zugesteckt hatte.

»Kein Wunder, dass wir aus Ihren Labors entkommen konnten«, sagte ich.

Sie trat vor und legte einen Arm um Dawsons Taille.

Ein Lächeln erhellte seine Züge. »Meine Frau haben Sie ja bereits kennengelernt«, sagte er.

Nach einer abschließenden Besprechung brachte ich Daddy zu Tyler. Es war für uns alle ein unbeschreiblicher Moment, sich wiederzusehen und in die Arme schließen zu können. Zum ersten Mal seit Moms Tod weinte Tyler. Er bohrte den Kopf in Daddys Schulter und schluchzte so herzzerreißend, dass auch mir die Tränen kamen. Ich umarmte beide, glücklich darüber, dass ich meine Familie wiederhatte.

Wir richteten alles für unser künftiges Zusammenleben her, und selbst Eugenia war jetzt herzlicher zu mir. Michael wohnte wie bisher im Cottage. Wir hatten uns ausgesprochen und waren übereingekommen, dass wir mehr als Freunde bleiben würden. Dass er immer zur Familie gehören würde. Lauren trat die Vormundschaft für uns an Dad ab, aber wir betrachteten auch sie – und ihren Enkel Kevin – weiterhin als Teil der Familie. Ich bedauerte zutiefst, dass meine Mutter nicht bei uns sein konnte, aber ich wusste, dass es sie glücklich gemacht hätte, uns zusammen zu sehen.

Ein paar Tage später fuhr ich zum Gefängnis. Nachdem ich meinen Ausweis vorgezeigt und die Sicherheitsschleuse passiert hatte, stand ich in einem kleinen Besucherraum diesseits einer dicken kugelsicheren Glasscheibe. Es gab einen Stuhl, aber ich wollte mich nicht setzen. Als sie Mrs. Beatty hereinführten, klappte ihr Kinn bei meinem Anblick nach unten.

Ich hatte absichtlich mein hübschestes Kleid angezogen.

»Sie«, zischte sie.

Ihr Gesichtsausdruck war bösartig wie immer, was durch die triste Gefängniskleidung noch verstärkt wurde. Ich dachte an all die Schikanen, denen ich in Institut 37 ausgesetzt gewesen war, und an das, was sie Sara angetan hatte. Da ich der Polizei den Schuldigen an dem Bombenattentat im Einkaufszentrum geliefert hatte, waren die Regierungsbeamten im Gegenzug bereit gewesen, Beatty für Saras Tod zur Verantwortung zu ziehen. Nun saß sie in Haft und erwartete ihren Prozess wegen Bestechlichkeit und Korruption, Anklagen, die sich leichter beweisen ließen als ihre Mitschuld an Saras schrecklichem Ende. Man hatte mir versichert, dass sie mindestens die nächsten Jahrzehnte hinter Gittern verbringen und einen kleinen Teil von dem zurückbekommen würde, was sie ausgeteilt hatte. Das Ungerechte daran war, dass sie vermutlich nicht mehr so lange leben würde.

Ich sagte kein Wort, sondern starrte sie nur an und genoss jede Minute ihrer misslichen Lage. Ihre Lider waren schwer, und ihr Gesicht wirkte aufgedunsen, auch wenn die Gefängniskost bestimmt nicht so miserabel war wie das Zeug, das sie mir vorgesetzt hatte.

Ich wandte mich zum Gehen.

»Was?«, fauchte sie. »Haben Sie den langen Weg nach hierher auf sich genommen, um dann kein Wort zu sagen?«

Ich blieb stehen und warf einen Blick über die Schulter. »Ich bin gekommen, um dieses Bild von Ihnen in meiner Erinnerung abzuspeichern.«

Am nächsten Tag kehrte mein Vater in unser früheres Haus zurück, um ein paar Sachen zu packen. Ich hatte ihm erzählt, dass ich dort gewesen war und die Geschäftskarte gefunden hatte, die uns in den Rune Club führte. Als er wiederkam, sah ich, dass sich unter den Erinnerungsstücken, die er in einer Kiste verstaut hatte, eine kleine Clownstatue befand, die für ihn immer der Inbegriff von Kitsch gewesen war.

Aber Mom hatte sie heiß geliebt.

Während wir die anderen Dinge betrachteten, die er mitgebracht hatte, klingelte es plötzlich, und Dawson stand vor der Tür. Dad, Tyler, Michael und ich versammelten uns im großen Wohnzimmer, um uns anzuhören, was er zu sagen hatte.

»Ich will Sie nicht lange über den Grund meines Besuchs auf die Folter spannen«, sagte Dawson. »Ich will Ihnen anbieten, in unsere Dienste zu treten.«

Er deutete auf Michael und mich. Wir wechselten einen Blick. Glaubte der Mann im Ernst, dass ich von ihm Befehle entgegennehmen könnte? Es war mir schon schwergefallen, ihn hereinzubitten.

»Ich weiß, dass ich Ihnen übel mitgespielt habe«, fuhr er fort, »aber streichen Sie das jetzt mal aus Ihrem Gedächtnis. Es gehört der Vergangenheit an, und es hat Sie stärker gemacht.«

Ich setzte mich sehr gerade hin. »Aber …«

»Lass ihn ausreden, Callie«, sagte mein Vater.

Dawson lächelte ihn an. Es war seltsam, diesen Mann freundlich lächeln zu sehen. Ich hatte ihn meist nur die Stirn runzeln sehen.

»Sie wären Teil eines Elite-Teams, dem auch einige Ihrer Bekannten angehören.« Er schaltete seinen mobilen Airscreen ein, und ich sah die Fotos von diversen Metallos, darunter Raj, Briona und Lee, Savannah, Jeremy und Blake. Ich vermutete, dass Blake ein politisches Zugeständnis an seinen Großvater, den Senator, war.

»Was ist mit Hyden?«, fragte Michael.

»Er hat natürlich auch eine Einladung erhalten«, entgegnete Dawson. »Wir würden sein enormes Fachwissen dringend benötigen. Aber er hat bislang nicht zugesagt. Wie so manche, die noch überlegen. Das ist schade. Denn obwohl Brockman außer Gefecht gesetzt ist, haben wir eine Menge Konkurrenz. Es gibt andere Nationen, die nichts lieber täten, als uns zu überrollen, so lange wir noch von den Sporenkriegen geschwächt sind. Und natürlich haben wir im eigenen Land diverse Terroristengruppen. Wir brauchen die neue Technologie, um die Führung zu behalten, sonst landen wir irgendwann alle in Arbeitslagern, Anstalten oder noch schlimmeren Einrichtungen.«

»Und welche Aufgaben haben Sie uns dabei zugedacht?«, fragte ich.

»Er will uns als Spione einsetzen«, sagte Michael und verschränkte die Arme.

»So könnte man es böswillig nennen«, bestätigte Dawson. »Aufklärer wäre mir lieber. Sie besitzen alle diesen Neurochip, der sich nicht entfernen lässt. Warum machen Sie daraus nicht etwas Positives? Unser Land hat einen schweren Schlag erlitten. Die Aktion in der Wüste hat Ihnen andeutungsweise gezeigt, welche Gefahren uns drohen. Brockman selbst ist verhaftet, aber die Hälfte der Bieter entkam. Einige von ihnen waren Amerikaner. Sie werden Sie verfolgen. Sie werden versuchen, über Ihre Familien an Sie heranzukommen. Unser Schutz ist Ihre beste Überlebenschance.«

Michael und ich sahen uns an.

»Euer Land braucht euch.« Er sah mich an. »Das gilt ganz besonders für Sie. Nutzen Sie Ihren einzigartigen Chip zum Wohl aller! Mal ganz abgesehen davon, dass die Bezahlung ausgezeichnet wäre.«

»Weil der Job gefährlich ist«, gab ich zu bedenken.

»Hat Sie das je gestört?«, sagte Dawson mit einem Grinsen.

Ich traf mich mit Hyden im Park am Observatorium. Von hier oben überblickte man die ganze Stadt. Wir gingen bis zum Rand und lehnten uns gegen den Zaun. Hyden stand ganz nahe bei mir. Einige Starters und Enders waren heraufgekommen, um die Aussicht bei Sonnenuntergang zu bewundern. Ein bernsteingoldener Schimmer lag auf den Gesichtern der Jungen und der Alten.

»Dawson war heute bei uns«, berichtete ich. »Ob du es glaubst oder nicht, er machte uns das Angebot, für sein Team zu arbeiten.«

»Der Mann ist verrückt.« Hyden schüttelte den Kopf. »Kannst du dir vorstellen, dass ich für ihn oder sonst jemand arbeite?«

»Für ihn ganz bestimmt nicht. Ich weiß nicht, ob ich ihm jemals verzeihen kann, wie er uns behandelt hat.«

Hyden ließ seine Blicke über die Stadt hinwegschweifen, die ein wirres Durcheinander von eleganten Bauwerken, mit Brettern zugenagelten Läden, ausgebrannten Vierteln und leeren Swimmingpools bot.

»So ein Angebot ist noch keine Garantie«, meinte er dann. »Wir beide würden vermutlich gleich am ersten Tag rausfliegen.«

»Falsch. Zumindest auf dich sind sie angewiesen, Superhirn.«

»Auf dich und deinen Wunderchip ebenfalls.« Er lächelte mich an.

Ein Ender-Paar ging Arm in Arm an uns vorbei.

»Ich hatte mich so darauf gefreut, mit Tyler und meinem Dad zusammen zu sein. Wieder ein Familienleben zu haben.«

»Was meinte denn dein Vater zu dem Vorschlag?«

»Der möchte mich am liebsten immer in seiner Nähe wissen«, sagte ich. »Aber er ließ mich schon früher meine Entscheidungen selbst treffen. Und jetzt, nach allem, was ich hinter mir habe, denkt er erst recht nicht daran, mich zu bevormunden.«

Hyden betrachtete einen Moment lang die Sonne. Seine Miene war ernst, als er mich wieder ansah.

»Dir muss klar sein, dass sie mehr Sicherheit hätten, wenn du dich Dawsons Gruppe anschließen würdest.«

Diese Antwort hatte ich nicht erwartet. »Weil ich dann nicht in ihrer Nähe wäre?«

Er nickte. »Und weil sie Schutz von Dawsons Leuten bekämen.«

Mir kam in den Sinn, wie verdammt schwer diese Entscheidung war. Endlich mit meinem Dad und Tyler vereint zu sein und wieder ein normales Leben zu führen, war die Erfüllung meines Traums. Aber würde ich mich nicht immer davor fürchten, mich im Spiegel zu betrachten, voller Angst, dass jemand versuchte, von meinem Körper Besitz zu ergreifen?

Hyden legte einen Arm um meine Schultern. Eng aneinandergeschmiegt schauten wir über die zerstörte

Stadt hinweg. Die Sonne loderte noch einmal auf, ehe sie am Horizont versank.

Eine Woche später stand ich vor einer Gruppe von Gebäuden, an einem geheimen Ort in der Wüste. Im Gegensatz zu Brockmans exzentrischen Labors wirkte der dunkelgraue Komplex glatt und nüchtern.

Mein Vater stand neben mir, den Arm um meine Schultern gelegt, während Michael Tyler bei Laune hielt. Der Transporter, der uns hergebracht hatte, wartete im Hintergrund. Mehr Fahrzeuge hielten und setzten weitere Metallo-Rekruten ab.

Savannah, das Mädchen mit dem Schwarzen Gürtel und den Medizinkenntnissen. Lily, die Akrobatin. Jeremy, der Kampfsportler. Briona. Lee. Raj. Blake.

Wir begrüßten einander kurz, und sie setzten ihren Weg in das Forschungszentrum fort, während wir noch draußen warteten.

»Vielleicht kam er als einer der Ersten«, sagte Michael zu mir.

»Er kommt nie als einer der Ersten«, entgegnete ich. »Er hat sich wohl gegen das Angebot entschieden.«

Dad tätschelte meine Schulter. »Zeit zum Abschiednehmen, mein Mädchen.«

Ich umarmte erst ihn und dann Tyler.

»Du gehst jetzt da rein und sorgst für unsere Sicherheit«, sagte Tyler. »Du schaffst das.«

Ich drückte Tyler ganz fest an mich. »Schön brav sein, hörst du?« Endlich ließ ich ihn los. »In drei Monaten sehen wir uns wieder.«

Der Transporter startete, sobald sie eingestiegen waren. Michael und ich gingen auf den Komplex zu, als wir ein einsames Fahrzeug durch die Wüste näher kommen sahen.

Wir blieben stehen.

Die Tür des Transporters schwang auf.

Hyden.

Er stieg aus und kam auf uns zu.

»Ganz schön abgelegen«, meinte er, während er seine Augen gegen die grelle Sonne abschirmte.

Unsere Blicke richteten sich auf das Forschungsgelände. Das letzte Mal, als ich hohe Erwartungen auf ein Gebäude aus Glas und Alu gesetzt hatte, war ich bitter enttäuscht worden. Nun jedoch hoffte ich auf eine erfolgreiche Zusammenarbeit von Starters und Enders, von Metallos und Wissenschaftlern. Irgendwann würden sich die Starters in Middles und dann in Enders verwandeln, und die Lücken zwischen den Generationen würden sich schließen. Vielleicht war es dann nicht mehr so wichtig, ob jemand jung oder alt, reich oder arm, von vollkommener oder weniger vollkommener Schönheit war.

Ich starrte den Eingang an und atmete tief ein. Es war ein wenig wie an dem Tag, als ich vor der Tür von Prime Destinations gestanden hatte. Etwas ganz Neues würde beginnen.

Und doch war alles anders.

Denn heute war ich nicht allein.

»Gehen wir?«, fragte Michael.

Ich nickte. »Gehen wir!«

Wir nahmen uns an den Händen und begannen den Weg in eine Zukunft, die wir selbst steuern würden.

danksagung Mein Dank gilt allen Starters, Middles und Enders, die mir mit »Enders« geholfen haben:

Dean Koontz, dem Meister der Spannung, der mein Debüt mit seiner Empfehlung geadelt hat. Danke aus tiefstem Herzen.

Meinen wundervollen Agentinnen, Barbara Poelle und Heather Baror, sowie meiner umsichtigen Lektorin Wendy Loggia. Außerdem meinen internationalen Lektoren und Herausgebern in aller Welt.

Meinen talentierten Freunden aus der Writing Group, Derek Rogers und Liam Brian Perry, ihr seid als Nächste dran. Meiner Freundin Dawn sowie den Autoren S. L. Card, Suzanne Gates, Gina Rosati und Lorin Oberweger.

Kami Garcia, ich schulde dir für eine Empfehlung und Unterstützung allergrößten Dank.

Michael Messian, du bist immer ein Unterstützer der Serie gewesen. Meinem Ehemann Dennis, danke, dass du dich nie beschwert hast über all die verpassten Filme und Konzerte, nur weil ich schreiben musste.

Und allen weiteren Menschen, die mir geholfen haben, meinen wundervollen Verlagen, den Bloggern,

Buchhändlern, Bibliothekaren und Lehrern – danke, dass ihr von Beginn an an mich geglaubt habt.

Mehr als allen anderen gilt mein Dank den Leserinnen und Lesern rund um die Welt, die mich für sich entdeckt haben, ich bin euch sehr dankbar, dass ihr so treu zu mir haltet. Vielen Dank dafür, dass ihr mich wissen lasst, wie meine Worte euch beeindruckt und verändert haben.

Ihr könnt mich immer erreichen unter www.LissaPrice.com